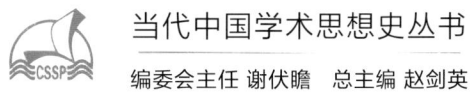
当代中国学术思想史丛书
编委会主任 谢伏瞻　总主编 赵剑英

当代中国外国文学研究

Foreign Literature Studies in
Contemporary China

（1949-2019）

陈众议　主编

中国社会科学出版社

图书在版编目（CIP）数据

当代中国外国文学研究：1949—2019／陈众议主编.—北京：中国社会科学出版社，2019.12

（当代中国学术思想史丛书）

ISBN 978－7－5203－5003－7

Ⅰ.①当… Ⅱ.①陈… Ⅲ.①外国文学—文学研究 Ⅳ.①I106

中国版本图书馆 CIP 数据核字（2019）第 200518 号

出 版 人	赵剑英
责任编辑	史慕鸿
责任校对	李　莉
责任印制	戴　宽

出　　版	中国社会科学出版社
社　　址	北京鼓楼西大街甲 158 号
邮　　编	100720
网　　址	http://www.csspw.cn
发 行 部	010－84083685
门 市 部	010－84029450
经　　销	新华书店及其他书店
印刷装订	北京君升印刷有限公司
版　　次	2019 年 12 月第 1 版
印　　次	2019 年 12 月第 1 次印刷
开　　本	710×1000　1/16
印　　张	39
字　　数	600 千字
定　　价	218.00 元

凡购买中国社会科学出版社图书，如有质量问题请与本社营销中心联系调换

电话：010－84083683

版权所有　侵权必究

当代中国学术思想史丛书
编辑委员会

主　任　谢伏瞻

副主任　蔡　昉　高　翔　高培勇　姜　辉　赵　奇

编　委　（按姓氏笔画为序）

卜宪群　马　援　王延中　王建朗　王　巍
邢广程　刘丹青　刘跃进　李　扬　李国强
李培林　李景源　汪朝光　张宇燕　张海鹏
陈众议　陈星灿　陈　甦　卓新平　周　弘
房　宁　赵　奇　赵剑英　郝时远　姜　辉
夏春涛　高培勇　高　翔　黄群慧　彭　卫
朝戈金　景天魁　谢伏瞻　蔡　昉　魏长宝

总主编　赵剑英

书写当代中国学术史,加快构建中国特色哲学社会科学

谢伏瞻*

在中华人民共和国成立70周年之际,中国社会科学出版社修订出版《当代中国学术思想史丛书》(以下简称《丛书》),对于推动我国当代学术史研究,加快构建中国特色哲学社会科学学科体系、学术体系、话语体系具有重要的意义。

党的十八大以来,以习近平同志为核心的党中央高度重视哲学社会科学。2016年5月17日,习近平总书记主持召开哲学社会科学工作座谈会并发表重要讲话,明确提出加快构建中国特色哲学社会科学学科体系、学术体系、话语体系的重大论断和战略任务。这是一个极为重要的战略考量,关系我国哲学社会科学的长远发展,关系中国特色社会主义事业发展全局,是重大的学术任务,更是重大的政治任务。广大哲学社会科学工作者要以高度的政治自觉和学术自觉,以强烈的责任感、紧迫感和担当精神,在加快构建中国特色哲学社会科学"三大体系"上有过硬的举

---

* 谢伏瞻:中国社会科学院院长、党组书记。

措、实质性进展和更大作为。《丛书》即为加快构建中国特色哲学社会科学"三大体系"的具体措施之一。

　　研究学术思想史是我国的优良传统之一。学术思想历来被视为探寻思想变革、社会走向的风向标。正如梁启超在《论中国学术思想变迁之大势》中所言，"学术思想与历史上之大势，其关系常密切。""学术思想之在一国，犹人之有精神也；而政事、法律、风俗，及历史上种种之现象，则其形质也。故欲觇其国文野强弱之程度如何，必于学术思想焉求之。"我国古代研究学术思想史注重"融合""会通"，对学术辨识与提炼能力有特殊要求，是专家之学，在这方面有大成就者如刘向、刘歆、朱熹、黄宗羲等皆为硕学通儒。近代以来，随着"西学东渐"，我国哲学社会科学各学科逐渐发展起来，学术思想史研究亦以梁启超的《中国近三百年学术史》为发轫，以章炳麟、钱穆等为代表的一批学者用现代学术视角"辨章学术、考镜源流"，开始将学术思想史研究与近现代哲学社会科学发展结合起来，形成了不少有影响的名品佳作。新中国成立以后，在马克思主义指导下，我国哲学社会科学不断发展，特别是改革开放以来，哲学社会科学的地位更加凸显，在研究工作的广度和深度上不断取得新突破。但是，我国当代学术思想史研究没有跟上哲学社会科学发展的步伐，呈现出"有数量缺质量、有专家缺大师"的状况，有分量的研究成果寥若晨星，公认的学术思想史大家屈指可数。新时代，我国哲学社会科学地位更加重要、任务更加繁重，有组织、有计划地开展学术思想史研究和出版工作,系统梳理我国当代哲学社会科学各学科学术思想的发展脉络,总结各学科积累的优秀成果,既是对学术研究传统的继承和发扬,弥补当代学术思想史研究的不足,也将在中国特色哲学社会科学"三大体系"建设中发挥独特而重要的作用。

中国社会科学院是党中央直接领导的哲学社会科学研究机构,在加快构建哲学社会科学"三大体系"建设中发挥着主力军作用。早在建院之初的1978年,胡乔木同志主持的《1978—1985年全国哲学社会科学发展规划纲要(初稿)》就提出了研究"中国经济思想史""中国政治思想史""中国教育思想史""中国伦理思想史"等近10种"学术思想史"的规划。"当代中国学术思想史"丛书初版于2009年,在新中国成立70周年之际,予以修订再版,充分体现出我院作为"国家队"的担当。《丛书》以新中国成立以来学术思想史演进中的脉络梳理与关键问题分析为主要内容,集中展现在中国共产党坚强领导下,创建、发展和繁荣哲学社会科学各学科学术思想史的历程,突出反映70年来哲学社会科学各领域的成就与经验,资辅当代、存鉴后人,具有较强的学术示范意义。

学术思想史研究为哲学社会科学学科体系建设提供了有力的支撑。学科体系是加快构建中国特色哲学社会科学的根本依托。经过几十年的发展,我国哲学社会科学已拥有20多个一级学科、400多个二级学科,学科体系已基本确立,但还不健全、不系统、不完善，离习近平总书记提出的基础学科健全扎实、重点学科优势突出、新兴学科和交叉学科创新发展、冷门学科代有传承的要求还有相当大的差距。学科体系建设的前提是对各学科做出科学准确的评估，翔实的学术思想史研究天然具备这一功能。《丛书》以"反映学科最新动态，准确把握学科前沿，引领学科发展方向"为宗旨，系统总结文学、历史学、语言学、美学、宗教学、法学等学科70年的学术发展历程。其中既有对基础学科、重点学科学术思想史的系统梳理，如《当代中国美学研究》《当代中国文艺学研究》等；又有对新兴学科、交叉学科和冷门学科学术思想史的开拓性研究，如《当代中国近代思想史研究》《当代中国边疆研究》《当代中国简帛学研究》等。从学术思想史的角度，系统评价各学科的发展，对于健全学科体系、优化学科布局，加快构建中国特色哲学社会科学学科体系无疑是大有裨益的。

学术思想史研究为哲学社会科学学术创新提供了坚实的基础。学术体系是加快构建中国特色哲学社会科学的核心。主要包括两个方面：一是思想、理念、原理、观点、理论、学说、知识、学术等；二是研究方法、材料和工具等。习近平总书记指出，理论的生命力在于创新。只有不断推进知识创新、理论创新、方法创新，才能着力打造"原版""新版"的哲学社会科学。学术创新是有前提的，正如总书记所深刻指出的，理论思维的起点决定着理论创新的结果，理论创新只能从问题开始。从某种意义上说，学术创新离不开学术思想史研究，只有通过坚实的学术思想史研究，把握学术演进的脉络、传统、流变，才能够提出新问题、新思想，形成新的学术方向，这是《丛书》为哲学社会科学学术创新作出的贡献之一。学术思想史的研究内容、研究方法、材料与工具自成体系，具有构建学术体系的各项特征。《丛书》通过对学术思想史研究的创新，为哲学社会科学学术创新提供了有益的尝试。

一是观点创新。中华人民共和国成立以来，随着马克思主义在哲学社会科学领域指导地位的确立，我国思想界发生了大规模、深层次的学术变革，70年间中国学术已经形成了崭新格局。《丛书》紧扣"当代中国"这一主题，突破"当代人不写当代史"的思想束缚，独辟蹊径、勇于探索，聚焦中国特色哲学社会科学的发展道路、马克思主义指导下的中国学术发展、中国传统学术继承和外来学术思想借鉴，民族复兴在学术思想史上的反映等问题，从而产生一系列的观点创新。

二是研究范式创新。一个时代的主流思想和历史叙事，是由反映那个时代的精神的一系列概念和逻辑构成的。当代中国学术的源流、变化与当代中国政治、经济、文化、社会的变革密切相关。《丛书》把研究中国特色学术道路的起点、进程与方向作为自觉意识，贯穿于全丛书，注重学术思想史与中国学术道路的密切联系、学理化研究与中国现实问题的密切联系、个别问题研究与学术整体格局的密切联系、研究当代中国与启示中国未来的密切联系，开拓了学术诠释中国道路的新范式。

三是体例创新。《丛书》将专题形式和编年形式相互补充与融合，充分体现了学术创新的开放性，为开创学术思想史书写新范式探路。对于当代学术思想史研究，创新之路刚刚开始，随着《丛书》种类的增多，创新学术思想史研究的思路还会更多，更深入。

学术思想史研究为构建哲学社会科学话语体系提供了广阔的平台。话语体系是学术体系的反映、表达和传播方式，是有特定思想指向和价值取向的语言系统，是构成学科体系之网的纽结。习近平总书记指出，在解读中国实践、构建中国理论上，我们应该最有发言权。这就要求我们在构建话语体系时，要坚持中国立场、注重中国特色，用中国理论阐释中国实践，用中国实践升华中国理论，更加鲜明地展现中国思想，更加响亮地提出中国主张。要主动设置议题，勇于参与世界范围的"百家争鸣"。《丛书》定位于对当代中国学术思想的独家诠释，内容是原汁原味的中国学术，具有学术"走出去"、参与国际学术对话、扩大我国学术思想影响力、增强中华文化软实力的条件。《丛书》通过生动的叙述风格传播中国学术、中国文化，全面、集中、系统地反映我国当代学术的建构过程，让世界认识"学术中的中国""理论中的中国""哲学社会科学中的中国"。习近平总书记强调，把中国实践总结好，就有更强的能力为解决世界性问题提供思路和办法。《丛书》通过对当代中国学术思想史的描绘，让世界了解中国特色的学术发展之路，进而了解中国特色社会主义文化和中国特色社会主义道路。《丛书》中的《当代中国法学研究》《当代中国宗教学研究》《当代中国近代史研究》《当代中国近代社会史研究》等已经翻译成英文、德文等多种语言，分别在有关国家出版发行，为当代中国学术思想的国际化传播开拓了新路。

目前，《丛书》完成了出版计划的一部分，未来要继续作好《丛书》出版工作。关键是要坚持正确的政治方向、学术导向和价值取向。要提高政治站位，增强"四个意识"，坚定"四个自信"，做到"两个维护"，在思想上政治上行动上同以习近平同志为核心的党中央保持高度一致。要坚持马克思主义的指导地位，特别是用习近平新时代中国特色社会主义思想指导学术思想史研究和出版工作。要落实意识形态工作责任制，做到守土有责、守土负责、守土尽责。作好《丛书》出版工作必须坚持以质量为生命线。在任何时候都要坚持质量第一的方针，坚持"宁缺毋滥"的原则，多出精品力作。要把社会效益放在首位，实现社会效益和经济效益相统一。要严格遵守学术规范，秉承认真负责的治学态度，严肃对待学术研究，潜心研究，讲究学术诚信，拿出高质量的学术成果。

当今世界处于百年未有之大变局，中国特色社会主义进入新时代，这都对哲学社会科学提出了更高的要求，广大哲学社会科学工作者要积极响应习近平总书记和党中央号召，以习近平新时代中国特色社会主义思想为指导，努力提高政治站位，增强思想自觉，敢于担当，奋发有为，繁荣中国学术，发展中国理论，传播中国思想，加快构建中国特色哲学社会科学"三大体系"，为实现"两个一百年"奋斗目标，实现中华民族伟大复兴的中国梦作出应有的贡献。

是为序。

2019 年 10 月

本书编撰人员

主　编　陈众议

主要撰稿人

序　言　陈众议

第一章
　　　引　言　陈众议　秦　弓
　　　第一节　秦　弓
　　　第二节　陈建华

第二章
　　　引　言　卞之琳　叶水夫　袁可嘉　陈　燊
　　　第一节至三节　卞之琳　叶水夫　袁可嘉　陈　燊
　　　第四节　陈建华　石南征
　　　第五节　黄　梅　钱满素　王义国
　　　第六节　叶　隽　吴岳添　高　兴

第三章
　　　引　言　陈众议

第一节　田洪敏　石南征
第二节　黄　梅　钱满素　王义国
第三节　高　兴　叶　隽

第四章
　　引　言　陈众议
　　第一节　黄　梅　钱满素　王义国　余　嘉　石南征　叶　隽
　　　　　　吴岳添　高　兴　吴正仪　李永平　陈中梅　穆宏燕
　　　　　　焦　艳　吕　莉　魏大海　常　蕾　钟志清　宗笑飞
　　　　　　叶丽贤　侯玮红　邱雅芬　杨　曦　于怀瑾　董　晨
　　　　　　刘　晖　魏　然　李　川　徐　娜　舒荪乐　程　莹
　　　　　　彭青龙　陈众议
　　第二节　陈众议　申　丹　马大康　王　宁　聂珍钊　刘　渊
　　　　　　章　辉　纪秀明　陈跃红　周启超　张晓明　支　宇
　　　　　　谢天振　汪正龙　何辉斌　徐德林

　　第三节　徐德林

目 录

序言 …………………………………………………………………（1）

第一章　历史回眸 ………………………………………………（1）
　引　言 ……………………………………………………………（1）
　第一节　"五四"运动：外国文学译介的第一个高潮 …………（8）
　　一　翻译文学或外国文学翻译 ………………………………（8）
　　二　外国文学翻译的价值认知 ………………………………（10）
　　三　外国文学译介的选择 ……………………………………（14）
　　四　外国文学译介的成就 ……………………………………（17）
　　五　外国文学的积极影响 ……………………………………（22）
　第二节　学习俄苏："五四"精神的集中体现与阐扬 …………（25）
　　一　田汉、沈雁冰的开拓 ……………………………………（26）
　　二　"五四"时期的有关研究 ………………………………（31）
　　三　早期俄国文学史研究 ……………………………………（39）
　　四　中俄文学比较研究的发端 ………………………………（48）
　　五　关注苏联早期文学思想 …………………………………（53）
　　六　重要研究著作的译介 ……………………………………（64）
　　七　对别、车、杜等俄国作家的研究 ………………………（70）
　　八　对"新俄文学"的研究 …………………………………（77）
　　九　中国现代作家谈俄苏文学 ………………………………（82）

第二章　最初十年 …… (94)

引　言 …… (94)
第一节　筚路蓝缕 …… (98)
第二节　翻译标准讨论 …… (105)
第三节　研究方法讨论 …… (115)
第四节　苏俄文学研究 …… (135)
第五节　英美文学研究 …… (141)
第六节　其他相关研究 …… (147)

第三章　峥嵘岁月 …… (151)

引　言 …… (151)
第一节　苏俄文学研究 …… (153)
第二节　英美文学研究 …… (158)
第三节　其他相关情况 …… (164)

第四章　黄金时期 …… (166)

引　言 …… (166)
第一节　国别（语种）文学研究 …… (170)
　一　英美文学研究 …… (172)
　二　俄苏文学研究 …… (199)
　三　德语文学研究 …… (234)
　四　法国文学研究 …… (259)
　五　西班牙语、葡萄牙语文学研究 …… (278)
　六　东欧文学研究 …… (289)
　七　意大利文学研究 …… (301)
　八　古希腊罗马文学研究 …… (306)
　九　北欧文学研究 …… (311)
　十　朝鲜、韩国文学研究 …… (313)
　十一　日本文学研究 …… (316)
　十二　东南亚文学研究 …… (324)

十三　印度、巴基斯坦、孟加拉文学研究 …………………… （327）
十四　波斯（伊朗）、阿富汗文学研究 ………………………… （332）
十五　土耳其与中亚文学研究 …………………………………… （337）
十六　希伯来文学研究 …………………………………………… （339）
十七　阿拉伯文学研究 …………………………………………… （343）
十八　澳大利亚文学研究 ………………………………………… （348）
十九　其他文学研究 ……………………………………………… （359）
二十　外国文学研究的若干问题 ………………………………… （361）
第二节　重要理论思潮和文论家研究（1978—2009）……………… （372）
一　叙事学在中国 ………………………………………………… （380）
二　接受美学的中国接受 ………………………………………… （389）
三　精神分析学在中国 …………………………………………… （407）
四　文学伦理学在中国 …………………………………………… （424）
五　女性主义批评在中国 ………………………………………… （435）
六　后殖民理论在中国 …………………………………………… （445）
七　生态批评在中国 ……………………………………………… （459）
八　比较文学及其理论在中国 …………………………………… （473）
九　巴赫金的中国之旅 …………………………………………… （488）
十　巴尔特的中国之旅 …………………………………………… （509）
十一　韦勒克的中国之旅 ………………………………………… （522）
十二　其他相关研究 ……………………………………………… （542）
第三节　最近十年重要理论思潮和文论家研究 …………………… （590）

序　言

陈众议

格物致知，信而有证；厘清源流，以裨发展。学科史梳理是学科发展的基础工作，因而也是行之有效的文化积累工程。通过尽可能竭泽而渔式的梳理，即使不能见人所未见、言人所未言，至少也可将有关研究成果（包括研究家的立场、观点和方法）总结整理、传之后世。

从学科史的角度看，外国文学同中国现代文学本是一枚钱币的两面，难以截然分割。首先，"百日维新"（康有为、梁启超等）"托洋改制"的"体""用"思想是改良派取法西方文艺复兴运动（"托古改制"①）思想的一个显证。1898年林纾翻译《巴黎茶花女遗事》也是我国第一次自主引进外国文学，从而与严复、梁启超和王国维等人殊途同归。严复与梁启超分别于"百日维新"期间倡导中国文学的改革路径应以日本与西方文学为准绳。严复提出了译事三字经"信、达、雅"，而且亲历亲为。"信"和"达"于翻译不必多言，而"雅"字不仅指语言，还应包含遴选标准，即价值判断和审美取向。王国维则直接借用叔本华悲剧理论创作了《〈红楼梦〉评论》（1904）。

其次是"五四"运动。关于这场"反帝反封建的爱国运动"，中国共产党党史明确视其为直接影响了中国共产党诞生和发展的旧民主主义革命

---

① 典出康有为《孔子改制考》，中华书局1958年版，第267页。马克思的《路易·波拿巴的雾月十八日》也有类似说法。

和新民主主义革命的分水岭。① 同时，它也是中国思想史的一个分水岭："五四"运动故而又称新文化运动。如果说"维新变法"取法的是"中学为体"、"西学为用"，那么"五四"运动显然是更为明确的"别求新声于异邦"（鲁迅语）了。同时，"五四"运动以"忧国感时"、"反帝反封建"为己任，强化了文学的意识形态属性。同为"五四"新文化运动的主将，胡适在评论陈独秀时就曾说过，陈独秀对五四"文学革命"做出了三大贡献：（1）由我们的玩意儿变成了文学革命，变成了三大主义；（2）由他才把伦理道德政治的革命合成了一个大运动；（3）由他一往直前的精神，使得文学革命有了很大的收获。② "五四"运动以降，外国文学被大量介绍到中国。这快速改变了中国的文学生态和中国知识分子对文学的认知，起到了除旧布新、引领风气的功用。鲁迅在《我怎么做起小说来》一文中写道："因为所求的作品是叫喊和反抗，势必至于倾向于东欧，因此所看的俄国、波兰以及巴尔干诸小国家的东西就特别多。"③

《新青年》、《小说月报》等刊物利用外国文学宣传科学、民主和民族独立思想。如此，英、法、德、意、西文学和俄苏文学、东欧被压迫民族文学以特刊形式得以评介。到了20世纪30年代，鲁迅还联手茅盾创办了《译文》④杂志。除国外现实主义文学外，方兴未艾的现代主义文学也一股脑儿进入我国，后者在上海等地掀起了现代派诗潮。从鲁郭茅、巴老曹到以冯至为代表的抒情诗人和以卞之琳、穆时英为旗手的新诗派；中国新文学大抵浸润在蜂拥而至的外国文学和本国现实两大土壤之中。而且，多数

---

① 《中国共产党党史》上册，中央党史出版社2011年版。
② 《胡适学术文集·新文学运动》，中华书局1998年版，第192页。
③ 《鲁迅全集》第4卷，人民文学出版社1981年版，第511页。
④ 1934年初夏，茅盾来到鲁迅寓所，谈起《文学》杂志推出了两期外国文学专刊，激发了同人的翻译热情。鲁迅听后，认为应该创办一份译文刊物。茅盾恰好也有此意；随后，在商议《译文》出版事宜时，鲁迅表示："编辑人就印上黄源吧！对外用他的名义，实际主编我来做。" 9月16日，《译文》在上海面世。内容以翻译外国现实主义文艺为主，创作和评论并重。1935年9月，《译文》至第二卷第六期因故停刊。翌年3月，《译文》得以复刊（卷期号另起），鲁迅写了《复刊词》。到1937年6月，由于时局动荡，《译文》出至新三卷第四期被迫终刊，共印行二十九期。在《译文》出版期间，鲁迅倾注了许多心血；许广平在《最后的一天》中提到，先生在病逝前一天还强撑着仔细看了《译文》刊发在报章上的告示。1953年，在中央领导的大力推动下，《译文》再次复刊，茅盾先生亲任主编。1959年，《译文》更名为《世界文学》。

中国现代文学的代表作家也大抵是一手翻译，一手创作的"双枪将"。故此，围绕外国文学翻译，作家鲁迅和瞿秋白曾同梁实秋和陈源等人进行辩论。鲁迅在 1931 年写给瞿秋白的信中，系统阐述了他的翻译观。鲁迅主张"凡是翻译，必须兼顾这两面，一当然力求易解，二则保存着原作的丰姿"；① 他针对一些主张"宁顺不信"的人，提出了"宁信而不顺"的意见（所谓"硬译"说便是梁实秋对鲁迅的反诘，而"直译"才是鲁迅倡导的方法）。瞿秋白进而提出了"信顺统一"说。这些都是他们在翻译实践中得出的基本判断。这已经牵涉到文学翻译的"归化"和"异化"问题。而外国文学的翻译和译学、出版和评价等极大地推动了我国的新文学，乃至白话文和马克思主义的传播。

出于革命斗争和思想启蒙的需要，外国文学的译介一直十分注重思想性。鲁迅自《摩罗诗力说》起便以特有的洞察力和战斗精神激励外国文学工作者。茅盾关于外国文学的不少见解也主要基于社会功能和思想价值。茅盾的《西洋文学》、瞿秋白和蒋光慈的《俄罗斯文学》、郑振铎的《俄罗斯文学的特质及略史》、周作人的《欧洲文学史》、吴宓的《希腊文学史》等是当时较有影响的专题著述。虽然这些作品还称不上多么深入的研究，但即便如此它们的出现也并不一帆风顺。俄苏文学和东欧被压迫民族文学的介绍，先是受到了"学衡派"的攻击，后来又受到林语堂等人讥嘲。苏联文学和马克思主义文艺理论还遭到了国民党政府的封杀与追剿。就连"创造社"和"太阳社"的左翼知识分子也一度嘲讽鲁迅为"中国的堂吉诃德"。由是，鲁迅曾赞誉苏联文学的译介者为普罗米修斯式的盗火者。郑振铎认为"灌输外国的文学入国中，使本国的文学，取材益宏，格式益精，其功正自不可没"。② 从"娜拉的出走"到《钢铁是怎样炼成的》，大批热血青年在外国文学的感召下走向革命或抗日救亡运动。

尽管大批作家参与了译介外国文学的工作（其中有胡适、鲁迅、茅盾、周作人、刘半农、郑振铎、赵元任、李青崖、谢六逸、沈泽民、张闻天、夏丏尊、陈大悲、欧阳予倩、陈望道、李劼人、王鲁彦、李霁野、宋

---

① 《鲁迅全集》第 6 卷，人民文学出版社 2005 年版，第 364—365 页。
② 《民铎杂志》第 3 卷第 2 期，1922 年 2 月 1 日。

春舫、郭沫若、成仿吾、郁达夫、田汉、巴金、周立波、穆旦等、沈从文、丁玲、冰心、艾芜、萧军、萧红、端木蕻良、路翎、冯至、周扬、卞之琳、李健吾、贺敬之，等等。这个名单几可无限延续），但经费不足、出版混乱、良莠不齐和研究缺失①等问题始终存在。而这样的问题一直要到 1949 年以后才得以基本改观。

一　最初十年：向苏联学习

新中国成立之后，我国的外国文学翻译和研究跃上了新的台阶。尤其是在研究领域，最初十年大体上可分为三个阶段。开始四五年是准备时期。当时新中国刚成立不久，了解外国文学的学者不一定熟悉马克思列宁主义毛泽东思想。因此，他们在参加一般知识分子初期思想改造运动的同时，被规定从毛主席《在延安文艺座谈会上的讲话》开始，进行马克思主义文艺观的补习。联系外国文学工作的实际，他们同时需要借鉴苏联同行的经验。为此，不少人还自学了俄语，以便直接阅读有关原著，甚至翻译苏联学者的外国文学史著作。经过这段时期的准备，在 1955 年和 1956 年之间，党中央提出了"向科学进军"的号召。"百花齐放、百家争鸣"方针也相继出台，外国文学研究工作真正进入了发展阶段，一大批研究成果陆续发表。但是，工作刚取得了一些经验，成果还来不及得到检阅，1957 年就开始了全民整风运动。翌年，学术批判运动迅速展开，外国文学研究工作中的"一部分残余的资产阶级学术思想"受到了批判。然而，与此同时，时任中央宣传部长的陆定一提出要引进一套外国文学名著。嗣后，"三套丛书"计划启动。它们是"外国文学古典名著丛书"、"马克思主义文艺理论丛书"和"西方古典文艺理论丛书"。随着时间的推移，有关丛书的名称略有调整，但围绕"三套丛书"所展开的外国文学研究工作全面推开。1964 年，根据毛主席的指示，外国文学研究所成立，并接手"三套丛书"工程。这为新中国外国文学学科建设奠定了基石，同时也为中国文学的发展、繁荣奠定了基础。

---

① 也许只有俄苏文学研究是个列外。20 世纪三四十年代，我国学者对别、车、杜和托尔斯泰、高尔基等俄苏作家的研究已经达到了很高的水准。

总体说来，以鲁迅为旗手的新文学运动固然十分关注外国文学，但从研究的角度看，20世纪20—40年代虽不乏亮点，却并不系统。出于特殊的意识形态和社会主义建设的需要，新中国成立初期我国的外国文学研究几乎可以说是一次重新出发。而社会主义苏联则顺理成章地成了我们的榜样。"向苏联老大哥学习，沿着社会主义现实主义道路前进"，无疑是50年代我国外国文学研究的不二法门。除迅速从苏联引进马、恩、列、斯的文艺思想外，我国学者还适时地翻译介绍了别、车、杜及一系列由苏联学者编写或翻译的文艺理论著述，同时对俄苏及少量的西方文学开展了介绍和研究。颂扬苏联主流文学自不必说，当时还将批判的矛头指向了西方。1959年的十年总结与反思，除了肯定与借鉴苏联、东欧文学，及一些亚非拉革命文学的有关斗争精神，其他文学和研究方法基本上都不同程度地受到了批判。首先是对西方人性论和人道主义思想的批判，其次是过于强调文学的政治属性。但是，值得肯定的是，当时的外国文学研究筚路蓝缕，为我国的文学及文化事业积累不少经验，引进了大量可资借鉴的观点和方法。更值得注意的是，外国文学研究并没有被极"左"思潮完全吞噬。明证之一是对姚文元的批评。姚在《从〈红与黑〉看西欧古典文学中的爱情描写》（1958）中以偏赅全地全盘否定西方古典文学，外国文学界的有关同志就曾旗帜鲜明地对其进行了批评。

二 1960年：历史的分水岭

虽然分歧早已存在，但从1960年起中苏矛盾开始公开化。此后，苏联文学被定义为修正主义。极"左"思潮开始在我国的外国文学研究领域蔓延，其核心思想便是"以阶级斗争为纲"。也正是在1960年，我国的外国文学界在批判修正主义的同时，也给西方文学普遍地戴上了帝国主义或资产阶级意识形态的帽子。50年代由中宣部直接领导的"三套丛书"步入停滞状态。自此至1977年，外国文学研究进入了休克期。但外国文学并没有销声匿迹，它以非常形式，如手抄、口传、黄皮书等隐秘或半隐秘方式成为一股温暖的潜流。

由于众所周知的历史原因，外国文学研究因中苏关系恶化和极"左"思潮干扰开始陷入低谷，直至"文化大革命"结束。在长达十几年的历史进程中，外国文学被扫进了"修正主义"和"资本主义"的垃圾堆，极少数幸免于难的也成了简单的政治工具。正常的研究完全处于瘫痪和终止状态。

三　近四十年：天光云影共徘徊

1978 年，党的十三届三种全会如春风化雨，给中华大地带来了勃勃生机。外国文学研究工作再一次全面启动。"三套丛书"重新出发，古今各国文学研究遍地开花，可谓盛况空前。外国文学史、国别文学史和经典作家作品研究成果不胜枚举。从传统现实主义到先锋派、从现代主义到后现代主义，外国文学研究思潮喷涌，流派纷杂。设若没有外国文学和外国文学研究井喷式地出现在我们面前，中国文学就不可能迅速告别"伤痕文学"，快速衍生出"寻根文学"和"先锋文学"。事实上，80 年代中国的改革是缓慢的、渐进的，本身远不足以催生类似的文学。但当时我国文学翻译、研究和吸收的速率又远远高于其他领域的"改革开放"步伐。这一定程度上成就了 80 年代中后期的中国文学并使之快速融入世界文学。在这里，电影起到了重要的媒介作用。而我国学者关于西方现代派的界定（如"深刻的片面性"和"片面的深刻性"等观点）不可谓不深刻。同时，设若没有外国文学理论狂飙式地出现在我们身边，中国文学就不可能迅速摆脱政治与美学的多重转型，演化出目下天光云影共徘徊的多元包容态势。应该说，90 年代以来我国的改革依然是缓慢的、渐进的，其市场经济体制并非一蹴而就，但我们的文学及文学理论却率先进入了"全球化"与后现代的"狂欢"。这一步伐又远远大于其他步伐。我国学者关于后现代文学及文化思想的批评（如"以绝对的相对性取代相对的绝对性"等观点）不可谓不经典。

"改革开放"四十年，外国文学的大量进入不仅空前地撞击了中国文坛，而且在拨乱反正、破除禁锢方面起着某种先导作用，从而为我国的思想解放运动提供了借鉴和支持，并直接或间接地对我国的文学创作、文化事业，乃至"改革开放"产生了巨大的催化作用。此外，围绕人道主义的争鸣一定程度上为"以人为本"思想奠定了基础。1978 年初，朱光潜先生从外国文艺切入，在《社会科学战线》上发表了《文艺复兴至十九世纪西方资产阶级文学家艺术家有关人道主义、人性论的言论概述》，开启了最初的论争。虽然开始的论争仅限于人性与阶级性问题，但很快发展到了人道主义及异化问题的大讨论。1983年，时任中宣部副部长的周扬同志在中央党校的有关人道主义的讲话引起强烈反响。是年，有关人性、人道主义和异化问题的讨论文章多达七百余篇。这无疑是对"文化大革命"践踏人权、草菅人命的一次清算。两年后，讨论再度升温，并且加入了存在主义和现代主义等多重因素。虽然用人道主义否定阶级斗争有一定的片面性，但诸如此类的讨论为推动我国与国际社会在人本、人权等认识问题上拉近了距离，并一定程度上对丰富这些价值和认知发挥了巨大作用；也为我们构建社会主义核心价值体系提供了不可或缺的借镜。尤其是四十年的外国文学译介和研究，极大地丰富了我国人民的精神文化生活、推动了中国文学母体的发展和繁荣，为中国文学抵达高原创造了条件。

然而，综观七十年外国文学研究，我们不能不承认两个主要事实：（1）前三十年基本上沿袭了苏联模式，从而对西方文学及文化传统有所偏废，其中有十几年还受到了极"左"思潮的影响；后四十年又基本上改用了西方模式，从而多少放弃了一些本该坚持的优秀传统与学术范式；而且饥不择食、囫囵吞枣、盲目照搬，以致泥沙俱下的状况也所在皆是。当然，这是另一种大处着眼的扫描方式。具体情况却要复杂得多。借冯至先生的话说，我们好像"总是在否定里生活，但否定中也有肯定"。（2）建立具有国际影响的外国文学学科依然任重而道远。可以毫不夸张地说，总结和反思不仅有助于厘清学科自身的经验和教训，构建以我为主、为我所用的外国文学学派；对于共同推进具有世界影响的中国人文社会科学、建设中国特色社会主义精神文明和同心圆式的人类命运共同体也将大有裨益。

四　继往开来　任重道远

后现代主义解构的结果是绝对的相对性取代了相对的绝对性。于是，在许多人眼里，相对客观的真理消释了，就连起码的善恶观也不复存在了。于是，过去的"一里不同俗，十里言语殊"成了如今的言人人殊。于是，众声喧哗，且言必称狂欢，言必称多元，言必称虚拟。这对谁最有利呢？也许是资本吧。无论解构主义者初衷何如，解构风潮的实际效果是：不仅相当程度上消解了真善美与假恶丑的界限，甚至对国家意识形态，至少是某些国家的意识形态和民族凝聚力都构成了威胁。然而，所谓的"文明冲突"归根结底是利益冲突，而"人权高于主权"这样的时鲜谬论也只有在跨国公司时代才可能产生。

且说在后现代语境中经典首当其冲，成为解构对象。因此它们不是被迫"淡出"，便是横遭肢解。所谓的文学终结论也正是在这样的背景下提出来的。它与其说指向创作实际，毋宁说是指向传统认知、价值和审美取向的全方位的颠覆。因此，经典的重构多少具有拨乱反正的意义。

正是基于上述原由，中国社会科学院外国文学研究所于2004年着手设计"外国文学学术史研究工程"，并于翌年将该计划列入中国社会科学院"十一五"规划，嗣后又被列为国家"十二五"和"十三五"重点出版项目。这是一项向着学术重构的研究工程，它的应运而生标志着外文所在原有的"三套丛书"的基础上又迈出了新的一步，也意味着我国的外国文学研究开始对解构风潮之后的学术相对化、碎片化和虚无化进行较为系统的清算。

如是，"外国文学学术史研究工程"立足国情，立足当代，从我出发，以我为主，瞄准外国文学经典作家作品和思潮流派，进行历时和共时的双向梳理。其中第一、第二系列由十六部学术史研究专著、十六部配套译著组成；第一系列涉及塞万提斯、歌德、雨果、康拉德、庞德、高尔基、肖洛霍夫和海明威，第二系列包括普希金、茨维塔耶娃、狄更斯、哈代、菲茨杰拉德、索尔·贝娄、左拉和芥川龙之介，第三系列由莎士比亚、巴尔扎克、托尔斯泰、陀思妥耶夫斯基、泰戈尔、乔叟、《圣经》文学、《一千零一夜》等学术史研究及其相应的研究文集组成。

学术史或学科史的梳理与研究不仅是温故知新的需要，同时也是端正学术思想的基本方式，而且它最终是为了面向未来：总结经验、吸取教训，为明天的学术发展铺平道路。从这个意义上说，由中国社会科学院倡导的这项学术工程既必要又及时，它必将对中国学术的发展和"三个体系"的形成产生重大的影响。

习近平总书记指出，我们既不走封闭僵化的老路，也不走改旗易帜的邪路。并且指出要"不忘本来,吸收外来,面向未来"。这是新时代中国特色社会主义文化的发展方向,自然也是我国外国文学研究的发展方向。

总之,七十年来我们的外国文学译介和研究成绩斐然;尤其是党的十八大以来,外国文学研究界体悟"四个自信",沿着"二为方针"和"二为方向"不断进取。但反躬自问,我们的工作距离习近平总书记提出的"四个坚持"还有相当的距离。首先,无论如何,外国文学学科牵涉多语种、多国别,加之时间仓促,本著所反映的或许只是我国这一领域的冰山一角,因此比例失当、挂一漏万在所难免;其次,限于时间和篇幅,成绩说够不易,问题说清更难,因此失当和疏漏在所难免,在此恳请读者方家不吝指正。

需要特别说明的是,此书得到了赵剑英、魏长宝等出版社领导的关心和帮助,我们谨表谢忱。此外,秦弓、黄梅、石南征、李永平、余中先、周启超、聂珍钊、彭青龙等①所有参与本课题的所内外新老同人在课题的立项和写作过程中给予了大力支持,编者对他们心存感激。但因出版要求和时间、技术方面的原因,有关章节和字句或有较大改动,倘因此而美玉生瑕或狗尾续貂,则责任在我。至于本著各部分所涉评价,却是相关作者的个人观点,不代表参与本著编撰的其他人等;个别作家作品译名,无特殊原因者也基本尊重不同时期的历史译法,敬请读者留意。

---

① 其余作者见附录,在此恕不一一列举。

第一章

历史回眸

引 言

中华民族拥有悠久的历史，中华文明是世界上唯一没有被中断的古老文明，但中华民族也向来善于学习和借鉴，善于吸收和融合外来文化。早在两千年前，我国人民就与中亚和西亚各国开始了文化交流。这对于丰富和发展我国文化起到了积极作用。而佛教的传入是中外文化交流史上的第一座里程碑。佛典的翻译素以严谨著称，它的巨大成就在文化交流史上堪称典范（数量可观的佛典因之得到保存，而其中相当一部分在印度本国却已散佚）。然而，倘使随佛教、景教、伊斯兰教等进入我国的某些外国文学元素可以暂且忽略不计，那么我国的外国文学翻译和研究史大抵超不过一个半世纪。然而，外国文学的进入却是我国知识分子面对帝国主义坚船利炮的一次伟大的觉醒，即主动的拿来，鲁迅称之为拿来主义。

严格地说，《巴黎茶花女遗事》是我国引进的第一部外国小说，适值1898年"百日维新"。是年，林纾开始在友人的帮助下翻译或者说是转述外国文学名著。而这显然是维新运动的继续，它与严复、梁启超和王国维等人的文学思想殊途同归。且说严复与梁启超分别于1897年和1898年倡导中国小说（文学）的改革路线应以日本与西方小说（文学）为准。尤其是梁启超关于新国家必先新民心，新民心必先新小说（文学）的思想①多少刺激了国人接受外国文学的热忱。如是，郭沫若在《文学革命之回顾》一文中写道，文学革命的滥觞"应该要追溯到满清末年资产阶级的意识觉醒的时候。这个滥觞时期的代表，我们当推梁任公"。②梁启超在谈及德富苏峰《将来之日本》等作时认为后者"雄放隽快，善以欧西方思入日本文，实为文界别开一生面者"。他进而指出，"中国若有文界革命，当亦不可不起点于是也"。如果说梁启超的文学思想具有工具论色彩，③那么王国维就或可称为具有文学自觉或自主的本体论者了。他明显受到了西方哲学和西方文学的影响，发表了《〈红楼梦〉评论》等重要著述。尽管他逍遥地视文学为"无用之用"，谓"文学者，游戏的事业也"。④

  这些思想无不推动了晚清文学及文学翻译的繁荣。而严复的"信、达、雅"译事"三字经"则无疑为文学翻译树立了很高的标杆。据晚清文学研究者阿英等人的不完全统计，这个时期出版的翻译作品多达六百余种，其中绝大部分是1898年至1911年间问世的。文学翻译与文学创作相辅相成，相得益彰。林纾的翻译涉及英、法、美、俄、挪威、瑞士、比利时、西班牙等欧洲国家的文学。在众多作家中，既有文艺复兴时期的塞万提斯、莎士比亚，18世纪的启蒙运动时期的笛福、斯威夫特，也有19世纪浪漫主义和批判现实主义时期的巴尔扎克、大仲马、小仲马、狄更斯、托尔斯泰等等，凡一百七十一种。很快，大小仲马、狄更斯、雨果、托尔斯泰等就成了文学青年耳熟能详的名字。此外，柯南道尔、凡尔纳等畅销作家的小说也随之涌入。易卜生等人的作品也被称作"文明新戏"并受到戏剧界的推崇。虽然后来不少学者诟病当时的翻译水平，但无论如何，外国文学的介入确实起到除旧布新、引领风气的功用。在外国文学的作用

---

  ① 梁启超在《论小说与群治之关系》中断言："欲新一国之民，不可不先新一国之小说。故欲新道德，必新小说；欲新宗教，必新小说；欲新政治，必新小说；欲新风俗，必新小说；欲新学艺，必新小说；乃至欲新人心，欲新人格，必新小说。何以故？小说有不可思议之力支配人道故。"
  ② 《郭沫若全集》第16卷，人民文学出版社1989年版，第88页。
  ③ 《饮冰室专集之二十二》第1册，中华书局1989年版（1936年版之影印本），第191页。
  ④ 《王国维文集》第1集，中国文史出版社1997年版，第25页。

下，说部发生了质变，以至于一向不登大雅的小说一跃而成为大宗。

与此同时，近百年来我国的先进知识分子为争取民族的解放和人民的觉醒，曾不断将目光投向国外。他们向西方借鉴文明、寻求真理时，终于找到了马克思主义。毛主席在《论人民民主专政》中说，"十月革命一声炮响，给我们送来了马克思主义。十月革命帮助全世界也帮助了中国的先进分子，用无产阶级的宇宙观作为观察国家命运的工具，重新考虑自己的问题。走俄国人的路——这就是结论。"走俄国人的路，政治上如此，文艺方面亦然。这就是我国学习苏联的思想基础。正因为如此，反映十月革命和社会主义建设的苏联文学深受我国人民的喜爱，苏联社会主义现实主义也就成了我国进步的文艺工作者的不二选择。此外，处在新民主主义革命阶段的中国社会和十月革命前夕的俄国社会有诸多相似之处，因此俄国文学极易被我国人民所接受，俄国文学所表现的思想感情和审美方式也容易引起我国读者的共鸣。俄国文学真实反映生活，深刻揭露专制制度与农奴制度的压迫以及人民坚忍不拔的斗争精神和追求美好生活的理想主义为我国人民的反帝反封建斗争提供了不可或缺的精神武器。同时，俄国现实主义作家联系实际、赞美自由、崇尚勇敢的品格使其文学作品充满了人民性和民主精神。这些都是俄苏文学对我国读者产生强大引力的原因。

"五四"运动以"忧国感时"、"反帝反殖"为己任，从而进一步强化了文学的意识形态属性。作为"五四"新文化运动的主将之一，胡适在评论另一位主将陈独秀时就曾说过，陈独秀对"五四""文学革命"做出了三大贡献：（1）由我们的玩意儿变成了文学革命，变成了三大主义；（2）由他才把伦理道德政治的革命合成了一个大运动；（3）由他一往直前的精神，使得文学革命有了很大的收获。①

的确，陈独秀自创办《青年杂志》始，逐渐形成了"文学革命"的思想。他在《青年杂志》创刊号上敬告青年要拥抱实用主义，第2号上又把"现实主义"列为教育的第一方针。接着，在第3、4号上他连续发表《现代欧洲文艺史谭》上下两篇。上篇介绍欧洲文艺自近代以来的现实主义大势及其代表作家；下篇则对19世纪俄国现实主义主帅托尔斯泰的生平事

---

① 《胡适学术文集·新文学运动》，中华书局1998年版，第192页。

迹进行了评述。陈独秀在《文学革命论》中呼吁新文学而新政治、新社会；呼唤写平民、写现实、写社会的文学，以废除贵族、古典、山林文学。陈独秀认为，当今中国文学界"浮华颓败"的古典理想主义，较之于欧洲文学大势已大为落伍。他故而选登了屠格涅夫的《春潮》、王尔德的《意中人》等译作。

胡适对陈独秀的"文学革命"持不同意见。他主张改良，而不是革命。在《文学改良刍议》一文中，胡适提出了自己的主张，即著名的文学"八事"：一、须言之有物；二、不摹仿古人；三、须讲求文法；四、不作无病之呻吟；五、务去滥调套语；六、不用典；七、不讲对仗；八、不避俗语俗字。①

他的这些思想深受欧美意象派文学的影响。这时，马君武、苏曼珠等人翻译出版的歌德、拜伦和雪莱的诗歌开始受到欢迎。而周氏兄弟在外国文学翻译、研究方面的贡献更为世人所称道。尤其是"别求新声于异邦"的鲁迅，其文学思想的形成与外国文学密不可分。

"五四"运动前后，中国人民内外交困。外遭帝国主义侵略，内受封建军阀欺压。因此，同样处于双重煎熬的东欧各族人民得到我国人民的同情。他们的文学同样得到了我国人民的极大关注。鲁迅在《我怎么做起小说来》一文中写道："因为所求的作品是叫喊和反抗，势必至于倾向于东欧，因此所看的俄国、波兰以及巴尔干诸小国家的东西就特别多。"②

"五四"运动之后，随着马克思主义的传播，中国共产党于1921年正式成立，中国人民的反帝反封建革命进入了崭新的阶段。在这个革命的时代，中国进步知识分子的一切行为都同革命紧密地联系在了一起，外国文学的译介工作自然也不例外。因此，凡是符合革命斗争需要的外国文学作品，就自然而然地受到了重视和欢迎。因此，外国文学作品的思想性是决定性的。

鲁迅从青年时代发表《摩罗诗力说》起，终其一生重视外国文学作品的思想性。他曾经多次提到他翻译的目的是要借进步的外国文学之力来展

---

① 《胡适学术文集·新文学运动》，中华书局1998年版，第20页。
② 《鲁迅全集》第4卷，人民文学出版社1981年版，第511页。

开对旧思想、旧观念的斗争,来反抗帝国主义、封建主义的压迫。对于苏联文学,他更强调这种斗争作用。他说:"我看苏联文学,是大半想介绍给中国,而对于中国,现在也还是战斗的作品更为重要。"① 瞿秋白则认为:"翻译世界无产阶级革命的名著……是中国普洛文学者的重要任务之一。"② 茅盾也曾说过,"介绍西洋文学的目的",一半也是为了"介绍世界的现代思想"。③

当然,外国文学作品的思想性并不是唯一条件。前面说过,"五四"运动的重要组成部分是新文学运动,也即文学革命运动。这里所谓的"新文学"和"文学革命",除时代和社会所赋予的新内容、新思想以外,在艺术形式、表现方法上也需要借鉴外国文学。

因此,以鲁迅为代表的外国文学译介者,不但指出了外国文学作品的思想性,而且还关注到了它们的艺术性。鲁迅说过,"注重翻译,一作借镜,其实也就是催进和鼓励着创作"。④ 而作为借鉴的外国文学作品是可以多种多样的,可以是古典的,也可以是现代的;可以是苏联的,也可以是西方资产阶级国家的。他因此反驳了某些以为要苏联社会主义文学就不应该要西方古典文学那样的幼稚想法,认为即使"观念形态已经很不相同的作品",也"可以从中学学描写的本领,作者的努力"。⑤

然而,这个联系实际、为革命服务、为创作服务的传统并非一蹴而就,而是经过一个较长的历史阶段,在社会发展的实际中逐渐形成并发扬光大的。

如果说,这个传统是在"五四"之后逐渐形成的,那么它的发轫可以追溯到"百日维新"。到了1907年,鲁迅写了《摩罗诗力说》,着重论述了欧洲近代文学主潮,介绍了普希金、莱蒙托夫、拜伦、雪莱、密茨凯维奇、裴多菲等富有民族精神、爱国思想和追求自由民主的作家。他指出,

---

① 《鲁迅全集》第6卷,人民文学出版社1981年版,第18—19页。
② 《瞿秋白文集》第2卷,人民文学出版社1954年版,第917页。
③ 《新文学研究者的责任与努力》,《小说月报》第12卷第2号,1921年2月10日。
④ 《鲁迅全集》第4卷,第553页。
⑤ 《鲁迅全集》第5卷,第296页。

他们的作品"立意在反抗,指归在动作",① 目的是"起其国人之新生,而大其国于天下"。② 在他看来,要改造当时暮气沉沉的旧中国,正需要这样的文学。鲁迅这种主张付诸实施的第一步便是他参与编选并翻译出版的《域外小说集》(1909年)。

到了"五四"时期,为了配合"文学革命运动",《新青年》开始利用外国文学这个武器。1918年,它推出了《易卜生号》,这是我国刊物第一次出版外国作家专号。"五四"以后,文学研究会以改革后的《小说月报》为阵地,大规模展开外国文学译介工作。这个刊物在茅盾的领导下,不但大量发表欧洲现实主义的优秀作品(1921年几乎每一期都有俄国批判现实主义作家的作品),而且在每一期《通讯》中宣传现实主义文学。如此,《小说月报》出版了俄国、法国、东欧被压迫民族的不少文学专号及重要作家特刊。

此外,围绕外国文学翻译,鲁迅和瞿秋白曾同梁实秋、陈源等人进行了辩论。鲁迅在1931年写给瞿秋白的信中,系统阐述了他的观点。鲁迅主张"凡是翻译,必须兼顾这两面,一当然力求易解,二则保存着原作的丰姿";他针对一些主张"宁顺不信"的人,提出了"宁信而不顺"的意见(所谓"硬译"说便源于此)。瞿秋白进而提出了"信顺统一"说。这些都是他们在翻译实践中作出的基本判断。

第二次国内革命战争时期,随着革命形式的发展,以上海为中心的革命文学运动在中国共产党的领导下蓬勃展开。大量外国文学的引进和关于革命文学的争论,使一部分先进知识分子认识到介绍和学习马克思主义文艺理论的必要性。鲁迅翻译了普列汉诺夫和卢纳察尔斯基的著述。瞿秋白编译了马克思、恩格斯的文艺理论,也译了列宁、普列汉诺夫、高尔基、拉法格的文章。同时,为了学习社会主义现实主义,在鲁迅和瞿秋白的倡导下,苏联文学作品也有了较多的介绍。高尔基的《母亲》、法捷耶夫的《毁灭》、绥拉菲摩维奇的《铁流》、肖洛霍夫的《被开垦的处女地》等重要作品也被相继翻译出版。1934年,鲁迅和茅盾创办《译文》月刊,这

---

① 《鲁迅全集》第1卷,第66页。
② 同上书,第99页。

是我国第一份译介外国文学的专业刊物，体现了他们重视外国文学的程度。在他们的带领下，愈来愈多的仁人志士把外国文学当成了改变现实、传播文明、启迪心智、荡涤污垢的工具，愈来愈多的中国作家、艺术家受到了外国文学影响。

外国文学译介工作在抗日战争和第三次国内革命战争时期，并没有因为环境的艰苦和条件的困难中断。相反，"五四"精神在这一历史时刻得到了很好的继承和发扬。不但苏联社会主义现实主义文学和卫国战争时期的优秀作品大量译介，许多外国古典作家的作品也相继有了较为完整和忠实的新译本。

由于革命斗争的需要，"五四"以后外国文学的译介一直十分注重战斗性。鲁迅的《摩罗诗力说》不仅对欧洲民主主义作家进行了介绍，而且充分表达了他的战斗性。鲁迅认为斗争是永恒的，人类历史从古到今都充满了斗争，文学也应该具有战斗性，应该适应社会变化的需要。正因为如此，他借摩罗诗派的战斗精神以激发我国人民争取独立解放的斗志。虽然他的思想并未引起时人的广泛关注并认同，但无疑是相当一个时期内我国外国文学工作者的榜样。虽然鲁迅有关外国文学的论述大都是些前言后记，但他以特有的洞察力和战斗精神激励了未来的外国文学工作者。

茅盾关于外国文学的不少见解也大多指向社会功能和思想价值。他的《西洋文学》，瞿秋白、蒋光慈的《俄罗斯文学》，周作人的《欧洲文学史》，吴宓的《希腊文学史》等是当时较有影响的专题介绍。但总体说来，受条件的限制，当时还谈不上真正意义上的研究。此外，外国文学的上述译介传统的形成并不一帆风顺。先进的外国文学，特别是俄苏文学和东欧被压迫民族文学的介绍，先是受到了"学衡派"的攻击，后来又受到林语堂等人讥嘲。苏联文学和马克思主义文艺理论的介绍，还遭到了反动派的封杀与追剿。鲁迅曾赞誉苏联文学的译介者为普罗米修斯式的盗火者。但是，出版的混乱和翻译质量的低下也是当时的普遍问题。

第一节 "五四"运动：外国文学译介的第一个高潮

"五四"运动为我国带来了外国文学译介的第一个高潮。"五四"时期，中国知识分子对外国文学价值的认识趋于深入，不仅把它当作张望异域世界的窗口，而且视之为思想启蒙的载体、精神沟通的桥梁、救治传统文学观念弊病的良药、新文学建设的范型与别致的审美对象；外国文学的选择，既切合新文化运动的时代要求，又对新文学有所增益；文学翻译是众多流派的共同行动，取得了巨大成就；外国文学产生了积极的思想启蒙效应，极大地拓展了中国文学的表现空间和艺术天地，促成了白话文学语体的成熟，培养了作家，也哺育了读者，在诸多层面上参与了中国现代文学建构乃至历史进程。

一 翻译文学或外国文学翻译

中国的翻译文学，最早可以追溯至《左传》等古典文献里的零星记载。东汉开始的佛经翻译，包含了丰富的文学内容，诸如《法华经》、《维摩诘经》、《盂兰盆经》等堪称佛教文学的代表作。近代作家学者开始把外国文学作为文学来翻译，但是，存在着一些影响翻译文学质量及其发展的问题，譬如：以"意译"和译述为主，其中根据译者感情好恶、道德判断及审美习惯而取舍、增添、发挥、误译、改译、"中国化"（人名、地名、称谓、典故等中国化，小说译为章回体等）的现象相当严重；原著署名权没有得到充分尊重，不少译著不注明著者，或者有之但译名混乱，还有一些译著也不署译者名；[①] 译作中只有少数用白话翻译，大多数与代表性成果则为文言；各种文体不平衡，小说居多，而诗歌、散文较少，话剧更是寥寥可数。"五四"时期，由于新文化启蒙运动的强力推动，新文学开创基业的急切需求，以及新闻出版业与新式教育的迅速发展，翻译文学呈现

---

① 参照郭延礼《中国近代翻译文学概论》，湖北教育出版社1998年版，第33—43页。

出波澜壮阔的局面，取得了前所未有的成绩，迈进了一个新纪元。译者队伍不断扩大，发表阵地星罗棋布，读者群遍布社会各个阶层，翻译文体渐趋丰富，白话翻译升帐挂帅，翻译批评相当活跃，翻译质量有了飞跃性的进步，翻译文学作为一个独立的文学门类，堂而皇之地步入了中国现代文学的殿堂。

20世纪三四十年代，文学史家意识到翻译文学的重要性，把翻译文学列入文学史框架，如陈子展《中国近代文学之变迁》（上海中华书局1929年版）与王哲甫《中国新文学运动史》（北平杰成印书局1933年版），分别将"翻译文学"列为第8章与第7章，田禽的《中国戏剧运动》（商务印书馆1944年版）第8章为"三十年来戏剧翻译之比较"，蓝海《中国抗战文艺史》（现代出版社1947年版）也注意到抗战时期翻译界的"名著热"现象。然而，进入20世纪50年代以后，在中国现代文学作为一个独立的学科逐渐形成的过程中，翻译文学却反而受到不应有的冷落。截至目前，有二百二十种以上的现代文学史著作，在通史性质的著作中，没有一种为翻译文学设立专章；有的著作只是把翻译文学作为"五四"新文学的背景来看待，而当述及第二、三个十年时，就看不见翻译文学的踪影了；有的著作述及鲁迅、郭沫若、茅盾、巴金、曹禺、梁实秋、卞之琳、周立波、穆旦等著译均丰的作家时，对其翻译只有寥寥几笔，述及沈从文、丁玲、艾芜、萧军、萧红、端木蕻良、路翎、贺敬之等作家时，对其所受翻译文学的影响，也是一笔带过，而没有把翻译文学的建树及其影响放到文学史整体框架中来考察。饶有意味的是，十卷本《中华文学通史》①，魏晋南北朝文学与近代文学部分，分设"佛经翻译"与"近代翻译与翻译文学"专章，而现当代文学部分，本来占有更为重要地位的翻译文学，却连专节也没有。

翻译文学为何受到冷落？究其原因，或许与翻译文学研究较为繁难有关，它需要研究者最好要懂至少一门外语，要有宽广的世界文学与文化视野。另外，大概也有学科划分过细的缘故，现代文学界把翻译文学让给了比较文学界。后者对现代翻译文学给予了相当的关注，80年代末以来陆续

---

① 张炯、邓绍基、樊骏主编：《中华文学通史》，华艺出版社1997年版。

推出一些成果，譬如：陈玉刚主编的《中国翻译文学史稿》（中国对外翻译出版公司1989年版），梳理了近代以来中国翻译文学的历史脉络，介绍并评价了重要翻译家与社团、刊物、出版社的建树，注意到翻译对文学创作的影响；郭延礼《中国近代翻译文学概论》（湖北教育出版社1998年版），马祖毅《中国翻译简史》增订版（副标题标明"'五四'以前部分"，中国对外翻译出版公司1998年版），对1917—1918年的翻译稍有涉猎；谢天振、查明建主编的《中国现代翻译文学史》（上海外语教育出版社2005年版），为第一本现代翻译文学专史，既有历史脉络的勾勒，也有重要译者与国别文学的翻译情况；王向远《20世纪中国的日本翻译文学史》（北京师范大学出版社2001年版），王建开《五四以来我国英美文学译介史（1919—1949）》（上海外语教育出版社2003年版）等，也在国别文学翻译研究上有所建树。

现代文学界之所以忽略翻译文学，深层原因至少有二：一是学科初创期，正值中华人民共和国刚刚诞生，政治上强调独立自主，反封锁的同时容易走向封闭保守，社会心态自豪之中不无自大，回首现代文学历史，成绩斐然，有意无意地回避外国文学的影响，忽略翻译文学的价值。初创期的认知模式一旦形成，便沿袭为学科惯性，影响至今。二是翻译文学的属性问题一直是个悬案，外国文学界认为翻译文学已经不是原本意义上的外国文学，中国文学也从"血缘"上予以排斥，这样就把翻译文学推到边缘化的位置。如果不是近年来交叉学科、边缘学科得到鼓励，前面列举的现代翻译文学研究成果也未必能够出现。

翻译文学的属性到底怎样，在理论层面姑且不论，就历史层面而言，现代翻译文学硕果累累、影响巨大是一个不争的事实。面对这样的现象，文学史研究怎么能够视而不见，或者拱手让人呢？

二 外国文学翻译的价值认知

较之近代，"五四"时期对翻译文学有了更为全面、更为深刻的认识。沈雁冰把翻译视为当下最关系新文学前途盛衰的一件事。郑振铎对此论述更多，《翻译与创作》中说："翻译者在一国的文学史变化更急骤的时代，常是一个最需要的人。"《俄国文学史中的翻译家》再次强调指出："就文学的本身讲,翻译家的责任也是非常重要的。无论在那一国的文学史上,没有不显出受别国文学的影响的痕迹的。而负这种介绍的责任的,却是翻译家。"他举出威克立夫的《圣经》译本被称为"英国散文之父",路德的《圣经》译文是德国近代文学的基础,俄国文学史上翻译事业对于俄语的形成乃至俄国文学发展的作用,来说明翻译家对于本国文学建设是如何的重要。他在《俄国的诗歌》中,又拿几个以翻译著称的诗人为例,充分肯定"灌输外国的文学入国中,使本国的文学,取材益宏,格式益精,其功正自不可没"。[①] 郑振铎多次说过翻译之于创作不仅仅为"媒婆"而止,《翻译与创作》中将其比作哺乳的"奶娘",还称之为开窗"引进户外的日光和清气和一切美丽的景色"。在新文学前驱者看来,通过翻译至少可以从三个方面汲取营养滋补新文学。

一是文学观念。传统文学观念中载道教化占有重要地位,新文学前驱者意识到,要想完成文学观念的现代转型,将家族主义、奴性主义等之"道"置换成人道主义、个性主义等现代之"道",改变视文学为高兴时的游戏与失意时的消遣的观念,把文学看作一项表现人生、关乎人生的重要事业,并且真正把文学作为文学来看待,把握其基本特征与发展规律,必须大力译介外国文学理论。

二是文艺思潮。胡愈之在《近代文学上的写实主义》[②]中指出,"翻译文艺,和本国文艺思潮的发展,关系最大"。"新兴的象征主义神秘主义,和我国文艺思想,隔离尚远,惟有写实文学,可以救正从前形式文学,空想文学,'非人'的文学的弊病。""五四"时期认为引进写实主义是当务之急,但对其他文艺思潮亦有汲取。

三是文体建设。新文学对于中国文学传统无论情愿不情愿、自觉不自觉,都必然有所承传,而对于外国文学却是自觉地从语体到文体多有借鉴。这种借鉴很大程度上是通过翻译来实现的。胡适主张赶紧多多的翻译西洋的文学名著做我们的模范。曾朴赞同把世界已造成的作品,做培养我们创造的源泉。沈雁冰也说,"若再就文学技术的主点而言,我

---

① 《民铎杂志》第3卷第2期,1922年2月1日。
② 《东方杂志》第17卷第1号,1920年1月10日。

又觉得当今之时，翻译的重要实不亚于创作。西洋人研究文学技术所得的成绩，我相信，我们都可以，或者一定要采用。采用别人的方法——技巧——和仿效不同。我们用了别人的方法，加上自己的想象情绪……结果可得自己的好的创作。在这意义上看来，翻译就像是'手段'，由这手段可以达到我们的目的——自己的新文学"。① 近代翻译文学已经使国人初步见识到新颖的外国文学样态及其所表现的异域风土人情，意识到文学也可以承载政治使命与科学启蒙职责。"五四"新文化运动兴起以后，对文学的思想启蒙要求提到了议事日程上来。但在一些人眼里，新文学尽可承担启蒙的重任，而翻译文学则只是为创造中国新文学所做的准备；文学创作是终极目标，而文学翻译则不过是权宜之计。这实际上轻视了翻译的价值。时在日本的郭沫若，正处于创作热情高涨期，加之年轻人的敏感，因为自己的创作在报上发表时被排在译作的下面，便发出了"觉得国内人士只注重媒婆，而不注重处子；只注重翻译，而不注重产生"的感慨。他认为，"翻译事业于我国青黄不接的现代颇有急切之必要……不过只能作为一种附属的事业，总不宜使其凌越创造、研究之上，而狂振其暴威"。② 十分看重翻译的郑振铎，在题为《处女与媒婆》的短文中，对这种带有一定倾向性的看法提出质疑，认为"他们都把翻译的功用看差了。处女的应当尊重，是毫无疑义的。不过视翻译的东西为媒婆，却未免把翻译看得太轻了。翻译的性质，固然有些像媒婆。但翻译的大功用却不在此"。"……就文学的本身看，一种文学作品产生了，介绍来了，不仅是文学的花园，又开了一朵花：乃是人类的最高精神，又多一个慰藉与交通的光明的道路了。如果在现在没有世界通用的文字的时候，没有翻译的人，那末除了原地方的人以外，这种作品的和融的光明，就不能照临于别的地方了。所以翻译一个文学作品，就如同创造了一个文学作品一样：他们对于人们的最高精神上的作用是一样的。"稍后，他又在《俄国文学史中的翻译家》中指出："翻译家的功绩

---

① 《一年来的感想与明年的计划》，《小说月报》第 12 卷第 12 号，1921 年 12 月 10 日。
② 转引自郑振铎《处女与媒婆》，《时事新报·文学旬刊》第 4 号，1921 年 6 月 10 日。

的伟大决不下于创作家。他是人类的最高精神与情绪的交通者。"① 在 1922 年 8 月 11 日《文学旬刊》上的《杂谭》中,他再一次说:"现在的介绍,最好是能有两层的作用:(一)能改变中国传统的文学观念;(二)能引导中国人到现代的人生问题,与现代的思想相接触。"

郑振铎一再强调翻译文学对于精神建设的重要价值,这正体现出"五四"新文化启蒙运动的时代特征。这种见解并非郑振铎的个人看法,而是新文学先驱者的共识。沈雁冰在《新文学研究者的责任与努力》中明确指出:"介绍西洋文学的目的,一半是欲介绍他们的文学艺术来,一半也为的是欲介绍世界的现代思想——而且这应是更注意些的目的。"他在主持《小说月报》全面革新一年之际,回顾说:"我们一年来的努力较偏在于翻译方面——就是介绍方面。时有读者来信,说我们'蔑视创作';他们重视创作的心理,我个人非常钦佩,然其对于文学作品功用的观察,则亦不敢苟同。"要追寻永久的人性,沟通人间的心灵,提升人类的精神境界,并非一人乃至一国作家所能完成,在这个意义上,"翻译文学作品和创作一般地重要,而在尚来有成熟的'人的文学'之邦像现在的我国,翻译尤为重要;否则,将以何者疗救灵魂的贫乏,修补人性的缺陷呢?"② 在《介绍外国文学作品的目的——兼答郭沫若君》③ 中,他再次强调:"翻译家若果深恶自身所居的社会的腐败,人心的死寂,而想借外国文学作品来抗议,来刺激将死的人心,也是极应该而有益的事。""五四"时期的翻译实践的确如此。鲁迅翻译武者小路实笃的《一个青年的梦》,就是想借此唤醒彼此隔膜、无端仇视的国民;翻译厨川白村的《出了象牙之塔》,"也并非想揭邻人的缺失,来聊博国人的快意",而是觉得"著者所指摘的微温,中道,妥协,虚假,小气,自大,保守等世态,简直可以疑心是说着中国。尤其是凡事都做得不上不下,没有底力;一切都要从灵向肉,度着幽魂生活这些话"。鲁迅想借此让"生在陈腐的古国的人们"意识到自身的肿痛,以便获得割治肿痛的"痛快",防止"幸存的古国,恃着固有而陈

---

① 《改造》杂志,1921 年 7 月。
② 《一年来的感想与明年的计划》,《小说月报》第 12 卷第 12 号,1921 年 12 月 10 日。
③ 1922 年 8 月 1 日《时事新报·文学旬刊》第 45 号,1922 年 8 月 1 日。

旧的文明，害得一切硬化，终于要走到灭亡的路"。① "五四"时期的许多外国文学作品，之所以能够进入译者视野、通过翻译而与广大中国读者见面，就是因为其中表现的个性主义、人道主义、民主、自由、平等、科学等现代观念，正为新文化启蒙运动所急需。翻译在跨文化交流与现代启蒙中的确发挥了重要作用。

1921年8月12日《京报》"青年之友"里有一篇文章说，"凡是翻译的文学，只足供研究文学的人的研究资料而不能尽文学的真正任务——儿童文学尤其不是翻译的文学所能充当"。当月20日，《时事新报·文学旬刊》第11号发表署名春的《儿童文学的翻译问题》，对此质疑道："翻译不过是把文学作品的形式，变换一下，至于作品里所表现的思想情感，经过一度翻译之后，是决不会全然消失的；便是作品里的情调，风格，韵律，要是译得好，也往往能保存到八九分。那么翻译出来的东西，为什么竟'不能尽文学的真正任务'呢？难道神曲的英文译本，浮斯德的法文译本，罪与罚的德文译本，都只是'研究文学的人的研究资料'，不能算为一种文学作品吗？"接着，作者以《一千零一夜》、安徒生童话、《鲁滨孙漂流记》为例，说除了本民族能够阅读原本以外，全世界大多数儿童所读的都是译本，难道那些译本都不能成立吗？人类的思想感情有相通的地方，儿童尤其如此，儿童文学不应有国界的分别。中国的问题，不是翻译过多了，而是嫌少，所以，他呼吁"为了我们的孩子，为了我们的文化前途"，应该多多翻译西洋童话。文章虽然是从儿童文学切入，但触及了对整个翻译文学功能的认识。在新文学前驱者看来，翻译文学可以作为创作的准备，也能够充当认识外部世界的窗口与精神启蒙的工具，但其功能绝非仅仅如此而已：翻译文学作为一种精神产品，具有超越地域和民族的人类普遍价值，作为一种文学作品，具有超越时空的审美魅力。

三 外国文学译介的选择

"五四"时期以个性解放、思想革命为标志的新文化启蒙思潮波澜壮阔，因而表现个性解放、人性解放、女性解放、思想自由、社会批判的外

---

① 鲁迅：《出了象牙之塔·后记》，北京未名社1925年版。

国文学作品引起普遍共鸣，翻译的数量最大。周作人在《〈点滴〉序》里说，这部集子所收译作有一种共同的精神，"这便是人道主义的思想"。[①] 考虑到周作人在《人的文学》里把人道主义界定为个人主义的人间本位主义，那么，《点滴》的主旨就涉及了通常意义上的人道主义与个人主义。岂止一部《点滴》，整个"五四"时期的翻译文学都表现出这种倾向。"易卜生热"、"泰戈尔热"、"拜伦热"与"俄罗斯文学热"均源于此。儿童文学翻译盛况空前，安徒生、格林、王尔德、小川未明等人的童话，拉封丹、莱辛、克雷洛夫等人的寓言，卡洛尔的《阿丽思漫游奇境记》、科洛迪的《木偶奇遇记》、亚米契斯的《爱的教育》等儿童文学名著等大批地译介进来，也是因为由"人"的发现而意识到了"儿童"的独特性。

鸦片战争以来愈益加重的民族危机，逐渐唤起了中华民族的觉醒，尤其是甲午战争败于从前的学生日本手下，中国人在品尝了巨大的耻辱之后对民族压迫的话题分外敏感，开始注意到《黑奴吁天录》这样的反抗民族压迫的作品。第一次世界大战以中国所参加的协约国的胜利告终，但并没有改变中国饱受列强侵夺的地位，于是爆发了"五四"爱国运动，而后又由一系列惨案激起"五卅运动"等反帝爱国运动。在这种背景下，被压迫的弱小民族的文学得到了"五四"时期翻译界的热切关注。

周作人曾与鲁迅一道通过《域外小说集》译介被压迫民族的文学，"五四"时期这方面的翻译更多，译有波兰、南非、新希腊、犹太、保加利亚、芬兰等弱小国家和民族的作品。周作人对显克微支十分推重，曾经译过他的《炭画》、《乐人扬珂》、《天使》、《灯台守》、《酋长》等。不少译坛健将都在弱小民族文学的翻译方面投入精力。如沈雁冰就译过爱尔兰、乌克兰、匈牙利、波兰、捷克、克罗地亚、阿根廷、尼加拉瓜、亚美尼亚、保加利亚、巴西、土耳其、埃及、黎巴嫩、智利等国的作品。译坛新人也不甘落后，王鲁彦1926年出版了译著《犹太小说集》，1928年又结集出版了《显克微支小说集》与所收多为波兰、匈牙利、保加利亚、芬兰等国作品的《世界短篇小说集》。

伴随着新文学运动的发展，弱小民族文学的翻译呈上升趋势。1915年

[①] 《点滴》，周作人辑译，北大出版部1920年版。

10月《新青年》第1卷第2号刊出泰戈尔的《赞歌》之后，隔了两年多，自1918年6月《新青年》第4卷第6号"易卜生号"起，弱小民族的文学作品多了起来，所属有印度、挪威、芬兰、丹麦、波兰、犹太、亚美尼亚、爱尔兰等。《小说月报》全面改革以后，有意识加强弱小民族文学的译介，沈雁冰在第12卷第6号《最后一页》中表示："我们从第七期起欲特别注意于被屈辱民族的新兴文学和小民族的文学；每期至少有新犹太、波兰、爱尔兰、捷克斯拉夫等民族的文学译品一篇，还拟多介绍他们的文学史实。"《小说月报》实践了这一计划，翻译的作品来自波兰、挪威、匈牙利、印度、犹太、亚美尼亚、阿富汗、捷克（波西米亚）、乔具亚（格鲁吉亚）、新希腊、芬兰、保加利亚、克罗地亚、塞尔维亚、乌克兰、智利、巴西、安南（越南）等。1921年10月10日出刊的第12卷第10号特辟为"被损害民族的文学号"，集中推出一批成果，更是表现出新文学阵营的鲜明态度。这一期出版以后，在读者中引起热烈的反响。1921年11月9日《时事新报·学灯》发表署名C的《介绍小说月报〈被损害民族的文学号〉》，文章说："人类本是绝对平等的。谁也不是谁的奴隶。一个民族压伏在别一个民族的足下，实较劳动者压伏于资本家的座下的境遇，尤为可悲。凡是听他们的哀诉的，虽是极强暴的人，也要心肝为摧罢！何况我们也是屡受损害的民族呢？""我们看见他们的精神的向上奋斗，与慷慨激昂的歌声，觉得自己应该惭愧万分！我们之受压迫，也已甚了，但是精神的堕落依然，血和泪的文学犹绝对的不曾产生。"从中可以看出，"五四"时期大力译介被损害民族的文学，实在是于我心有戚戚焉。爱尔兰剧作家格雷戈里夫人致力于创建爱尔兰民族戏剧，作品多有反抗外来统治、主张民族独立的内涵。独幕剧《月出》作于爱尔兰争取民族独立运动中的1907年，写一名当时隶属于英国政府的爱尔兰警官在码头识破扮作流浪艺人的越狱者（抵抗运动领导人）身份，抓捕越狱者的官方职责与民族同情心、民族独立意志发生冲突，警官最后放弃了逮捕。这个剧本引起中国翻译界与戏剧界的注意，"五四"时期有爽轩据此改编的《月出时》，收入凌梦痕编著《绿湖》第一集（民智书局1924年版），后来又有黄药眠译本《月之初升》（上海文献书房1929年版），陈鲤庭编译、陈治策改编的《月亮上升》（北平中华平民教育促进会1935年版）等版本问世。抗战时期，舒强、何茵、吕复、王逸据此改编的《三江好》（武汉战争丛刊社1938年版）广为传播，演出反响强烈。① 一般认为"五四"新文学的主旨是反帝反封建，实际上，表现在创作方面主要是以个性解放、人性解放与女性解放来反抗封建礼教与专制社会，而翻译则是反帝反封建并重，换言之，反帝的主旨主要体现在翻译方面，即弱小民族文学的翻译方面，借他人之酒杯浇我中华民族饱受压迫与屈辱之块垒。说翻译文学是中国现代文学的有机组成部分，这也是根据之一。

四　外国文学译介的成就

正是由于对翻译文学的价值有了全面而深刻的认识，读者有强烈的需求，举凡"五四"时期重要的报刊，很少有不刊登翻译作品的。"译文"、"译丛"、"译述"、"名著"等五花八门的翻译栏目与各种重点推介的"专号"、"专辑"，成为报刊吸引读者的一道亮丽的风景。《新青年》从其初名《青年杂志》开始，就注意译介外国文学作品。1923年6月改为完全政治化的季刊之后，仍旧发表译文，只不过内容变成《国际歌》等政治性的作品罢了。《每周评论》、《新潮》、《国民》、《少年中国》、《解放与改造》、《曙光》、《新社会》、《人道》、《努力周报》等综合性刊物，翻译文学都占有一席之地，至于《小说月报》、《文学周报》、《诗》、《晨报副刊》、《京报副刊》、《民国日报·觉悟》、《时事新报·学灯》等文艺性杂志与报纸副刊，翻译文学更是占有大量篇幅。出版机构也成为翻译文学的重要园地，单部译著的出版已嫌不够，推出丛书演成风气。《文学研究会丛书》、《小说月报丛刊》、《文学周报社丛书》、《少年中国丛书》等影响较大的丛书中，翻译占有重要分量，更有一些翻译文学丛书竞相问世，如《未名丛刊》（北新书局、未名社等）、《近代世界名家小说》（北新书局）、《欧美名家小说丛刊》（北新书局）、《世界名著选》（创造社出版部）、《小说世界丛刊》（商务印书馆）、《世界文学名著》（商务印书馆、上海金屋书店、北新书局）、《新俄丛书》（上海光华书局）、《欧罗巴文艺丛书》

---

① 参照王建开《五四以来我国英美文学作品译介史》，上海外语教育出版社2003年版，第240页。

（上海光华书局）、《世界少年文学丛刊》（上海开明书店）、《近代世界短篇小说集》（上海朝花社）、《共学社丛书·俄罗斯文学丛书》（商务印书馆）等，翻译及其阅读成为一种时代风尚，发表与出版翻译文学成为新闻出版业的生财之道和与时俱进的表征。

翻译队伍空前壮大起来，林纾、伍光建、曾朴等译界前辈余勇犹在，留学浪潮与国内新式教育培养出来的莘莘学子踊跃上阵，胡适、鲁迅、周作人、刘半农、沈雁冰、郑振铎、赵元任、李青崖、谢六逸、沈泽民、张闻天、夏丏尊、陈大悲、欧阳予倩、陈望道、李劼人、宋春舫、郭沫若、成仿吾、郁达夫、田汉等新文学前驱者更是译海弄潮儿。"五四"时期社团蜂起，百家争鸣，不仅有新文学激进派与保守派、中间派之争，而且新文学阵营内部也存在着种种矛盾冲突。但无论社会发展观、文学观及审美取向有着怎样的歧异，文学翻译是"五四"时期众多流派的共同行动。翻译者对文学翻译倾注了极大的热情与无量的心血，取得了辉煌的成就。见之于报刊的译作之多简直难以尽数，出版的译著据不完全统计，至少在五百二十种以上。

创造社的刊物，最初的《创造》季刊译作所占分量不大，《创造周报》有所增加，连载郭沫若翻译的《查拉图司屈拉》等，《洪水》载有张资平、达夫、韵铎、陶晶孙等的译作。创造社成员的译著有郭沫若译施笃姆《茵梦湖》（与钱君胥合译）、歌德《少年维特之烦恼》与《浮士德》、波斯莪默·伽亚谟《鲁拜集》、《雪莱诗选》、尼采《查拉图司屈拉钞》等，田汉译王尔德《莎乐美》、莎士比亚《哈姆雷特》与《罗密欧与朱丽叶》、菊池宽《海之勇者》与《屋上的狂人》、武者小路实笃《桃花源》、《日本现代剧选》、梅特林克《爱的面目》等，张资平译日本短篇小说选《别宴》、徐祖正译岛崎藤村《新生》等。创造社出版部出版成绍宗、张人权译都德《磨坊文札》，郭沫若译高尔斯华绥《法网》、《银匣》，郭沫若与成仿吾译《德国诗选》，曾仲鸣译法朗士《堪克实》，孙百刚译仓田百三《出家及其弟子》等，尽管郭沫若在《创造》季刊第1卷第2期《编辑余谈》里说创造社"没有划一的主义"，而且后来在其发展中也确有多种声音，但总体上，其翻译与创作一样，流露出鲜明的浪漫主义倾向。

新月社偏重西欧文学的翻译，如陈西滢译法国莫洛怀《少年歌德之创造》，徐志摩译德国哥斯《涡堤孩》、英国曼殊斐儿《曼殊斐儿》（与西滢合译）、《曼殊斐儿小说集》、法国伏尔泰《赣第德》、爱尔兰占姆士《玛丽玛丽》（与沈性仁合译）等。

未名社侧重于俄罗斯文学的翻译。《未名丛刊》收翻译作品二十三种，其中十七种为俄罗斯文学，"五四"时期翻译的有《苏俄的文艺论战》、《十二个》、《穷人》、《外套》、《争自由的波浪及其他》、《往星中》、《工人绥惠略夫》、《黑假面人》等。

就社团而言，成绩最大而且最能显示出"五四"时期海纳百川般广阔胸襟的当属文学研究会。文学研究会的翻译计划性较强，《小说月报》先后组织了"俄罗斯文学研究"、"法国文学研究"两个号外，"被损害民族的文学号"、"非战文学号"、"泰戈尔号"（上下）、"安徒生号"（上下）等专号，拜伦、罗曼·罗兰、芥川龙之介等专辑；此外还有屠格涅夫、陀思妥耶夫斯基、柴霍甫（通译契诃夫）、莫泊桑、法朗士、霍甫特曼等"文学家研究"与"檀德六百周年纪念"（檀德，现通译但丁）等专栏。当意识到某些方面需要加强时，便组织相关栏目、译作予以推动。据初步统计，《小说月报》第12卷到18卷，译介了三十五个国家的二百七十多名作家的作品；此外，刊出二百零六条"海外文坛消息"，还有"欧美最近出版文艺书籍表"、"现代文坛杂话"、"近代名著百种述略"等。《文学周报》（初名《文学旬刊》）第1卷至第9卷（1921年5月10日创刊到1927年底），发表的翻译作品在三百篇以上。除了在《小说月报》、《文学周报》、《诗》等刊物译介之外，文学研究会还组织出版了多种丛书。《小说月报丛刊》（1924.11—1925.4）六十种，其中译著三十一种（含著译混合、但以翻译为主的三种）。《文学周报社丛书》二十八种，其中译著1926—1927年八种，1928年三种。《文学研究会丛书》最初计划出书八十一种，其中译著七十一种，编著外国文学史与泰戈尔研究十种。① 后来实际出版的有一百零七种，其中译著

---

① 《文学研究会丛书编例》，《小说月报》第12卷第8号。

1921—1927年四十六种，1928—1939年十六种。① 众多社团、流派、译者对翻译对象的选择见仁见智，各有侧重，总体上对从古至今的东西方文学都有涉猎，视野十分广阔。从时段来看，以18世纪以来的文学为主，最近延伸到与"五四"时期同步的俄苏赤色文学；远的则有希腊神话、荷马史诗、伊索寓言等；文艺复兴时期的但丁、莎士比亚、莫里哀等均有翻译，其中莎士比亚剧作较多，有田汉译《哈姆雷特》、《罗密欧与朱丽叶》，曾广勋译《威尼斯商人》，邵挺、许绍珊译《罗马大将该撒》，张采真译《如愿》（即《皆大欢喜》）等。

从国家、民族来看，既有如前所述的小国与被损害的民族，也有英、法、意、德、俄、美、日、西班牙等强势国家、民族。最初，英国文学翻译最多，1921年以后，俄罗斯文学翻译急起直追，在报刊上占有显著位置，尤其是1921年以后，增势迅猛，结集出版达八十五种，超过清末以来一直领先的英国，一跃居于首位。"五四"之前，东西方文学的翻译失衡，除了有限的日本文学翻译之外，译坛几乎是西方文学的天下。后来，东方文学的分量逐渐加重。日本文学的翻译剧增，结集出版的就有大约四十种。东亚还有安南（越南）民歌、《高丽民歌》等。南亚有刘半农译印度作家《我行雪中》等诗，郑振铎编译《印度寓言》，焦菊隐译《沙恭达罗》第四、五幕（题名《失去的戒指》），泰戈尔翻译更是一度形成热潮，1920—1925年报刊发表其作品翻译二百三十余篇次，出版其译著十六种，近三十个版本。西亚有波斯诗人莪默·伽亚谟作品的多种翻译（胡适、郭沫若、刘半农等译）。阿拉伯文学还有黄卉群、吴太玄据《一千零一夜》里的《阿里巴巴和四十大盗》编译的《秘密洞》，雁冰译纪伯伦《圣的愚者》等。犹太文学翻译，除了包含在《新旧约全书》（由基督教新教会主持，中外教徒、学者集体翻译）中的文学部分之外，还有赤城译《现代的希伯来诗》，沈雁冰等译《新犹太小说集》、《宾斯奇集》等。

---

① 此数字据贾植芳、苏兴良、刘裕莲、周春东、李玉珍编《文学研究会资料》（下），河南人民出版社1985年版。另据《新文学史料》1979年5月第3辑重刊《文学研究会丛书缘起》的编者注，该丛书共一百二十五种，其中创作五十四种，翻译七十一种（小说三十种、戏剧二十种、文艺理论十种、诗歌三种、散文一种、童话和寓言等七种）。

从创作方法来看，既有现实主义（普希金、果戈理、屠格涅夫、托尔斯泰、陀思妥耶夫斯基、契诃夫、高尔基、易卜生、萧伯纳等）、自然主义（福楼拜、莫泊桑、左拉、霍普特曼、田山花袋、岛崎藤村等）、浪漫主义（歌德、席勒、雨果、梅里美、拜伦、雪莱、华兹华斯、惠特曼等），也有古典主义（莫里哀、拉辛、拉封丹等）、象征主义（梅特林克、勃洛克等）、表现主义（斯特林堡、恰佩克、尤金·奥尼尔等）、唯美主义与颓废主义（波德莱尔、王尔德、罗瑟蒂、佩特、道生等），以及多种创作方法交织融会、色彩斑驳的众多作家。

从文体形式来看，既有近代西方文论公认的小说、诗歌、散文、话剧等四大体裁，也有理论、批评与作家传记、评传等文类。小说中，有短篇小说，中篇小说，长篇小说；抒情小说，诗意小说，叙写自我心境、身边琐事的"私小说"，科学小说，寓言小说等。诗歌中，有自由体诗，十四行诗，小诗，史诗，民歌，国歌，校歌，散文诗等。散文中，有抒情散文，随笔，札记，杂感，讲演，日记，科学小品等。戏剧中，有话剧（独幕剧，多幕剧），诗剧，木偶剧，狂言（日本讽刺小品剧），歌剧，电影剧本（如陈大悲译葛雷汉贝格《爱尔兰的野蔷薇》）等。儿童文学，有童话，寓言，故事，童谣，儿童诗，儿童剧，连环画，神话，民间传说，歌曲（歌词配曲谱）（如落花生译《可交的蝙蝠与伶俐的金丝鸟》）等。

从文类来看，雅文学固然占据主流位置，俗文学也没有被拒之门外。如美国通俗小说家巴勒斯1914年创作的《人猿泰山》，一问世即成畅销书。1923年3月23日至10月19日，《小说世界》第1卷12期至第4卷3期连载胡宪生译《野人记〈泰山历险记〉》，附插图多幅；1925年2月，此译本由商务印书馆结集出版，三四十年代，又有多种单行本问世。其他如侦探小说、言情通俗小说等也有大量译介。

从艺术风格来看，有悲剧的凄怆、悲壮、庄严，喜剧的讽刺、幽默、诙谐，也有悲喜剧的复合色调；典雅华丽，质朴自然，深沉雄浑，轻盈飘逸，委婉曲折，爽直明快，阴郁晦暗，激昂明朗，等等，可谓千姿百态。"五四"时期的文学翻译真正做到了海纳百川，有容乃大。

五　外国文学的积极影响

外国文学的译介是在新文化启蒙运动背景下推向高潮的，这一背景决定了诸如对象的选择、时间的先后等翻译策略，也势必产生精神启蒙的积极效应。《新青年》刊出的"易卜生号"带动起一股"易卜生热"，热潮从翻译界放射到社会上，成为女性解放、个性解放的动力源。勇于争取自身权利的娜拉成为女性解放的一个共名、一面旗帜。年轻女性在娜拉出走行动的感召下，大胆反抗封建礼教、逃离家庭专制樊篱的事例不胜枚举。鲁迅《伤逝》女主人公子君宣言似的话语"我是我自己的，他们谁也没有干涉我的权利"，就是娜拉在中国的投影。郭沫若翻译的《少年维特之烦恼》，惹动了多少少男少女春心荡漾。"拜伦热"为代表的浪漫主义文学翻译，同"五四"时期青年知识分子中狂飙突进般的激进情绪互为因果，壮大了除旧布新的声势。武者小路实笃等人的新村题材文学的翻译，为中国的"新村主义"仰慕者提供了崇拜的偶像。"泰戈尔热"因第一次世界大战而起，由泰戈尔1924年四五月间访华而陡然高涨，对于抚慰在西方文化猛烈冲击下失去心理平衡与文化自信的国人来说，不啻一剂良药。俄罗斯黄金时代、白银时代文学的翻译，唤起了读者的深深共鸣，平添了反抗专制的勇气和力量。赤俄文学的翻译更是激荡起革命的情绪。出自列悲、郑振铎与耿济之、瞿秋白等人笔下的《国际歌》多种译本，鼓舞着几代共产党人前仆后继，为民族独立与人民解放浴血奋战。

作为新文学语体的白话，一是从古代、近代的白话文学承传而来，二是从生活中的日常言语汲取源泉，但如何使古代白话转化为现代白话，将日常言语提炼成文学语言，则不能不归功于翻译文学。胡适、鲁迅、周作人等新文学创作的前驱者，大抵也是现代翻译文学的前驱者，他们在阅读与翻译外国文学的过程中仔细体味原作的语言韵味，摸索文学的白话表达方式，从而创造了现代白话文学语体。也就是说，现代文学的白话语体，不仅表现在创作之中，而且表现在翻译之中，有时甚或首先成熟于翻译之中。胡适的译诗《老洛伯》、《关不住了》、《希望》等，堪称《尝试集》中最早成熟的作品与最出色的作品。周作人最初成熟的白话文作品也应该说是他翻译的《童子 Lin 之奇迹》、《皇帝之公园》、《酋长》、《卖火柴的女儿》等。伴随着翻译艺术的进步,白话写作能力也在逐渐提高。鲁迅 1919 年翻译的《一个青年的梦》,尚嫌生涩,甚至还有误译,而到了 1922 年翻译的《桃色的云》,就变得圆润晓畅起来,1927 年翻译的《小约翰》,则可以说是到了炉火纯青的程度。与此相应,他的创作文笔也逐步走向圆润、老练、丰富。比较一下《呐喊》与《彷徨》、《故事新编》,"五四"初期杂文与后来的《野草》、《朝花夕拾》乃至 30 年代杂文,其语言发展的轨迹清晰可见。文学翻译推动白话作为新文学的语言载体迅速走向成熟,实现了胡适所设定的"国语的文学、文学的国语"。其重要意义不可低估,它不仅有利于全民文化水平的普遍提高,而且为台湾、香港、澳门同胞的中华民族认同,提供了巨大的凝聚力。

在翻译文学的启迪之下,中国现代文学的表现空间与艺术形式得到极大的拓展。农民这一中国最大的社会群体走上文学舞台,女性世界得到本色的表现,个性与人性得以自由的伸展,心理世界得到深邃而细致的发掘,景物描写成为小说富于生命力的组成部分,审美打破中和之美至上的传统理想,呈现出气象万千的多样风格。自由体诗、散文诗、絮语散文、报告文学、心理小说、话剧、电影剧本等新颖的文体形式,在中国文坛上生根发芽、开花结果。文学理论与文学史著作的翻译,为现代文学的理论建设提供了宝贵的资源。翻译还为中国文坛打开了一个新奇绚丽的儿童文学天地,儿童乃至成人从中汲取精神营养和品味审美怡悦自不必说,作家也从中获得了儿童文学创作的范型和艺术灵感产生的媒质。可以说没有外国儿童文学翻译,就没有中国现代儿童文学。翻译文学与在其影响下茁壮成长的新文学一道向世界表明:中国现代文学正在追赶世界文学潮流,成为世界文学的有机组成部分。

文学翻译不仅锻炼了胡适、鲁迅、周作人等一代新文学先驱,而且培养了一代新作家,王鲁彦、李霁野等就是从翻译开始文学生涯的,翻译作品还为丁玲、路翎等几代文学青年提供了创作的范型,引导他们走上了文学道路。

外国文学在为读者展开广袤世界的同时,也改变了读者把文学仅仅视为欣赏消闲的心理惯性,培养了适应现代社会的读者。外国文学的读者群由学生青年扩展到普通市民，读者从新鲜的感召到由衷的喜爱，从被动地接收到主动地寻求。现代中国的文化水平、话语方式乃至精神面貌，都或显或隐地与翻译文学的传播接受密切相关。外国文学不仅为中国现代文学的发展提供了动力与范型，而且为整个社会不断提供有生命力的话题，推动了中国现代历史进程。

总而言之，正是由于译者对翻译的倾心投入，翻译与创作有着如此密切的关系，新文学前驱者每每把二者平等相待。郑振铎在 1922 年 5 月 11 日《文学旬刊》第 37 期新辟的"最近的出产"专栏上发表《本栏的旨趣和态度》，把"出产"的范围界定为："所谓文艺的出产自然把本国产——创作文学——和外国产——翻译文学——都包括在内。我们把翻译看作和创作有同等的重要。"朱湘在《说译诗》中说，英国诗人班章生有一首脍炙人口的短诗《情歌》，无论哪一种英诗选本都选入，其实它不过是班氏自希腊诗中译出的一首；近世的费兹基洛译波斯诗人莪默迦亚谟的《茹贝雅式》，在英国诗坛上广有影响，有许多英国诗选也都将它采录入集。他以此为例，指出："由此可见译诗这种工作是含有多份的创作意味在内的。"① 现代文学史上第一部新诗集——新诗社编辑部编辑、上海新诗社出版部 1920 年 1 月初版的《新诗集》（第一编）里，就收有孙祖宏翻译的《穷人的怨恨》、郭沫若翻译的《从那滚滚大洋的群众里》、王统照翻译的《荫》。同年 3 月由上海亚东图书馆初版的第一部个人诗集——胡适的《尝试集》，也收入译诗《老洛伯》、《关不住了》、《希望》、《哀希腊歌》、《墓门行》。1952 年，胡适编选《尝试后集》时，仍然把白郎宁的《清晨的分别》、《你总有爱我的一天》，葛德的《别离》（*Harfenspieler*）、《一枝箭，一只曲子》，薛莱的小诗、《月光里》，莪默（Omar Khyyam）诗，米修德（Michau）等人的诗收入其中。赵景深诗集《乐园》也是著译兼有，收创作十首，译诗二十五首。周作人的散文集《谈龙集》收有译作《希腊神话引言》、《初夜权引言》，徐志摩的散文集《巴黎的鳞爪》收有译作《鹞鹰与芙蓉雀》、《生命的报酬》。现代第一部创作小说集《沉沦》里，也收有歌德《迷娘的歌》的

---

① 《文学周报》第 290 期，1927 年 11 月 13 日。

译文。周作人在《艺术与生活序一》中这样说明集子里收录三篇译文的理由："我相信翻译是半创作,也能表示译者的个性,因为真的翻译之制作动机应当完全由于译者与作者之共鸣,所以我就把译文也收入集中,不别列为附录了。"二三十年代影响较大的几套丛书,译著都占有相当大的比重,如《小说月报丛刊》收译著三十二种,占百分之五十三点三;《文学周报社丛书》收译著十二种,占百分之四十二点二;《文学研究会丛书》收译著六十一种,占百分之五十七。由此可见,在新文学前驱者看来,翻译文学是中国新文学的一个组成部分。王哲甫在《中国新文学运动史》中说:"中国的新文学尚在幼稚时期,没有雄宏伟大的作品可资借镜,所以翻译外国的作品,成了新文学运动的一种重要工作。"这句话道出了他将翻译文学纳入新文学史的原因。实际上,翻译文学作为中国现代文学建构的重要工作,并非止于新文学初创期,到三四十年代乃至整个20世纪都是如此。

对于现代精神启蒙,对于作家的养成、读者审美趣味的熏陶、文学表现领域的开拓、文体范型与创作方法创作技巧的示范引导、现代文学语言的成熟,乃至整个现代文学的迅速萌生与茁壮成长,翻译文学都起到了难以估量的巨大作用。翻译文学不仅仅是新文学产生与发展的背景,而且从对象的选择到翻译的完成及成果的发表,从巨大的文学市场占有量到对创作、批评与接受的广泛而深刻的影响,都作为走上前台的重要角色,直接参与了现代文学历史的构建和民族审美心理风尚的发展,外国文学的译介是中国现代文学的有机组成部分。因此,翻译文学及其研究应该得到充分的重视。

第二节 学习俄苏:"五四"精神的集中体现与阐扬

"五四"以前,虽然梁启超、王国维、辜鸿铭、李大钊和周氏兄弟等已经开始关注和介绍俄国文学,但就成果而论,却多为短篇简章,千字以上的文章也不多见。因此,一般读者对俄罗斯文学的历史发展及总体面貌尚缺乏全面的了解。"五四"时期和 20 年代是俄苏文学研究学理精神初步显现的时期，田汉、沈雁冰、郑振铎、张闻天、胡愈之等一批学者的力作有力地推进了中国俄罗斯文学研究学科意识的形成。

一　田汉、沈雁冰的开拓

田汉的长篇论文《俄罗斯文学思潮之一瞥》（1919）以其深广的内容首次向中国读者展示了俄罗斯文学的总体面貌。这篇论文用文言写成，约五万字。在《民铎》杂志第一卷中分两期连载。① 这篇文章一出现就受到评论界的高度重视，因为"俄国文学思潮与现代思潮关系最切"，且作者又是"于俄罗斯文学思潮研讨尤力"的田汉先生。②

文章本身写得很有特色，尽管从今天的角度看有些论述不尽准确，但是它仍能引起人们的阅读兴趣。作者首先将俄国文学的发展放在欧洲文明史的大背景上加以考察。他一方面以丹纳提出的"种族、环境、时代"三因素作为考察的参照系，称"文艺者，山川风物思想感情之产物。山川风物以地理而异态，思想感情以人种而殊途"，俄罗斯文学所具有的"沉痛悲凉之色彩"与斯拉夫民族所处的"气寒风劲关河黯澹"有关，而"大国产巨民"，时代又为斯拉夫民族提供了机遇，因此 19 世纪以来的俄罗斯文学"大家辈出，奇彩焕发，于文学界已执欧洲之牛耳耶"；另一方面，他又强调文学思潮与社会思潮和哲学思潮的联系，认为俄国斯拉夫派与西欧派分别代表欧洲数千年来延续的希伯来思想与希腊思想，"俄国近世纪来之文艺思潮史亦为此二大思想之消长史也"，俄国地处东亚西欧之间，先"受亚细亚精神之浸润"，后又"欧罗巴精神长驱直入"，斯拉夫精神受两者陶冶，故俄国文艺界才不时有"东乎西乎"之争。文章而后的论述基本上是顺着上述思路展开的。

作者十分清楚地勾勒了从 11 世纪开始至 20 世纪初的俄罗斯文学的发展脉络。文章首先对 18 世纪以前的文学作了要言不繁的介绍，特别是提

---

① 《民铎》杂志第一卷 1919 年第 6、7 号连载。该刊原系中国留日学生学术研究会主办的一个大型刊物，1916 年在东京创办，1918 年后改在上海出版，1929 年终止。该刊改刊后的宗旨为"阐扬平民精神，介绍现代思潮"。

② 见该文编者按。

及了《伊戈尔远征记》，它的史实基础，它的"最为精彩"的"久夫王（即基辅大公）之梦与 Yalosravna（即雅罗斯拉夫娜）之叹"，提及了《雷司脱尔之年代记》（即僧侣涅斯托尔记述的《俄罗斯编年序史》）等，这些作品由此开始为中国读者所知悉。然后，文章依次介绍并分析了在俄国文坛上先后出现过的拟古主义（即古典主义）、感情主义（即感伤主义）、罗曼主义（即浪漫主义）、写实主义（即现实主义）、马尔克斯主义（即马克思主义）、象征主义等文艺思潮，并由此涉及了俄国文学史上几乎所有的有一定影响的作家和作品。当然，限于题旨，作者着重论述的还是文学思潮的沿革以及在思潮沿革中举足轻重的一些大作家。以 19 世纪中期文学为例，着墨较多的作家有赫尔岑、屠格涅夫和别、车、杜等人。

田汉在文章中较为系统地介绍了赫尔岑的生平、哲学思想、文艺观点、政治活动，以及《谁之罪》等主要作品，认为他塑造的"生矣怀才至于不能不以放浪送其生"的"空人"（即多余人）形象写出了 19 世纪俄国进步的贵族知识分子"大可哀哉"的命运，赫尔岑本人也是这样的"19 世纪的漂泊者"，但他"虽流谪转徙，终其身无宁日，而未尝改其初志也"。

田汉认为伯凌斯奇（即别林斯基）"以其犀利之批评造成俄国文学之社会的倾向"，他在俄国文学史上的贡献是多方面的："一方面则说明当时西欧著名创作之根本原理，一方面则评价本国文豪，纵横无尽，示作物之性质与特征，遂至开俄国近代批评文学之新纪元……伯氏始发挥其威力与价值，其批评方法至于科学哲学的基础之上，又使当时文明程度尚低之人易于了解，以促进社会之自觉，鼓动社会之生机，故虽在穷乡僻壤苟有渴仰新思想新生活者，靡不争读其评论，少壮有为之天才作者皆乐从之游，彼一方为勃施钦（即普希金）、鄂歌梨（即果戈理）、芮尔蒙妥夫（即莱蒙托夫）、嘉利作夫（即柯里佐夫）、格利波也夺甫（即格利鲍耶陀夫）之计释者，一方为新进作家之指导者，尽其心力，务引文学入实社会，使艺术品之感化深浸润于现实生活，自己亦由哲学的抽象世界投身于社会的劳动，其思想范围之阔，又足以代表一伟大之时代。……此所以为 40 年代俄国近代思潮之黎明期一中枢人物也。"

文章对著名的俄国革命民主主义批评家周尔尼塞福斯奇（即车尔尼雪夫斯基）、多蒲乐留博夫（即杜勃洛留波夫）和薛刹留夫（即皮萨列夫）

都有一些相应的介绍。如文章称车尔尼雪夫斯基为"急进派之中坚","时人有多角天才之称,凡批评、哲学、政治、经济各方面靡不经其开拓,头脑明晰,思想卓尔,凡事恶暧昧不明者,务将抽象的哲学引入实体的研究";文中提到他的重要论著《艺术对现实的审美关系》和《俄国文学果戈理时期概观》,并着重分析了他的长篇小说《怎么办》;作者认为这部小说是车尔尼雪夫斯基"狱中所作指示未来社会组织之方法,表明智的生活与情的生活之纲领,于当时支配人心的个人道德问题与家庭问题皆能提出而试解决之道,至足重也";认为小说中的那些"破弃一切旧习""自称新人"的人物均有以下特点:(1)"皆新时代之代表者",(2)"皆出于混合阶级",①(3)"皆自幼即以自力开拓自己之运命者",(4)"皆道德皎洁者",(5)"皆现实主义者又皆赞成乐利主义者",②(6)"皆禁欲主义者"。上述对"新人"形象的分析和概括,难能可贵。

文章称杜勃洛留波夫"与周氏同为严格之批评家,虽性质温厚,而于社会生活则几别为一人",奥斯特罗夫斯基的剧作和冈察洛夫的小说等"能见重于时,皆赖其推荐解释也",他的评论文字"实为俄国公众艺术与公众批评之基础著述,近代文学之批评界系统自多氏起"等。总之,尽管20世纪初国内已有多人提到过别、车、杜的名字,但是像这样较为具体的集中介绍还是首次出现。

作者用较多的篇幅论及屠格涅夫,对屠格涅夫的生平(早年乡村生活、求学于莫斯科大学和柏林大学,与别林斯基交往,处女作发表,悼念果戈理而被捕、定居国外及与外国名作家来往,最后一次回国及逝世等)、对他的主要作品(《猎人笔记》和六部长篇),以及这些作品的概要、特色和影响给予了多侧面的介绍和分析。文中这样谈到屠格涅夫小说的主题及人物的典型性:《罗亭》中的主人公是沙皇政府"暴压出之畸形儿",他"大言壮语滔滔若悬河",可惜为"清谈之人,而非实行之人也";《父与子》"则与近代思想意义最深,描写60年代之虚无主义Nihilism者也",主人公巴扎洛夫"代表新思想即否认旧有文明之虚无主义者",巴威尔则

---

① 指出身平民阶层。
② 指车尔尼雪夫斯基主张的"合理的利己主义"。

为"利己主义者,以绝对服从社会之法则、国家之命令、教会之信条为人生之义务"。"屠氏以 40 年代理想主义之人比父,以 60 年代虚无主义之人比子,则此期之争斗,要即父与子之争斗也。大改革之初期,具体的父与子之争斗即成一种社会现象",其因一为外来思想的影响,二为社会的经济的原因。文中这样谈到屠格涅夫小说的艺术特色:"屠格涅夫之天才特色,即对于社会大气之动摇一种敏锐之感觉,其人物对于时代精神,如镜之映物";《猎人笔记》一作"可见其观察自然与人生之精致及态度之厚重",该小说"并无结构意匠,轻描淡写,而农人性质与乡村风习之敦厚淳朴,历历如绘"。从这些论述中可以见到,尽管作者对屠格涅夫的把握有偏差之处,但已达到一定的深度。

田汉在介绍俄罗斯文学思潮时,不仅始终将其放在欧洲思想史和文化史的大背景上展开,而且有时常与中国的社会现象作比较,甚至借题发挥。如谈到虚无主义时,作者写道:"吾人一言俄国,辄联想及虚无党,一若俄国之有虚无党,如吾国之有同盟会者,实则根本的不同也。吾国同盟会系对于四千年来专制政体的政治革命,系对于三百年来为异族征服的种族革命;俄国虚无党既非种族革命,亦非全为政治革命,而为否定前时代一切美的文明之思想革命也","即如中国官僚承认一切而称是是,俄国虚无党则反对一切而称否否也"。在谈到 19 世纪 30—40 年代莫斯科大学活跃的政治小组与文学小组的活动时,作者又联系到中国"五四"运动前夕的社会状况和思想氛围写道:"现今我国北京大学之情形亦颇类似。自蔡元培先生留法归,主持北京大学也,少壮教授如章胡之流亦多先后自东西各国归执教鞭,于是校风丕变,燕云为之改色。教授学生之间尤尽力改良文学……甚望新时代之教师学生诸君,捐除客气,努力为学术奋斗,庶真能开新中国文艺复兴之基也。"由此可见,作者如此详尽地介绍俄罗斯文学思潮,其目的还是希望能通过这种介绍有助于中国出现一场真正的"文艺复兴"。

除了田汉的文章外,沈雁冰写于 1919 年 4 月的长文《托尔斯泰与今日之俄罗斯》[①] 一文,也表现出"五四"前夕中国文坛对俄国文学日趋重

---

① 载《学生杂志》第 6 卷 4—6 号。

视的倾向。作者在文章中以托尔斯泰为主要分析对象，从面上介绍了这位作家（包括同时代的作家陀思妥耶夫斯基和屠格涅夫等）的生平、思想和创作，并给予了很高的评价。作者认为：俄国文学在最近几十年里"文豪踵起，高俄国文学之位置，转世界文艺之视听。休哉盛矣！而此惟托尔斯泰发其端"；俄国文学"譬犹群峰竞秀，托尔斯泰为其最高峰也。而其他文豪则环峙而与之相对之群峰也"；"谓近代文人得荷马之真趣者，惟托尔斯泰，其谁曰不然？"

同时，作者由托尔斯泰谈及了俄国文学的特点及影响。他认为：俄国文学有与社会人生相联系的"富于同情"的特色："彼处于全球最专制之政府之下，逼压之烈，有如炉火，平日所见，社会之恶现象，所忍受者，切肤之痛苦。故其发为文字，沉痛恳挚；于人生之究竟，看得极为透彻。其悲天悯人之念，恫矜在抱之心，并世界文学界，殆莫能与之并也。"他还在与英法等国文学的比较中强调了俄国文学勃兴的意义："十九世纪末年，欧洲文学界最大之变动，其震波远及于现在，且将影响于此后。此固何事乎？曰：俄国文学之勃兴及其势力之勃张是也"；这种勃兴"其有造于将来之文明，固不待言。而其势力之猛鸷，风靡全球之广之速"，非文艺复兴时代英法等国的文学可比。今日的俄国文学家"自出新理"，"决不因众人之指斥，而委屈其良心上之直观。读托尔斯泰著作之全部，便可见其不屈不挠之主张，以为真实不欺，实为各种道德之精髓"，"其文豪有左右一世之力，其著作为个性的而活泼有力的，其著作之创格为'心理的小说'"。相比之下，"英之文学家，矞皇典丽，极文学之美事矣，然而其思想不能越普通所谓道德者一步"；"法之文学家则差善矣。其关于道德之论调，已略自由。顾犹不敢以举世所斥为无理为可笑者形之笔墨"。

这些评价也是当时相当一部分人的共识。中国的外国文学译介者的目光过去大部分集中在英法等国文学上，而这时已逐渐更多地移向了"自出新理"的为人生的俄国文学，这一点从上文中可以清楚地看到。沈雁冰在文中将托尔斯泰与俄国革命相联系（称其为"最初之动力"），并对"澎湃动荡"的布尔什维克革命表现出极大的热情，这一点与李大钊的思想相吻合。其实由作家介绍而及俄国革命的意图，作者在文章开头的"大纲"中已经言明："提示本篇之大纲。曰：托尔斯泰及俄国文学、托尔斯泰生平及著作、托尔斯泰左右人心之势力。缘此三纲，依次叙述。读者作俄国文学略史观可也，作托尔斯泰传观可也，作俄国革命原因观亦无不可。"这篇文章虽属一般介绍性的文字，内容尚欠深入，提法也有不尽妥当之处，① 但是从中仍可以见到，与十月革命对中国社会的深刻影响相伴随，俄罗斯文学的影响在"五四"前夕已经开始日益清晰地显示出来。

二 "五四"时期的有关研究

"五四"时期的"俄罗斯文学热"不仅表现在文学作品的翻译上，同时表现在对俄国文学研究上的深化。这一点综合起来说，主要有两个方面的特点：一是对俄国文学及其作家作品的介绍与研究更为全面和更显深度，二是对俄国文学史的系统研究和中俄文学的比较研究开始出现。在本节中我们先看第一个特点。

随着俄国文学作品越来越多地被翻译过来，中国文坛对俄国文学介绍的视角也日趋扩大。就报刊上发表的综述性的译介文章而言，20年代初期比较重要的就有：沈雁冰的《近代俄国文学杂谭》和《俄国文学与革命》（译），郑振铎的《俄罗斯文学的特质及略史》、《写实主义时代之俄罗斯文学》、《俄国文学发达的原因与影响》和《俄国文学的启源时代》，王统照的《俄罗斯文学片面》，沈泽民的《俄国文学内所见的俄国国民性》（译），耿济之的《十九世纪俄国文学的背景》（译），陈望道的《近代俄罗斯文学的主潮》（译），夏丏尊的《俄国底童话文学》（译），馥泉的《俄罗斯文学与社会改良运动》，化鲁的《俄国文学与革命》，甘蛰仙的《俄国文学在世界上的位置》，薇生的《俄国文学上之妇女》（译），周作人的《俄国文学在世界上的位置》（译）等。这些文章涉及了俄国文学的方方面面，特别是对俄国文学的特质作了较多的阐述，其中由中国作者撰写的文章中不乏有感而发的独到的见解。

当时已开始活跃于文坛的王统照，在他的《俄罗斯文学片面》一文将俄罗斯文学与德法意中等国文学作了比较。他认为："文学不外人生的背影，所以大致说来，如德的文学，偏于严重，法的文学，趣于活泼，意大

---

① 从这篇文章中可以看出，茅盾当时对俄罗斯文学已产生了浓厚兴趣，但认识尚不够深入。

利文学优雅。而俄罗斯文学则幽深暗淡，描写人生的苦痛，直到了极深秘处，几乎为全世界呼出苦痛的喊声来。……试一比较他国的文士，其穷其困，其生活之不安，其精神上之烦乱，若与俄罗斯的文学家相比，实在是差得很多，所以他们所作的小说，戏曲，诗文等，都读着使人深思，使人心颤，他们的观察人生，也都透入一层，赤裸裸将人类一小部分的苦痛描出，便使人起最大量的同情，流出真挚而悲悯的眼泪来！……而且俄国文学，最有特色的，是人情的表现。……那些俄罗斯文学作家都将真正的悲忧与智慧从心中发出，而这个心是有极大的满足，能够去拥抱世界，发泄无穷的忧伤，以其最大的同情 Sympathy、友爱 Fraternity、怜悯 Pity、仁惠 Charity 及爱情 Love 借文学的工具达出，与一切的人们。……俄罗斯文学，以年限论，比较他国，诚属幼稚，而其文学上的成绩，却已经高出他国的文学，完成达于成熟的时代。后来的发达，正自不可限量。……联想到中国以前的文学，以及现在的文学，不能不为之叹息！……中国的文人，描写中级社会的，有像乞呵甫（即契诃夫）的没有？叙述下级社会生活之状况的，有像高尔基的没有？中国式的文人往往好以忧伤憔悴自况，不知及得上迦尔洵否？中国人富有神秘与希望未来的思想，而其见地与文学的表象，能与科洛琏柯（即柯罗连科）相似否？……"

这时期，对俄国作家的介绍和研究渐趋扩大和深入。除了散见于书刊的涉及个别作家的各种评价文章外，在《近代俄国文学家论》（商务印书馆 1923 年版）、《近代文学家》（泰东图书局 1923 年版）和《世界文学家列传》（中华书局 1926 年版）等书中还有对众多俄国作家的集中介绍。特别值得一提的是 1921 年《小说月报》出的那本号外"俄国文学研究"。在这本近五十万字容量的刊物上，有大约一半的篇幅刊登了介绍和研究的文章，其中大部分又是作家专论和作家合传，如耿济之的《俄国四大文学家合传》、沈雁冰的《近代俄国文学家三十人合传》、鲁迅的《阿尔志跋绥甫》、郭绍虞论俄国批评家的《俄国美论与其文艺》、张闻天的《托尔斯泰的艺术观》、沈泽民的《俄国的叙事诗歌》、周建人译的《菲多尔·梭罗古勃》、沈泽民译的《俄国的批评文学》、夏丏尊译的《阿蒲罗摩夫主义》等。这些文章的水准虽说参差不齐，但在当时却是令人耳目一新的。该刊中关于别、车、杜思想的评价和对当时中国读者知之不多的俄国作家的介绍尤为令人注目。

郭绍虞的《俄国美论与其文艺》是中国第一篇专门论述俄国美学理论及其与文艺关系的文章。作者首先强调研究一国的文学不能离开研究它的美学理论："吾人研究一地方或一时代的文艺，同时亦须考察当时当地支配这种文艺思想的美论。单就其美论而研究之，好似批评除去色素的织物；单就其文艺作品而绍介之，又好似研究织物色素的美丽，而忽略织物当初的图案。美论之与文艺本是相互规定：有时由美论的指导以支配文艺，亦有时由文艺的作风以造成美论……吾人与其从事于片面的研究，不如由其美论与文艺参互考证之为愈。"作者从这一立足点出发，提出要全面了解俄国文学，必须弄清与俄国文学的发展关系极为密切的别林斯基、车尔尼雪夫斯基和杜勃洛留波夫等俄国批评家的美学思想。关于别林斯基美学思想，作者从其发展的三个阶段以及所受到的哲学思想的影响切入："最初是鲜霖（即谢林）哲学的思想，次为黑革尔（即黑格尔）哲学的思想，最后为黑革尔哲学左派的思想。① 其前二时期都为纯艺术的主张，最后始有人生的倾向。"前期的主张有二："1. 诗的目的在包括永久观念于艺术符号之中。2. 诗人所表现的观念应符合于其生存的时代而描写国民性的隐曲。"中期受黑格尔"一切现实皆合理"的影响，"此时对于艺术的观念，不偏重于理想，而以为艺术家于其所表彰的想，与抱此想的形之间应使有亲密的关系。废想则形以丧，无形则想亦亡，想须透彻于形，形须体现其想，这是他艺术理想上的想形一致论；但他同时又赞美现实而趋于保守，所以以为艺术只是自然界调和沉静无关心的再现，而无取于激烈的形之思想"。后期美学思想发生很大变化，"其审美观渐趋于写实，弃其纯粹的理想主义而考察现实的世界"，主张"艺术而不反映现实者都是虚伪"，"此时他排斥重形轻想的古典主义，又不取尊形弃想的浪漫思想，其艺术观念比较的近于醇正"。从上述摘引中可以见到，作者了解别林斯基美学思想发展的轨迹，只是尚欠深入，有些概括缺乏足够的涵盖面。如前期的别林斯基确实受到了客观唯心主义哲学家谢林的影响，有过"诗除了自身之外是没有目的的"这一类主张，但他在这一时期还提出过典型是"熟识的陌生人"、

---

① 指的是黑格尔的辩证法。

"现实的诗和理想的诗"等重要见解，文中均未涉及。对车尔尼雪夫斯基和杜勃洛留波夫等人的美学思想的介绍和分析中也有类似的情况。此外，由于某些译文不甚确切，以致使一些重要的美学命题无法准确地转达给中国读者。如文中车尔尼雪夫斯基的那三个著名的关于美的本质的命题是这样表述的："美是生命。生物于其生活状态觉适意之时始为美；即以无生物表现生命使吾人想起生命之时亦为美。"而它准确的表述应该如此："美是生活"；"任何事物，凡是我们在那里面看得见依照我们的理解应当如此的生活，那就是美的"；"任何东西，凡是显示出生活或使我们想起生活，那就是美的"。两者之间的距离是显而易见的。当然，我们不必苛求于前人，在那个时代能有如上的介绍已属不易，而且在当时也很有必要。

沈泽民译的《俄国的批评文学》一文可以与上文参照着阅读。此文是克鲁泡特金的著作《俄国文学的理想和现实》中的一节。文章清晰地传达着一个信息：俄国革命民主主义批评家的艺术观是"为人生"的。文中这样表述道：在别林斯基看来，"真诗就是现实：必须是人生的诗现实的诗，才是真诗"；车尔尼雪夫斯基的艺术观的要点是，"艺术自身不是目的；人生是高于艺术的；艺术的目的是解释人生，是批评人生，是对于人生发表意见"；杜勃留波夫"对于一件艺术作品，只问这作品是不是正确的人生反映？""他的论文是讨论道德、政治，或经济问题的——那件艺术作品不过供给一种事实来做他那样讨论的材料罢了"。尽管当时别、车、杜的著作尚未翻译过来，但是从上面所引的片言只语中可以看到，这样一些见解无疑对"五四"时期新文学的倡导者的"为人生而艺术"的观点的确立起过促进作用。

沈雁冰文章论及的三十位俄国著名作家中有不少还是第一次为中国读者所了解，文中传达了不少当时尚鲜为人知的信息。以文中提到的"弥里士考夫斯基"（即梅烈日可夫斯基）为例。这一节中，作者介绍了世纪之交俄国文坛上出现的以梅氏为领袖，以巴尔芒（即巴尔蒙特）和勃列苏夫（即勃留索夫）等人为中坚的"新派"（即象征派）的情况。关于这一派产生的背景，作者引述克鲁泡特金《俄国文学的理想与现实》的观点，认为世纪末"俄国知识阶级显见颓丧的神气，对于旧理想已无信仰，'疲倦'的现象已甚显著。于是因为国内社会情形与西欧思想灌入的影响发生共同结果，成了知识界中要求'个人权利'的新倾向"。加上梅氏"对于前辈的许多大文家的著作中所含的社会思想，起了疑问……专说'个人权利的神圣'与'美之崇拜'"，于是这一派应运而生。关于它与以高尔基为代表的写实派不同的文学主张，作者写道：新派主张"艺术应以'美'为最重要最先之一义，不应以'道德'；艺术的真功夫就是能直接诉之想象，不是教诲道德。他们这主张，一方面是受了法国表象派的影响，一方面也是对于俄国文学的过置重于政治社会的反抗"。文章还谈到了梅氏的主要著作以及他与批评家米哈尔科夫的论战等。由于这些言简意赅的介绍，作者"想从这三十个人的'列传'中显出俄国近代文学变迁的痕迹"的目的确实在某种程度上达到了。

耿济之的文章也很有价值。作者首先用诗一般的语言赞美近一个世纪以来的俄国文学"人才辈出，著作如林；正如黄河决口一般，顷刻之间，一泻千里；又如夏雨一般，乌云方至，大雨就倾盆倒下，有'沛然莫御'之势，而使世界的人惊愕失措，叹为奇观"。而后，又用两万余字的篇幅较为详细地介绍了郭克里（即果戈理）、托尔斯泰、屠格涅夫和道司托也夫司基（即陀思妥耶夫斯基）的生平与创作，这在当时是难能可贵的。例如，关于陀思妥耶夫斯基的那一部分，尽管是全篇中分量最轻的，但它在中国的陀思妥耶夫斯基的研究史上却颇有分量。前文已经谈到陀氏的作品是 1920 年才首次译介到中国的，该译作附有一篇简短的介绍文字，称陀氏的作品"人道主义的色彩最鲜明；他的小说中所描写的，多是堕落的事情；心理的分析，更是他的特长"。这也是中国人写的最早的陀评。① 因此，耿济之写于 1921 年的这篇文章就很值得重视了。文章除了系统地描述了陀氏的生活道路和创作发展的历程外，还对其创作的基本特色作了颇为准确的分析。文章认为，陀氏是"人物的心理学家，是人类心灵深处的调查员，是微细的心的解剖者"；他的"小说里写实和神秘的精神时常混合在一起"。文章这样谈到陀氏（即文中的"道氏"）的"苦痛"哲学：

> 托氏善于描写被压迫被欺侮的人的心灵，他愿为这些人伸冤吐

---

① 此前，《民报》（1907 年第 11 期）上曾有一文谈到陀思妥耶夫斯基因参加彼得拉舍夫斯基小组而遭迫害这一史实，《新青年》1918 年 1 月号上刊有周作人的一篇译文《陀思妥夫斯奇之小说》。

气，所以他的作品篇篇含着人道主义的色彩。道氏所描写各种"苦痛"的形式是不同的；这些苦痛心理的动机在极轻易的配合底下发生出来：有为爱人类而痛苦，有为强烈、低卑的嗜好而痛苦，有为残忍和恶念相联成的爱情而痛苦，有为自爱心和疑虑心病态的发展而痛苦；而道氏却能将动机不同的痛苦一一分别，曲曲传出。……苦痛能生出爱情和信仰，而上帝的律法都生在爱情和信仰里面，——这就是道氏"苦痛"的哲学。与其说道氏的作品里都描写着残忍的事情，不如说他含着慈悲的心肠，人道的色彩。

在中国刚刚开始介绍陀思妥耶夫斯基之时，文章能抓住陀氏创作的基本特色，作出这样的分析和评价，应该说还是相当不易的。当然，在这一年为纪念陀氏百年诞辰以及而后几年，还有一批有力度的文章相继问世，如郑振铎的《陀思妥以夫斯基的百年纪念》（1921）、胡愈之的《陀斯妥以夫斯基的一生》（1921）、鲁迅的《〈穷人〉小引》（1926）、沈雁冰的《陀斯妥以夫斯基在俄国文学史上的地位》（1922）和《陀斯妥以夫斯基的思想》（1922）等。这些文章各有所长，如沈雁冰的文章往往广征博引，视野相当开阔；而鲁迅的文章则用语精到，常发人所未发。

同样，这时也能见到研究其他重要的俄国作家的一些较有深度的文章。如关于屠格涅夫就有多篇有分量的专论。胡愈之的《都介涅夫》（1920）一文是中国第一篇专门评价屠格涅夫的文章。此文长五千余字，对屠格涅夫的生平与创作道路作了多侧面的观照。文章首先从俄国文学的地位谈起："我国近来研究俄国文学与俄国思想的人渐渐多起来了，这是一件可喜的事情。……从文学方面来说，俄国对于世界的贡献，实在是非常重大，现代世界各国的文艺思想，多少都受着俄国文学的暗示和影响的。"而屠格涅夫和托尔斯泰在近一世纪以来的俄国作家中最为重要，因为"有了他们两人以后，俄国文学才真的变成世界文学了"。不过，文章认为如果从艺术的角度看，屠格涅夫则更应该受到中国文坛的重视："托尔斯泰是最大的人道主义者；都介涅夫是人道主义者又是最大的艺术天才。……托尔斯泰的文学，现在很有些人懂得了。但现在讲西洋文学的人总是偏于思想方面，艺术天才像都介涅夫的就少人注意。我想文学到底是一种艺术，思想不过是文学上所应必须的一种东西。要想吸收西洋的近代文学，确立我国的国民文学，艺术方面实在比思想方面，更应该研究。"这种观点在当时的文坛上倒也不失为一种不随波逐流的见解。文章以此为挈领展开论述，着重谈了屠格涅夫的创作个性及其在文学作品中的表现。如称屠格涅夫是一个"热情的天才，多愁的艺术家"；他的作品中"主观情绪是很丰富的"，但这种主观"决不是理想的空洞"；"具有真诗人的能力"，"能活画实生活"；"是写实主义的浪漫派"，又是"浪漫主义的写实派"；"诗的天才的丰富，结构印象的美丽，在俄国作家中，谁也及不上来的"；"能用哲学的眼光，艺术的手段，把同时代思潮变化的痕迹，社会演进的历程，活泼泼的写出来，而且是富于暗示和预言性的"等。① 这些评价是和对作品的具体分析结合在一起的，因此尽管是一家之见，仍具有较强的说服力。

这一时期比较有影响的论屠格涅夫的文章还有耿济之的《猎人日记研究》（1922）和《屠格涅夫在俄国文学中的地位》（1922）、郑振铎的《〈父与子〉序》（1922）、郭沫若的《〈新时代〉序》（1924）等。后两篇序言不约而同地由屠格涅夫的作品谈到了中国的现实。郑振铎在文章中这样写道："中国现在也正在新旧派竞争很强烈的时候，也有虚无主义发生。但中国的巴扎洛甫的思想却是从玄学发端的，不是从科学发端的。……中国的泊威·彼得洛委慈（即巴威尔）更是不行。他决没有决斗的勇气，并且连辩论的思想也不存在头脑中。……父子两代的思想竟无从接触。我看了这本《父与子》有很深的叹息。儒弱与缄默与玄想的人呀！……我默默的祈祷，求他们的思想接触，求他们的思想的灿烂的火花之终得闪照于黑云满蔽之天空！"

郭沫若的序言一方面认为《新时代》（又译《处女地》）"这部书所能给我们的教训只是消极的"，"我们所当仿效的是屠格涅甫所不曾知道的'匿名的俄罗斯'，是我们所已经知道的'列宁的俄罗斯'"；另一方面从作品的真实描绘生发开去，引出了这样的见解：

---

① 胡愈之：《都介涅夫》，《东方杂志》第17卷第4号。

农奴解放后的七十年代的俄罗斯，诸君，你们请在这书中去见面罢！你们会生出一个似曾相识的感想——不仅这样，你们还会觉得这个面孔是你们所常见的呢。我们假如把这书里面的人名地名，改成中国的，把雪茄改成鸦片，把弗加酒改成花雕，把扑克牌改成麻将（其实这一项不改也不要紧），你看那俄国的官僚不就像我们中国的官僚，俄国的百姓不就像我们中国的百姓吗？

这书里面的青年，都是我们周围的朋友，诸君，你们不要以为屠格涅甫这部书是写的俄罗斯的事情，你们尽可以说他是把我们中国的事情去改头换面地做过一遍的呢！

托尔斯泰依然是文坛关注的一个热点。刊物上发表的文章不仅量多，而且面广，比较重要的有：冰霜的《托尔斯泰之生平及其著作》（1917）、沈雁冰的《托尔斯泰与今日之俄罗斯》（1919）和《托尔斯泰的文学》（1920）、耿济之的《托尔斯泰的哲学》（1920）和《译黑暗之势力以后》（1921）、瞿秋白的《托尔斯泰的妇女观》（1920）、松山的《托尔斯泰与鲍尔希维主义》（1921）、张闻天的《托尔斯泰的艺术观》（1921）、梁实秋译的《托尔斯泰与革命》（1921）、佛航的《托尔斯泰的〈复活〉》（1921）、仲云译的《太戈尔与托尔斯泰》（1923）、顾仲起的《托尔斯泰〈活尸〉漫谈》（1924）、刘大杰的《托尔斯泰的教育观》（1926）等。（这时期还出了三本关于托尔斯泰的书：张邦铭等人译的《托尔斯泰传》、谢普青译的《托尔斯泰学说》和胡怀琛编的《托尔斯泰与佛经》。）当时有的刊物还出过托尔斯泰专号。上述文章尽管角度不同，但对托尔斯泰均有很高的评价，耿济之在《俄国四大文学家合传》中关于托尔斯泰的一段话可以说是很有代表性的，他认为：“托尔斯泰富有伟大之天才，至高之独创性，不为旧说惯例所拘，运用其高超之哲学思想于文学作品中，以灌输于一般人民。他是俄国的国魂，他是俄国人民的代表，从他起我们才实认俄国文学是人生的文学，是世界的文学。”一些专论性的文章谈得也比较深入。如张闻天的文章用两万多字的篇幅对托尔斯泰的艺术观作了相当全面介绍。沈雁冰的几篇文章发表时间较早，涉及面也较广。有意思的是他用这样几句话来概括托尔斯泰三个时期作品的风格特征：前期"文笔轻倩，感情浓挚"；中期"雄浑苍老，悲凉慷慨"；后期"言简意远，蔼然仁者态度"。瞿秋白的文章从妇女的职业、贞操和婚姻三个方面较系统地阐述了托尔斯泰的妇女观，认为托尔斯泰的妇女观基于他的哲学观和宗教观，其基本点是"男子之道——劳动工作，女子之道——生育儿女"，这些阐述也结合了对《克莱采奏鸣曲》等作品的分析。

这时期比较重要的文章还有鲁迅为安德列耶夫、勃洛克、阿尔志跋绥夫和爱罗先珂等人的作品写的多篇译后记和序；耿济之、张闻天分别用七八千字的篇幅为果戈理和科罗连柯作的评传；以及郁达夫谈赫尔岑、徐志摩谈契诃夫的文章等。这些文章都代表了"五四"时期中国对俄国文学研究所达到的水准。

三 早期俄国文学史研究

"五四"时期俄国文学研究的一大成果，是系统性强且各具特色的文学史著作的陆续出现。

中国对俄国文学的系统研究，最早的当推前文已提到的1919年发表的田汉的长篇论文《俄罗斯文学思潮之一瞥》。由于这篇文章的重点放在展示思潮的沿革上，因此对作家作品的具体分析一般都未充分展开，加之用的是文言，其影响受到一定的限制。不过，它不仅有自己鲜明的特色，而且为后来中国的俄国文学史研究作了必要的铺垫。

这时期，中国学者撰写并出版的俄国文学史著作有两本，一本是郑振铎的《俄国文学史略》（商务印书馆1924年版），一本是蒋光慈和瞿秋白的《俄罗斯文学》[①]（创造社出版部1927年版）。虽说其后还有类似的著作出现，但是郑本和蒋瞿本无疑是新中国成立前最重要的两部俄国文学史著作。

先看郑振铎的那一本。郑本是国内最早成书的一本。郑振铎在该书序文中谈到编撰此书的缘由时称，国内至今没有一部国人写的外国国别文学史，"如果要供给中国读者社会以较完备的文学知识，这一类文学史的书籍的出版，实是刻不容缓的"。事实上，正是"五四"时期文坛对俄国文

[①] 此书1929年由泰东图书局重版时改名为《俄国文学概论》。

学的热情促成了这部著作的问世。郑本篇幅不大，正文约六万六千字，出书前曾在《小说月报》上连载。此书的特色主要表现在以下几个方面。

（一）体例严谨，脉络清晰。全书共十四章。第一章为绪言，谈"发端——地势——人种——语言"。第二章至第十三章勾勒了从民间传说与史诗到20世纪初期的俄国文学发展的全貌。最后一章为"劳农俄国的新作家"（此章系瞿秋白所作），写的是十月革命后的俄国文学。在每一章中又分若干叙述层次，如第二章"启源"分为"民间传说与史诗——史记——黑暗年代——改革的曙光——罗门诺索夫（即罗蒙诺索夫——引者注，下同）——加德邻二世（即叶卡捷林娜二世）——十九世纪的初年——十二月党"；第八章"戏剧文学"分为"启源——十九世纪初叶——格里薄哀杜夫（即格利鲍耶陀夫）——莫斯科剧场——阿史特洛夫斯基（即奥斯特罗夫斯基）——历史剧——同时的戏剧家——阿史特洛夫斯基以后"；第十章"政论作家与讽刺作家"分为"俄国的政论——西欧派与斯拉夫派——国外的政论作家赫尔岑——其他国外的政论作家——周尼雪夫斯基（即车尔尼雪夫斯基）与现代杂志——讽刺作家莎尔条加夫（即萨尔蒂柯夫-谢德林）"。另外，作为专章或两人合章介绍的重点作家有普希金、李门托夫（即莱蒙托夫）、歌郭里（即果戈理）、屠格涅夫、龚察洛夫（即冈察洛夫）、杜思退益夫斯基（即陀思妥耶夫斯基）、托尔斯泰、柴霍甫（即契诃夫）和安特列夫（即安德列耶夫）等。作为一部文学史著作，这样的编排确实基本达到了有序、清晰、全面且有所侧重的要求。

（二）文字简练，颇有文采。此书的文字简洁明了，作家生平和作品分析一般均点到为止，不作大段的铺陈。不过，在这种要言不繁的叙述中也时能见到作者思想的火花与文字的光彩。如谈到陀思妥耶夫斯基时，认为他的伟大"乃在于他的博大的人道精神，乃在于他的为不齿的被侮辱的上帝之子说话。他有一个极大的发现，他开辟一片极肥沃的文学田园。他爱酒徒、爱乞丐、爱小贼，爱一切被损害与被侮辱的人。他发现：他们的行动虽极龌龊，他们的灵魂里仍旧有烁闪的光明存在着。他遂以无限的同情，悲悯的心胸，把我们这些极轻视而不屑一顾的人类写下来，使我们觉得人的气息在这些人当中是更多的存在着"。在谈到高尔基时，作者表述道：读高尔基的短篇"情绪便立刻紧张起来，且立刻觉得惊奇不止，因为他已使我们见了从未见过的奇境与奇剧，如使我们久住城市的人登喜马拉耶最高峰，看云海与反映于雪峰之初阳；自然谁都会为之赞叹不已了！""实在的，在一切世界的文学上，像高尔基把平凡的人在平凡的境地上，描写得如此新鲜，如此特创，如此活泼、有趣，把人类感情的变幻与竞斗，分析得如此动人，如此好法，恐怕没有第二个人。""俄国作家多带宗教气息，他则把这个气一扫而空，使我们直接与一切事物的真相打个照面。他自己置于强的方面；他绝叫生活的权利。这是他新辟的境地。当20世纪最初，俄罗斯革命的乌云弥漫于天空时，高尔基的著作，实是夏雨之前的雷声。"作者高度评价别林斯基对俄国文学的贡献，认为"他的文字蕴蓄着美与热情，读者都能深深地受他的感动。他以他的同情，他的诚恳的精神，与一切不忠实的，骄傲的，奴隶主义的文学作品与政治思想宣战；一方面成了最有影响的批评家，一方面成了一个最好的政论作家。以后俄国的为人生的艺术的思潮的磅礴，他可以说是一个最有力的鼓动者"。对于车尔尼雪夫斯基的艺术观，作者作了如下概括："艺术自己不是目的，人生是超于艺术的；艺术的目的就在于解释人生，批评人生，对于人生表白一种意见"；"艺术的美决不是超于人生的美的，不过是艺术家从人生美中借来的一种美的概念而已"；"艺术的真实目的就是要我们记起人生中有趣味的事，教导我们人是怎样生活着，及他们应该怎样生活着"。作者在评价杜勃洛留波夫时认为，他的伟大"不在他的批评主张，而在于他的纯洁坚定的人格。他是屠格涅夫在19世纪50年代之末所见的'现实的理想主义者'的新人的最好代表。所有他的文字都使人感到一种道德的观念；他的人格强烈的与读者的心接触着"。这样的评述尽管都很简单，但对于人们把握和了解俄国文学的概貌及其基本精神还是大有裨益的。

书中由瞿秋白撰写的"劳农俄国的新作家"一章，特别是关于马雅可夫斯基的一些论述也值得一提。在此以前已有关于这位作家的文字出现。1921年化鲁在《俄国的自由诗》一文中谈到，俄国革命后的新诗人中"最受俄国人崇敬的，便是梅耶谷夫斯基了"。[①] 这是中国最早介绍马雅可夫斯基的文字。1922年沈雁冰在文章《未来派之趋势》中称马雅可夫斯

---

① 见《东方杂志》第18卷第11期。

基是"突出的天才",他加入布尔什维克党以后,"一支锋利的笔就全为布党效力了",他最近出版的长诗《一亿五千万》是"为抗议封锁俄国而作的"。① 瞿秋白在1923年8月为郑本写下的一段有关的文字:"马霞考夫斯基是革命后五年中未来主义的健将,许多诗人之中只有他能完全迎受'革命';他以革命为生活",但"作品中并不充满革命的口头禅。他在20世纪初期已经露头角于俄国诗坛,革命以后,他的作品方才成就他的天才";他的天才在于"他有簇新的人生观",他"是积极的唯物派";"他的著作,诗多而散文绝少";"他的诗才,真足以在俄国革命后的文学史上占一很重要的地位"。瞿秋白虽然不是中国最早介绍马雅可夫斯基的人,但他却第一个见到并采访了这位作家。因此,他写下的这段文字在中国早期介绍马雅可夫斯基的文章中就显得更有力度和弥足珍贵了。

(三)书目完备,资料翔实。该书在正文后还有两项附录:《俄国文学年表》和《关于俄国文学研究的重要书籍介绍》。特别值得一提的是后者,其列举书目之详,实属难得。在介绍书籍之前,作者还写下了一段颇为生动的引言:

> 俄国文学的研究,半世纪来,在世界各处才开始努力,他们之研究俄国文学,正如新辟一扇向海之窗,由那窗里,可以看出向来没有梦见的美丽的朝晖,蔚蓝的海天,壮阔澎湃的波涛,于是不期然而然的大众都拥挤到这个窗口,来看这第一次发现的奇景。美国与日本都次第的加入这个群众之中,只有我们中国的文学研究者,因素来与外界很隔膜之故,在最近的三四年间才得到这个发现的消息,才很激动的也加入去赞赏这个风光。但因加入得太晚之故,这个美景,却未能使我们一般人都去观览。现在我在此且介绍几十本关于俄国文学研究的书,聊且当做这美学(景)的一种模糊的影片。至于要完全领略那海上的晨曦暮霭与风涛变幻的奇观,则非躬亲跑到海边去不可……

书中分三类对有关书籍作了介绍。第一类为"一般的研究",共列出

---

① 见《小说月报》第13卷第10期。

文学史的和理论方面的书籍二十九部，其中英文的有二十六部，日文的两部，中文的一部。作者对每本书都有提纲挈领的说明。如称巴林（即前文提到的贝灵）的著作"叙述很简明，初次研究俄国文学的人，这本书是必须看的"；称克鲁泡特金的著作"是一部不朽的作品"，"从古代民间文学到最近的作家，都有明晰而同情的叙述"；称两部日文著作的作者升曙梦"为日本现代最著名的俄国文学研究者。日本现代文学极受俄国文学的影响，升曙梦于此是有很伟大的功绩的"，他的《露国（即俄国）现代之思潮及文学》"实为一部很重要的著作"，他的《露国近代文艺思想史》"是一部研究俄国近代文艺思潮的极重要的书。这类书，在英文里几乎绝无仅有"。关于唯一的一部中文书《小说月报》1921年十二卷号外《俄国文学研究》，文中介绍道："中国到现在还没有一部系统的研究俄国文学的专书，此书可算是这一类书中的第一部。内容除译丛、附录之外，共有论文二十篇，读之略可窥见俄国文学的一斑。"第二类和第三类都是介绍作品的，分别为"英译的俄国重要作品"和"中译的俄国文学名著"。前者列举了二十种集子或丛书，后者排出了二十八种中译的有关作品。这三类书籍的介绍为当时的读者作了很好的导引，是此书最有价值的方面之一。

也许正是基于上述优点，评论界对郑振铎的这本《俄国文学史略》给予了较高的评价，如王统照在《晨报副镌》上撰文称赞此书"能用页数不极多的本子，将俄国文学的历史上的变迁，以及重要作家的风格、思想，有梗概的叙述。可谓近来论俄国文学的最好的小册子"。

不过，作为早期的俄国文学史读物，郑本存在的不足也是明显的。比较突出的是该书编译成分较多，不少地方明显借用了克鲁泡特金和贝灵等人所撰著作的观点，虽然由于作者能博采众长，在他人的观点上有所生发，但与一部独立的研究著作相比似有一定的差距。同时，因篇幅较小，内容显得有些单薄，特别是对作家作品的分析大多过简，重点作家往往也仅有千余字，令人产生意犹未尽之感。而且有些重要的作品，作者本人显然尚未接触，故出现了一些不应有的错误，如在谈到《战争与和平》一作的主人公时，称"乃是一个朴讷的农人白拉顿（即普拉东）"，而毫不提及彼埃尔、安德列、娜达莎这些人及其命运。对高尔基的评述也是如此。作者仅仅提到了他早期的寥寥几部作品的名字：两篇短篇、一部长篇《三人》和一部剧本《沉渊》（即《底层》），这就使前述的作者对高尔基的赞扬显得空泛。特别是对高尔基在1905年至1917年间的作品作了如下不恰当的评价："一九〇五年的俄国革命，高尔基也有参与。革命失败后，他逃到意大利去。自此以后，他的作品也与当时颓唐的空气一样，不复见新鲜与强健的色彩。直到一九一七年，俄国革命告成，他回国后，其作品《童年》才又蕴着初期著作的热情与希望。"且不说《童年》(1913)本身就写在这一时期，就高尔基两次革命期间创作的其他的作品而言，这无疑是他创作的一个高潮时期，其中中长篇小说和故事集就有《母亲》、《忏悔》、《没用人的一生》、《夏天》、《奥古洛夫镇》、《马特维·克里米亚金的一生》、《人间》、《意大利童话》、《俄罗斯童话》和《俄罗斯浪游散记》等一大批重要作品，其"新鲜与强健"依然让人震撼。这里一方面可以看出作者对高尔基的创作的情况不甚了了，另一方面又可以见到苏联当年"左"的思潮的某种影响。在当时苏联那些用庸俗社会学的眼光看待高尔基创作的人的评价中，高尔基在1906年创作了《母亲》以后，思想出现矛盾，创作也开始走向低潮，他的那些深刻剖析民族文化心态的作品不在"左"视者的视野之内。这种评价不仅在"五四"时期影响了中国的一部分绍介者，甚至在不同程度上影响了而后半个多世纪的中国的高尔基研究。此外，郑本中还有一个明显的不足就是作家作品的译名均由英文译音转译，因而有些与原文显出较大的差距。

由蒋光慈编成、蒋光慈和瞿秋白合著的《俄罗斯文学》，出书时间虽晚于郑本，但其意义与价值均不在郑本之下。蒋瞿本共十一万字，分上下两卷。上卷为蒋光慈所作，名为《十月革命与俄罗斯文学》，约五万三千字；下卷为瞿秋白所作，名为《十月革命前的俄罗斯文学》，约五万七千字。蒋光慈在书前有个简短的说明：其一是他觉得"十月革命后的俄罗斯文学比较重要而且对于读者有兴趣些"，因此将上下卷的前后位置颠倒了一下；其二是说明下卷用的是屈维它君（即瞿秋白）的稿子，但征得原作者同意后作了删改。这里我们对下卷和上卷分别作些分析。

如果不计瞿秋白写的第十四章，那么郑振铎所写的那本文学史与我们目前所看到的蒋瞿本被删改的下卷（原稿已无法觅见）篇幅相近。也就是说，瞿秋白与郑振铎一样用不多的文字描述了十月革命以前的俄罗斯文学的面貌。据史料记载，瞿秋白原稿作于他旅俄期间，大致在 1921 年至 1922 年间，因此写作时间估计要早于郑本，可惜因故未能及时出版。与郑本相比，两者在分析文学现象时都注意与社会现象相联系这点上是一致的，而在体例和文字等方面则各有所长。瞿秋白的文本语调平实，内容简明，论述相对集中，对重点作家和作品的分析有所加强。如关于普希金部分，瞿的文本比郑本的文字增加了一倍。同时，瞿的文本由于写于俄罗斯，作者本人又通晓俄语，因此论述的准确性得以加强。如同样是谈《战争与和平》的主人公，瞿的文本写的是"最可注意的便是这小说里的'幻想的哲学家'彼埃尔"。

与上述因素相联系的是，瞿的文本中更能见到有创见的文字。如对于俄国文学中的"多余人"和"新人"形象，虽然早有人提到，但是还没有人能像瞿秋白那样作出如此深入的理论分析的。瞿的文本中谈到当时俄国知识界的通病所谓"多余的人"时写道："'多余的人'大概都不能实践，只会空谈，其实这些人的确是很好的公民，是想做而不能做的英雄。这亦是过渡时代青黄不接期间的当然现象。他们的弱点当然亦非常显著：这一类的英雄绝对不知道现实的生活和现实的人；加入现实的生活的斗争，他们的能力却不十分够。幼时的习惯入人很深，成年的理智每每难于战胜，——他们于是成了矛盾的人。"作者对屠格涅夫作品中的罗亭和拉夫列茨基等形象分别作了分析，而后继续写道："俄国文学里向来称这些人是'多余的'；说他们实际上不能有益于社会。其实也有些不公平；他们的思想确是俄国社会意识发展中的过程所不能免的：从不顾社会到思念社会；此后才有实行。——他们的心灵的矛盾性却不许他们再前进了；留着已开始的事业给下一辈的人呵。"

作者接着又对被后来的文学史视作"新人"的巴扎罗夫形象与其前辈的联系，以及他自身的内在矛盾提出了自己的见解。他认为："前辈和后辈的思想界限，往往如此深刻，好像是面面相反的，——实际上呢，如《父与子》里的'英雄'巴扎罗夫等，虽然也是些'多余的人'，却是社会的意识之流里的两端而已。""巴扎罗夫以为凡是前辈所尊崇所创立的东西，一概都应当否认：对于艺术的爱戴，家庭生活，自然景物的赏鉴，社会的形式，宗教的感情——一切都是非科学的。然而他的实际生活里往往发出很深刻的感情;足见他心灵内部的矛盾:——理论上这些事对于他都是'浪漫主义'。屠格涅夫看见巴扎罗夫是一种暂时的现象,——社会的人生观突变的时候所不能免的。然而巴扎罗夫之严正的科学态度,性情的直爽而没有做作,实际事业方面的努力,——都是六十年代青年的精神。"这样的理论分析显然是建立在对作家及其笔下的艺术形象的深刻理解的基础上的。

又如瞿的文本在《一九〇五年革命与旧文学》一章中,对安德列耶夫的创作也作了如下精到的分析:"安德列叶夫纯纯粹粹是近代主义者,他的作品当时被称为'文学的梦魇',悲惨,暗淡,沉闷;他的小说和剧本里的人物的动作,好像是阴影,——那阴影还大半在浓雾里呢。他的题材实在是人类互相的不了解,不亲热,——残酷的孤寂。"在谈了安德列耶夫的创作与尼采哲学的关系后,他又写道:"安德列叶夫的文心比西欧象征主义更加孤寂:易卜生和梅德林克的人物还有凌驾尘俗的个性;安德列叶夫的却只是抑遏不舒的气息。"作者抓住了安德列耶夫的创作,特别是中后期创作的特色,其视野也相当开阔。

当然,作为早期的文学史著作,郑本中存在的某些不足在瞿的文本中也有所表现,特别是史实的叙述和作家作品的分析大多仍"简单概括得很",①而在对高尔基的评论中也同样出现了受苏联早期极"左"思潮影响的痕迹,不过在当时的条件下能达到郑本和瞿秋白文本的水准已实为不易。

这里还要谈谈蒋瞿本的上卷,即蒋光慈撰写的《十月革命与俄罗斯文学》。蒋光慈与瞿秋白有某些相似的经历,他也曾于20年代初期赴俄罗斯学习,这本书的初稿也写于这一时期。由于蒋光慈文本切入的是俄罗斯当代的,即十月革命后若干年里所发生的种种文学现象,因此内容新颖独到,在当时乃至其后相当一段时间里,蒋光慈的文本是中国人写的唯一的当代新俄文学史。为了便于真切地了解这一文本的基本内容,可以看看其章目。该书上卷共九章,分别为"死去的情绪"、②"革命与罗曼谛克——

---

① 蒋光慈:《〈俄罗斯文学〉书前》,载《俄罗斯文学》,创造社出版部1927年版。
② 此节谈旧俄诗人在十月革命后的命运。

布洛克(即勃洛克)"、"节木央·白德内宜"(即杰米扬·别德内依)、"爱莲堡"(即爱伦堡)、"叶贤林"(即叶赛宁)、"谢拉皮昂兄弟——革命的同伴者"、"十月的花"、①"无产阶级诗人"和"未来主义与马牙可夫斯基(即马雅可夫斯基)"。不用细述其内容,据此已可看出这一文本为当时中国文坛提供的是崭新的而且又是迫切想了解的新俄文学的总体面貌和最重要的文学现象,其价值不容低估。

作为一个热情的昂奋的诗人和十月革命的热烈的拥护者,蒋光慈文本的风格与瞿秋白文本和郑振铎文本均不同,字里行间充满着诗一般的语言和勃发的激情。如他在第七章中这样赞美十月革命后出现的一代新诗人:"红色的十月里曾给与我们不少的天才的青年诗人。这些青年诗人,他们为红色的十月所涌出,因之他们的血肉都是与革命有关联的——革命是他们的母亲。他们的特点是:他们如初春的初开放的花朵一样,既毫不沾染着一点旧的灰尘与污秽,纯洁得如明珠一样,而又蓬勃地吐着有希望的,令人沉醉于新的怀抱里的馨香,毫不感觉到凋残的腐败的意味。""'我们是地上暴动的忠臣',是的,基抗诺夫(即吉洪诺夫)是新的苏维埃的俄罗斯的忠臣。新的苏维埃的俄罗斯,是强有力的,无神甫的,列宁的俄罗斯,惟有此俄罗斯才是人类的祖国。我们爱此俄罗斯,我们不得不爱此俄罗斯的歌者。"

蒋光慈完全是站在革命诗人的立场上来考察新俄文学现象的,他在介绍文学现象时常常作出自己的评价。如他在谈到革命与罗曼谛克时写道:"无产阶级也爱百合花的娇艳,但要使大家都有赏玩的机会;夜莺的歌唱固然美妙,但无产阶级不愿美妙的歌唱,仅为一二少数人所享受。许多很好的诗人以为革命的胜利,将消灭一切幻想和一切罗曼主义,其实人类的一切本能绝不因革命而消灭,不过它们将被利用着,以完成新的责任,新的为历史所提出的使命。"又如他给予擅长写革命鼓动诗的别德内依以很高的评价,认为"普希金是俄国第一个伟大的天才的诗人,我们可以说白德内宜是他最好的学生,但是白德内宜诗中所含蓄的民众的意义,任你普希金也罢,列尔芒托夫(即莱蒙托夫)也罢,布洛克也罢,马牙可夫斯基

---

① 此节谈十月革命后出现的吉洪诺夫等新一代诗人。

也罢，都是还有的"。这一类的评价有的可能出于苏俄批评家的观点，也有的则发自作为革命诗人的蒋光慈本人的心胸。

在蒋光慈的文本中，我们也可以看到一些缺憾。也许是因为作者当时本人是诗人的缘故，这一文本将大部分篇幅给了诗歌，而对其他的文学样式评述得过少；也许是因为贴得太近的缘故，这一文本史的意味有所淡化；也许是因为受情感和语言诗化的影响，这一文本叙述的严整性似有不足；甚至在某些方面我们还能看到"拉普"思潮的影子，如作者谈到了无产阶级诗人的四个方面的特质，其中强调的一点是："他们都是集体主义者 Collectivists，在他们的作品里，我们只看见'我们'，而很少看见这个'我'来。他们是集体主义的歌者。……这个'我'在无产阶级诗人的目光中，不过是集体的一分子或附属物而已。"这些观点后来越来越多地被介绍过来，对中国正处萌芽状态的无产阶级文学产生过不利的影响，对此后文还将论及。

然而，这些缺憾毕竟不是主要的，与郑振铎的《俄国文学史略》一样，蒋光慈和瞿秋白合著的《俄罗斯文学》一书的历史作用也是不可磨灭的。

四　中俄文学比较研究的发端

大概从最早介绍俄国文学的时候起，对中俄文学进行比较的意识就在那些介绍者的心目中萌生了，在当时的不少文章中常常可以见到这样的文字。远的不说，就在1919年至1920年的"五四"高潮时期，瞿秋白在探寻刚刚出现的中国的"俄罗斯文学热"产生的原因时，就对中俄的国情及其文学作了比较。他认为，最主要的原因在于"俄国布尔什维克的赤色革命在政治上、经济上、社会上生出极大的变动，掀天动地，使全世界的思想都受他的影响。大家要追溯他的远因，考察他的文化，所以不知不觉全世界的视线都集于俄国，都集于俄国的文学；而在中国这样黑暗悲惨的社会里，人都想在生活的现状里开辟一条新的道路，听着俄国旧社会崩裂的声浪，真是空谷足音，不由得不动心。因此大家都要来讨论研究俄国，于是俄国文学就成了中国文学家的目标"。他还认为，俄国国民性本来是"极端的，不妥协的"，而近几十年来，因为政治上、经济上的变动十分剧烈，"影响于社会人生，思想就随之而变，萦回推荡，一直到现在，而有他的特殊文学"；相比之下，中国现在的社会也是"不安极了"，若要作根本改造，那么"新文学的发见随时随地都可以有。不是因为我们要改造社会而创造新文学，而是因为社会使我们不得不创造新文学"；"俄国的国情，很有与中国相似的地方"，因此要"创造新文学"，就"应当介绍"俄国文学。①

这样的比较虽说是有感而发的片言只语，但却把握住了问题的实质。当然，较为系统和较早的中俄文学比较研究的论文是下面的两篇：一篇是周作人的《文学上的俄国与中国》，② 文章对中俄文学作了宏观扫描；另一篇是甘蛰仙的《中国之托尔斯泰》，③ 此文开了中俄作家专题比较研究的先河。

据《民国日报·觉悟》1920 年 11 月 19 日报道，周作人在月内先后来到北京女子高等师范学校和协和医院学校发表了讲演。讲演的内容整理后在次年 1 月的《新青年》上刊出，那就是著名的《文学上的俄国与中国》一文。文章对中俄文学以及与此相连的国民精神作了条分缕析的比较，颇为引人注目。作者开门见山地指出："我的本意，只是想说明俄国文学的背景有许多与中国相似，所以他的文学发达情形与思想的内容在中国也最可以注意研究。"那么，什么是俄国文学最鲜明的特色？作者认为，它是"社会的、人生的"文学。结合对 19 世纪至 20 世纪初的俄国文学的分析（文章将这一阶段的俄国文学分为四个时期，并介绍了重要的作家和文学现象），作者一再阐明这样的观点："俄国在十九世纪，同别国一样的受着欧洲文艺思想的潮流，只因有特别的背景在那里，自然的造成一种无派别的人生的文学。""俄国近代的文学，可以称作理想的写实派的文学，文学的本领原来在于表现及解释人生。在这一点上俄国的文学可以不愧称为真的文学了。"而俄国文学之所以有这样的特色，与俄国社会特别的国情有关。它的"希腊正教、东方式的君主、农奴制度""与别国不同"；19 世

---

① 瞿秋白：《〈俄罗斯名家短篇小说集〉序》，载《瞿秋白文集》第 2 卷，人民文学出版社 1954 年版，第 543—544 页。
② 载《新青年》1921 年第 8 卷第 5 期，后又收入《小说月报》第 12 卷号外。
③ 曾分十次连载于 1922 年 8 月的《晨报副镌·论坛》。

纪后半期，西欧各国已现民主倾向，"俄国却正在反动剧烈的时候"，这又与别国不同。而"社会的大问题不解决，其余的事都无从说起，文艺思想之所以集中于这一点的缘故也就在此"。作者认为，恰恰在这一点上，"中国的创造或研究新文学的人，可以得到一个很大的教训，中国的特别国情与西欧稍异，与俄国却多相同的地方，所以我们相信中国将来的新兴文学，当然的又自然的也是社会的人生的文学"。

如果仅仅说"中俄两国的文学有共通的趋势"，作者认为那还远远不够，因为"这特别的国情而发生的国民精神，很有点不同"。文章随之从宗教、政治、地势、生活以及忏悔意识五个方面对中俄两国国民精神的差异作了仔细的比较。

1. 宗教上，俄国的东正教传播很广，深入人心，虽压迫思想，但却成为人道主义思想的根源之一；而中国传统的儒道两派，它们中的一些有益的东西却"不曾存活在国民的心里"。

2. 政治上，中俄两国都是"阶级政治"，俄国有权者多是贵族，人民虽苦，但思想上却"免于统一的官僚化"；而中国自有科举后，平民可以接近政权，由此带了官僚思想的普及。

3. 地势上，中俄两国都是大陆的国家，俄国有一种"博大的精神"，"世界的"气派和爱走极端的思想；而中国"却颇缺少这些精神"，"少说爱国"又存有"排外的思想"，处事讲"妥协调和"而不求"急剧的改变"。

4. 生活上，俄国人"过的是困苦的生活"，所以文学里"含着一种悲哀的气味"，但苦难没有使他们养成"憎恶、怨恨或降服的心思，却只培养成了对于人类的爱与同情"，他们的反抗也是出于"爱与同情，并不是因为个人的不平"，因此俄国文学中"有一种崇高的悲剧气象"；而中国人的生活尽管也充满了"苦痛"，但这种苦痛在文艺上只产生"赏玩"和"怨恨"两种影响，玩世的态度"是民族衰老，习于苦痛的征候"，而一味"怨恨"也是与文学的本质相冲突的。

5. 忏悔意识上，俄国文学"富于自己谴责的精神"，描写社会生活的目的"不单在陈列丑恶，多含有忏悔的性质"；而在中国社会中这种"自己谴责的精神"极为缺乏，"写社会的黑暗，好像攻讦别人的阴私。说自己的过去,又似乎炫耀好汉的行径了",这主要是由于旧文人的"以轻薄放诞为风流"的习气流传至今的缘故。

这样的比较在有些人看来是过于贬低了中国文学,而作者却理直气壮地强调这是"当然的事实"。因为:其一,"中国还没有新兴的文学,我们所看到的大抵是旧文学,其中的思想自然也多有乖谬的地方,要向俄国的新文学去比较,原是不可能的";其二,从国民精神来说,"俄国好像是一个穷苦的少年,他所经过的许多患难,反养成他的坚忍与奋斗,与对于光明的希望",而"中国是一个落魄的老人……他不复相信也不情愿将来会有幸福到来,而且觉得从前的苦痛还是他真实的唯一的所有"。作者认为只有正视这样的现实,"用个人的生力结聚起来反抗民族的气运",古老的民族"未必没有再造的希望","我们如能够容纳新思想,来表现及解释特别国情,也可希望新文学的发生,还可由艺术界而影响于实生活"。

在这篇中俄文学比较研究的文章中,作者表现出"五四"高潮时期所特有的十分强烈的民族危机意识,以及对旧文学旧文化的毫不留情的批判。文章特别强调了中国新文学在其发生和发展过程中应该从俄国文学中借鉴和吸纳的一些重要的侧面,虽然其中的观点并非无懈可击,但它的深刻和敏锐,它的激情和透彻,对"五四"时期"俄罗斯文学热"的形成无疑起过推波助澜的作用。即使在今天,文章中的某些独到的见解仍有让人回味之处。这篇比较研究的文章出自周作人笔下亦非偶然。他既是中国译介俄国文学的先驱者,又是"五四"新文学运动的积极倡导者,他所同时具有的中国文学和俄国文学的素养,① 使他能在中俄文学关系比较的领域中游刃有余,取较高的视角,发人所未发。

甘蛰仙的《中国之托尔斯泰》一文也很有特色。文章比较长,有三万多字。作者从若干个角度对托尔斯泰与陶渊明作了比较。将托陶两人联系在一起的,倒是早有人在。曾就读于圣彼得堡大学的中国人张叔严,在20世纪初拜见托尔斯泰时,见到过托氏"躬自耕作"的情形。后他将陶渊明

---

① 就俄国文学方面的修养而言,周作人在当时中国新文学界的声誉是比较高的,从下面这一史实中可以见到这一点。1921年1月7日,沈雁冰在为《小说月报》"俄国文学研究"专号组稿时曾致信周作人说:"一个俄国文学专号里若没有先生的文,那真是了不得的事。"《俄国文学与中国》一文后被收入这一专号。

的田居诗译成俄文送给托尔斯泰,并认为托氏的言行"绝类靖节(即陶渊明)先生,惟托氏之主义更为激烈耳"。不过,对这两位作家进行扎实的比较研究的,还是以甘蛰仙的文章为先。

甘文虽属 A 与 B 比较的模式,但因作者对托、陶两人,特别是对陶渊明有深刻的了解,又很注意问题的可比性,因此读后也颇能给人以启发。全文分十二节,论述的重点放在陶渊明身上。文章一开始就交待为什么要把这两个国度不同、生卒年代相去甚远的作家加以比较:"自然,一个人有一个人底特征;其所秉赋的天才,所修养的品格,所蕴蓄的理想,所经历的世故,所交接的环境,所遭逢的时代,以及生平的嗜好,和艺术的造诣……总不能完全相同。要是引另一个人来相比拟,无论如何,总难全体相附,至多不过有大部分相类似罢了。但是就这相类似的大部分考较起来,却颇觉得有趣味。更就那不相类似之点,顺便带叙,勘论得失,也未必不足供知人论世底参考资料。"就托、陶两人来说,尽管有那么多的不同,"但他俩都是生于衰乱之世;其生性都有些傲岸;都不是毫无嗜好的;其人格都很高尚纯洁;其思想都很丰腴优美;其艺术都是近于人生派;其境遇都有顺逆;其身世的感慨,都是倾吐于楮墨之间;其毕生最大的建设,都是文学事业;其文学底特殊色彩,都不外乎至情流露;其情绪之发抒,都是从各自的爱恨引出……如是种种,并不是不相类似的,并不是无可比拟的",因此称托氏为"中国之陶渊明"或称陶氏为"中国之托尔斯泰",均非无稽之谈。

文章随之从地域、性情、品格、嗜好、思想、艺术、境遇等方面对两位作家作了颇有趣味的比较,这里略举一二。譬如,文章第二节从"地域"角度进行的比较。作者抓住"东西"和"南北"两个概念加以生发:"陶氏和托氏的住地,诚若风马牛之不相及;但是他俩在地域文学上,却是各有各的重要地位和时代价值。就由方位说,我们要观察托氏文学,须得先把东西观念弄明了;要观察陶氏底文学,须得先把南北观念弄清楚。因为托氏底文学思想,是东方神秘思想和西方现实思想底结晶;陶氏底文学,是南方柔婉缠绵的文学和北方真率慷慨的文学底结晶。虽然东西的异撰,不必限于俄国;但是南北的分野,在中国文学上,却非常显著……"而后,作者引证实例加以层层剖析,以阐明其论点。在论证了"幽情壮思起伏于脑海之中"的陶氏是中国南北文学的交汇点后，作者笔锋一转，指出："彭泽文学，不但可做研究南北文学之津逮，而且在最小限度内，可做研究东西思想之津逮。因为南方文学，是要遥寄柔情，意在言外；而幽微之极，往往藏着神秘的色彩。北方文学，是要直陈壮志，力透纸背；而真率之气，往往成为现实的作风。或则与东方神秘思想相似；或则与西方现实思想相似。"陶氏的文学"似有一部分南方半神秘的文学和北方半现实的文学底结晶"。据此，作者认为，陶氏与托氏"不是全不相似，纵然不全同于俄国托尔斯泰，也不失为'中国之托尔斯泰'底本色"。

又如，文章第十二节关于"艺术观"（及其在创作中的体现）的比较。作者认为，托陶在这方面有不少相类似的地方。择其要点而言：其一，两人都追求真的艺术，而非难唯美的艺术论者；其二，两人创作中都具平民精神，陶氏作品中尤带农民生活的色彩；其三，两人都认为真艺术的要素在于情感，尤其是作家本人所受感染的情感；其四，两人的创作中都含自传色彩，虽然托氏的表现形式要复杂得多；其五，两人都以极明确的方式在创作中传达"爱"的思想；其六，两人都亲近自然，托氏的"回归自然"与陶氏的"返自然"在精神上相通；其七，两人都力求文学语言的明白晓畅，能为民众所接受。凡此种种，都说明两位作家"其相殊异之点，诚不少"，但"相类似的又岂不多？"作者认为，这些类似之处中最本质的一点是，他们都具有伟大的人格，他们的文学都是人生的文学，并由此感叹道："若徒然就形迹上看，那位抚弄弦琴底'中国之托尔斯泰'，原来不必是解音律的人啊！"

看得出，作者在这篇论文上用力不小，分析得也很仔细。其所阐述的观点固然不是为后人都能接受的，其进行比较研究的方法在现在看来也不甚新鲜，但作为一篇最早对中俄作家进行比较研究的论文，我们更看重的是它的开创功绩，虽然它实际达到的水准并不在当今许多类似的文章之下。细细品味这篇文章，我们还可以真切地感受到"五四"时期的文学精神。

五　关注苏联早期文学思想

1924年由苏联回国的将光慈是中国无产阶级文学的开拓者之一，他回国后不久写的《无产阶级革命与文化》一文，率先将苏联文学思想介绍到了中国。在这篇文章中，作者一方面阐述了无产阶级必须而且完全能够创造出自己的阶级文化的思想，但另一方面又在论述中掺杂了"无产阶级文化派"的许多思想杂质。例如，作者把无产阶级文化产生的立足点放在经济基础与文化直接对应关系上；认为资本主义的文化"非有害于无产阶级，即与无产阶级没有关系"。这种情况在他写的另一篇介绍苏联文学的长文《十月革命与俄罗斯文学》中亦可见到。蒋光慈在文中热情推崇苏联无产阶级文学，然而在阐释无产阶级艺术这一概念时却以"无产阶级文化派"的理论家波格丹诺夫和前期领导人列别杰夫-波良斯基的观点为依据。文中关于无产阶级作家具有天生的革命性，无产阶级文学重视的只是"我们"等见解，同出一源。

这种现象当时在与蒋光慈一样对中国无产阶级文学的产生和发展做出过不可磨灭的贡献的茅盾身上也有所体现。长时期来，茅盾的《论无产阶级艺术》（1925）一文被认为是最早倡导无产阶级文学的力作之一，然而据某些学者的考证，此文的重要参照论著是波格丹诺夫的《无产阶级艺术的批评》（1918）。认真比较这两篇长文，我们可以看到两文都强调无产阶级艺术意识的纯洁性，并从三个方面来界定无产阶级艺术的特征。

波文认为："劳动阶级的思想意识应当是纯洁的、明确的，脱离一切异己因素的。"无产阶级艺术的界限："第一，无产阶级的艺术和农民的艺术之间"有本质的区别。"无产阶级的灵魂，它的组成基础是集体主义、联合、合作"，而农民"大部分倾向于个人主义"，"并且，家族中的家长制还在农民身上保存着尊敬长者的和宗教的精神"。第二，无产阶级艺术不能受军人意识的影响。舍此就会"降低了一个伟大的阶级斗争的理想"，而限于"对于那些资产阶级代表个人的仇视"。第三，"应当在无产阶级艺术和知识分子社会主义之间划一条分界线"。因为"劳动知识分子脱胎于资产阶级文化，是在这个文化上培养出来的，并且为它服务过。他们主张个人主义。……即便当劳动知识分子对劳动阶级抱着深切的同情、对于社会主义的思想有了信仰的时候，过去的一切在他的思想方法、他的人生观、他的力量概念和概念发展的道路上，还保留着它们的影响"。茅文认为："无产阶级的艺术意识须是纯粹自己的，不能掺有外来的杂质。""无产阶级艺术至少须是"：第一，它"和旧有的农民艺术是有极大的分别的"。"无产阶级的精神是集体主义的，反家族主义的，非宗教的"，而"农民的思想多倾向于个人主义，家族主义，宗教迷信的"。第二，它"没有兵士所有的憎恨资产阶级个人的心理"。不然"就难免要失却了阶级斗争的高贵的理想"。第三，它"没有知识阶级所有的个人自由主义"。因为知识分子"生长在资产阶级的文化之下，为这种文化所培养，并且给这种文化尽力的。他们的主义是个人主义"。

从上述引证中可以清楚地见到这一阶段在引进苏联早期文学思想时的一些倾向。这些倾向主要表现为：（1）当时倡导无产阶级文学的理论主张大多源自苏联，（2）"无产阶级文化派"思潮对初创期的中国无产阶级文学有相当大的影响，（3）中国接受者的接受热情与接受盲目性并存。茅盾在《我走过的道路》一文中认为，他写这篇文章的目的是想探讨"无产阶级艺术的各个方面"，并以此来确立自己的新的艺术观。但是，他在这篇文章中某些方面却接受了波氏的似是而非的错误观点，尤其是所谓"无产阶级艺术的纯而又纯的全新的精神"的观点。对波氏的这一论调，高尔基当时就一针见血地指出："创造新文化是全体人民的事情。在这方面，应当抛弃狭隘的行会作风。文化是一种整体现象。不能想象：无产阶级文化协会创造的才是无产阶级文化，那么农民又怎么办呢？应该来参加这种文化，还是仍旧保持自己原有的文化？……以为只有无产阶级是精神力量的创造者，只有他们是精华，这种救世主的观点是会招致毁灭的。"① 波氏的这种理论对苏联文学损害极大，也为中国文学埋下了恶果。蒋光慈在倡导无产阶级文学之初，就依据这一理论激烈指责了叶绍钧、郁达夫、冰心等小资产阶级知识分子作家。我们不想苛求在开创中国无产阶级文学道路时的筚路蓝缕的先行者，但上述现象从一个侧面说明了当时特定的条件下，"左"的东西确实迷惑了相当一部分热情的介绍者。作为一种历史现象，这是发人深省和足以为戒的。

在20年代中期，比较重要的介绍苏联早期文学思想的著述还有：鲁迅节译的托洛茨基的《文学与革命》，冯雪峰译出的日本学者论新俄文艺

---

① 1930年3月高尔基同无产阶级作家的谈话。

的三种著作，任国桢在未名社出版的《苏俄文艺论战》一书。后者包括三篇文章：楚扎克（旧译褚沙克，"列夫派"的评论家）的《文学与艺术》、阿维尔巴赫（旧译阿卫巴赫，"拉普"派的理论家和领导人）的《文学与艺术》、沃隆斯基（旧译瓦浪斯基，著名理论家，苏联第一个大型文艺期刊《红色处女地》主编）的《认识生活的艺术与当代》。鲁迅为此写了《前记》，认为它能使读者了解苏联文坛正在进行的文艺论争的概貌，"实在是最为有益的事"。

20年代末期，苏联早期文学思想进一步影响中国文坛。1928年初，创造社和太阳社开始以更大的声势倡导无产阶级文学。与此同时，从苏联和日本大量引入了各种"科学底文艺论"。在这一阶段，从郭沫若、成仿吾、蒋光慈、李初梨、冯乃超、钱杏邨等人的文章中可以看到这样一些观点：强调文学的阶级性以及它作为阶级斗争武器的功能，阐明无产阶级文学产生的历史必然性，要求革命作家确立无产阶级的立场和艺术观，提倡无产阶级的文学艺术要以农工大众为主要对象，抨击形形色色否定和攻击无产阶级文学的主张等。这些文章的理论基点是初步的马克思主义的理论知识和从苏联引进的文学思想。在革命处于低潮时期的白色恐怖中，这样的文章无异于振聋发聩的雷鸣，它以文学为阵地传播了无产阶级革命的学说，激动了不满黑暗现实的广大进步作家和知识青年，为无产阶级文学的发展和走向高潮，立下了不可抹杀的历史功绩。

但是，当时引入中国的那些"科学底文艺论"，内容驳杂，既有列宁的文艺思想，也有大量被列宁斥之为用"无产阶级文化"的词句"来掩饰同马克思主义的斗争"的货色。而创造社、太阳社等社团的部分左翼作家与前一阶段的介绍者一样，有接受的热情、鼓吹的锐气，但缺少理论的准备和选择的眼力，因此苏联早期文学思想中以"左"的面目出现的"无产阶级文化派"和"拉普"派的主张颇受青睐。这突出的表现在两个方面。

一是波格丹诺夫的"组织生活"的理论被一部分左翼作家接受，成为他们反对"五四"现实主义传统的主要理论依据。李初梨在《怎样建设革命文学》一文中认为，"五四"时期新文学确定的"文学的任务在描写生活"的原则是"小有产者的把戏，机会主义者的念佛"。"文学，是生活意志的表现"，"文学的社会任务，在它的组织能力"，文学的"组织机能，——一个阶级的武器"。① 这样的看法为一些左翼作家所附和。诸如"文艺是思想的组织化,同时又是感情的组织化",② 文艺是"反映阶级的实践的意欲"③ 等说法流行一时,并由此推导出"一切文学艺术都是宣传",④ 都是组织大众斗争的工具的结论。只要参照"岗位论"的"文学永远是阶级的文学",无产阶级文学就是"把工人阶级和广大劳动群众的意识组织起来"⑤ 的主张,特别是参照波格丹诺夫的所谓文学是阶级"意欲和经验"的形象化组织,文学的任务是"组织生活"等论调,就可以发现它们是何其相似。正如列宁所指出的"波格丹诺夫的术语及其含义"源于"他的哲学,即唯心主义和折衷主义的哲学"。而"盲目地模仿波格丹诺夫的'术语'",这"实际上绝不是术语,而是哲学上的错误"。创造社、太阳社的某些理论主张,显然同"岗位派"一样在哲学上受了波格丹诺夫等人的影响(尽管程度不一),将文艺的阶级性,文艺与生活、与革命的关系简单化和庸俗化了。

二是受无产阶级文化思潮和"拉普"思潮的影响,否定"五四"新文学,排斥和攻击鲁迅等进步作家,从而挑起了革命文学的论争。这一点实际上与上面的一个问题有着内在的联系。将文艺阶级性绝对化必然导致对人类的优秀文化成果的虚无主义态度和对所谓"同路人"作家的无端挞伐。创造社、太阳社中的不少作家把过去时代的文学遗产统统看作是"有产阶级底文艺"加以否定,甚至把"五四"以来的中国新文学的成果也看作是资产阶级文学而一笔抹杀。他们认为,中国新文学中了"资产阶级文坛的病毒","新文艺闹了已经十年,除了有几篇短篇还差强人意之外,到底有什么东西呢?"⑥ 而后他们又把所有的小资产阶级作家看作是"自己所属阶级的代言人",⑦ 并且由于他们的"小资产阶级的根本性太浓重了,所

---

① 载《文化批判》1928 年第 2 号。
② 彭康:《革命文艺与大众文艺》,载《创造月刊》第 4 卷第 2 期。
③ 麦克昂(郭沫若):《留声机器的回音——文艺青年应取的态度》,载《文化批判》1928 年第 3 号。
④ 李初梨:《怎样建设革命文学》,《文化批判》1928 年第 2 号。
⑤ 见吴元迈《苏联文学思潮》,浙江文艺出版社 1985 年版。
⑥ 麦克昂:《桌子的跳舞》,载《创造月刊》第 1 卷第 11 期。
⑦ 冯乃超:《艺术与社会生活》,载《文化批判》1928 年第 1 号。

以一般的文学家大多数是反革命"。① 从这点出发，他们不遗余力地攻击鲁迅，把他说成是"封建余孽"、"二重的反革命的人物",② 而郁达夫、叶圣陶，乃至茅盾亦未能幸免。这样做的结果不但转移了文学革命的方向，而且造成了宗派主义的倾向，为后来的无产阶级文学的发展留下了隐患。

从上一个阶段开始，鲁迅已经在关注着苏联文学思想的发展。革命文学论争的爆发，促使鲁迅进一步把注意力放在马克思主义文艺理论的研究和介绍上。这一时期，鲁迅译介的主要论著有普列汉诺夫（旧译蒲力汗诺夫）的《艺术论》、卢那察尔斯基（旧译卢那卡尔斯基）的《艺术论》和《文艺与批评》、日本学者片上伸的《现代新兴文艺学的诸问题》、日本学者藏原惟人和外村史郎辑译的《文艺政策》等。

鲁迅不仅及时地把这些重要论著介绍到了中国，而且对这些苏俄文艺论著作过精辟的评述。鲁迅高度评价了普列汉诺夫对马克思主义文艺理论的贡献，并指出："我有一件事要感谢创造社的，是他们'挤'我看了几种科学底文艺论，明白了先前的文学史家们说了一大堆，还是纠缠不清的疑问。并且因此译了一本蒲力汗诺夫的《艺术论》，以救正我——还因我而及于别人——的只信进化论的偏颇。"③ 鲁迅称赞卢那察尔斯基的《艺术论》"学问的范围殊为广大"，论述的内容"极为警辟"。④ 这部著作明确反对庸俗社会学的理论，科学地说明了艺术与社会主义，艺术与民众、与阶级，艺术与生活，文艺的发展规律，以及新文化与传统的关系等重要问题，其主导精神贯穿了列宁的文艺思想。它在中国的问世，有益于中国无产阶级文学运动的健康发展。同样，鲁迅译出的卢那察尔斯基的《文艺与批评》一书也澄清了中国文坛上的许多模糊认识。鲁迅在《文艺与批评·译者附记》中认为，此书中的一些理论见解"对于今年忽然高唱自由主义的'正人君子'，和去年一时大叫'打发他们去'的'革命文学家'，实在是一帖喝得会出汗的苦口的良药"。⑤ 鲁迅还特别提到书中所收的《关于

---

① 麦克昂：《桌子的跳舞》，载《创造月刊》第1卷第11期。
② 杜荃（郭沫若）：《文艺战线上的封建余孽》，载《创造月刊》第1卷第12期。
③ 鲁迅：《三闲集·序言》，载《鲁迅全集》第4卷，第6页。
④ 鲁迅：《艺术论·小序》，载《鲁迅全集》第10卷，第295、296页。
⑤ 鲁迅：《文艺与批评·译者附记》，载《鲁迅全集》第10卷，第301页。

马克思主义文艺批评之任务的提要》一文，他针对那些"以马克思主义文艺批评自命的批评家"指出："这一篇提要，即可以据以批评近来中国之所谓同种的'批评'。必须更有真切的批评，这才有真的新文艺和新批评的产生的希望"。至于《文艺政策》一书，鲁迅认为可将其看作任国桢编译的《苏俄文艺论战》一书的续编。在这部书中收入了俄共（布）中央《关于党在文学方面的政策》（1925），以及《关于俄共（布）的文艺政策问题专题讨论会速记稿》（1924.5.9）等重要内容。鲁迅强调：他"翻译这本书不过是使大家看看各种议论，可以和中国新的批评家的批评和主张相比较"。"从这记录中，可以看到在劳动阶级文学的大本营的俄国的文学的理论和现实，于现在的中国，恐怕是不为无益的"。① 鲁迅正是在良莠杂陈的苏联文学思想中努力辨别真伪，提高自己的认识水平。片上伸是鲁迅喜欢的日本学者，他的《现代新兴文学的诸问题》一书也很受鲁迅推崇。鲁迅认为此书论述的主要观点是可取的。他表示："现在借这一篇，看看理论和事实，知道势所必至平平常常，空嚷力禁，两皆无用，而先使外国的新兴的文学在中国脱离'符咒'气味，而跟着的中国文学才有新兴的希望"。② 鲁迅在这里深刻地指出了无产阶级文学"势所必至"的历史规律，无论是反动派的"力禁"还是某些革命者的"空嚷"都与事无妨。而今最重要的是要让中国无产阶级运动摆脱机械的和教条的习气（即所谓"'符咒'气味"）。由此可见，鲁迅对苏联文学思想的介绍是切实而又慎重的，他的评论也是切中时弊的。

正是在这个基础上，鲁迅的思想出现了新的飞跃，他对无产阶级文学运动的一系列见解都闪耀着马克思主义文艺思想的光彩。鲁迅正确地批评了夸大文艺的社会作用的论调，指出文艺绝对没有"旋乾转坤的力量"。那种把文学说成是"阶级意欲和经验的组织"，是"宣传工具"的观点，是"踏了'文学是宣传'的梯子爬进唯心的城堡里去了"。③ "一切文艺固是宣传，而一切宣传却并非全是文艺。"他在强调文艺的自身价值的同时，

---

① 鲁迅：《〈奔流〉编校后记》，载《鲁迅全集》第7卷，第159页。
② 鲁迅：《现代新兴文学的诸问题·小引》，载《鲁迅全集》第10卷，第292页。
③ 鲁迅：《壁下译丛·小引》，载《鲁迅全集》第10卷，第280页。

认为革命文学"当先求内容的充实和技巧的上达"。①针对文化虚无主义的现象,鲁迅指出:"新的阶级及其文化,并非突然从天而降,大抵是发达于对旧支配者及其文化的反抗中,亦即发达于和旧者的对立中,所以新文化仍然有承传,于旧文化也仍然有所择取。"②鲁迅既反对来自右的方面的抹杀文学阶级性的观点(人"断不能免掉所属的阶级性"③),也反对来自"左"的方面的片面强调阶级性的主张("文学中有不带阶级性的分子"④)。鲁迅还在《现今的新文学之概观》一文中辛辣地针砭了那些"唯我独革"的宗派主义习气:"不要脑子里存着许多旧的残渣,却故意瞒了起来,演戏似的指着自己的鼻子道,'唯我是无产阶级!'"鲁迅积极汲取苏联文学思想中有益的成分,深刻把握了马克思主义文艺思想的精神实质,为中国无产阶级文学运动走向新的更高的阶段作了生动的理论导引。

革命文学的论争带来了译介"科学底文学论"的热潮,这一阶段开始陆续出版了两套丛书《文艺理论小丛书》(1928)和《科学的文艺论丛书》(1929)。1929年因此而被称为"翻译年",一年中译出了一百五十五种社会科学著作,其中大部分是直接或间接地介绍苏联早期文学思想的。

1930年3月,中国左翼作家联盟成立。左联成立后,立即建立了马克思主义文艺理论研究会,有计划地由瞿秋白从俄文原文翻译马克思主义经典作家的文艺理论著作,从而把建设马克思列宁主义文艺理论的任务正式提上了议程。从20年代中期开始,列宁论文艺的文章已被介绍到中国,如郑超麟译的《托尔斯泰与当代工人运动》、嘉生译的《托尔斯泰——俄罗斯革命的明镜》等,但数量十分有限。这一时期的情况大为改观。除了中国左翼作家的重视外,与苏联国内从30年代开始广泛宣传和学习马克思主义文学理论有关。前文曾经谈到苏联在1931年和1932年的《文学遗产》丛刊上首次发表了恩格斯关于文艺的三封书信,随后苏联文艺界对马、恩著作又作了进一步的介绍。中国左翼文学界几乎与苏联同步开始了这一介绍工作。1932年瞿秋白就在《"现实"——马克思主义文艺论文

---

① 鲁迅:《文艺与革命》,载《鲁迅全集》第4卷,第84页。
② 鲁迅:《〈浮士德与城〉后记》,载《鲁迅全集》第7卷,第355页。
③ 鲁迅:《"硬译"与文学的阶级性》,载《鲁迅全集》第4卷,第204页。
④ 鲁迅:《文学的阶级性》,载《鲁迅全集》第4卷,第127页。

集》中将恩格斯的这些书信译成了中文，同时他还编写了《马克思、恩格斯和文学上的现实主义》、《社会主义的早期"同路人"——女作家哈克纳斯》和《恩格斯和文学上的机械论》等文章，在文集的"后记"中他强调从马、恩这些"很宝贵的指示"中可以看到"马克思主义对文学现象的观察方法"。在左联时期，这方面的重要译著还有：鲁迅译的恩格斯致敏·考茨基的信、郭沫若译的马恩合著的《艺术的真实》、陈北鸥译的恩格斯等著的《作家记》、洛杨译的《马克思论出版的自由与检阅》、瞿秋白译的列宁的《列甫·托尔斯泰象一面俄国革命的镜子》和《L. N. 托尔斯泰和他的时代》（包括苏联学者对两篇文章所作的重要注释）、冯雪峰译的列宁的《论新兴文学》（即《党的组织与党的出版物》）等。此外，拉法格、梅林及苏联早期马克思主义文艺理论家的论著也被大量译介到了中国。这是马克思主义文艺思想在中国的第一次大传播。

对马克思主义文艺理论的重视和研究，以及苏联早期文学思想中积极因素的有力影响，使30年代中国左翼作家的思想水平有了不同程度的提高。许多作家不再简单地切断无产阶级文学与过去时代的文学传统之间的继承关系，而是以更开阔的胸怀容纳人类文化的优秀成果，因此30年代中国左翼文学与世界文学的联系大大加强了。郑振铎主编的《世界文库》以前所未有的规模介绍各个时代的外国文学名著就是一例。不少左翼作家还尝试用马克思主义的观点去参与现实的文艺思想斗争和总结中国新文学的发展道路。如鲁迅的《对于中国左翼作家联盟的意见》、《中国新文学大系·小说二集·导言》，瞿秋白的《鲁迅杂感选集·序言》、《"Apoliticism"——非政治主义》，茅盾的《徐志摩论》、《中国苏维埃革命与普罗文学之建设》，胡风的《林语堂论》、《张天翼论》等，均为文坛瞩目。"用马克思主义的批评方法""去照彻现存文学的一切"[①]成为左翼作家们的自觉追求。

然而，左联时期，除了国内自身的因素外，苏联早期文学思想中的消极成分，特别是后期"拉普"所推行的极"左"思潮，依然严重干扰着中

---

① 冯雪峰：《社会的作家论·题引》，载《冯雪峰论文集》上册，人民文学出版社1981年版。

国无产阶级文学运动的发展方向。在左联成立之初，它的纲领中就出现了"左"的错误，这里的一个重要原因就是以"苏联几个文学团体的宣言，如'拉普'的、'十月'的、'列夫'的"作为左联纲领的蓝本。① 当时尽管马、恩和列宁的文艺思想不断被介绍过来，但是真正弄懂马克思主义的左翼作家毕竟不多，因此继续引进波格丹诺夫的《诗的唯物解释》等文章，并称赞其"所论'普罗文艺'，颇有独到见解"有之；重复译出弗里契的《艺术的社会学》等著作，并认为"此书之出世，确立了他在国际艺术理论上的第一个人的地位"②者也有之。更严重的是不加分辨地照搬"拉普"的一些错误主张和做法。"拉普"后期大力鼓吹所谓"辩证唯物主义创作方法"，并通过国际无产阶级革命作家联盟影响各国左翼文学。1931年冯雪峰译出"拉普"后期领导人法捷耶夫的《创作方法论》一文，这是一篇全面反映"拉普"上述主张的文章。法捷耶夫在文中认为：无产阶级作家应该"为了艺术文学上的辩证派的唯物论"而斗争。他们"不走浪漫主义的道路"，"而是走最彻底的，决定的无容情的，从现实上'剥去所有的假面'的路"。与此同时，左联的某些理论家也纷纷对此加以评述。瞿秋白认为："我们应当走上唯物辩证法的现实主义路线，应当深刻的认识客观的现实，应当抛弃一切自欺欺人的浪漫蒂克。"阳翰笙也在创作经验谈中强调："革命的普洛大众文艺"应该"坚决走向唯物辩证法的创作方法的道上去"。倡导这种"左倾"机械论的直接后果就是一部分左翼作家的作品中的公式化、概念化的倾向更趋严重。在一些人看来，只要掌握了唯物辩证法，并在创作中体现出阶级对立、群众反抗、党的领导和最终胜利，那就可以出好作品。当然，作为接受者的某些左翼作家对这个口号作出了自己的阐释。他们结合中国文坛的状况，以此来强调世界观改造和克服浅薄的"革命的浪漫蒂克"的必要性。如1932年1月在左联机关刊物《北斗》上进行了一次关于"创作不振之原因及其出路"的讨论就是如此。这种力图借外来之学说医治本国之弊病的愿望，客观上使苏联早期文学思想在传播过程中经过过滤而产生变异。

---

① 见包子衍《雪峰年谱》，上海文艺出版社1985年版。
② 冯乃超：《文艺讲座》，上海神州国光社1930年版。

前文提到的法捷耶夫的《创作方法论》中还有一个重要的观点，即无产阶级文学表现的"不是个人，而是团体"，"不是一个人，而是阶级"。这种所谓的"集团艺术"是从波格丹诺夫到弗里契等人所一贯主张的，其基本理由是无产阶级的集体精神决定了无产阶级艺术只能表现集体的意识。这一观点在中国也一再有人加以传播。于是，和苏联文坛上一度出现过的情形相似，有些左翼作家的笔下只有"我们的"群体形象（有的作品的题名干脆就是《我们》），表达的是空泛的"集体主义的激情"，叙事作品中也不注意典型形象的塑造和人物个性的刻画。与此相关的是，左联一度也把"拉普"推行过的"工人突击队进入文学界"的口号搬到了中国（名为"工农通信员运动"），如周扬就认为用工农作家取代小资产阶级作家是"最要紧的"任务。① 此外，左联初期也排斥过"同路人"作家，搞过宗派主义和关门主义。这一切，有的是完全错误的，有的则如鲁迅所指出的："对于中国社会，未曾加以细密的分析，便将在苏维埃政权之下才能运用的方法，来机械地运用了。"② 尽管它们只是左联时期的支流，但也造成了不良的后果。

1932年4月，"拉普"被解散。苏联文艺界对"拉普"的错误进行了批判。这一动向立即在中国引起反响。同年11月，张闻天以"歌特"的笔名发表了《在文艺战线上的关门主义》一文。文章借鉴苏联批判"拉普"错误的经验，对中国左翼文学运动中的"左倾"关门主义等错误提出了尖锐的批评。在这样的形势下，左联开始纠偏，不少左翼作家也开始作冷静的反思。这时，苏联理论界提出了"社会主义现实主义"的口号，并围绕着它展开了讨论。1933年11月，周扬根据苏联作家吉尔波丁的文章，写出并发表了《关于社会主义现实主义与革命浪漫主义》③ 的长文，这是左联领导人第一次全面批判"拉普"的理论核心"辩证唯物主义创作方法"和系统阐述社会主义现实主义的基本原则。周扬在文章中指出：辩证唯物主义创作方法的主要错误在于"忽视了艺术的特殊性，把艺术对于政

---

① 周扬：《关于文学大众化》，载《北斗》第2卷第3、4期合刊。
② 鲁迅：《上海文艺之一瞥》，载《鲁迅全集》第4卷，第297页。
③ 载《现代》第4卷第1期，发表时著名周起应。

治，对于意识形态的复杂而曲折的依存关系看成直线的，单纯的，换句话说，就是把创作方法问题直线地还原为全部世界观的问题"。文章还认为："社会主义现实主义"创作的基本原则是以"真实性"为前提，注意塑造"典型环境中的典型性格"，"在发展中，运动中去认识和反映现实"，"把为人类的更好的将来而斗争的精神，灌输给读者"；它主张"不同的创作方法和倾向的竞争"，主张风格的多样化，并将浪漫主义作为使它"更加丰富和发展的、正当的、必要的要素"。此后，周扬和其他左翼作家和理论家还写过不少文章继续介绍"社会主义现实主义"的理论，尽管当时人们对这一概念内在的理论缺陷认识不足，但有关的阐释客观上对纠正中国无产阶级文学运动中的庸俗社会学和"左倾"机械论的偏差起了积极的作用。

30—40年代是中国社会革命逐步深入的时期，在这一时期里抗日战争和解放战争相继爆发，中华民族经受了血与火的考验。而在这种特殊的氛围中，中国学界对俄苏文学的研究仍在相当艰难的环境中顽强前行。

六 重要研究著作的译介

30—40年代的俄苏文学研究是在"五四"时期的基础上进一步得到发展的。如果说"五四"时期中国的俄国文学研究的特点主要表现在介绍视角的扩大和有一定深度的文学史著作开始出现的话，那么这一时期最引人注目的现象就是出版了数量众多的由中国学者翻译或撰写的研究著作，它们涉及的面更广，系统性也有所增强。先从理论译著这个角度来看这一点。

这一时期，中国文坛介绍俄苏文学思潮和研究俄苏作家作品的热情丝毫没有减退，这首先表现在由国际上著名学者撰写的这方面的理论著作被大量译成中文，它们成了中国读者全面了解俄苏文学的重要途径。"五四"时期中国有关俄国文学的理论性的译介文章大都散见于报刊，而从20年代末开始以单行本形式出现的理论译著（有些还是篇幅达六七百页的大部头著作）逐渐增多，并且很快形成了一种蔚为壮观的、可与大规模的作品翻译相映成趣的局面。

这一时期被译成中文的研究俄苏文学史或文学思潮的著作主要有：特

罗茨基（即托洛茨基）的《文学与革命》、升曙梦的《现代俄国文艺思潮》和《俄国现代思潮及文学》、马克希麻夫的《俄国革命后的文学》、柯根的《新兴文学论》和《伟大的十年间文学》、尾濑敬止的《苏俄新艺术概观》、克鲁泡特金的《俄国文学史》、贝林的《俄罗斯文学》、弗里曼等的《苏俄底文学》、塞维林等的《苏联文学讲话》、亚伯兰丁的《苏联诸民族的文学》、米川正夫的《俄国文学思潮》、季莫菲叶夫的《苏联文学史》、叶高林的《苏联文学小史》、冈泽秀夫的《苏俄文学理论》、库尼兹的《新俄文学中的男女》、《伯林斯基文学批评集》、倍斯巴洛夫的《批评论》、高尔基等的《苏联文学诸问题》、《第一次全苏作家代表大会的汇刊》、爱拉娃卡娃等的《苏联文学新论》、《文学的新道路》（全苏作家代表大会发言选编）、阿·托尔斯泰等的《苏联文学之路》、卡拉耿诺夫等的《国家与文学及其他》、普洛特金等的《苏联文艺科学》、阿玛卓夫等的《苏联文艺论集》和法捷耶夫等的《苏联文艺论集"社会主义现实主义的问题"》等。

作家作品研究的译著主要有：《俄国三大文豪》（赵景深编译）、伏罗夫斯基（即沃罗夫斯基）著的《作家论》、塞维林的《苏联作家论》、亚尼克斯德等的《普式庚研究》、吉尔波丁的《普式金评传》、卢那察尔斯基等的《普式庚论》、卢波尔等的《普式庚论》、克鲁泡特金的《托尔斯泰论》、罗曼·罗兰的《托尔斯泰传》、列宁和普列汉诺夫的《托尔斯泰论》、茨威格的《托尔斯泰》和莫德的《托尔斯泰传》、《高尔基评传》（邹弘道编译）、《高尔基研究》（黄秋萍编译）、《革命文豪高尔基》（韬奋编译）、《高尔基创作四十周年纪念文集》（周扬编）、《高尔基传》（凌志坚编译）、乌尔金的《高尔基论》、升曙梦的《高尔基评传》、《高尔基与中国》（新中国文艺社编译）、《高尔基五周年逝世纪念特辑》（世界文艺社编译）、《高尔基研究年刊》（罗果夫、戈宝权主编）、冈泽秀夫的《郭果尔研究》、魏列萨耶夫的《果戈理是怎样写作的》、莫罗斯的《屠格涅夫》、斯拉特热夫的《屠格涅夫的生活和著作》、柯夫斯基的《尼古拉梭夫（即涅克拉索夫）传》、史坦因的《奥斯特罗夫斯基评传》、《俄罗斯大戏剧家奥斯特罗夫斯基研究》（戈宝权等编）、弗里采的《柴霍夫（即契诃夫）评传》、高尔基的《回忆安特列夫》、马雅可夫斯基等的《我自己》和谢尔宾拉的《论静静的顿河》等。

由于篇幅所限，本书不可能对上述近百种译著分别加以评述。这里仅选择几种俄国文学史和文学思潮方面的译著略加介绍。这方面的译著中最引人注目的著作要数克鲁泡特金的《俄国文学史》、贝灵的《俄罗斯文学》和升曙梦的《俄国现代思潮及文学》。这几本著作在"五四"时期就已经为中国的不少通晓英、日文字的作家和评论家所熟悉。当时中国文坛介绍俄国文学的一系列文章（包括郑振铎的文学史著作）曾从中汲取了许多资料和观点。这些著作的陆续译出，为更多的中国读者提供了较全面地了解十月革命前俄国文学发展轨迹的有效途径。

克鲁泡特金的这本著作是由其在美国所作的八次讲演汇编而成，原名《俄国文学的理想和现实》，初版于1905年。此书侧重评述的是19世纪的俄国文学。全书除"绪论"外共分七章：普希金与莱蒙托夫、果戈理；屠格涅、托尔斯泰、冈察洛夫、陀思妥耶夫斯基、涅克拉索夫、戏剧、民众作家、政治文学、讽刺文学、艺术批评、最近的小说作家。克鲁泡特金自身在文艺思想上并无多大的建树，但是他对俄国社会及其文学是了解的，他在此书中的全部描述和阐发又是以别、车、杜的文艺思想为依托的，书中的见解实际上反映的是革命民主主义批评家的观点，因而能发人所未发，为中国文坛所重视。30年代初期，韩侍桁和郭安仁（即丽尼）几乎同时出版了该书的译本（仅隔四个月），均取名为《俄国文学史》，篇幅均在五百页以上。韩本译者指出了该书已经在中国文坛所产生的极大影响："近些年间的全部的中国文坛，无疑地是被压在俄文学的影响之下了，而奇异地至今连一本关于它的好文学史书也未曾出现"，题名相仿佛的当然有，但却"是从各方面剥皮来的著书"，"现今的译书的原本，也曾是那最被剥皮者之一"。郭本译者强调了该书将对中国读者产生的积极的导引作用："至于本书的介绍，也早就有人做过了。不过，在目前，对于这样的一本书是答复了一个实际的需要的话，总是不容有所怀疑的。我们几乎是整个地有了屠格涅夫和契诃夫；托尔斯泰和杜斯托埃夫斯基（即陀思妥耶夫斯基）大约不久以后也会被我们完全地有了。说到应当有一种俄罗斯文学的空气来救援我们的文学，那么，需要的急切之程度是更不待言的了。"

与郭译本同月出版的另一本同类著作是贝灵的《俄罗斯文学》。该书在中国也很有影响，郑振铎曾将此书列为他编写《俄国文学史略》时的主要参考书之一。该书篇幅不大，仅克鲁泡特金的著作的三分之一强，译文也不甚理想，但它有自己的特色。全书分八章，面铺得不开，论述的重点放在主要作家上。例如，普希金一章有一万六千字，莱蒙托夫一章有一万一千字。而在此以前出版的郑振铎本中介绍普希金的文字仅为贝灵本的十分之一，关于莱蒙托夫的只有寥寥数语；瞿秋白本中介绍普希金的也仅有贝灵本的五分之一，莱蒙托夫也是一笔带过。同时，该书对作家作品的分析有不少独到之处。这就为中国读者提供了多种选择。

升曙梦是日本的俄国文学研究专家，他著述甚丰，并多有建树，他的论著深受中国文坛的关注。而升曙梦则认为，中俄之间"有着许多的共通点"，"在国家的特征上，在国民性上，在思想的特质上，这两个国家是非常类似的。在这意义上，即使说中国乃是东方的俄国，俄国乃是西方的中国，似乎也决非过甚之词"。中国是世界上"最能接受并最能正当理解"俄国文化的国家。因此，他格外重视自己的著作的中译，并相信它们会比在日本取得"更多的成功"。[①] 20年代末和30年代初，他有两本关于俄国文学思潮方面的著作被译成中文。1929年译出的《现代俄国文艺思潮》是一本小册子，概述了19世纪至20世纪前20年俄国文艺思潮发展的脉络。内容包括"国民文学的构成和写实主义的确立"、"一八四〇年代思潮"、"一八六〇年代思潮"、"民情主义思潮"、"田园文明的挽歌"、"马克思主义的思潮"、"近代主义的思潮"、"都会文艺思潮"、"革命文坛的各流派"、"无产阶级的文学"、"共产党的文艺政策"等章节。

1933年译出的《俄国现代文艺思潮及文学》则是一部有七百页篇幅、并集中论述19世纪末和20世纪初俄国文学思潮的极有分量的著作，初版于1915年，修订于1923年。作者本人在该书中译本序言中称："本书乃是我过去的著作中最倾注心力的一部，乃是综合了过去长期间的研究的东西。网罗于本书中的时代，主要乃是近代象征主义时代，这时代于种种的

---

① 升曙梦：《写给中译本的序》，许涤非译《俄国现代文艺思潮及文学》，上海现代书局1939年版。升曙梦的《现代俄国文艺思潮》由陈淑达译出，上海华通书局1929年出版。

意义上，是我所最感到魅惑的时代，所以能抱着非常的兴味而埋首于研究。那研究的结晶，便出现成为本书，所以，此后像这样的著作，我究竟还能不能写出，几乎连我自己也不确切知道。虽然像是自称自赞，但关于这时代的研究，如同本书那样完备的，就连俄国本国也还没有。"

该书分前后两编。前编包括序论共十三章。序论部分为"现代俄国文艺思潮概论"，内分"到现代文学——颓废的象征派运动——'被社会主义化了的尼采主义'现代文学的分派与基调——现代都市生活的影响——从田园文化走向都市文化——都市文明的特征与印象主义——从乡村文学走向世界文学——个性没却与自我表现——主观的文学——技巧上的特质——两性问题与性欲描写——支配观念"等。其后各章分别对契诃夫、高尔基、安德列耶夫、库普林、梭罗古勃、阿尔志跋绥夫、阿·托尔斯泰等十多位作家进行了颇有深度的评述。为了有一种基本的印象，这里不妨再列出一些细目。如第四章"知识阶级的作家安特列夫"内分"安特列夫的思想与作风、安特列夫的艺术上的事实与心情、安特列夫的作品及其印象"三节。第一节中又分"一种矛盾——破坏人生的态度——贯通于三期中的思想上的变迁——没落的知识阶级与安特列夫——思想的悲剧、道德的悲剧及生的悲剧——贯通于三期中的作风的变迁——印象的作风——抽象的作风"；第二节中又分"心情艺术——象征主义印象主义与写实主义的调和——中枢事象与周围事象——支配调子与心情——从内的动机走向外的事实——'为了复活者世间是美丽的'——被象征化了的现实——内面描写——单纯的技巧与高尚的哲学之结合"等。在第二节中作者谈到安德列耶夫创作的特色时曾指出："在安特列夫的创作中，象征主义，印象主义，和写实主义这三者，被巧妙地织在一起。在同一的时候把这一类的形式于描写上利用而调和着的处所，便可体认出安特列夫的为艺术家的伟大伎俩。无论是谁，都不是象安特列夫一般地把线和色彩达到极致的纤细的作家。……无论是谁的创作，没有象安特列夫的创作一般地至于显示出了淹没内界与外部表示的差别那样程度的灵肉一致的境界的创作。……安特列夫把事象和从那事象所受到的印象相结合，而在极其简单的句子之中综合着心情，唯其如此，所以，在全体上，事象的调子也有力而犀利地显出着。"（取许涤非译文）这里，我们很自然地想起了鲁迅先生对安德列耶夫创作的一段相似的评价："安特列夫的创作里，又都含着严肃的现实性以及深刻和纤细，使象征印象主义与写实主义相调和。俄国作家中，没有一个人能够如他的创作一般，消融了内面世界与外面表现之差，而现出灵肉一致的境地。他的著作是虽然很有象征印象气息，而仍然不失其现实性的。"① 显然，升曙梦在该书中提出的不少见解已为包括鲁迅在内的一些中国作家和评论家所接受。

该书的后编也分十三章，但分量上明显轻于前编。后编的第一章为"现代俄国诗坛概论"，文中对 19 世纪末 20 世纪初的俄国诗歌及各种新诗潮作了总体观照。而后各章分别评述了梅烈日可夫斯基、巴尔蒙特、勃留索夫、蒲宁和勃洛克等十多位著名诗人的创作。第十三章介绍了"苏俄的文学"。文末还收有《苏俄文学概观》一文。由于该书作者选择的角度的独特、分析的深入，以及对时代思潮与文学的有机联系的注重，使该书成了当时"世界上仅有的一部关于现代俄国文学的最翔实的历史文献与研究"。②

毫无疑问，这几本书是当时中国国内所能见到的最扎实的关于革命前（包括革命初期）的俄国文学史和文学思潮的著作了。这些书一出，其后 20 来年再也没有一本同类的著作（包括译著）问世。

就译著而言，还有一批书值得注意，那就是 40 年代末在中国出现的关于苏联文艺政策的著作。40 年代后期苏共中央发布了一系列关于文艺问题的法令和决议，如《关于〈星〉和〈列宁格勒〉两杂志的法令》、《关于剧场上演节目及改进方法的决议》、《关于莫拉德里的歌剧〈伟大的友情〉的决议》、《关于影片〈伟大的生活〉的决议》、《批评音乐界错误倾向的决定》等。同时，苏共主管意识形态的领导人日丹诺夫和其他一些身居要职的作家也有许多与此相关的讲话和文章。这一切迅速地引起了中国文坛，特别是解放区文艺界的注意，于是这方面的材料被大量译介了过来。1947 年至 1949 年短短两年左右的时间里，不计报刊上发表的，单单时代出版社和解放区的各出版机构出版的收集了上述材料的译著就有十多

---

① 鲁迅：《〈黯澹的烟霭里〉译者附记》，载《鲁迅全集》第 10 卷，第 185 页。
② 见译者后记。

种。比较重要的有：《战后苏联文学之路》、《联共（布）党的文艺政策》、《苏联文艺方向的新问题》、《苏联文艺问题》、《论苏联文艺与哲学的方向》、《苏联文艺政策选》、《论文学、艺术与哲学诸问题》、《大胆公开的批评》、《论苏联文学的高度思想原则》、《论文学批评的任务》、《提高苏维埃文学底思想性》等。这些带有极"左"的思想倾向的文件和文章，在当时就影响了中国解放区的文艺运动。1949年4月中共中央东北局作出的《关于萧军问题的决定》就是一个十分典型的例证。当然，"日丹诺夫主义"的错误的思想倾向，以及与此相应的用行政手段不适当地干预文学艺术的做法，其影响更多的还是在1949年以后的一段时间里表现了出来。

七 对别、车、杜等俄国作家的研究

与持续不断的作品和论著的翻译热潮相应，中国文坛对俄苏文学的研究工作也在逐步推进。这20年来，中国学者出版或发表的有关著作和文章的数量明显增加。著作主要有：刘大杰的《托尔斯泰研究》、郎擎霄的《托尔斯泰生平及其学说》、汪倜然的《俄国文学ABC》和《托尔斯泰生活》、冯瘦菊的《十九世纪俄罗斯文学家的传略和著作思想》、黄源的《屠格涅夫生平及其创作》、钱杏邨的《安特列夫评传》、夏衍的《高尔基评传》、平万的《俄罗斯的文学》、须白石的《高尔基》、吴生的《苏联的文学》、林祝启的《苏联文学的进程》、张盱的《高尔基传记》、陈大年的《高尔基传》、荆凡的《俄国七大文豪》、郑学稼的《苏联文学的变革》、肖赛的《柴霍夫传》和《柴霍夫的戏剧》、麦青的《普式庚》、蒋良牧的《高尔基》和戈宝权的《苏联文学讲话》等。

与此同时，介绍和研究的内在力度也在加强。

这里首先应该提到的是鲁迅先生写于1932年的那篇著名的文章《祝中俄文字之交》。这是中俄文学关系史上的一篇里程碑式的作品。文章高度评价俄国古典文学和现代苏联文学所取得的成就："十五年前，被西欧的所谓文明国人看作未开化的俄国，那文学，在世界文坛上，是胜利的；十五年以来，被帝国主义看作恶魔的苏联，那文学，在世界文坛上，是胜利的。这里的所谓'胜利'，是说，以它的内容和技术的杰出，而得到广大的读者，并且给了读者许多有益的东西。它在中国，也没有出于这例子之外。"同时，文章高屋建瓴地回顾了俄国文学在中国传播的历史以及它在当时黑暗的中国社会所产生的深刻影响：

> 那时就知道了俄国文学是我们的导师和朋友。因为从那里面，看见了被压迫者的善良的灵魂，的酸辛，的挣扎，还和40年代的作品一同烧起希望，和60年代的作品一同感到悲哀。我们岂不知道那时的大俄罗斯帝国也正在侵略中国，然而从文学里明白了一件大事，是世界上有两种人：压迫者和被压迫者！
>
> 从现在看来，这是谁都明白，不足道的，但在那时，却是一个大发见，正不亚于古人的发见了火的可以照暗夜，煮东西。
>
> 俄国的作品，渐渐的绍介进中国来了，同时也得到了一部分读者的共鸣，只是传布开去。……
>
> 可祝贺的，是在中俄的文字之交，开始虽然比中英，中法迟，但在近十年中，两国的绝交也好，复交也好，我们的读者大众却不因此而进退；译本的放任也好，禁压也好，我们的读者也决不因此而盛衰。不但如常，而且扩大；不但虽绝交和禁压还是如常，而且虽绝交和禁压而更加扩大。这可见我们的读者大众，是一向不用自私和"势利眼"来看俄国文学的。我们的读者大众，在朦胧中，早知道这伟大肥沃的"黑土"里，要生长出什么东西来，而这"黑土"却也确实生长了东西，给我们亲见了：忍受，呻吟，挣扎，反抗，战斗，变革，战斗，建设，战斗，成功。①

作为中国新文学旗手的鲁迅先生是中国翻译和传播俄苏文学的先驱者之一，这篇文章精辟的见解为中国文坛和广大的读者所认可与接受。

这一时期，在刊物上或译著的前言后记中时可见到一些较有深度的文章。这些文章中的大部分仍把目光放在名家名著的研究上。这里，我们以别、车、杜和屠格涅夫这几位受关注的俄国作家为代表，看看这一时期中国文坛对俄国著名作家及其文论和作品的研究状况。

---

① 《鲁迅全集》第4卷，第459—462页。

关于别、车、杜。别林斯基、车尔尼雪夫斯基和杜勃留波夫的文论和美学著作在这一时期继续受到关注，不断有译介的文章出现，如瞿秋白译的普列汉诺夫的《别林斯基百年纪念》、鲁迅译的普列汉诺夫的《尼·加·车尔尼雪夫斯基》、周扬译的别林斯基的《论自然派》（即《一八四七年俄国文学一瞥》节选）和沙可夫的《批评家杜勃洛柳蒲夫》等。1936年，《译文》和《光明》两杂志还分别开辟了纪念杜勃洛留波夫和别林斯基的专栏。当然，最值得一提的是，1942年周扬翻译的车尔尼雪夫斯基的《生活与美学》（即《艺术与现实的审美关系》）在延安出版。朱光潜后来这样谈到这本著作在美学界的深远影响：这"在我国解放前是最早的也几乎是唯一的翻译过来的一部完整的西方美学专著，在美学界已成为一部家喻户晓的书。它的影响是广泛而深刻的，很多人都是通过这部书才对美学发生兴趣，并且形成他们自己的美学观点，所以它对我国美学思想的发展有着难以测量的影响"。① 自然，这种影响还表现在强化了中国新文学界的"为人生"的艺术观，特别是文学的社会责任和作家的使命意识，而这基调是从20世纪30—40年代就已奠定了的，我们可以从译者周扬当年写下的《艺术与人生——车尔芮雪夫斯基的〈艺术与现实之美学关系〉》②和《唯物主义的美学——介绍车尔尼舍夫斯基》（后更名为《关于车尔尼雪夫斯基和他的美学》）③等评论文章中清楚地看到这一点。

《艺术与人生》写于1937年，《唯物主义的美学》写于1942年，尽管写作时间相差五年，但是两篇文章的基本观点是完全一致的，只是后者在介绍和评价上较前者更为具体和严密。两篇文章在评价车尔尼雪夫斯基的一生时，都着眼于他的俄国革命的"普罗米修斯"的历史地位，而在围绕《艺术与现实的审美关系》一书阐述他的美学思想时，又都强调他的现实主义的美学观。譬如，作者在《艺术与人生》一文中写道："人生高于艺术，艺术家的任务是不粉饰，不歪曲，如实地描写人生，这是19世纪俄国的启蒙主义者的美学法典的基本法则。伯林斯基、车尔芮雪夫斯基、朵

---

① 朱光潜：《西方美学史》下册，人民文学出版社1979年版。
② 原载《希望》创刊号（1937.3.10），后《月报》第1卷第4期转载。
③ 原载1942年4月16日《解放日报》，1957年在将此文收入人民文学出版社出版的《生活与美学》一书时，作者曾作过一些修改。

布洛留波夫的美学都是在这个为人生的艺术的旗帜之下发展过来的。站在哲学的唯物论的观点上,将为人生的艺术的理论作了很精辟透彻的发挥的,车尔芮雪夫斯基的学位论文《艺术与现实之美学的关系》是一本最有光辉的著作。"这本著作对"现实之教育的意义和作为'人生教科书'的艺术之教育意义的理解",构成了"社会主义现实主义的一个重要的理论源泉"。尽管车尔尼雪夫斯基没有达到马、恩唯物辩证法的水准,但是"在民主革命的阶段的中国,从这位'战斗的革命民主主义者'那里,我们可以学习到也许比从现代批评家更多的东西"。《唯物主义的美学》一文进一步强调了车尔尼雪夫斯基美学著作的"革命的和唯物主义的倾向"。在对他的"美是生活"的定义作了详尽的阐释以后,作者认为:"车尔尼雪夫斯基在美学上的巨大功绩,是在他奠定了唯物主义美学的基础","他使艺术家面向现实,为艺术的主题打开了一片广阔的天地",他"总是引导艺术家去注意现实生活的一切方面,注意广大人民所关心的问题",他"十分强调艺术作品的思想性的重要",他"很看重艺术说明生活的这个作用"。总之,"坚持艺术必须和现实密切地结合,艺术必须为人民的利益服务,这就是车尔尼雪夫斯基美学的最高原则"。周扬为车尔尼雪夫斯基的美学所作的上述定位代表了中国新文学界相当一部分人的观点,并为新中国成立以后十七年的理论界所接受,其影响是相当深刻的。

关于屠格涅夫。"五四"时期屠格涅夫自然"被译得最多"(鲁迅语),到了30—40年代情况有所变化,但他的作品仍受欢迎,如杨晦当时所言:"屠格涅夫和托尔斯泰的小说,在中国的读者之多,恐怕只有高尔基的才比得上",他的六大名著"都陆续出版了,读者对于他的艺术发展,可以作有系统的研究与认识"。① 这时期的屠格涅夫研究中首先出现的是20年代末的几篇译序和译后记,如黄药眠对《烟》中的两位女性形象的分析、赵景深对罗亭以及罗亭型的俄国思想家的评述、席涤尘关于屠格涅夫爱情小说与作家创作个性的联系的看法,大都写得很有见地。30—40年代专论性的文章逐步增多。屠格涅夫逝世50周年之际,多家刊物还设立了特辑或专栏,集中发表了一批纪念文章。这些文章中值得一提的作家论

---

① 杨晦:《屠格涅夫的〈父与子〉》,《新华日报》1944年10月23日。

有胡适的《宿命论者的屠格涅夫》、刘石克的《屠格涅夫及其著作》和沈端先的《屠格涅夫》等。胡适的那篇七千多字的文章集中谈的是屠格涅夫研究中的一个很重要的课题，即宿命论思想对其创作的影响。文章一开始就由屠格涅夫创作的特点引申出自己的论点：

> 屠格涅夫的小说，结构是那样的精严，叙述是那样的幽默，在他的象诗象画象天籁的字句中，极平静也极庄严的告诉了我们：人性是什么，他的时代又是怎样。读他的每一篇小说，可以知道几种典型的静的人性，可以知道一个时期的动的时代。读他的几篇有连续性的小说，可以知道人性的永恒不变时代的绵延变化，知道全人类的生活。
>
> 谁在主宰着人性呢？谁在推动着时代呢？又是谁在播弄着这时代和人性的关系及反应造成的人生呢？屠格涅夫告诉我们：这是自然。自然主宰着人性，自然推动着时代，自然播弄着这人生。宇宙没有绝对的真理，人生没有客观的意义，一切的一切，只是象树，不得不被风吹，只是象物件，不得不被阳光照耀。屠格涅夫感觉到这个，认识了这个，也忠实的描写了这个，所以在他的纵横交织着时代和人性的作品下，显示了不可理解的人生，在这个人生下，又潜伏着一个无情的运命之神。激动了读者情感的，是这运命之神。威胁着读者的思想的，也是这运命之神。①

而后，作者从屠格涅夫的人性观和时代观两个方面，结合具体作品展开了有条不紊的分析。其中用作家本人的关于哈姆雷特和堂吉诃德的观点对其作品中的人物所作的评价，有其独到之处。文章最后指出，正是由于屠格涅夫的宿命论思想的影响，他的作品中"一个一个人，自私自利的也好，信仰真理的也好，他们的人性逃不了命运的支配；一个一个的时代，向前进的也好，开倒车的也好，逃不了命运的播弄"；"他写恋爱，恋爱是悲剧，他写革命，革命是悲剧，他写全部的人生，人生还是悲剧。读他的小说，我们认识的是人性的特点，看见的是一个时代的实状，感到的是人生

---

① 胡适：《宿命论者的屠格涅夫》，《中央大学半月刊》第 1 卷第 7 期（1930）。

永久的悲哀"。文章确实触及了屠格涅夫创作中的一个重要现象,虽然作者在行文时为了强调论点有时分寸感不尽妥当。

沈端先的文章表现出鲜明的社会学批评的色彩,虽然文章中的有些提法在今天看来有可商榷之处,但其犀利的目光和充沛的热情充分表现出了当时左翼文艺批评的醒目特点。作者始终把屠格涅夫放在大的历史背景中加以考察。文章认为,从1812年的卫国战争到1861年的农奴解放,可以说是俄国"庄园的贵族文化没落的'前夜'"。"在这一时期内,承继着普希金在诗的领域,果戈理在散文的领域所成就的——永远地与'社会'结婚了的俄罗斯文学的传统,一群有教养的自觉了的贵族青年,在他们静寂的充满了菩提树和白桦之香气的森林里面,哀怨而又沉痛地倾听着拆毁了'贵族之家'和伐倒了'樱花园'的新兴布尔乔亚的斧凿的声音,对俄罗斯文学贡献了一联以急速度地向着崩溃迈进的庄园贵族文化为母胎的作品"。而屠格涅夫是"在这一群贵族青年里面,最能代表这个时代和他的阶级的特征,最显明地不曾逾越——同时也是不曾企图逾越他的阶级本质所规定思虑和行动范畴的一个"。① 这开头的一段话也就构成了文章的基调。

刘石克的文章对屠格涅夫及其作品的分析相当透彻,并有不少不流俗的见解。例如,文章这样谈到《猎人笔记》的反农奴制的主题:"在《猎人记》中泛滥着的色调,并不全是战斗的,贯彻着反抗农奴制度精神的作品的比例,无论在量的或质的方面说来,都不是很大的,他对于农奴制度的抗议,是讽刺地表白,随即消灭于拥抱着全体的哀愁之中;这哀愁,无疑地是他留恋着以农奴制度为母胎底旧风俗的遗传的爱情。"文章中这样谈到作为一个过渡期作家的屠格涅夫:"他是一个转换期的作家,他能够了解的只限于农奴解放以前的世界。他窥视着悲惨的农民小屋的内部,但是他在贵族心理的三棱镜下只可以做小品文或短篇小说的素材。他缺乏强烈的叙事的冲动,他所有的造型力和造型爱只能够从事于比较短的制作。他所描写的男性完全是 Hamlet 型的,几乎没有例外地拜跪于女性之前,而

---

① 沈端先(夏衍):《屠格涅夫》,《现代》第3卷第6期(1933)。

且在叙事终结的时候,这些人物所走的出路也只是现实的或精神的死亡。"① 这篇文章对屠格涅夫笔下的女性形象的分析也很有特色。

这一时期还出现了多篇颇有分量的评价屠格涅夫作品及其艺术形象的论文。如莫高的《屠格涅夫和〈处女地〉》、常风的《屠格涅夫的〈父与子〉》和王西彦的《论罗亭》等。这些文章尽管角度不同,但写得都比较扎实。还有许多有关屠格涅夫的随笔、短论、译序和后记写得也很精彩。如郁达夫的《屠格涅夫的〈罗亭〉问世以前》、丽尼的《〈贵族之家〉译者小引》、巴金的《〈处女地〉后记》等。

当然,这时期仍有相当一部分的人在做着与"五四"时期许多人曾做过的类似的工作,即进行启蒙式的一般性介绍,其著作或文章的内容中往往包含相当多的据外文资料进行编译或改写的成分。有的研究甚至未能达到"五四"时期的水准。例如这时期由中国学者编写的文学史著作就出现了这样的情况。20 年代末 30 年代初出现过汪倜然和戴平万的两本俄国文学史著作,与郑振铎和瞿秋白写的俄国文学史相比,总体水平较前逊色。汪本四万余字,分十七章;戴本约八万字,分十四章。两书均从基辅时代文学写起,至 20 世纪 20 年代的新俄文学结束。体例和叙述方式与郑本、瞿本相近,介绍面面俱到,缺少深入精到的论述。有些前本上出现过的错误仍然保留,如汪本中关于《战争与和平》的主人公的提法与郑本完全一样。不过,新本中也有一些应该肯定的东西。汪本中关于普希金何以得到国人推崇的原因的分析、关于果戈理的"天才中所含有的一种强烈的非写实的性质"的评述、关于中国小说受俄国小说的影响及有关的比较等,虽简略但也值得一读。戴本中对作家创作特色的评价也比较客观,如在谈到"多余人"的局限时,作者又指出了其历史作用:"自然,会说不会干这是一种大缺憾,但是那时代这种罗亭式的青年们,他们宣传文化和人道的思想,其功也不为不大。因为在每一个改革运动的初期,总会产生这样的一种人物,虽然是非常幼稚得可怜,可不失为改革的先声。"

至于这一时期出现的由中国学者编写的俄国文学名家的评传著作,大

---

① 刘石克:《屠格涅夫及其著作》,《中华月报》第 1 卷第 8 期 (1933)。

多还是通俗的小册子，属一般介绍的性质，而少见有深度有创见的研究成果。

八　对"新俄文学"的研究

在第一次大革命失败，中国社会面临新的历史抉择的重要关头，中国左翼作家以极大的勇气和热情，开始有系统地把十月革命前后在俄国出现的无产阶级文学作品引进中国。如鲁迅所言，在"大夜弥天"的中国，这些作品的出现，其意义是远远超过了文学本身的。1931年12月，瞿秋白在给鲁迅的信中谈道："翻译世界无产阶级革命文学的名著，并且有系统地介绍给中国读者（尤其是苏联文学的名著，因为它们能把伟大的'十月'，国内战争，五年计划的'英雄'，经过具体的形象，经过艺术的照耀而贡献给读者），——这是中国普罗文学者的重要任务之一。……《毁灭》、《铁流》等等的出版，应当成为一切革命文学家的责任，每一个革命的文学战线上的战士，每一个革命的读者，应当庆祝这一个胜利，虽然这还只是小小的胜利。"①

如果说在此以前"新俄文学"作品已偶有极少的单篇在中国报刊上出现的话，那么它的译介热潮的形成和真正为中国文坛所关注则始于这一时期。不少出版社在20年代末相继推出了"新俄文学"作品专集。最早出现的是由曹靖华辑译、北平未名社1927年出版的《白茶（苏俄独幕剧集）》一书。而后问世的有：《新俄短篇小说集》、《烟袋（苏联短篇小说集）》、《苏俄小说专号》、《冬天的春笑（新俄短篇小说集）》、《蔚蓝的城（新俄小说集）》、《村戏（新俄小说集）》、《流冰（新俄诗选）》、《新俄诗选》、《新俄短篇小说集》、《果树园》、《竖琴》、《一天的工作》、《苏联短篇小说集》、《路》、《苏联作家七人集》、《新俄诗选》、《俄国短篇小说集》、《新俄小说名著》、《苏联小说集》等。这些作品集涉及的作家包括高尔基、马雅可夫斯基、肖洛霍夫、扎米亚京、费定、拉夫列尼约夫、绥拉菲莫维奇、爱伦堡、叶赛宁、阿·托尔斯泰、勃洛克、左琴科等。

单部作品除高尔基的《母亲》、《我的童年》、《在人间》、《我的大

---

①　瞿秋白：《论翻译》，《十字街头》第1、2期，1931年12月11日、25日。

学》、《夏天》、《忏悔》、《四十年间》(即《克里姆·萨姆金的一生》)、《颓废》(即《阿尔达莫诺夫家的事业》)和《夜店》(即《底层》)等作品外,较有影响的作品还有:拉夫列尼约夫的《第四十一》、革拉特珂夫的《士敏土》、绥拉菲莫维奇的《铁流》、法捷耶夫的《毁灭》、伊凡诺夫的《铁甲列车 Nr. 14—6》、富尔曼诺夫的《夏伯阳》、肖洛霍夫的《静静的顿河》和《被开垦的处女地》、奥斯特洛夫斯基的长篇《钢铁是怎样炼成的》和《暴风雨所诞生的》、马雅可夫斯基的诗集《呐喊》、阿·托尔斯泰的《苦难的历程》和《彼得大帝》、费定的《城与年》、潘诺娃的《旅伴》、克雷莫夫的《油船德宾特号》、波列伏依的《真正的人》、卡达耶夫的《时间呀前进!》、列昂诺夫的《索溪》、冈察尔的《旗手》(第一部)、包戈廷的剧本《带枪的人》、《苏联名作家专集》(共 5 辑)等。

40 年代,由于苏德战争和太平洋战争的爆发,世界反法西斯统一战线的形成,中国文坛也迅速把自己的目光更多地转向了世界反法西斯文学,特别是正在蓬勃发展的苏联卫国战争文学。

"新俄文学"一开始就显示出不同于以往任何时期的文学的崭新特征,它们从不同的角度反映了俄国无产阶级革命和苏联社会主义建设的伟大历史进程,塑造了一批全新的主人公形象。面对着充满新生活气息的"新俄文学",不少中国作家很自然地意识到了旧俄文学思想上的局限。它们"离无产者文学本来还很远",所以,"自然大抵是叫唤,呻吟,困穷,酸辛,至多,也不过是一点挣扎";① 这是因为作家本身"不是战斗到底的一员,所以见于笔墨,便只能偏以洗练的技术制胜了"。② 在仍然肯定 19 世纪俄国文学的思想和艺术价值的同时,一些左翼作家还日益明确地认识到,以高尔基为代表的"新俄文学"才是"惊醒我们的书,这样的书要教会我们明天怎样去生活"。③

在大量译介的同时,对"新俄作家"和"新俄文学"研究也随之展开。这里以高尔基为例。在以往相当长的一段时间里,高尔基虽然早就有

---

① 鲁迅:《〈竖琴〉前记》,载《鲁迅全集》第 4 卷,第 432 页。
② 鲁迅:《〈竖琴〉后记》,载《鲁迅全集》第 10 卷,第 346 页。
③ 茅盾语,见《文艺报》1985 年第 6 期。

作品译介到中国，但是始终没有成为人们关注的中心。鲁迅1933年时曾谈道："当屠格纳夫、柴霍夫这些作家大为中国读书界所称颂的时候，高尔基是不很有人很注意的。""这原因，现在很明白了：因为他是'底层'的代表者，是无产阶级的作家。对于他的作品，中国的旧的知识阶级不能共鸣，正是当然的事。"① 不过，这里可能还有一层原因，那就是一部分左翼作家受到了苏联早期极"左"思潮贬低高尔基的影响，在郑振铎和瞿秋白写的两本俄国文学史著作中和《创造月刊》刊登的《高尔基是同我们一道的吗？》的译文中都能见到这种影响。这种现象直到"新俄文学"热的掀起才有了根本变化。

20年代末开始，中国出现了由中国作家和评论家撰写的介绍或研究高尔基及其作品的文章或专论。1928年高尔基诞辰60周年时，中国一些报刊上集中发表了一批纪念性的文章，可以说中国的高尔基研究由此开始（虽然此前有过寥寥数篇介绍文章）。同年发表的赵景深的《高尔基评传》、耿济之的《高尔基》和钱杏村（即阿英）的《"曾经为人的动物"》等文章都有一定的分量。如耿文对高尔基的重要作品都作了扫描，用词不多，但分析精到。在谈到高尔基创作的特色时，作者认为高尔基"能大刀阔斧的抓住社会的现象，能从零乱的万千事象里获得主要的一点"，他的作品里有一种强烈的"文化力和道德力"，其总题目是"俄国民族"，他的全集"简直可改称为'近代俄国的民族史'"。

30—40年代中国的"高尔基热"逐步升温。在此期间发表和出版的有关高尔基的传记、纪念文集和研究文章的数量之多，是任何一个俄国作家都无法比拟的。许多著名作家都投入了高尔基传记与文集的编写工作。仅以报刊上发表的由中国作家和评论家撰写的文章而言，总数就不下二百篇，是同期有关屠格涅夫的文章的六倍，甚至超过了这一时期其他俄国著名作家的评论文章的总和。当然，与中国当时的屠格涅夫研究一样，这些文章中介绍性的较专论性的要多。比较重要的论文有：茅盾的《关于高尔基》和《高尔基与现实主义》、瞿秋白的《关于高尔基的书——读邹韬奋编译的〈革命文豪高尔基〉》和《"非政治化的"高尔基》、曹靖华的《高

---

① 鲁迅：《译本高尔基〈一月九日〉小引》，载《鲁迅全集》第7卷，第395页。

尔基的创作经验》、周扬的《高尔基的浪漫主义》、林焕平的《巴比塞·高尔基·鲁迅》、徐懋庸的《高尔基的人道主义》、萧三的《高尔基的社会主义美学观》、陈荒煤的《高尔基与文学语言问题》、罗烽的《高尔基论文艺与思想》、艾芜的《高尔基的小说》、念苏的《高尔基的〈母亲〉》、纫的《谈萨木金》、严平的《评〈奥古洛夫镇〉》、章泯的《高尔基与戏剧》、戈宝权的《高尔基与中国》、阿英的《高尔基与中国》、田汉的《高尔基和中国作家》、夏衍的《〈母亲〉在中国的命运》、巴人的《鲁迅与高尔基》等。此外，当时发表的译序和短论中也有许多精彩的文字，如鲁迅的《〈俄罗斯的童话〉小引》、郭沫若的《活的模范》、巴金的《我怎样译〈草原的故事〉》、胡风的《M. 高尔基断片》和唐弢的《关于〈夜店〉》等。这里，我们以茅盾、周扬和胡风等人几篇文章为代表，再来看看这一时期的高尔基研究的某些侧面。

《关于高尔基》是茅盾写于1930年的一篇很有见地的文章。作者在文中对高尔基的创作所作的分期，对包括中后期创作在内的全部作品所作的整体观照，均体现了中国早期高尔基研究的水平。文章中值得重视的还有作者有感而发的对高尔基的高度评价。文章就左翼剧场公演根据高尔基的小说改编的剧作《母亲》的广告画生发开去："看了那印刷得极为鲜艳的广告画中间的俄罗斯农妇的铜版画，看了那被画成宛象两颗心又像两粒血泪又像两堆火焰的'母'字的两点，这样的感想又在我意识中浮出来了：这是新的神！这是奔流在又一种的朴素的心里的不可抗的势力呀！""他的出现，实不亚于一个革命。……他在当时的文坛吹进了新鲜的活气。他的同辈所不能理解的那时俄国民众的心，——他们的苦闷，他们的希求，和他们的理想，都在高尔基的作品中活泼泼地跳着。"① 从这些话中已可看出，高尔基在此时的中国作家，特别是左翼作家的心目中的地位已不可动摇，并开始带有某种神圣化的倾向，这种倾向越到后来表现得就越加明显了。

周扬的《高尔基的浪漫主义》是国内最早从创作方法的角度研究高尔基的文章。在这篇文章中我们可以看到作者这样一条论述思路：强调高尔

---

① 茅盾：《关于高尔基》，《中学生》1930年创刊号。

基早期创作中的浪漫主义与旧浪漫主义的区别,即"不是对玄想世界的憧憬,而是要求自由的呼声,对现实生活的奴隶状态的燃烧一般的抗议";这种浪漫主义"不但和现实的进行并不矛盾,而且是具有充实现实,照耀现实的作用的。在高尔基的罗曼谛克的作品中,我们看到了真正现实的描写和画面";这种浪漫主义也是对"那摸不着现实发展的方向,看不见未来的真正的胚芽,而和现实妥协的旧现实主义"的否定;高尔基从这种浪漫主义出发走向了新时代的现实主义,"一八九七年左右,现实主义就差不多已经代替浪漫主义来支配他的作品了。一九〇一年的《海燕之歌》便是一篇标示着高尔基罗曼谛克时代的终结,新时代开始的有力之作,其后,经过带有几分浪漫气氛的《母亲》到《克里姆·沙姆金》,再到最近的《蒲雷曹夫》,作者的现实主义便达到了最圆熟的地步了"。① 这篇文章的着眼点虽然是高尔基的早期创作,可它提出的一些基本观点对中国后来的高尔基创作方法的研究有一定的影响。

我们再来看看胡风的文章《M. 高尔基断片》,这篇文章所阐述的一些看法至今仍耐人寻味。作者深为当时中国文坛中的某些人"常常把高尔基的话片段地片段地歪曲"的现象而担忧:"比较高尔基的艺术思想的海一样的内容,我们所接受的实在太少,比较我们所接受的,我们的误解或曲解还未免太多吧。"有感于此,作者在文章中大力强调高尔基的一个不为当时的人们所注意的"人学"的思想:

> 在高尔基底长长的一生里面,在他底全部著作里面,贯穿着一根耀眼的粗大的红线,那就是追求"无限的爱人们和世界的",在至高的意义上说的"强的""善良的"人。
>
> "人是世界底花",说这句话的是高尔基,使我们不能不感到了无比的重量。看报纸上的简单电讯,A. 托尔斯泰在他的哀悼文呢还是谈话里面说高尔基创造了苏维埃人道主义,读着那我不禁至极同感地想了:没有比这句话更能描写高尔基的壮丽的生涯,也没有比这句话更

---

① 周扬:《高尔基的浪漫主义》,《文学》1933 年第 4 卷第 1 号。

能说出对于高尔基的真诚的赞仰吧。①

同时，作者在文章中认为：

> 对于中国革命文学，不用说高尔基的革命影响也发生了决定的意义。除开指示了作家生活应该向哪里走这一根本方向以外，我想还有两点是非常重要的。第一，不要把作家看成留声机，只要套上一张做好了的片子（抽象的概念）就可以背书似地歌唱；作家也不能把他的人物当作留声机，可以任意地叫他自己说话。这理解把作家更推近了生活，从没有生命的空虚的叫喊里救出了文字，使革命的作家知道了文艺作品里的思想或意识形态不能够是廉价地随便借来的东西。第二，文学作品不是平面地反映生活，也不是照直地表现作家所要表现的生活，它应该从现实生活创造出"使人想起可以希望的而且是可能的东西"，这样就把文学从生活提高，使文学的力量能够提高生活。如果我们的文学多多少少地离开公式（标语口号）和自然主义（客观主义）的圈子，在萌芽的状态上现出了社会主义的现实主义的胜利，那么，我们就不能不在极少数的伟大的教师里面特别地记起敬爱的高尔基来。

胡风的上述看法反映了作者对高尔基艺术精神的准确把握和不随波逐流的勇气，在当时刚刚开始出现把高尔基及其创作无限拔高，甚至加以程式化和政治化的倾向时，能及时强调高尔基的"人学"思想和提出如上忠告实属难能可贵。

九　中国现代作家谈俄苏文学

中国现代作家发表过大量的关于俄苏文学的言谈，大多准确到位，也应视作研究的一个侧面。俄国文学真正为中国文坛所关注始于"五四"前后。鲁迅曾在1927年对美国学者巴特莱特的谈话时说过，现代中国介绍

---

① 胡风：《M. 高尔基断片》，《现实文学》第2卷，1936年。

进来的林林总总的外国文学作品中，俄国文学作品已经译成中文的，比任何其他国家作品都多，并且对于现代中国的影响最大；中俄两国间好像有一种不期然的关系，他们的文化和经验好像有一种共同的关系。而作为中国新文学运动主将的鲁迅本人就是"热心于俄罗斯和苏联文学的论述、介绍和翻译，以及在创作上把俄罗斯文学的伟大精神加以吸收，使俄罗斯和苏联文学的影响成为重要的有益的帮助的、最主要的一人"。郁达夫在《小说论》一书中也认为，"世界各国的小说，影响在中国最大的，是俄国小说"；而他本人更是对俄国作家屠格涅夫情有独钟，他在《屠格涅夫的〈罗亭〉问世以前》一文表示，"在许许多多的古今大小的外国作家里，我觉得最可爱，最熟悉，同他的作品交往得最久而不会生厌的，便是屠格涅夫。……我的开始读小说，开始想写小说，受的完全是这一位相貌柔和，眼睛有点忧郁，络腮胡长得满满的北国巨人的影响"。

俄国许多著名作家的作品在中国文坛激起热烈的反响。茅盾曾对此这样描述道："我也是和我这一代人同样地被'五四'运动所惊醒了的。我，恐怕也有不少的人象我一样，从魏晋小品、齐梁词赋的梦游世界中，睁圆了眼睛大吃一惊的，是读到了苦苦追求人生意义的 19 世纪的俄罗斯古典文学。"[1] 在对俄国文学作深入研究之后，茅盾明确表示：中国旧文学"思想上的一个最大的错误就是游戏的消遣的金钱主义的文学观念"，新文学作家必须明白"文学是为人生而作的"。[2]

王统照也曾在《我们不应该以严重的态度看文学作品？》一文中谈道："近年来凭青年努力的成绩，输入西洋的第一流的小说，也不能算很少了，而译述俄罗斯的小说，——且是大部的小说，尤多。研究过近代文学的人，都知道俄国小说家的伟大精神，以及对于一切制度，与人生曾有过何等切实而激励的如何样的批评。……其所著作，切实说去，与一九一八之红色革命，实有密切之关系。而俄国之雄壮悲哀的精神所在，任遭何等艰困，而不退缩，且能勇迈前进的缘故，固然是其国民性与其由历史得来的教训，但文学家的尽力，由潜在中唤起国民之魂，谁能说是毫无相关的。"

---

[1] 茅盾：《契诃夫的时代意义》，载《世界文学》1960 年 1 月号。
[2] 沈雁冰（茅盾）：《自然主义与中国现代小说》，《小说月报》第 13 卷第 7 号，1922 年。

他还认为：俄国文学的"悲苦惨淡与兴奋激励的精神，反抗与作定价值的烛照，在俄国人当时曾受过伟大的影响，而在目前的中国社会中，尤为需要"。

俄国文学这种"为人生"的观念不仅在"五四"时期初期"即与中国一部分的文艺介绍者合流"，① 而且日益广泛地被更多的不同流派的中国作家所接受。当时除了文学研究会的作家高举"文学为人生"的旗帜外，属于其他社团或流派的不少作家也都用这样或那样的形式表达过类似的看法。

在对真实人生大胆描摹和无情剖析的俄国文学面前，鲁迅痛感到中国旧文学的"瞒和骗"，他决意要"真诚地，深入地，大胆地看取人生，并且写出他的血和肉来"。② 也正是在这种新的文学观念的支配下，鲁迅写出了显示中国文学新生机的小说《狂人日记》。尽管这部作品与苏曼殊的《双枰记》发表时间仅差四年，但后者保留的是"最后的才子佳人的幻影，最后的浪漫的情波"，而前者则使中国文学"由中世纪跨进了现代"（张定璜：《鲁迅先生》）。鲁迅承认他的这部作品受到过果戈理同名小说（以及其他一些外国小说）的影响，撇开艺术形式这一层不谈，这种影响最深刻的一面就在于鲁迅像果戈理那样写出了毫无讳饰的、赤裸裸的真实人生。

在鲁迅的《狂人日记》等小说之后，中国文坛上出现过"问题小说"热，这里也有着俄国文学的影响。高尔基说过：俄国文学"主要是一种提问题的文学"。这是俄国作家敏锐地捕捉生活中新跃出的问号并加以艺术表现的结果。"五四"时期，周作人就在《每周评论》上以俄国小说为例，大力倡导用"问题小说"取代中国传统的"教训小说"。加之，当时中国社会问题尖锐化以及一部分青年人的迷惘心态，"也像俄国新思想运动中的烦闷时代似的，'烦闷究竟是什么？'不知道"。③ 于是，探究社会问题和人生意义的小说应运而生。尽管作为创作潮流的"问题小说"存在

---

① 佩韦（茅盾）：《现代文学家的责任是什么？》，《东方杂志》第17卷第1号，1920年。
② 鲁迅：《论睁了眼看》，载《鲁迅全集》第1卷，第241页。
③ 瞿秋白：《饿乡纪程·四》，《瞿秋白文集》文学编第1卷，人民文学出版社1985年版，第27页。

时间不长,但是它却带来了中国文学主题的革命性变化。

中俄作家探讨的社会问题也不乏相似之处。就知识分子问题而言,中国作家也像俄国作家一样,通过塑造一系列"多余人"和"新人"形象,反映了"知识分子历史命运"的深刻主题。最早将"多余人"一词从俄国引入的是瞿秋白,他的《赤都心史》(1921)中就有"中国之'多余人'"一节,这一节的开头醒目地引述了俄国"多余人"罗亭致娜达丽娅的一封感叹自己虽有良好禀赋但却一事无成的信。当时不少作家或以"多余人"自况,或使其在自己笔下复活,如郁达夫着力塑造的于质夫一类的"零余者"形象就颇为典型。在郁达夫小说《零余者》中,那个自认为对世界和对家庭"完全无用"的主人公,在幻觉中竟觉得自己如同罗亭一样"一个人漂泊在俄国的乡下";而在鲁迅小说《孤独者》中那些"时常自命为'不幸的青年'或是'零余者'"的来客,"懒散而骄傲地"虚度着时光。因此,"零余者"(或称"多余人")的精神特征实际上也成了"五四"以后中国社会中的一部分不满现实但又无行动能力的知识分子的思想特征。同样,中国作家笔下的一些小资产阶级革命者的形象也与俄国文学中的"新人"形象有着内在的联系。如巴金早期小说中的那些热烈追求光明,不惜牺牲爱情、健康,乃至生命的青年知识分子形象身上,无疑有着俄国平民知识分子和民粹主义革命者的某些投影。青年巴金十分熟悉这些革命者的斗争,读过不少类似斯捷普尼雅克的《地下的俄罗斯》、妃格念尔的《回忆录》和赫尔岑的《往事与随想》这样的书,因此用作者自己在《〈爱情三部曲〉总序》中的话来说,这部作品中的女主人公大多是"妃格念尔型的女性"。

从普希金《驿站长》开始,俄国文学有一个描写小人物的传统。俄国文学在这方面表现出来的深厚的人道主义精神也深深地影响了中国的新文学。鲁迅将这种影响比之为"不亚于古人发现了火",因为从俄国文学那里,中国读者"明白了一件大事,是世界上有两种人:压迫者和被压迫者!""从那里面,看见了被压迫者的善良的灵魂,的辛酸,的挣扎",[1]并进而激起中国作家"要传播被虐待者的苦痛的呼声和激发国人对强权者

---

[1] 鲁迅:《祝中俄文字之交》,《鲁迅全集》第4卷,第460页。

的憎恶和愤怒"的强烈愿望。鲁迅在回忆自己的创作道路时说过："后来我看到一些外国的小说,尤其是俄国,波兰和巴尔干诸小国的,才明白世界上也有这许多和我们的劳苦大众同一命运的人,而有些作家正在为此而呼号,而战斗。而历来所见的农村之类的景况,也更加分明地再现于我的眼前。偶然得到一个可写文章的机会,我便将所谓上流社会的堕落和下层社会的不幸,陆续用短篇小说的形式发表出来了。"① 鲁迅的这种经历在中国现代作家中大概不是绝无仅有的。

中国现代作家中不少人诚挚地把俄国作家称为自己创作生涯中的重要的老师。鲁迅受过不少外国作家的艺术影响,其中最重要的是果戈理、契诃夫和安德列耶夫。关于果戈理,已经有人指出两位作家的同名小说《狂人日记》在作品体裁(日记体小说)、人物设置(狂人形象)、表现手法(反语讽刺,借物喻人)和结局处理("救救孩子"的呼声)等方面的相似,其中鲁迅在创新意识下接受影响的线索是清晰可辨的。自然,鲁迅对果戈理小说艺术的吸收和融汇是远不止这部作品的。关于契诃夫,鲁迅多次表示这是他最喜爱的作家。鲁迅称赞契诃夫的小说"字数虽少,角色却都活画出来";② 看来是淡淡的幽默,但一笑之后"总还剩下些什么,——就是问题"。③ 看来,这两位作家之间更多的是一种艺术精神上的默契。鲁迅的小说中确能见到契诃夫那种在浓缩的篇幅里透视人类的灵魂,在平常的现象中发掘深刻的哲理的特点。郭沫若也是在这层意义上称他们为"孪生的兄弟"。关于安德列耶夫,鲁迅也是格外注意的,他多次指出这位作家创作的独特风格,即作品中"含有严肃的现实性以及深刻和纤细,使象征印象主义与写实主义相调和"。这一切中肯繁的见解也反映了鲁迅小说中现实与象征手法的交融、冷峻悲郁笔法的运用在一定的程度上与安德列耶夫的影响分不开。鲁迅所说的《药》的末一段"也分明的留着安特莱夫(L. Andreev)式的阴冷",④ 指的正是这层意思。

与鲁迅早期对契诃夫是"顶喜欢"相比,巴金早期却"不能接受契诃

---

① 鲁迅:《英译本〈短篇小说选集〉自序》,《鲁迅全集》第7卷,第389页。
② 鲁迅:《〈坏孩子和别的奇闻〉译者后记》,《鲁迅全集》第10卷,第406页。
③ 鲁迅:《〈坏孩子和别的奇闻〉前记》,《鲁迅全集》第10卷,第403页。
④ 鲁迅:《中国新文学大系·小说二集序》,《鲁迅全集》第6卷,第239页。

夫的作品"，因为他觉得他的小说"和契诃夫小说里的那种调子是不一样的"。① 对巴金影响最大的是屠格涅夫。巴金不仅是屠格涅夫作品的主要译者，而且也在自己的作品中自觉地借鉴了屠格涅夫的艺术经验。巴金在《〈爱情三部曲〉作者的自白》中谈自己的这部小说时表示："据说屠格涅夫用爱情骗过了俄国检查官的眼睛。……我也试来从爱情这关系上观察一个人的性格，然后来表现这性格。"作者正是和屠格涅夫一样，通过爱情的考验充分显示了周如水的怯懦、吴如民的茅盾、李佩珠的成熟等人物性格的主导面。而《利娜》一作的女主人公几乎可以称为叶琳娜精神气质和性格上的孪生姐妹，她的性格的美也是在把自己的爱情与革命者波利司的命运连在一起时充分反映出来的。巴金还在《谈谈我的短篇小说》中说过："我学写短篇小说，屠格涅夫便是我的一位老师。""我那些早期讲故事的短篇小说很可能是受到了屠格涅夫的启示写成的。"巴金酷爱屠格涅夫的散文诗。两位作家的散文诗都具有抒情、哲理和象征相结合的特色，并且都喜欢运用梦幻手法。比较屠格涅夫的《门槛》和巴金的《撇弃》，就会发现两篇作品从主题、艺术构思到表现形式都十分相似。屠格涅夫通过一个俄罗斯女郎与大厦里传出的声音对话，巴金通过"我"与黑暗中的影子对话，都用象征的手法塑造了坚定但又孤独的革命者形象，赞颂了为追求光明不惜献身的崇高精神。

当巴金倾心于屠格涅夫时，茅盾却断然否认自己的处女作《幻灭》在艺术上受了屠格涅夫的影响。他在《谈谈我的研究》和《我阅读的中外文学作品》这两篇文章中明确表示："屠格涅夫我最读得少，他是不在我爱读之列。"契诃夫"读过不少"，"但我并不十分喜欢他"。就俄国作家而言，茅盾师承的是托尔斯泰的艺术传统。他还在《从牯岭到东京》一文中这样说过："我爱左拉我亦爱托尔斯泰……可是我自己来试作小说的时候，我却更近于托尔斯泰。"这种"更近于托尔斯泰"的倾向既表现在茅盾的小说创作中遵循的现实主义的创作方法，也表现在他把托尔斯泰的艺术表现手法作为自己创作楷模。茅盾认为："读托尔斯泰的作品至少要作三种功

---

① 巴金：《我们还需要契诃夫》，载《契诃夫逝世五十周年纪念》，中央人民政府对外文化联络事务局编印 1954 年版。

夫：一是研究他如何布局（结构），二是研究他如何写人物，三是研究他如何写热闹的大场面。"① 这三个方面正是茅盾从托尔斯泰那里得益最多的地方。托尔斯泰的长篇小说有一种盘根错节、绿荫遮天的气势美，而这又建筑在作家"致力以求"并"感到骄傲"的"天衣无缝"的结构布局的基础之上的。如在《战争与和平》中，"人民的思想"的有力统辖和人物对映体结构中心的独到安排，使大如历史进程、民族存亡、战争风云、制度变革，小至家庭盛衰、乡村习俗、节庆喜宴、个人悲欢，都纳入统一的艺术结构之中，从而达到既宏伟开放又浑然一体的艺术效果。这种艺术处理手段使茅盾感到一种心灵上的契合。他直言不讳地承认，他的那部震动现代中国文坛的长篇小说《子夜》"尤其得益于托尔斯泰的《战争与和平》"。②《子夜》的视野是相当开阔的，但由于作者对结构布局的精心构制，这部场面宏大的小说在整体上显得脉络清晰，和谐统一。在小说具体场景的处理上，茅盾也受到了托尔斯泰小说的启迪。如《子夜》开始时为吴老太爷治丧的场面，在全书的结构中的作用就与《战争与和平》开始时宫廷女官舍雷尔客厅的场面颇为相似。茅盾借灵堂这一热闹场面引出主要人物及吴荪甫和赵伯韬矛盾冲突的主线和几条副线，巧妙地把"好几个线索的头"，"然后交错地发展下去"，③ 从而不仅使小说的这一部分成了全书的总枢纽，而且为小说情节自然、严谨而又开阔地展开铺平了道路。

作家之间的艺术影响在很大程度上取决于他们在审美趣味、艺术追求、创作个性和精神气质上的接近，这正如植物的种子只能在它们适宜的土壤中生根发芽一样。例如，巴金与屠格涅夫的关系就是如此。这两位作家出身于没落的封建专制大家庭，在那样的家庭里从小目睹了专制者的暴虐和弱小者的不幸。早在少年时代他们就对下层人民怀有深切的同情，并都对摧残人性的封建专制作过抗争。因此，反映在屠格涅夫笔下的深厚的人道主义思想和激烈的反农奴制倾向，与具有反封建的民主主义思想的青年巴金才会一拍即合，巴金也才会在读到屠格涅夫带自传性的小说《普宁

---

① 茅盾：《"我爱读的书"》，《茅盾文集》第10卷，人民文学出版社1963年版。
② 苏珊娜·贝尔纳：《走访茅盾》，载《茅盾研究在国外》，湖南人民出版社1984年版，第569页。
③ 茅盾：《〈子夜〉是怎样写成的》，载《茅盾论创作》，上海文艺出版社1980年版。

与巴布林》时，引起像掘开自己记忆的坟墓那样的强烈共鸣。同时，两位作家都善于体察知识分子的复杂心理，善于把自己的热情化作或炽烈或抒情的文字倾泻出来。同样，茅盾之所以在博采众长时，又一再表示对托尔斯泰的艺术经验的倾慕，这也与两位作家在创作个性上的接近不无关系。托尔斯泰认为："史诗的体裁对我是最合适的。"① 茅盾则表示更喜欢规模宏大、文笔恣肆绚烂的作品。这两位作家都是长篇小说家，长篇体裁的广阔领域更适合于他们的创作个性，在那里他们能舒展自如地施展自己的才华。正因为如此，茅盾才会对托尔斯泰长篇的艺术经验产生一种自觉追求的强烈愿望。

　　中国第一次大革命失败后，在新的历史抉择面前，中国进步作家以极大的热情引进了"新俄文学"，而且随着左翼文艺运动的发展，中国对苏联文学的介绍日见活跃。许多作家在苏联文学作品的影响下，产生了"清理一番过去的文学艺术观点的意思，以便用'为无产阶级的艺术'来充实和修正'为人生的艺术'"。② 同时，当时的中国左翼作家对待苏联文学大多抱着"对于中国，现在也还是战斗的作品更为紧要"③的态度，因而似乎更看重于苏联早期革命文学的思想内容，而并不怎么在意艺术水准的高下。如《母亲》被介绍到中国后，鲁迅即在《〈母亲〉木刻十四幅序》一文中表示："高尔基的小说《母亲》一出版，革命者就说是一部'最合时的书'。而且不但在那时，还在现在。我想，尤其在中国的现在和未来。"④ 马雅可夫斯基的第一本中译本诗集《呐喊》问世后，王任叔就为之叫好说："中国今日正际遇了一个非常的时期"，我们的诗坛"尤需要像玛耶阔夫斯基那样充满生命的呐喊！"(《〈呐喊〉序言》)《铁流》出版后，鲁迅虽然在给胡风的一封《关于翻译的通信》里谈到这部作品"令人觉得有点空"，但仍称赞作者写出了"铁的人物和血的战斗"。这种选择态度无疑与当时中国的社会现实、时代氛围和接受者的精神需求有着密切的关系。

---

　① 拉克申：《列夫·托尔斯泰》，[苏]《简明文学百科全书》第7卷，第548页。
　② 茅盾：《五卅运动与商务印书馆记》，《我走过的道路》(上)，人民文学出版社1981年版。
　③ 鲁迅：《答国际文学社问》，载，《鲁迅全集》第6卷，第19页。
　④ 鲁迅：《〈母亲〉木刻十四幅序》，《鲁迅全集》第8卷，第368页。

在中国国内风起云涌的革命运动的冲击下，在苏联文学的直接影响下，中国文坛上很快出现了一批创作特征上与苏联早期革命文学颇为相似的作品。这些作品以工农群众为主人公，以革命运动为表现对象，基调高昂，洋溢着理想主义光彩。"五四"以后较为活跃的左翼作家蒋光慈、洪灵菲、胡也频、叶紫、田汉、冯乃超等人的不少作品都有这样的特征。如蒋光慈在诗集《新梦》中不仅直接收入了他所译的勃洛克和勃留索夫等作家的诗，而且用自己的诗作热烈讴歌十月革命："十月革命，又如通天的火柱一般，后面燃烧着过去的残物，前面照耀着将来的新途径。"（《新梦·莫斯科吟》）同时他的诗的风格也与苏联革命诗歌一样充满着激情和鼓动性："起来吧，中国苦难的同胞呀！我们尝够了痛苦，做够了马牛，倘若我们再不夺回自由，我们将永远蒙受着卑贱的羞辱。"（《新梦·哭列宁》）"高歌狂啸——为社会、为人类、为我的兄弟姐妹！"（《新梦·西来意》）此外，蒋光慈小说的题材和人物也令人耳目一新。许多左翼作家都大大拓宽了自己的创作领域，努力把自己的笔伸向过去不熟悉的工农大众，使作品具有了更为鲜明的社会色彩和时代特征。丁玲在谈到她的小说《水》时认为，这是她的创作"从个人自传似的写法和集中于个人，改变为描写社会背景"的第一步。① 尽管这些作品不同程度地存在着艺术上的粗糙，忽视人物性格刻画，"令人觉得有点空"的弊病，但革命现实主义文学由此而发展起来，它在艺术上也逐步趋向成熟。苏联文学，包括苏联卫国战争文学，对现代中国的影响是多方面的。不少中国青年就是在这些作品的影响下走上革命道路的，如孙犁所说，苏联文学"教给了中国青年以革命的实际"。②

40年代的解放区文学与苏联文学的关系更为密切。这一时期，丁玲、周立波、艾青、刘白羽、孙犁、马烽、柳青、贺敬之等许多作家都从不同的角度受到过苏联文学的影响。贺敬之在40年代谈到马雅可夫斯基时曾这样说过：他的诗"给了我最深刻的影响"。③ 这种影响主要表现在诗人对

---

① 见韦尔斯·尼姆《续西行漫记》，安徽中共党史研究会，1980年。
② 孙犁：《苏联文学怎样教育了我们》，载《孙犁文集》第4卷，百花文艺出版社1982年版，第429页。
③ 切尔卡斯基：《马雅可夫斯基在中国》，苏联科学出版社1976年版。

生活本质的艺术把握上，表现在诗歌中包含的时代精神、政治激情和鼓动力量上，而马雅可夫斯基创作的"阶梯式"的诗歌形式也被贺敬之根据中国民歌和古诗的特点加以改造后吸取（当然，这种"阶梯式"的诗歌形式不仅仅为贺敬之所注意，而且它在1949年之前和之后，甚至在80—90年代的一些中国诗人的政治抒情诗中被广泛采用）。马雅可夫斯基也为诗人艾青所敬重，1940年他写过诗作《马雅可夫斯基》。其实，艾青在20岁时就接触了马雅可夫斯基的诗，当时《穿裤子的云》一诗给他留下了深刻印象。在艾青看来，这位诗人的诗最强烈地表达了对资产阶级摧残人性的抗议。马雅可夫斯基早期诗歌的政治激情和大胆的比喻明显对艾青的早期创作产生了影响。不过，对于"都市的"马雅可夫斯基和"乡村的"叶赛宁来说，艾青似乎一度更接近那个"对旧式农村表示怀恋的叶赛宁"，① 喜欢他的诗中那"和周围的景色联系得那么紧密、真切、动人，具有奇异的魅力，以致达到难以磨灭的境地"② 的抒情才华。此外，艾青诗歌中一再出现的耶稣形象，显然有着受勃洛克的长诗《十二个》的影响的痕迹，诗中的耶稣都是一种象征性的形象，它与新时代的革命相联系。肖洛霍夫与现代中国的关系也是相当密切的。他的名著《被开垦的处女地》同样深刻地影响过丁玲的长篇小说《太阳照在桑乾河上》和周立波的长篇小说《暴风骤雨》。尽管后两部作品都有自己的特色，自己的成功与不足，它们的独创性是不容置疑的，但是在题材选择、人物设置、矛盾展开，以及结构处理等方面，还是可以见到它们与前者之间的种种内在的联系。这又不能不使我们注意到这样一些史实：丁玲在创作《太阳照在桑乾河上》时曾认真地研读过肖洛霍夫的这部名著，而周立波本身就是《被开垦的处女地》的最早的中译者，并且还"在延安印刷和纸张困难的条件之下"，翻印了这部小说。③

对中国作家影响最大的苏联作家当推高尔基。中国出版的他的作品量之多，堪称不同民族文化接受史上的一个奇迹。1932年，鲁迅和茅盾等人

---

① 《艾青选集·自序》，载《艾青选集》，四川文艺出版社1986年版。
② 艾青：《关于叶赛宁》，转引自《叶赛宁诗选》，漓江出版社1982年版。
③ 参见《周立波文集》中《我们珍爱的苏联文学》、《译后附记》等文，上海文艺出版社2006年版。

就在联名发表的《我们的祝贺》一文中称高尔基是"新时代的文学的导师"。高尔基早期的那些倾注了作者炽热的情感，并从新的角度塑造小人物形象的流浪汉小说，对中国作家刻画同类人物形象有过明显的启迪。这一点最明显地表现在艾芜身上，艾芜本人也自称自己是"高尔基热烈的爱好者和追随者"。有人曾将高尔基的小说《草原上》与艾芜《南行记》中的《海岛上》一篇进行比较："……那篇小说不也在一种荒凉的背景下展开了一场怜悯心和贪婪心的冲突吗？只不过在《海岛上》里，这场冲突发生在小伙子的心灵内部，而在高尔基笔下，它却发生在豪爽的士兵和那个薄嘴唇的'大学生'之间。两篇作品的描写特点更为相似，艾芜也像高尔基那样极力将读者拖进小说的感情漩涡，不是把明确的评语写给他们，而是让小说中的'我'拉着他们一步步曲折地接近人物的内心世界，让他们从很可能前后矛盾的印象中自己去作出结论。"这种影响是显而易见的。当然，评论者也正确地指出，艾芜在走过了对高尔基的具体作品借鉴的阶段以后，其影响主要表现在"唤醒了他内心潜伏的冲动"，使他那富有个性的创作走向一个新的高度。① 高尔基的著名剧作《底层》（包括改编后在中国上演的《夜店》），其内在的艺术魅力也令当时的中国读者和观众倾倒。作家唐弢当年在观剧后曾经这样写道："高尔基——这个不朽的作家，曾以他的丰富多彩的生活，震惊过和他同时代的人们，而给后一辈留下了无比滋益的养料。《夜店》便是其中一个。尽管画面并不富丽堂皇，幽美清雅，出现在故事里的只是一些'历史'以外的人物，一些被时代巨轮碾碎了的滓渣，一些可怜的流浪者"，然而作者"从低污卑贱里拼命的发掘人性，揭示了高贵的感情；让我们浸淫于喜怒爱憎，温习着悲欢离合，化腐朽为神奇，使秽水垢流发着闪闪的光"，并"冷不防的从我们吝啬的心里掬去了同情"。② 中国作家夏衍、老舍等都从这部剧作中汲取过有益的养料。至于像《伊则吉尔老婆子》、《鹰之歌》、《海燕之歌》、《母亲》、自传三部曲《童年》、《在人间》、《我的大学》等作品，则更为中国作家和读者所熟悉，它们的艺术影响是长久存在的。如路翎曾谈道：高尔基的这些

---

① 参见王晓明《艾芜：潜力的解放》，载《走向世界文学》，湖南人民出版社1985年版。
② 唐弢：《关于〈夜店〉》，《文联》1946年创刊号。

作品"是使我感动的文学读物,影响了我的世界观","帮助我形成了美学的观点和感情的样式","变成了我的日常观察事物的依据之一","我后来的作品里……其中的美学观点和感情、要求,多少受着高尔基的影响"。① 因此,正像郭沫若在《中苏文化之交流》一文中所认为的那样,作为无产阶级革命的"海燕",高尔基"被中国的作家尊敬、爱慕、追随,他的生活被赋予了神性,他的作品被视为'圣经',尤其是他的'文学论',对于中国的影响,绝不亚于苏联本国"。某种程度上被神圣化了的高尔基,深深地影响了中国几代作家精神上和艺术上的成长。

---

① 路翎:《我与外国文学》,载《外国文学研究》1985年第2期。

第 二 章

最 初 十 年[①]

引 言

党中央和毛主席一向重视外国文学。新中国成立后，中央对于外国文学翻译、研究工作的关心和支持极大促进了我国的文学事业和社会主义精神文明建设。这是一方面。另一方面，随着经济建设的全面展开以及文化教育事业的发展，广大人民群众的精神文化需求迅速提高，从而使外国文学翻译、研究工作迎来了新机遇、新高潮。这个高潮无论就广度还是深度而言，都大大超过了前半个世纪。外国文学成为一门显学，外国文学研究工作也不再是"冷门"。再一方面，新的历史条件使外国文学翻译和研究队伍不断壮大，研究人员的思想境界和业务水平也迅速擢升。因此，"五四"运动以来的优良传统得到了发扬，外国文学翻译和研究工作的面貌焕然一新。

从数量看，据出版事业管理局的不完全统计，1949 年至 1959 年我国翻译出版的外国文学艺术作品计五千三百五十六种，而新中国成立前三十年间的全都文学翻译仅有两千种。从印数看，新中国成立前翻译文学每种在一两千册，多者不过三五千册，而新中国成立后十年内外国文艺作品的总印数为一亿一千多万册，平均每种两万多册。

就类型而言，我国翻译出版的外国文学作品几成包罗万象之势。不同

[①] 编者对有关敏感话题（包括所牵涉具体人等）略有改动。

国家、不同时代、各种流派、各种思潮的代表作陆续与广大读者见面。过去我们翻译了不少俄苏和一些东欧国家的文学，也翻译了不少英、法、德、日、美、西等国的作品。但若放在整个外国文学的天平上，这些作品仅仅是沧海一粟，"面"谈不上，"点"也是寥若晨星。新中国成立以后，经过短短十年的努力，外国文学的星空开始形成。满天星斗的局面开始出现。许多重要作家的多卷本（集）也逐渐出版。苏联作品的翻译和研究更是盛况空前。东欧人民民主国家的作家也被大量介绍进来。阿尔巴尼亚文学在我们的翻译地图上也不再是空白。至于东方国家，从"五四"到新中国成立前的三十年内，朝鲜文学只介绍过寥寥几种，越南文学只有散见于刊物的个别篇什，蒙古文学干脆阙如。新中国成立以后，蒙古文学作品已有单行本出版，越南文学则出版了三四十种单行本，朝鲜文学作品已经达到七十来种。其他亚非国家文学，过去除了日本文学以外，我国一般读者知道的只是印度作家迦梨陀娑和泰戈尔的少量作品、土耳其希克梅特的几首诗、波斯的一本《鲁拜集》、阿拉伯的《一千零一夜》当中的寥寥几"夜"。1949年以后，印度古今文学作品已经翻译出版了六七十种，十卷本《泰戈尔选集》已经翻译完毕。希克梅特的诗作也已结集出版。伊朗作品的译本已不止一种，从原文译出的《一千零一夜》（三卷本）也已问世。这一时期的翻译出版的还包括以下亚非国家的文学作品：印度尼西亚、柬埔寨、马来亚、泰国、缅甸、锡兰、巴基斯坦、阿富汗、伊拉克、阿联、黎巴嫩、约旦、以色列、喀麦隆、马达加斯加、埃塞俄比亚、南非联邦，等等。通过中译本，我国的读者对拉丁美洲各国的文学也有了更好的了解，而不再只是智利的聂鲁达和古巴的纪廉了；墨西哥、危地马拉、哥伦比亚、委内瑞拉、巴西、阿根廷等国的文学作品也陆续得到了翻译介绍。这些国家的文学作品都是第一次以单行本的形式出现在我国读者面前的。论国别，翻译工作已经达到了如此广泛的程度。论时代，则既有当代的作品，也有过去各时代的经典。翻译以苏联为首的社会主义阵营的文学是如此；翻译西方及资本主义国家的文学也有同样的情形：例如读者可以从译本里读到拉伯雷和阿拉贡，乔叟和奥卡西，安徒生和尼克索……就流派而言，社会主义阵营的文学作品不在话下，即使英美国家的文学也得到了广泛的关注，古典作品固不成问题，不同流派的都会有译本，当代作品当中也呈现出五彩缤纷的景象，即既译杰克·林赛和奥尔德立奇，也译格雷厄姆·格林的《沉静的美国人》；既译亚尔培·马尔兹，也译海明威的《老人与海》。外国文学作品的"百花齐放"直接影响了中国文学的创作，使中国文学的"百花园"更加多姿多彩。而我国专门介绍外国文学的杂志《译文》（1934—1937）（1953年复刊，1959年更名为《世界文学》）或可说是新中国外国文学工作的一个缩影。

以上是就总体情况而言。需要着重说明的有两点：一是方向，二是质量。

1949年以前，我国翻译的西方文学作品中，带有颓废主义、低级趣味等不良倾向的不是个别，有时甚至不在少数。1949年以后，由于社会制度的改变，这些作品失去了市场，这是自然而然的。如日本文学的翻译，从表面看来，好像有点"今不如昔"。应该肯定，过去翻译界确曾从日本引进了不少进步的文学作品和革命的文艺理论，但是总的说来，当时的介绍鱼龙混杂、泥沙俱有，不少作品具明显的形式主义和颓废主义倾向，译法上的失当之处也所在皆是。而新中国重点介绍现实主义和富有革命精神的作家作品，虽然新译著作的数量有所减少，但质量却明显提高，大多数作品是经过了去粗存精、细致筛选。计划翻译的《源氏物语》等古典名著也是在新中国成立之后才提上日程的。这一切正说明我国的翻译方向发生了根本性的变化，也说明社会的发展使我国的外国文学界已经完全融入我国的社会主义建设事业。

这一时期，"五四"优良传统的继承和发扬远非过去所能企及。这首先表现在苏联文学翻译和研究的突出比重上。据出版事业管理局的不完全统计，1949年至1959年，我国翻译出版的苏联（包括俄国）文学艺术作品达三千五百余种，占这个时期翻译出版的外国文学艺术作品总数的百分之六十以上；总印数更是达到了八千二百多万册，占整个外国文学译本总印数的百分之七十以上。值得指出的是，这里也有以我国某些少数民族文字出版的译本。这个惊人的数字和突出的比重是社会发展的需要。它说明我国对苏联社会主义文学的青睐。十年间，我国进行了许多政治运动和思想改造运动，社会主义建设蓬勃展开，苏联社会主义现实主义文学成为我国思想教育和艺术借鉴的首选。就注重翻译人民民主国家文学这一点而论，我国翻译界也在原有优良传统的基础上迈出了一大步。1949年至1959年，我国翻译出版的苏联文学作品达六百余种，总印数逾千万册。除此而外，东欧社会主义国家的文学作品也得到了充分的重视。这不仅增进了我国与东欧国家人民的团结和友谊，而且对我国的社会主义建设产生了积极的影响。人民之间相互理解、互相鼓舞，取长补短、彼此促进。过去我国翻译东欧国家的文学作品，主要是为了了解这些民族和人民被奴役被压迫的状况，希望了解他们争取独立解放的愿望和斗争。优良传统的这个方面在新中国成立之后还逐渐表现为翻译界对亚、非、拉文学的重视。为了革命和建设的需要，同时增进与各被压迫民族之间的了解和友谊、巩固世界和平、破除欧洲文化中心主义，外国文学界做出了应有的贡献。

另一个优良传统是联系实际。而这个实际在当时便是社会主义革命和建设。因此，为政治服务、为社会主义建设服务被确定为所有外国文学工作者的应尽义务。根据这一方针，并遵循毛主席《在延安文艺座谈会上的讲话》精神，外国文学界十分强调翻译工作的指导思想。当然，出于了解和批判地继承，外国文学界既注意欧美资本主义国家的进步文学，也重视它们的古典文学遗产。虽然社会条件不同了，以我为主、为我所用的主动性得到了提高，但50年代的西方文学介绍主要侧重于古典作品。当代作品的引进不仅数量有限，而且选题集中在反帝反封建思想明确的作家作品上。即便如此，那些内容在一定程度上反映现实、技巧可供参考的一般作品也被少量地介绍进来。这都是符合我国文学发展的实际要求的。

从翻译质量的角度看，1949年以后外国文学工作也有了长足的进步。如果说新中国成立前并不能把正确的选题方向贯彻到全国的外国文学翻译工作中去，那是可以理解的。由于历史条件和社会环境的制约，"五四"时期的严肃态度并不能保证外国文学的翻译质量。虽然堪称范例的译本也时有产生，但那只是稀有的个别现象。在过去的一般译本里，读者随时可以发现似是而非、生吞活剥，甚至任意的删节和更改，大大小小的错误（有些翻译几乎是改写），不成文理的长句子，全盘欧化的语言或者改头换面的情况不胜枚举。此外还有不假思索、信手拈来的随意糊弄和自我作古或者故弄玄虚的装腔作势，等等。总之，1949年前佶屈聱牙、似是而非、不堪卒读的译文比比皆是。1949年后，情况发生了巨大的变化，党和政府在全国范围内对外国文学翻译和文学出版事业加强了领导，建立了统一的审订制度，群众监督批评的积极性也大为提高，外国文学翻译工作者生活安定，思想觉悟普遍提高，新生力量和后备力量大量涌现，多种外语人才脱颖而出。转译开始为直译所取代，这一切不仅促进了外国文学翻译的计划性，也有利于发扬我国翻译界的优良传统，从而使译文质量大为改观。如是，优秀译本已经不再是凤毛麟角，一般译品的质量也显著提高。多数外国文学译品基本上做到了内容上忠实可靠，文字上通顺流畅。这看似寻常，但若考虑到历史上的欠缺，短短十年的成就便足以令人叹为观止了。

第一节　筚路蓝缕

翻译是研究的基础，但严格意义上讲，我国的外国文学研究工作是在新中国成立以后全面展开的。在此之前，外国文学研究具有局限性，很多研究只是旁批眉注、前言后记。

从1949年到1959年，虽然外国文学研究工作还只是第一步，但毕竟为这一学科的发展奠定了基础。因此，它的发展并不能和我们的外国文学翻译工作的发展相提并论。而这也是理所当然的：外国文学研究工作对于外国文学翻译工作固然有一定的指导意义，而且往往较后者更广泛也更深入，但是多数外国文学研究工作总是依赖相应的翻译工作才能真正实现并具备群众基础的。

总结新中国成立最初十年的外国文学研究工作，必须看到：它是从小到大、由浅入深的一个过程。这是第一点。"五四"运动为外国文学介绍工作奠定了良好的基础。但是从鲁迅的《摩罗诗力说》开始，1949年前我国的外国文学研究还是一片刚刚撒下了一些种子的荒漠般的园地。而且这块园地一直为国民党领导下的经院所控制或掣肘。总体说来，它实际上是一块有待开发的处女地。外国文学研究方面的一些零星点缀多半收到日本和俄苏文学界的影响。如果游学欧美等国中国留学生的习作（包括个别不曾翻译成中文的博士论文）可以忽略不计，那么勉强算得上研究的只有几少数学术刊物上登出、出版社发表的很少一部分文章和一些著作。由于立场、观点和方法的局限，加之材料的阙如，那些文章和著述大都是根据外国老师的著书依样画葫芦画出来的，缺乏独立之精神、自由之思想。一般刊物上固然也可以见到一些从个人好恶出发、凭个人印象谈论西方作品的文章，但即使偶有见地，也缺少系统性和可信性，难于归入系统研究之列。即使是完全体现西方或俄苏立场的"著作"也极为罕见。

1949年以后，在党的领导下，在马克思列宁主义的指导下，外国文学这块园地迎来了自己的春天。无论在文学研究专门性刊物《文学评论》（旧名《文学研究》）上，还是在为数众多的高等院校人文学科学报上，外国文学研究和评论如雨后春笋般不断涌现。许多重要外国文学作品——特别是古典文学作品——的译本也开始有了较为深入、系统的评价，而不只是简单介绍和抒发个人观感的前言后记。配合外国文学名家的纪念活动和外国文学名著的群众性讨论越来越多，具有一定学术价值的文章开始出现在不同的学术活动当中。学术批判文章自不待言，就是群众性的评论文章和小册子也有一定的学术价值。而且，外国文学研究的发展还不在于有了统一的管理部门，而且更为重要的是：外国文学研究工作本身，作为一个学科，已经建立了起来。

第二点是：外国文学研究工作有了明确的方向。关于研究方向，从鲁迅的《摩罗诗力说》开始，具有马克思主义色彩的路径固然在1949年之前已露端倪，但因研究工作没有真正开展，具体作品尚未深入探讨，实际上方向问题并未得到真实的体现。1949年后，外国文学研究在当时的马克思列宁主义文艺方针的引导下，参考苏联的经验，经过摸索，开始有了运用马克思列宁主义文艺理论的努力与初步的实践。无可否认，由于知识背景的不同，最初的外国文学研究工作参差不齐；但是，更为无可否认的是，整个外国文学研究工作却是朝着党指引的方向努力前进的。也正是在这个总方向引导下，学者们抛弃了"为学术而学术"的路数，开始将研究工作与社会实际结合起来，并努力为社会主义服务、为人民大众服务。绝大多数研究人员不再"钻牛角尖"，不再埋头于"经院式的考据"，而是努力将重心转移到探讨重要现象、重要问题上来。一般研究选题的轻重缓急，都取决于是否为满足艺术借鉴和思想教育的需要。研究工作常常配合译本的出版，配合外国作品的群众性讨论和世界文化名人的纪念活动而展开，也常常围绕并配合国内意识形态和文学界在文艺思想、文艺理论方面的重要讨论而展开。总之，外国文学研究工作成了社会主义文化建设的一个有机组成部分，而不再是可有可无、仅供"有闲阶级消遣"的小摆设。这也是文艺为革命服务、为创作服务的传统精神的体现和发扬。1949 年以后，外国文学研究工作一开始就产生很多成果，解决了许多技术难题，厘清了不少理论问题，初步认识了研究外国文学（特别是比较复杂的西方古典文学）的一些线索和门径。

同时，外国文学研究工作也是不断发展的。最初十年大体上可分为三个阶段。开国十年的前四五年可以说是准备时期。当时新中国刚成立不久，对于西方文学比较了解、较有研究能力的人往往对于马克思列宁主义文艺理论缺少基本理解。因此，他们在参加一般知识分子初期思想改造运动的同时，被规定从毛主席《在延安文艺座谈会上的讲话》开始，进行马克思主义文艺观的学习。联系外国文学工作的实际，他们同时需要学习苏联同行的经验。为此，不少人还学了俄文，以便直接阅读有关原著，甚至翻译苏联外国文学史著作等参考资料。经过这段时期的准备，在 1955 年和 1956 年之间，党中央提出了"向科学进军"的号召。"百花齐放、百家争鸣"方针也相继出台。嗣后，外国文学研究工作才真正进入了开始阶段，大多数初步研究成果从此陆续发表。但是，工作刚取得了一些经验，成果刚受到检阅，1957 年就开始了全民整风运动。翌年，学术批判运动迅速展开，外国文学研究工作中的"一部分残余的资产阶级学术思想"受到了批判。与此相关，由于大跃进的要求，外国文学界破除迷信、解放思想、敢想敢做，将外国文学及众多古典名著推向了群众性评论活动。在这一活动中产生的一些短文和小册子，被认为是"清除西方古典文学名著之不良影响"的有效方法，同时也使外国文学走向了广大民众。

无论如何，新中国使外国文学研究迈出了关键的第一步。

外国文学研究工作的发展对我国的文学创作产生了积极的影响，对我国知识界及广大人民群众的文化生活也具有重要的意义。毛主席关于批判地接受外国文化、借鉴外国文学的名言和"洋为中用"、"古为今用"的思想一直是贯穿外国文学研究的一条红线。

为了推动文学事业的繁荣和发展，外国文学研究工作者既要继承我国数千年来的文学传统，也要吸收和借鉴外国文学及优秀的世界文明成果。在这个继承和吸收的关系问题上，鲁迅成了范例。一方面，他反对洋奴买办文化思想，并以他的文学实践证明，他异常重视祖国的优秀文学遗产；另一方面，他虽然受过外国文学的影响，特别是俄国文学的影响，但他所刻画的人物、世态、风习，他的笔调，都是中国式的。同时，他还是国粹主义、复古主义的坚决反对者，他认为要从外国拿来我们所需要的东西："没有拿来的，文艺不能自成为新文艺。"① 他以《狂人日记》等重要作品开始了我国新文学的进程，以其"表现的深切和格式的特别"② 激动了广大进步读者的心灵。这"大约所仰仗的全在先前看过的百来篇外国作品"，③ 包括果戈理的同名小说在内。继承祖国文学的优良传统和吸收外国文学的先进经验这两者的结合，使鲁迅成为"五四"新文学的开创者。这是50年代外国文学界的普遍认同。

从"五四"开始的新文学是沿着现实主义的主流不断向前发展的。它一方面固然有所扬弃，另一方面却真正继承了我国古典文学的优良传统，也接受了外国文学的积极影响，特别是俄国文学中的现实主义和后来苏联社会主义现实主义文学的积极影响。

欧洲浪漫主义文学则对创造社作家产生了较大的作用。和浪漫主义有直接关系的"狂飙突进运动"的产物——歌德的《少年维特之烦恼》和席勒的《强盗》，曾经引起郭沫若的高度赞赏。文学研究会作家反对把文学作为消遣品，也反对把文学作为个人发泄怨艾的工具，提出了"文学为人生"的主张。当时他们把俄国和法国的现实主义文学都归之于"为人生"的文学。20年代上半期创造社和文学研究会之间发生的论争就反映了浪漫主义和现实主义两种不同的创作倾向，虽然两派在反帝反封建的思想要求上是一致的。

从左联时代起，苏联社会主义现实主义文学在创作方法上替我国作家指出了前进的方向。许多进步的作家都走上了社会主义现实主义的道路或

---

① 《拿来主义》，《鲁迅全集》第6卷，第40页。
② 《〈中国新文学大系〉小说二集序》，《鲁迅全集》第6卷，第238页。
③ 《我怎么做起小说来》，《鲁迅全集》第4卷，第512页。

者接近于这个方向。此后,社会主义现实主义曾是我国文艺思潮中的主流。苏联作家如何从革命发展的实际出发,真实地、历史地反映现实,如何使艺术描写的真实性和历史具体性同人民的共产主义教育任务结合起来,如何表现党的领导和群众的集体英雄主义,如何描写生活中新旧力量的矛盾和斗争,如何塑造具有共产主义道德品质的正面人物形象,等等,都使我国的作家得到不少的启发。

外国文学的介绍,使我国作家对于文学的概念、文学的特征、文学的体裁、文学的流派有了更为明确的了解。它也极大地丰富了我国的文学语言。而更为重要的是,它直接间接地影响了我国现代文学体裁的形成。我国现代小说和新诗的产生,一方面是对古典小说和古典诗歌的继承和发展,另一方面却是受了外国文学的影响。话剧的形式,固然是由于表现新内容的要求应运而生的,但本身却是外来的。

外国先进的文艺理论始终在我国的文学运动中起着重要的作用。"五四"以后,西方资产阶级文艺理论(特别是"文化史派"代表人物泰纳、勃兰兑斯的理论)曾对我国的文学思想有过广泛的影响,起过某些积极的作用。但是,马克思主义的文艺理论很快取代了这些理论,并奠定了我国革命文艺理论的基则。从此马克思主义的文艺理论不但成为我国的革命文学运动的指导思想,而且在文学的阶级性和党性等重大问题上统一了革命文学工作者的意志,并使他们在左联时期和"人性论者"、"自由人"、"第三种人"做斗争,在抗战时期和反动的文艺倾向做斗争,在新中国成立以后和历次错误文艺路线做斗争。

外国文学的影响当然绝不局限于文学。外国文学的介绍对于我国广大读者的思想教育、审美教育等,也起到了重要作用。

早在19世纪与20世纪之交,俄国文学就已经对我国的先进知识分子产生过积极的影响。正如鲁迅所指出的,人们"从那里面,看见了被压迫者的善良的灵魂的酸辛,的挣扎……我们岂不知道那时的大俄罗斯帝国也正在侵略中国,然而从文学里明白了一件大事,是世界上有两种人:压迫者和被压迫者!"[①] 到了"五四"时期,西欧资产阶级上升时期的文学,

---

① 鲁迅:《祝中俄文字之交》,《鲁迅全集》第4卷,第460页。

要求民主、要求"个性解放"和"人的自觉"的文学，在我国进步知识分子中间产生了广泛的影响。它们唤醒沉睡中的人，帮助觉醒的人去反击封建主义和帝国主义。易卜生以社会问题为中心的剧作，不但以敢于对抗社会、反抗传统与陈腐思想契合了我国汹涌澎湃的反帝反封建斗争，而且《娜拉》一剧还直接影响了我国的妇女解放运动。

在"五四"以后，俄国文学的大量介绍，在我国知识分子中形成了为美好理想而斗争的革命精神。东欧被压迫民族的文学也曾为进步知识分子所称道。裴多菲、密茨凯维奇等人的诗歌充满了爱国主义精神和战斗精神，他们争取自由、寻求解放的作品曾经引起我国青年的强烈共鸣。

从30年代初起，苏联文学冲破重重阻碍进入国人视阈，使广大年轻读者对社会主义充满了向往。第一部社会主义现实主义作品《母亲》展示了劳动人民的力量、无产阶级的力量。适值中国社会发生剧烈变化，许多青年知识分子从这部作品得到启迪，因而走上了革命的道路。《毁灭》、《铁流》等作品同样激发了人们的革命热情。在抗日战争后期和第三次国内革命战争时期，描写苏联卫国战争的作品成了我国人民的新的精神食粮，成了革命队伍的"无形的军事力量。"[①] 新中国成立后，苏联文学在我国的影响进一步扩大。它几乎成了我国共产主义教育的首选的课本，同时也成了人们建设社会主义的精神力量和文化生活中不可或缺的有机部分。周扬在第二次苏联作家代表大会上表示，"苏联的文学艺术作品在中国人民中找到了愈来愈多的千千万万的忠实的热心的读者，青年们对苏联作品的爱好简直是狂热的。他们把奥斯特洛夫斯基的《钢铁是怎样炼成的》，法捷耶夫的《青年近卫军》，波列伏依的《真正的人》中的主人公当作了自己学习的最好榜样。巴甫连柯的《幸福》，尼古拉耶娃的《收获》，阿札耶夫的《远离莫斯科的地方》等作品都受到了读者最热烈的欢迎。他们在这些作品中看到了人类历史上前所未有的完全新型的人物，一种具有最高尚的共产主义的精神和道德质量的人物"[②]。这些话高度概括、有力地说明了苏联文学对于新中国人民的重要意义。

[①] 姚远方：《苏联战时文学成了我们无形的军事力量》，《人民日报》1950年2月23日。
[②] 《苏联人民的文学》下册，人民文学出版社1955年版，第202页。

除苏联文学以外,其他社会主义国家文学的影响也不可低估,例如伏契克的《绞刑架下的报告》就曾受到我国读者极大的欢迎。西方国家(特别是法国)和殖民地半殖民地国家的进步文学,则成为我国读者了解西方社会和殖民地半殖民地人民的重要途径。

文学的教育功能通常是潜移默化的,而不一定立竿见影。外国古典文学尤其如此。所以,一些外国古典作品所表现的对美好事物的向往、对光明和自由的憧憬;对理想的探求,以及对生活的热爱,即使在不同的时代社会,同样具有润物无声的良好影响。

此外,外国文学作品的认知作用不能忽视。恩格斯在谈到巴尔扎克的作品时说,"甚至在经济的细节上(例如法国大革命后不动产和私有财产的重新分配),我所学到的东西也比从当时所有专门历史家,经济学家和统计学家的全部著作合拢起来所学到的还要多"。[①] 的确,文学的认识作用有时远不是历史、地理著作所能代替的。在社会、经济、政治、文化生活以及风土人情方面,其他科学著作只能给我们以比较抽象的概念,而综合地、形象地反映现实的文学却能给我们以生动鲜明、广阔全面的景象。这对于丰富我国人民的精神生活、增进我国与世界各国人民的相互了解来说,自然具有十分重要的意义。

总之,外国文学在新中国的积极影响是主要的,但是外国文学的丰富性和复杂性也曾引起文学界的广泛争论。像《飘》那样的畅销作品,一经流行便遭到了批判与否定。阿志巴绥夫的《沙宁》、厨川白村的《苦闷的象征》等外国文学作品也被扣上了颓废主义和主观唯心主义的帽子。而拉普的"辩证唯物主义的创作方法"、苏联文艺学家弗里契的社会学阐释方法,也受到了不同程度的批判。与此同时,罗曼·罗兰笔下的约翰·克利斯朵夫,也被当成了个人主义的典型。

随着外语人才的增加,不少读者固然可以直接通读外国文学作品,但发生广泛影响的依然是译本。因此,外国文学的巨大作用,在很大程度上归功于翻译;同时外国文学的所谓"消极影响"也经常归咎于翻译。这在

---

① 《恩格斯给哈克纳斯的信》,《马克思恩格斯列宁斯大林论文艺》,人民文学出版社1958年版,第20页。

后来的"文化革命"中演变成了空前的灾难。

第二节　翻译标准讨论

外国文学研究离不开翻译。翻译问题的讨论直接影响到文学研究的某些根本问题。因此讨论外国文学研究问题，始终离不开翻译批评。比如最基本的语言问题。而文学翻译对我国文学创作在价值、审美、语言等诸多方面产生了或多或少的影响。

新中国成立后最初十年，外国文学翻译工作基本上实现了计划化和规模化。一大批很有造诣的作家型学者参与了文学翻译。但成就的鉴定，最终在于译文质量。事实证明，新中国成立以后，我国的译文质量有了显著而普遍的提高。正是在这样的条件下，进一步提升翻译质量被提到了议事日程。于是，围绕文学翻译的艺术性问题，外国文学界展开了讨论。这个问题本身并不新鲜。每一次文学翻译都必然要考虑忠实与艺术问题。1954年，茅盾在全国文学翻译工作会议上正式提出了"必须把文学翻译工作提高到艺术创造的水平"的意见，并对艺术性翻译问题作出了有力的阐明。[①]这对于后来外国文学译文质量的提高起到了积极的作用。经过一番讨论，文学翻译的艺术性问题得到了广泛的关注。艺术性翻译问题集中表现在译诗问题上。这个问题本身也不新鲜，但契合了创作界关心诗歌问题的讨论。于是，诗歌翻译的相关问题被凸显出来。

谈到艺术性翻译问题，严复早在19世纪末就提出了"信、达、雅"标准。"信、达、雅"标准虽然早已为大多数翻译工作者所接受，但具体到不同的对象，其内涵外延也不是三言两语可以说得清楚的。通俗地说，"信"是对原著内容忠实，"达"是译文畅达，"雅"是译文优美。这里包含了相当于内容、语言和风格这三个方面。三方面本来是不可分割的，严复本人也指出过这一点。正如内容和形式是不可分割的，却还是可以分开来讲，而且还可以有主次之分。"信、达、雅"是一种先后排序。但这不

[①] 茅盾：《为发展文学翻译事业和提高翻译质量而奋斗》，《译文》1954年第10期。

是唯一的排序。在具体分析一种译品时,达和雅也有可能作为主要的关注对象。既然要讲艺术性翻译,就出现了超越三字经标准(严复也不专指文学翻译)的各种观点。盖因照这个三字诀来看外国文学翻译工作的成就,一般译本也只做到了忠实,仿佛实际上解决了"信"的问题;另一些译文做到了语言畅达,仿佛实际上解决了"达"的问题,只待解决艺术性翻译问题即"雅"的问题。而要解决这最后一个问题就必须考虑到艺术加工的问题。这样的观点风行一时。但严格说来,只要一个广义的"信"字——从内容到形式(广义的形式,包括语言、风格,等等)全面而充分的忠实也就足够了。这里,"达"既包含在内,"雅"也分不出去,因为形式为内容服务,艺术性不能游离于内容的。反之亦然。而内容借形式而表现,翻译文学作品,不忠实于原来的形式,也就不能充分忠实于原有的内容,因为这样也就不能恰好地表达原著的内容和神韵、形式和风格。在另一种语言里,全面求"信",忠实于原著的内容和形式的统一体,做得恰到好处,正是文学翻译的艺术性之所在。

"锦上添花"既然不是艺术性翻译标准,艺术性翻译显然也得讲本分。莎士比亚的德国威廉·史雷格尔译本和日本坪内逍遥的译本一直很有名,无疑是翻译精品。但是,一边在德国,一边在日本,都曾有过一种说法,即认为他们的译本比莎士比亚的原著还好,那就难以令人相信了。要是这样,那么它们就不是好译品了。译得比原著还好,不管可能不可能(个别场合个别地方也不是不可能的),也就是对原著欠忠实,既算不得创作,又算不得翻译,当然更不是艺术性翻译的理想境界了。文学作品的翻译本来容易激发创作欲,但它不能使翻译者越出工作本分。实际上,只有首先严守本分,才会神形兼备。用杨绛的话说是戴着镣铐跳舞或同时伺候两个主人(一个是原著及其作者,另一个是读者)。

文学翻译要在艺术上恪守本分,却不是不要志气。相反,这正是以很大的志气为前提的。原作者是自由创造,而译者必须忠实于他,忠实于他的自由创造。他转弯抹角,译者必须亦步亦趋;他上天入地,译者需得紧随不舍;他高瞻远瞩,译者就不能坐井观天。这绝不是纯粹的技术性问题。精通两方面的语言和具有一般的艺术素养是远远不够的。译者需要对原著有足够的钻研,还需要自己有足够的生活体验,更需要和自己的生活体验相结合的足够的修养。关于钻研原著，高尔基说过："我觉得，往往译者刚拿到一本书，还没有预先读过一遍，对这本书的特点还没有一个概念，就马上开始翻译了。但是就拿一本书来说，即使仔细地把它读完，也不可能对作者全部的复杂的技术手法和用语嗜好，对作者词句之间优美的音节和特性，一句话，即对他的创作的种种手法获得应有的认识。……应该通读这位作家所写的全部作品，或者至少也得读读这位作家的公认的一切优秀作品。……译者不仅要熟悉文学史，而且也要熟悉作者的创作个性发展的历史。只有这样，才能多少准确地用俄语形式表达出每一部作品的精神。"[①] 这就说明了钻研不仅要深入，而且还要全面。本此精神，还需要了解作品所从出的时代和社会。关于生活体验，茅盾在全国文学翻译工作会议上说："文学作品是描写生活的，译者和创作者一样，也需要有生活的体验。当然，一般译者对于外国作品中所描写的社会环境与生活方式，未必都有可能去直接体验一番，特别是对于外国古代的生活，简直不可能有直接的体验。……但我们却必须认识这一点：译者自己的生活经历与生活体验愈丰富，对于不同国家和不同时代的生活也愈容易体会和了解。"[②] 不可能要求每一个译者各方面都达到和被译大作家同样的水平，但是他必须尽量弥补不足。另一方面，时代为新中国的译者提供了新的高度。站在这样的高度，努力把握和达到艺术性翻译的境界是完全可能的。

尽管如此，译者和作者究竟还不是一个人。彼此的个性和个人风格可以接近，但是总不能完全一样。文学翻译工作在这里又遇到了不可避免的限制。这只有靠翻译人才的不断涌现，好译本的不断推陈出新，才能逐渐减少这种天然限制所造成的缺陷。这里只涉及天然限制里的个人因素。更重要的还有民族语言及文化因素。各国社会、历史背景不同，风习、传统不一，一种语言里的一些字、一些话，到另一种语言里就不一定能唤起同样的联想，产生同样的效果，许多双关语、俚语、成语很难保持原有的妙处。认识了这种限制，就可以了解文学翻译求"信"，求全面忠实，也不

[①] 转引自费奥多罗夫《翻译理论引论》，莫斯科：苏联外文出版社1958年版，第116页。
[②] 茅盾：《为发展文学翻译事业和提高翻译质量而奋斗》，《译文》1954年第10期。

是绝对的。文学翻译不是照相底片的翻印。"增之一分则太长，减之一分则太短"的科学精确性是不能求之于文学翻译的。文学翻译的艺术性所在，不是做到和原书相等，而是做到相当。

"自由是必然性的认识。"文学翻译认识了这些天然限制，也就有了创造的自由。艺术性翻译本来就是创造性翻译。保持原著的风格也只有通过译本自己的风格——肯定了这一点，有足够修养的译者就可以在严守本分的前提下充分发挥自己的创造力，充分运用自己的创作灵感。肯定了艺术性翻译只能求"惟妙惟肖"而不能求"一丝不走"，有足够修养的译者就不会去死扣字面，而可以灵活运用本国语言的所有长处，充分利用和发掘它的韧性和潜力。正如文学创作要忠于现实，反映现实，而这其中就有无限的创造性；文学翻译忠于原著、充分传达原著反映现实的艺术风格，也就规定在语言运用上也要有极大的创造性。

如何用地道的汉语来准确地传达原文风格，正是当时外国文学翻译事业发展、译文质量提高的必然要求。

从理论上说，运用本国语言和传达原文风格，是文学翻译工作所包含的一个问题的两个方面，彼此不能分割。文学翻译本身的性质规定了用本国语言传达原文风格的事实。做不到这一点，翻译工作就没有完成，真正优秀的文学译品就不可能产生。文学语言总是有风格的，有个人风格，不通过巧妙的转换就无法显示。原著的风格在另一种语言中鲜活起来，就好比演员演戏，只有通过演员自己的风格才能活现人物性格。

1949年前，鲁迅忠实传神地翻译了《死魂灵》。1949年后，和这样水平差不多的译本就有了不少。它们基本上解决了本国语言和原文风格之间的矛盾。许多产生过良好反响的译本并没有解决这个问题。由此可以想见：艺术性翻译问题可以从两方面来分别考虑。

1949年前，在本国语言和原文风格的矛盾问题上，出现过两种极端倾向。一种是要原文风格"不走样"，结果是根本"不像样"。另一种是要翻译语言的绝对"民族化"，结果却是庸俗化。1949年后偶尔还有译文里把"拿起书来扔给我"这样的意思死翻硬译成"拿起书来抛在我身上"的极端例子，也还有译者叫女孩子对爱人道"万福"的极端例子。相对而言，1949年前死翻硬译占了优势，新中国成立初期这方面的影响依然显著。当时《人民日报》发表过社论，号召"正确地使用祖国的语言，为语言的纯洁和健康而斗争"。[①] 就当时外国文学翻译工作中的语言问题而论，这也是符合实际要求的。它对于消除不必要的欧化语言在外国文学翻译中的泛滥，也起到了积极作用。但是，翻译语言"民族化"矫枉过正，结果变成了庸俗化。当然这只是个别现象。较为普遍的现象是翻译语言的民族化变成了风格的一般化。一般译本大致都做到了通顺流畅，这当然已是难能可贵。但是用通顺流畅的本国语言来翻译是起码条件，单凭这一点对于文学翻译是远远不够的，因为原文风格才是检验翻译质量和艺术性的主要标准。而汉语本来就有千变万化的生动性、丰富性。总之，译者对原著的忠实是一个方面，充分发挥本国语言的丰富性和灵活性以充分传达原文风格是另一个方面。二者应当相得益彰。

译诗问题作为一个重要问题提出来，是因为艺术性翻译问题最突出地表现在诗歌翻译上。诗歌作为最集中、最精练的一种文学样式，对语言艺术有特别严格的要求。文学作品固然都应该是内容和形式的统一体，诗歌却尤其如此。诗歌中形式的作用特别大，对艺术性（包括语言的音乐性）的要求特别高。如果说一般文学翻译，也就是说散文作品的翻译，要达到艺术性水平，必须解决如何用本国语言传达原文风格的问题，那么诗歌翻译，除此以外，还必须解决如何运用和原著同样是最精练的语言、最富于音乐性的语言，来驾驭严格约束的语言韵文形式。诗歌翻译是特别艰巨的翻译工作。但是，只要转换得恰如其分，译诗是完全可能的。忠实的诗歌翻译，读起来像原创作品一样，这类范例并不罕见。虽然我国移译外国诗歌的历史比较短，经验比较浅，汉语和大多数外语的距离也比较大，但1949年以后还是取得了可喜的进展。有关成就主要见之于传达原作的内容和风格、意境和韵味，以及对诗歌语言的提炼和诗歌形式的掌握。但正是在这两方面，一般诗歌译品却表现出了不足。为了普遍提高译诗水平，有关译者提出了两个问题。

一是语言问题。翻译工作中，诗歌的语言问题是首要问题。一般文学翻译，亦即散文作品翻译，尚且应该避免两种做法——为保持原文风格

[①] 见《人民日报》1951年6月6日。

"不走样",结果译文根本"不像样"的做法,以及为求译文语言"民族化",结果语言本身就一般化、庸俗化,以至于根本无法传达原文风格的做法——那么诗歌翻译更需要避免这两种做法。诗歌翻译,因为语言特别受形式限制,也就特别容易犯这两种毛病。新中国成立十年诗歌翻译的经验也证明了这一点。

语言一般化的具体表现是以平板的语言追踪原诗的字面。既不考虑一般诗歌语言应有的特点,也不照顾个别诗人的语言品格,结果既不能保持原诗的真正面貌,更谈不上传出原诗的神韵。例如拜伦后期的杰作《堂璜》用平易然而洗练的日常语言对当时欧洲的社会生活进行了尖锐的批判和讽刺。这首长诗的语言风格,不仅比雪莱、济慈的作品要贴近实际生活,就是比拜伦自己早期的某些抒情诗歌,也更显口语化。乍看起来,这似乎适于用一般化语言来翻译了。实际上却正是叫一般化翻译语言栽筋斗的地方。原诗里没有多少艺术雕琢,却另有一种从容自在、活泼机智的特色。而新中国成立初期见到的《堂璜》中译本就没有运用与此相当的语言来进行翻译。原作中的日常语言在译本中变得平庸乏味;原作中干净利落、锋利如剑的诗句在译本中拖泥带水、暗淡无光。举个一般的例子:

> 纵然跟一个带着镣铐的民族共着命运,
> 又正当"荣誉"成为希罕的事物,即使
> 我在歌唱时至少感到爱国志士的羞愧
> 使我的脸孔涨红,这已是了不起的事情;
> 因为在这里给诗人留下来的有什么呢?
> 为希腊人涨一脸通红——为希腊洒一滴热泪。①

这段译文共六行,至少前四行是别扭的。原诗中,这四行构成一个完整的意念,但是译文曲曲折折,用了一连串连接词:"纵然……又正当……即使……这已是……"与原诗的语言特征相悖,译文的语言既不口语化,也不洗练。这样曲折的笔法其实是完全可以避免的。"又正当'荣誉'成为

---

① 拜伦:《堂璜》上卷,朱维基译,新文艺出版社1956年版,第260页。

希罕的事物"，可以用"博不到名声"来代替，因为原文本来就是一个简单的词组。这样一改，不但意义更确切，而且也符合了原文的简短。这一例子在《堂璜》中译本里还不是最突出的，诸如此类的别扭可谓比比皆是。虽然译者的态度是认真的，但在力求忠于原著时忘记了与之相对应的汉语的丰富性和生动性。

不满足于诗歌翻译的一般化，认为诗歌语言当然要有诗意，但是误以为有"诗意"就是有辞藻，进而误以为要辞藻就必须用成语。这样就势必流于陈词滥调，和原诗也未必相称，这便是语言的庸俗化问题。译作中烟雾弥漫，原诗的真实面目自然消失殆尽了。拜伦的《恰尔德·哈洛尔德游记》第三章中有几段描写纵饮狂欢的将军统帅、名媛贵妇为拿破仑大炮所惊散的精彩场面。这些诗章所用的仍然是洗练的日常用语，只是描写到紧张的时刻，调子提高了，也略带一点讽刺意味。但是在一个大体上还算不错的中译本里，这些诗行就变成了对原诗的讽刺：

> 刹那间便须劳燕分飞各西东，
> 可真是苦杀了这些多情种；
> 相看泪眼，叹此生难再相逢！
> 更难卜何日再能这样眉目传情，
> 唉，夜是多么甜蜜。早晨却如此可惊！①

这段译文读起来相当流畅，而且还颇有"诗意"，但是它所采用的语言，所表现的文采与原作大相径庭。原诗以朴素亲切的语言描写青年男女突然离别的情景，没有译文中这样浓厚的脂粉气和旧词曲老套路带来的陈腐气。所谓"刹那间便须劳燕分飞各西东"，在原诗中不过是"突然分离"；所谓"多情种"不过是"年青的心灵"。译者用完了唱本滥调，最后一行却变得平白了。这样，前后很不和谐，与原文的普通语调也极不相称。这种追求滥调的倾向使译者不但只是浮光掠影，而且有时不顾原文词义以致破坏了总体气韵。原诗中有一节描写欢乐舞会的场面，全节（九行）充满

---

① 拜伦：《恰尔德·哈洛尔德游记》，杨熙今译，新文艺出版社1956年版，第119页。

兴高采烈的气氛。译文中前四行较好地传达了原作的欢乐情调，但第五行却把音乐之声像"潮涌"译成了"如泣如诉"，竟把全节的欢乐气氛一扫而尽。这种做法，在风格上、意境上、情调上有悖原诗，在语言上因袭陈套，显然也不是创造性、艺术性的做法。

诗歌翻译中语言一般化的毛病是比较容易发现的，但语言庸俗化的毛病却因为"典雅"而迷惑了一部分读者。所以后一种毛病，虽然在一般诗歌翻译中还不多见，却也大可注意。认清了这两种毛病，就可以知道怎样从书本和生活的语言中挑选和提炼恰当的表现方式了。

诗歌翻译因为受形式限制，在语言的运用上必定要经受极大的考验；反过来说，具有足够的语言艺术，也就比较容易驾驭形式了。

诗歌形式问题中的突出问题是在格律方面。格律的运用，对于诗歌翻译，是一个重要而又困难的课题。外国诗歌，不说古诗，就现代诗而言也都以格律体为主。而我国新诗的格律正处在形成的过程当中，翻译中运用格律也就特别富有挑战性。外国的译诗经验证明了克服困难的可能性。我国在这方面也开始有了一些经验。通用的办法是拿相当的格律来翻译相关诗作。在我国，因为还没有公认的新格律，当然只能是试用。利用我国传统格律基础和外国格律基础可能具有的共通之处，尽可能使用相当的格律来翻译外国诗歌，对于我国创建新诗的格律，就颇有参考价值。用相当的格律来翻译，不仅使译文语言和原文更相称，而且更能以显明的节奏传达出原诗的风味和内在的音乐性。有些外国诗体或者格式，例如有格律的"无韵体"，大致在我国诗歌创作里是不可能成立的，但是，如果只有采用了原诗的这种格式（例如"无韵体"）来翻译才能在我国语言里达到和原诗相当的效果，那么译者也就大可一用。所以，用相当的格律来翻译外国的格律诗，在我国也是合理而且有效的方法。

"五四"以来我国的外国诗歌翻译却一直很少用这种方法。一般译者都把外国的格律诗译成自由诗体，有时不押韵，有时随便押几个韵，只是行数和原诗相等罢了。这样的译作，效果当然不会和原诗相当。因此好译品也就很少。结果，除了能直接从一种或一种以上的外文阅读原诗者而外，一般读者很少了解外国诗的真面目，甚至误以为外国诗都是自由诗。影响所及，我国新诗创作中，除了受外国影响的自由体，就数这种所谓

"半自由体"最流行。用这种所谓"半自由体"也产生过不少好诗，但是如果形式上超越了这个不成熟阶段，他们可能会取得更好的效果。马雅可夫斯基的诗在我国产生了良好影响，他的形式也给我国新诗创作别开了一个生面。但是通过自由翻译，且译者不加说明，我国读者便不知道他后期诗作的特殊形式（在我国被称为"阶梯式"的形式）。它们基本上还是格律体，把"阶梯"拉平了，分析起来，各行的音步数或重音数基本相等，因此误以为它们就是自由体。而他在格律上的苦心孤诣，即以内容情调适当安排和变换的音步以及这种处理对于俄文读者所起的效果，就完全得不到显现了。因此，翻译外国诗最好注明原来的形式，是自由体还是格律体，格律又如何。用自由体译格律诗则尤其应该这么做。

用自由体来译格律诗也可以产生好译品。外国也有用这种方法而产生好译品的范例。用意是提防把外国格律诗译成了不相当的本国格律体，特别要避免随本国格律体旧诗而来的陈腔滥调，叫读者一点也感觉不到外国诗的本来气息。英国人詹姆士·雷格用英国格律体翻译我国的《诗经》就远不如他的同胞阿瑟·魏雷用自由体（或如我们所说的"半自由体"）翻译来得出色。当然，这和译者的个人才能和语言艺术工夫的高低不无关系。由此可以看出：具有足够的语言修养才能用格律体译诗，而另一方面，不借助于适当的形式，相当的格律，而能在译诗中见长，更需要高超的语言艺术水平。

1949年前，我国已经有了用格律体翻译外国格律诗的尝试，只是失败较多或战绩不显。1949年后，这方面的上品还是不多，但是方法已经为较多人所接受或赞成了。这种翻译形式和我国新诗创作中的格律探索的诉求恰好是相应的。

新诗创作中要解决格律问题，关键在格律单位，以单字（即单音）为单位，还是以顿（或音组）为单位。着眼在一般旧诗各句字数相同，过去有些人主张新诗格律以单字为单位；鉴于一般旧诗每句顿数相同以及顿法变化在调子变化上的重要作用，后来更多人主张新诗格律以顿为单位。由于第一种主张，过去产生了不少不大成功的"方块诗"；而现在有许多成功的诗句无意中暗合了第二种主张。

创作是如此，把外国诗译成什么样的格律体才合适呢？过去也有过以单字数抵外国格律诗每行大致固定的音缀（单音）数的主张，后来差不多只有以相当（而不一定相等）的顿（音组）数抵外国格律诗每行一定的音步数的倾向。哪一种比较切实可行呢？

关于第一种主张，《苏联卫国战争诗选》的译者们进行了尝试。然而，问题是：第一，我国语言已经从以单字为准的古代文言进而为以词为准的现代白话，译诗以单字为准显然违背现代口语的特点；第二，外国语言的音缀以元音为准，一个字包含几个元音就算几个音缀，而我国语言若以单字为准，一个字在任何情况下都只能构成一个音缀，这样中文的单音和外文的多音缀无论怎样也搭配不了；第三，即使在形式上翻译的相应诗行包含与原诗音缀相等的整齐字数，诵读起来却必须两个字、三个字连在一起念，每个字在时间上的间歇和听觉上的效果也不可能与原作的音缀相等。

《苏联卫国战争诗选》的翻译实践也恰好证明此路不通。为了硬凑字数，译者不惜违背我国的语言习惯。于是，"一团乌云在那飘荡"，"让他们像雪崩似冲向法西斯"这类别别扭扭的句子就成为不可避免的结果。译者自己也承认，译出的诗大多数生硬不堪，诗意尽失……既失原诗音韵之美，甚至很不像诗，而只是文字的堆砌了。①

另一种做法的主要理由是：以顿为节奏单位既符合我国古典诗歌和民歌的传统，又适应现代口语的特点。方块字是单音字，但汉语却不是单音语言。我们平常说话经常两三个字连着说，而不是一个字一个字分开说的，因此在现代口语中，顿的节奏也很明显。欧洲（包括苏联）格律诗每行音缀（单音）数虽然也大致固定，每行的音步性质和音步数却是关键（法国格律诗是例外，它另有机巧）。对汉语的顿法（音组的内部性质和相互关系）也还可以有进一步的研究，首先用相当的顿数（音组数）抵音步而不拘字数（字数实际上有时也可能完全齐一，至少不会差很多）来译这种格律诗，既较灵活，又在形式上即节奏上能基本上做到彼此相当，从而达到效果上的近似。事实上，十年间这种做法也已经产生了一些成绩，产生了一些比较成功的译品，并正在显示进一步完善的可能性。

外国诗歌格律各有不同；格式更是繁多，且各有妙处，有的结构还相

---

① 《苏联卫国战争诗选》，林陵等译，时代出版社1945年版。

当复杂，在我们的格律体翻译中也就难于表现。这就需要在实践中继续探索。

不论试用格律体翻译或自由体翻译，都需要译诗者有意识地、有原则地、有目的性地进行实践和尝试。诗歌语音的悟性也可以从中得到锻炼。"百花齐放"正是外国文学翻译界、研究界应当遵循的方针。只有通过反复实践，才能为诗歌以及文学翻译开拓出一条宽广的路径，以使文学翻译达到更高的艺术创造性境界并日臻完善。

第三节　研究方法讨论

开国十年，外国文学研究工作迈出了坚实的第一步，它在马克思列宁主义文艺思想的指导下取得了一些初步的方法，厘清了一些基本的问题。外国作家作品的研究开始全面展开并且逐渐找到了一些门径。实际需要和现实经验使我国的外国文学工作者认识到：研究外国文学，自有其特点；研究苏联文学，也不例外。首先，就十年外国文学研究而论，为了辅助我国的思想教育运动、适应我国文学及文化发展的进程，研究外国文学，就不是任何外国专家所能替代的。其次，伟大的文学总是普世的，即既是民族的，又是世界的。因此我们大可以从自己的角度，提供自己的看法，以丰富人类的认知。最后，长远说来，文学虽然不同于自然科学，但文学研究也是一种特殊的科学研究，关系到我国读者科学文化水平的提高，以及我国悠久而丰富的文学传统的发扬。外国文学亦即世界文学的研究，只有采取科学的方法，才能做出独特的贡献。这一认识将有助于改变研究工作者多少存在的某些错误心理：对于苏联文学，单凭苏联同行的观点，单凭他们的经验，单凭他们对于材料的熟悉掌握，就可以了，用不着再去研究；只要把他们的研究成果介绍过来就行了。这显然是错误的。因此，这个问题的提出有助于改变我国的苏联文学研究现状。由于历史原因（过去俄语人才极少，苏联文学翻译的任务又特别重），加之业已取得的翻译成就，苏联文学的研究工作出现了严重的滞后状态。不仅如此，这个问题的提出也会有助于我国对于其他国别文学研究的开展。十年间，尤其是后几年，我国在西欧古典文学研究方面，取得了较多的经验，因此较多地认识了这方面所包含的复杂问题，同时也认识到了外国文学研究从旧到新、从幼稚到成熟的发展过程中某些不可避免的基本问题。提高到文艺理论的层面上来反观这些问题，分析和解决这些问题，不仅对于我国的西欧文学研究工作大有帮助，而且对于其他国别文学的研究工作的也会大有裨益。1959 年，有关学者从文学反映现实问题切入，对外国文学中的人物形象、思想性和艺术性及其相互关系等方面的讨论进行了梳理，并提出了自己的看法。① 他们认为：

（一）文学是社会现实的反映。文学是特殊的意识形态，属于上层建筑。文学自有其社会根源和社会意义。这在理论上已经被外国文学研究工作者所接受。但是在研究实践中，怎样审视文学作品的社会背景？怎样分析文学作品的时代精神？对于那些针砭时人时弊的作品又有什么意义？怎样评价文学的时代特色？重大历史事件是否在重要作家的重要作品里都有直接的反映？

新中国成立以后谈论外国作家和作品，特别是外国古典作家和作品都不忘交代当时的社会背景。把产生作品的社会背景研究清楚，对于了解作品本身，的确大有帮助。外国文学研究在这方面经常是这样帮助读者的。但是社会对于文学，并非只充当背景，起衬托的作用，"犹水之于鱼"。② 但是，鱼不等于水，而从有价值的文学作品却能看到社会的缩影。社会对于文学作品有内在的血缘关系。因此必须从这种联系来分析作品，探讨作家的创作思想和艺术风格的发展，而不能只泛泛交代一下背景了事。有些讲背景的做法就很有问题：讲社会背景有时只是点缀。由此出发，有学者对孙梁的《论罗曼·罗兰思想与艺术的源流》③ 提出了批评，认为其所探

---

① 探讨这些问题有时需要从公开发表出来的专门论文、一般评论、译本序文以至读书笔记等当中举例或援引字句。这里不是对于所有这方面论著的总评。更不是总评其中的缺点。因此不一定涉及有严重缺点的文章，倒可能涉及基本上优秀的文章，涉及的文章可能还有很多别的问题，也可能别的方面全无问题。因为讲问题，而问题不等于缺点，有时也会提到对于问题的解决有所启发的文章。我们着眼在问题，不在文章。

② 孙梁：《论罗曼·罗兰思想与艺术的源流》，《华东师范大学学报》（人文科学版）1958 年第 2 期。

③ 同上。

讨的罗曼·罗兰的"思想与艺术的源流"大有问题：声明一下罗兰的"思想矛盾是有它的社会背景与阶级根源的"，"在一定程度上"反映了"时代的矛盾"，于是泛泛讲了一些历史背景和社会条件以及罗兰的反应，一笔表过，而他则在另一方面，即罗兰所受的文学（书本）的影响方面，大做文章。这首先还不是成不成比例的问题，而是本末颠倒的问题。就说从古希腊一直到现代法国许多思想家和文学家对于罗兰思想和艺术的影响吧，需要知道的是确曾起过深刻作用、关键作用的影响。事实上，说罗兰思想和艺术处处都受到别人的"影响"或"感染"，就等于什么也没有说。因为没有联系罗兰自己由当时社会条件决定的思想意识来分析他真正从前人接受的决定性影响。至于罗兰为什么同时接受前人的理性主义和神秘主义的影响也便无从说起，更不能说明罗兰为什么接受了这些影响而没有接受另外一些影响。这样倒好像反驳了他开宗明义所讲的道理。不仅效果如此，其中隐含的结论和引申的观点也只能是这样：罗兰的思想和艺术全是从别人那里拿来的，没有这些东西就没有罗兰的思想和艺术。这就是所谓的"源流"考：从思想产生思想，从艺术产生艺术。西方现代研究莎士比亚的学者当中的一些"历史派"的"比较研究"，正是这样"比较"来"比较"去地把莎士比亚的艺术创造全部摊派给了前人，什么都不剩了（只是他们投入的本钱比我们大得多）。我国当代也发生过没有《西厢记》就没有《红楼梦》的错误议论，原因也在于此。由此可见，讲清楚社会背景，就是要进一步探讨时代社会对于作品内容的内在联系或者进一步联系社会、历史条件来分析作家思想、艺术的发展过程。

同时，由于强调阶级分析方法，有学者对杨绛论菲尔丁的文章[①]提出了不同意见，认为它一开头就笼统肯定"欧洲18世纪是讲求理性的时代"，英国18世纪主流思想的特点是"在开明趋势里采取保守态度"；因此，作者自然而然地把"充分表现了时代精神"的菲尔丁的小说看成是对于社会现实的纯客观反映，而且总是"不免歪曲了人生真相"的反映。批评者认为，不作阶级分析，抽空社会内容，结果当然只看见这位现实主义小说家作品里反映的一些表面现象，却看不见那里所反映的本质方面，故

---

① 杨绛：《菲尔丁在小说方面的理论和实践》，《文学研究》1957年第2期。

而多少贬低了菲尔丁小说的意义，也曲解了现实主义的概念。同样，有学者对李健吾纪念《包法利夫人》成书百年的文章进行了诟病，① 认为它一开头就确定19世纪以科学精神为特色，因而被指忽略了时代精神里更重要的方面；进而认为文章由此出发，讲法国当时现实主义小说艺术的发展，自然也就地把自然科学对于它的影响放在决定性地位上，从而看不见法国小说创作中批判现实主义的发展主要是由当时的历史条件和阶级斗争所规定的，并且把现实主义同受自然科学影响较深的自然主义混淆起来，尽管过去的作家常常将这两种概念混为一谈。即使就自然主义而论，它的发生也有它自己的阶级根源和社会意义。抽象谈论时代精神、时代特点，因为超阶级，也就超时代，落实到文学作品或者文学潮流的分析，也便模糊了其中的时代感觉、时代面貌。西方和批评家便经常这样做。

作为斗争的武器，文学作品被认为是现实的反映，而且对时代的社会问题、思想问题有明确的针对性。大作家尤其对问题看得深刻，因此在他们的文学创作中处理这些问题也就较能深入本质的方面。而他们的作品在完成了现实任务以后，所以能有长远的价值，主要也就是因为它们用高度的艺术手段，对当时的社会现实作了深入本质的反映。研究古典作品当然更不应该停顿在探讨它们对时事时论的表面针砭上，而要进一步看它们对现实本质的艺术处理，否则就容易发生偏重考证古典作品类似于"影射"作用的倾向，从而模糊了作品的更为深广的意义。例如，可以肯定地说，狄更斯在他的一些小说里对当时的资本主义"哲学"进行了斗争，但是与其这样看，不如把这些小说看作是对资本主义社会制度的揭发更显得切合实际。有学者认为，从这个更为全面的角度去探讨狄更斯小说的意义也才会更深入，更说明问题；不然，像《读狄更斯》那样的文章②，把探讨的目标局限在这些小说对几种资产阶级学说——"马尔萨斯主义、功利主义和曼彻斯脱学派的政治经济学"——怎样的批评层面上，结果只能缩小了这些小说的意义，不但如此，为了那样的目标而在这些小说里找例证，找线索，有时还不免自陷于牵强附会。确定《艰难时世》的"宗旨就是在给

---

① 李健吾：《科学对于十九世纪现实主义小说艺术的影响》，《文学研究》1957年第4期。
② 全增瑕：《读狄更斯》，《艰难时世》，新文艺出版社1957年版，第363—394页。

功利学派与曼彻斯脱学派一个狠狠的打击，而它的主题就是在说明这些资产阶级哲学的毒害"，这已经偏狭了，由此进行探索，自会限制了小说揭露的社会矛盾的深刻性。说狄更斯在他的从《奥利佛·推斯特》到《圣诞小说》一系列小说里都是在批判马尔萨斯主义，那就更不容易令人信服。这种看法和那种追究小说人物的"影射"意义的做法是一脉相通的。同一篇文章里也见到了拿"狄更斯书中许多人物都是有所本的"这一点作为理由来辩护狄更斯描写人物的夸张手段的情形。文学反映现实的斗争意义，从阶级观点出发，被认为最能接触到研究对象的一些本质的问题，但仍需摆脱资产阶级治学方法的牵制，才能深入问题而不至于舍本逐末，又浮光掠影。

文学反映社会现实，愈是深刻，就愈是具有广泛的意义。这也是50年代普遍流行的一种观点。所以如此，还是因为文学所表现的时代特征。文艺复兴时期的英国剧作家本·琼孙赞扬他的同时代剧作家莎士比亚，说他是"时代的灵魂"，又是"属于所有的时代"，道理也在于此。欧洲资本主义社会兴起、发展的过程已经有几百年的历史，每一个阶段都有自己的特色。这种特色规定了艺术反映的特色。研究它们，固然要指出它们的广泛意义，却又要不放过它们所表现的时代特征。例如，不把斯丹达尔的小说《红与黑》所反映的社会现实局限于它所直接描写的法国第二次王政复辟时期的范围，这是应该的。但是又不能将此观点推到另一个极端，即把这部小说所反映的社会现实和欧洲19世纪以前一二百年的社会现实等同起来。实际上，对《红与黑》的评论中就有了这种情况。有学者认为把于连·索黑尔悲剧的基本精神解释为：一个有才能有理想、平民出身的青年，原是要做一番大事业，"去伸张正义，消灭罪恶"，于是对黑暗社会采取孤军奋斗的方式，结果演出了一场悲剧——也就是"时代的悲剧"，[①] 这就片面了。这个公式，除去平民出身这一点，也完全适用于莎士比亚笔下的悲剧人物哈姆雷特，而且显然在那里还更合适一些。正因为如此，从细节上说，发现自己"唯一信任和热爱的女人竟会背信弃义，成为敌对阶级的帮凶，把他出卖了"这一个理由，只要把"敌对阶级"换成了不那么严

---

① 黄嘉德：《司汤达和他的代表作〈红与黑〉》，《文史哲》1958年第3期。

格的"敌对方面",与其说适用于连谋杀德·瑞那夫人的场景,不如说更适用于哈姆雷特用疯话侮辱莪菲丽雅的场景。同时,因为于连入狱以后发现德·瑞那夫人还信任他、爱他,所以就说"这个发现恢复了他的人生美好的理想",也不如说在哈姆雷特后来发现他的母亲并不知道他的父亲是被他的叔父谋杀,还比较恰当。于连对德·瑞那夫人尽管有真情,但是其中已经夹杂了别的东西,绝不像哈姆雷特对他的情人和对他的母亲的感情那样单纯了。于连对人生的"理想"也绝不像哈姆雷特那样具有人文主义精神的"理想"。于连固然有他反抗当时社会进行斗争的一方面,却也有他以当时统治阶级为目标而向上爬的一方面。19世纪上半期欧洲小资产阶级知识分子,一般说来,和文艺复兴时期近于"文化巨人"一类的人物,情形也已经大不相同。对各时代的资产阶级恋爱观也应有所区别,但归根结底,资产阶级恋爱观本质上是一样的,都是个人主义的。但是从资本主义关系初兴起的时期到资本主义长足发展的时期,即使在同一个反封建的立场上,资产阶级的恋爱观就已经有了不小的变化。因此,不能照另一篇评论①的做法,把"欧洲古典文学作品中的爱情描写"都一概说成是"恋爱自由和自私自利、互相玩弄以至狂热地追求生活的放荡等等结合在一起,通奸、乱搞男女关系作为对封建社会的反抗"。这当然不是为资产阶级"恋爱至上"这一类思想辩护。问题是:《红与黑》所表现的于连的恋爱观根本不是什么"恋爱至上"论。于连最后"被逼得几乎发了狂,枪击德·瑞那夫人"绝不是由于他的"爱情遭到教会和贵族残酷的破坏",而是因为他想在事业上实现他的个人野心的企图功亏一篑,遭到了无情的打击。他对玛特尔的爱情比诸他对德·瑞那夫人的爱情,更是不纯,更由他的作为"征服"手段同时也作为进身阶梯的动机占了不小的上风。不分清这一点,就会把于连这样的人物和莎士比亚悲剧中的罗密欧那样的人物相提并论,就会把于连深夜进德·瑞那夫人房间的这个场面当作是对罗密欧攀登朱丽叶露台的那个场面的讽刺了。忽略了时代特色,既不能说明《红与黑》的问题,也不能由此而说明西欧古典文学作品的一般问题。文

---

① 姚文元:《从〈红与黑〉看西欧古典文学作品中的爱情描写》,《论斯丹达尔的〈红与黑〉》,人民文学出版社1958年版,第51—63页。

学作品既然是通过特殊来反映一般的,探究具体文学作品所反映的社会现实的本质方面,就必须抓住具体时代的具体特征。

有意义的文学作品总是被认为反映现实、有针对性的。但是当时主要矛盾斗争,重大历史事件,不一定在重要文学作品中都有直接的反映。在古典作品中,情形尤其如此。因此,不能把它们的内容拿到历史事实面前去核对并由此评判它们反映社会现实的深度和广度。凡是有现实感的作家总是会受到他们面前所发生的重大历史事件的影响的。但是这种影响,特别在古典作家当中,不一定都能在他们的作品里找到有形的表现。反过来说,他们的作品尽管没直接反映当时重大的历史事件,对于这种事件的根源——当时社会上的主要矛盾——总会有一定的联系、一定的反映。研究它们,可以把这种历史事件作为参考线索来探讨它们的现实意义。在影响不明显的场合,用不着硬要在这些作家身上找当时重大历史事件的影响,硬要把作品的内容和这种历史事件拉上关系。这样做,结果反而证明了作家和作品可以同历史现实并不相干的文艺观点。例如,研究乔叟的现实主义发展道路和1381年英国农民起义的关系,就产生了效果和本旨适得其反的情形。这个题目当然是可以研究的,只是应该实事求是,避免生搬硬套。有论文①恰好证明了这一类生搬硬套的做法是行不通的。当然,"不应该从表面看问题",把乔叟称为宫廷诗人。但是,也不能因为同时代的宫廷诗人高渥写过一篇文章诬蔑1381年的农民起义,而乔叟在他《律师的故事》开场白中,借律师之口,说高渥所写的罪恶故事"有些伤风败俗",就认为乔叟对这场起义采取了相反的态度。乔叟在他四十岁左右,也就是在1381年农民起义前后,写出了比较重要的作品,这一事实并不能说明那是受了这次农民起义的影响。他"对于人物性格的深入观察,他所特有的幽默以及文字的灵活运用,还都在一三八〇年以后才充分地表现出来"。这一事实,更不能说明那是这种影响的结果。分析乔叟《坎特伯雷故事集》第一篇《武士的故事》,从其中两个武士争夺情人、进行比武,一个战胜而死,另一个战败而赢得爱情的情节,指出作者对于封建社会的讽刺是令人信服的,但同时说这是"对于战争的诅咒"却十分勉强。如果

---

① 方重:《乔叟的现实主义发展道路》,《上海外国语学院季刊》1958年第2期。

说前一点意义和1381年农民起义的根本倾向是一致的，那是可以的，把后一点意义（即使成立）——"似乎在告诉人们，一味追求战场上的胜利必然会带给自己死亡"——联系上1381年农民起义的原因，那就扯得更远了。除此之外，在《坎特伯雷故事集》里再也找不出和这次农民起义有什么表面上的联系了。因此，只要把这些作品反映现实的深刻性挖掘出来，便一定能看出它们的时代意义。

表面上只是庸俗化、实际上和牵强附会一脉相通的这种倾向，外国也有。例如，产生著名小说《呼啸山庄》的英国也有人提出说："艾米莉·勃朗特自己尽管不觉得，希斯克利夫就是饥饿的40年代工人反抗的形象。而凯撒琳就是当时知识阶级中感到他们本身的事业必须与工人的事业结为一体的那一部分人。"① 其中的善意或可肯定，但是，和英国阿诺德·凯特尔一样，我国的外国文学研究者并不能同意这种解释。这种看法似乎还不如我国年轻学者提出的看法。他认为《呼啸山庄》是时代产物，却不是反映当时资产阶级和无产阶级之间的这个主要矛盾的小说，同时却又浸染着表现这个主要矛盾的残酷斗争的色彩，即阶级斗争的色彩。② 马克思列宁主义经典著作提供了分析作品的理论根据。列宁自己对于托尔斯泰作品的分析尤其被认为是光辉的榜样。这位比艾米莉·勃朗特视野宽广的俄国大作家并没有在他的小说里直接写俄国革命，但是列宁还是称他的作品是"俄国革命的镜子"。我国的伟大小说《红楼梦》几乎没有写到农民，没有直接反映封建阶级和农民之间这个主要矛盾，但还是不失为我国封建社会的一部百科全书。

（二）文学反映现实，往往通过典型人物的塑造。这在理论上对于我国的外国文学研究工作者已经不成问题。但是，根据十年的实际经验，问题在于如何理解典型人物形象的概括性和"人性化身"论的区别；典型环境典型性格的创作方法和作品的具体写作布局的区别和联系；关于阶级性和社会性质的科学概念对于人物艺术形象的衡量标准；人物艺术形象的多

---

① 见阿诺德·凯特尔《英国小说论》，有关论文见《论艾米莉·勃朗特的〈呼啸山庄〉》，人民文学出版社1958年版，第58—59页。

② 陈煜：《论〈呼啸山庄〉中两种势力的斗争》，《论艾米莉·勃朗特的〈呼啸山庄〉》，人民文学出版社1958年版，第1—14页。

重作用和统一效果，等等。

文学作品的典型人物总会表出鲜明的性格。性格总是体现在人物的斗争行动之中，也就是在作品的情节当中。而真实的作品人物的斗争行动，亦即真实的作品情节，又总是社会矛盾的反映。因此，分析作品里的典型人物显然必须结合作品所反映的时代社会的实际矛盾关系来进行。不能从概念出发，着眼于抽象或孤立的人物性格。应当承认，文学作品的典型人物，往往以他们的一两个特点，特别为大家所熟悉，为大家在日常谈论中所援引。例如，人们常常提哈姆雷特的动摇不定，或者堂吉诃德的理想主义，正如我们常常提阿Q的"精神胜利法"。但是这就像平常用大家熟悉的事物作比喻一样，都是有限度的。用作比喻的事物的一两点特色并不能概括这些事物的全貌。同样，这些典型人物的这个或者那个特点，并不等于这些典型人物的真面目。作家所创造的典型人物只要能家喻户晓，即使仅凭一两点特色，也可以证明他们创造的成功。但是典型人物的意义并不在于其一两点特色及其在社会上的广泛流传。成功的典型人物的教育作用，也就是感动人启发人的艺术力量，主要在于通过他们而达到的对于一定社会的历史发展的本质反映，在于一提起他们就令人非常真切地想得起和感觉得到作品所反映的整个社会及整个社会的矛盾冲突。因此，分析文学作品的典型人物，可以拿社会上对于他们的流行概念作为线索，却不能围绕这些概念兜圈子。不然，就会离开作品的丰富内涵，离开作品的时代社会本质，以至于进行孤立的、抽象的思考，或者陷入"人性论"和"化身论"的泥淖。因此，分析文学作品的典型人物，恩格斯的名言应当是普遍遵循的思想方法。

恩格斯的"典型环境中的典型性格"之说对于我国的外国文学研究者而言是耳熟能详的。但是"典型环境"的含义既深且广，又和"典型性格"不可分割。这里涉及的是一个认识现实、概括现实的创作方法问题，而不是一个简单的写作技巧问题。因此，分析典型人物的时候，不能仅从所谓的"典型职业"等配置来证明环境的典型性，更不能"选择"环境以"配合"典型性格。但是，作家掌握了正确表现"典型环境中的典型性格"的创作方法，也就会在他的写作设计上有所体现。因此，和世界观密不可分的创作方法是恰如其分地分析作家创造人物的艺术技巧的关键。

文学作品中的典型人物，既不同于一定社会中生活着的真人，也不同于分析一定社会各阶层、各阶级所得出的科学概念。他们在作品中自有其特殊的艺术作用。因此，用正确的科学概念来解释典型艺术形象，必须恰如其分。恩格斯在《反杜林论》中说过的一段话，常为文学理论家和批评家援引来说明资产阶级文学作品中的人物形象问题。发挥马克思关于资本主义生产条件下的分工使劳动者成为畸形儿的理论，恩格斯说："随着这种分工，人自己也分成几部分。为着行动的某一方面的发展，一切其它肉体的和精神的能力，就遭受了牺牲。人身的残缺，与分工同时并进……大工业的机械，更把工人从机器的地位转战为机器附属品的角色。……不仅是工人，而且直接或间接剥削工人的阶级，也都因分工而被自己的活动的工具所奴役：精神上空虚的资本家，为自己的资本及自己的利润欲所奴役；律师为自己的化石似的法律观念所奴役，这种观念，作为独立的力量支配着他；一般的'有教养的阶级'，为各种地方限制性和片面性所奴役，为自身肉体上和精神上的近视性所奴役，为自己的残缺的专门教育和终身束缚于这一专门技能的事实所奴役，——虽然他们的专门技能，只是在于坐吃现成，无所事事。"① 这段话引来说明不反对资本主义社会现实的资产阶级作家不可能创造伟大的人物形象、人物性格。但是，绝不能据此来推论批判现实主义小说家在他们的小说里不能创造活生生的富有艺术效果的典型人物。有论文作者为狄更斯辩护，批判资产阶级的贬抑说法，在所谓狄更斯人物都是"平面人物"的指责面前，没有弄清楚真相如何，却借恩格斯关于分工影响的这段话作为盾牌了。他当然不能负全部责任，因为他只是赞成英国一位进步批评家的做法，只是转述了这样的意思："狄更斯把他的人物画成平面的，因为在他看来，这些人根本就是平面的，而这些人所以是平面的缘故，就因为他们所处的那个社会已经把他们压扁，使他们不能恢复原状了。"② 这番话并不准确。照此说来，所有杰出的欧洲19世纪批判现实主义小说家都应该把人物画成平面的，要不然就不符合现实，其价值也就不及狄更斯了，哪怕他是巴尔扎克或者托尔斯泰。照此说

---

① 《反杜林论》，人民出版社1956年版，第308—309页。
② 全增嘏：《读狄更斯》，《艰难时世》，第365页。

来，如果相信只有到共产主义社会，人类才能全面发展，个性才能真正解放，那么就不能承认过去的现实主义优秀作品里写出了个性分明的人物吗？说旧社会漆黑一团，是否要在纸上涂一团黑漆，才算表现了这一特点吗？现实和现实的艺术反映，究竟不完全是一回事。事实很明显，现代资产阶级作家自己创造不出狄更斯那样的鲜明突出的典型人物，反而指责他们是"平面人物"，这正是掩饰自己的人物灰色苍白罢了。小说家写人物，可以用"平面"方法（也即突出一面）；也可以用"圆形"方法（也即多面浑成）。反映社会现实的积极面是如此，消极面也是如此。成功与否就看他人物是否鲜明、生动，社会现实是否准确、深刻。而这种鲜明性、生动性和这种准确性、深刻性是有密切关系的。正是在这个关系上，对于社会现实的科学认识才可以用来衡量对于社会现实的艺术反映的价值，典型人物形象的价值。

同时，文学作品中的典型人物，作为作家揭露社会矛盾、表达是非观和爱恨情仇的艺术工具，效果总是统一的，作用却可能是多重的。分析具体人物形象，指出他们的明确意义，不能简单化。例如，博马舍戏剧《塞维尔的理发师》的主题思想是反封建。这个性质是一目了然的。这里的矛头集中指向贪吝顽固的霸尔多洛也不成问题，它从《塞维尔的理发师》又名《防不胜防》这一点也看得出。霸尔多洛是全剧的主角，反面主角。要讲剧中人物之间的矛盾，那便是他和其他角色的矛盾。其他角色当中费加罗占了一个突出的位置。正是他给了戏剧极大的力量，深刻的现实主义和人民性。就剧情本身而论，喜剧冲突只在霸尔多洛和其他人物的矛盾冲突中。但是有论文①在这一戏剧冲突里找出了和"红脸"主角相对的"白脸"主角，却正好破坏了戏剧的浑成效果。论文作者在正反面的斗争中，正面突出了阿勒马维华伯爵的地位，并派他挂帅，因而全部戏剧的精神也就有点走样了。"整个喜剧"成了伯爵和霸尔多洛之间的"一场争夺战"，罗丝娜只是"争夺的对象"，费加罗则是伯爵的小参谋。这也就落入了俗套，否定了论文作者本来已经看出的"博马舍的戏剧""在艺术上和思想上有了自己的独特造就"的观点。诚如论

---

① 吴达元：《〈塞维勒的理发师〉的人物形象》，《西方语文》1957年第3期。

文作者所说，"应该指出，作者的用意不是把霸尔多洛和伯爵之间的矛盾当作阶级矛盾来处理的"。当作阶级矛盾来处理的确不行，反面的霸尔多洛倒是"资产者"，正面的伯爵倒是封建贵族。因此不应该从表面看问题，即不应该单纯地从人物的阶级成分来看问题；当然也不应该把一切有进步意义的作品都看作当时阶级斗争的直接反映。但是论文作者在具体分析中把问题简单化了，反而违反了剧作家的意图和作品的效果，而且使问题不必要地复杂化了。这样，无论怎么解释伯爵是"红脸"主角，都是难以自圆其说的。反封建斗争，不论形式如何，总是有一定的阶级根源和阶级意义的。说到这一点，问题也许在博马舍。他为什么不选贵族人物来代替霸尔多洛，不选非贵族人物来代替伯爵？那样做应该并不困难，却更加合乎"典型环境中的典型性格"。有理由肯定博马舍的思想认识是有变化的（到最后写费加罗三部曲最后一部时又后退了）。他在第二部《费加罗的婚姻》中就（正如上述作者在另一篇论文①中指出的那样）把戏剧的主要冲突明确地放在了伯爵和普通人民或者"下等人"费加罗之间。因此，《费加罗的婚姻》更有力量、更被公认为是他的杰作。但是就《塞维尔的理发师》论《塞维尔的理发师》，他只想着表现反封建斗争的共同精神，只着意把霸尔多洛当作批判的目标，涂成了显明的"白脸"，没有想到要在反"白脸"阵容里给哪一个角色涂成大"红脸"，更没有顾及给伯爵涂大"红脸"会有什么难度，因此他完成了自己所规定的任务（而不是我们派给他的任务）。

这就牵涉了多重作用问题。博马舍表现了反封建精神，反到了霸尔多洛的头上。就阶级关系而论，如果他多少意识到这种阶级关系的话，反到了资产阶级的头上或者封建统治下的"资产者"或者市侩的头上，也不能说他"反"错了。当然，封建头脑在资产者身上，不如在封建贵族人物身上更具典型性。但是，深入一步看，新兴的或者上升的资产阶级，由于是新的剥削阶级，其反压迫争自由的斗争总是不彻底的。它在原始积累的过程中，为社会生产力的发展，破除障碍、铺平道路所付出的代价，主要是强加给劳苦大众来担负的：农民赤贫化，城市手工业工人无产化。它争取

---

① 吴达元：《〈费加罗的婚姻〉的思想性和艺术性》，《北京大学学报》1958年第2期。

政权的革命斗争主要又倚靠了劳苦大众的力量，但是在劳动人民要求更全面解放的形势面前，却又转而和封建残余力量勾搭起来，同流合污，与广大人民为敌。这一切都是由这个阶级的剥削性质所决定的。资产阶级出身的古典作家总有他们的阶级局限性，但是在资本主义关系兴起或者上升时期，或者在资产阶级革命高潮时期，他们往往能在揭发封建阶级的罪恶本质的同时，也揭发本阶级和广大人民利益的矛盾倾向，因此在作品里表现了深刻的人民性——这正是他们特别可贵的地方。这也正是他们的作品，通过人物形象的塑造来反映现实所得出的艺术效果总是统一的根本原因所在。这不是说博马舍在《塞维尔的理发师》这部戏剧里一定已经做到了这些，而只是说，如果资产阶级出身的古典作家，在反封建的同时也反对资本主义制度的某些本质方面，那是可以理解的。这一切可以归结到一个更需探讨的特点：文学作品中的典型人物，作为作家表达思想感情的艺术方式，往往有其双重以至多重作用。

历来文学作品中的典型人物的确有很多不能简单地分为正面或者反面的情形。但是不能因此就赞美作家"笔底的人物，便是最好的也会有阴影方面，坏人也能'具有某些人性'"。[①] 这种"人性论"观点是错误的。这暂且不谈。实际生活里每一人都会有一定的缺点。文学作品里的典型人物却是集中表现的产物。作家塑造正面典型人物，施展高度集中的概括本领，无需兼顾人物身上的瑕疵。读者或者听众如果被一个正面艺术典型形象所吸引，所感动，也就不在乎能不能在他身上找出几个斑点。反面典型艺术形象的成败也不在于他能不能"具有某些人性"。不论是正面的还是反面，典型人物的成功都系于他不是概念或者概念的化身，而是有血有肉的；不只有共性，而且更有个性。人物是会发展的，正反面也会互相转化。这也是另一回事。这里要考虑的典型人物在作家笔下的双重作用是这样的：有一路正面人物，例如堂吉诃德，在无碍于作家通过他显出爱憎分明的情况下，会使我们哭笑不得。有一路人物可以说是中间人物，例如莎士比亚喜剧《皆大欢喜》中的杰魁斯。有一篇文章虽然不无缺点，却指出

---

① 张威廉：《威廉·布莱德尔作品的风格特征和社会意义》，《南京大学学报》（人文科学版）1958年第1期。

了这个人物的"双重作用：一方面他是讽刺的对象，另一方面他又是讽刺者"。① 另一路人物是肯定作为反面人物的，例如莎士比亚历史剧里的福斯塔夫，歌德《浮士德》里的靡非斯托雷斯，巴尔扎克《高里欧老爹》里的伏脱冷，也起着这样的双重作用。也有论文指出："在他们揭发世情时，也的确说出一些真理，大快人心，在他们为非作歹时，则与他们所看不起的高高在上的人们没有两样。这种人物的言行有时使人感到痛快淋漓，有时使人感到可厌可憎。"②

就这种双重作用的目标而言，在欧洲资本主义关系兴起和上升时期或者资产阶级革命时期的古典作品里，作家往往使用这几路典型形象，在主要揭发封建阶级的同时也揭发资产阶级与生俱来的阴暗本质。对待这种典型人物，不能简单化；一旦简单化，也就会有失真相。现有的《堂吉诃德》译本序文所作的解释因此并不全面。要说明《堂吉诃德》这部作品的人民性，不深入分析堂吉诃德这个典型人物，那是说不清楚的。不指出这个正面典型人物本身的丰富内容和他在塞万提斯笔下的双重甚至三重作用，尤其说不清楚。以为堂吉诃德的典型意义仅限于"脱离实际要使［骑士制度］僵尸复活"，③ 就看不出这个人物有多大用武之地了。这样，序文作者单纯强调了塞万提斯这部小说的反封建意义，而在当时的广大人民当中，只记起了当时可以列入人民范畴的新兴资产阶级，并把它美化了。塞万提斯借堂吉诃德之口，说古人所谓的"黄金时代"不是因为黄金"可以不劳而获"，而是因为当时人们还不知道什么叫"我的"和"你的"。这段名言也被归功于资产阶级给予他的启发——"塞万提斯看到了当时上升时期的资产阶级一般是凭劳动而得到生活数据的情况，就把这看作是公平的人类的理想！"④ 相反，反"你的"和"我的"，正好也反过来揭露了以自私自利的阶级性闻名的资产

---

① 李赋宁：《莎士比亚的〈皆大欢喜〉》，《北京大学学报》（人文科学版）1956 年第 4 期。
② 冯至：《略论欧洲资产阶级文学里的人道主义和个人主义》，《北京大学学报》（人文科学版）1958 年第 1 期。
③ 孟复：《塞万提斯和他的〈堂·吉诃德〉》，《堂·吉诃德》第一部，人民文学出版社 1959 年版，第 14 页。
④ 同上书，第 25 页。

阶级。即此一点，也可以看出塞万提斯不但可以用堂吉诃德来进行"两面斗争"（当然以反封建为主），而且可以同时表达自己的统一理想：人民大众的理想。

（三）文学作品，通过典型人物反映社会现实，总要表达一定的思想。1949年以后，外国文学研究者一致反对为艺术而艺术。为了批判地接受、批判地借鉴外国文学遗产，特别重视其中的思想倾向。外国当代文学作品的思想面目，还比较容易看得分明。由于时代的距离，古典作品就需要花更多的工夫才能识别其思想意义了。站在时代社会的高度，本着"政治标准第一"的精神，分析外国古典文学作品的思想倾向，也就成为特别迫切的课题。外国文学研究工作者责无旁贷，承担了这个迫切而艰巨的课题。

从新中国成立十年发表的外国文学评论和研究文章看来，只谈艺术不及思想的情形几乎销声匿迹。只谈艺术，实则是只谈技巧。谈技巧当然也有好处。但是单纯谈技巧，谈得好，也还是说不清作家如何通过人物塑造来反映现实本质、表达思想意图的艺术。谈得不好，还会歪曲了作家的艺术表现方法。即使并不单纯地谈技巧，而在注意技巧的时代，稍留神，突出了作家的艺术表现方法的某一细节或者非关键因素，就极易落入曾经流行的烦琐或老套。譬如，写美人一定要在她脸上着一点疤痕，写英雄一定要在他性格上涂一些阴影，仿佛唯如此才贴切自然、合乎"人性"。但这样可能恰好不切合作家的艺术主张和主旨，从而必然不切合作品艺术力量的关键所在。

就思想和艺术的关系而论，探讨外国文学作品，即使是古典作品，问题也不在只谈思想、不及艺术的做法。众所周知，不及艺术而只谈思想，严格说来，也是不可能的。分析作品里的思想总要根据作品里的人物、情节和语言。而一触及人物、情节和语言，也就势必涉及艺术问题。这方面的实际问题在于：有时候我们一想到思想，就不想到人物、情节、语言在艺术上是统一体，从中表达出来的思想也应是完整的，而只想到从人物、情节、语言那里把思想割裂出来。如果不成体系，就加以整合，使之自成体系。着手这样做的时候，又很容易照思想流露显而易见的不同程度，一反创作规律的自然顺序，首先抓语言和情节，然后用得着才抓人物本身。

这样找思想，必然很容易在语言上限于字面，在情节上限于细节，如果轮得到人物本身，也仅限于找寻性格上的一些片面。马克思为说明问题，从莎士比亚或者歌德的作品援引，虽然所引的也是片段，却和作品的基本精神或思想是一致的，而他这样做也并不等于他在单纯地分析这些作品的思想。研究作品的思想性，哪怕只是一些作品所表现的一个方面的思想，就不能只从其中摘取有关的条条，有如类书。

互相类似的人物、情节和语言，在各种变化中产生了各不相同的意义。举例说来，正如有的研究工作者谈论莎士比亚在他的历史剧里所表现的政治见解时所说的那样，理查德二世和亨利五世在不同场合（也就是在不同情节里）说"国王也是人"一类的话，意义就大有不同。① 或者，莎士比亚用类似的几句话说明了不同的问题。这几句话当然代表了莎士比亚自己的一些思想，而这一些思想正是通过对于不同问题的处理，也就是说通过不同而又相互联系的作品，显出了它的实质，它的全面的意义。同时，如果不单从一些字句或者细节而从全面来看理查德二世和亨利五世，也就不至于把理查德二世看作单纯的专横暴君，把亨利五世看作单纯的理想君主，因此也就可能看出莎士比亚在作品中（哪怕只是在历史剧里）对于专横暴君和理想君主的见解并不简单——而且是有发展的。换言之，研究莎士比亚的全部历史剧，哪怕仅仅为了理解其中的思想，不按照其中所写的历史事实的顺序来看，就认不清其思想发展的来龙去脉，也就是认不清其中的思想实质。对于莎士比亚时代的进步思想大致有正确的一般认识，单从莎士比亚的各个历史剧里摘取条条，作为例证，加以考虑，得出结论，当然也可能大致不差。但是不把人物、情节和语言当作统一体来看，找出来的思想意义就会支离破碎；离开了莎士比亚历史剧的艺术特色来考虑其结果，莎士比亚在历史剧里所表现的政治见解也就只是毫无特色的一般见解，因此也就很难说它们是莎士比亚的政治见解了。而且，如果先有的一般认识或者作为指导的分析理解原则有问题，也就可能把莎士比亚历史剧里的思想引向不恰当的解释。

---

① 陈嘉：《莎士比亚在"历史剧"流露的政治见解》，《南京大学学报》（人文科学版）1956年第4期。

例如，论莎士比亚在他的历史剧里的政治见解的那位论文作者，说莎士比亚揭露了唯利是图思想和推崇爱国主义思想，这无疑是有道理的。① 但是认为劳动人民也受了唯利是图思想的影响，却是有问题的，因此他举历史剧中士兵在战场上父杀子、子杀父，在发现真相以前却表示要到对方士兵身上搜腰包、找金钱的情形，以及其他诸如此类的情形，作为例证，就大错特错了：穷人为了求生而卖命，能说他们不顾一切、唯利是图吗？同时，认为当时的爱国主义思想首先表现在"向外扩张"的要求上，也大有问题：莎士比亚既然"对英国人爱国赞许，即对法国人爱国，有时……似乎也表示赞许"，那么怎能从莎士比亚表现当时英国人民的民族自豪感当中肯定莎士比亚赞许"从法国取得大量土地"，而且加以强调呢？总之，如果摘取条条的做法行得通，别人从不同的观点，也就可以开出多少条例证，支持完全相反的论点了。那样争论不休，绝无是非可言，也就不会有科学性。相反，要从全面看问题，从发展看问题，从作品的人物、情节和语言的统一性看问题，从思想艺术的统一性看问题，因为只有这样才能解决作品的思想问题。

马克思和恩格斯在他们对拉萨尔谈革命悲剧的时候，②讲到莎士比亚和席勒的问题也就说明了文学作品中思想和艺术的关系问题。他们认为必须"莎士比亚化"，而不要犯"席勒式"的毛病，认为"不应该为了理想而忘掉现实，为了席勒而忘掉莎士比亚"。这并不是说席勒代表了思想，莎士比亚代表了艺术。固然，恩格斯谈到"德国戏剧的巨大的思想深度和意识到的历史内容"，"同莎士比亚式的情节的生动性和丰富性"三者的完美融合，很容易令人误解为莎士比亚以艺术见长。但是不应该忘记马克思在这个场合还说了不应当让"那些代表革命的贵族们"在剧本里"占去了全部的兴趣"，"而农民（特别是这些人）与城市革命分子的代表倒应当成为十分重要的积极的背景"。恩格斯在同样场合还说了"介绍那时候五光十色的平民社会，会提供十分新的材料以使剧本生动，会给予贵族的国

---

① 陈嘉：《莎士比亚在"历史剧"流露的政治见解》，《南京大学学报》（人文科学版）1956年第4期。

② 《马克思恩格斯列宁斯大林论文艺》，人民文学出版社1958年版，第10—16页。

民运动在舞台前部的表演以一幅无价的背景，会使这个运动本身第一次显出真正的面目"；接下去又说，"在封建关系崩溃的时期，我们从那些叫化子似的居于统治地位的国王们、无衣无食的雇佣的武士们和各种各类的冒险家们中间会发现许多各色各样的特出的形象：一幅福斯塔夫式的背景，它在这种类型的历史剧［革命悲剧］里会更富于效果！"这里显然就不单是艺术的考虑。虽然马克思和恩格斯并不反历史主义地要求莎士比亚像他们同时代人写历史题材的革命悲剧那样地具有思想，但是能构思出"一幅福尔斯塔夫式的背景"，也就涉及了思想问题，也就说明了莎士比亚作品的思想性。这里说明的不仅是一个对于社会现实的艺术反映问题，而且是一个对于历史现实的思想认识问题。

与此有关，有一位德国文学研究者在评论海涅《论浪漫派》一书时，很有意义地提醒了大家注意海涅对于当时德国文坛上赞扬歌德的一派人和拥护席勒的一派人的评论。① 海涅批评了歌德派单单抬出歌德作品的艺术成就，把艺术看得至高无上，他肯定了席勒作品的政治意义；同时他又批评了席勒派一味吹嘘席勒作品里写的都是英雄，转而肯定了歌德作品里每一个人物都得到了精心处理而都成了主角。有学者据此而指出了海涅既重视作品的思想性，又不忽视作品的艺术性。毛主席指出："我们要求政治与艺术的统一，内容与形式的统一，缺乏艺术性的艺术作品无论政治上怎样进步也是没有力量的。"只是海涅推崇歌德的作品并非仅仅在艺术性上作了考量。事实上，恩格斯论歌德的文章《卡尔·格伦所著〈从人的观点论歌德〉一书之批判》②已经解释了这个问题。恩格斯说，"歌德有时候是非常伟大的，有时候是渺小的；他有时候是反抗的、嘲笑的、蔑视世界的天才，有时候是谨小慎微的、事事知足的、胸襟狭隘的小市民"。恩格斯的这篇文章是对别人错误指责歌德（"市侩主义"）的批评，因为后者"只从一方面［就是从渺小方面］观察了歌德"。但是他同样指出，"歌德过于全才，他是过于积极的性格，而且是过于富有血肉的，不能像席勒似

---

① 张威廉：《从〈论浪漫派〉一书看海涅的进步文艺理论和进步思想》，南京大学《教学与研究汇刊》1957年第3期。

② 《马克思恩格斯列宁斯大林论文艺》，第32—56页。

地逃向康德的理想去避开俗气；他过于目光炯锐，不能不看到这个逃避归根到底不过是以浮夸的俗气代替平凡的俗气而已"。可见歌德在思想深处，也绝不会逊色于席勒。而恩格斯最后还是把歌德称为"最伟大的德国诗人"，这当然也不可能单指他的艺术成就。

在此，不是要说明歌德的作品或者莎士比亚的作品不仅在艺术上而且在思想上比席勒的作品更伟大。这里首先需要关心的还不是如何评价的问题。重要的启发是：分析和解释作家的作品，分析和解释其中的思想特点和艺术特征，无论是莎士比亚的作品也罢，歌德的作品也罢，席勒的作品也罢，都应当从作品的思想和艺术的统一性来考虑。

固然，文学作品里的思想和艺术也可以有所侧重。文学史上思想和艺术不相称的作品也是有的。但是重要作品，一般说来，总是思想内容和艺术形式的统一体，总是深刻的思想和优秀的艺术的统一体。分而评价文学作品的思想（严格分而说之只能是抽象的概念）和艺术（严格分而视之也只能是单纯的技巧），标准只能是相对的：思想（特别是抽象的概念）总是昔不如今，艺术（特别是单纯的技巧）也会后来居上。文学作品里的思想和艺术的统一性却是绝对的标准，可以古与今比。而正是这个统一性才使得重要的古典文学作品能恒久动人，也才特别值得后人学习。这也正是研究工作中的关键所在。从此出发，研究外国文学作品，特别是外国古典文学作品，就可以由浅入深、由表及里。由此出发，也可以使有关苏东坡和王安石的评价问题及诸如此类的争论得到进一步深化。

（四）通过艺术形式反映现实、表达思想感情的简单道理在古今文学创作实践中都是适用的，但是根据这个道理来研究作家和作品，特别是古典作家和作品，就绝不是轻而易举的事了。外国文学研究工作者，由于研究的对象是外国作家和作品，研究基础十分薄弱，对这项工作的艰难程度是有过充分估计的。开始是自己摸索，并逐渐对基本的文学理论有了认识，同时也发现了工作中存在的问题。从以上总结来看，当时的主要问题是"一些研究工作者既表现了资产阶级文艺观点和治学方法的影响"，另一些则"表现了庸俗社会学倾向"。二者之中，"简单化倾向又占了主导地位"。推究原因，既有新经验缺少的幼稚病，也有旧影响未除的障碍。二者之中，老毛病却是占主要地位。不立不破，不破不立，互为因果，也就说明了外国文学研究工作中的问题。实质上，生搬硬套和牵强附会，一般化和钻牛角尖，机械和片面，等等，在观点或方法上都是相生相长的，甚至是一而二、二而一的。

总而言之：就运用反映现实的原则而论，不能仅仅交代作品的社会背景，而且还要（更要）注意作品中的社会内容（内在关系），对于作品所表现的时代精神，要有阶级分析，要注意作品在时代社会斗争中的意义，也不应忽视它的更为深广的价值，同时又不能因为考量作品的深广意义而忘记它的时代特色。深入研究重要作品怎样反映现实的本质方面，总会发现它们与当时促使重大历史事件发生的主要社会矛盾的某种联系，尽管不一定直接反映了这些主要矛盾或重大历史事件。就运用人物塑造的原则而论，分析人物应该着眼于通过他们所达到的对于一定社会的历史发展的本质反映，而不是孤立抽象地考虑他们的性格，在一两点质量的概念上兜圈子；应该把"典型环境中的典型性格"的原则理解为不仅涉及艺术问题，而且也涉及思想认识问题；不能直接用社会分析所得出的科学概念来衡量作为艺术形象的文学作品里的人物；分析通过人物塑造所表达的思想意义，不一定都能分正面人物和反面人物；应该注意作为艺术形象的人物在作家笔下的双重以至多重作用。就思想和艺术的关系而论，要从全面看问题，从发展看问题，从作品的人物、情节和语言的统一性看问题，从思想和艺术的统一性看问题，因为这样才能了解作品的思想问题和艺术问题，因为文学作品终究不可能为艺术而艺术。同时，文学作品不同于政治论文或者历史文献。这三方面的问题实际上可以归结为：（1）文学和社会的关系问题，（2）思想和艺术的关系问题，而人物形象问题正是集中说明了两方面问题的关键。有此推导，那么研究抒情诗等门类以外的一般文学作品，就知道应该首先抓什么环节和怎样抓了。这就是文学研究的科学观点和科学方法，适用于外国文学研究。

研究外国文学当然必须联系实际。研究本国文学当然也需要联系实际。但是外国文学研究有自己的特点，外国文学研究如何联系实际也有一定的特殊性。联系实际研究外国文学的原则应该是宽泛的。简单说来，从实际需要出发，运用科学观点和科学方法，结合具体问题和传统经验，阐明外国文学作品或者具体文学潮流对于思想教育、文学借鉴的意义，同时从不同角度了解世界文明成果和世界人民的心志——这就是研究外国文学联系实际的基本原则。根据这条原则，新中国成立十年来的外国文学研究工作总的说来并没有脱离实际。研究选题和选题重点，总体上是符合实际需要的。但是，外国文学的普及工作做得不充分，对人民群众的需要也缺乏了解。此外，研究成果并不很多。但外国文学界不必妄自菲薄，更不能因为偶有从外国古典文学作品中找攻击新社会的弹药者，就反过来把外国文学作品当作反面教材。也不能因为一小部分青年读者受到了某些不良影响而对外国文学作品都来一通"大批判"，并全盘否定之。

第四节　苏俄文学研究

50年代初，苏联的文艺理论和文艺政策几乎未遇任何阻碍地长驱直入中国，"全盘苏化"在文艺上得到了最鲜明的体现，苏联的理论译著占据了中国的出版物和报刊。如与新中国同时诞生的《人民文学》杂志，在它的创刊号的"发刊词"中谈到"要求给我们译文"时就强调"最大的要求是苏联和新民主主义国家的文艺理论"；创刊号的社论是《欢迎苏联代表团，加强中苏文化的交流》；该期刊出的三篇理论文章是冯雪峰的《鲁迅创作的独特性和他受俄罗斯文学的影响》、周立波的《我们珍爱苏联文学》和苏联理论家柯洛钦科的《在艺术和文学中高举苏维埃爱国主义底旗帜》。而当时中央主管文艺的领导人更是明确表态：中国要"坚定不移"地和"不能动摇"地"在文学艺术工作上学习苏联"。[①] 苏联50年代的文艺理论和文艺政策对中国的影响是多方面的，其中当然有有益的成分，但是50年代初期的盲目接受，加之中苏当时的特定状况，因而"日丹诺夫主义"也在新中国成立初期的文坛打下了深深的烙印。

就像当时苏联文学作品蜂拥而入一样，苏联的文艺理论著作也大批进

---

① 习仲勋：《对于电影工作的意见》，载《电影创作通讯》第1期。

入中国。除了报刊上的译载外,影响较大的单行本有:季莫菲耶夫的《文学原理》、毕达可夫的《文艺学引论》、叶皮洛娃的《文艺学概论》、柯尔尊的《文艺学概论》、涅多希文的《艺术概论》和契尔柯夫斯卡雅的《苏联文学理论简说》等。与此同时,一批苏联文艺学专家又被请来直接为中国的文艺理论工作者和青年学生授课。苏联的文学理论一时间被趋之若鹜,不管是其中合理的部分还是错误的内容,一概照单全收。而这一时期的苏联文论恰恰又是处在与西方文论尖锐对立、自身又沉淀和融入了三四十年代许多"左"的观点之中。年轻的中国文艺理论界"全盘苏化"的结果是割断了自己与西方文论对话和从自身的传统文论中汲取养料的可能,而在吸纳苏联文论时对"左"的东西的某种嗜好,使得其合理的部分尚未消化而直接庸俗化、机械化的内容则得到了认可。这必然导致一种不正常的状态,即理论的僵化、分辨力的退化和批评的棍子化的出现,乃至不久后苏联文艺理论发生重大转折时,中国的理论界却开始坚守其放弃的阵地(当然,这里还有其他复杂的因素在起作用)。

50年代中期,苏联社会发生了巨大的变化,苏联文学也进入了一个新的时期。中国文坛同样涌动着春潮,理论界相当活跃。作协主办的《文艺报》接连讨论起"写真实"、"典型"、"形象思维"等问题。秦兆阳的《现实主义——广阔的道路》、钱谷融的《论"文学是人学"》、巴人的《论人情》等一批切中时弊、富有创见的理论文章相继发表。从这些文章所涉及的问题看,它们大抵与当时苏联作家和理论家所关注的问题是一致的。如1956年9月《人民文学》发表的《现实主义——广阔的道路》一文开宗明义地要"以现实主义为中心,来谈一谈教条主义对我们的束缚"。文章批评了苏联作协章程中关于"社会主义现实主义"的定义,认为这一定义把思想性当成了外于生活和艺术的东西,并建议用"社会主义时代的现实主义"来取代"社会主义现实主义"的概念;文章指出,当前文艺上的庸俗思想突出表现在"对于《在延安文艺座谈会上的讲话》的庸俗化的理解和解释,而且主要表现在对于文艺与政治的关系的理解上",并呼吁"必须少用行政命令的形式对文学创作进行干预";文章还认为,片面强调歌颂光明就必然会导致"无冲突论",简单地用艺术去图解政策就只会产生公式化、概念化的东西;应该鼓励"作家的个性和创造性",应该塑造

"普通而同时又极为独特的人物";文章最后写道:"教条主义对于文学艺术的束缚,这不光是中国的情况,而且是带世界性的情况。也许正因为它是带世界性的情况,所以才更加难以克服吧?"可以看出,作者在提出这一系列重要问题的时候,他的目光始终是把中国的文艺问题和世界性的文艺现象联系在一起考虑的(而这时不仅在苏联而且在东欧各国,反教条主义的斗争都在如火如荼地进行)。

钱谷融的《论"文学是人学"》①也是很有代表性的。文章结合中国文坛的现状,批驳了季莫菲耶夫的《文学原理》中的一个错误论点,即"人的描写是艺术家反映整体现实所使用的工具"。文章指出:这个论点是"一向毫无异议地为大家所接受的。在苏联是如此,在中国也是如此"。如照此办理,那么"人在作品中,就只居于从属的地位,作家对人本身并无兴趣,他的笔下在描画着人,但心目中所想的,所注意的,却是所谓'整体现实',那么这个人又怎能成为活生生的、有血有肉的、有着自己真正个性的人呢?"假如作家"从这样一个抽象空洞的原则出发进行创作的,那么,为了使他的人物能够适合这一原则,能够充分体现这一原则,他就只能使他的人物成为他心目中的现实现象的图解,他就只能抽去这个人物的思想感情,抽去这个人物的灵魂,把他写成一个十足的傀儡了"。由于"这种理论是一种支配性的理论,在我们的文坛上也就多的是这样的作品:就其对现实的反映来说,那是既'正确'而又'全面'的,但那被当作反映现实的工具的人,却真正成了一把毫无灵性的工具,丝毫也引不起人的兴趣了"。"这样来理解文学的任务,是把文学和一般社会科学等同起来了,是违反文学的性质、特点的。这样来对待人的描写,是决写不出真正的人来的,是会使作品流于概念化的。""在今天,对于高尔基把文学叫做'人学'的意见,是有特别加以强调的必要的。"文章还针对有关文学的阶级性的流行观点,指出"所谓阶级性,是我们运用抽象的能力,从同一阶级的各个成员身上概括出来的共同性。纯粹的阶级性,只存在于人们的头脑中,在实际生活中的具体的人身上是不存在的"。这些充满了探索真理的勇气的见解在中国

---

① 钱谷融:《论"文学是人学"》,《文艺月报》1957年第5期。

文坛引起了极大的反响。

在中国文坛上出现的这股浪潮与苏联"解冻文学"思潮之间的关系显而易见。它所提出的一些口号，所关注的一些问题，与当时的苏联文艺界如出一辙。它所要否定的一些东西也是如此，这些东西本来有不少就是舶来品，如"拉普"思潮和日丹诺夫主义的余毒。遗憾的是，中国的这股浪潮如昙花一现，在1957年夏的反"右"风暴中被骤然截断了。

1956年10月的匈牙利事件对中苏两国震动都很大，阶级斗争之弦又一次绷紧了。表现在文学上，最突出的就是所谓保卫"社会主义现实主义"。苏联开始大量发表这方面的文章，中国的报刊也予以转载，如《译文》第12期上就载有多斯达尔的《保卫社会主义现实主义》一文。① 年底，苏联《消息报》又刊出了指责杜金采夫的小说《不是单靠面包》的文章。从第二年年初开始，苏联的《共产党人》杂志、《真理报》和《文学报》纷纷撰文批评文艺界的"不健康倾向"。中国的报刊迅速报道了上述动向，一度潜伏起来的极"左"思潮又有所抬头，理论界围绕着"社会主义现实主义"等问题的争论也渐趋激烈，有人在刊物上发表《社会主义现实主义可以怀疑吗?》的文章批驳秦兆阳的观点，并公然提出"我们主张两条战线的斗争，政治也要，艺术也要。但是如果在必不得已的时候，我们宁要政治，而不要艺术!"不过，从总体上说，1957年上半年的中国文坛反对极"左"思潮的斗争仍未停止。这时，从维熙、刘绍棠和邓友梅等作家仍发表了对"社会主义现实主义"质疑的文章。这里以刘绍棠的文章《现实主义在社会主义时代的发展》为例。

文章认为，苏联为什么"后20年的文学事业比前20年逊色得多"，就是因为近20年里斯大林犯了重大错误，主观主义教条主义左右了文学创作；而新中国的文学事业"则是一开始就被教条主义所影响"，使它无法取得它所应该取得的成绩。"社会主义现实主义"的定义"使得作家在对待真实的问题上发生了混乱，既然当前的生活真实不算做是真实，而必须去发展地描写，结合任务去描写，于是作家只好去粉饰生活和漠视生活

---

① 《译文》编辑部还编辑了两辑近百万字的《保卫社会主义现实主义》，后由作家出版社1958年出版。

的本来面目了"。"令人啼笑皆非的是,在这种定义和戒律的检验下,伟大作家的经典名著竟无法及格",而那些缺乏"最起码的艺术感染力"的"粉饰生活的公式化概念化的作品,则最合标准",可它们"寿命的短暂,并不比一则新闻通讯来得长"。"试问:葛里高利这个人物是正面人物还是反面人物呢?他的具体的教育意义是甚么呢?据说,葛里高利是代表小农私有者的个人主义的悲剧的。但是,为甚么在人们心目中矗立起来的,是一个崇高和勇敢的形象呢?……那个把生命和一切献给葛里高利的婀克西妮亚,将给她安一个甚么称号呢?好,算她是个反革命的追随分子吧,可是这个千秋万代不朽的婀克西妮亚,却影响着人民的品质和美德。……我们更无法从肖洛霍夫的作品中找到理想人物,达维多夫当然不配",因为他对富农反革命分子失去警惕性,还和破鞋乱搞男女关系,"封他一个'正面人物',恐怕还需要打八折呢!"文章认为,《在延安文艺座谈会上的讲话》是部经典著作,"同时也是根据当时的历史情况,指导当时文艺运动的具体文件";1942年来的文学创作有成就,但是"它对现实主义的艺术建筑上,却是比思想上的建筑小得多",这"是因为受到战争环境和教条主义影响的缘故"。文章明确表示,不消除教条主义的影响,"文学事业无法进步,无法繁荣"。刘绍棠的这篇文章旗帜鲜明,毫不隐瞒自己的观点,并且有很强的论辩力量,相比之下,后来的那些批判它的文章就显得苍白多了。

与此同时,苏联和俄国的几乎所有重要作家都受到了我国批评界的关注,有关评论如雨后春笋般涌现。但无论是批评范式还是立场观点基本上都是照搬苏联老大哥的。①

总之,俄苏文学在新中国经历了一个完整的潮起潮落的过程。新中国成立标志着中俄文字之交进入一个全新时期。俄苏文学在中国的命运发生了翻天覆地的变化,从以往被统治者敌视和非难的位置,从屡屡被迫转入地下、半地下的境地,光明正大地走入中国人民的新生活。随着1950年中苏友好互助同盟条约的签订,中苏两党两国关系进入蜜月期。百废待兴的中国人民翘首期盼着苏联老大哥的经济军事援助,也以同样迫切的心情

---

① 陈建华主编:《中国俄苏文学研究史论》,重庆出版社2007年版。

期盼着来自老大哥那边的精神文化产品。"全盘苏化"不仅见诸政治、经济、军事领域，而且实实在在地体现在文化教育和文学艺术。

50年代初期，最引人注目的现象是迅速兴起的俄苏文学翻译出版大潮，以及由此带动的席卷全国的阅读热和学习热。但在学术方面，俄罗斯文学作为一个学科的建设，尚未提到重要议事日程，处于相对冷寂的状态。翻译多，研究少；浅议多，深入少；学习多，批判少，这种不平衡状态一直维持到50年代末。

50年代中期，苏共"二十大"以后，中苏两党在一系列意识形态问题、兄弟党关系问题上发生分歧，但双方比较克制，中苏友好大局尚未受损。俄苏文学在中国的崇高地位也得以延续。十月革命四十周年之际，又一次出现了俄苏文学作品翻译出版高潮。

50年代末，中苏意识形态分歧开始向国家利益冲突方向蔓延。进入60年代以后，苏联专家撤走、"九评"等一系列事件表明：两党两国的交恶已经一步步走向公开化，而且无法逆转。与此相应，从60年代初至"文革"前夕，俄苏文学热也逐步退潮。公开出版的俄苏文学作品逐年减少，到1965年已经没有任何俄苏文学作品及研究著作公开出版。

除中苏关系线索之外，俄罗斯文学在中国的命运还与另一条线索紧密相连，即中国文艺政策的一步步极"左"化。从1957年"反右"，到"三面红旗"，再到反"右倾"、提出"以阶级斗争为纲"，直至发动"文革"，中国意识形态和政治决策的基本方向是向"左"转，而文艺政策一直扮演着向"左"转的风向标角色。60年代，毛泽东对文艺问题做过多次批示，曾严厉批评文艺界"热心提倡封建主义和资本主义"，"跌到了修正主义的边缘"。

总体说来，当时从事俄苏文学出版、翻译、教学、研究的专业队伍主要由两部分人构成：一部分是在新中国成立前已经从事与俄罗斯语言文学相关工作的老一代知识分子。他们具有相当的工作经验，其中一些人在自己的领域取得惹人注目的成绩，因而在新中国文化建设起步时，顺理成章地成为出版、翻译、教学、研究领域的骨干、组织者和领导者。其中，值得一提的是40年代上海时代出版社麾下的叶水夫、陈冰夷、戈宝权、孙绳武、许磊然、蒋路、包文棣、草婴、张孟恢等。他们有的直接参与时代出版社下属刊物《苏联文艺》的工作，有的是该刊物的撰稿人。新中国成立后，他们分别调入中国俄罗斯文学事业的"龙头"单位——中国科学院哲学社会科学部文学研究所、人民文学出版社、上海译文出版社，成为各自单位的业务骨干和带头人。

另一部分是新中国迅速培养起来的年轻一代人才。他们最显著特点是受过俄语和俄罗斯文学的专业训练。50年代，俄语成为我国中、高等教育的主要外语语种。苏联专家多，教学水平普遍很高。外语院校多开设有俄罗斯文学课程。一些学生被派往苏联专门学习俄罗斯语言或文学。这些年轻人才弥补了老一代人专业训练不足的弱点，在翻译、对外交流、第一手资料收集方面显示出优势，很快成为各自领域的中坚力量。

与翻译出版的火热相比，研究领域显得相对冷清。究其原因，首先可归结为当时俄罗斯文学作为学科还处于起步阶段，其学术属性和意义尚未得到充分认识。学术与政治、研究与时评往往浑融于一体。从研究主体看，专业化的俄罗斯文学研究者很少。高校的俄罗斯文学课教师的职责是教学，基本不承担研究任务。值得注意的是，众多非俄罗斯文学专业领域的中国作家、戏剧家、文艺界头面人物对思考和评论俄苏文学热情很高。他们的声音往往压倒学界的声音。除一般报纸和综合性文学杂志，以及译作前言与后记外，发表研究成果的专业化园地十分欠缺。当然，学术不景气的根本原因还在于50年代逐渐向"左"的政治大背景、大趋势。在研究成果上，值得提到的有戈宝权、王忠琪等人的普希金研究；戈宝权、张羽、王智量、倪蕊琴等人的托尔斯泰研究；萧三、钱谷融等人的高尔基研究；朱光潜、汝信、刘宁、辛未艾等人的别林斯基、车尔尼雪夫斯基、杜勃罗留波夫研究；蒋路等人的卢那察尔斯基研究；陈燊等人的沃罗夫斯基研究，等等。

第五节　英美文学研究

新中国成立初期，新中国的外国文学译介研究工作总的来说尚处在"学步"阶段。在"学习苏联"的口号下，我们大量翻译、介绍了苏联学者以及其他各国进步作家的著述。其中论及英美文学的有苏联的阿尼克斯特、伊瓦肖娃，英国的 A. 凯特尔、福克斯，美国的 S. 西伦和舍丽·格雷厄姆及捷克的 A. 恰佩克等许多作家。他们的论文对英美古典文学大都给予肯定评价，对现当代作家则基本上以政治态度决定取舍，着重介绍、赞扬进步作家。如美国的法斯特、马尔兹和黑人作家；英国的杰克·林赛、奥尔德里奇等等；对于像奥尼尔、阿瑟·密勒、格雷厄姆·格林等地位重要而又倾向复杂的作家有所涉及，没有全盘否定。对"现代派"文学没有深入介绍或研究，仅在一些小文中以否定的态度批判责罚。尽管这些评论存在主观主义、机械论的偏向，但在当时学习苏联是很自然、很必要的步骤。那时我们对于如何运用辩证唯物主义和历史唯物主义的观点来认识、研究、评价外国文学作品还没有经验或经验甚少，苏联以及其他各国的学者、作家在这方面的尝试可为我们提供一种参考和借鉴，有助于我们在外国文学研究工作中摸索出一条自己的道路。

新中国成立后最初四五年中，我国一些作家、翻译家曾撰文纪念菲尔丁、莎士比亚等文学大家。但总的来说，文章数量不多、分量也较轻，多属于一般介绍。1955 年底，周扬就《草叶集》出版一百周年、《堂吉诃德》出版三百五十周年在纪念大会上的讲话，表达了积极继承外国古典文化遗产的意向，其中说道："《草叶集》是属于美国的人民大众的，也是属于世界进步人类的"，从形式上、内容上肯定了惠特曼的诗作，指出其在思想感情上与我们相通的地方。全国各大报刊也先后纷纷载文纪念惠特曼和塞万提斯。

1956 年中共中央提出"百花齐放、百家争鸣"的方针，促进科学、文化事业的发展。在外国文学领域内也初步形成了欣欣向荣的局面。就英美文学而言，1956—1957 年两年间发表的文章数量（不包括翻译的外国评论）比前六年的总和还多得多。一大批文学名著得到翻译出版，其中包括《傲慢与偏见》之类"革命性"不强的小说。各种杂志、报纸上还登载了许多深入浅出的批评、介绍文章，帮助广大读者欣赏、认识这些作品。此外，我国外国文学工作者的研究成果也先后陆续问世，不少著名学者发表了有分量的论文，迎来了我国外国文学研究事业的第一次繁荣。

当时的文章几乎全部以经典作家为研究对象，尽管可以说是体现了各种复杂思想影响的交织，但其中占主导地位的无疑是苏联的影响。我们大体照搬了苏联对古典作家的基本评价和对现代派文学的否定态度；以他们为榜样，肯定了人道主义和现实主义，承认资产阶级平等、自由、民主的理想在历史上的进步意义，有时也沿用了"人民性"这个概念。这些为我们理解、阐述古典文学作品提供了一条思路和一个理论上的立足点，但也随之出现不少局限和偏差。如我们对人道主义和现实主义都缺少客观的、历史的、全面的理解，以致每肯定一位作家，就千方百计给他戴上"同情劳动人民"、"具有人民性"的高帽，贴上"现实主义"的标签，把其作品的意义主要归结为"揭露、批判资本主义"。这在有些情况下可能是恰当的，但有时就不免是夸大、曲解之辞。苏联的其他一些机械的、片面的学术观点和研究方法也对我们有相当影响：比如往往片面地强调政治标准，强调作家的政治态度和作品的政治意义，等等。表现在这批论文中很明显的一点就是选题偏窄：即使对古典作家也往往只提马克思、恩格斯或苏联肯定过的。结果一些被生硬划为"消极浪漫派"的重要诗人，许多在思想、政治上不那么"进步"的重要作家（如奥斯丁、司各特、乔治·艾略特等以及许多美国作家）被忽略、抹杀。至于那些有幸入选的作家也往往不能得到全面介绍——常常是只有政治上"合格"、"对味儿"的作品方能上得了"台场"。因此出现了这样的现象，谈雪莱的都来讲《解放的普罗米修斯》，论狄更斯总提《艰难时世》。虽然就一篇文章来说很难求全责备，但从研究工作的全貌来看，这种偏窄是不容忽视的。又如，也有不少论者机械地理解经济、政治和文学之间的关系，把文学简单地看作政治、历史的图解和例证。在研究中单纯注重历史背景，忽视影响作家与作品的其他重要因素：文化传统、家庭、个人心性、个人经历等等，形成一种"社会背景论"的新八股。而在历史背景的分析上又不免有些公式化。

不过，那时一些主导的思想和观点虽有片面性，但仍有不少可取之处，那个"八股"本身也还只是个宽松的枷锁。同时也有不少学人或多或少地突破了教条主义、形而上学思想的束缚，因此仍有效地进行了大量艰苦的工作，取得了可贵的成绩。随着1956年前后"百家争鸣"的气氛形成，逐渐出现了一些在思路、文风上另辟蹊径的著述。如杨绛论菲尔丁的论文较早地提出了文学史上艺术形式的继承性问题。李赋宁的《论乔叟的形容词》，许国璋的知识性、趣味性并重的杂文《鲍士威文稿及其他》，王佐良的涉及文学的论文《论现代英语的精练》和随笔《读蒲伯》等都别具风格，侧重作品的艺术特点和艺术成就的研究、品评，逸出了上述的八股格式。

总的说来，新中国成立十年当中我国文化界对美国文学严重忽视。重要作家如霍桑、马克·吐温、斯陀夫人、杰克·伦敦、欧·亨利、海明威等，虽有一些作品翻译出版，但并没有系统研究，只以译本的前言后记等给出了一定的介绍；而另一些作家如麦尔维尔、福克纳等，则基本没有作品面世，只偶有零星短文提及，被完全忽略的作家更是不胜枚举。得到较多关注的仅有惠特曼和德莱塞。评论德莱塞的文章一般着重指出他的作品如何揭露了美国资本主义社会的罪恶；有关惠特曼的文章有杨耀民的《惠特曼——歌颂民主自由的诗人》和华中一的《惠特曼与格律诗》及《论惠特曼与格律诗》等。

有关英国文学的论文以研究莎士比亚的为最多。

卞之琳发表了两篇论莎士比亚悲剧的文章，其中《莎士比亚的悲剧〈哈姆雷特〉》一文指出，该剧表现了人文主义理想与伊丽莎白时期英国现实的冲突，歌颂了为理想而奋斗的精神，也说明"代表人民的先进思想和脱离人民的斗争行动产生了悲剧"。吴兴华在《莎士比亚的〈亨利四世〉》一文中认为福斯塔夫之所以成为受到英国人民热烈欢迎的不朽的喜剧形象，是因为他反映了广大人民模糊意识到的一种愿望，代表一定程度的反抗和解放，从而说明《亨利四世》不只是写王权对贵族的胜利，而且通过福斯塔夫式的背景，"更深一层揭示了统治者和被统治者之间的矛盾"，这反映出莎士比亚对"理想君主"的态度是有保留的。

李赋宁的《莎士比亚的〈皆大欢喜〉》通过具体分析，指出该剧标志着莎士比亚创作的转变：从对族长式的牧歌社会抱有幻想进入对资本主义原始积累时期英国社会关系的深刻分析和严厉批判。陈嘉的《莎士比亚在"历史剧"中流露的政治见解》，戚叔含的《莎士比亚的悲剧人物塑造和他的现实主义》等文也分别从不同角度阐述了自己的见解。

此外，还有学者撰文就哈姆雷特的性格问题与卞之琳等同志商榷，认为苏联以及我国的一些学者片面强调哈姆雷特"踌躇"的原因是在思想中探索如何改变现实、实现理想，过于强调他坚强勇敢的一面，忽视了他性格中软弱成分的存在，未能恰当地指出他的探索并不是高度自觉的。

综上所述，对莎士比亚的研究还是较为深入细致的，也能就不同观点展开论争。当时对莎士比亚的基本认识受苏联观点影响，一直从"绝不受资产阶级局限的"、文艺复兴时期的"巨人"这样一个认识出发，不断地力图证明莎士比亚既反对封建主义又批判资本主义，远远超越了他的时代。这种观点本身固然富有启发性，但是否中肯还有待探究。

英国的几位"革命的"、"进步的"诗人也得到了我国研究者较多的注意。有关的论文有殷宝书的《诗人密尔顿的革命精神》、杨周翰的《英国资产阶级革命诗人密尔顿》、卞之琳的《谈威廉·布莱克的几首诗》、戴镏龄的《谈威廉·布莱克的〈伦敦〉》、王佐良的《伟大的苏格兰人民诗人彭斯》、袁可嘉的《彭斯与民间歌谣》、张月超的《英国的革命浪漫主义诗人拜伦》，等等。这些文章都强调诗人的政治倾向。如对弥尔顿和布莱克，比较充分地肯定了他们进步的政治态度，着重介绍、分析他们同情劳动人民、暴露英国资本主义社会黑暗、歌颂革命的作品，较少触及、研究他们诗中的宗教思想和象征主义内容。对彭斯的评论突出地说明他是"劳动人民自己的诗人"以及他在提高与丰富苏格兰民歌传统上所做的贡献。论拜伦的文章比较强调他一生对统治阶级的反叛。

在英国18世纪、19世纪的小说家中，菲尔丁、斯威夫特、狄更斯、萨克雷等人得到了较多关注。

杨绛的《菲尔丁在小说方面的理论和实践》摘引散见于菲尔丁作品中议论小说（即他所谓的"散文体滑稽史诗"）创作的种种见解——与古希腊史诗、亚里士多德、贺拉斯的理论等等相对照、比较，从文学发展的源流来探讨菲尔丁在小说方面的贡献。并根据菲尔丁的小说进一步做了分析评价，指出他可以被称为"英国小说的鼻祖"。杨耀民在《〈格列佛游记〉论》中对原始材料进行分析后提出了自己的独立见解。他认为尽管斯威夫特思想中充满种种矛盾，但总的说来，他主要的讽刺对象是统治集团，而不是全人类。张月超的《英国讽刺小说家斯威夫特》一文认为，斯威夫特对"人"的失望反映了当时爱尔兰人民"憧憬过去、嫌恶现在、对将来绝望"的心情。

有关狄更斯的论文并未全面讨论他的作品，而是主要着眼于工人题材小说。有的文章以三篇小说为例说明狄更斯与资产阶级哲学思想进行了论战和斗争，虽然言之成理并有一定思想深度，但把描写生活的小说归结为反对某个法律某个主义，恐怕不免失于片面，而且论文还常常一厢情愿地夸大了狄更斯与资产阶级的对立和他对工人及劳动人民的同情。爱尔兰现代剧作家奥凯西也因其政治态度而得到了一定介绍。《论旭恩·奥凯西》和《当代爱尔兰伟大剧作家旭恩·奥凯西》等文章全面介绍了剧作家的创作道路和主要作品，指出他的作品以工人及下层人民的生活与斗争为题材，也肯定了他在戏剧技巧上的一系列尝试和创新。这两篇论文比较强调奥凯西的革命的政治观点。

1959年学界提出了重新评价"宪章文学"的问题。提出继承宪章文学的革命文化遗产是很有必要的。可是当时有人认为宪章文学是英国无产阶级文学的奠基者，已达到思想内容和艺术形式的高度统一，应当看作为19世纪30—50年代英国文学的主流，它的地位应放在狄更斯等批判现实主义作家之上或至少和他们并驾齐驱，这就显得偏颇。

除了上面提到的，还有一些文章（有些为作品译本前言、后记）介绍奥斯丁、济慈、司各特、梅里狄斯、盖斯凯尔夫人、高尔斯华绥等重要作家，1959年还曾有人简单介绍英国"愤怒的青年"一派。值得谈一谈的还有1958年发表的一组论文。当时人民文学出版社出版了北京大学西语系青年师生的一系列文章，讨论《简·爱》、《呼啸山庄》、《牛虻》及哈代的《苔丝》、《还乡》和《无名的裘德》。这些文章很能代表当时外国文学评论工作中的一些重要倾向。其中有些篇章、有些段落写得比较成功，有生动见解，但总的来说，文中表现出来的机械论的简单化的倾向比1956—1957年更有所发展、有所恶化，它们对原著的描述不免失真，也很难真正收到说服读者、教育读者的效果。这种简单化首先表现在分析作品时把小说作为历史的图解、人物作为阶级关系的图解，如上述几部小说中几乎所有人物都被定了"成分"：苔丝是农村雇工，希斯克利夫是个体劳动者。简单化的另一种表现是在试图联系实际教育读者时方法过于机械、生硬。卞之琳等同志后来曾委婉地批评了上述这种简单化的做法。

1957年下半年以后，由于"反右"斗争扩大化和"左"的思潮的干扰，在文化教育、文学研究领域中大规模地开展了所谓"拔白旗"的运动，许多著名学者受到批评，一些略有"出轨"的文章都被批判。批评意见中的许多具体见解本是对治学目的、方式、方法的探讨，或是不同学术观点的争论，可说是正常的。然而批评的总倾向是维护前面提到的八股框框，并且在当时形势下采取了以势压人、轻率地给对方扣帽子的做法。这种不恰当的政治化批评严重地破坏了"百家争鸣"，使得初步形成的繁荣局面不能进一步发展下去，并从此染上了宁"左"勿"右"的沉疴。

1958年、1959年在英美文学范围中虽仍有一些研究、评论文章继发表，但数量上已比1956年、1957年大大减少，而且其中多数或是介绍、研究具有明显的进步政治倾向的作家、作品（如弥尔顿、彭斯、奥凯西、宪章文学），或是以明显的"左"的激进态度来进行评论。不过，尽管态度越来越"左"，但对西方古典文学基本肯定的评价、对人道主义和现实主义的肯定态度并没有改变。当时的状况可以描绘成：脑袋在极力向"左"转，但脚跟尚未离开原来的立足点。新中国成立后头十年的外国文学研究工作大体就在这种"左"的音调中结束。

第六节　其他相关研究

新中国成立初期，除苏俄和英美文学批评外，其他国别或语种的文学研究队伍还比较薄弱。相形之下，德语和法语人才比较集中。德语方面有陈铨、廖尚果、凌翼之、贺良诸教授，焦华甫讲师，德国女教师陈一荻和作家布卢姆等。再加上南京大学德文专业本来已有的商承祖、张威廉等人；北京大学德文专业的领军人物为冯至，另有杨业治、田德望、严宝瑜等。就当时的德文学科格局来说，南大北大倒真的是名副其实，形成了最初德文学科的基本格局，这也符合中国现代学术史传统里的

"南北对峙"。① 这样一种状态基本上一直保持到1964年中国科学院设立外国文学研究所。

法语及法国文学领域也是人才济济，活跃着李健吾、罗大冈、傅雷、梁宗岱等一批法国文学的翻译和研究人才。大量的法国经典小说被翻译或重译，通常都有译者写的前言或后记，对小说家及其作品进行简要的评述，因此报刊上关于法国文学的评论也多了起来。但是重译介而忽视研究的状况并未改变，几乎没有出版过研究法国文学的专著。在这一时期，北京大学在1956年最早设立了法语语言文学硕士点，中山大学在1957年成立了法语专业，但当时的法语专业通常以教授法语为主，文学研究仅是少数教授的个人行为。1957年的"反右"运动之后，仅有的一点研究工作也因受到批判而处于相对的停滞状态。

西班牙语、意大利语等重要西方语种及北欧的一些语种都是在50年代后期才开始设立的，因此其文学基本上都是从俄语或其他语言转译的。即便如此，有关译作上往往附有序言或后记，以便简要介绍作家作品，也有不少短评散见于报刊，但基本流于一般性的推介，真正的研究尚未开始。

这一时期，特殊的政治原因使东欧文学继续受到重视。东欧文学译介也就享受到了特别的待遇。1950年至1959年，东欧文学作品源源不断地被译成了汉语，绝对掀起了东欧文学翻译的又一个高潮。光罗马尼亚小说就翻译出版了二十六部。时隔几十年，一些中国老作家依然记得萨多维亚努的《泥棚户》、《漂来的磨坊》、《斧头》等小说。当时进入中国读者视野的东欧作家还有罗马尼亚作家格林内斯库、爱明内斯库、阿列克山德

---

① 早在1917年时，北大校长蔡元培当其履新之初开始轰轰烈烈的北大改革之际，东南大学（南高师）就有与北大分庭抗礼的意味。而相对胡适等人掀起的新文化运动的热潮，吴宓等在南方以东南大学为基地主张文化保守，虽然寂寞，但对文化史发展的意义来说却并不逊色。有论者提出"南雍学术"的概念，溯源历史，强调国子监是国家教育行政最高机构兼最高学府，并以明代南京、北京国子监并立的状况作比。认为在20世纪头二十年，南雍具有新的含义，即特指当时南京的最高学府南京高等师范学校、东南大学（此皆今日南京大学之前身）等。并引述论证，或谓"北大以文史哲著称，东大以科学名世。然东大文史哲教授实不亚于北大"。或谓东大与北大，"隐然成为中国高等教育上两大支柱"。参见王运来《留洋学者与南雍学术》，载田正平、周谷平、徐小洲主编《教育交流与教育现代化》，浙江大学出版社2005年版，第187—188页。

里、谢别良努，波兰作家奥若什科娃、柯诺普尼茨卡，南斯拉夫作家乔比奇、普列舍伦，捷克斯洛伐克狄尔、聂姆曹娃、马哈、爱尔本等。由于政治因素的影响，译介的作品良莠不齐，不少作品的艺术价值值得怀疑，政治性大于艺术性，充满说教色彩。尽管如此，我们还是读到了一批优秀的作品。比如罗马尼亚剧作家扬·路卡·卡拉迦列的代表剧作《失去的信》。曲折多变的情节，辛辣尖锐的笔锋，妙趣横生的语言，滑稽可笑的人物，所有这些确保了《失去的信》的艺术性、思想性和战斗性。一百多年来，该剧始终是罗马尼亚各大剧院的保留剧目，经久不衰，一直受到广大观众的喜爱，已成为罗马尼亚戏剧中的绝对经典。当这部剧作于1953年同中国读者见面时，同样受到了热烈的欢迎。五年后，它还被武汉人民艺术剧院搬上了舞台。此外，罗马尼亚小说家萨多维亚努的《斧头》、捷克小说家狄尔的《吹风笛的人》、捷克诗人爱尔本的《花束集》、捷克女作家聂姆曹娃的《外祖母》、捷克小说家哈谢克的《好兵帅克》、捷克诗人马哈的《五月》、波兰作家显克维奇、普鲁斯的不少小说和散文等也都具有相当的艺术价值，不愧为东欧文学中的经典。我们还要在此特别提一下"三套丛书"。选题中包括一些优秀的东欧文学作品。因此，对那一特殊时期译介的东欧文学作品，我们恐怕还不能一概而论，全部否定。有点审美水准的读者，定会发现不少令他们耳目一新的闪光文字。由此，我们能感觉到一些有眼光、有品位、有修养的专家和出版家的良苦用心。在此之前，东欧文学作品都由日语、德语、英语、法语、俄语等语言转译成汉语，基本上都绕了一个弯，有些还绕了几个弯。介绍和研究文章也都是根据二手或三手材料而写成的。艺术性和准确性都有可能遭到损害。这自然只是无奈之举和权宜之计。因为，很长一段时间，我国根本没有通晓东欧国家语言的人才。新中国成立后，为了更好地进行文化交流，国家先后多次选派留学生到东欧各国，学习它们的语言、历史和文化。这就意味着一批专门从事东欧文学教学、翻译和研究的人才即将诞生。后来，这些人才主要集中在北京外国语学院东欧语系和中国社会科学院外国文学研究所。外国文学研究所东欧文学研究室也应运而生。最鼎盛时，它几乎拥有东欧各语种的专家学者：波兰文的林洪亮和张振辉；捷克文的蒋承俊；匈牙利文的兴万生、冯植生和李孝风；保加利亚文的樊石和陈九瑛；罗马尼亚文的王敏生；南斯拉夫文和阿尔巴尼亚文的高韧和郑恩波。此外，《世界文学》编辑部和北京外国语学院东欧语系等单位还涌现出了杨乐云、易丽君、冯志臣、陆象淦、李家渔等优秀的翻译家和学者。从 50 年代末开始，人们就从《译文》（1959 年后改名为《世界文学》）上陆续读到一些东欧文学作品，直接译自东欧有关语言。一些介绍文章也都出自第一手材料。

必须说明的是，1949 年新中国成立之后，中国政府在国际政治格局中采取与亚非拉结盟的政策，这极大地促进了我国学界对东方文学的翻译与研究。季羡林先生于 1946 年创建的北京大学东方语言文学系为我国东方文学的翻译与研究培养了大批人才。但由于种种原因，真正的东方文学或亚非拉文学研究还基本上无从谈起。

第 三 章

峥嵘岁月

引 言

1960年起,中苏开始公开交恶。同时,极"左"思潮愈演愈烈。"三套丛书"步入停滞状态。自此至1977年,外国文学研究进入了休克期。然而,恰恰也是在这个时期,中国科学院在毛主席的直接关怀下成立了外国文学研究所。她主要由原中国科学院文学研究所所属的苏联、东欧、西方和东方文学四个研究组室及中国作家协会所属的《世界文学》(原《译文》)编辑部组成。著名诗人、研究家冯至任首任所长。当时,外文所大师云集,有卞之琳、李健吾、罗大冈、罗念生、杨绛、戈宝权及借留文学所的钱锺书等。不幸的是,建所伊始,有关人员便被调离北京,参加"四清"运动,之后即是众所周知的"文化大革命"。

但是,以中国科学院外国文学研究所建立为标志(1977年后更名为中国社会科学院外国文学研究所),确立了外国文学的学科地位。作为由毛泽东指示建立的对外学术研究机构之一,外国文学研究所的创建在那个时代或可理解成一种"政治需要",但如果将其置于更为宏阔的学术视野中去考察,则无疑可以认为,它同时也是现代学术传统传承与发展的契机。当初,蔡元培兴建中央研究院,就颇以人文社科方面规模较窄为憾,即仅有"历史语言研究所"与"社会科学研究所"两个独立机构。他对此解释说:"因实科的研究所比较的容易开办，只要研究员几人，仪器若干，即可从事研究。"① 而中国科学院虽然以"科学"为名义，但毕竟组建了"哲学社会科学部"，在这方面大有弥补，是值得充分肯定的。而1964年一批涉外人文社科研究所的建立，虽然在名义上有领袖意愿为标志，但实质上对推动科学院传统人文社科领域发展具有重大促进意义。

此外，外文所的建立对外国语言文学学科发展的意义还在于：（1）显示了科研与教学的不同。这样一种国家最高学术机构的专门研究所建制继承了中国现代学术传统的科学院学统，使得由蔡元培奠立轨则的中央研究院传统在新时期以另类"萧规曹随"的方式得以发展，并进而拓展到外国文学研究领域。这同时也符合德国学术传统中前洪堡传统的"科学院/大学两分原则"。② （2）以其时我国政治体制的优势，能够以行政手段迅速聚集起全国范围的第一流学者，譬如冯至就在北大西语系主任位置上被直接调任社科院，而如钱锺书、李健吾、罗大冈、卞之琳、罗念生、杨绛、戈宝权等一流学者的荟萃，在资本主义社会是不可想象的。

当然，从另一角度看，这样一种发展其弊端也是显然易见的。譬如当时的政治语境也非常深刻地作用在外文所及其学者身上。1964年建所甫始，冯至等研究人员旋即被通知去安徽寿县参加"四清"运动，直到

---

① 蔡元培：《在中央研究院招待二届全教会会员宴会上的致词》（1930年4月17日），《蔡元培全集》第6卷，浙江教育出版社1998年版，第481页。

② 科学院传统从17世纪早期就已发源。如同大学一样，科学院的发端亦在欧洲，首先还是在意大利，然后在法、英、德等国不断出现。17世纪早期时，就有比较小规模的各种团体与协会，它们将数学家、自然研究者、文学家、史学家、哲学家等各种不同领域的学者集结在一起。进入17世纪下半期后，这些团体和协会越来越多地被收归国有成为科学院，如巴黎、伦敦、都柏林、柏林、彼得堡、马德里、斯德哥尔摩、哥本哈根、罗马等。但具体落实并具有重大意义者，仍当推由莱布尼茨倡议成立的柏林科学院（1700）。柏林科学院（Deutsche Akademie der Wissenschaften zu Berlin）迅速成为著名的科学研究中心，不仅对自然科学研究与语言、文学研究不加限制，而且致力于各种科学的分门别类的研究。1740年起，更名为"普鲁士科学院"（Die Preuβische Akademie der Wissenschaften zu Berlin）。当年莱布尼茨拒绝进入大学，看重的正是科学院予学者优游自在的自由创造氛围；日后费希特与施莱尔马赫不约而同反对洪堡的大学理念，看重的也是科学院与大学各司其职、术业专攻的原则坚守。［德］彼得·克劳斯·哈特曼：《神圣罗马帝国文化史——帝国法、宗教和文化》，刘新利等译，东方出版社2005年版，第507页。

1965年2月才返回北京,且翌年就爆发了"文化大革命"。长达十余年的光阴被虚耗抛掷。虽然许多学人仍偷偷进行学术工作,但总体上十三年的光阴只能算作一个预备期,譬如德语文学学科建设的实质性推进,就一直处于设计和徘徊阶段。

第一节 苏俄文学研究

60 年代初期至"文化大革命"前夕,我国对俄苏文学的译介明显呈现出逐年递减的趋势。1962 年以后,不再公开出版任何苏联当代著名作家的作品;1964 年以后,所有的俄苏文学作品从公开出版物中消失。

60 年代上半期,在某些"左派"的眼中,以托尔斯泰为代表的 19 世纪俄罗斯文学当属"封资修文艺"之列,在高扬阶级斗争旗帜的年代里,这些作家的作品不说有害也至少是没用了。因此 60 年代俄国古典作家(实际上也包括其他外国古典作家)的被排斥,虽说与中苏政治关系的恶化也有一定的联系,但显然不构成主要的因素。

在当时的文坛上曾发生过一场怎么评价外国古典作家的争论。有一个署名谭微的人在《新民晚报》(1958 年 10 月 6 日)上发表了一篇题为《托尔斯泰没得用》的文章,并抛出了一串用心险恶的理论。由于 50 年代末 60 年代初言路尚未完全堵塞,一些有胆识的作家和理论家还能在报刊上对极"左"谬论给予还击,因此张光年的《谁说"托尔斯泰没得用"?》这样的很有力度的反击文章在《文艺报》(1959 年第 4 期)上刊出了。作者首先一一批驳了谭文中"漠视托尔斯泰的三大理由",即所谓托尔斯泰"不会反映我们的时代",他的"慢条斯理的写作方法""不能符合我们这个时代要求",作为"饱食终日、无所事事"的贵族老爷的托尔斯泰"占了社会停滞的便宜"。针对其一,作者指出:"各个时代的任务是不能互相代替的,我们衡量过去和今天的一切作家艺术家的功绩,就在于他们是否完成了时代付托给他们的崇高使命,是否创造出了无愧于自己时代的作品。"针对其二,作者指出:托尔斯泰的长篇创作"看起来很像是'慢条斯理',其实都是呕心沥血的紧张的劳动。如果有人化了十年心血,写了一部表现我国1927年大革命，或红军长征，或建立抗日游击根据地的史诗般的长篇巨著，这算不算得是'多快好省'呢？我看是算得的；是否'符合我们这个时代的要求'呢？我看是符合的。"针对其三，作者在用列宁的论述批驳谭文的荒谬后，又反问道：如果谭文的"结论可以成立"，那么是否能因为"中国封建社会的长期停滞"而"得出结论，认为中国两千年来的许多杰出的文学家、艺术家（其中多数人的出身也是不大好的），也都可以随便加以漠视呢？"而后，作者在驳斥谭文所谓的"让旧托尔斯泰休息吧，让新的'托尔斯泰'来刷新世界文坛"的怪论的同时，一针见血地揭露了谭文企图否定现有的作家队伍的险恶用心。文章谈的是托尔斯泰，实际上涉及的是怎样对待中外古典文学遗产的大问题；批驳的是谭文，实际上针对的是文坛上流行的错误论调和那些举着大棍的"左派"。谭文对托尔斯泰和中国现有作家队伍的否定，无疑是极"左"思潮日益猖獗的信号。而在那样的大气候下，仍能见到张文这样的有真知灼见且无畏无惧的文章实是难能可贵的。

60年代初期，中国文坛对别、车、杜倒情有独钟，前一阶段出版过的别、车、杜的论著这时基本都有了重印本，他们的文艺思想仍受重视。当时出版的影响很大的由以群主编的《文学的基本原理》一书，行文中大量引用别、车、杜的言论，其数量仅次于马克思主义经典作家，仅此一例足见别、车、杜在当时中国文坛的地位尚未动摇。这主要得益于当时的文坛尚未成为极"左"思潮的一统天下，得益于别、车、杜的革命民主主义者的身份（尤其是车尔尼雪夫斯基反抗沙皇专制制度的"俄国的普罗米修斯"的形象），得益于他们的某些文艺观点经修正或片面强调（有的则是基于其本身的矛盾）后尚能为当时的文艺政策服务，尽管经过变形后的别、车、杜与其原型已存在不小的差距。对此，朱光潜先生在这一时期所作的研究和提出的见解充分显示了他的敏锐和胆识。他在论述别林斯基和车尔尼雪夫斯基的美学思想时，一方面高度评价了两位思想家的历史功绩，另一方面又通过深入细致的分析对他们美学思想上存在的矛盾和不足提出了切中肯綮的批评。如他在谈到车尔尼雪夫斯基时指出："车尔尼雪夫斯基在美学上最大的功绩就在于提出了关于美的三大命题和关于艺术作用的三大命题。这些命题把长期由黑格尔派客观唯心主义统治的美学移置到唯物主义的基础上，从而替现实主义文艺奠定了理论基础"；同时他又批评了车尔尼雪夫斯基"艺术的力量就是注释的力量"的观点，认为这是"片面强调艺术的认识作用"；批评了车尔尼雪夫斯基关于艺术的用处在普及科学知识的说法，认为这是"要艺术从概念出发"，等等。① 这些批评其实也是对中国文坛的某些顽疾的批评，有着极好的警示作用，可惜未能引起当时的文坛的采纳和注意。

刚跨进60年代时，因中苏两国的裂痕虽日益扩大但表面上仍保持友好，所以文坛对苏联文学的态度仍谨慎地接纳，译介的数量尚未锐减。在1960年北京出版的《苏联文学是中国人民的良师益友》一书中，作为文艺界主要领导人之一的茅盾还撰文总结50年代中国译介苏联文学的成就和向读者推荐一批优秀的读物，并对在中国"将出现一个阅读苏联作品和向苏联作品中的英雄人物学习的新的高潮"充满信心。书中另有许多高度评价包括肖洛霍夫《静静的顿河》在内的不少苏联文学作品的文章，虽然这些文章都深深地打上了那个时代的烙印。如在那篇题为《〈静静的顿河〉的教育意义》的文章中，作者归纳的五个方面的意义是：社会主义革命是必然要胜利的，社会主义革命是一场激烈的阶级斗争，国际帝国主义企图绞杀社会主义国家的阴谋是注定要失败的，社会主义革命一定要在共产党领导下才能完成，共产党员的英勇斗争是社会主义革命胜利的保证。而这样的远远偏离作品内涵的文章竟出自小说译者之手，这不能不说是一个可悲的现象。即使这样的文章，很快也在中国的文坛上消失了。

值得一提的是，60年代上半期公开出版渠道日渐狭窄乃至完全闭锁之际，内部出版却自成小气候。中国科学院文学研究所苏联组（外国文学研究所前身）从50年代末开始编辑出版几种文艺理论译丛——《苏联文艺理论译丛》、《现代文艺理论译丛》（不定期刊）、《现代文艺理论译丛》（双月刊）、《现代文艺理论译丛》（双月刊增刊，黄皮书）。在这几种刊物和增刊中，有的一开始就是内部发行，有的中途转为内部发行。《现代文艺理论译丛》名为汇集各国文艺理论，实际绝大部分是苏联文艺理论。每一期或一辑译丛，每一本黄皮书，各领专题，如：《苏联作家论社会主义

---

① 见朱光潜《西方美学史》下卷，人民文学出版社1979年版。

现实主义》、《关于文学中修正主义、客观主义、党性、中立主义、人道主义和苏联文学中的问题》、《苏联文学与人道主义》、《苏联青年作家及其创作问题》、《苏联文学中的正面人物、写战争问题》、《苏联文学中与党性、时代精神及其他问题》、《苏联一些批评家、作家论艺术革新与"自我表现"问题》、《人道主义与现代文学》等。此外，作家出版社和中国戏剧出版社内部出版了一批外国文学作品，其中苏联文学作品数量可观。

同时期的"黄皮书"中，有些译作是颇具文学价值的（如这一时期由作家出版社和中国戏剧出版社内部出版的装帧简单的外国文学作品）。这些内部出版物均系苏联当代文学作品，而且基本上都是苏联国内最有影响的或最有争议的作品，介绍得又相当及时和准确。这种及时充分说明中国文坛对当代苏联文坛的动向极为关注，而选择的准确性又充分说明中国的译者对当代苏联文学的熟悉。与此同时，60年代上半期中国还内部出版了一批苏联当代的文艺理论著作，涉及的内容也均是苏联当代著名的作家和理论家对当代文学中重要的文学现象和理论问题的评价。这些著作有：《人道主义与现代文学》、《关于文学与艺术问题》、《苏联一些批评家、作家论艺术革新与"自我表现"问题》、《苏联文学中的正面人物、写战争问题》、《苏联文学与人道主义》、《苏联文学与党性、时代精神及其他问题》、《苏联青年作家及其创作问题》、《新生活——新戏剧（苏联戏剧理论专辑）》、《戏剧冲突与英雄人物（苏联现代袭击理论专辑）》、《关于〈山外青山天外天〉》、《关于〈被开垦的处女地〉第二部》、《关于〈感伤的罗曼史〉》等。由此可见，中苏文学的表面联系中断了，可实际上中国文学界的目光并没有离开苏联文学，它们作为一股潜流依然存在。

60年代中期对中国社会来说是一个非同寻常的时期。1965年，由江青一伙炮制、姚文元署名的《评新编历史剧〈海瑞罢官〉》出笼；1966年春，林彪、江青一伙以中央名义向全党批发了所谓的《部队文艺工作座谈会纪要》；紧接着，《解放军报》发表《高举毛泽东思想伟大红旗，积极参加社会主义文化大革命》的社论，向全社会公布了《纪要》的内容。一时间"黑云压城城欲摧"，一场历时十年之久的文化浩劫开始了。苏联当代文学成为禁区，著名作家肖洛霍夫成了"苏修文艺"的总头目，批判"苏修文艺"成了中国文艺界的一大任务。在中国的报刊上出现了不少全盘否定和随意评判外国古典文学作品的文章。例如，有一篇文章用"阶级斗争的大棒"这样横扫屠格涅夫的小说《前夜》中的主人公的："叶琳娜向穷人施舍，既是一种自我麻醉，又是一种麻醉被剥削者的表现"；"叶琳娜对被遗弃的小猫小狗，以至小鸟小虫，爱护得无微不至，但是她从来没有关心过农民的生活"；"叶琳娜是爱情至上主义者，如她自己所说，'没有爱情怎能生活呢？'她渴望爱情到如此地步，每看见一个青年男子，便会想起自己的婚事来"，这"是她的极端个人主义的表现形式"；"我们必须剥下作者为她披上的、经过精心创作的迷惑人的外衣，挖出她自私的和庸俗的灵魂，帮助读者认清她的阶级本质"；"英沙罗夫是属于剥削阶级的而不是被剥削阶级的。反对土耳其人对他有切身利益，因而他的态度是很鲜明的"；"英沙罗夫接近的是哪些俄国人呢？既不是革命民主主义者，也不是具有革命民主主义思想的青年学生，更不是广大的农民群众，而是俄国的贵族"，他"和俄国的贵族阶级水乳交融，对地主剥削农民的残酷行为无动于衷，对俄国的农奴制度从未表示过不满，这样的人就在当时来说也不是很先进的"，"在我国社会主义革命深入，阶级斗争尖锐复杂的今天"，"我们不能把他抬高"；"伯尔森涅夫在进步势力与反动势力冲击的时刻，没有站在进步势力方面与反动势力搏斗，而是避开斗争，闭门研究古日尔曼法律。他的态度完全暴露了他的立场。原来这位'善良'和'高尚'的人，对解放农奴这样的大事毫无兴趣，对他们的命运无动于衷。地主鞭打农奴的伤痕，农妇眼里的泪水，婴儿的声声啼泣都不能打动他的心。伯尔森涅夫是在地主抽打农奴的皮鞭声中写出自己的论文的。……伯尔森涅夫是研究哲学和法律的，更直接为沙皇制度服务，是沙皇的一个得力工具。……这就是伯尔森涅夫的反动本质"。[①] 这些评价之偏颇是显而易见的。照此推理，所有的文学遗产都成了毒害人民的麻醉剂。如果说当时包括这篇文章在内的不少文章是在极"左"路线的影响下写成的话，那么"四人帮"掀起扫荡中外文学遗产的恶浪则与其政治阴谋紧紧相连。1970年4月，在姚文元的策划下，由上海的写作班子抛出，并在全国报刊上刊发的题为《鼓吹资产阶级文艺就是复辟资本主义》的文章以及随后出现的

[①] 《〈前夜〉人物批判》，《外语教学与研究》1965年第2期。

风波，就是十分典型的例子。①

"文化大革命"的中后期，即 1972 年至 1976 年的后五年，社会秩序有所恢复，出版业也重新开始启动。在这几年里公开出版了高尔基的《童年》和《人间》、绥拉菲莫维奇的《铁流》、法捷耶夫的《青年近卫军》和奥斯特罗夫斯基的《钢铁是怎样炼成的》等少数几部被视作最纯真的无产阶级文学作品。与此同时，一些西方的当代文学作品开始以"供内部批判之用"的形式重新出现，苏联当代文学作品也在此时以同样方式再次进入中国。撇开 50 年代和其后的 80 年代巨大的译介浪潮不谈，仅与 60 年代前五年的内部出版物相比，这时期内部出版的苏联文学作品的数量似乎不能算少。这五年里出版的单行本有二十五种，出版量大体等于其他西方国家的文学作品的译介总量。另外在上海人民出版社内部出版的期刊《摘译》中也载有一定数量的苏联文学作品。《摘译》从 1973 年 11 月创刊至 1976 年 12 月终止，共出刊三十一期，综合性的有二十二期，专刊九期（其中苏联文学专刊为七期），增刊两期（均为苏联文学作品）。《摘译》从创刊号起还有七期开设了"苏修社会生活面面观"专栏。此外，上海和北京等地公开或内部出版的《学习与批判》、《朝霞》、《苏修文艺资料》、《苏修文艺简况》、《外国文学资料》和《外国文学动态》等杂志为批判"苏修文艺"也有部分作品译介。由此可见，即使在这一非常时期，苏联文学依然是中国译介者主要的关注对象，自然这是出于排斥心态的接纳，一种产生于特定时期的特异联系。

第二节　英美文学研究

60 年代初，国家面临空前经济困难，高层曾召开一系列会议以缓解社会矛盾和思想压力。外国文学的译介和研究也进入一个平稳发展的新阶段。又由于中苏关系的恶化，我国外国文学研究也逐渐摆脱苏联影响，走

---

① 这篇文章核心论点是："古的和洋的艺术，就其思想内容来说，是古代和外国的剥削阶级的政治愿望和思想感情的表现，是必须彻底批判和与之彻底决裂的东西。"

上了自己摸索的道路。这一时期出现了一批学术价值较高的研究成果，在质量上和数量上都达到了新的水平，特别在 1963 年前后可以说形成了新中国成立后第二个繁荣期。

早在 50 年代末，为学习借鉴世界文学的优秀文化遗产，中宣部就倡议编选一套外国古典文学名著丛书。而在 60 年代初正式贯彻实施的过程中，又逐渐完善成为后来影响深远的"三套丛书"的编选计划。这套丛书的编辑出版，对我国外国文学介绍和研究工作的健康发展起了良好的推动作用。这一期间出版的比较优秀的英美文学作品有《鲁滨孙漂流记》、《名利场》、萧伯纳的《戏剧三种》以及《哈克贝利·费恩历险记》等。总的说来，丛书翻译质量也比较高，可以说是名著名译，而且有一批质量较高的评价文章相随推出。如杨绛的《萨克雷〈名利场〉序》一文徐徐道来，自然流畅，引用作家本人在《名利场》及其他作品、书信中的种种言论，阐明他对社会的认识和写作的目的；还进一步品评了小说在结构、语言、人物刻画上的长短得失，同时指出这部小说在文学史上的重要地位，帮助读者欣赏理解，就旨趣和风格而言，跟新中国成立以来偏重考察政治观点的文字很不同。又如，应和萧伯纳戏剧选本出版，1965 年还陆续发表了几篇关于萧伯纳的论文。如王佐良的《萧伯纳和他的戏剧》、《萧伯纳的戏剧理论》以及蔡文显的《萧伯纳戏剧创作的思想性和艺术特点》。

当时外国文学研究的一个核心课题就是如何批判继承优秀外国文学遗产的问题。当时高层对于学术自由探讨给予了一定的鼓励，所以这段时间的研究工作，虽仍难免带以政治立场取舍作家、以进步激情取代艺术价值判断的积习，但整体统观，其笔墨重心仍然落在评介经典作家与作品之上，而且，也确有一些相当精彩的文章问世。英国方面，评论对象包括从莎士比亚到 19 世纪浪漫主义诗歌与现实主义小说等，美国方面主要是从 19 世纪开始的现实主义小说。文章大都在作者的生辰或忌辰发表，有相对的集中性。莎士比亚在这阶段仍然是最受关注的作家，在 1964 年他诞生四百周年的前后发表了不少文章，而且形成了一定的争鸣格局。其中最值得关注的或许就是吴兴华的《〈威尼斯商人〉——冲突和解决》一文。吴文以横贯文学、法律、经济及社会史实的阔大视野，凭借扎实的文献考据功力，敏锐地揭示了莎士比亚如何把原本是爱情与冒险的传奇故事，改造成深刻的社会批判文本的复杂过程，并进而点出《威尼斯商人》在莎士比亚整个创作历程中作为由喜剧转向悲剧的一个路标所具有的重大意义。文中虽也隐约可见时代局限的痕迹，但其笔锋腕底的余韵与精湛的辩证思维却使这篇文章即使在今天也堪称文学研究的典范。卞之琳在《〈里亚王〉的社会意义和莎士比亚的人道主义》中分析了《里亚王》所表现的人道主义理想与现实的矛盾，认为它同时也反映了理想本身的矛盾，指出人道主义的内在矛盾正是这些资产阶级先行者两面性的表现。其他还有卞之琳的《莎士比亚戏剧创作的发展》、王佐良的《英国诗剧与莎士比亚》、杨周翰的《谈莎士比亚的诗》、陈嘉的《从〈哈姆莱特〉和〈奥赛罗〉的分析来看莎士比亚的评价问题》、赵澧等的《论莎士比亚的社会政治思想及其发展》和《论莎士比亚的伦理道德思想及其发展》，以及张健的《论莎士比亚的〈尤利斯·凯撒〉的结构和思想》等不下三四十篇。

另有一类文章把莎士比亚看作一个地地道道的资本主义社会中的资产阶级作家，认为第一类文章对莎士比亚评价过高，忽视了他"那些所谓自然、真理、人性、理想背后的资产阶级内容和个人主义实质"。尤其是怀疑莎士比亚到底能不能达到对资本主义有所批判的水平。与之相随还有对资产阶级人道主义的批判性看法。这些文章在今日看来无论在观点还是在材料的掌握方面都已显得过时，但它们作为一种学术方面的认识，一种历史的记录，仍能让我们体会当时的整个意识形态氛围和价值取向。

19世纪现实主义文学历来在我国介绍较多、影响甚广，因此评论的文章，包括综合论述的或专论的，也相应地比较多，在古典文学中几占压倒之势。1962年是狄更斯诞生一百五十周年，在这前后介绍了一些他的作品，发表了二十来篇纪念他的文章。杨耀民的《狄更斯的创作历程与思想特征》一文对狄更斯进行了全面的分析，认为他在作品中对社会的批判是逐步深入的，越来越接触到社会问题的本质。他也和许多19世纪批判现实主义作家一样，在反映、批判那个罪恶的社会时他们是伟大的，当他们提出治疗社会疾病的药方时，就变得糊涂甚至有害了。此外还有范存忠的《狄更斯与美国问题》、海观的《董贝父子》译后记，以及《狄更斯的〈双城记〉和人道主义》和《欧洲19世纪资产阶级文学中的劳动人民形象》等文。1963年在萨克雷逝世一百周年纪念日前后有若干相关文章面世，先是《世界文学》介绍了他的《势利小人集》，后有朱虹的《论萨克雷的创作》系统地阐述了他的创作发展过程和思想艺术特色。朱文以萨克雷的创作为例，指出资产阶级现实主义文学就是一种复杂矛盾的现象，对于本阶级起了一种既反对又维护的作用，忽略了任何一面就不能对资产阶级现实主义文学做出全面、正确的评价。张健的《论萨克雷的〈亨利·艾斯芒德的历史〉》分析了作品的政治历史背景、萨克雷的人道主义观点和唯心主义思想方法。

英国浪漫主义诗人中，布莱克与雪莱获得的评价较高，论述前者的如范存忠的《英国进步浪漫主义的先驱——威廉·布莱克》。关于雪莱的文章比较多，有的是单写雪莱的，有的是把雪莱与拜伦合在一起写的。如范存忠的《论拜伦与雪莱的创作中现实主义与浪漫主义相结合的问题》，袁可嘉的《读雪莱的〈西风颂〉》等，他们一致赞扬了空想社会主义的诗人雪莱，特别是他作为"天才的预言家"的革命乐观主义精神。对拜伦，学界的评论则稍微复杂些。主要是围绕着怎样正确地、历史地评价遗产的问题进行的。拜伦的思想与作品引起的争议最为广泛，焦点是拜伦式英雄的反抗的实质。袁可嘉的文章《拜伦和拜伦式的英雄》在这方面引起了一场不了了之的争论。袁文认为拜伦的叛逆性格从一开始就包含两种因素：资产阶级民主革命战士的进步思想与个人主义，并指出应该正确认识拜伦与其人物之间的联系与区别。另有人认为个人主义才是拜伦式英雄的本质和核心，不应不适当地夸大资产阶级革命的民主性，歪曲资产阶级的历史面貌。他们还提出怎样对待西方文学遗产的问题，认为其"民主性"精华已逐渐失去了它原来的积极意义，而资产阶级思想往往通过它来腐蚀和毒害人民。所以必须对其思想体系，尤其是它的核心个人主义进行彻底的批判。

在马克·吐温逝世五十周年的1960年，报纸杂志纷纷撰文介绍和评论。如老舍在纪念会上的报告《马克·吐温——"金元帝国"的揭露者》，周珏良的《论马克·吐温的创作及其思想》，陈嘉的《马克·吐温——美帝国主义的无情揭露者》等文都着重肯定了马克·吐温是美国杰出的批判现实主义作家，是帝国主义侵略行径和资本主义虚假文明的揭露者，他的艺术风格带有浓厚的人民气息。其他带有纪念性的还有1962年欧·亨利诞生一百周年时的一些文章，如王佐良的《一位善于讲故事的作家》。

海明威也是经常被提起和介绍的美国作家。董衡巽的《海明威浅论》是一篇全面地分析他的文章，认为海明威是美国20世纪以来最重要的作家，"迷惘一代"的代表，并且详细分析了他的以含蓄为最大特点的艺术风格，认为他的艺术才华超过了对生活的认识能力。

还有个别文章对其他英美作家及作品进行了介绍与研究，如乔叟、培根、笛福、斯威夫特、哥尔斯密、司各特、科贝特、萧伯纳、高尔斯华绥、斯陀夫人、希斯德烈斯、德莱塞、阿瑟·密勒等等。

或许，最能体现时代印记的就是对于所谓进步文学的研究与介绍。虽然分量不大，但却贯穿始终。

宪章派文学，特别是宪章派诗歌较受重视，如袁可嘉的《英国工人阶级的第一曲战歌》。"二战"后英国反殖民小说在新形势下如雨后春笋般地发展，这类作品的思想基础只是资产阶级民主主义，但由于它们有现实的政治意义，在我国得到的评价还是比较高的。这方面的文章有撷华的《在殖民主义崩溃的时代中——略谈英国的反殖民主义作家与作品》，徐育新、董衡巽的《英国进步小说的一个特色》等。属于这一类的还有《皮市巷的革命》、《穿破裤子的慈善家》等写工人阶级的小说，关于它们也有个别评论文章。

美国方面的重点是黑人文学，这方面做了相当多的介绍工作，《世界文学》1963年9月还出了黑人文学专号。主要文章有黄星圻的《在斗争中成长的美国黑人文学》、施央千的《一股革命的火焰在燃烧——读反映美国黑人生活与斗争的文学作品》、施咸荣的《战斗的美国黑人文学》等，文章一致高度赞赏美国黑人文学的成就与战斗性，其中第一篇具体叙述了美国黑人文学的发展历史。王佐良的《疾风劲草——谈谈50年代美国几位进步作家的几部优秀小说》分析了包括黑人文学在内的50年代美国文坛对阶级斗争的反映和进步文学在思想性、艺术性方面取得的新成就。

同样具有鲜明时代特色的还有对西方现当代文学的评介上。对于西方现代派文学，当时的态度基本是否定的，往往是以对作家政治立场的抨击代替对作品的细致分析；以传统的文学形式或狭隘理解的现实主义的创作手法为标准来评价现代派艺术。如当时对于"新批评"、"意识流"、现代诗歌以及 T. S. 艾略特的评介都不同程度地受到这样的局限。不过，饶有意味的是，每每在简单甚至粗暴的断语下，会有丰富的新知在，会有些许灵慧的体悟和隽永的片言只语。如袁可嘉的一系列内容丰富的介绍批判文章：《"新批评派"述评》、《略论美英"现代派"诗歌》以及《英美"意识流"小说述评》等都有颇多可取的内容。

新中国成立后十七年外国语言文学教育体制总的说来比较僵死，教学内容较狭窄，基本上是以传授语言技能为主，不鼓励文学作品的阅读。学生所接触的外国文学，有两个特点：一是官方任可老师指定，二是大都来自所谓"精读"、"泛读"课本，数量有限。所以这一段虽然为国家培养出了数量可观的外语专家，但出类拔萃的外国文学学者较少。许国璋曾说：北外"十七年"，也就培养出来一个吴千之。话虽偏激，不是没有道理（吴千之的学问，其实还是 1949 年前打下的基础）。

十年"文化大革命"期间，几乎所有的外国文艺作品都被定性为是资本主义或修正主义的，不分青红皂白遭到否定和查禁。在如此大批判的高压下，外国文学的介绍和研究基本处于停滞状态。但这不等于在那个时段里外国文学书刊及其社会功用就此消失了。对当时文化生活的复杂层面和幽暗角落的烛照与探究恐怕还有待今后的历史家来完成。这里只举一个意味深长的现象，即已经有许多人谈论的"皮书"的出版和流行。这批书最初问世于 60 年代初，是专"供内部参考"的当代外国文学译作，因当时统一用黄色封面，俗称"黄皮书"。这批内部书主要介绍当时有影响的苏联东欧的文学、理论书籍，但其中也包括被我国评论界大批特批的美国"垮掉一代"和英国"愤怒的青年"的名作，如克鲁亚克的《在路上》、塞林格的《麦田里的守望者》以及《往上爬》和《愤怒回顾》等。后来，在 70 年代初，有关部门再次出版了一批类似的内部读物，用的是白皮或灰皮。

这类"皮"书大多印数甚少，不足千册。但看过的人却不算少。有不少在当今学界（也许还可以加上商界和政界）有影响的"领军"人物，如北大的李零和复旦的葛兆光，近时都曾著文回忆 70 年代的读书岁月，包括接触"皮书"的经历，而后者是在边远的西南地区读到这些"禁书"的。

应该说，这些书和其他"文化大革命"前出版的外国文学作品在这期间的"地下流通"速率之高，或许是空前绝后的。一本书常能在短短数月内经过几十甚至上百人转手阅读，对许多年轻人的思想和生活产生深刻影响。在这一时期，一些年轻人对西方语言西方文化产生了发自内心的兴趣，开始了自发的，刻苦的学习和追求。大家失了学，才有了自己的"学"。这样的学习，不受家庭出身的限制，不由主管部门或教员摆布。给人以安慰消遣，激励人关心外部世界、思考自己生活和社会问题，外国文学的这种效用在"文化大革命"之中甚于"文化大革命"之前。"于无声处听惊雷"，"思想解放"或许正是在这个时期开始酝酿的。

第三节 其他相关情况

进入60年代后，政治运动直接干扰和影响了东欧文学翻译和研究的进程。不少东欧文学学者还没来得及施展自己的才华，便坐起了冷板凳，而且一坐就是十几年。"文化大革命"期间，整个国家都处于非正常状态，东欧文学翻译和研究事业也基本进入停滞阶段。在此期间，几乎再也读不到什么东欧文学作品了，唯有少数阿尔巴尼亚、罗马尼亚和南斯拉夫的电影如《伏击战》、《第八个是铜像》、《多瑙河之波》、《勇敢的米哈伊》、《齐波里安·波隆佩斯库》、《桥》、《瓦尔特保卫萨拉热窝》等在某种意义上或可称文学作品的延伸。诗人车前子正是通过电影，对罗马尼亚产生了感觉，他在《二十世纪，我的字母表》一文中写道："我爱罗马尼亚，因为少年时代看到的第一部彩色电影就是他们拍摄的，看了七八遍……故事……风光……穿泳衣的姑娘……"

同样，亚非拉文学研究（除了极少数作品的翻译介绍外）也开始进入了休眠期。这里既有政治的原因，也有原本底子较弱、人才严重匮乏的原因。值得指出的是，1964年冯至从北京大学西语系主任的职任上调往中国科学院，出任新建的外国文学研究所（以下简称外文所）所长。虽然这必然有着相当程度的政治意愿考量，但冯至的任命毕竟也有着学术上的意味。这首先表明德文学者在整个外国文学学科群中占据到相当强势的地位；其次，这意味着德文学科的发展会获得相对较为有利的位势。事实似乎也证明了这点，相比较其时具有强势地位的俄文、其后具有强势地位的英文，德文学科在外文所始终颇受重视；而中北欧室的建立与立名，也反映了冯至的学术眼光和布局匠心。德语文学与希腊罗马文学确实多有关联，而将北欧文学纳入，更显示出日耳曼文化的多元性特征。就德文学科而言，这意味着相当一批以德语文学为专业的学者得以成批地聚集在一起进行纯粹的学术研究，应该说，这是任何一个大学所不具备的条件。就历史发展来看，冯至也确实没有辜负这一大好时机，他不但领导学科发展，而且对德语文学起到领军作用，这不仅表现在他自己的著述和领导之功，而且表现在对人才的培养上，身处外文所的中国第三代德文学者，如张黎、叶廷芳、高中甫、章国锋、宁瑛、张佩芬、陈恕林等；不仅如此，他还培养了改革开放以后成为代际中坚的一批研究生。

第四章

黄金时期

引　言

　　1976年,"文化大革命"结束。1977年中国社会科学院成立。1978年底,中共十一届三中全会召开,吹响了解放思想、改革开放的号角,中华民族迎来了伟大的历史性转折。在之后的四十余年间,外国文学研究蓬勃发展。外国文学和外国文学思想的大量引入不仅空前地撞击了中国文坛,而且在整个思想解放进程中起到了某种先导作用,从而为我国的改革开放提供了不可多得的精神借鉴和情感支持。

　　随着政治上"拨乱反正",打破禁忌,解放思想,中断已久的"三套丛书"在中国社会科学院外国文学研究所的协调下重新鸣锣开张。它始于1959年,讫于1999年,历时四十年。1958年,时任中宣部长的陆定一提出,为了学习借鉴世界文学的优秀遗产,提高我国青年作家的艺术修养和创作水平,满足人民的文化需求,提高人民的文化素质,繁荣社会主义的文学艺术,需要编选一套外国古典文学名著丛书,并责成中国科学院文学研究所主持这项工作(1964年外国文学研究所成立后即从文学研究所全面接过了这项工作)。最初的编委会成员(姓名排列按笔画顺序,下同):卞之琳、戈宝权、叶水夫、冯至、包文棣、田德望、朱光潜、孙家晋、孙绳武、陈占元、杨季康、杨周翰、杨宪益、李健吾、金克木、罗大冈、季羡林、郑效洵、闻家驷、钱锺书、钱学熙、楼适夷、蒯斯曛、蔡仪等。中宣部领导周扬、林默涵都曾先后出席最初的几次编委会会议。"文革"后重新启动丛书工作时，因工作需要，又增加巴金、叶麟鎏、卢永福、朱虹、陈冰夷、陈燊、张羽、赵家璧、骆兆添、姚见、秦顺新、绿原、蒋路、董衡巽等。编委会召集人先后为冯至、蔡仪、卞之琳、罗大冈、戈宝权、叶水夫、孙绳武和包文棣。担任工作组召集人的先后有罗大冈、戈宝权、叶水夫、孙绳武、包文棣、孙家晋、叶麟鎏、蒋路、姚见、张羽、秦顺新和任吉生。编委会的主要工作是制定选题，1961年制定了"三套丛书"的编选计划，初步确定《外国古典文学名著丛书》一百二十种，《外国古典文艺理论丛书》三十九种，《马克思主义文艺理论丛书》十二种。编选计划中除选目外，还确定了部分译者和序言作者，随后就分工展开组稿工作并制定年度出版计划，定期检查进展情况。1966年"文革"开始，出版工作被迫中断。但在此前的四五年中已经组织了一批译者，有些译者在"文革"期间也尽可能地悄悄坚持工作。1978年5月，中宣部批准恢复"三套丛书"的出版工作。同年10月，在北京召开"文革"后的第一次工作组扩大会议，传达了中宣部的指示，遵循拨乱反正、重建文化工作的精神，对过去工作中的问题重新讨论、审查，如修改选题、制定出版计划和出版分工方案、编委会职责和工作组条例，进一步讨论并明确译文质量和序文的要求等诸多问题。会议的主要议题之一是对选题进行调整，《外国古典文学名著丛书》和《外国古典文艺理论丛书》作了扩充，并分别删去两种丛书中的"古典"二字，改为《外国文学名著丛书》和《外国文艺理论丛书》。工作组扩大会议后，又于1979年2月、1980年12月和1985年12月分别在上海、成都和杭州召开三次编委会。在历次编委会上工作组分别汇报了进展情况与有关问题，提请编委会讨论并作出决定。1985年之后，因经费困难，多数编委又年迈离退，便不再召开编委会，由工作组承担了各种责任。

此后，"三套丛书"列入国家社会科学发展规划的"六五"、"七五"重点项目。迄1999年止，丛书共出版《外国文学名著丛书》一百四十五种，《马克思主义文艺理论丛书》十一种，《外国文艺理论丛书》十九种。如此规模宏大而又是系统性的外国文学和理论著作，在我国是空前创举，在国际上也属罕见。然而，丛书不仅以规模宏大取胜，而且质量上乘。首先是选题精当。外国古今文学作品与理论著作，浩如烟海，其名著也汗牛充栋。丛书依靠由各语种的一流专家组成的编委会，经多次协商，反复讨论，集思广益，筛选出最优秀最有代表性的作品或论著，制定选题计划。因此，《外国文学名著丛书》几乎囊括东西方各民族自古代、中世纪至近现代的重要史诗、诗歌、戏剧、小说、散文杰作，基本上集外国文学精华之大成，体现了世界文学的发展轨迹。多年以来，这个选题几乎成了外国文学出版界的准绳：三十年间，我国各地出版了多种外国名著丛书，却极少越出这个选题的范围。此外，《外国文艺理论丛书》已出的十九种，填补了外国文艺理论译介的诸多空白；《马克思主义文艺理论丛书》则收入经典作家和早期马克思主义批评家几乎全部重要文论遗产。丛书的另一优点是译文完善。除极个别情况外，作品都从原文直译，更重要的是，丛书中各书的译者是经编委会与工作组从全国的翻译界中慎重遴选的，基本上都是学风严谨的一流翻译家，有的同时是知名学者。他们视翻译为崇高的事业，力求译文尽善尽美，孜孜矻矻，逐句琢磨，一丝不苟，精益求精，完成一书，常达数年以至十数年之久。这些译本经受住了时间的考验。数十年来，我国出现不少同类译本，而丛书中的译本绝大多数仍然是一流的，有的甚至是不可企及的。丛书的出版者人民文学出版社和上海译文出版社是当时国内出版外国文学作品的两家权威的出版社，各自拥有多语种编辑队伍。

与此同时，中国社会科学院外国文学研究所等单位和有关同行共同努力，先后推出了《外国文学研究集刊》、《现代文艺理论译丛》、《春风译丛》、《西方文艺思潮论丛》，以及国家"六五"和"七五"社科基金项目《外国文学研究资料丛书》和《20世纪欧美文论丛书》丛书或丛刊。它们的相继出现，使外国文学研究界领风气之先，为我国的改革开放事业奠定了思想基础。其中，由外文所主持的《外国文学研究资料丛书》发轫于70年代末，累计出版各类研究资料凡八十种，其广大的容量、精审的编选眼光，嘉惠学人并使无数读者受益。冯至、季羡林、王佐良、杨周翰等前辈学人极其重视这套书的编撰，付出了很多辛劳。为保证质量，"资料丛书"邀集了众多名家参与其事，如季羡林先生选编了《印度两大史诗评论汇编》、杨周翰先生选编了《莎士比亚评论汇编》、袁可嘉先生选编了《现代主义文学研究》，并适时地吸纳了当时的一大批中青年学者的成果，如董衡巽编的《海明威研究》、朱虹编的《奥斯丁研究》、李文俊的《福克纳评论集》、瞿世镜编的《伍尔夫研究》、叶廷芳的《卡夫卡研究》，等等。另外，丛书特别强调理论导向，出版了钱锺书、杨绛先生参与选编的《外国理论家作家论形象思维》、陆梅林编选的《西方马克思主义美学论文选》等。时间跨度从古希腊至20世纪，地域空间从印度到北欧，每一种资料几乎都涉及好几个语种。90年代以降，由于众所周知的原因，丛书出版几近停顿。陈燊等有关负责人虽竭尽努力，但结果仍不尽如人意。所幸者"资料丛书"早已超出它自身的意义，它使我国读者得以在一个新的高度、新的层面上反观百余年来外国文学、文化的输入，提供了大量第一手资料，使读者体会到了外国文学的深层肌理和学术质地。同时，有关评论、资料以及理论的翻译构成了传统学术向现代学术转型的重要因素。许多大学生、研究生正是通过"资料丛书"明白了文学评论的写作方式和存在价值。同时，现代学术翻译自严复译《天演论》起，就有介入现实、参与论争的优秀传统，"资料丛书"在80年代初推出加罗蒂《论无边的现实主义》就包含这样的考虑，引发了不少争议，其他如《欧美古典作家论现实主义和浪漫主义》、《文艺学中的形式主义》则更有其观照现实的着眼点。正是通过这一独特方式，一代代翻译家显示出他们的见识和思考、介入感和使命感。

此外，中国外国文学学会于1978年正式成立，俄罗斯（苏联）、法国、德国、意大利、西葡拉美、日本、印度、阿拉伯等有关国别或语种研究会相继成立。是年，随着外国文学作品的大量推出，全国各地出现了万人争购的热烈场面。《世界文学》杂志复刊（其印数一度突破三十万份），《外国文艺》、《外国文学研究》、《外国文学报道》、《译林》（以此命名的专业出版社迅速与人民文学出版社、上海译文出版社形成三足鼎立之势）、《当代外国文学》、《外国文学动态》（其前身为《外国文学现状》）、《世界文艺》、《译海》、《国外文学》、《美国文学丛刊》、《苏联文学》（后更名为《俄罗斯文艺》）、《日本文学》、《外国文学》、《中国比较文学》、《外国文学评论》等翻译、介绍、研究外国文学的刊物也相继创设。北京十月出版社、漓江出版社、花城出版社、浙江文艺出版社等纷纷加入外国文学翻译、研究的出版工作。1986年，中国译协召开了第一次全国代表大会。

90年代，我国正式加入国际版权组织，同时拉开了出版社转轨、改制的序幕，加上市场经济等因素，外国文学的出版在经历了阵痛之后开始呈现出复苏的迹象。这主要体现在人民文学出版社、上海译文出版社、译林出版社等传统外国文学出版机构的战略调整，以及众多民营出版机构的介入。

世纪之交，我国的外国文学研究部分出现西化和碎片化现象；但最近十年来，又逐渐摆脱西化和碎片化倾向，开始呈现出越来越鲜明的主体意识和国家意识。尤其是在习近平总书记一系列讲话①之后，我国外国文学研究在"四个自信"、"四个坚持"方面有了明显的自觉，尽管某些立场和方法上的问题尚未完全解决，建立"三大体系"依然任重道远。

第一节　国别（语种）文学研究

1978年以后，外国文学译介和研究工作全面复兴。东方各国文学也得到了较多的关注和译介，其涉国之多、语种之广，可谓史无前例。同时，学术研究工作全面展开，尽管由于种种原因，较之同时期西方文学，东方文学的翻译与研究仍稍嫌薄弱。

然而，这一时期译介的东方文学包括古今代表作家作品，几乎涵盖所有流派思潮、国别语种。综合性成果主要有中国社会科学院外国文学研究所主编的《东方文学专集》（两卷，1979），它是我国第一部译介和研究东方文学的综合性、开创性成果，具有十分重要的意义；此外还有朱维之主编的《外国文学简编（亚非卷）》（1983），即我国第一部东方文学史。其他重要成果有元文琪等翻译的《亚非拉短篇小说集》（1980）、李玉琦

---

① 《在文艺工作座谈会上的讲话》（2014年10月15日）、《在哲学社会科学工作座谈会上的讲话》（2016年5月17日）、《在中国文联十大、中国作协九大开幕式上的讲话》（2016年11月30日）和《在看望参加全国政协十三届二次会议的文化艺术界、社会科学界委员时的讲话》（2019年3月4日）

等翻译的《血谷》（西亚北非短篇小说集，1981）、沈春涛等翻译的《东方短篇小说选》（上下，1988）、刘寿康等翻译的《亚洲民间故事集》（1980）、陶德臻主编的《东方文学简史》（1985）和《东方比较文学论文集》（1987）等。

1990年以降东方文学研究渐入佳境。20世纪90年代以来，国内的东方文学翻译与研究日趋兴盛，很多高校都开设了东方文学课程，授课老师从事东方文学研究，同时招收东方文学硕士博士研究生，由此形成了一个阵容较为庞大的从事东方文学研究的学术群体。其中中国社会科学院外文所东方文学研究室，以其高、精、深、专，在国内享有盛誉，在方兴未艾的东方文学研究中占有十分重要的地位。在这个阶段，东方文学研究取得了较为丰硕的成就。这一阶段的整体综合性成果除了各种外国文学教材和外国文学史中的东方文学部分之外，重要成果有：高慧勤和栾文华主编的《东方现代文学史》（1994）、季羡林主编的《东方文学史》（1995）、薛克翘等主编的《东方神话传说》（1999）、何乃英主编的《东方文学概论》（1999）、王向远编著的《东方各国文学在中国》（2001）、张玉安和成岗龙主编的《东方民间文学比较研究》（2003），以及王邦维主编的《东方文学集刊》（4辑）、孟昭毅等撰写的《印象：东方戏剧叙事》（2006）等。与过去相比，这一阶段的整体综合性成果以研究为主，显示出我国学界在东方文学研究方面有突飞猛进的发展。

需要说明的是，蒙古民族丰富的史诗和民间文学属于蒙古民族的共同文学财富，我国民族文学研究的相关机构和学者对之倾注了心血，这里不再涉及。从苏联独立出来的中亚和高加索诸国由于其文学长期划在苏联文学范畴，故而21世纪之前尚未引起东方文学研究者的足够关注。

西方文学研究，包括后起的拉丁美洲文学研究，取得了长足的进展。英美文学研究因为历史和现实的原因继续保持强劲的势头，成果十分可观。俄苏文学在我国具有得天独厚的地位，近四十年虽然不再一枝独秀，但其影响力绝对不可低估，俄苏文学研究队伍更是不容小觑。其他西方国别、区域或语种文学无论古今，则在不同时期因为不同的作家作品或流派思潮而受到我国文学界、读书界的关心，甚至青睐；相关研究成果也随之大量涌现。拉丁美洲文学虽然早在20世纪50年代就受到了重视，但真正的研究却是在 1978 年以后方始展开的。

这一时期，不仅有关西方文学的综合性研究成果大量涌现，而且还出现了不少外国文学史著作。这些著作集中了我国几代学人的文学史研究成果，并以北京大学李赋宁、刘意青等主持的《欧洲文学史》（1999）、中国社会科学院外文所吴元迈主编的《20 世纪外国文学国别史丛书》（1998）和《20 世纪外国文学史》（2004）影响最大。其中《20 世纪外国文学史》还获得了首届出版政府奖。最近十余年，外国文学通史类教科书和综合性著作大量涌现。其中尤以新中国 60 年为主题的《当代中国外国文学研究》和以作家作品学术史研究为取法的《外国文学学术史研究》（陈众议主编，2011— ）、《新中国 60 年外国文学研究》（申丹、王邦维主编，2015）和《中国外国文学研究的学术历程》（陈建华主编，2016）最为引人注目。

一　英美文学研究

作为新时期规模最大、力量最强的分支学科，英语文学教育和科研都极为活跃，成果也非常突出。值得一提的是，1978 年和 1979 年相继成立的英国文学学会和美国文学研究会是外国文学界较早成立的专业性学会。随着对外交流渠道陆续建立，1984 年 10 月举行了中美第二次作家会议，美国著名作家艾伦·金斯堡、加里·史耐德和托妮·莫里森等到访。1985 年瑞典汉学家马悦然、英国文学专家玛丽·雷诺治，美国著名批评家弗·詹姆逊、加拿大诗人杰地斯等人来访，都产生了很大的文化冲击和社会影响。另外，从 80 年代前期开始，国内很多资深或中青年教授和研究人员陆续出国访学、进修、开会，对国外学界的了解迅速加深并拓展。攻读学位的研究生（公派或自费）也一批批走出国门。他们中的归国人员后来成为本学科的主力之一。

这一时期，外国文学作品大量引入，除了新版和再版的经典名著之外，英国通俗小说《尼罗河上的惨案》由《译林》杂志 1979 年创刊号刊出，引起轰动和争论。美国通俗小说以惊人的数量涌入中国外国文学的图书市场。赫尔曼·沃克的《战争风云》由施咸荣、萧乾、朱海观、王央乐等著名翻译家翻译，"文化大革命"后期曾作为"皮书"内部出版，1979

年由人民文学出版社公开出版，第一版发行量高达四十万册；80年代中期，美国通俗作家谢尔顿、阿瑟·黑利等都是中国图书市场上的最畅销作家。谢尔顿的《假若明天来临》第一版仅漓江出版社（后陆续出版的重译达七个版本之多）就印行四十万册；2007年7月，南京译林出版社接着发行了第二版，到2009年4月，又已经印刷了八次。黑利的《最后诊断》、《大饭店》、《航空港》、《超载》等都十分畅销。这些美国通俗小说的畅销，从一个侧面反映了改革开放后的国人了解外部世界的迫切心态，而外国文学作品也的确成为当时国人了解外部世界的一个很重要的窗口。

一批有较高学术价值的著作也陆续问世，如杨周翰、吴达元、赵萝蕤主编的《欧洲文学史》上册修订再版，下册初次出版。新问世的有董衡巽、朱虹、施咸荣、郑土生编著的《美国文学简史》上下册，刘炳善编写的英文版《英国文学简史》，以及老一辈专家杨绛的文学论文集《春泥集》，范存忠的《英国文学史纲》和《英国文学论集》，杨周翰的《17世纪英国文学》，索天章的《莎士比亚——他的作品和时代》，贺祥麟的《莎士比亚研究文集》（1982），陈嘉的中、英文版英国文学史和英国文学读本（三卷），等等。苏联研究单位撰写的在我国影响很大的英国文学史的译本也得到再版，在教学和研究领域中发挥了重要作用。朱虹（《英美文学散论》）、陈焜（《西方现代派文学研究》）等一批当时年富力强的中年学者推出一系列介绍评议文章。这些论文提出了一系列外国文学研究中的重要问题——典型问题、文学源流问题、现实主义和现代主义问题等。杨周翰、王佐良等人就《美国文学简史》发表了书评，在肯定成绩的基础上还探讨了文学史的规律以及美国文学发展的一些问题。另外像《外国名作家传》等丛书，也适时为广大读者介绍了英美著名作家。

与此同时，大量讨论具体作品的文章也陆续出现，这些文章大致可以分别属于古典文学和现代文学两个范畴。如孙家琇的《莎士比亚的〈李尔王〉》和杨周翰的《威廉·莎士比亚》等。方平的论文《谈〈温莎的风流娘儿们〉的生活气息和现实性》和《论夏洛克》对莎剧人物如福斯塔夫、夏洛克的阶级本质进行了探讨。也有人对一些问题提出了不同的见解，尤其表现在对《威尼斯商人》的争论上。如阮坤在《〈威尼斯商人〉简论》中对有些评论中认为安东尼与夏洛克的冲突反映了资本主义发展早期商业资本与高利贷资本之间的矛盾的论点提出异议，指出"作者主观上绝不是要反映阶级斗争或剥削阶级的内部斗争"。方平的文章则从阶级本质指出，代表商业资本的安东尼与代表高利贷资本的夏洛克是一丘之貉。

对英国18、19世纪作家作品的评论十分活跃。如赵萝蕤的《批判的现实主义杰出作家狄更斯》、王佐良的《雪莱诗一瞥》，再如朱虹的《〈简·爱〉——小资产阶级抗议的最强音》、施咸荣为司各特的《艾凡赫》所作的序言、濮阳翔的《18世纪英国最杰出的作家菲尔丁》和《菲尔丁的〈汤姆·琼斯〉》、张中载的《托马斯·哈代：思想与创作》等。对美国文学名著的评论也日见增多，如荒芜的《漫谈惠特曼》，董衡巽为辛克莱的《屠场》所作的序言，朱虹关于霍桑的浪漫主义小说的评论《略谈霍桑的浪漫主义》等。

这一时期，外国文学研究取得的一个可能是最重要的突破就是对西方现当代文学，尤其是对过去否定最多的现代派文学的探讨。中国社会科学院外国文学研究所较早提出了这个问题，并展开了一系列有启发意义的讨论。其中评述性文章包括袁可嘉的《略论西方现代派文学》等一组文章，陆凡的关于美国当代文学的一系列文章，李文俊的《"从海洋到闪烁的海洋"——战后的美国文学》，梅绍武的《当代美国文学一瞥》，朱虹的《荒诞派戏剧述评》，陈焜的《西方现代派文学和梦魇》、《索尔·贝娄——当代美国文学的代表性作家》和《"黑色幽默"，当代美国文学的奇观》，董衡巽的《美国现代文学述评：1914—1945》，杨熙龄的《美国现代诗歌举隅》，以及王文彬等论述存在主义、黑色幽默和著名当代作家的一组文章。袁可嘉、董衡巽、郑克鲁主编的《外国现代派作品选》（共四册八本）于1980—1985年由上海文艺出版社出版。印数累至十五万册，影响巨大。不少文学青年由此走上创作之路。

上述文章和译作从各个角度对现代当代西方文学，特别是现代派文学作了新的、较为实事求是的介绍和评说。有的文章论述了现代派文学形成的社会背景和思想根源，指出它们的产生有着时代的必然性和流派的承续性。有的文章分析了现代派文学的思想特征和艺术特征，对现代派文学的各个流派提出了比较中肯的看法。如对作为现代派文艺的开端的象征派诗歌，有的文章指出了它曲折地反映现实的一面，认为不能简单地用贵族主义和神秘主义一笔勾销。对荒诞派戏剧，有的文章指出，荒诞的表面现象内含社会矛盾，"非人化"了的形象恰恰提出了恢复人的价值的问题。有的文章认为黑色幽默表达了由绝望转化成的幽默、恐怖中的滑稽，它强调了世界的荒谬和社会的疯狂，是当代西方社会危机的一种反映。

这些著述和译作伴随思想解放和"文化热"时潮，打破了此前的文化禁区，多年来第一次向中国公众介绍了当代西方和美国的文学状况，使现代主义、人道主义、历史中的"恶"、先锋艺术、意识流手法等新鲜议题高调登场，在广大读者特别是文学青年中备受关注，对中国作家的后续创作也产生了极为深刻的影响。侯维瑞的《现代英国小说史》，董衡巽、朱虹、李文俊、施咸荣共同完成的《美国文学简史》属于改革开放后中国人最早独立撰写的外国文学史，对现当代文学和通俗文学给予了必要的重视。郑敏的《英美诗歌戏剧研究》、瞿世镜的《意识流小说家伍尔夫》和钱满素主编的《美国当代小说家论》于80年代中后期推出，是当时尚不多见的比较深入的作家作品研究。

同样值得注意的是，中国社会科学院外国文学研究所（以下简称"社科院外文所"）还组织编纂了一系列经典作家的研究资料集，以分别由杨周翰、朱虹主编的《莎士比亚评论汇编》（2卷）和《奥斯丁研究》等为代表。此项打基础的学术工作后来延续到90年代。其中，袁可嘉主持编纂的《现代主义研究》（2卷）比较系统地收集了国外的有关资料和评论，内容不限于英美甚至不限于文学，但编译力量以英文工作者为主。此外，80年代后期还有数种英国人撰写的英国文学史出版。

20世纪80年代我国思想文化界的一件不能忽略的大事是《读书》杂志的创办（1979年4月）。创刊伊始，《读书》就十分注重介绍外国文学文化，范围之广，读者之多，前所未有。这种媒介做到了一切专业期刊做不到的事情，使文化走向更多的群众，而且开创了新路。新，在于所谈的书和事情，很多专业人员未见得知道，还在于文字清楚流畅，采用以往专业文章所没有的文风。

进入80年代以后，国内关心当代西方文学理论的人日见增多。社科院关注这个问题最早，当时尚为北大西语系研究生的张隆溪受钱锺书委托开始深入研读、撰写文章，并且自1983年4月起在《读书》杂志连载了十一篇，较为系统地介绍了20世纪西方文论，后于1984年结集出版。张著和其他有关文论思想的著述（比如赵毅衡论新批评），特别是其中一些新鲜的观念、文辞和话语，在那个思想骚动的时期引起了极大的注意和好奇。文学讨论的视野得到了很大扩展，读者和评者开始把不同时期不同语言的作品联系起来，还能把文学和历史、政治、美术、心理学、语言学联系起来。这场"理论热"延续到90年代，其影响绵延至今。当然，也应看到，在这一阶段，国内出现的"理论"文章多是转述国外的综论和介绍，不少作者来不及系统读理论原著，更来不及确立自己的理论立场。也有些跟风的年轻人把"理论"当作一种时髦捷径，以此替代对文学作品的阅读和理解。

80年代的外国文学研究，除了理论倾向比较突出，还有一个新发展，即比较研究的开始。原因似有两个。一是钱锺书逐渐为人所知，有人开始宣传和模仿他的文章和方法。二是各个大学的中文系都有现代文学专业，其中的教员对外国的文学和文学理论感兴趣，同时不满于原来讲课的框框，要谋新出路。就英美文学而言，比较研究也容易出新意。

总的看来，这十余年英语文学界忙于破除思想禁忌，填补文化空白，开拓精神视野，倾心投入，干劲冲天，社会反响也特别大，不仅做了文学译介评论的工作，甚至扮演了整个思想解放思潮的马前卒角色。这一段工作为此后的学科发展奠定了基础。但就学术研究和文化思辨而言，这尚为起步阶段，英语文学乃至外国文学介绍和评论几乎不是作为文学欣赏或专业学术而是作为一种大众思想文化运动出场的。另外，80年代的英语文学界乃至整个中国文化界都存在某种浮躁的崇洋、崇"新"的情绪，这对国家的思想生活甚至政治生活都产生过一定的负面影响。

进入90年代以后，外国文学翻译出版的"版图"已初步形成。其中，上海译文出版社和江苏译林出版社是两家"专营"社，北方的人民文学出版社等也属主力阵营，有突出的作用，甚至主办了我国自己的年度最佳外国文学作品奖的评选。第二梯队的成员有时有所变化，比如漓江出版社在80—90年代很突出，后来重要性相对下降，而浙江文艺出版社等近时的表现则有引人注目之处。北京外语教学与研究出版社和上海外语教育出版社等更是与国外出版机构合作，开始批量推出英语文学和学术作品的原著。

这一时期还出现了一批专业刊物和外国文学论丛（如《英美文学研究论丛》）。

这一阶段，出版的政治"禁区"渐渐淡出。不仅传统"经典"作家的作品的翻译出版已经常态化，对英语文学当代新作的译介也日益与国外同步。2000年以后十年的发展则更为鲜明地呈现了某些新特点，更触目地标示了当前现状和今后的趋势。

在这方面，目前最重要的现实是，我国出版业的商业化转型已基本完成。其表现之一：在出版选题的过程中，主要制约因素不再是政治禁忌或道德规约，而是对销量的预期。此外，出版社已经能和媒体彼此呼应，熟练运用"包装"手法运作发行，这在对当代畅销书的推介上表现得淋漓尽致。惊悚、推理、匪警、科幻或魔幻类图书出得多且快。如新星出版社的推理小说系列，2009年1月出版到3月即能第二次印刷。斯蒂芬·金的作品《劫梦惊魂》（上海译文出版社2008年版）首印达两万册；上海译文社出托尔金、罗佛兰登的书一般首印超万册；人民文学出版社2008年推出阿加莎·克里斯蒂侦探推理系列，首印两万册；美国梅尔（Stephenie Meyer）的新吸血鬼故事《暮光之城》也一版再版，印数达数十万。哈利·波特系列中译本印数已突破千万；《达·芬奇密码》（人民文学出版社，99读书人）2004年出版，到2008年8月已经印刷五十七次，销量达二百余万册，作者丹·布朗的其他小说也已经或预定出版。耐人寻味的是，后两位超级畅销作家作品的独家引进出版均是由老牌国家队人民文学出版社操办的。追随畅销读物"搭车"出书的现象亦可观，凸显出版业商业嗅觉的敏锐和成熟。

每年一度的诺贝尔文学奖颁奖，都成为我国的出版盛事之一，常常是在获奖人/作品揭晓前后即有媒体地毯式轰炸般连篇累牍报道，握有版权和译本的出版社毫不延误地迅速出书或重印，尚无版权的出版社酌情快速跟进。近年获奖的奈保尔、库切和多丽丝·莱辛都造就了一时热销。其中前两位的大部分作品都已出版并在读者中引起较大反响，莱辛的作品也有多种经出版社筛选引进，或新译或再版。出人意料的是，品特2005年获得诺贝尔文学奖在中国没有引发多少出版冲动，个中缘由值得深究。英国布克奖获得者中，阿特伍德、凯里和德赛等有多部作品翻译面市。引人注意的是，他们都是英、美以外的英语国家作家，这似乎既反映了布克奖的某种取向，也反映了中国读者视野的变化。

与此同时，1990年以来随着我国大学本科教育和研究生教育进一步正规化专业化，随着学术交流的加强与学术规范的建设，随着我国自己培养的和留学归国的研究生陆续进入教学和研究工作的第一线，英语文学研究评论呈现逐渐回归学术、繁荣发展的态势。

首先，出版了大批水平较高的文学史类或系统性研究著述。其中包括陆续面世的由王佐良、何其莘、周珏良等编/写的多卷本英国文学史（北京外语教学与研究出版社，以下简称"外研社"），朱虹、文美惠、黄梅和陆建德分别编写的四卷本英国小说研究论集（《英国小说的黄金时代》、《超越传统的新起点》、《现代主义浪潮下》和《现代主义之后》），侯维瑞的《英国文学通史》[上海外语教育出版社（以下简称"上海外教"）1999年版]，张中载的《当代英国文学论文集》（外研社1996年版），瞿世镜等的《当代英国小说》（外研社1998年版），李文俊、董衡巽和薛鸿时分别撰写的福克纳、海明威和狄更斯的传记，黄仲文、张锡麟的《加拿大英语文学简史》（南京大学出版社1991年版），郭继德的《加拿大文学简史》（河南人民出版社1992年版），黄源深的《澳大利亚文学史》（外教社1997年版），以及桂杨清和郝振益等的《英国戏剧史》、张子清的《20世纪英美诗歌史》、王长荣的《现代美国小说史》、金莉和秦亚青合著的《美国文学》、傅浩的《英国运动派诗学》、殷企平的《小说艺术管窥》、鲍屡平的《乔叟诗篇研究》、赵彦秋的《狄更斯长篇小说研究》、肖明翰的《福克纳研究》、阮炜的《社会语境中的文本：二战后英国小说研究》、蒋洪新的《走向四个四重奏》、石坚的《美国印第安神话与文学》，等等。此外还有刘意青、韩加明关于理查逊和菲尔丁的英文论著等。王佐良的《英国浪漫主义诗歌史》（人民文学出版社1991年版）和《英国诗史》（译林出版社1993年版）代表了一代中国学者的成就，一方面体现了中国学者以历史唯物主义思想把握英国诗歌发展历史脉络的努力；另一方面书中选诗译诗考究、品评精当，又表达了独到的个人体验和透辟理解，体现了作者深湛的中英语文学素养及沟通中西文化的自觉努力。

这十年间随着种种西方后结构主义后现代主义流派和思潮陆续被引

入、介绍,理论热持续升温,人人争说,一时蔚为风气。此外,学术随笔的繁荣也在继续。这类文章的特点是既重思想性也重趣味性,既有学术含量又相对通俗易懂。赵一凡80年代末90年代初开始在《读书》上发表文章,引起颇大反响,后多收入《美国文化批评集》等。陆建德、钱满素、黄梅、盛宁、申慧辉等也都在报刊上发表了不少随笔散文,后来结集为《麻雀啁啾》、《飞出笼子去唱》、《世界文坛潮汐录》、《女人与小说》及《不肯进取》等。它们眼界开阔,思想犀利,文字考究,富于反讽。总之,伴随读书类杂志的成长,一批有功底的学者成为比较善于面对更广大读者群的成熟散文写手。

2000年以后,论文、专著及学术散文等不仅数量大幅增加,其广度和深度都有明显拓展。在传统的研究视阈之外,更出现了诸多更新颖独特的研究视角和对象,如女性主义文学研究、后殖民文学研究、叙事学、文体学、文学理论、文化研究、生态文学、学术史研究以及中外文学交流等。这里拟从五个方面做些归纳。

(一)对经典作家作品的研究日渐深入、多样,而且涵盖了从远古至当代的诸多体裁和文类,探讨的视角和方法路径百花齐放。以莎士比亚为例。莎作在中国被接受、理解的重要环节是戏剧演出,这是其他多数文学作品所不能比拟的。近年里莎剧被以话剧(林兆华导演濮存昕主演的《哈姆雷特》)以及京剧、昆曲、川剧、越剧等其他传统剧戏曲形式来搬上舞台,以中国人的特殊方式和角度演绎并阐发了西方经典。此外,北京大学、复旦大学、北京对外经济贸易大学、四川大学和四川外国语学院等诸多院校都曾举办英语原版演出。在有关研究和评论中新理念新角度新解说纷纷出现:有从女性主义立场出发讨论莎翁笔下女性人物形象;有受解构思潮影响论证莎剧其实并非以所谓人文主义为中心;过去中国人较少涉及的莎作与基督教和《圣经》、与古希腊罗马神话和历史的关系等问题得到了关注,种族、性别、他者等关键词,加冕、脱冕、狂欢等理论概念不时亮相。还有的学者从语言和翻译的角度展开讨论(如徐鹏的《莎士比亚的修辞手段》和桂扬清的《莎翁作品译文探讨》等)。此外,随着最早的莎剧译本即由传教士亮乐月(Laura M. White)翻译的《剜肉记》被重新发现并引起热议,对"莎士比亚在中国"的讨论也高潮时起;专注于比较研究的学人还对比汤显祖、关汉卿、李渔、纪君祥和曹雪芹等中国作家来讨论莎士比亚。就讨论的多样性而言确有百家争鸣的气象，出版有关专著就不下七十余部，有工程浩大的词典（刘炳善编《英汉双解莎士比亚大词典》和张泗洋主编的《莎士比亚大辞典》），有陆谷孙、裘克安等资深专家的评论赏析，也有相当数量的博士学位论文；还有二十多种外国著述（翻译或原文），更不必提大量的论文。

总的说来，有关英国文学的专著包括外研社20世纪90年代陆续推出的五卷本英国文学史（李赋宁、王佐良、何其莘、刘意青、钱青等撰写或主编，2006年出版了第二版），王守仁、何宁的《20世纪英国文学史》（北京大学出版社2006年版），阮炜的《20世纪英国小说评论》（中国社会科学出版社2001年版），高继海的《英国小说史》（中国社会科学出版社2003年版），丁宏为的《理念与悲曲》（北京大学出版社2002年版），黄梅的《推敲"自我"：小说在18世纪的英国》（生活·读书·新知三联书店2003年版），张和龙的《战后英国小说》（上海外教2004年版）和《威廉·戈尔丁》（译林出版社2009年版），张旭春的《政治的审美化与审美的政治化——现代性视野中的中英浪漫主义思潮》（人民出版社2004年版），章燕的《多元·融合·跨越：英国当代诗歌及其研究》（生活·读书·新知三联书店2003年版），以及王岚和陈红薇合著的《当代英国戏剧史》、陶家俊的《文化身份的嬗变：E. M. 福斯特小说和思想研究》、魏颖超的《英国荒岛文学》、李建波的《福斯特小说的互文性研究》、李正栓的《陌生化：约翰·邓恩的诗歌艺术》、卞昭慈的《天路·人路：英国近代文学与基督教思想》、傅俊的《渊源·流变·跨越：跨文化语境下的英语文学》、胡振明的《对话中的道德建构：18世纪英国小说中的对话性》、廖昌胤的《悖论叙事：乔治·爱略特后期三部小说中的政治现代化悖论》、袁德成的《从莎士比亚到品特》、杜平的《想象东方：英国文学的异国情调和东方形象》、聂珍钊（等）的《英国文学的伦理学批评》等。此外还有王丽丽关于多·莱辛、欧荣关于戴维·洛奇的论作，张玲、朱炯强、方丽青、颜学军等人有关哈代的专著，以及葛桂录的《雾外的远音》，等等。有关美国文学的包括有刘海平、王守仁主编的《新编美国文学史》（上海外教，四卷本，2000—2002），王誉公的《埃米莉·迪金森诗歌的分类和声韵研究》、黄铁池的《当代美国小说研究》、张剑的《T. S. 艾略特》、刘进的《弗雷德里克·詹姆逊文化诗学研究》、钟玲的《美国诗与中国梦：美国现代诗里的中国文化模式》、张晔等《北美女性文学研究》、蒋道超《德莱塞研究》、姚伟君《文化相对主义：赛珍珠的中西文化观》、杨金才《赫尔曼·麦尔维尔与帝国主义》、廖可兑主编《尤金·奥尼尔戏剧研究论文集》、崔少元《亨利·詹姆斯国际题材小说的欧美文化差异》、童明（Toming）著的《美国文学史》、王文彬的《学海泛舟》、陶洁《灯下西窗》、虞建华等著的《美国文学的第二次繁荣》等。近年学术出版物呈现出多样性趋势。比如，李小路的《〈克拉丽莎〉的狂欢化特点研究》是近年里诸多以专著形式出版的博士学位论文之一；而陶洁《灯下西窗》和区鉷的《西窗琐语》则是资深学者的短文和随笔的结集。

  论文的数量继续增长，每年英美各约有四百篇，其丰富性、多样性给人以深刻印象。其中有不少选题过去在我国是被忽视的，如胡家峦的从古典文学和基督教文化角度，结合神话和寓言探讨英国文艺复兴时期诗歌中出现的意象；肖明翰、金朝霞和王继辉等对英国古代作品《贝奥武甫》进行研究；还有多位学者论及哥特式小说等。一些重要领域，如英国浪漫派诗歌和19世纪小说，则百家争鸣的局面则更进一步。例如，讨论英国浪漫派诗歌的论文就有丁宏为《政治解构与诗意重复——〈序曲〉中的诗意逆流》、张旭春《"时间性的修辞"》、吕佩爱的《马修·阿诺德的"人生批评"与英国浪漫主义诗人》、赵光旭的《华兹华斯"瞬间"诗说观念的现代性特征》和罗益民《完形理论与"消极能力说"》等数十篇。有的中国学者尝试对西方权威学者提出一些商榷意见，如王海颖的《一场辛苦而糊涂的意识形态之战：谈玛丽琳·芭特拉的奥斯丁研究》，陆建德的《意识形态的颜色》等论文针对国内外有影响的获奖作品提出了自己的解读，凸显了不盲从西方主流意见的态度。有的论文侧重细读和赏析，如傅浩的《〈当你年老时〉：五种读法》等。现代派作家仍是关注重点，如有关伍尔夫就有盛宁的《关于伍尔夫的"1910年的12月"》以及李娟、朱丹亚等多人的文章。有的关注经典作家福克纳、康拉德、劳伦斯、艾略特、庞德和亨利·詹姆斯等（如姚乃强、高继海、殷企平、宁一中、刘心莲、陈平、代显梅等）。有的学者着眼当代的拜厄特、纳博科夫（如曹莉、王卫东、张鹤和黄铁池等）。有的瞩目20世纪美国诗歌：如陶洁论20世纪晚期美国诗歌，张跃军注意威·卡·威廉斯的"地方主义"诗学，王新球剖析弗洛斯特的寓言诗，张子清论证说后垮掉派诗人鲍·霍尔曼乃美国诗歌传播形式革命的先行者，文楚安纵论金斯伯格的理性和诗性，等等。在对美国小说研究中，戚涛的《霍桑对爱默生超验主义的解构》、林斌的《文本"过度阐释"及其历史语境分析——从〈伤心咖啡馆之歌〉的"反犹倾向"谈起》等立意不俗。另有一些研究显露了跨学科和比较文学研究特征：比如刘海平和沈艳枝的《赛珍珠传记作品与西方在华基督教传教运动》、张北的《纳博科夫与白银时代俄国文化精神》、心莲的《理解抑或误解？——美国诗人庞德与中国关系的重新思考》等。

在大量的论作中可以看出过去十余年的"理论热"对文本解读和作家研究产生了相当深刻的影响。其中触目的现象之一是后殖民理论引起层层涟漪：从任一鸣与瞿世镜合著《英语后殖民主义文学研究》、陶家俊的《启蒙理性的黑色絮语——从〈印度之行〉论后殖民知识分子的民族—国家意识》、张德明的《玄学派诗人的男权意识与殖民话语》、段方的《普洛斯彼罗的魔法和凯列班的诉求——后殖民主义视角下的〈暴风雨〉》、任一鸣的《"流放"与"寻根"》、罗世平《战后英国小说：后殖民实验主义》等可以看出这个研究思路已经渗透到英语文学研究的方方面面。不过，也有学者拒绝过于简单的殖民/被殖民标签，韩敏中的《黑奴暴动和"黑修士"——在后殖民语境中读麦尔维尔的〈贝尼托·塞莱诺〉》认为小说中的黑人既是起义者也是白人阴谋家，以此入手阐发作品的内在矛盾，并对当下的过度政治化的阅读提出异议。与此相关联，在英语文学讨论中族裔话题极为"火爆"。例如，仅在2007年出版的专著中就有不下八部聚焦族裔文化（不少同时涉及女性写作）：《美国黑人女性文学》、《流散族群的身份建构：当代加勒比英语文学研究》、《美国黑人女性主义批评研究》、《当代美国华人文学中的"她"写作》、《认同与疏离》、《美国文学与文化中的黑人形象研究（1877—1914年）》、《美国华裔文学之文化研究》、《走向文化研究的华裔美国文学》等，所占比重非常大。此前几年还有张弘、胡勇、程爱民等发表的相关论著。此外还有诸多论文，如王晓路的《表征理论与美国少数族裔书写》、张子清的《多元文化视野下的美国少数民族诗歌及其研究》、江宁康的《当代美国小说与族裔文化身份阐释》；还有乔国强、杨卫东论说美国犹太裔作家，朱刚、应雁从各自角度评议华裔作品，石平萍分析美国墨西哥裔新秀女作家西斯内罗斯，焦小婷、吴康茹解读托妮·莫里森，袁霁评介佐·尼·赫斯顿，凌建娥分析艾丽斯·沃克，赵白生、许德金从不同方面讨论弗·道格拉斯自述，等等。探讨英国移民作家的论作也不少，如王岚、唐岫敏对石黑一雄的研究，空草、石海军、熊朝晖、刘雪岚对拉什迪的解读，以及对诺贝尔文学奖获奖者奈保尔的介绍和评论等。

  时下的另一个"热"词是"后现代"以及与之相关的概念。这在论作标题中表现得很明显：既有杨仁敬《论美国后现代派小说的新模式和新话语》、王守仁《谈后现代主义小说》和《英美后现代主义小说叙述结构研究》及王卓和孙筱珍《美国后现代诗歌的发展与美学特征》等综合概论，也有研究具体作家作品的，如白爱宏的《后现代寓言：马丁·艾米斯的〈时间之箭〉》、谷红丽的《深受道教影响的美国后现代主义女作家厄秀拉·勒·魁恩》、方成的《后现代小说中自然主义的传承与塑型：唐·德里罗的〈白色噪音〉》、阳雯的《叙述的谎言——〈洛丽塔〉的元小说特征》、萨晓阳的《一位力图摆脱语言羁绊的后现代派小说家——威廉·巴勒斯》、徐凯的《一场后现代的盛宴——论约翰·巴斯的〈迷失在游乐场〉》、孙万军的《后现代叙事对元叙事的质疑——解读后现代主义经典小说〈万有引力虹〉》，等等。

  不必说，自90年代以后，女性主义的渗透就很广泛很深入，几乎所有文学研究和评论都自觉不自觉受到影响，可以说已经日渐纳入主流，成为常态。专以女性为主题的研究数量可观，许多著名女作家如奥斯丁、伍尔夫、勃朗特姐妹、凯特·肖邦等都成了学者们的热门选题，过去受到忽视的伯尼、赫斯顿等也开始有相关论文和专著问世。而在其他讨论中女性问题可能占据非常主要的一席之地，从前边族裔研究的论作题名就可略见一斑，这里不再一一详述。生态文学是另一个越来越得到重视的领域：孙宏等学者在这方面已发表了一系列著述，估计两三年内这方面成果数量会成倍大增。

（二）英美以外的其他英语国家的文学受到更大重视。其中爱尔兰文学受到关注最多。部分原因是一些过去被归入英国文学的经典作家如乔伊斯、叶芝和王尔德等，如今常被列为爱尔兰作家得到深入研究。乔伊斯的《尤利西斯》竟有三种不同译本推出，一时议论纷纷，成为一种文化事件。值得注意的还有陈恕的专著《爱尔兰文学》，傅浩对叶芝和乔伊斯诗作的系统翻译和研讨以及王尔德全集的出版（陆建德作序）。论文数量也比较客观，包括戴从容讨论乔伊斯的文章，丁宏为、杜平、申富英等人对叶芝诗歌的研究，以及张介明等对王尔德的关注，等等。

有关大洋洲及太平洋岛屿文学的研究以澳大利亚作家乔莉和凯里为主要对象。重要论文有的倚重后殖民理论，如王腊宝的《从结构到交换——评伊恩·里德的后殖民叙事交换理论》和彭青龙的《写回帝国中心，建构文化身份的彼得·凯里》，有的侧重妇女写作，如王丽萍的当代澳大利亚妇女同性恋小说述评和方红的论澳大利亚土著女性传记的文章。我国对加拿大英语文学的研究聚集于玛格丽特·阿特伍德，评论和论文都不少。印度、南非和西印度群岛各国的英语文学也开始受到关注，比如有论文讨论拉贾·拉奥的政治取向。对南非的讨论目前尚局限于少数诺贝尔文学奖获得者库切和戈迪默，随着他们的作品陆续翻译出版，以他们的作品为论题的已有数十篇文章和一些硕士博士学位论文。

由于这些国家大抵都曾是英国殖民地或美国附属，所以讨论它们的文学必然和英美帝国历史、文化研究以及后殖民理论密切相关。迄今为止我国学界在这方面的工作可以说刚刚开始，将来必会有大发展。

（三）部分研究工作与出版安排、市场走向以及广大读者需求的关联度有所加强。近二十年中国出版业的产业化商业运作基本成型，诸多英语文学研究者或主动或被动被纳入这个过程。每年的诺贝尔文学奖获奖人都成为介绍评价热点。比如，印度裔英国作家奈保尔2001年获诺贝尔文学奖后有关他的文章骤然增加，先后有尹锡南、梅晓云等多人写文，其中有些，如《河湾》译林译本的序言不取盲目捧场的态度，也没有随波逐流用英美流行的"无根"、"流亡"等概念来评价，而是强调了诺贝尔文学奖的英国视角，同时也指出奈保尔所揭示的第三世界国家独立后面临的问题对中国有很大的警示意义。这类文字表明至少有部分具有批判意识的学者是相当自觉的，不盲目被动地跟随，而是借助知识积累和独立思考与读者积极对话。同样的"诺贝尔奖热"出现在南非作家库切等获奖之后。在畅销排行榜上居高位的哈利·波特系列和《魔戒》等"魔法小说"及《达·芬奇密码》之类悬念故事也成为学人的研究对象。

另一方面，与主要发表于大学学报、专业杂志的学术论文不同，以各读书报、《读书》、《中国图书评论》、《书城》、《万象》、《文景》等刊物为基地的散文随笔写作仍在继续。此外国内出版英文原著和译著的出版社大都比较重视延请知名学者为这些作品撰写深入浅出的前言或导读，都发挥了很好的作用。例如，陆建德为美国著名学者乔姆斯基汉译五卷文集写了总序，指出我国过去只把乔姆斯基视为语言学家和专业人士是片面的，他其实是美国乃至西方公共知识分子的最优秀代表，一直在知识界发出独立的声音，曾就美国的社会问题特别是外交政策做了大量调查研究并持尖锐批评态度，对从越战到"9·11"的一系列问题都发表了鞭辟入里的见解，其分析阐述经得起有关领域任何专家的反诘，其声音和著作值得我国知识界和外交界等充分重视。

（四）英语文学研究向纵深发展的表现之一是对"理论"本身的关心、理解和探讨开始深入。80年代后期以来，我国受英美潮流影响，热衷理论，却多流于泛泛介绍；其中不少二手三手转述。近年来情况有了改变。首先，如前所说，在对具体作家作品的研究中有了不少受到理论启发并较好运用理论的成功例子。同时，对"新"理论的介绍还在继续：如赵国新评佩里·安德森及其后现代观念，黄晖谈20世纪美国黑人文学批评理论。另一方面，有不少业内学者不限于时髦新"主义"，多角度探讨不同时期不同语境里具体作家的写作理念和思想，如戴维·洛奇理论、布鲁姆诗歌理论、卢伯克小说理论和英国19世纪中期现实主义小说叙事理论，等等。

此外，关于流行的思想和理论本身、对一些基本概念和基本事实的讨论逐渐深入。陆建德的《萨伊德与东方主义》是一例。吕大年的《人文主义二三事》等文是另一例。后者使用大量的原始材料，包括15、16世纪意大利社会对人文主义的议论，早期人文主义的文章，还有他们之间的通信，对"人文主义"、"人文主义者"与"人文学"等相关概念作了细致的辨析，在不露声色、朴实无华的陈述中体现出严谨的学术立场。盛宁的

《"理论热"的消退与文学理论研究的出路》对我国外国文学文化理论介绍、评价和研究使用的现状做了高屋建瓴的讨论,有一定指导意义,因而被《新华文摘》(2007年第13期)全文转载。他讨论德里达《马克思的幽灵》一书的论文《穿行于文本之间》指出了国内该书的误读和误译,还详细分析了德里达如何将文学文本涵义挪移到政治话语的层面、借以表达他对当代政治问题看法这样一种"既解析、又建构"的特殊言说策略。文章不再着重于介绍传播名词、观念,而是探察其方法和目的,可以说标志了我国学者对待国外理论大家的某种"平视"的研究态度的出现。其《"认同"还是虚构?——结构、解构的中国梦再剖析》针对当下一种常看见的说法,即把西方近现代的一些思想家,特别是后结构主义文论家在论著中提及中国或把对中国表示出的某种兴趣视为与中国"认同"。文章对目前国内学界提及最多的福柯《词与物》及德里达《论文字学》中涉及中国的内容做了仔细辨析,深刻反思并质疑,对西方结(解)构主义学说中所包含的欧洲中心论、民族中心论的思维定势进行了揭示和批评。周颖关于美国解构主义思潮的系列论文力图通过对德里达、德曼等人著作的仔细阅读,梳理他们的理论和方法论并理性地评价其得失。在国内,此类以辩证地理解西方理论为目的的深入细读才刚刚显露头角。袁伟辨析本雅明译本的努力也是这类正本清源的尝试。

(五)另一个值得重视的趋势是文化研究的兴起。因此,传统的文学研究呈现出了十分广阔而别致的景象。这一方面比较成功的著述有周小仪的颇具思想深度的论著《唯美主义与消费文化》。其间,虽然对英国作家的分析和讨论占据了相当大的篇幅,但所涉及的诸多问题却超出了英国文学的范畴。程巍讨论美国20世纪60年代文学文化的专著《中产阶级的孩子们》做到了深入探究且见解独到。他的一些论文也令人耳目一新:《霍尔顿与脏话政治学》一文指出,《麦田守望者》中脏话连篇,不过是社会批评能量从现实领域移向象征领域的无害姿态,《"波希米亚人"与"驻校作家"》则从美国作家身份的演变探讨现代社会中文学的地位和作用。周和程的文字都兼顾了思想和文采。

钱满素的《爱默生与中国》、《美国文明》、《美国自由主义的历史变迁》等一系列著述也应归于文化历史研究。钱著一反国内学界空谈主义概念的毛病，把自由主义放在其生成和发展的具体社会现实中加以考察，不仅厘清了概念，而且生动地展现了自由主义的实践、成就及其问题。吕大年主持翻译并审定的《牛津英美文化词典》由于工作严谨、质量较高，得到读者好评。他的有关人文主义的论文虽然旨在廓清概念，但其内容更侧重历史文化，或也应归入文化研究。

值得指出的是，有一些年轻学者开始关心文学的生产和消费，并写出一批有分量的论文：如于东云对在特定历史氛围下文化工业如何制造了"明星"海明威的探究，周郁蓓对美国欧普拉读书俱乐部现象的描述和分析，还有张月对文学消费和美国大众文学的观照，黄禄善的《美国通俗小说史》，等等，都意在开辟值得深入研究的新界域。江宁康的《论当代美国文学与文化研究之争》说明文化研究的兴起作为一个现象其自身也引起了社会关注。

总的说来，在目前商业文化和新媒体扩张大势已成的现状下，外国文学及一般的广义的文学领域都出现了两极化趋势。一方面是出版业的日趋商业化，另一方面是近年来（英美）文学研究日趋经院化规范化，成果数量不断上升，质量也有提高；一方面是各类读物即广义文学作品的数量急剧增多，另一方面作品追求销量有低俗化趋向，在社会生活中也似乎相对边缘化。特别在近几年由于高校考核制度和科研项目津贴制度引导，学术写作积极性大增，水平有所提高，研究的领域得到拓展和深化；与此同时也有相当数量的平庸著作得到资助纷纷出版，在某种程度上造成出版多而读者少的情况，甚至造成学术垃圾。社会影响当然更是难以无法与80年代比肩。形势让人喜忧参半。最大的担忧是形成以津贴补助出版、以出版获取更多津贴的恶性循环机制，学术出版泡沫化，质量失控并彻底失去读者。

也许这是"正常"成熟社会应有的常态，至少，这是我们在现今和可以预见的未来所必须面对的情势。对于在这一领域从业的人员来说，重要的是应该面对现实重新思考自己的角色和定位。

应该说，外国文学研究最具价值的成果应该不仅代表当前我国的专业水准，而且在某种意义上体现外国文学研究的终极意义，体现文学研究与思想史、社会史以及政治和生活现实的结合。这些年里有不少著述和大量

（比如关注伦理话题的）博士学位论文都包含了这方面的关怀。陆建德主持的社科院 A 类重点项目"现代化进程中的文学"以西方国家现代化过程中的文学为研究对象，探讨文学对社会价值观念的形成和演变所产生的重要作用，力图比较深刻地揭示文学与社会的紧密关系，并借此呼吁世人关注文学的批判与建设的功能。该项目（基本完成）虽尚未正式出版，但从其中一些已经发表的阶段性成果，如殷企平有关维多利亚时代文学的系列论文，对"进步"观念和"机械时代"等问题的深入讨论，已经可以体会项目的宗旨。

最近十年，随着我国的日益崛起并走近世界舞台的中央，文学研究的世界意识逐渐凸显。"世界文学"（World Literature）的概念以及本土文学与外国文学之间的接触和交流受到空前的重视。2011 年 7 月于北京大学召开了"'世界文学的兴起'国际研讨会"。同时，国内学术报刊发表众多以"世界文学"为指向的学术文章，对有关概念的内涵外延展开讨论。2015 年至 2018 年，《外国文学研究》刊登有关中英文理论文章，《文学评论》、《外国文学动态研究》、《社会科学研究》等刊物也相继刊出了评论文章。这些论文大都对以少数经济强国之文学（比如英美文学）为核心的"世界文学"构想提出质疑，主张在世界文学经典建构、世界文学史写作和世界文学评价标准等方面遵循平等开放、多元共存的原则。也有一些中国学者着眼于具体案例，翔实分析英美本土文学在某个发展阶段与世界文学之间的交互关系。比如，刘英在《美国现代主义文学的地方主义与世界主义》（《外国文学》2016 年第 2 期）中回顾了在美国现代主义文学发展进程中，包括期刊在内的文学生产力量如何促成美国本土现代主义文学与世界现代主义文学的交流，实现"文化间性"的状态。

与"世界文学"概念相关的"世界主义"（Cosmopolitanism）也是这十年里国内文学理论界一个理论关键词。2017 年 4 月在上海外国语大学召开的第六届英美文学国际研讨会以"个体、社区与世界主义"为议题，探讨英美作家如何呈现或"解决"社会个体的境遇、话语权利、身份差异和世界文化多元性等诸多问题。对世界主义的关注在近十年的外国文学专业期刊中也有充分体现。2017 年《外国文学研究》刊登了一系列关于"文学全球化"面临的问题、当代世界文学主要命题以及批评争议、作为文学批评视角的世界主义等论文、访谈或综述。虽然这些论文不少出自欧美理论家之手，某些被采访者也非本土理论家，但从中依然可以看到中国学者对过度依赖西方话语的世界主义理论的警惕，对非欧美中心的世界文学和世界主义的诉求。王宁在 2014 年第 1 期《外国文学》的"西方文论关键词"栏目中追溯了世界主义的历史发展和演变，并主要从文化与文学的角度对其进行建构和阐释。陈众议在 2015 年第 1 期《外国文学动态研究》中发表《当前外国文学的若干问题》一文，就歌德式的世界主义和马克思主义的国际主义的界限作出澄清。刘雪岚 2016 年对美国哥伦比亚大学布鲁斯·罗宾斯教授进行了以"世界主义"为关键词的访谈，访谈内容发表在当年第 6 期的《外国文学动态研究》上。罗宾斯教授在访谈中揭示了传统世界主义的局限、虚伪和无效性，并在此基础上提出了多元、实证、描述性、民主的新世界主义观。这些是中国学界（包括英语文学研究者）在过去十年里试图寻找更科学、更合理的世界主义思想资源的理论追求的体现。

在关于世界主义的理论探讨背景下，有不少学者将目光转向具体的英语文学作品，着重考察作者对世界主义理想或状态的再现、表述和反省。例如，张楠在《重建世界主义的精神根基：福斯特的〈霍华兹庄园〉》（《外国文学评论》2017 年第 1 期）一文中，聚焦于世界主义在 20 世纪初的特有形态，试图揭示福斯特如何在该小说里展现世界主义所必需的社会和精神根基，进而探讨作者的世界主义思想与传统思想资源之间的关系。王庆的《亨利·詹姆斯与世界主义》（《外语教学》2012 年第 2 期）、袁晓军的《马修·阿诺德的世界主义》（《重庆交通大学学报》2013 年第 4 期）、王玉明等人的《论〈地之国〉中未尽的世界主义理想》（《外语研究》2018 年第 3 期）都是这十年来沿袭这个研究思路的代表性论文。近年来有些中国学者在剖析英语文学中的世界主义思想时，表达了明确的批判态度。虞又铭的《论当代美国少数族裔诗歌的世界主义迷误》（《社会科学》2018 年第 11 期）就是一篇显示出这种政治倾向的论文。林萍在《捆绑之误与认同之殇——拉什迪"世界主义"批判》（《外国文学评论》2018 年第 3 期）中从文化政治的视角出发，对拉什迪世界主义思想及其三个表征（即杂糅身份、民族的播撒和新东方主义）进行质疑和反思。

中国学者除了反思英语国家的作家对世界秩序的文学构想外，还将思辨的目光投放到全球化这个将各民族国家都卷入其中的客观力量或进程。也就是说，越来越多的学者从全球史的角度来研究英语文学，检视英语文学作家对全球化进程的态度，具体的英语文学作品在该进程中的位置或作用。例如，段波在《库柏小说中的海洋民族主义思想探析》(《外国文学研究》2011 年第 5 期)一文中着眼于库柏的海洋小说，指出他的海洋民族主义思想是在 19 世纪上半叶美国民族自立和大国诉求的时代背景下形成的，但这种思想今天已然嬗变成美国全球霸权和世界扩张主义，成为世界和谐秩序的潜在威胁。刘英在《地域·现代·全球——朱厄特〈尖枞树之乡〉的"双重视野"》(《国外文学》2013 年第 1 期)中试图澄清 19 世纪后期的美国地域文学并不是对现代化的简单拒绝或对全球化进程的消极抵抗，而是具有局地和国际双重视野。但汉松在《恐怖之"网"？——托马斯·品钦〈放血尖端〉中的"9·11"叙事》(《当代外国文学》2014 年第 3 期)中分析品钦如何通过"9·11"叙事来反思全球化的网络社会和晚期资本主义的复杂关系。龙云在《从"去欧洲化"到"与欧洲重逢"——爱默生文学伦理思想新探》(《广东外语外贸大学学报》2015 年第 2 期)中探讨了爱默生文学伦理思想的转变，他的全球化视野的确立及其与美国浪漫主义文学的关系。

2018 年外国文学期刊发表的以全球化为主题的英语文学论文尤其令人瞩目。侯铁军在《"属地"、"向下"的馈赠——瓷器与十八世纪美利坚国家谱系建构的神话》(《外国文学评论》2018 年第 1 期)中以全球化视野来观照文学作品中的瓷器隐喻及其与建国话语之间的关系。周颖的论文《夏洛蒂·勃朗特与鸦片》(《国外文学》2018 年第 2 期)以全球化的宏阔语境为坐标，以细读文学文本的方式来揭示柯勒律治、德·昆西和勃朗特等英国文人对鸦片的不同态度，并就勃朗特与鸦片和鸦片战争的关系发表自己的见解。《生活世界化自然的构建》(《当代外国文学》2018 年第 3 期)的作者从生态现象学的角度来分析美国现代田园挽歌构建"生活世界化自然"的基本范式以及在应对现代人面临的生态危机中可能发挥的积极作用。肖云华在《人类纪视野下的菲利普·拉金诗歌》(《外国文学研究》2018 年第 4 期)中将《去海边》放置于全球气候日益变暖的创作背景中来考察，展示了诗人对变异的气候环境的感知以及对传统与存在的忧虑。除了这些期刊论文外，外国文学研究界还于2018年举办了两场以"走向世界"为主题的学术会议。当年8月《外国文学评论》举行的"'全球史'中的外国文学研究"会议就是聚焦于这个角度的全国学术研讨会。会上不少学者将17—19世纪的英美文学作品放置于当时的政治经济背景中，解析渗透于作品中的民族主义或国家意识，考察文学作家对象征贸易全球化的器物（如瓷器、丝绸）的书写。同样也是于8月召开的"人类命运共同体视域下的当代外国文学研究"（《当代外国文学》编辑部主办）则更偏重于思考当代外国文学研究对全球性问题和挑战如何作出回应。参与此次会议的多位学者就英语文学作品中的共同体思想和全球化表征发表观点，展示了中国学者对文学书写与人类命运、世界和平、民族文化认同、全球生态的关系的反思。

除了关注世界文学和世界主义，赋予文学研究全球化视角外，中国学者还积极走出国门参与国际学术交流，或者在异国举办世界性的学术会议。"国际文学伦理学批评研究会"和《外国文学研究》编辑部从2015年起将会场由国内转向国外，截至2018年，在韩国、爱沙尼亚、英国、日本举办了四场以文学伦理学为主旨、以英语为工作语言的全球学术研讨会。

与过去相比，当代社会文化生活体验在近十年的英语文学研究中留下了更为明显的痕迹。也就是说，从当代社会文化生活体验中的关键概念入手来审视文学作品，更新和拓展文学理论，在近十年英语文学研究中，是十分常见的批评思路。在这些关键概念中，有一组来自现代物理学说，譬如"相对论"、"量子力学"、"可能世界说"等。它们在英美文学研究著述中出现的频率远高于十年前。"可能世界说"与叙事学的结合催生了不少解读后现代诗歌或小说的论文。张新军的《可能世界叙事学的理论模型》（《国外文学》2010年第1期）和邱蓓的《可能世界理论》（《外国文学》2018年第2期）着重介绍"可能世界说"如何拓展人们对文学作品以及叙事复杂性的认识，是这十年里关乎这个理论议题的两篇重要论文。《精神混沌的可能世界与现代"人"形象》（《国外文学》2013年第3期）、《越界的叙事者——〈微暗的火〉中的可能世界模型》（《国外文学》

2016年第2期)、《"真实"与"虚构"之外——〈法国中尉的女人〉的可能世界真值》(《当代外国文学》2017年第2期)是将"可能世界说"运用于分析英语文学作品中真实世界与虚构叙述世界的关系以及多重虚构叙述世界的代表性论文。除此以外，还有一组与"空间"相关的概念活跃在这十年的学术著述里，譬如"风景"、"旅行"、"跨界"（或"越界"）等。这与20世纪90年代欧美学者围绕"空间"问题的跨学科研究的崛起有很大的关系。包括空间地理话语在内的空间理论致力于重新发掘空间本身的价值与内涵，也更加关注人类在空间维度中的生存与发展。空间理论的兴起为现代主义和后现代主义文学研究提供了新的理论平台。这些国外理论资源终于在2009年至2018年的国内英语文学研究中成就了一大批以空间叙事、空间生产、空间政治、空间穿越、空间表征为标题的论文成果。"空间"或"空间转向"，与"身体"或"身体政治"一样，可以说是这十年英美文学研究里的一大理论热词。比如，在最近十年里，爱伦·坡作品中过去较少受到关注的科幻小说开始进入国内学界的视野。研究主题和角度呈现出多样化趋势，有些学者着手解析爱伦·坡小说中的空间叙事或空间表征。最具代表性的文章是李彤的《爱伦·坡恐怖小说的空间再现》(《天津大学学报》2013年第5期)。该文以空间叙事学理论为基础，分析爱伦·坡恐怖小说中的地形学空间、时空体空间和文本空间之间的互动。

　　《外国文学》在将当代文化生活体验带入英语文学研究中起到十分重要的引导作用。这在一定程度上要归因于《外国文学》的"西方文论关键词"栏目。2018年11月17日至18日《外国文学》主办的"本世纪以来西方文论热点问题研究全国学术研讨会"是一场锁定与当下社会文化经验（包括阅读体验）紧密相关的文论关键词，展示这些热词打开的文学释读空间的重要会议。除了上述那些科学或文化政治术语外，流行文化里的概念也在英语文学研究中打下了不浅烙印。在如今这个多媒体强势发展的时代，"游戏"是对人类的意识观念有着强大影响力的文化概念之一。2018年5月《外国文学》编辑部召开了一场以"游戏与文学"为主题的全国学术研讨会。众多与会者以英语文学作品为例来论说文学中游戏与历史话语的关系、文学创作或叙事的游戏特征、审美教育或文本解读的游戏方式等。《外国文学》2018 第 6 期刊登了多篇围绕游戏主题的学术论文。萧莎的《文本阅读与游戏体验：英美侦探小说的智力艺术》就是一篇探讨文学作品内部的游戏空间的论文。该文着眼于侦探小说这个通俗文类，阐述了这类小说构建智力博弈空间所依据的游戏规则，分析了侦探文学的严肃性、与主流现实主义小说的共性和差异以及意识形态规训作用。流行文化概念在未来英语文学研究中的存在感将可能继续增强。

　　由上述回顾可以看得出来，文化视角的介入已成为文学研究不可避免的趋势。文化研究或跨学科研究依然是目前英语文学研究占据主导地位、不可逆转的趋势。对外国文学研究走向问题的思考近年来已然扩展为对整个外国文学学科走向的关切。2017 年 4 月《国外文学》编辑部举办的会议"外国文学的学科身份：内敛抑或溢出"正是对此问题所作的一次深思熟虑的回应。与会者的发言包含了对外国文学的学科身份溢出史（即文化转向史）的回顾和反思、内敛或溢出的研究思路示范、文学批评的作用或影响、文学的经典化和传播等一系列议题。与会者达成的一致共识是：外国文学的学科身份既需内敛，也需外溢；外国文学从业人员无论专注于内部研究还是外部研究，都可能产出优秀的成果；有些时候，出色的研究成果也可能是这两个向度的结合。《外国文学评论》编辑部在 2017 年至 2018 年多期杂志的编后记中也对内外部研究的分法作出回应，认为二者并非泾渭分明，同时对该刊倡导的文化历史研究方法进行辩护，并对死守"文学性"或"内部研究"的立场提出批评，指出"文学之为文学"这个假设背后也有自己的意识形态取向。放在这个背景来看，傅浩研究员的论文《解说的必要》（《外国文学》2018 年第 4 期）就具有格外的意义。在该论文里，傅浩以叶芝为例总结作品的合格解说者必须具备的素质，并强调文学评论要基于对文本的文字意思正确解说之上。对当前的文学研究者来说，不管倾向于外部研究还是内部研究或是否定这样的区分，该论文都是极为有益的提醒。

　　近十年国内英语文学研究主要集中在那些已经在英美加各国文学中确立稳固经典地位、思想艺术成就较高、对世界文化有或深或浅影响的作家。国内对这些国家每个时期的经典作家的研究呈现不同的特点。身影最常出现在 16、17 世纪英国文学研究中的作家，仍然是莎士比亚、弥尔顿、多恩等大诗人。其中,莎士比亚的剧作已然成为文学研究与历史研究碰撞与交汇的场域。但两者结合可能产生的解读问题已被国内学者注意到。从陈星的论文《文学作品"历史解读"的机遇与陷阱:以莎士比亚〈辛伯林〉研究为例》(《外国文学评论》2017年第2期)中可见一斑。陈雷是这十年间研究英国文艺复兴文学成果最为突出的学者之一。他在《外国文学评论》等期刊上发表了多篇解读莎士比亚戏剧的政治或道德哲学内涵,阐释弥尔顿政治和神学观念的论文。郝田虎的《〈缪斯的花园〉:早期现代英国札记书研究》(2014)是这十年间研究早期现代英国文学的一部重要专著。18世纪英国小说家亨利·菲尔丁最近十年依然不乏关注者。韩加明的《菲尔丁研究》(2010)是目前国内全面探讨这位18世纪作家的学术著作。不过,也有学者开始从菲尔丁、理查逊等经典小说家向思想家丹尼尔·笛福、道学家和批评家塞缪尔·约翰逊进一步拓展。比如,2009年至2018年,陈西军在重要学术期刊上发表了多篇探讨笛福政治思想的文学论文,龚龑也发表了多篇以约翰逊的政治理念、道德思想和女性观念为议题的论文以及专著《塞缪尔·约翰逊的道德关怀》(2015)。韩加明主编的第12辑《欧美文学论丛》(2018)是一部涵盖不同作家、题材、议题、理论视角的18世纪英国文学论文集。

与前两个阶段相比,浪漫主义和维多利亚文学在国内得到更多关注和讨论。简·奥斯丁的小说依然是一大热点。2017年适逢奥斯丁逝世两百周年,学术界在此前后以论文、书评、专著、翻译等形式表达了对这位作家的敬意。黄梅研究员的中国社会科学院创新项目"简·奥斯丁学术史研究"于这十年间启动,并于2017年结项。她与龚龑合著的《简·奥斯丁学术史研究》以及众多学者协同翻译的《奥斯丁研究文集》也都即将面世。这些著作对国内的奥斯丁研究有追溯前人足迹,指明未来方向之意义。

同时,维多利亚时期的女小说家伊丽莎白·盖斯凯尔进入更多研究者的视野。除了涌现不少以盖斯凯尔的作品为研究对象的论文(如程巍发表在《外国文学》2014年第4期的论文《反浪漫主义:盖斯凯尔夫人如何描写哈沃斯村》)外,这个时期至少出版了一部与其相关的专著,即陈礼珍的《盖斯凯尔小说中的维多利亚精神》(2015)。社会正义、中产阶级、绅士群体、女性意识、家庭伦理、共同体成为19世纪英国小说研究中常见的关键词。这反映了目前国内社会状况正在发生的变化以及人的意识观念的转变。这些成果比较突出的是殷企平在专业文学期刊和高校学报上所发表的一系列以"共同体"为核心词的论文。至于19世纪英国诗歌研究，最具分量的一大成果是丁宏为的著作《真实的空间——英国近现代主要诗人所看到的精神境域》（2013）。这是一部体现深厚学识功底、富有思想关怀、文笔凝练优美的研究19世纪英国诗歌论文集。

在20世纪英国现文学中，关于福斯特、曼斯菲尔德、劳伦斯、T. S. 艾略特，伍尔夫等人的研究成果占据半壁江山。高奋的专著《走向生命诗学：弗吉尼亚·伍尔夫小说理论研究》（2016）试图从中国文化和诗学出发来把握伍尔夫的审美感悟，是这个时期的文学研究中视角比较独特的论著。在当代英国作家里，国内学者最常论及的便是拜厄特、巴恩斯和麦克尤恩。关于这三位文学巨匠的研究论文数量在最近十年里呈爆发性增长势头。陈姝波的专著《碎片人生：二十世纪五六十年代英国知识女性生存状态的文学构想》（2015）聚焦于国内较少有人关注的"弗拉德里卡成长四部曲"，围绕英国知识女性的"身份困惑"、"生存危机"和"命运前景"来展开论说，可以说是这十年里拜厄特研究专著中的佼佼者。得益于诺贝尔文学奖，关于莱辛和石黑一雄的论文和专著在近十年呈井喷之势，其中不乏认识清醒、立论公允之作。

在19世纪美国文学作家中，爱伦·坡、霍桑、梅尔维尔、惠特曼、狄金森、马克·吐温依然是国内评论界的焦点。爱默生和梭罗的哲学或政治思想研究也被进一步推进。毛亮发表在《外国文学评论》上的论文《抽象与具象之间：爱默生个人主义的形而上学问题》（2010年第2期）和《"疏离"与"参与"：梭罗与〈公民的不服从〉》（2013年第2期）可以说是这十年里关于爱默生和梭罗的思想论述得最透彻、最清楚、最具分量的两篇文章。但是，与国外日益丰富的研究成果相比，国内对19世纪美国女性作家（比如苏珊·沃纳、范妮·费恩）的关注依然不足，与这个群体在当时文坛的影响和对社会道德的塑造作用不成比例。从19世纪后期到20世纪中期的美国文学仍然得到国内学者的青睐。亨利·詹姆斯、海明威、菲兹杰拉德、福克纳、薇拉·凯瑟这些人的名字时常见于他们的论笔之下。毛亮的专著《自我、自由与伦理生活：亨利·詹姆斯研究》把詹姆斯的伦理观念置于美国个人主义哲学发展的脉络中解释，将他的作品从文明冲突的层次提升到了对西方现代性社会的文化重构和伦理批判的高度，是近二十年里出现的最有思想深度的詹姆斯专著。

在当代美国诗人中，史蒂文斯、威廉姆斯、毕肖普等人在国内受关注的热度可以说名列前茅。自从 W. S. 默温 2012 年获得美国桂冠诗人荣誉后，研究他诗歌的论文也开始频频出现在国内文学期刊中。在美国当代小说家中，塞林格、厄普代克、菲利普·罗斯、品钦、托妮·莫里森等人依然是国内学界研究的热点。与 20 世纪头十年相比，近十年美国文学研究出现了一个新热度，那就是对以 "9·11" 为题材的文学创作的关注和反思。"9·11" 事件之后，全球性的反恐和后冷战思维催生了一种反思生命意义、深度观照历史、并使历史与现实交融的文学文本，即 "9·11" 文学。虽然这类文学作品从 20 世纪初就已陆续面世，但由于需要国外评论的发酵，国内学界大规模关注这些作品正是从 20 世纪第二个十年开始。《后 "9·11" 时代的文明冲突——评约翰·厄普代克小说〈恐怖分子〉》（《当代外国文学》2013 年第 2 期）、《见证、疗伤、批判——美国 "9·11" 戏剧的多重维度》（《当代外国文学》2016 年第 2 期）、《坍塌的 "山巅之城"——论唐·德里罗的 "9·11" 小说〈坠落的人〉》（《外国语文》2016 年第 3 期）、《论〈变异人〉中的 "9·11" 反叙事》（《英美文学研究论丛》2016 年 12 月）、《荒芜、邪恶与死亡：科马克·麦卡锡后 9·11 小说〈路〉中的后启示世界》（《英美文学研究论丛》2016 年 12 月）、《美国当代戏剧中的 9·11 事件的在场与缺席》（《外国文学动态研究》2017 年第 3 期）是近十年最具代表性的探讨美国 "9·11" 文学的论文。在 "9·11" 文学研究上，中国学者也表现了对西方话语的警惕意识和自主立场，这一点在张和龙《"9·11 文学"：新世纪美英文学的审美转向》（《深圳大学学报》2014 年第 2 期）一文得到了充分体现。

近十年加拿大文学研究最突出的成果与艾丽丝·门罗和玛格丽特·阿特伍德这两位被誉为加拿大文学 "双姝" 的作家有关。自从 2013 年门罗获得诺贝尔文学奖，关于门罗短篇小说的研究论文的数量呈直线式上升，且大多聚焦于作品里的女性问题或作者的女性主义思想（如生态女性主义、后现代女性主义）。2014年，国内首部研究门罗的专著《艾丽丝·门罗：其人·其作·其思》问世。与门罗相比，阿特伍德对流行文化的影响更深。自从她的《使女的故事》被拍成电视剧并揽获多项艾米奖后，这部作品在学术期刊或社科类报纸上得到更频繁、更密集的讨论。除此之外，国内对加拿大文学关注较多的，是少数族裔文学（如非裔加拿大文学、华裔加拿大文学）以及加拿大文学批评理论（弗莱依然是这十年最常被论及的加拿大文学理论家）。与英美文学研究相比，加拿大文学研究在国内尚属"冷门"。除了少数几位国际知名的作家外，很多出色的作家没有得到国内学术期刊和研究者应有的关注。反而是《世界文学》这样非纯学术期刊一直在向学术界和普通读者群推介优秀的加拿大作家。

中国社科院外文所英美室的传统优势在18世纪到20世纪中后期的英美文学研究。英美室一直致力于英美文学经典的释读和翻译工作。近十年来，研究室成员发表了数量可观、质量颇高的论文、专著和译著。其中的论文和专著并没有跟随时下流行理论，而是从问题本身出发，体现了研究者求真务实的态度、细腻的文本解读能力、扎实的学问功底和冷观时世的洞察力。这些著述大多文笔清晰随和或简洁利落，富有文学"味道"，对普通读者来说具有可读性。傅浩研究员发表了多篇探讨威廉·威廉斯、叶芝诗艺或译介的核心期刊论文以及众多英美诗人的译文或译著。乔修峰在国内文学期刊和书评杂志上发表了十多篇涉及多位维多利亚时期文人的社会思想、伦理观念及其与词语关系的论文，以及专著《巴别塔下：维多利亚时代文人的"词语焦虑"》（2017）。周颖在核心期刊上发表了多篇关注维多利亚时期女性生存境况和女性意识（包括恋爱观），探讨维多利亚作家对鸦片的态度的文学论文。助理研究员傅燕晖也发表了多篇关于维多利亚时期女性运动、家庭意识形态、女性美德观的核刊论文。这些成果里的论文或专著虽然属于专业领域的研究，但从关注的问题、写法、语言来看，与普通读者之间的壁垒并不深，所以，在一定程度上能发挥引导大众走向经典作家的作用。

英语作家或作品的经典化历程也是这十年研究里常被论及的议题。在分析经典形成过程时，国内学者不只是着眼于文学批评，而是考虑社会制度、时代需求、物质技术力量（如印刷技术）、传播媒介在内的一整套机制。与其他外国文学专业期刊相比,《国外文学》在近十年里更常关注英美作家或作品经典性或经典化的问题。《威廉·布莱克在西方的经典化过程》(2010年第3期)、《"玄学巧智":塞缪尔·约翰逊与玄学派经典化历史》(2016年第2期)、《奥登诗歌的经典化与经典性》(2016年第2期)、《〈汤姆叔叔的小屋〉经典化研究与女性主义阐释的作用》(2016年第4期)、《简·奥斯丁经典化的知识条件》(2018年第1期)是近十年发表在《国外文学》上,研究英美作家经典化的代表性论文。它们不再将讨论局限于文学批评家所起的作用,而将目光投向了更广阔的社会场域。除此以外,关于经典化和经典性的理论问题的文章也时常能在国内学术期刊上看到。比如,《英国文学经典化的溯源研究:回顾与启示》(《天津大学学报》2013年第5期)回顾了英美学者在过去数十年时间对英国文学经典化的起始时间和推动英国文学经典化的力量所作的争论;这对理解一个民族的文学经典建构机制,判断一部作品的经典地位的确立有一定参考价值。

经典化离不开包括高等学府在内的教育机构在某种思想体系支配下所展开的教学活动。经典文学的品读、教学和传承也是近十年学术界常会研讨的会议主题。不过,与前十年相比,近十年(尤其近两年)国内学界开始释放出更明确的重整西方学者确立的经典秩序的讯息。如果说于2007年召开的中国外国文学年会第九届年会是以"走近经典"为主题,2012年中国外国文学学会所召开的全国英语文学研究高层论坛则是以"经典重释与价值重估"为核心词。到了最近两年,重新整顿包括英语文学经典在内的外国文学经典形态的风向变得更为明显。2017年7月中国外国文学学会主办的"外国文学经典重估与当代国民教育"全国研讨会于上海召开;同年9月中国社科院外文所在广西桂林举办了"文学经典重估与中外文学关系"学术研讨会。《中国社会科学报》于2017年和2018年分别刊登了陈众议的《经典重估是时代的需要》和蒋承勇的《"经典重估"与理论引领》。这些理论文章预示着未来中国学界会更自觉、更主动地重新梳理已有的外国文学经典系统,建立符合特殊国情和意识形态需要的英语文学经典秩序。

二 俄苏文学研究

十年浩劫后中国民族文化的全面复兴，有力地推动了俄苏文学研究向更深更广的领域拓展。这一时期所取得的成果既表现在数量上（在量上已超过了以往全部成果的总和），也表现在质量上（研究的视野、角度、方法和规模都是以往无法比拟的）。这里，且从文学史和文学思潮研究、作家作品研究这两个方面来对研究状况作一番描述。

文学史和文学思潮研究，往往是研究者综合实力的一种体现。从1986年开始，在短短几年里先后出现了《俄国文学史》（易漱泉等编写）、《苏联文学史略》（臧传真等主编）、《俄苏文学史话》（周乐群编）、《苏联文学史》（雷成德主编）、《19世纪俄国文学史纲》（刘亚丁著）、《苏联小说史》（彭克巽著）、《苏联当代文学概观》（李明滨等主编）、《俄罗斯诗歌史》（徐稚芳著）、《苏联文学》（贾文华等主编）、《当代苏联文学》（马家骏等主编）和《俄国文学史》（曹靖华主编，此书后为三卷本《俄苏文学史》）等一批俄苏文学史著作。这里既有纵览俄苏文学发展的全过程的大部头著作，也有断代史、文体史、简史和史话等。

在纵览性的文学史著作中，易漱泉等人编写的和曹靖华主编的那两本无疑是最值得一提的。易漱泉等十人编写的那本《俄国文学史》著作不仅出得最早，而且也是较为系统和较为厚实的一部，这显然与作者都是长期从事俄苏文学教学和研究的高校中文系教师有关。全书共五十一万字，内容包括从11世纪到20世纪初期俄国文学的发展史。作者将俄国文学的发展分为四个阶段，即19世纪以前、19世纪初期、19世纪中期、19世纪晚期和20世纪初期，并由此勾勒其全貌。书中关于19世纪俄国文学发展的分期基本上遵循的是列宁对俄国解放运动的三个阶段的论述，这是比较传统的分法，好处是能较清晰地阐明俄国文学与社会现实紧密结合的特点，但也容易导致无法充分揭示文学发展的内部规律的缺憾。事实上，该书的长处和不足确实与此有一定的关系。可以看出，作者有意识地在努力弥补这一不足，在有关重点作家和作品的章节中普遍注意了对作家的艺术成就和作品的艺术特点的分析。虽然从今天的眼光看这部著作似乎创新意识还不够强，但是它的开拓之功是应该充分肯定的。曹靖华主编的三卷本《俄苏文学史》气魄更大，在一百多万字的篇幅中，描述了俄国古典文学、苏联现代文学和苏联当代文学发展的全过程。全书立论明确、材料翔实、线索分明，是一部很有质量的统编教材。该书第一卷所涵盖的内容和所用的字数与上述的那本相近，但显然在材料的确切和丰富上，在编排的严谨和合理上要更胜一筹。该书对一些重要作家（如第一卷中关于普希金、陀思妥耶夫斯基等）的论述很有分量，对有些文学现象（如第三卷关于苏联各加盟共和国的文学）的介绍又颇为独到。但是，该书可能是多人合作的缘故，有些地方在衔接上出现了一些问题，如在第一卷与第二卷之间竟空缺了19世纪末20世纪初这么重要的一段；各卷之间的学术水准有距离；总体框架上也仍遵循着传统的格局。尽管如此，这部著作所取得的多方面的成就，无疑显示了中国在这一研究领域所达到的新的水平，它不仅对中国俄苏文学研究摆脱庸俗社会学的困扰起了积极作用，而且为今后架构新的文学史体系和取得研究方法上更大的突破打下了基础。

这时期出现的几部以文体分类的文学史著作也是很有特色的，如徐稚芳的《俄罗斯诗歌史》。在这部三十万字的著作中，作者系统阐述了十月革命以前俄罗斯诗歌发展的历史过程，而在章节划分上又充分体现了对诗歌发展的内在规律的尊重。19世纪上半期是俄罗斯诗歌发展的黄金时代，因此作者用相当多的篇幅论述了这时期出现的诗歌流派和有代表性的作家，尤其是普希金和莱蒙托夫。19世纪中后期，论述的重点则落在涅克拉索夫和丘特切夫两位诗人身上。由于该书坚持"思想性和艺术性并重"，并对那些"虽无重大思想内容，但确属真、善、美的艺术佳作，也同样予以重视"的原则，许多在一般的文学史著作中不提或少提的优秀诗人在该书中获得了应有的地位。书中关于丘特切夫的评论文字超过了涅克拉索夫，其他如茹可夫斯基、巴秋什科夫、巴拉丁斯基、波列查耶夫、柯尔卓夫、奥加辽夫、普列谢耶夫、迈科夫、费特、尼基丁和蒲宁等诗人也占有相当的篇幅。书中还提供了不少令人感兴趣的资料，如关于俄罗斯民间诗歌中仪式歌、英雄歌谣和历史歌谣的介绍等。

这时期不少中国学者对苏联文学思潮进行了多侧面的研究，并出现了吴元迈的《苏联文学思潮》和李辉凡的《苏联文学思潮综览》两部研究著作。这两本著作都有相当的理论深度。如吴元迈的《苏联文学思潮》虽然是本论文集,但作者力图从宏观的角度"较为系统地阐明苏联文学思潮的发展线索"的自觉意识,使这本论著成为一个有机的整体。全书脉络清晰,统观各篇,思潮的总体轮廓被准确地一一勾勒了出来。作者的视野是开阔的,他鸟瞰整个苏联文学思潮的历史沿革和现状,上溯十月革命前后的无产阶级文化派思潮,下及70—80年代苏联文坛的思潮流变,逐一梳理了这一令人眼花缭乱的文学现象,并对若干影响深远的文学思潮条分缕析,从而较好地实现了作者的总体构想。当然,论著引起读者兴趣的并不在总体构想本身,而在于它更便于读者把握思潮之间的内在联系。如作者用历史唯物主义的观点对苏联文坛上出现过的几次大的错误思潮作了客观的评述,细察这些思潮的理论根源,其中就很有一些耐人寻味的带规律性的东西。由于论著打破了封闭式的评论模式,始终注意揭示思潮发展的前因后果以及内在联系,因此它比囿于某一角度的评述更能使读者获得有益的启迪。同时,这本论著在一些重要课题的研究上也表现出了理论的深度和独具的新意。论著的一个重要特色是重视当代,对当代苏联文学思潮的研究几乎占了全书的一半篇幅。在《当代苏联现实主义思潮》一文中,作者着重对现实主义在当代苏联文学的发展作了详尽的分析;在《70年代苏联文学几个理论问题概述》一文中,作者则依靠所掌握的丰富翔实的资料,为读者提供了苏联文坛的有益信息和开辟了一个观察其新动向的窗口。这是一部在理论性、资料性和现实性上都具有一定价值的论著。

俄苏作家的研究也有长足的进展。在活跃的学术空气下,中国学者撰写了大量的论文,对许多重要的俄苏作家进行了深入的研究。托尔斯泰学术讨论会(1980)、马雅可夫斯基学术讨论会(1980)、高尔基学术讨论会(1981)、屠格涅夫学术讨论会(1983)、肖洛霍夫学术讨论会(1984)和陀思妥耶夫斯基学术讨论会(1986)等全国性的俄苏作家专题学术讨论会的频频召开,也对研究工作的全面展开起了有力的推波助澜的作用。在所有的俄苏作家中,80年代中国对托尔斯泰的研究是最有成绩的。1980年适逢托尔斯泰逝世七十周年,上海和杭州等地相继召开了纪念托氏的学术讨论会,并分别汇集出版了《托尔斯泰研究论文集》和《托尔斯泰论集》，从而掀起了新时期中国托尔斯泰研究的高潮。在十年时间里，中国学者发表的论文与译文达四百余篇（其中论文三百六十三篇），出版的论著与译著有二十多部（其中论著四种）。论著与译著中除上述两种外，较重要的还有《列夫·托尔斯泰比较研究》（倪蕊琴主编）、《欧美作家论列夫·托尔斯泰》（陈燊编选）、《俄国作家批评家论列夫·托尔斯泰》（倪蕊琴编选）、《艺术家托尔斯泰》（赫拉普钦科著）、《托尔斯泰夫人日记》、《同时代人回忆托尔斯泰》、《托尔斯泰剧作研究》（洛姆诺夫著）等。

  这时期中国对俄苏作家的研究表现出许多新的特点。首先是思想比较解放，学术争鸣的空气比较浓厚。以托尔斯泰为例。在 80 年代的中国，托尔斯泰的研究已不存在禁区，如怎样看待托尔斯泰思想所属的范畴、怎样评价"托尔斯泰主义"、如何理解《复活》中的"复活"等问题，都曾在报刊上展开过热烈的讨论。争鸣的结果不一定是思想的统一，但它却有助于思路的拓展，有助于把讨论引向更深的层次。其次是研究者的视野更加开阔，世界性的"托学"研究中所涉及的重要领域几乎均为中国学者或深或浅地触及，如列宁论托尔斯泰、欧美作家论托尔斯泰、俄国的托尔斯泰研究史、托尔斯泰的世界观与创作方法、托尔斯泰的创作个性、托尔斯泰的文艺思想、托尔斯泰的宗教思想、托尔斯泰作品的评论，等等。尤其值得称道的是，许多学者更注重对托尔斯泰创作的艺术分析。钱谷融的《论托尔斯泰创作的具体性》一文就是一篇较早出现并很有特色的文章。文章一开始就提出这样的设问："托尔斯泰为什么能够写得那么好呢？他的作品的艺术魅力从何而来呢？"作者认为，这个问题"非常值得我们认真加以探讨"，因为"它涉及与文学创作有关的一切方面，决不是仅凭个人的主观臆想，简单化地提出这样那样的几条原则所能够说明得了的"。作者随即明确表明了自己的观点，"假如我们把问题仅仅限制在艺术表现的范围以内，那么，从我个人来说，我觉得托尔斯泰的作品给予我的一个最最突出的印象，就是它的描绘的具体性"，而"这种描绘的具体性，我以为就是托尔斯泰的作品之所以能够产生如此巨大的艺术魅力的基础"。而后，作者从五个方面对此作了很有说服力的论证。这一类文章的大量出现，对于扭转以往托尔斯泰研究中重思想性而轻艺术性的倾向是大有裨益的。此外，一部分研究者开始有意识地运用比较研究的方法来考察托尔斯泰及其创作。倪蕊琴主编的《列夫·托尔斯泰比较研究》（华东师范大学出版社1989年版）无疑在这方面最具代表性。建立在坚实的基础上的观念更新和方法突破，给这本书带来了不少新意。如书中关于托尔斯泰与陀思妥耶夫斯基长篇结构及心理描写特色的比较，关于托尔斯泰传统在当代苏联文学中的发展，关于托尔斯泰与司各特、罗曼·罗兰和霍桑等欧美作家及其作品的比较，关于托尔斯泰与中国现代作家的关系的考察，关于托尔斯泰与中国古典哲学思想的沟联的研究等，均显示出角度的新颖和阐发的独到，为80年代中国的托尔斯泰研究开出了一片新的空间。

再以别、车、杜为例。这时期随着对别、车、杜理论更为全面和深入的介绍，中国读者的注意力已开始涉及别、车、杜文学和美学思想的方方面面，如艺术与生活的关系问题、艺术典型和典型化问题、形象思维与形象创造问题、文学的人民性问题、作品内容与形式的关系问题、作家的风格与民族的风格问题，等等。关于这一点，我们只要从80年代发表的关于别林斯基的论文中举些名字即可明了，如《别林斯基论现实主义》、《别林斯基的文学民族化理论》、《别林斯基的典型观》、《别林斯基的艺术思想与社会现实的矛盾》、《试论别林斯基的"激情"说》、《别林斯基论创作过程中的思维和想象》、《别林斯基的文学批评精神》、《别林斯基的"情志"说》、《别林斯基的美学观点》、《别林斯基的戏剧理论》等。1986年还出版了马莹伯著的《别、车、杜文艺思想研究》，这是国内在这一领域中的第一部专著。包括别、车、杜的文艺思想在内的俄苏诗学尽管在这一时期已不再作为中国文坛唯一的参照系，但是经过拨乱反正以后恢复了其本来面目的别、车、杜文艺思想，它们的魅力和对中国文坛的影响将是长久存在的。

作家研究中还值得一提的是，中国学者几乎与苏联文坛同步开展了对"复活的苏联作家群"的研究。在这方面最突出的成果是薛君智的《回归——苏联开禁作家五论》一书。作者以翔实的材料和新的视角，对左琴科、帕斯捷尔纳克、扎米亚京、皮里涅雅克和普拉东诺夫等五位作家进行了深入的探讨。诚如作者所言，这种探讨是需要学术勇气的："在探讨'作家群'的开始阶段，我的这个研究课题，完全是'冷门'。它曾经受到过歧视，甚至遭到非难，我自己也曾产生过'是否会被戴上异教徒帽子'的想法。不过，我没有气馁，没有放弃我的'冷门'课题。"① 作者不仅对这些作家的曲折的生活和创作道路作了全面介绍，而且十分注意揭示这些作家独特的创作个性及其他们在文学发展史上的作用。作者的分析是客观的，该书在这一研究领域中的开拓意义为学术界所公认。

80年代中国的俄苏文学研究取得了较为丰硕的成果。在文学史和作家作品研究方面，在资料的编撰方面，都有一大批论文、论著和译著问世。比较重要的论著还有：《苏联文学史论文集》（叶水夫等）、《五、六十年代的苏联文学》（吴元迈等）、《苏联文学论集》（北京师范大学苏联文学研究所编）、《论苏联当代作家》（吴元迈等）、《普希金创作评论集》（戈宝权等）、《屠格涅夫研究》（陈燊等）、《屠格涅夫与中国》（孙乃修）、《果戈理及其讽刺艺术》（钱中文）、《论普希金、屠格涅夫、托尔斯泰》（王智量）、《短篇小说家契诃夫》（朱逸森）、《高尔基美学思想论稿》（陈寿朋）、《鲁迅前期小说与俄罗斯文学》（王富仁）和《苏联当代戏剧研究》（陈世雄）；比较重要的译著还有：《苏联文学史》（叶尔绍夫）、《苏维埃俄罗斯文学》（斯洛宁）、《陀思妥耶夫斯基诗学问题》（巴赫金）、《当代苏联文学中的人道主义问题》、《苏联现实主义问题讨论集》、《苏联当代作家谈创作》、《俄苏形式主义文论选》、《继往开来》（梅特钦科）、《文学原理》（波斯彼洛夫），以及北京大学出版社80年代初期出版的一套"俄罗斯苏联文学研究资料丛书"（其中有《关于〈解冻〉及其思潮》、《必要的解释》和《西方论苏联当代文学》等）、《苏联文学纪事》、《70年代社会主义现实主义问题》、《"拉普"资料汇编》、《无产阶级文化派资料选编》和《苏联文学词典》等，重要的论著和译著不下百本，足见成果之丰。

90年代初期开始的中国市场经济大潮和1991年苏联的解体，对历经一个世纪风雨的中俄（苏）文学关系产生了巨大影响。最表层的现象是苏联当代文学作品和近期的俄罗斯文学作品译介量的锐减，这里除了中国加入世界版权公约而受到制约外，读者兴趣的转移（不单单对苏俄文学）也

---

① 见薛君智《谈谈我和"复活的"苏联作家群》，载《回归——苏联开禁作家五论》（附录），社会科学文献出版社1989年版。

许是更直接的原因。80年代原有的四家俄苏文学专刊，在进入90年代后仅剩下以北京师范大学为依托的一家（先是改名为《苏联文学联刊》，后又更名为《俄罗斯文艺》）。

这一时期，中国的俄苏文学研究界显示出一种比较成熟的不急不躁、冷静务实的姿态。90年代以来，中国俄罗斯文学界先后召开了十多次各种形式的学术讨论会，取得了积极的成效。以1994年春天在无锡召开的"全国苏联文学研讨会"为例。在会上中国的研究者继续关注着苏联解体后的独联体文学，特别是俄罗斯文学的动态，并用更客观和更开阔的视野来反思俄苏文学的发展历程，反映了90年代中国文坛对苏联文学精神的再思考。随着苏联的解体，经历了诸多风雨，并以其独特品格为世人瞩目的苏联文学也就此画上了句号。但是，如何评价七十多年来的苏联文学及其文学精神仍然为世界文坛，特别是中国文坛所关注。

会上许多人谈到了如何评价社会主义现实主义以及它与苏联文学创作关系的问题。与会者对怎么评价这一理论问题有不同看法。有人认为过去对它的基本评价不能动摇，更多的人则认为在新的历史条件下有必要对这一问题加以反思。如有人在发言中指出，社会主义现实主义目前受到的冷遇与它本身的弊端有关。这种弊端主要表现为：（1）将文学政治化。第一次全苏作家代表大会通过的作协章程，除了在定义社会主义现实主义时把"用社会主义精神从思想上改造和教育劳动人民"看作是文艺的唯一使命外，还把"文学运动与党和苏维埃政权的当前政策问题的密切联系"，看作是"文学、其艺术技巧、其思想和政治的充实性与实际效力的成长之决定条件"。文学的政治化是与政治的要求美化联系在一起的。社会主义现实主义之所以需要，目的就在于要"肯定生活"。在有的苏联学者看来，"肯定生活"是社会主义现实主义的"生命力、道德精神和美学财富的源泉"。因此，相当长的一段时间里，苏联文学被看成是直接美化政治的重要手段。文学的政治化削弱了文学的多方面的可能性，降低了文学的艺术品味。（2）唯我独尊的僵化模式。社会主义现实主义是针对"拉普"的辩证唯物主义创作方法而提出来的。表面看来，它把政治要求、世界观和艺术创作方法统一在一起了。而事实上，无论从作协章程对其内涵的规定来看，还是从实际贯彻来看，强调的仍然只是一个世界观的问题。至于把社会主义现实主义尊为苏联文学创作和批评的唯一方法，把其余的一切创作方法都归入"反现实主义"这一类而加以排斥，把社会主义现实主义视作世上"艺术科学的最高成就"，则进一步把宗派主义、教条主义、庸俗社会学推到了极致。从而也为其自身埋下了危机。(3) 以幻想的真实取代严峻的真实。社会主义现实主义提出之初要求作家的就是"写真实"。然而历史证明，社会主义现实主义缺少的恰恰就是真实。这是因为它最后还是走向了把预定的结论当成无可置疑的真实，从而在两者不相符合的时候去杜撰生活的道路。作协章程中所谓"从现实的革命发展中"的前提，指的就是要把明天当作现实来描写，把愿望当作真实来描写。于是幻想的真实便取代了严峻的历史真实。

有学者认为，对苏联文学中所谓的"社会主义现实主义经典作家和经典作品"也有作一番重新审视的必要。例如，以往的研究者一般认为高尔基是社会主义现实主义的奠基人，《母亲》是社会主义现实主义的奠基作。但是，在第一次全苏作家代表大会上，高尔基始终没有谈及社会主义现实主义，在1935年致谢尔巴科夫的一封信中，他更直接表示了对这一"主义"的怀疑。高尔基在完成《母亲》之后的三十年创作中，也完全没有按照某一模式来写作。他的最后一部巨著《克里姆·萨姆金的一生》，按西蒙诺夫1974年的说法，"至今还未被读书界按现代方式读完"。这一作品把现实描绘、心理分析、哲理思考与意识流手法熔为一炉，在写法上并不符合社会主义现实主义框定的规范，却涵纳着极为丰富的内容，堪称俄罗斯人精神生活的百科全书。因此，对高尔基及其思想、创作，都应当进一步认识，不应该抱住一成不变的片面结论。

还有人从正确把握苏联文学精神的角度谈到，社会主义现实主义的提出，在某种程度上扬弃了无产阶级文化派和"拉普"的观点，但对艺术的"工具"性质的强调却是一致的，只不过对"工具"的内涵的理解有所不同罢了。而对艺术的实用，工具性能的过分强调，不可避免地带来艺术的短视与急功近利。艺术对现实的切入是多层面的，既有社会政治的层面，亦有人生、道德或哲学的层面，乃至宗教的层面，如果以某一种价值标准来衡量、要求所有的艺术作品，便难免出现认识上的错位。像《日瓦戈医生》这一类着重表现对人的终极价值的寻求的作品，其在政治上被当作异端作品而遭排斥，在那一时代便是理所当然的了。无论如何，"罢黜百家，独尊儒术"式的以一种创作方法规范一切，只能在高度极权的政治一体化的社会里出现，并可能被普遍认可。它并不利于文学的发展。而所谓"开放体系"，充其量不过是风格的多样化而已，万变不离其宗，思想立场的一致性不可改变，而什么算是正确的立场，本身就具有模糊主观性，有时亦可能变成一根大棒，棒杀对生活的思考真正深刻独特的作品。即使从方法本身的角度来说，无限的开放，包容一切，那么失去了具有特定内涵的这个概念本身，还有存在的价值吗？当社会发生变化，社会主义现实主义自然完成了它的使命，成为一个历史现象，应该是顺理成章的。如今我们来讨论影响苏联文学至深的社会主义现实主义，主要意义在于对苏联文学精神的把握。也许，通过对一些社会主义现实主义经典作品和一些曾被认为是非社会主义现实主义的异端作品的重新阐析，可以使我们对这一问题有一些新的认识。

此外，不少学者对如何评价七十多年的苏联文学和近年来俄罗斯文学的走向提出了不同的见解。有人针对近年来俄罗斯文学界某些人否定苏联十月革命以来的历史道路和否定苏联文学成就的言论指出，在评价苏联文学时，应该对时代和苏联的历史有一个正确的认识，应该有正确的文学观。我们只有在马克思列宁主义的指导下，在充分熟悉和了解苏联文学发展过程的基础上，对苏联文学进行具体的、历史的分析，才能对它作出比较符合实际的评价和结论。有人还强调，应该对目前的否定思潮有一个清醒的认识，对各种时髦的理论采取分析批判的态度，应该坚持独立思考，对苏联文学提出独立的看法和作出独立的评判。目前俄罗斯文学界否定苏联文学的思潮只是一种暂时的现象，随着时间的推移，多数人终将会对苏联文学采取比较冷静的、客观的和公允的态度，他们定将会把这份宝贵的遗产继承下来，苏联文学的优良传统将会得到发扬光大。

有人则为七十多年来苏联文学走过的道路描画了一条"多元——一元——多元"的轨迹。具体来说，第一个"多元"时期从十月革命后到20年代末。这一时期，俄国文学界流派纷呈，百家争鸣，积极进行精神和艺术的探索，名家名作层出不穷，这是苏俄文学最辉煌的时期。"一元"时期是指30年代至50年代初。这一时期出现的所谓"社会主义现实主义"文学和同时期的苏联社会、政治、经济生活之间存在着"严格的同构"。只要用马克思主义文艺学的观点历史地解读这类作品，我们就会发现，它们漠视文学的自身特点和作家的创作个性，无法反映社会的真实，而且也缺乏艺术性。第二个"多元"时期是50年代中期至1991年。这一时期，随着苏联社会的自我完善，苏俄文学界在清除了教条主义思想影响以后，又呈现出复苏、兴旺的景象。

有的专家在介绍90年代上半期的俄罗斯文学的现状时谈到，近年来多数俄罗斯作家已倦于政治斗争，出版业出现了复苏迹象，刊物的发行量渐趋稳定，特别是一批中青年作家开始崛起。这些作家文化基础深厚，文学视野宽阔，没有条条框框，敢于开拓探索。他们的作品内容宽泛，艺术多样，给人以新鲜感。正是这些作家及其作品反映了现今俄罗斯文学队伍和水平的主要状况。由于俄罗斯文学具有的活力和坚韧的生命力，等待它的已不仅仅是转机和复苏，而是新的台阶、新的未来。还有人作了"关于后社会主义俄国文学的文化思考"的发言。发言认为，文化反思是80年代后期苏联文学的重心，也是进入90年代文学的前提。这个前提的对位因素是整个80年代后期弥漫于无数苏联人心中对自身、对社会、对文明的巨大困惑。人们对社会政治和思想意识的冷漠，读者对功利文学原则的持续反叛，大众传媒对公众的需求的满足，以及社会政治经济状况的无序和恶化，是90年代初期俄罗斯人的兴奋中心与文学无缘的原因所在。在新的文学天地里，最为得势的是作为俗文化一种的俗文学。以幻想、情爱、侦探、恐怖、打斗、占卜、神怪等为内容的作品和西方的翻译作品以畅销书的形式进入文学，成为90年代不可忽视的一种文化现象。90年代的严肃文学呈现出一种多方位的分化。分化的根据来自不同的文化取向和对社会出路的不同认知。在大量出现的各种文学流派中，新现实主义和后现代主义值得注意。新现实主义作品，如科瓦廖夫的《果戈理的头》、特里丰诺夫的《茨冈人的幸福》，后现代主义作品，如哈里托诺夫的《命运的线索，或米拉舍维奇的木箱》、加尔科夫的《没有尽头的死胡同》、叶尔马科夫的《野兽的标记》等，都引起人们的关注。当前俄罗斯文学的走向是我们研究的新课题。

从20世纪90年代以后的约十五年的时间里，中国俄苏文学研究界每年都有一些扎实的新意迭出的研究成果问世，这些由老中青三代学者撰写的成果表明中国的俄苏文学研究充满着活力，并在一系列重要的领域中有了新的进展和开拓。这主要表现在以下七个方面。

一是以俄罗斯文化为大背景来研究俄国文学。文化构成了人类生存的有意义的社会历史环境。文学以文化为根基，从文化的角度研究文学不仅是可行的而且是十分必要的。以往俄苏文学研究中这方面的成果很少，90年代这方面的成果陆续出现，任光宣的《俄国文学与宗教（基辅罗斯——19世纪俄国文学）》（1995）、何云波的《陀思妥耶夫斯基与俄罗斯文化精神》（1997）这两本著作显然在这点上具有拓荒的意义。这种趋势经过20世纪90年代的努力，在21世纪表现得更加清晰了。近年来出现的著作有：高莽的《灵魂的归宿——俄罗斯墓园文化》（2000）、文池主编的《俄罗斯文化之旅》（2002）、林精华的《民族主义的意义与悖论：20—21世纪之交俄罗斯文化转型问题研究》（2002）和《想象俄罗斯》（2003）、金亚娜等的《充盈与虚无——俄罗斯文学中的宗教意识》（2003）、王志耕的《宗教文化语境下的陀思妥耶夫斯基诗学》（2003）、汪介之的《远逝的光华——白银时代的俄罗斯文化》（2003）等。其中任著选择了俄国文学与宗教的关系作为自己的论述对象。应该说，这是一个颇为棘手的课题，在相当长的一段时间里人们即使意识到这一课题的重要，也往往不愿或不敢过深地涉及。这本专著显示了作者的开拓意识和较为充分的学术准备。何云波的《陀思妥耶夫斯基与俄罗斯文化精神》一书虽然是作家研究，但就从文化的角度探讨作家的创作和俄罗斯文化精神的关系这一点而言，它与任著在方法论上有接近之处。

二是对作家的研究更加深入，这一点特别表现在对俄苏经典作家的研究上。这方面比较有代表性的成果可推朱宪生的《论屠格涅夫》（1991）、汪介之的《俄罗斯命运的回声——高尔基思想与艺术探索》（1993）、张铁夫等的《普希金的生活与创作》（1997）、高莽的《帕斯捷尔纳克——历尽沧桑的诗人》（1999）、吕绍宗的《我是用作试验的狗——左琴科研究》（1999）、曾思艺的《丘特切夫诗歌研究》（2000）、何云波的《肖洛霍夫》（2000）、查晓燕的《普希金——俄罗斯精神文化的象征》（2001）、黎皓智的《高尔基》（2001）、赵桂莲的《陀思妥耶夫斯基与俄罗斯传统文化》

（2002）、刘文飞的《布罗茨基传》（2003）、冯玉芝的《肖洛霍夫小说——诗学研究》（2001）、张铁夫等的《普希金新论——文化视域中的俄罗斯诗圣》（2004）等。

尽管近年来我国读者对高尔基的热情似乎有所下降，但是研究者仍以科学的态度并根据新发表的档案材料进行着切实的研究。汪介之的著作就是明显的例证。此书沿着高尔基一生创作发展的轨迹，考察了各个时期作家的思维热点和创作内驱力，并从新的角度揭示了作家创作的丰富的思想内涵和文化意蕴，以及作家艺术风格的演变。这本突破以往批评模式的著作无疑是90年代中国高尔基研究的一个重要收获。这里可以看看其开首的一章。这一章似乎只是谈了高尔基创作的分期问题，但是它却是全书的逻辑起点和论述基础。作者首先列举了以往高尔基研究中依据不一（或依据描写对象的变化，或依据体裁样式的更迭，或依据革命发展的阶段等）的一些典型的分期方法，指出了它们的不科学性，以及对我国一般读者认识高尔基的误导。而后，他又提出了自己的建立在"外部条件与主观因素兼顾，美学观点和历史观点统一"的分期方法。作者认为，从1892年创作起步到1907年《母亲》发表是高尔基创作道路的第一阶段，"人应当成为人，也能够成为人！"是这一时期高尔基创作的核心内容，社会批判是这一时期创作的基本思想指向，其作品的基调高昂；1908年至1924年是第二阶段，这时期高尔基转入对俄罗斯民族文化心态的剖析，提出重铸民族灵魂的重大课题，十月革命后又进而思考革命与文化的关系，其作品的基调清醒，风格沉郁，是高尔基创作最辉煌的阶段；1924年至1936年是第三阶段，回眸历史、探测未来是高尔基这一时期创作的基本思想指向，其作品的艺术视野开阔，历史感强烈。这样的新的分期方法为作者随后提出的一系列见解，诸如《母亲》不是代表高尔基的最高成就的作品，自传三部曲的基本主题是俄罗斯民族文化心态批判而不是"新人"的成长等，作了理论铺垫。此外，书中对高尔基《不合时宜的思想》的分析也值得注意。《不合时宜的思想》曾经被苏联高尔基文献档案馆封存了七十余年，80年代末在苏联重新面世后立即受到中国研究者的关注。除了刊物上发表的《〈不合时宜的思想〉是否合时宜》等评论文章外，该书中的有关评述可以说是比较严肃而全面的研究了。作者从高尔基的"论著本身出发，联系它所由出现的社会背景和作家思想发展的实际进行考察"，并进而得出自己的结论：高尔基所提的问题尽管具有尖锐的现实性和论战倾向，但他思考的重心是革命与文化的关系；作为艺术家的高尔基，他对十月革命的立场，首先是一种文化的、道德的、精神评判的立场，他是出于对文化命运的担心、对革命本身命运的担心而发言的；他的全部观点又是以他对俄罗斯民族历史、俄罗斯人的文化心理特点的理解为基石的；他的全部贡献与失误，全部清醒与偏激，都来源于对俄罗斯和俄罗斯人民的"痛苦而不安的爱"。可能会有人对该书的一些观点提出异议，但是谁都不能否认这种实事求是的研究态度本身的价值和魅力。

屠格涅夫是一个广受中国读者喜爱的俄国作家，80年代孙乃修的著作《屠格涅夫与中国》梳理了屠格涅夫在中国的接受史。朱宪生是国内最关注屠格涅夫的学者，他的《论屠格涅夫》（1991）和《在诗与散文之间——屠格涅夫的创作和文体》（1999）对这位作家作了比较系统的研究。以他的《论屠格涅夫》为例。这一著作几乎涉及了屠格涅夫思想和创作的方方面面，不过最引人注目的还是对作品的艺术形式和作家的艺术风格的探讨。例如，关于《猎人笔记》的体裁样式、叙事角度和结构安排，关于屠格涅夫中篇小说的诗意的"瞬间性"、叙事时间的"断裂"和"抒情哀歌体的结构"，关于屠格涅夫的现实主义及其美学原则等，都颇有新意。朱宪生近年来在俄国作家专题研究上花了不少功夫，在这一著作出版后两年，朱宪生还推出过一部名为《俄罗斯抒情诗史》的著作，这虽然是一部风貌独具的文体史，但是纵览全书，不难发现其基本上由重要的抒情诗人的专论串联而成，而这些专论中不乏令中国读者耳目一新的介绍和评论，如关于丘特切夫和费特，关于"白银时代"的诗人等。

三是对俄国"白银时代"（1890—1917）的文学，特别是俄国现代主义文学的研究更具力度。90年代以来在这一领域中已有多部著作问世，如周启超的《俄国象征派文学研究》（1993）、郑体武的《危机与复兴——白银时代俄国文学论稿》（1996）、周启超的《白银时代俄罗斯文学研究》（2003）、曾思艺的《俄国白银时代现代主义诗歌研究》（2004）等。此外，刘文飞的《20世纪俄语诗史》（1996）、刘亚丁的《苏联文学沉思录》（1996）和刘文飞的《墙里墙外——俄语文学论集》（1997）等著作中也均有专门的章节谈到了"白银时代"的文学现象。其中周启超的《俄国象征派文学研究》一书显得颇有理论气息和深度。郑体武的《危机与复兴——白银时代俄国文学论稿》是一部论文集,它的特色不在于理论构架的完整,而在于敏锐的观察和灵动的思想。

四是继续关注苏俄当代文学,特别是解体前后的文学。90 年代以来,除在前一阶段基础上继续推出的曹靖华主编的《俄苏文学史》第三卷(1992)和叶水夫主编的《苏联文学史》中的当代部分(1994)外,中国又陆续出版了几部苏俄当代文学方面的著作,如黎皓智的《苏联当代文学史》(1990)、许贤绪的《当代苏联小说史》(1991)、倪蕊琴和陈建华的《当代苏俄文学史纲》(1997)、李辉凡等的《20 世纪俄罗斯文学史》(1998)、李毓榛主编的《20 世纪俄罗斯文学史》(2000)、何云波的《回眸苏联文学》(2003)和王丽丹的《乍暖还寒时:"解冻"时期苏联小说》(2004)等,这些著作从不同角度对苏联当代文学的发展进程作了描述和分析,同时不少著作还或多或少地涉及了苏联解体前夕的一些复杂的文学现象,特别是"回归文学"和侨民文学的问题。特别应该提一下的是张捷对当代文学问题的跟踪研究。张捷的著作《苏联文学的最后七年》(1994)专题研究了苏联解体前夕的文学现象,他的《俄罗斯作家的昨天和今天》(2000)是第一部研究苏联解体后俄罗斯作家现状的专著,他的《当代俄罗斯文学纪事(1992—2001)》(2007)是这位学者关注苏联解体后十年间俄罗斯文学思潮演进的又一力作。其中《苏联文学的最后七年》一书的主要论述对象是 1985 年至 1991 年的苏联文学思潮和文学创作。正如作者所言:苏联文学的这最后七年"是很不寻常的七年","是苏联文学史上从未有过的动荡不安的七年,是文学观念和价值观念发生巨大变化的七年",这"最后七年时间虽然不长,但是极其复杂"。《当代俄罗斯文学纪事(1992—2001)》以编年史的方式对 1992 年至 2001 年俄罗斯文学生活的方方面面进行了全方位的扫描,内容主要涉及:文学界的活动(如文学派别之间的激烈争斗、相关的各种文学活动等)、热点问题的讨论(如关于后现代主义与新现实主义、关于文学史中的作家评价等)、主要文学奖的评奖(俄罗斯联邦国家奖、布克奖与反布克奖等九个主要文学奖的得主及获奖作品)、作家和学者的状况(分属于不同文学派别的数十位重要作家与学者在这十年间的近况）、重要作品与论著（介绍了近百部不同风格的小说、诗歌和戏剧作品，以及二十多部论著和资料集等）。该书具有较高的史料价值，对读者较为全面地了解当下俄罗斯文学的基本面貌也颇有帮助。

五是中俄文学关系研究取得了长足的进步。在20世纪中外文化的交流中，俄苏文学与中国文学的关系无疑是最为密切的，因而它历来为中外研究者所重视。如前所述，这方面的研究实际上从"五四"时期已经开始。进入90年代，国内学者在这一领域取得了十分可喜的收获。出版的著作除了戈宝权的《中外文学因缘》（1992）属以往研究成果的集锦外，倪蕊琴主编的《论中苏文学发展进程》（1991）、王智量等的《俄国文学与中国》（1991）和汪介之的《选择与失落——中俄文学关系的文化观照》（1995）、陈建华的《20世纪中俄文学关系》（1998，2002）、汪剑钊的《中俄文字之交——俄苏文学与20世纪中国新文学》（1999）、汪介之和陈建华的《悠远的回响——俄罗斯作家与中国文化》（2002）、赵明的《历史的文学与文学的历史——五四文学传统与俄罗斯文学》（2003）等著作都是90年代以来推出的研究成果。这几部著作在文学思潮比较研究、作家关系研究和文学关系的文化观照等方面各有自己的特色，其中有不少颇见深度的文字。如果说长时间来中俄文学关系的研究大多局限于1919年至1949年的话，那么《论中苏文学发展进程》一书则在这方面有了突破。著名学者陈燊先生用"开拓性"一词来评价这一著作所取得的成绩。同年推出的《俄国文学与中国》一书也是一部集体劳动的成果。作为一部论文集，它分别论述了果戈理、屠格涅夫、陀思妥耶夫斯基、列夫·托尔斯泰、契诃夫、高尔基、别、车、杜等俄国作家与中国的关系。该书论述的主要篇幅虽然仍放在1949年以前的三十年，但它体现出了90年代初期中国研究者在中俄作家比较研究这一传统领域里所达到的新的水准。与上述著作不同的是，李明滨的专著《中国文学在俄苏》第一次以翔实的资料全面介绍了俄苏对中国古代文学和现当代文学接受的历史，标志着中俄文学关系的双向研究进入了一个新的阶段。

六是关于巴赫金理论的研究取得了更有分量的成果。中国对巴赫金的关注始于80年代初期。从那时开始至今陆续出现了一批研究文章，如夏仲翼的《陀思妥耶夫斯基的〈地下室手记〉和小说复调结构问题》、钱中文的《"复调小说"及其理论问题》、赵一凡的《巴赫金：语言与思想的对话》和《巴赫金研究在西方》等；翻译界还将巴赫金的一些论著译出，介绍给了中国读者。90年代以来，中国学者相继推出了几部研究巴赫金理论的学术著作，如张杰的《复调小说理论研究》（1992）、董小英的《再登巴比伦塔——巴赫金与对话理论》（1994）、刘康的《对话的喧声——巴赫金的文化转型理论》（1995）、张开焱的《开放人格——巴赫金》（2000）、夏忠宪的《巴赫金狂欢化诗学研究》（2000）、程正民的《巴赫金的文化诗学》（2001）、王建刚的《狂欢诗学——巴赫金文学思想研究》（2001）、曾军的《接受的复调——中国巴赫金接受史研究》（2004）等，引起学术界广泛关注。其中董著瞄准的是巴赫金理论的核心，即对话理论。而这一理论是当代语言学、文艺理论和文学批评领域的重要的跨学科命题，也是国际学术界的讨论的热点之一。刘著的视角与董著有所不同，它将巴赫金定位在20世纪文化转型时期杰出的文化理论家这一基点上，并由此确定了全书的基本论点：巴赫金的对话理论是转型时期的文化理论。

七是关于"20世纪俄语文学的新架构"的讨论。1993年《国外文学》第4期上刊出周启超的《"20世纪俄语文学"：新的课题，新的视角》一文，引起了学术界的关注。文章对"20世纪俄语文学"作了如下界定："作为一个新的课题，它与我们习惯的'20世纪俄苏文学'、'苏俄文学'以及'苏联文学'相比，有着很不相同的内涵与外延。它拥有独特的涵盖面与包容面。在时间跨度上，'20世纪俄语文学'指的是1890年以来将近一百年来的俄语文学发展进程中所出现过的全部文学创作与文学理论实践。它不以1900年这一自然的纪元年度为起点，更不以1917年十月革命这一社会政治事件为界限，而是以上世纪最后十年间俄罗斯文学新格局的生成为开端，即以古典批判现实主义文学的终结，以及新型的现实主义文学与新生的现代主义文学所普遍表现出的对'文学性'的空前自觉为标志，俄罗斯文学进入了一个崭新的世纪；在空间范围上，'20世纪俄语文学'指的是运用俄罗斯文学语言、渗透俄罗斯文化精神的所有文学创作，它不以苏维埃俄罗斯文学现象为局限（即狭义的苏俄文学），也不等同于苏联文学（即广义的俄苏文学），而是包容着苏维埃的与非苏维埃（俄侨文学）的俄罗斯文学，还包括在俄罗斯文化语境中运用俄语写作的非俄罗斯作家（例如，艾特玛托夫、加姆扎托夫等作家）的创作。"

《俄罗斯文艺》随即对此展开了讨论，尽管讨论中对这一问题的看法不尽相同，但它却表明中国文坛传统的俄苏文学史研究正在走向一个新的层次。中国的研究者已经普遍意识到，有重构俄苏文学史的必要，但是这种重构并非是简单的章节调整，它也许更有赖于参与者思维定势的改变。周启超提出的"20世纪俄语文学"概念就是基于这种认识。这一概念至少在三个方面有别于旧的文学史观。首先是它的独特的涵盖面。提出把"显流文学"、"潜流文学"与"侨民文学"作为架构新文学史大厦的三块"基石"的构想是大胆的也是符合史实的。当然，"20世纪俄语文学史"的概念本身包括涵盖面的扩大这一点，但这绝不等于以量取胜，过多的罗列和铺陈反而会模糊它的总体面貌。这一概念的一个基本精神是强烈的整体意识和追求系统性的愿望。这就要求研究者必须对驳杂的文学现象作出严格的审美选择。也只有通过对那些最大限度地体现了20世纪俄语文学精神，即民主意识、人道精神、历史使命感，并不屈不挠地追寻着人类的终极目标的优秀作家及其作品的整体把握，通过对这些作家作品与相关的文学现象之间的内在联系的充分揭示，才能真正凸显出20世纪俄语文学的艺术精髓以及它在世界文学中的地位。其次是以文学为本位的取向。这里涉及的是文学观念和研究方法的问题。如将它具体化为"以文学语言为本体，以诗学品格为中心，以文化精神为指归"的表述是可取的。不过，语义分析、形式批评、文化学研究等角度对构建"20世纪俄语文学史"的大厦固然有益，而社会学批评，甚至政治学研究等角度也仍有它的价值。因为文学本身是文学，又不仅仅是文学，它在社会这个大系统中存在，社会的各种因素对它都有渗透，因此只要我们摒弃这类研究中曾出现过的庸俗化的、以狭隘的政治标准衡量一切的弊端，那么它们仍不失为切入文学现象的有用的方法。它们可以和其他方法相辅相成，构成多元互补、生动活泼的局面。再者是反对以新神话覆盖旧神话的立场。在为新文学史奠基时，强调这一立场是必要和及时的。20世纪俄语文学是世界文化史上的重要现象，俄罗斯和美英法日等许多国家的学者都在研究，并发表了大量的著述。这些著述中有不少有价值的见解，但偏颇之处也随时可见。在这种情况下，中国学者当然不能缺少独立的、不人云亦云的气度，不管在新构架的确立，还是在对已经或正在成为历史现象的作家作品的评价上，都应该有自己的历史唯物主义的尺度和科学求实的学术眼光。只有这样，我们的文学史才能避免成为苏联或今天的俄罗斯或西方学者撰写的文学史的翻版。同时，加强中俄文学关系的研究，也应是"中国学派"的题中之义。尽管"文学史重构"至今还只是一张蓝图，但这样的讨论却是有益的。只要研究者积极调整自己的知识结构，以不懈的努力协力开拓这块天地，那么蓝图终将变成可喜的现实。

20世纪90年代以来，国内学界取得的成果是多侧面的。除了前面提到的角度外，还有诸多不能纳入上述角度的著述，如程正民的《俄国作家创作心理研究》（1990）、胡日佳的《俄国文学与西方》（1999）、张冰的《陌生化诗学——俄国形式主义研究》（2000）、黎皓智的《俄罗斯小说文体论》（2001）、林精华的《想象俄罗斯》和《民族主义的意义与悖论：20—21世纪之交的俄罗斯文化转型问题研究》、刘文飞的《文学魔方——20世纪的俄罗斯文学》（2004）、王加兴的《俄罗斯文学修辞特色研究》（2004）等。此外，李延龄主编的《中国俄罗斯侨民文学丛书》（五卷）、汪剑钊主编的《20世纪俄罗斯流亡诗选》（两卷）等也是从独到的角度为深入研究进行的资料铺垫。此外，论文数量之多、内容之丰富，以及所体现的研究的水准，同样是以前所无法比拟的，这里因篇幅关系无法具体提及。

值得一提的是，世纪之交，华东师范大学和黑龙江大学相继成立教育部重点科研基地"俄罗斯研究中心"和"俄语语言文学研究中心"，它们承担的重大项目、举办的学术会议、主办的《俄罗斯研究》和《俄罗斯语言文学研究》两刊，以及相继推出的《转型中的俄罗斯社会与文化》和《俄罗斯语言文学研究》等相关成果，都颇为引人注目。这两个中心在推动国内包括文学在内的俄罗斯问题的研究方面已经并将继续发挥积极作用。

20世纪90年代以来，我国学界对于苏联解体之后的俄罗斯文学进行了跟踪研究，发表了不少报道和论文，并出现了不同见解。

最初，学界以消息报道和综述性的评价居多，如《1992年的俄罗斯文坛》、《1993年的俄罗斯文坛》、《1995年的俄罗斯文坛》等。这类跟踪报道客观地介绍了俄罗斯当下文坛的面貌，有利于我国读者及时了解俄国内文坛的动态。"危机、失落、混乱、迷茫、选择"等词汇，不断出现在描摹苏联解体之初文坛状况的文章中。章廷桦的《俄罗斯文坛掠影》（《外国文学动态》1993年第1期）、季耶的《连年纷争何时休——苏联解体后作家协会内部斗争纪实》（《外国文学动态》1993年第4期）、黎皓智的《熟悉的陌生人——苏联解体后的俄罗斯文学印象》（《苏联文学联刊》1993年第12期）、高莽的《请注意，俄罗斯文学在崛起……》（《外国文学动态》1993年第5期）等文章，既介绍了苏联解体之初的俄罗斯文坛"五光十色"的面貌，也反映了我国学界的些许迷惘："仿佛觉得自己是疾驶列车上的一名旅客，只是随着汽笛的长鸣，驶过了许多一晃而过的站台，没有留下清晰的印象。"

稍后的一些评论，视角有提升，但研究者的观点出现分歧。刘宁的论文《俄罗斯文学批评的多元化走向》（《世界文学》1994年第6期）介绍了当下的俄罗斯文学批评的状况。论文第一部分以"文化的危机与批评的困惑"为小标题，指出当下俄罗斯文坛谈论最多的就是"危机"，"创作的绝对自由"并没有带来文学的繁荣，"自由竟成了不自由和混乱"。第二部分以"俄罗斯文学批评的多元化发展趋势：三种对立互补的走向"为题探讨了俄罗斯文坛"三足鼎立"的情形。

张捷在《苏联解体后的俄罗斯文学》（《俄罗斯文艺》1995年第1期）和《俄罗斯文学界在文化问题上的争论和对文化市场的看法》（《文艺理论与批评》1995年1期）中指出，当下的俄罗斯文坛过于暴露社会黑暗面，"把过去的生活看成一团漆黑，而在表现它时不厌其详地展示各种消极现象和丑恶行为而不注意提炼和概括，显露出了某种自然主义的倾向"；市场的操纵使得文学再一次陷入了迷茫，虽然俄罗斯文学与市场的关系还处在调整之中，但是大量的"色情文学"和"黑色文学"已经影响着俄罗斯的出版业。他在《朝多极化方向发展的俄罗斯文学》（《俄罗斯文艺》1997年第3期）中进一步分析了苏联解体五年以来的俄罗斯文坛的特点。文章认为，"文学与国家分离"，是苏联解体给文学带来的最显著的变化。

文学"不再承担对国家的义务,自然也就不得到国家的保护和赞助",原来的官方刊物如《十月》和《民族友谊》等日子窘迫,图书出版业的私有化进程加速。中老年作家仍然是创作队伍的中坚,如弗拉基莫夫、邦达列夫,拉斯普京、别洛夫、巴克拉诺夫、格拉宁、叶夫图申科和阿斯塔菲耶夫等人这几年发表了不少新作。俄罗斯文学的现实主义传统正在逐步恢复,文学新人中也有人运用传统方法写出了一批有分量的作品。农村题材本来是传统派文学的一个基本题材,可是近几年这方面的创作并无大的建树。

余一中的《90年代上半期俄罗斯文学的新发展》(《当代外国文学》1995年第4期)对90年代上半期的俄罗斯文学作出了自己的评价。作者认为,进入90年代,我国学者的译介活动显得迟缓和谨慎,这种谨慎直接表现在译介作品数量的剧减和对当前俄罗斯文学批评现象的增加上,其中主要原因在于对俄罗斯当代文学的认识不足。他的《20世纪90年代下半期俄罗斯文学的新发展》(《当代外国文学》2001年第4期)继续表达类似的见解。文章认为:20世纪90年代下半期俄罗斯文学的新发展表现在传记小说空前繁荣,日记、回忆录和书信等体裁的作品大量涌现,严肃文学开始关注同步反映现实生活,诗歌具有意想不到的活力。目前俄罗斯文学发展的障碍是旧的文学观念和作者难以承受的创作之轻。余一中的《俄罗斯文学发展的另一面》(《当代外国文学》2002年第4期)一文再次指出,当下俄罗斯文学发展的消极面主要是:旧式的苏联官方的文学观念、旧式的公式化和模式化的文学创作。文章列举《夜猎》(科兹洛夫,1995)、《百慕大三角》(邦达列夫,1997)和《六素精炸药先生》(又译《黑炸药先生》,普罗哈诺夫,2001)三部作品来阐释关于狭隘的俄罗斯民族主义和爱国主义在当代俄罗斯文坛有所抬头的倾向。

张建华的论文《世纪末俄罗斯小说的"泛化"现象种种——20世纪90年代俄罗斯小说现象观》(《当代外国文学》2001年第4期)揭示的是经过历史涤荡之后的俄罗斯文学的困惑:反思文学的消疲、都市文学的发展、女性文学的崛起和通俗文学的繁荣。他的论文《文学研究中的文化视角的凸显——近年来俄国20世纪俄罗斯文学研究的新动向》(《外国文学动态》2002年第1期)关注的是俄罗斯文学研究的新视角,即文化学取向。

此外,张建华的《关于 90 年代俄罗斯文学的文化学思考》(《当代外国文学》1994 年第 3 期)、黎皓智的《俄罗斯文学面临选择:对俄国文学现状与未来的思考》(《文艺理论与批评》1995 年第 1 期)、严永兴的《俄罗斯文学怎么样了》(《文艺报》1996 年 10 月)、冀元璋的《解体后的俄罗斯文学》(《外国文学动态》1996 年第 2 期)、张杰的《当代俄罗斯文坛现状》(《译林》1996 年 4 期)、严永兴的《似曾相识燕归来——今日的俄罗斯文学》(《百科知识》1997 年第 2 期)、赵秋长的《嬗变中的俄罗斯当代文学》(《俄语学习》2003 年第 3 期)等文章,都从不同角度介绍了 90 年代以来的俄罗斯文学的现状,对俄罗斯文坛凸显出来的一些敏感问题进行了跟踪研究和剖析。

20 世纪 90 年代下半期,回应俄罗斯国内和我国学界重写文学史的呼声,几部 20 世纪俄罗斯文学史陆续面世。这些文学史著作中关于当下俄罗斯文学的介绍所占的比重不大,多以概述为主,因此仍属跟踪研究的范畴。

李辉凡、张捷撰写的《20 世纪俄罗斯文学史》(青岛出版社 1998 年版)谈到了苏联解体前后文坛状况。作者认为,苏联解体之后,文学完成了所谓的"文学与国家分离的过程"。这就使在苏联时期作为国家认可的公开发表的"主流"作品和没有通过严格检查制度而被迫成为"地下文学"的"非主流文学"之间的界限被取消。但是传统派和改革派的对立依然存在,并且导致"组织上的彻底分裂"。自由派文学以西方的自由民主和抽象的人道主义为准绳,作品中出现了"自然主义"倾向,而传统派文学主张弘扬俄罗斯民族传统,珍视本民族的历史和文化,将目光投向历史深处,希望寻找到摆脱内心危机和复苏俄罗斯的力量,创作中历史和宗教成为重要主题。在两派之间游离的还有一批在 80—90 年代登上文坛的"新潮作家",而且影响不断扩大。

李毓榛主编的《20 世纪俄罗斯文学史》(北京大学出版社 2000 年版)认为,苏联解体前后,俄罗斯文学具有以下特点:一是"回归文学"活跃,二是作家对历史题材感兴趣,三是对现代生活的社会心理和人伦道德问题感兴趣,四是在文体方面加强了抒情——主观的、忏悔的成分。苏联解体后，俄罗斯社会的变化给文学带来了新的环境，并引起作家在创作中对文学新形势的理论思考和创作实践上的探索，出现了诸多新概念，如"新现实主义"、"后现实主义"、"先锋主义"和"后现代主义"等，在作品内容和艺术形式上都有所创新。同时，商业文化盛行，大众文学泛滥，对严肃文学造成冲击。此外，许多作家转向对宗教问题的探索，作家们重新认识宗教在俄罗斯生活和俄罗斯人的思想意识中的地位和作用，出现了大量的宗教题材和宗教探索作品。

严永兴的《辉煌与失落——俄罗斯文学百年》（译林出版社2005年版）是对20世纪文学的全面回顾，书中"记录了俄罗斯文学百年兴衰"，"包括它必能光耀百世的众多文学大事、诗坛缪斯和戏剧精英，包括一大批驾鹤西去但在文学史上留下深深足印的文学大家，以及苏联解体后如雨后春笋般冒出的一批文学新人"。书中也专列一章介绍了苏联解体后的文学，持论较为客观。

90年代下半期，我国学界出现了研究当代俄罗斯文学的专著。张捷的《俄罗斯作家的昨天和今天》（中国文联出版社2000年版）涉及了三类作家，从前的持不同政见者、文学界的自由派、传统派人士。其中既有我国读者熟悉的作家如拉斯普京、邦达列夫、索尔仁尼琴、艾特玛托夫等，也有我国读者不甚了解但在俄罗斯和西方颇有影响的作家马克西莫夫、季诺维耶夫、西尼亚夫斯基等。在"苏联解体"这个大的时代背景下，不同思想的作家表现出了不同的政治和文学立场，并直接影响了他们的创作。

21世纪甫始，专题研究和代表作家研究成为主要热点。专题如现实主义文学、后现代主义文学、女性文学、大众文学等等，代表作家如邦达列夫、拉斯普京、马卡宁、佩列文以及女作家彼特鲁舍夫斯卡娅、乌利茨卡娅和托尔斯塔娅等。

我国学界跟踪了俄罗斯当代文坛的发展和变化，并在一定程度上形成了自己的见解。对苏联解体后俄罗斯文学的研究，始终与学界不断调整视角、立场和方法相联系。由于当下文学新作品和新材料层出不穷，文学思潮瞬息万变，加之对俄罗斯文化的"误读"、译介工作的滞后，以及其他非文学因素的干扰，都给当下文学研究带来了难度。虽然至今我们还很难说已经准确到位地把握住了当下的俄罗斯文学，但是许多学者抱着很大的热情积极参与其间，仍取得了不少有影响的成果。苏联解体以后的俄罗斯文学有着强大的生命力，它的不确定性和探索性吸引着我国学界对它的关注，有理由相信，随着研究的深入，俄罗斯当下文学的面目会变得更加清晰。

值得强调的是，中国社会科学院外国文学研究所在新时期俄苏文学研究中具有独特的地位。"十一届三中全会"之后，外文所俄罗斯文学学科（以苏联文学研究室为主要队伍）在国内本学科领域最早启动了全面系统的研究，并很快推出了一批有分量的成果，如大型资料《苏联文学纪事1953—1976年》（1979），翻译文集《七十年代社会主义现实主义问题——苏联关于"开放体系"理论的讨论》（1979），多人论文集《七十年代的苏联文学》（1980）、《论当代苏联作家》（1981）、《苏联文学史论文集》（1982）和童道明的《五六十年代的苏联文学》（1984）及专著《他山集——戏剧流派·假定性及其它》（1983）等。这批早期成果对于推动全国俄罗斯文学研究的整体起步与后续发展，起到了相当重要的作用。其中《苏联文学纪事1953—1976年》是新时期国内俄罗斯文学界出现的第一本大型学术成果。由于成书很早，免不了带有旧时期的印记。但对于中断业务十余年的俄罗斯文学界来说，书中提供的大量资料不啻是久旱甘霖。当时圈内几乎人手一册。《论当代苏联作家》汇集了十八篇作家论，对60年代以来苏联涌现的文坛新锐做了详尽解读。童道明的专著《他山集》是新时期国内俄罗斯文学界第一部个人专著，书中论及的艺术假定性问题引起国内文学界的广泛关注。

80年代中期以后推出的重要成果有吴元迈的论文集《苏联文学思潮》（1985）、《探索集》（1986）、《现实的发展与现实主义的发展》（1989），王守仁的《诗魂——苏联诗歌创作漫步》（1986），薛君智的《回归——苏联开禁作家五论》（1989），陈燊的《同异集——论古典遗产、现代派文学及其他》（1989）等。连同上面提及的早期诸成果，80年代共推出大型成果十余部。它们代表了当时国内俄罗斯文学研究的最高水准，在国内俄罗斯文学界，乃至中国文学界产生了较大影响。其中吴元迈的三部论文集是国内最早集中对苏联文艺思潮进行梳理，对现实主义理论问题进行阐释的著作。作者高屋建瓴，以翔实的资料，严密的论证，引出一系列引人关注的结论。薛君智的专著《回归》是国内最早研究俄罗斯"回归文学"的著作，披露了大量鲜为人知的材料。陈燊在文集《同异集》中，以其深厚的学术功底，有针对性地探索和思考了俄国古典文学、古典遗产、西方现代派文学等一系列国内俄罗斯文学界、中国文学界关注的问题。

90年代是外文所俄罗斯文学学科的全面丰收时期。学科以其队伍的集团优势，科研布局的覆盖优势，推出专著二十余部（且多为国家社科基金项目、社科青年基金项目、社科院重点项目、社科院青年项目和外文所重点项目），文集十余种，编写和翻译学术资料多种，以及大量单篇论文和评述。这些成果所涉及的课题几乎涵盖了当时俄罗斯文学学科的所有重要领域。就专著而言，在文学史方面有叶水夫主编的三卷本《苏联文学史》（1994），李辉凡、张捷的《20世纪俄罗斯文学史》（1998），刘文飞的《二十世纪俄语诗史》（1996）；在小说研究方面有钱善行的《当代苏联小说的嬗变——主要倾向、流派及其它》（1994）、石南征的《明日观花——苏联七八十年代小说的形式、风格问题》（1997）；诗歌研究方面有王守仁的《苏联诗坛探幽》；戏剧研究方面有童道明的《戏剧笔记》（1993）、《惜别樱桃园》（1996）；在作家研究方面有李辉凡的《文学·人学——高尔基的创作及文艺思想论集》（1993）、孙美玲的《肖洛霍夫的艺术世界》（1994）、王景生的《洞烛心灵——列夫·托尔斯泰心理描写艺术新论》（1996）、张晓强的《索尔仁尼琴——回归故里的流放者》（1996）、刘文飞的《诗歌漂流瓶——布罗茨基与俄语诗歌传统》（1997）、吕绍宗的《"我是用作试验的狗"——左琴科研究》（1999）、高莽的《帕斯捷尔纳克——历尽沧桑的诗人》（1999）；在思潮流派研究方面有李辉凡的《二十世纪初俄苏文学思潮》（1993）、周启超的《俄国象征派文学研究》（1993）；在比较文学方面有汪剑钊的《中俄文字之交——俄苏文学与二十世纪中国新文学》（1999）等。这些著作在国内产生较大反响，其中部分著作荣获专业奖项，如叶水夫主编的三卷本《苏联文学史》获1999年度社科基金优秀成果奖（专著三等奖），石南征的《明日观花》获中国社科院第三届优秀科研成果奖（专著三等奖），李辉凡、张捷的《20世纪俄罗斯文学史》（1998）是获中国社科院第三届优秀科研成果奖（专著三等奖）的《20世纪外国国别文学史丛书》中的重要著作之一，刘文飞的

《二十世纪俄语诗史》和《诗歌漂流瓶》分获中国社科院第三届青年优秀成果奖（三等奖）和2000年外文所优秀成果奖。其中叶水夫主编的三卷本《苏联文学史》倾外文所苏联文学室全室之力，完稿于苏联回归文学未成气候之前，却出版于苏联解体之后。以90年代的眼光看，资料和观念不免有陈旧之处。但此书在内容的翔实性、资料的可靠性，以及学术的规范性等方面，仍是国内叙述苏联时期文学的最有分量、最具价值的一部文学史。石南征的《明日观花》从形式角度解读群体创作现象，不仅深入探究文学过程的具体风貌和轨迹，而且力图对课题有所超越，揭示出某些普遍规律，因而具有相当的理论价值。专著所采用的形式研究角度在国内俄罗斯文学界，乃至整个外国文学界具有开创意义。李辉凡、张捷的《20世纪俄罗斯文学史》打通"白银时代"俄罗斯文学和苏联时期文学，观点独到，资料扎实。刘文飞的《诗歌漂流瓶》是国内第一部研究诺贝尔文学奖获得者布罗茨基的专著。专著采用比较方法，揭示出诗人与俄罗斯诗歌传统之间的渊源关系。汪剑钊的《中俄文字之交》是一部成功的中俄文学比较专著。作者以开阔的视野，揭示俄苏文学与20世纪中国新文学的关系，令人耳目一新。

进入21世纪以来，外文所俄罗斯文学学科推出的专著有张捷的《俄罗斯作家的昨天和今天》（2000）、《热点追踪：20世纪俄罗斯文学研究》（2003）、《当代俄罗斯文学纪事（1992—2001）》（2007），刘文飞的《阅读普希金》（2002）、《布罗茨基传》（2003）、《伊阿诺斯，或双头鹰——俄国文学和文化中斯拉夫派和西方派的思想对峙》（2006），周启超的《白银时代俄罗斯文学研究》（2003），严永兴的《辉煌与失落——俄罗斯文学百年》（2005），吴晓都的《俄国文化之魂——普希金》（2006）等。其中张捷的《当代俄罗斯文学纪事（1992—2001）》是外文所俄罗斯文学学科作为学科基础建设而重点扶植的项目。此书是新时期初年推出的《苏联文学纪事1953—1976年》一书的续篇。刘文飞的《伊阿诺斯，或双头鹰》是一部出色的俄罗斯文化研究专著。作者对于中国人耳熟能详又不甚了了的俄国斯拉夫派和西方派之争，从古至今，从思想到文学，做了清晰的梳理和切中肯綮的阐释。周启超的《白银时代俄罗斯文学研究》是国内第一部全面描绘白银时代文学风貌的专著。专著以其涵盖面之广、理论开掘之深，以及所引材料之丰富，为同类成果少见。陈燊等主编的《陀思妥耶夫斯基全集》(2010)，第一次收编了《作家日记》、全部论文及相当齐全的书信集。其中附有大量的注解和题解，有的题解长达三万言。由陈燊撰写的长篇序言对陀氏的创作思想和艺术风格进行了深入而系统的评价，堪称我国有关研究的集大成之作。此外还有陈燊关于俄苏文学、外国文学等方面的著述（经重新校订后已结集为《亡羊集》）等。

总体说来，前六十年俄罗斯文学在中国的接受，是大起大落、冷热交替的历史。中俄文学关系远远超出文学自身的价值，它夹杂着太多的意识形态、国际政治经济因素。最近十年，几代同人继续辛勤耕耘、不断进取，取得了一大批研究成果，其中包括国家社科基金重大项目多种，具有国际影响力的学术会议多次，培养硕士、博士和博士后人才众多，呈现一片蓬勃发展、欣欣向荣的局面。

从专著、论文、国家社科基金立项项目和重要俄罗斯文学研讨会主要议题可以看出，近十年来本学科除对传统领域持续关注，进行更加深入、细致的挖掘外，同时也推陈出新，拓展研究视野，创新研究视角，涉足全新领域，既彰显俄罗斯文学的真正魅力，完善本学科的全面推进与发展，也顺应时代潮流，促进中俄文学文化沟通互鉴，为我国构筑人类命运共同体的思想理念和大政方针贡献出巨大力量。

一是作家作品研究。这是国内俄罗斯文学研究的传统领域，十年来学界除对19世纪经典作家进行新的阐释外，同时对之前不够重视或研究力度不足的现代作家、苏联作家以及苏联解体后的重要作家展开深入研究，涌现出大批有分量的成果。

（一）19世纪经典作家研究

有关陀思妥耶夫斯基：19世纪俄国经典作家研究中关注度最高的仍然是陀思妥耶夫斯基，关于他的专著有：田全金的《言与思的越界——陀思妥耶夫斯基比较研究》(2010)从比较文学的角度阐述陀思妥耶夫斯基的创作和接受情况；郭小丽的《陀思妥耶夫斯基的救赎思想：兼论与中国文化思维的比较》(2012)以《卡拉马佐夫兄弟》为文本，以文化语言为单位，解读陀氏的救赎思想及其独特的思维方式；张变革的《精神重生的话语体系》(2013)研究陀思妥耶夫斯基的创作思想，从主题探究、结构分析、文本展示等方面入手，揭示作家基督教思想的精神实质与精神重生的内涵。其他还有田全金的《陀思妥耶夫斯基与白银时代俄国文化》（2014），陈思红的《论艺术家—心理学家陀思妥耶夫斯基》（2015）。相关论文也颇为可观，从论述陀氏作品的思想到叙事策略到其与其他作家的关系等等，共有数十篇之多。

契诃夫研究也是成果丰硕，马卫红的《现代主义语境下的契诃夫研究》（2009）研究了契诃夫小说中所蕴含的现代主义因素等问题；许立的《契诃夫笔下的知识分子形象研究》（2011）依据翔实的作家传记、日记、书信等材料，对与此相关的、具有代表性的文学作品进行分析，诠释作家创作中独立自主的、"非倾向性"的现实主义原则；董晓的《契诃夫戏剧的喜剧本质论》（2016）以喜剧性为切入点，整体观照俄罗斯经典作家契诃夫的戏剧创作，论述了契诃夫戏剧对喜剧观念的深化以及20世纪现代戏剧产生深远影响的根本原因；徐乐的《雾里看花：契诃夫文本世界的多重意义探析》（2015）和《契诃夫的创作与俄国思想的现代意义》（2018），后者以俄国19世纪末至20世纪初俄国经典文学最后一位伟大作家契诃夫的创作思想为例，结合对他与同时代经典文学另一位伟大的代表作家列夫·托尔斯泰的比较研究，阐述俄国文学与俄国思想的内在关系。

较受关注的还有普希金、列夫·托尔斯泰、莱蒙托夫、屠格涅夫等作家。有关普希金研究的专著主要有：张铁夫等的《普希金：经典的传播与阐释》（2009）、《普希金学术史研究》（2013），它们从多维视角解读普希金及其作品。托尔斯泰研究的成果主要有陈建华编的《文学的影响力——托尔斯泰在中国》（2009）。此外，连丽丽、吴维香的《思想的沉重与技巧的轻盈：果戈理与契诃夫作品研究》（2018），比较果戈理和契诃夫两位比较有代表性的作家。吴嘉佑的《屠格涅夫的哲学思想与文学创作》（2012），朱红琼的《屠格涅夫散文诗研究》（2013），通过文本细读，探讨屠格涅夫散文诗的创作背景、文体、类型、语言艺术及其在中国的接受情况等议题。有关莱蒙托夫的研究专著有顾蕴璞的《莱蒙托夫研究》（2014）、黄晓敏的《莱蒙托夫戏剧研究》（2014）。高荣国的《冈察洛夫长篇小说艺术研究》（2012）以文本细读为切入点，对冈察洛夫的长篇小说创作手法进行较为深入、系统的分析，探讨冈察洛夫艺术思维的特点，描绘其长篇小说诗学特征的全貌，分析其长篇小说三部曲艺术手法的价值，从而为确立冈察洛夫的文学地位提供依据。研究蒲宁的专著有叶红的《蒲宁创作研究》（2014）、万丽娜的《轻盈的呼吸：布宁小说的现代主义文学诠释》（2018）。其他还有曾思艺的《丘特切夫诗歌美学》（2009）、《丘特切夫诗歌研究》（2012）。

（二）现当代重要作家研究

近十年来过去研究不足的俄苏现当代作家成为学界关注的热点，研究成果丰硕，最为突出的布尔加科夫研究，专著有：谢周的《滑稽面具下的文学骑士：布尔加科夫小说创作研究》（2009）；钱诚著《米·布尔加科夫》（2010），资料翔实，语言优美，对这位作家兼剧作家的重要作品的来龙去脉进行了细致入微的点评；许志强、葛闻《布尔加科夫魔幻叙事传统探析》（2013），从影响研究角度出发，探析布尔加科夫魔幻叙事中的俄国传统与欧洲传统；梁坤等的《布尔加科夫小说的神话诗学研究》（2016），在西方文化大背景下，将俄罗斯经典作家布尔加科夫小说的诗学表征统一在"神话诗学"的框架之中，阐释其宗教文化渊源等多重主题，是一部洋溢着写作激情的严肃学术著作。研究其他作家的专著有淡修安的《普拉东诺夫的世界：个体和整体存在意义的求索》（2009）、李志强的《索洛古勃小说创作中的宗教神话主题》（2010），运用文本细读方法，发掘作家创作的宗教文化意蕴。刘琨的《圣灵之约——梅列日科夫斯基的宗教乌托邦思想》（2010），从宗教哲学、文化人类学、基督教，阐释作家的宗教乌托邦哲学和神学思想。管海莹的《建造心灵的方舟：论别雷的〈彼得堡〉》（2012），分析《彼得堡》在别雷全部创作中的巅峰地位，详细考察《银鸽》中重要的诗学因素。受到关注的苏联作家相对较少，研究著作有：刘文飞的《普利什文面面观》（2012）、汪介之的《俄罗斯命运的回声——高尔基的思想与艺术探索》（2012）、李毓榛的《肖洛霍夫的传奇人生》（2009）、刘祥文的《肖洛霍夫在中国》（2014）、孙玉华等的《拉斯普京创作研究》（2009）等。另外作为侨民作家的纳博科夫也受到重视，主要专著有陈辉的《纳博科夫早期俄文小说研究》（2014）。

对苏联解体后的重要作家进行系统研究成为一大热门。主要成果有：段丽君《反抗与屈从——彼得鲁舍夫斯卡娅小说的女性主义解读》

(2010)，用女性主义文学批评和女性主义叙事学为理论依据解读彼氏小说；程殿梅《流亡人生的边缘书写——多甫拉托夫小说研究》（2011）是对侨民作家多甫拉托夫全面研究的第一部专著；温玉霞的《索罗金小说的后现代叙事模式》（2014）；李新梅的《现实与虚幻：维克多·佩列文后现代主义小说的艺术图景》（2012）。

二是文化研究。十年来学界在继续文学文本研究的同时，也开始关注与文学相关的文化问题和宗教哲学问题，进一步拓展文学文化研究，并在这一领域颇有收获。

这方面的专著主要有：耿海英的《别尔嘉耶夫与俄罗斯文学》（2009）、刘锟的《东正教精神与俄罗斯文学》（2009）。耿著发掘了别尔嘉耶夫与俄罗斯文学关系中所蕴含的精神文化内涵，刘著从不同的角度探讨了俄罗斯文学与宗教的关系。任光宣等多人合著的《俄罗斯文学的神性传统——20世纪俄罗斯文学与基督教》（2010），李新梅的《俄罗斯后现代主义文学中的文化思潮》（2012）对不同时期具有代表性的后现代主义文学文本进行了解读和阐释。王志耕著《圣愚之维：俄罗斯文学经典的一种文化阐释》（2013），运用文化诗学的研究方法，对圣愚文化，以及圣愚同俄罗斯文学的精神品格、形式品格和生命品格的渊源等题作了论述。任光宣的《俄罗斯，那片文化沃土》（2018），以散文随笔的方式，记录自己的旅行，以长年从事中俄文化交流的见闻，引出对俄罗斯永葆文化魅力的思考。

三是文学史研究。文学史研究一直是俄苏文学研究的重点，近十年主要有董晓的《理想主义：激励与灼伤——苏联文学七十年》（2009）。李毓榛的《俄国文学讲坛》（2010），总览俄罗斯文学二百年历史，介绍了俄罗斯文学中的"多余人"、"小人物"等文学形象，以及"白银时代"、讽刺文学、解冻文学、流亡文学潮流等。董晓的《乌托邦与反乌托邦：对峙与嬗变——苏联文学发展历程论》（2010），从国家乌托邦主义与反乌托邦精神的对峙与两者关系的嬗变角度出发，阐述苏联文学七十四年的发展历程。汪介之《民族精神生活的艺术呈现：俄罗斯文学与文学史研究》（2018）为国家社科基金重大项目"苏联科学院《俄国文学史》翻译与研究"的阶段性成果。韩捷进的《人类视野观照下的苏联文学》（2013），论及苏联文学的人类思考主题和艺术特征，并考察 20 世纪苏联文学与中国文学的关系，探索文学的基本规律。汪介之的《俄罗斯现代文学史》（2013），以 19 世纪 90 年代至 20 世纪 50 年代初的俄罗斯文学为观察对象，对俄国白银时代文学、侨民文学、苏联文学等进行重新审视，对某些重要的文学现象与理论进行重新考量。郑体武编《俄罗斯文学辞典·作家与作品》（2013），收入词条五百余种，由多位编者写成。其他还有张冰的《白银挽歌》（2014）等。

四是重要文学现象研究。针对俄苏文学中重要的文学现象出现了一些有深度的专著。例如，张晓东的《苦闷的园丁——"现代性"体验与俄罗斯文学中的知识分子形象》（2009）关注知识分子形象的转变轨迹，并进行了深入的理性思考。谢春艳的《美拯救世界——俄罗斯文学中的圣徒式女性形象》（2009）讨论的问题都和女性形象有关，涉及了俄罗斯女性形象的塑造与宗教文化传统的关系。徐葆耕的《叩问生命的神性——俄罗斯文学启示录》（2009）、赵杨的《颠覆与重构——论俄罗斯后现代主义文学的反乌托邦性》（2009）等著作也都在相关专题的研究中显示了自己的特色。

五是文论研究。这十年间，国内学界继续对巴赫金文论表现出浓厚兴趣，出版的专著有吴承笃的《巴赫金诗学理论概观——从社会学诗学到文化诗学》（2009）、秦勇的《巴赫金躯体理论研究》（2009）、宋春香的《他者文化语境中的狂欢理论》（2009）和《巴赫金思想与中国当代文论》（2009）、王建刚的《后理论时代与文学批评转型：巴赫金对话批评理论研究》（2012）、张冰的《巴赫金学派马克思主义语言哲学研究》（2017）。

学界对俄苏现代文论也作了多方面的关注，出版的专著有：王彦秋的《音乐精神——俄国象征主义诗学研究》（2009）、王加兴等的《俄罗斯文学修辞理论研究》（2009）和邱运华的《俄苏文论十八题》（2009）等。其他有：周启超《开放与恪守：当代文论研究态势之反思》（2013），主要包含当代文学理论态势之反思、文学作品与文学文本理论之梳理、现代斯拉夫文论之旅三部分。杨明明《回归经典：多维视角下的俄罗斯文学》（2013），述及 19 世纪以来俄罗斯文学中多个思潮与流派和文论大家的理论观点，以及他们对俄罗斯文学中多个命题的多种阐释。姚霞《"废墟上的争战：论后苏联文学批评的话语权力之争》（2013），以20世纪90年代以来的当代俄罗斯文学批评为对象，论及其间两大批评派系与两派的话语冲突和后苏联文学批评的话语权力归属等题。张海燕《文化符号诗学引论——洛特曼文艺理论研究》（2014）。朱涛《结构·功能·符号——扬·穆卡若夫斯基文学与美学理论研究》（2018），主要从"结构"、"功能"和"符号"三个关键词切入，在国内首次系统介绍与研究了穆卡若夫斯基的文艺思想。周启超的《现代斯拉夫文论导引》（2011）论述了什克洛夫斯基、雅各布森、穆卡若夫斯基、巴赫金、洛特曼等文学理论家的主要观点，并对不同学派的发展流脉进行分析，对现代斯拉夫文论的历史价值进行总结，并概括了俄罗斯文论的今日气象，具有很高的学术价值。张杰的《走向真理的探索：白银时代俄罗斯宗教文化批评理论研究》（2012）系统介绍了索洛维约夫、罗赞诺夫、特鲁别茨科伊兄弟、梅列日科夫斯基、舍斯托夫、伊凡诺夫、洛斯基、布尔加科夫、别尔嘉耶夫、弗兰克、弗洛连斯基等一大批白银时代俄罗斯宗教文化批评理论家、哲学家、思想家，探讨他们之间的学术联系，揭示白银时代俄罗斯宗教文化批评理论。郑永旺《俄罗斯后现代主义文学研究：理论分析与文本解读》（2017）是对俄罗斯后现代主义文学的发展脉络、理论模式、诗学体系和审美取向权威的解读。

六是对苏联解体后文学的研究。伴随着21世纪第二个十年的到来，苏联解体后的俄罗斯文学已经走过二十多年的历程，当代俄罗斯文学研究者经过多年跟踪研究，开始逐步产出有关新俄罗斯文学发展趋势的总结性成果。代表性著作有：张捷的《苏联解体后的俄罗斯文学（1992—2001年）》（2011），关注对象是苏联剧变后最初十年，即从1992年到2001年的俄罗斯文学，也涉及苏联加盟共和国文学界的一些人和事。作者充分掌握第一手材料，对各种文学事件和现象进行认真的分析和研究，力图做出全面的和尽可能准确的说明。

张建华的《当代外国文学纪事1980—2000·俄罗斯卷》（2017），共收录作家、批评家条目达八百八十多条，不同体裁的作品一千三百余部（篇）。除按年份概述小说、诗歌、戏剧、理论与批评等作品外，还介绍了重大文学活动与事件。《俄罗斯卷》是"当代外国文学纪事丛书"中的一部重量级作品，从中可了解1980—2000年二十余年间俄罗斯文学创作和批评理论的全貌，是基础性研究中不可或缺的工具书。

侯玮红的《当代俄罗斯小说研究》（2013），结合文本，研究当代俄罗斯文学的社会背景、发展演变、小说题材、小说流派，在对当代俄罗斯现实主义小说的新发展上提出新见解，并开创性研究后现实主义小说及其主要特征。王丽丹、李瑞莲的《当代俄罗斯戏剧文学研究（1991—2012）》（2016），以当代俄罗斯（1991—2012）戏剧文学为研究内容，对苏联解体以来当代俄罗斯戏剧全新变化和全新问题进行了梳理及研究。其他还有孙超的《二十世纪八、九十年代俄罗斯中短篇小说研究》（2014）等。值得一提的是苏联解体后俄罗斯女性文学研究的勃兴。著名代表作是陈方的《俄罗斯文学的"第二性"》（2015）。

七是文学题材与流派研究。主要有王宗琥的《叛逆的激情——20世纪前30年俄罗斯小说中的表现主义倾向》（2011），张建华的《20世纪俄罗斯文学：思潮与流派——宣言篇》（2015），武晓霞的《梅列日科夫斯基象征主义诗学研究》（2015）。曾思艺的《19世纪俄国唯美主义文学研究——理论与创作》（2015）是国内乃至国际上首部颇为全面、系统和深入的19世纪俄国唯美主义文学研究的专著。曾思艺还出版了针对俄国未来派和意象派两大诗歌流派研究的著作《俄国未来派、意象派诗歌研究》（2016），该书是系统学习俄国文学尤其诗歌的专业论著。曾思艺另有《俄罗斯诗歌研究》（2018），内容包括了从《伊戈尔远征记》开始直到20世纪中后期俄国诗歌中有代表性的重要现象。其他有余献勤的《象征主义视野下的波洛克戏剧研究》（2014），董晓的《契诃夫戏剧的喜剧本质论》（2016），朱建刚的《19世纪下半期俄国反虚无主义文学研究》（2015），季明举的《斯拉夫主义的文艺理论和文化批评》（2015年），戴卓萌、赫文武、刘琨的《俄罗斯文学之存在主义传统》（2014）。

题材方面比较有特色的是军事题材和乡村题材文学研究。主要有李毓榛的《反法西斯战争和苏联文学》（2015）、赵建常的《俄罗斯转型时期军事文学研究（1985—2004）》（2018）、陈新宇的《俄罗斯当代乡土小说研究》（2018）。其他有傅星寰著《"现代性"视阈下"俄罗斯思想"的艺术阐释——俄罗斯文学五大题材研究》（2010）。

八是文学语言学研究。主要成果由王娟的《语用学视角下的维·托卡列娃作品研究》（2018）。本书系"当代俄罗斯女性文学的语言学视角研究"系列丛书中的一种，以对话理论和交际理论为指导，在细读文本的基础上以语用学理论为主要分析工具，并综合运用语言学（修辞学）、文艺学、阐释学理论对维·托卡列娃作品中的各种"对话"进行语用分析，通过揭示外在对话和内在对话的语用含义深入揭示作者的创作意图及语用手段。

九是部分学者的个人文集。它们主要有《任光宣集》（2011）、《张建华集》（2011）、《金亚娜集》（2012）、《余一中集》（2013），等等。此外还有林精华的《现代中国的俄罗斯幻想——林精华比较文学研究论文自选集》（2011），黎皓智的《拾取思想的片断——回眸俄罗斯文学艺术》（2011），曾思艺的《俄苏文学及翻译研究》（2011），戈宝权的《中外文学因缘》（2013），刘文飞的《俄国文学的有机构成》（2015），程正民的《从普希金到巴赫金——俄罗斯文论和文学研究》（2015）、《俄罗斯文学批评家研究》（2017）和王智量的《智量文论集》（2014）。

十是比较研究。主要成果有田全金的《启蒙·革命·战争——中俄文学交往的三个镜像》（2009），陈国恩、庄桂成、雍青的《俄苏文学在中国的传播与接受》（2010）等。二者综合运用传播学、媒介学和统计学的理论方法，研究20世纪中国文学与俄苏文学的关系。此外还有朱达秋的《中俄文化比较》（2010），它从辨析中俄文化内核的结构差异入手，对两国的宗教观念、经济政治文化等方面做了总体性的梳理介绍。陈南先的《师承与探索——俄苏文学与中国十七年文学》（2011），它以俄苏文学与中国十七年文学为研究对象，对二者之间的影响关系进行了系统的梳理，并通过资料梳理，描述俄苏文学和别、车、杜文艺理论在那一阶段中国的译介与变形，阐述了俄苏文学进入中国十七年文学的图景，对其给予中国当代文学的影响进行了论析。汪介之的《选择与失落：中俄文学关系的文化观照》（2012），是对中俄文学关系进行宏观考察的成果。

十一是论文集。这些年配合各种学术研讨会的成功召开，大量会议论文集也成功面世。主要有：刘文飞主编的《俄国文学史的多语种书写》(《北京斯拉夫评论》第 1 辑)(2017),王永主编的《俄罗斯文学的多元视角:"俄罗斯文学与艺术的跨学科研究"国际学术研讨会论文集》(2017),周启超、许栋梁编的《外国文论核心集群理论旅行问题研究:第 2 届现代斯拉夫文论与比较诗学国际学术研讨会论文集》(2018)。其他论文集有刘文飞、文导微主编的《文学俄国》第 1 辑(2014)和侯玮红、侯丹主编的《文学俄国》第 2 辑(2015),获得业界同行的极大肯定。

除上述研究成果外,学术翻译也是近十年俄苏文学研究界关心的内容。主要成果有如下几大类:

经典文艺理论著作的再版与出版。有刘文飞译米尔斯基《俄国文学史(上下卷)》(2013),内容自远古至 1925 年的俄罗斯文学,填补了我国俄罗斯文学研究界的一个缺失。蒋路译《卢那察尔斯基论文学》(2016)初版于 1978 年,此次再版修改了译后记。李明滨、张冰译叶·谢列布里亚科夫著《中国古典诗词论——谢列布里亚科夫汉学论集》(2018)。作为当代著名汉学家,谢列布里亚科夫 20 世纪 50 年代至今任职于圣彼得堡大学东方系,在中国古典诗词研究方面有极高的造诣,以研究杜甫、陆游闻名,与中国的俄苏文学翻译界曹靖华、戈宝权等人也有着长久的交往和深厚的友谊,积极从事着鲁迅研究与其作品在俄罗斯的传播。本书收集并译介了他在以上几方面的代表性文章和评论,展示了俄罗斯汉学界对中国诗词、古典哲学的多方面的认识,和对现当代中俄文学交流的评价。

经典作家作品的翻译。有刘文飞主持的《巴别尔全集》(2016),这是巴别尔作品首次以文集形式在中国大陆出版。此外还有方祖芳等译阿列克谢耶维奇的《切尔诺贝利的悲鸣》(2015)、李宏梅译当代著名作家米哈伊尔·波波夫的中篇小说《伊杰娅》(2016)和米哈伊尔·塔尔科夫斯基中短篇小说集《叶尼塞,放手吧!》(2016)、贝文力译俄罗斯当代作家米哈伊尔·波波夫惊险小说《莫斯科佬》(2016)等。

名人传记和回忆录的翻译。有梁小楠等译《托尔斯泰次子回忆录》(2016)、辛守魁等译《托尔斯泰妻妹回忆录》(2016)、王嘎译贝科夫的《帕斯捷尔纳克传》(2016)等。

本学科还在教材编写、资料整理等方面成果卓著。此外,俄罗斯汉学研究也受到关注，重要成果有李明滨的《中国文学俄罗斯传播史》（2011）、王立业的《中国现代文学作家在俄罗斯》（2018）、刘亚丁的《龙影朦胧——中国文化在俄罗斯》（2018）等。

十年来，本学科还获得了数项国家社科基金重大招标项目，计有2012年四川大学文学与新闻学院刘亚丁教授主持的"俄罗斯《中国精神文化大典》中文翻译工程"，此项工程于2018年结项；2014年首都师范大学文学院林精华教授主持的"《剑桥俄罗斯文学》（九卷本）翻译与研究"；2015年南京师范大学外国语学院张杰教授主持的"东正教与俄罗斯文学研究"；2016年南京师范大学文学院汪介之教授主持的"苏联科学院《俄国文学史》翻译与研究"；2017年首都师范大学外国语学院刘文飞教授主持的"多卷本俄国文学通史"等。与此同时，中国外国文学学会俄罗斯文学研究会年会由两年一度改为一年一度，每年与高校合办，定期召开，是本学科同人一年一度的盛会。会上商讨研究会重大事宜，以热点问题为主题展开热烈讨论，效果甚佳。这些年举办的重要会议有：2011年与北京外国语大学合办的"俄罗斯：传统与当代"国际学术研讨会，会上完成了俄罗斯文学研究会的选举换届工作，中国社会科学院外国文学研究所刘文飞研究员当选新一届研究会会长；2013年与山东大学外国语学院合办的"俄罗斯文学：传承与创新"国际学术研讨会；2017年与西南大学合办的"俄罗斯文学与俄罗斯思想"国际学术研讨会等。同时，北京师范大学《俄罗斯文艺》编辑部与高校合办的"《俄罗斯文艺》学术前沿论坛"也在各高校支持下定期每年举行。此外，各高校还积极举办俄罗斯经典作家研讨会。2012年11月4日，"全球化视野中的赫尔岑"学术前沿论坛在北京师范大学举办，2013年在北京第二外国语学院举办"纪念陀思妥耶夫斯基诞辰190周年"国际学术研讨会。2017年由鲁迅文化基金会联合中国社会科学院文学研究所等举办的"中俄文学对话会"在社会上引起较大反响。

纵观2009—2018年十年间的俄罗斯文学研究，可以看出在国内众多俄语学人的努力下，学科的整体研究水平有了进一步提高，展示出本学科独特的价值所在。然而，在学科研究繁荣的可喜形势下，一些存在的问题也不容忽视，值得我们在今后的工作中注意。第一，近些年弥漫在学术界的浮躁之气对本学科也产生了一定影响，贪求成果多和快的急功近利心理造成某些成果不够严谨甚至有些粗糙。第二，跟风之嫌长期存在。造成一些研究过于集中，而另一些却较为冷淡。比如苏联文学及苏联经典作家的研究亟待加强。第三，在创新方面更多是对研究领域和对象的开掘，真正从研究方法上、研究视角上另辟蹊径较难。很多研究依然是跟在俄罗斯学者后面说话，缺乏独立思考。尽管这样，我们依然坚信，凭着广大学者热爱俄罗斯文学的初衷与坚忍不拔的努力，这些问题终会被逐步克服，本学科必将在未来的发展道路上取得更辉煌的成就。

三 德语文学研究

"改革开放"伊始，以冯至为代表的第二代学人，基本上主导着这一时期的学科发展。当然也值得提出的是，其弟子辈的第三代学人几乎占据了此期学术场域的所有重要位置。这既包括了社科院系统的德文学者，如张黎的布莱希特研究、叶廷芳的卡夫卡研究、高中甫的《歌德接受史》，还有章国锋、陈恕林、宁瑛、张佩芬等，外文所的德文学科几乎是荟萃了本学科的"半壁江山"。冯至的受业弟子也包括留教大学的范大灿、张玉书、余匡复、杨武能等。此外，张威廉、董问樵也都必须提及的德语前辈。

复旦大学复建德文专业后的发展却不容忽视，其中最值得提及的一位学者乃是暮年变法的董问樵，他连续奉献出两部大著，即《席勒》与《〈浮士德〉研究》，这对本学科来说是有重要贡献的。在第三代学者中，值得提及的还有北京大学的严宝瑜、范大灿、张玉书等，南京大学则有叶逢植等，但明显相对凋零，不符合所谓"南北大学"的期待，倒是一些外语院校涌现出一批人才，就学术研究论，则上外的余匡复、川外的杨武能显得很突出，此外还有其他院校如北外的谢莹莹等。总体看来，在复原的思路下，大学的发展还算是比较循序渐进，尤其是外语院校逐渐成为一支重要的力量。而在 80 年代，第四代学者尚未开始扮演主角。

有关机构在总结这段学科状况时曾指出，90 年代中期，随着冯至先生的去世，以及一批研究人员几乎在同时先后退休，德语文学研究突然面临人才断档、青黄不接的危机，一度走入低谷。

90年代中期以降，中国改革开放的发展到了一个积量冲刺的阶段，随着中国经济实力的大幅提升，高等教育也进入了大众化的阶段，这使得德语教育呈现出蓬勃发展的势头。在高校层面，德文学科与德语专业有很大的数量增长，另一方面社科院系统的德文学科发展则受到重大阻碍。一则市场经济的发展使得德文人才急需，愿意坐冷板凳的人少了；二则社科院的经济待遇过低，确实也影响了人才吸收，再加此期一批学者到龄退休，社科院的德文学科一度出现断档现象。

第三代学者中最值得提出的是叶廷芳、杨武能、范大灿、张玉书、余匡复等人，他们在不同的方面对本学科的发展做出了重要贡献。叶廷芳在卡夫卡研究领域继续推进并重视引导学科的发展；杨武能在歌德汉译与研究领域取得了明显的成绩；范大灿主持完成了汉语学界最系统全面的一套五卷本《德国文学史》；张玉书则致力于中德之间搭建学术桥梁，以德语创办《文学之路》学刊；而余匡复以相当丰厚数量的专著贡献于学界。在90年代，这批人大多年在花甲前后，老骥伏枥，志在千里，纯属可嘉。

第四代学者中具有代表性的是卫茂平、王炳钧、李永平、李伯杰、冯亚琳、陈良梅等。卫茂平的中德文学关系史研究、王炳钧对德国文学理论的研究、李永平对里尔克等作家的研究、李伯杰对浪漫派作家的长期深度研究等均值得关注；而冯亚琳的《德语文学与文化》，陈良梅的《德国转折文学研究》（2003）、《当代德语叙事理论研究》（2007）等专著，对学界颇有贡献。他们的著述提供了我们观察第四代学人学术风格的一道窗口。

正在成长中的第五代学者多为1970年前后生人。他们一般都比较注重个案研究，强调问题意识，认识到整体语境的重要，相较前辈或有更为一致的学术眼光。他们或在专题史研究方面颇多发明；或以思想史研究为取向；或更重视翻译史、接受史、学术史等多重维度。总体来说，这代学者具有较为优良的学术训练、其中部分人具有一定的跨学科、跨文化背景，未来若能持之以恒，其发展则值得期待。

就德文学科发展来看，社科院不再占据数量上的优势，大学的不断增加，德文专业的不断增设，尤其是学术导向型教育政策的不断出台，使得多元发展的"百花齐放"成为主流。这一方面提供了本学科发展的大好基础，即参与者批量增加，尤其是外学科的涉猎者也常介入；另一方面却也有"主流"难寻的感慨。当"南北大学"、"现代大学—科学院"的模式逐渐被彻底打破，德文学科的发展究竟会呈现出怎样一种态势，并将以怎样的面目贡献于正在发展之中的走向世界的"中国现代学术"，深值关注。

就当下来看，一个很重要的背景是伴随着中国经济的大发展，而导致的高等教育的大规模扩张。中国高等教育一方面对学生降低门槛，为中国民众的高等教育权利的满足提供了便利，使得高等教育普及化成为一种现实；但另一方面，它同时也导致了某种意义的"学术大跃进"的需求，使得高校教师有"全民皆学"的感慨，学术界也因此深受其苦。在这个过程中，专门性研究所或研究中心的建立现象值得关注，上外成立了德语文学研究中心；其他大学，则颇多成立综合性德国研究中心的举措，如北大、北外、中国人大、北师大等都有德国研究中心这类虚体机构，地方性大学如黑龙江大学等也建有德国文化研究所。

作为第一代学者，杨丙辰并非一个科班出身的职业学者，他的学养不错、志趣亦广，在翻译方面颇多贡献，可惜在学术研究方面建树不多；而宗白华则主要学术兴趣不在文学方面，他所开辟的美学路径，是值得我们特别关注的。

第二代学者乃是本学科的中坚力量，其贡献之巨大毋庸赘言。本学科的某些代际中坚，因政治等其他因素而不能参与到学科建设中去，譬如陈铨，这是相当遗憾的。总体来说，这代学者起到了承上启下之功，因缘际会且对中国主流学术、文化场域具有一定的反馈功用，值得特别关注；但总体而言，他们在学术上留下的东西不多。冯至之外，特别值得提及的是董问樵，作为由外来学科转来的学者，他在晚年时连续完成两部著作，值得充分肯定。而如李长之、商承祖、张威廉、杨业治等人的学术贡献不多，而更多的在于他们在德语文学教育史上的"师长风范"。

第三代学者是较为尴尬的一代，也可以说是被耽误的一代。其中有一部分人因缘际会，得以在五六十年代前往东德，得以师从其时的专家如迈耶尔等，如张黎、安书祉等人都曾经在莱比锡大学留学，并且学到了一些"真东西"，如安书祉的中古高地德语等。其中的另一部分年龄较小或机会未便的学者，如杨武能、张玉书、叶廷芳等，则是在改革开放之后，才有机会到德国进修。值得特别提出的是，这代学者往往不是与第四代学者（这代人往往直接赴德留学，以德国人为导师）发生关联，而是更直接与第五代学者发生某种亲密关系。从他们身上，后代学者学到不少东西。

第四代学者虽然与第三代学者有一定的师生关系，但说来不是"嫡系"，他们多半在80年代得改革开放的春风而能有机会到德语国家留学，并在那里获得博士学位，故此其学术因缘主要应归结为德国。但遗憾在于，这代人中并未能产生如冯至那样众望所归的学术领袖型人物。这或许是时代发展的必然，市场化时代的以利益和效率为中心，本或就是一个要求权威解体的时代；尽管如此，相比较主流学界50年代生人的"累累硕果"，这代学者的生产力问题还是值得追问的。倒是个别旁逸的学者（如学德文出身的刘小枫）取得了相当骄人的成绩，这或许是本学科值得深思的问题。这代学者几乎清一色地在德语国家获得博士学位，并在相当程度上占据且主导了中国德文学科的整体场域，可就整体的引导推动之功效而言，似乎并不彰显。这由西（主要是德国）而来之风，是怎样吹的呢？

第五代学者的主流路径，仍颇多沿袭了第四代学者的轨迹，但已有所不同，譬如其中颇多是在德国有过研修经历，而最后是在本国获得博士学位（譬如北大博士生的联合培养模式）。再加上兼容其他学科的背景，使得这代学者的构成颇为多元而复杂，并呈现出待以发展的可观态势。这代学者已经贡献出不少具有学术分量和思想冲击力的"预备期产品"；他们正处于黄金年华，若能假以时日，或可期待出现能别出手眼的著作和学人。而其中部分学者自觉的跨学科诉求、学术史自觉和思想史立场，都充分表现出本学科可以攀立的高度与境界。

就这七十年来的活动身影来看，1949年后，第一代学者如杨丙辰等已基本因政治因素淡出学术场域；而宗白华、朱光潜等则主要在建制内的美学或哲学学科发挥影响。第二代学者在80年代还保持了一段学术生命。南方以董问樵为代表，一举推出了《席勒》、《〈浮士德〉研究》两部著作，且有一定的学术分量，充分表现出一代学人的学术自觉；总体上则以冯至为代表，他占据了学科的权威主导性的地位，而这一地位往往一直延续到他们生命的终结。譬如冯至，从1949年到1992年都是毫无疑义的学科领袖。这样的状况在某种意义上其实压抑了第三代学者的长成，他们既要面对政治因素对学术的干扰和影响，又要面对既有权威的"近在咫尺"。尽管如此，第三代学者的杰出者，仍各有不凡的表现。第三代学者是被时代耽误的一代人，但他们仍然能"杀出重围"。第四代学者基本就是在80年代与第三代学者共同成长起来，他们的幸运则在于能得改革开放春风之便，得以漂洋留德。

对于已然消逝在历史烟尘中的第二代学者，我们满怀"高山仰止"之情；对于仍在行进之中的第三代、第四代学者，他们是承担起本学科三十年发展的主力军，我们报以深切的敬意；而对于逐渐崭露头角的第五代学人，其实与有重负。对于中国现代学术的整体发展而言，经由主流学者的开拓而成绩不俗，而"边缘学者"（此处意指以外国为研究对象）如何才能别出手眼、加入到这样一种宏大事业中去，乃是必须思考的重要命题。第五代学人在学术师承关系上，兼容第三代、第四代学人为师，同时又有留德背景，当对此进程有所贡献。

相比较硬性的机构建制变迁，乃至空疏的学人历程梳理，就学论学，最重要的当然还是"拿出东西来"，以下便以专业著述为中心，对本学科这七十年来的学术实绩略做梳理。从根本上看，学术本身是无法断裂的，即便受到客观因素限制，那也只能是暂时的。学术史内在的脉络如同"盘根错节"，是斩不断的。从这个意义上说，在讨论七十年来的成绩时，我们必须要有中国现代学术史与本学科的整体背景意识。就此而言，承继性无疑是第一位要讨论的内容。

那么，我们要追问的是，与中国现代学术的建立期相比较（指前三十年，可以蔡元培在北大改革与建设德文系为开端，1917—1949），在已有的领域我们究竟是怎样的一种关系呢？究竟是推进了，还是退步了？

应该说，要论及中国的歌德研究，则冯至无疑是具有标志性意义的人物。但就德文学科的传统来说，杨丙辰已开其端绪，故此我们可以看到这条学术史脉络的代际发展线索。即便如此，在这七十年，几代学者薪火相传，将歌德研究推向了一个相当的高度。

在第二代学者中，有代表性的是冯至、董问樵。冯至在旧著基础上增补为《论歌德》，将原有论述编为上卷，又新撰了下卷若干篇，包括

《〈浮士德〉海伦娜悲剧的分析》、《歌德与杜甫》、《读歌德诗的几点体会》、《浅释歌德诗十三首》、《一首朴素的诗》、《歌德的格言诗》、《更多的光》、《歌德相册里的一个补白》，严格说来多数属于赏析性的文章，比较有学术分量的是前三篇，但冯至之文都带有他独特的思考痕迹，是"有我之作"。① 而董问樵撰《〈浮士德〉研究》，在时间上在80年代与《论歌德》几乎同时问世，但仍带有那代人做研究颇明显的资料转贩的痕迹，自家的学术思路不甚突出。此著分上、下两篇，前者所谓"从翻译到研究"，主要不外乎对《浮士德》的鉴赏评析；后者则主要是对"西方的《浮士德》研究"的介绍。② 当然更为重要的是从席勒到歌德的研究对象迁变过程中所体现出的作者学术思路的演进。董氏认为："歌德原与席勒并称，但自席勒早逝以后，歌德即代表德国资产阶级古典文学的高峰，因为他得享高龄所以贡献特大，他哺育了德国后来继起的历代文学家。"③ 虽然自家立论有限，但大体说来，董著问题意识清晰，考证相对谨严，虽然注释仍不够丰满，但循其轨迹仍可"顺藤摸瓜"，是具备较高的学术史意义的著作。

作为第三代歌德研究者的代表人物，杨武能在三个方面都将中国的歌德研究有所推进。一是《歌德与中国》较为全面地梳理了歌德与中国的关系，不管是歌德之认识中国，还是中国之接受歌德，在史料上颇提供了不少重要线索，这一点其实在某种意义上是继承了陈铨的比较文学的研究思路。二是尝试在冯至的研究基础上，有所推进，即通过文本分析加深对歌

---

① 冯至自己这样解释道："下卷的文章是我根据近几年来对于歌德进一步的认识写成的。粉碎'四人帮'后，我有机会读到民主德国和联邦德国60年代以来关于歌德的著作，其中的论点有我同意的，有不能同意的，但对我都有所启发。尤其是特隆茨主编的汉堡版《歌德文集》有丰富的资料、详细的注解和索引，给我的帮助很大。这与40年代战争时期相比，条件优越多了。可是下卷里的文章虽然略有自己的见解，却总觉得不深不透，关于歌德要说而没有说出的话还很多，由于年龄和其他事务的限制，连'俟诸异日'这句话也不敢说了。"《〈论歌德〉的回顾、说明和补充》（1985年），载《冯至全集》第8卷，河北教育出版社1999年版，第23页。

② 董问樵曾如此追忆他与《浮士德》的结缘过程，他自述1928—1935年留学德国，曾有机会看过电影《浮士德》，"虽然只是第一部，而且对原著改动甚大，但剧中人物形象一直萦绕我的脑际，数十年不能淡忘"。《前言》，载董问樵《〈浮士德〉研究》，复旦大学出版社1987年版，第2页。

③ 董问樵：《〈浮士德〉研究》，第249页。

德的理解，其中尤其值得注意的是"浮士德研究"。这方面的成果表现在1999年出版的《走近歌德》上（另有一册《歌德抒情诗咀华》，已包含在此书中）。三是以德文撰作《歌德在中国》，使得德语学界有可能了解中国的歌德接受与研究状况。这些方面，可以说他是代表了这代学人的歌德研究成绩的。同代学者中值得提及的还有高中甫、余匡复等，余匡复的《〈浮士德〉——歌德的精神自传》是研究浮士德与歌德关系的专著，选择这样的论题，相对比较好把握，此著将《浮士德》理解为歌德的精神自传，从三个方面建构论证："歌德的精神发展史"、"《浮士德》主人公的精神发展史"、"《浮士德》——歌德的精神自传"。这种路径，当然缺乏整体理论驾驭的气魄；不过作者标明自己的研究"不是学究式的，纯理论的，而是雅俗共赏、深入浅出的"，其目的在于"富有较强的群众性"、"使难读难懂的《浮士德》变得易读易懂"。① 高中甫1981年著《德国的伟大诗人歌德》，后又撰《歌德接受史1773—1945》，明显是受到西方理论的影响，但以1773—1945年如此宏大的时间段为研究范围、且未采取个案研究的策略，显然决定了此书只能提供史的论述线索和材料，而很难在深度上有所阐发。但在汉语语境中首次系统探讨了德国的歌德接受史，仍是很有意义的。侯浚吉的《歌德传》只能算是普及之作，但中国人的传记显然注意了他与中国文化的关系。

在第四代学者中，以汉语撰作的歌德专著尚未之见，故只能选择一部德文论著，即王炳钧的 *Rezeptionsgeschichte des Romans "Die Leiden des jungen Werther" von Johann Wolfgang Goethe in Deutschland seit 1945*（《歌德长篇小说〈少年维特之烦恼〉1945年以来的德国接受史》，1991）。相对于上辈学者的研究模式而言，此书代表了80年代后赴德留学的那批学者的研究进路，值得细加品味。虽然是自1945年以来，大致是1945年至20世纪80年代的四十余年历史，要研究这一段，就必然要求研究者对此期的德国社会文化状况有相当深入的打探。应该说，这一著作的视角与方法，是对中国的歌德研究有很大的启发意义，因为它完全突破了原有的研究思路，学习了德国的文学史研究理论和方法，并将之用于文本分析。此著虽然出

---

① 余匡复：《〈浮士德〉——歌德的精神自传》，上海外语教育出版社1999年版，第2页。

版于 90 年代初期，但无论是在接受史的研究上，还是在歌德研究领域，都有其新颖的视角。而在第五代学者中，也出现了关于歌德的专门研究。

在具体领域方面，奥国文学领域则不但卡夫卡、茨威格等作家具有代表意义，而且是德文学科有所贡献于主流文化思想界的。而其中尤其以叶廷芳的《现代艺术的探险者》等对卡夫卡的研究堪称佳作；① 张玉书以积年之功，完成了《茨威格评传》（2007）；此外，他还有文集《海涅 席勒 茨威格》（1987）。

就德国古典文学的代表作家而言，如席勒、海涅、克莱斯特等经典作家研究方面，都有专著问世，明显显示了本学科的推进。就德文学科的席勒研究而言，董问樵的《席勒》（1984）篇幅不大，上篇为"生平·诗歌·美学观点"，以大部分篇幅较为清晰地勾勒出席勒的一生历史轨迹；下篇为"戏剧"，主要是对席勒已完成的九部原创戏剧进行了比较详细的介绍和分析。叶隽的《史诗气象与自由彷徨——席勒戏剧的思想史意义》（2007）虽以剧本分析为入手策略，但试图从宏观上驾驭古典文学，有明显的问题意识和理论架构，较之前人略进一步。赵蕾莲的《论克莱斯特戏剧的现代性》（2007）比较系统地介绍了克莱斯特的主要戏剧，在汉语学界是第一次，但在研究范式上似显得比较单一。

就德国现当代文学而言，比较受到重视的是托马斯·曼、黑塞、布莱希特研究，黄燎宇、宁瑛的两部《托马斯·曼》（1999、2002）基本上都是一般传记写法，并无明显的理论框架。张佩芬研究黑塞多年，《黑塞研究》（2006）代表了中国学界的水准，但独发之见并不很多，且材料征引不够精确；王滨滨的《黑塞传》（2007）则比较简洁地以"生活篇"、"思想篇"概括叙述了黑塞的生平。在布莱希特研究领域，余匡复先后撰作《布莱希特传》（2003）、《布莱希特论》（2002），试图比较全面地把握布莱希特；张黎是布莱希特研究的重要人物之一，虽无专著，但其主编的《布莱希特论戏剧》（1990）、《布莱希特研究》（1984）具有重要意义，

---

① 叶廷芳：《现代艺术的探险者》，花城出版社 1986 年版；叶廷芳：《卡夫卡——现代文学之父》，海南出版社 1992 年版。在卡夫卡研究领域，关注者众多，非本学科的介入也值得关注，如残雪《灵魂的城堡——理解卡夫卡》，上海文艺出版社 1999 年版；曾艳兵《卡夫卡与中国文化》，首都师范大学出版社 2006 年版，等等。

《德国文学随笔》(1986)中也有关于布莱希特的论文。

我们应当清醒地意识到,在很多领域我们还处于空白状态,譬如在一些经典作家领域,我们尚无一部研究性的专著,且不说德国中古文学等我们极少有人问津;就是德国古典文学中很热门的大家如莱辛、海涅、荷尔德林等,也都还有待专著出现;而对浪漫派的研究,更应当分点深入,就其最重要的作家和批评家来说,如蒂克、施莱格尔、艾辛多夫等人都应该有比较深入的专著出现。在现当代领域,也有很多缺门,如奥国文学的穆齐尔、霍夫曼斯塔尔、特拉克尔、施尼茨勒等,德国文学如亨利希·曼、德布林、孚希特万格、凯泽、托勒尔等,瑞士德语文学如迪伦马特、弗里施等都是。但总体来说,在本领域,我们这七十年既取得从质量到数量的明显成绩,也仍还有"百尺竿头,更进一步"的需要。

有论者总结中国的"中德文学关系研究"状况,举两书为代表。论当代则举卫茂平的《中国对德国文学影响史述》(1996);溯历史则举陈铨之《中德文学研究》(1936)。认为其长进在研究范围之拓展、某些方面之深化;其不足,亦同样明晰可见,所谓"个人的学术锋芒、独特见解"所占比重不多。① 确实有一定道理。从现代到当代的学术演进,有着更为丰富的内涵,在一定意义上呈现出百花齐放局面。我们不妨分为若干维度的拓进,即史料型、理论型、史思型。就史料型学者而言,具有代表性的是卫茂平、吴晓樵的工作。相比较卫茂平比较系统地梳理中国对德国文学影响、德语文学的汉译史,吴晓樵则将工作放在了某个点上的问题深入上,他并未系统地作出相关研究,但确实也有不少收获。② 这类的学者还包括马佳欣等。马佳欣博士学位论文讨论德语文学在20世纪上半叶中国的接受,基本不出其导师范围。③ 理论型的代表如方维规、刘润芳、曹卫东、范劲、梁展等,④ 曹卫东的《中国文学在德国》在整体结构上分为上

---

① 王向远:《中国的中德文学关系研究概评》,《德国研究》2003年第2期。
② 吴晓樵:《中德文学因缘》,上海外语教育出版社2008年版。
③ 马佳欣:《德语文学20世纪上半叶(1900—1949)在中国的接受》,上海外国语大学博士学位论文,2002年。
④ 方维规、刘润芳都是在德国完成的博士学位论文,中文论著则未见。

下两篇，上篇从德国汉学史角度、下篇从德国文学作品角度，分别梳理了中国文学在德国的发展。作者试图引入"'异'的解释学研究"，①用以建构下半部的文本解读框架。范劲也试图上升到理论层面来进行研究，提出了德语文学符码与现代中国作家的自我问题，并且将研究范围延伸到当代文学。②而梁展研究鲁迅前期思想与德国思想的关系，也很注重在理论层面进行阐发。③史思型的，注重历史学研究的基本方法，强调文学史的材料收集，但并不以此为限，强调此乃"规定动作"，而在有比较规范的史学研究基础上力图在思的层面有所阐发。这方面，乐黛云虽非本学科学者，但却有一定示范意义。④作为留德的博士学位论文，殷克琪与张芸都有不错的表现，殷克琪讨论尼采与中国现代文学的关系，张芸则探究鲁迅与西方文化的关系，均能在注重材料的基础上努力达致一定程度的思考。⑤叶隽在《另一种西学》中以一半篇幅讨论冯至、陈铨文学观念的德国背景时也体现了这种特点，即"以史致思"。⑥

在这个领域，特别应提及的是中国留德学者的博士学位论文，其中有相当部分是以此类题目为选题；而且，其他学科介入者也值得注意，如张辉讨论20世纪上半期德国美学的东渐问题，卢炜讨论布莱希特对中国新时期戏剧的影响等。⑦而本学科学者中的跨学科背景也值得注意，如刘润芳、曹卫东、范劲、叶隽等人都有一重由中文学科介入德文学科的背景，或则由德文而中文，或则反之，都值得关注。相比较民国时期该领域陈铨著作的"一花独放"，本领域这七十年来取得的成绩应该说是长足的。

---

① 曹卫东：《中国文学在德国》，花城出版社2002年版，第171—182页。
② 范劲：《德语文学符码与现代中国作家的自我问题》，华东师范大学出版社2008年版。
③ 梁展：《颠覆与生存——德国思想与鲁迅前期自我观念（1906—1927）》，上海文艺出版总社/上海锦绣文章出版社2007年版。
④ 乐黛云：《尼采与中国现代文学》，载《北京大学学报》1980年第3期。
⑤ 殷克琪：《尼采与中国现代文学》，洪天富译，南京大学出版社2000年版；张芸：《别求新声于异邦——鲁迅与西方文化》，中国社会科学出版社2004年版。
⑥ 叶隽：《另一种西学——中国现代留德学人及其对德国文化的接受》，北京大学出版社2005年版。
⑦ 张辉：《审美现代性批判》，北京大学出版社1999年版；卢炜：《从辩证到综合——布莱希特与中国新时期戏剧》，浙江大学出版社2007年版。

在作为集大成领域的文学史写作方面，则先后有三部重要著作，即冯至主持的《德国文学简史》、余匡复独著的《德国文学史》、范大灿主编的五卷本《德国文学史》。

冯至主持的《德国文学简史》（1958年12月北京第1版）分上、下两册，三十万字。上册由冯先生独著，下册的作者还包括当时的教师和学生：田德望、张玉书、孙凤城、李淑、杜文堂。① 全书虽然区分上、下两册，但仍构成一个完整的系统，除绪言、结束语之外，共分五编，分别讨论封建社会时期的文学、从封建社会到资本主义社会过渡时期的文学、资本主义上升和发展时期的文学、帝国主义时期的文学、社会主义建设时期的文学。显而易见，这样一种划分受当时政治环境的影响，基本上按照封建社会—资本主义社会（帝国主义是最高阶段）—社会主义社会的思维模式来条理德国文学史。虽然这是冯至先生生前最不愿提及的著作之一，但这仍是一本值得关注的著作。因为从冯至为《德国文学简史》所撰前言来看，他言简意赅地提出了五条德国文学史撰作的原则，反映了他的德国文学史观。② 而全书所列出的参考文献、索引、勘误表，都在在显示出学者严谨求实的态度和曾经受过良好学术训练的痕迹。

余匡复独著《德国文学史》（上海外语教育出版社1991年版）较之冯至50年代主持的《德国文学简史》篇幅规模都超出前人，且注意德语原文的引用，应该说这是中国语境里的一部较为重要的著作。范大灿主编的五卷本《德国文学史》（译林出版社2006—2008年版），不但在规模上拓展不止一倍，而且在学思层面有所递进。其中尤以第一卷用著作的形式讨论了从中古至17世纪的古代日耳曼文学，填补了汉语学界的空白。而更重要的是，作者在《总序》中努力提出的几点事关宏观的文学史叙述的总体思考，关系到学理问题，值得学界关注。

当然，在具体的断代史、国别史等领域，也还有不少著作。譬如说余匡复撰作的《当代德国文学史纲》（1994）、《战后瑞士德语文学史》

---

① 冯至：《德国文学简史》上册，载冯至《冯至全集》第11卷；冯至、田德望、张玉书、孙凤城、李淑、杜文堂：《德国文学简史》下册，人民文学出版社1958年版。
② 参见叶隽《冯至先生的德国文学史观》，载《中华读书报》2005年11月9日；叶隽《作为文学史家的冯至与王瑶》，载《书城》2005年第11期。

(1992)等；高中甫、宁瑛合著的《20世纪德国文学史》(1998)；韩瑞祥、马文韬合著的《20世纪奥地利、瑞士文学史》(1998)，都反映了这样一种趋势。但总体来说，我们的文学史写作还停留在比较初级的阶段，基本上属于一种文学史线索和材料的叙述。这里特别应当提出表彰的是由范大灿自撰的《德国文学史》第二卷，充分表现出第三代学者的积年之功与理解深度，达到了一定的学术与思想高度。

令人欣喜的是，这七十年来的德文学科，不仅在守成的基础上有所推进，在民国时期开创的三大领域中继续取得了显著成绩，而且在领域开拓和创新方面，也同样都有进展，充分展现了近七十年来中国当代学术的成熟与进步。

虽然翻译史可以涵盖在中德比较文学的整体框架下，但专门提出仍具有特别意义。在这方面，卫茂平系统梳理德语文学汉译史的工作值得称赞，其专著的出现也引起学界的关注。[①] 此外，吴晓樵等也多少涉及翻译史的研究。但总体而言，具有学术与思想冲击力的翻译史研究，仍有待来者。

就德国学术本身发展而言，姚斯的接受理论的发明乃是很重要的学术史事件。王炳钧在德国留学时师从曼德尔科夫，并以接受史为题做了博士论文（同前不赘），但他在汉语语境中这方面所做推动不多，论文亦未多见，有些可惜；从这个意义上来说，高中甫的《歌德接受史》在汉语语境无疑更有影响（同前不赘）。但接受史的研究如何才能做得"别出手眼"，恐怕同样值得我们思考。在这方面，外国文学出身的学者做得出彩者似乎不多，钱理群的《丰富的痛苦——堂吉诃德与哈姆雷特的东移》(2007)无疑值得关注和借鉴。

在这个领域，谷裕的工作值得肯定。她先后发表《现代市民史诗——19世纪德语小说研究》(2007)、《隐匿的神学——启蒙前后的德语文学》(2008)，既尝试文学解释学兼及其他方法，同时将基督教的维度引入，丰富了汉语学界德语文学研究的思路。谢芳的《20世纪德语戏剧的美学特征——以代表性作家的代表作为例》(2006)努力将文本分析与理论思考

---

① 卫茂平：《德语文学汉译史考辨：晚清和民国时期》，上海外语教育出版社2004年版。

结合起来。还有陈良梅的《当代德语叙事理论研究》(2007),凸显了叙事理论的德国视角等。总体而言,包括断代史、思潮史、文体史等多种体裁在内的分类研究,还有大量的工作等待我们去完成。在文学的断代史方面,我们有了一些著作(如前不赘),但在思潮史、文体史等领域,我们基本还是空白。

在这方面,杨武能可能是本学科较早提出这一问题的,他不但自己身体力行撰写相关文章,而且多次在各种场合呼吁重视对中国日耳曼学学科史的研究。莫光华则系统梳理过改革开放以来中德比较文学研究状况。而《德语文学研究与现代中国》(2008)的出版,则比较系统地对20世纪上半期的中国德文学科的学科史进行了学术史研究,这意味着这一思路得以在实践层面落实。也有学者从理论层面进行关注,如王炳钧主持的国家社科基金项目"德国文学理论史"等。

德语文学最大的特点就是其"诗思互渗"性质,所以强调其思想史维度,可以说抓住了其中的灵魂。前辈学者如杨丙辰、冯至、叶廷芳、杨武能、范大灿等都对其与哲学的互动维度有比较深刻的认知。在这个方面,李永平、叶隽的研究有一定代表性,前者涉猎到莱辛、荷尔德林、里尔克等人,后者先后完成的关于席勒、歌德的研究,都是从这样一个路径出发的,被认为是开辟了一个新的思路。

这里必须意识到的一个重要维度是,学术史研究的意义并不在于梳理历史本身。所谓"辨章学术,考镜源流",既反映了学人承继学统的学术伦理自觉,也意味着学院知识人寻求精神突围的一种选择可能。作为学者,不管外界条件如何剧烈动荡,仍当以学术为天职,以求知为根本。即便在20世纪的中国,战争的无情破坏、政治与社会的动荡都未能毁灭学人的求知路向;那么在当代市场与利益带来极大冲击的背景下,也不可能在终极层面影响到学术的演进方向。

2009年,德语文学研究有两篇论文值得关注,一篇是范大灿的《文化民族还是民族文化——18世纪末德国文学登上顶峰的原因剖析》,论文主要从18世纪德国四分五裂的历史状况入手,探讨德国"文化民族"认同的成因。另一篇是李伯杰的《"诗人的民族"——论语言文学在德意志民族意识建构中的作用》,主要探讨文学和哲学在建构德意志民族意识中的作用。

在歌德研究中，一些学者开始关注作为自然研究家的歌德，探讨歌德的诗歌创作与自然研究的关系，为中国的歌德研究注入了新的活力，如莫光华的《发现歌德：德国学者对自然研究家歌德的研究》和《自然研究对于诗人歌德的意义》。另外，贺骥的《歌德的魔性说》，以《诗与真》和《歌德谈话录》为文本，阐释歌德的一个重要概念"魔性"，指出了"魔性"与"天才"的关系，饶有见地。黄风祝的《爱和艺术的可见性与不可见性——论歌德的〈亲和力〉和本雅明对"无性美学"的批判》，从歌德《亲和力》的创作以及本雅明对歌德的文学批评入手，探讨歌德的"情爱美学"与本雅明的"无性美学"，亦剖析入微，切中肯綮。2009年还涌现了一大批颇有学术价值的论文，如韩瑞祥的《霍夫曼斯塔尔早期作品中死亡的象征意义》、杨壹棋的《避开所言说之物的言说——对保·策兰诗歌的分析》、杨宏芹的《〈颂歌〉的内在结构及其仪式化——格奥尔格的〈颂歌〉的结构解析》、余扬的《"西西弗斯乃我所需的一种态度"——试析君特·格拉斯对加缪哲学的接受》、张玉娟的《卡夫卡小说中的负罪感与秩序的重建》、冯亚琳的《自然作为文学回忆的符号——论君特·格拉斯小说中功能化的自然描写》、赵山奎的《冲击尘世最后的边界——论卡夫卡的死亡想象》等。

2010年，值得一提的是若干在卡夫卡研究方面的学术成果，如赵山奎的《通过父亲写自传——卡夫卡〈致父亲〉解读》，试图在对《致父亲》的解读中，寻找卡夫卡与和父亲"共生"的自我图像；曾艳兵的《启蒙·同化·自由——卡夫卡〈一份为科学院写的报告〉解析》，探讨小说所触及的现代性和后现代性问题；曾艳兵的《"一个情感伤口的象征"——卡夫卡与疾病》，探讨卡夫卡作品在的疾病隐喻，皆视角独特，如抽丝剥茧，剖析入微。

其他几篇研究德语诗人的论文也颇值得一读，如吴时红的《荷尔德林诗的精神旨趣探微》、吴建广的《不可"诗意栖居"的德意志语言之家——保尔·策兰诗集〈语言栅栏〉之诠释》、姜丽的《灵魂的渴望——论高特弗里德·本恩诗歌中的宗教性》，在同类研究中，堪称用力甚勤，见解精审之作。此外，在研究当代文学方面，值得关注的论文主要有黄风祝的《〈测量世界〉对后现代性的探讨》、余扬的《痛苦、快乐、赋予无意义以意义——论沃尔夫冈·科本〈草中鸽〉中之荒谬性主题》等。

2011年，德语文学学科总体呈现出向古典和经典的回归的趋势，学术研究的自主意识和问题意识明显增强，一些传统的问题，在新的视角下，获得了重新阐释，文学阐释的视野更为开阔，也更具深度。其中有两部学术专著，在学界引起关注，一部是马剑的《黑塞与中国文化》，作者试图在东西方思想史的语境中，分析和解读黑塞思想和创作中中国文化的影响。一部是范捷平的《罗伯特·瓦尔泽与主体话语批评》，该书从文本阐释学、文艺心理学、精神病理学、文化学等多视角，探讨瓦尔泽的小说和诗学，为国内第一部研究罗伯特·瓦尔泽的著作。

在学术论文方面，突出的一点是古典和经典作家的研究，其中较为重要的有黄燎宇的《〈魔山〉：一部启蒙启示录》、张辉的《画与诗的界限，两个希腊的界限》、吴建广的《濒死意念作为戏剧空间——歌德〈浮士德〉"殡葬"之诠释》、吴晓樵的《柏林：帝国时代的"沼泽"——论冯塔纳〈卜根普尔一家〉的潜在结构》、杨红芹的《"闪光的歌就是蛹羽化的蝴蝶"——试析格奥尔格诗歌从〈学步〉到〈颂歌〉的"突破"》、梁锡江的《谢拉皮翁原则与〈堂兄的角窗〉——德国文学的一段问题史》、聂军的《传统的记忆与文化包容——奥地利文学中传统文化意识特征》、贺骥的《从文学场的斗争看歌德的自主美学》、叶隽的《明清之际尼采东渐的三条路径》和《现代中国的荷尔德林接受——以若干日耳曼学者为中心》、聂华和虞龙发的《略论里尔克三首〈佛〉诗的象征意义》等。

此外，2011年的比较重要的学术活动是6月4日至5日"知识理论及德国文学研究模式国际研讨会"，10月27日"诺贝尔文学奖获得者赫塔·米勒研讨会"等。

2012年较为重要的学术专著有两部：一部是张帆的《德国早期浪漫主义女性诗学》，主要梳理和阐释德国浪漫主义的女性观，发掘女性诗学的浪漫想象、审美空间、革命诉求和解放特质；另一部是曹卫东等著的《20世纪德国马克思主义文艺理论研究》，主要追溯和探讨随着20世纪社会、政治、经济和文化的翻天覆地的变化，马克思主义文艺理论所经历的十分曲折复杂的历史过程。

2012年，德语文学研究不仅论文数量上超越往年，而且论域宽广，建树颇多。理论研究方面的重要论文有方维规的《"文学作为社会幻想的试验场"——另一个德国的"接受理论"》、贺骥的《歌德的翻译实践与翻译理论》、李永平的《里尔克：生存即歌唱》、陈瑾的《世纪末颓废情调录》、沈冲的《格奥尔格圈与〈艺术之页〉》、宋建飞的《弱者的强音——德布林在〈王伦三跳〉上的文学飞跃》、贺骥的《贝恩与政治》、王滨滨的《试论黑塞〈荒原狼〉中的莫扎特与幽默》、叶隽的《资本积累视阈中"国民性仆从意识"——〈臣仆〉与亨利希·曼的时代批判》、黄霄翎的《天才顽童罗伯特·瓦尔泽和他的平民英雄》等。当代作家研究方面，德语研究界一直保持着旺盛的势头，产出的论文主要有李永平的《历史忧思启蒙的冒险》、叶隽的《启蒙之路与现代性未竟之业——以伯尔、格拉斯、施林克等为代表的战后德国文学的历史观》、陈良梅的《〈简单故事〉中的复杂情感》等。

主要学术活动有6月德国巴伐利亚艺术科学院主席迪特·博尔希迈尔教授在社科院外文所作"何为德意志"的演讲和11月5日"国际视野中的斯·茨威格研究与接受"国际学术研讨会。

2013年出版的学术专著数量固然不多，但质量却属上乘，值得一提的是由北京大学谷裕教授主撰的《德语修养小说研究》，全书分"理论阐释"和"文本解读"两部分，从中世纪，中经古典和浪漫，一直到19世纪和20世纪，详尽梳理和勾勒了"德语修养小说"的发展脉络。另一部是冯亚琳等学者的《德语文学中文化记忆与民族价值观》，该书以德语文学为范围，从学科史的视角，比较全面地梳理了西方"文化记忆"研究的发展脉络和理论内涵。具有较高的学术价值，将会给中国德语文学研究者带来颇多启发和思考。

论文方面，比较重要的有李永平的《荷尔德林：重建神话世界》，主要从思想史语境，辨析和揭示荷尔德林在"诸神逃逸"的时代重建业已失落的"人与神的关联"之哲学依据；吴建广的《德意志浪漫精神与哲学诠释学》，主要探讨德国浪漫精神在诠释学发展上的思想史意义；叶隽的《世界理想：世界文学、世界市场与世界公民》，试图在文史哲融通的视野中，梳理"世界诗人"歌德的"世界文学"理想到马克思"世界"话语之理论发覆的流变轨迹;杨宏芹的《牧歌发展之"源"与"流"——西方文学中的一个悠久传统》,通过探讨古希腊诗人忒奥克里图斯和古罗马诗人维吉尔,梳理牧歌和田园诗在西方文学史中的起源和流衍。另有两篇属于比较文学的论文,一篇是赵山奎的《无名希腊人的"非历史命运"——卡夫卡的〈乡村医生〉与希腊古典》,该文主要探讨卡夫卡的《乡村医生》与希腊古典作品的渊源关系;另一篇是詹春花的《黑塞的〈玻璃球游戏〉与〈易经〉》,主要探讨黑塞对《易经》的接受。

2013 年德语学术著作翻译也收获颇丰,其中主要有伽达默尔的《美学与诗学:诠释学的实施》和斯特芬·马尔图斯的《格林兄弟》。尤其是后一部,不仅资料翔实、观点新颖,而且通过描述格林兄弟的政治生活,为我们提供了一个崭新的格林兄弟形象。

2013 年重要的学术活动有 9 月 1—5 日,由中国社会科学院外国文学研究所和德国"柏林文学论坛"共同在北京举办了"中德作家论坛",主题为"全球化时代文学的使命和作家的责任",以及 10 月 24—26 日中国外国文学学会德语文学研究会第 15 届年会暨学术研讨会在同济大学举办,主题为"启蒙的艺术抑或启蒙的贫困:启蒙语境与德国文学"。

2014 年德语文学研究的主要特征是,德语古典文学和经典作家的研究越来越受到重视,当代作家研究的比重明显下降,研究的视野亦更为开阔,在文本分析的基础上,具有了更多的思想史和社会理论的维度。德国文学研究的论文数量上并未超过 2013 年,但质量上却"有过之而无不及",许多论文都显示出了颇高的学术价值,其中值得一提的有徐畅的《"魔鬼的发明"?——从〈浮士德〉的纸币主题看人本主义批判》,论文通过分析歌德《浮士德》中的纸币主题,运用系统论社会学的观点,论证纸币的出现是社会沟通自发演进的结果,对货币增发和经济增长进行人本主义批判并不能真正有助于防范经济危机;吴勇立的《"永恒的'一'多样地呈现着自身"——歌德视域下的"一"与"多"》,论文以歌德的自然观为切入点,回顾和梳理了西方思想史对"一"和"多"关系的发展探讨;李永平的《荷尔德林:在诗与哲学之间》,主要探讨荷尔德林的现代性诗学话语与现代性哲学话语之间的关系;杨宏芹的《伊卡洛斯形象在 19 世纪的演变》,主要探讨伊卡洛斯神话在 19 世纪三位大诗人——拜伦、波德莱尔、斯特凡·格奥尔格——诗歌作品中的主题变形，揭示了身处不同时代、源自不同民族和国家的这三位诗人对伊卡洛斯的不同感悟与阐释。

重要的诗歌研究成果有吴建广的《诗与思擦肩而过——保尔·策兰相遇马丁·海德格尔》、杨劲的《世纪之交的审美范式转换——论霍夫曼斯塔尔的报刊文艺栏作品〈两幅画〉和〈一封信〉》、赵蕾莲的《论荷尔德林小说〈许佩利翁或希腊的隐士〉中的对立观》等。

尤其值得关注的是，近些年一些耳熟能详、被人们反复讨论的问题在2014年的若干论文中获得了新解读和阐释，其中有些不乏独到的见地，如贺骥的《世界文学概念：维兰德首创》、张继云的《文学与意识形态表达——对德国浪漫文学的另一种解读》和郑杰的《从〈高加索灰阑记〉看布莱希特的社会主义想象》。

此外，在这一年，一批年轻的后起之秀也发表了具有一定的学术价值论文，如张莉的《以时间的方式思考存在——卡夫卡的时间叙事体系研究》、刘冬瑶的《"明"处不胜寒——托马斯·贝恩哈德成名作〈寒冻〉中的病痛问题》、张辛仪的《另类的现实主义——君特·格拉斯写作风格面面观》、安尼《从"尽职的快乐"到"茹格布尔的失败"——对〈德语课〉中"尽职"话语的再思考》等。

2014年共有五部学术专著问世，徐畅的《现代性视域中的〈没有个性的人〉》从"反讽"入手，探寻穆齐尔的思想迷宫，探讨了小说的"现代性"问题，这也是国内第一部具有深度的研究穆齐尔及其《没有个性的人》的专著；李昌柯的《"我这个时代"的德国——托马斯·曼长篇小说论析》对托马斯·曼的艺术特征、思想内涵和历史价值进行了剖析；贺骥的《〈歌德谈话录〉与歌德文艺美学》以《歌德谈话录》为基础，讨论了歌德的"文艺美学"，认为歌德的文艺美学是一种带有浪漫主义色彩的古典现实主义美学；方维规的《20世纪德国文学思想论稿》内容广博，视野开阔，涉及的问题有"文学社会学"、"接受美学"及托马斯·曼、布莱希特、伯尔、格拉斯的美学思想；安尼的《聆听沉默之音——战后德国小说与罪责话语研究》主要探讨"二战"后德语小说与罪责问题。

2015年，德语文学研究总体上看数量有所下降，但成果更扎实，问题意识也更为突出，无论是在古典作家作品，还是现当代文学研究，都出涌现出了一些卓有见地的论文。此外，在文学理论和美学研究上，2015年也是更上层楼，可谓成绩显著。其中有多篇论文论及莱辛、歌德、席勒、荷尔德林。比较重要的有谷裕的《人间大戏——歌德〈浮士德〉的戏剧形式》，论文通过对《浮士德》主体框架及个别场幕的分析，以证明《浮士德》是一部意义严肃但形式丰富的悲喜剧，更接近巴洛克式的"人间大戏"；胡蔚的《中国，浮士德何为？——当代中国启蒙话语中的歌德〈浮士德〉》，论文主要考察浮士德形象或"浮士德精神"在中国的接受，以阐释浮士德在中国如何从自强不息的英雄、寻找出路的迷茫知识分子形象跌落到了罪孽深重的恶人，乃至游戏人生的犬儒主义者，进而指出《浮士德》在中国的接受史，具体而微地反映了现当代中国知识分子对启蒙的多元认知；任卫东的《启蒙精神与市民道德下的无所适从——莱辛戏剧中的女性》，论文从文学与社会的互动关系出发，分析启蒙时期莱辛的戏剧作品，揭示出启蒙时期人在各种社会关系中的地位和作用的变化，从而折射出女性在双重要求下的两难境地；李永平的《荷尔德林的复兴》，主要论述荷尔德林在20世纪初的复兴，其中重点讨论了狄尔泰、黑林格拉特、威廉·米歇尔三人在推动荷尔德林复兴上的贡献，强调米歇尔开荷尔德林思想史研究之先河，启发了后来海德格尔等人对荷尔德林的阐释。

此外，对卡夫卡、里尔克、格奥尔格、托马斯·曼、布莱希特、策兰、巴赫曼等20世纪经典作家的研究不仅视野开阔，而且开掘深入，显示出研究者深厚的学术功力，如：梁展的《帝国的想象：卡夫卡〈中国长城修建时〉中的政治话语》，作者以开阔的视野和丰富的历史知识，将小说放回到第一次世界大战和奥匈帝国的历史中，并将其与文本结合，揭示了以寓言方式隐含在文本中的卡夫卡的"帝国想象"和他对国家的独特认同方式；李明明的《对卡夫卡长篇小说〈城堡〉的空间叙事分析》也是一篇"言之成理，持之有据"的好文章，作者将卡夫卡小说中的空间构筑视为其叙事的重要特征，力图以卡夫卡的长篇小说《城堡》为分析对象，探讨其中的空间叙事，以期呈现出卡夫卡文学作品中独特的空间美学；杨宏芹的《格奥尔格圈子：以"教育的爱"为核心的共同体》，主要探讨格奥尔格圈子教育理念，及其在格奥尔格创作中的反映，论域开阔，辨析精微；方维规的《"病是精神"或"精神是病"——托马斯·曼论艺术与疾病和死亡的关系》，主要针对托马斯·曼的"疾病哲学"，饶有见地；张晓静的《爱情即作品——论巴赫曼对保罗·策兰的饮用》，主要探究巴赫曼对策兰的"引用"以及他们之间的互文关系；张建伟的《策兰诗作"外加一勺夜"之诠释》，从文本细读入手，探寻策兰自身的存在状态和诗歌创作的关联。

在德语"二战"后及当代文学研究方面，出现了不少优秀论文，如徐畅的《在木偶的重心中跳舞——〈马斯戴特儿童时期的爱情〉的互文性解读》、丁君君的《颠覆与重构——1980—2000年德语诗歌》、卢铭君的《批判当下指向未来——评当代著名戏剧家德娅·罗尔的戏剧》。在关注和研究"二战"及当代文学方面，一个突出的主题是对文学中的"奥斯维辛"和"罪责"问题的讨论，这方面的重要论文有赵勇的《艺术的二律背反：在可能与不可能之间——阿多诺"奥斯维辛之后"命题的一种解读》、常培杰的《"奥斯维辛之后"的批评——阿多诺批评观念及其历史语境探析》、单世联的《"奥斯维辛之后"的诗》和张叶鸿的《罪责的审视：透视战后初期德国文学界的"大争论"》。

在文学理论和美学研究有牛宏宝的《浪漫主义美学话语中的直观：以德国早期浪漫派为核心》、张辉的《阿波罗与狄奥尼索斯的关系再思考——从尼采〈悲剧的诞生〉开篇说起》、任昕的《诗性：海德格尔诗学的内在精神》，等等。

年度德语文学研究的学术专著和理论译著方面似乎不尽如人意，真正有学术含量的专著和理论译著寥寥无几。专著主要有谢建文的《德语后现代主义文学研究》，是国内第一部研究德语文学后现代主义的专著，该书在吸收国内外后现代文学研究成果的基础上，采用沃·威尔什等人的后现代观，结合德语文化语境要素，核心性地考察德语当代文学中后现代的发生、发展和构成。在译著方面则仅有两部值得推荐，一是徐畅所译的《东方—西方：尼采摆脱欧洲图景的尝试》，二是黄燎宇所译的《艺术社会史》。

2016年，德语古典文学在歌德、荷尔德林、克莱斯特、里尔克等作家的研究方面出现了一批成果，如：谷裕的《〈浮士德〉"古典的瓦尔普吉斯之夜"解读——兼论老年歌德与希腊》，从"古典的瓦尔普吉斯之夜"

的解读入手，探讨了歌德与古希腊的关系；冯亚琳的《"漫游"与"迁徙"——歌德〈威廉·迈斯特的漫游时代〉中的文化空间关联》，则是从"文化"概念的基本内涵出发，探究歌德小说《威廉·麦斯特的漫游时代》中"漫游"和"迁移"对于小说的文本结构意义，并透视其中所蕴含的社会文化功能；贺骥的《论歌德的政治思想》，主要讨论歌德的政治思想，将歌德视为一位注重道德和文化的政治思想家，为国内歌德研究提供了一个新的视角，使我们得以在文学之外更深入地了解歌德的政治思想；邓深的《"君主鉴镜"还是"修养小说"？——从体裁史角度看维兰德小说〈金镜〉对〈赵氏孤儿〉的接受》，作者从元杂剧《赵氏孤儿》18世纪传入欧洲，并对当时欧洲知识文化界产生广泛影响谈起，以克里斯托弗·马丁·维兰德的小说《金镜》为例证，探讨了在18世纪德语文学作品当中，对"赵孤"题材的接受与化用；佘诗琴的《论荷尔德林悲剧思想中的"转向"》是一篇角度新颖，具有一定学术含量的论文，作者从《恩培多克勒斯之死》入手，探讨荷尔德林的悲剧观以及对反思现代理性主义思潮所具有的深远意义。

关于里尔克、格奥尔格、策兰的研究，历久不衰，其中有三篇论文比较重要：一是杨宏芹的《格奥尔格的"唯美主义的纲领诗"——解读〈我的花园不需要空气不需要热〉》，论文试图将格奥尔格的诗与法国唯美主义文学经典文本进行比较，探讨"为艺术而艺术"的唯美主义理念；二是魏育青的《空间与界限——里尔克〈杜伊诺哀歌〉第八首中的"敞开者"》，论文基于《杜伊诺哀歌》第八首，探讨里尔克的"敞开者"概念以及与此相关但不等同的"世界内在空间"；三是陈早的《里尔克〈布里格手记〉中的"看"》，试图以胡塞尔的现象学"还原"理论，通过解读《布里格手记》，揭示"看"在里尔克创作中的意义。

当年还涌现出了不少优质论文，如张晓静的《关于现代性体验的几个名词解释——试析英·巴赫曼〈意外之地〉中的现代城市图景》，从巴赫曼的小说《意外之地》入手，以现代性体验为视角，分析现代城市图景；吴建广的《由病与恶所成就的乱伦诗学——保尔·策兰诗文〈癫痫—巨恶〉之诠释》，主要研究保尔·策兰的"你"与"我"的结构性诗学，探讨"抒情之我"与"死亡之母"之间的关系；冯冬的《表象的灾难：论保罗·策兰诗学的发生》，主要讨论奥斯维辛之后重要德语诗人保罗·策兰诗学的发生之源。

当代德语文学的研究，比较引人注目的论文有刘为的《〈卡桑德拉〉中的神话接受现象研究》，主要探讨沃尔夫借用卡桑德拉的视角重新书写了特洛伊战争，并借此针砭德意志民族之弊；于陆的《"世界主义"与原创性危机——兼评德国作家丹尼尔·克尔曼》，主要通过德国作家克尔曼的创作，探讨全球化进程中文学所面临的原创性危机；聂华的《对两性关系的考察——评德国女作家尤迪特·赫尔曼的长篇处女作〈所有爱的开端〉》，尤其运用雅克·拉康的心理分析哲学中的"镜像理论"及部分女性主义观点，解析这部作品对当代女性婚姻生活及感情世界的刻画。

有一篇论文虽然严格说来不属于德语文学的范围，但却以宏阔的视野、扎实而严谨的考证，从跨语际实践探究了马克思和恩格斯若干名词的译介过程，无论就思想还是方法而论，都可给德语文学研究一定的启发意义。这就是德语文学研究学者梁展的《世界主义、种族革命与〈共产党宣言〉中译文的诞生》，作者认为，《共产党宣言》第一个中译文是中日革命者1907—1908年在东京密切交流与合作的产物。该文揭示了这一复杂过程的历史语境，并在此基础上指出，《共产党宣言》的翻译作为一种跨语际实践，激活了拥有相同命运和传统的亚洲人走向联合的思想，同时也使清末革命呈现出世界主义的面向。

年度论著产出显得相对沉寂，仅有一部值得关注，即已故学者陈恕林的《论德国浪漫派》。该书是作者长期研究德国浪漫派的结晶和呕心沥血之作，也是我国学者第一部比较系统地研究德国浪漫派的专著。在学术译著方面，重要的有王建和徐畅合译的《文学学导论》，该书以导论的形式介绍了文学学这门以文学现象为研究对象的现代学科，阐释了20世纪的各种文学理论与方法。

2017年，国内德语文学研究的主要特点是向"古典"或"经典"的回归，与2015年和2016年相比，有关成果在探究的深度、论述的细密度和理论的高度上都略胜一筹。重要论文有徐畅的《〈米夏埃尔·科尔哈斯〉与19世纪初普鲁士改革》，它以小说《米夏埃尔·科尔哈斯》为中心，将其放置在19世纪初普鲁士改革的社会背景下进行解读，认为当时与改革相关的各种问题和各种思想理念都在这部小说中获得了形象性的汇聚和表达；杨宏芹的《格奥尔格与法国象征主义》，主要探讨格奥尔格对法国象征主义的吸收，以及在其新美学在的并内化的过程；张晓静的《作为救赎的音乐——以歌剧〈洪堡亲王〉的脚本创作为例，解读英·巴赫曼的音乐诗学》，它角度新颖，是一篇饶有意味的论文。

前面说过，年度特点是向"古典"的回归，其中主要表现在对歌德的重读上，故此出现了谷裕的《歌德〈浮士德〉终场解释——兼谈文学形式、传统与政治守成》，主要探讨歌德对终场的处理，认为歌德对终场的处理，恰好说明他有意识承继欧洲宗教和文学传统，在当时复辟的语境中，暴露出对旧秩序的守成，这与歌德具有保守倾向的政治思想一脉相承；冯亚琳的《歌德小说〈维廉·迈斯特的漫游时代〉中文化记忆的展演与重构》，从文化记忆理论视角，讨论《威廉·迈斯特的漫游时代》对传统的展演与重构；余迎胜的《论歌德〈伊菲革涅亚在陶里斯岛〉对古典伦理范本的颠覆》，主要从伦理学的角度，以歌德的《伊菲革涅亚在陶里斯岛》为古典伦理范本，探讨剧本中的女主人公如何以道德感化方式，成功化解矛盾，取得了敌对双方的伦理共识，认为伊菲革涅亚形象颠覆了古典伦理范本，并树立了新的伦理形象；谭渊的《歌德〈浮士德〉中的斯芬克因子与伦理选择》，从文学伦理学批评视角出发，将《浮士德》置于18世纪德国伦理环境转变的语境中，解读浮士德的伦理抉择以及作品所体现的人性因子与兽性因子冲突，不仅揭示出歌德时代的伦理变迁，也开启了对这部经典名著伦理意义的重新解读。

古典文学研究方面，维兰德、毕希纳和豪普特曼一直是国内学界比较忽视的重要作家。2017年有三篇论文与其有关，邓深的《"开明专制"的内在矛盾——试析维兰德小说〈金镜〉（第二版）的"宫廷谈话"情节》主要分析《金镜》第二版的"宫廷谈话"情节，以揭示维兰德在18世纪末期对于"开明专制"运动的一种明确的质疑与反思立场；谢敏的《毕希纳的"身体观"与"现代性主体"思考》以"身体主体性"概念为切入点，分析毕希纳作品中"身体主体"在"理性文明暴力"的压抑下历经复位、出场、失语、疯癫、机械化最终陷入虚无的现代性危机过程；唐弦韵的《豪普特曼中篇小说〈道口工提尔〉中人与技术的关系研究》主要探讨由于蒸汽机的发明火车和铁路技术对 19 世纪欧洲产生了重要的影响。

学者们对里尔克、卡夫卡、托马斯·曼的研究一直兴趣浓厚，力作时有产生，如张弓的《从托马斯·曼的创作看其文学观》，论文认为，托马斯·曼文学观主要表现为：在对尼采悲观主义的哲学反思之中以自己的现实主义小说来揭露和批判资本主义社会的现实，在极度的悲观绝望之中转化出对未来的乐观希望；陈芸的《何为哀歌？何为爱？——论汉娜·阿伦特对里尔克〈杜伊诺哀歌〉的诠释》，该文试图通过对阿伦特思想的审视，从她独特的言说理路和方式，来探讨其对里尔克《杜伊诺哀歌》的诠释；孙纯和任卫东的《"中国"的多重面相——卡夫卡作品中的"中国"空间》，作者试图借助福柯的乌托邦和异托邦概念，为阐释卡夫卡的中国形象提供了新的可能性。

当代文学研究方面，值得关注的论文有林晓萍的《解析〈痛苦的中国人〉中无聊的解构与重构的过程》，该文试图从文化学视角聚焦彼得·汉德克《痛苦的中国人》中的无聊问题，探讨语言危机状态下，个体混乱与感知错位中，无聊作为意义消解与重构合二为一的过程；谢建文的《略论 2016 年格奥尔格·毕希纳奖获得者马塞尔·拜尔——以其长篇小说〈狐蝠〉为例》，主要探讨德国当代小说家马塞尔·拜尔在其小说中所表现的现实与历史、现实与记忆的主题范畴，其中主要是德国历史，尤其是第三帝国历史及其现实关联，而拜尔则在真实与虚构以及想象之间展现其独特的叙事风格：复调性与不确定性。

年度最受关注的是梁展的《反叛的幽灵——马克思、本雅明与 1848 年法国革命中的小资产阶级知识分子》，论文作者秉持了其一贯的广博视野、思想深度，以及卓越的叙事能力，在论文中，作者试图从马克思和恩格斯对 1848 年法国革命中的小资产阶级知识分子的批判入手，将他们置于革命年代的政治交往和表征斗争的过程之中，并以本雅明对波德莱尔的解释为参照，探讨这个群体在生活态度、政治态度与文化选择上的同一性。赵千帆的《表现、星丛和真理内涵——本雅明〈认识批判序言〉中对真与美关系的讨论》，在本雅明《德国悲苦剧的起源》的《认识批判序言》中关于真与美关系的讨论的解读基础上，揭示本雅明对于这一问题的构想。

理论译著主要有李棠佳、穆雷所译的《德国浪漫主义文学理论》、梁展翻译的斯泰凡·摩西《历史的天使》、李永平翻译的《莎士比亚笔下的少女和妇人》、马剑翻译的《四七社——当德国文学书写历史时》等。

2018年国内德语文学研究主要还是针对德国古典文学和经典文学，主要的论文有：贾涵斐的《知识秩序中"完整的人"——论歌德小说〈威廉·迈斯特的学习时代〉》，论文通过分析主人公的成长经历，探讨如何在身体与灵魂、内在与外界、个体与集体关系的调和中达到"完整的人"；李明明的《"词语之戏"——对〈骂观众〉一剧的文本与剧场解读》，从《骂观众》分析入手，探讨彼得·汉德克的戏剧美学，即如何在戏剧文本与剧场的呈现中发展出本质性的审美要素；谢魏的《现代性与怀乡——黑塞的〈东方之旅〉解读》，论文主要分析诗性乌托邦的建构，从而揭示黑塞的浪漫派神话与东方文化之间的深层联系；黄燎宇的《一部载入史册的疗养院小说——从〈魔山〉看历史书记官托马斯·曼》，论文力图从托马斯·曼《魔山》中的那个"肺病疗养院"的空间，去观察托马斯·曼是用语言记录历史、反思历史、批判历史，从而实现科学、历史、文学三合一的；胡蔚的《流亡者的记忆诗学——以斯蒂芬·茨威格自传为例》，以茨威格的自传《昨日世界——一个欧洲人的回忆》为中心，探讨纳粹当政时期德奥流亡作家怀想故国时所采取的不同的记忆策略及其诗学形式；卢白羽的《莱辛研究在中国》，主要以从民国到最近二十年莱辛在中国的翻译和研究，揭示其作品的丰富性和复杂性；谷裕的《歌德与神圣罗马帝国——〈浮士德〉第四幕第三场解读》，试图用过对《浮士德》第四幕第三场的分析，揭示歌德《浮士德》最终完成的历史背景；王丽萍的《道家哲学视角下〈小红帽〉的教育寓意》，通过分析《格林童话》中的《小红帽》，试图从占有与存在的辩证关系出发，揭示人格塑造过程中"正道"的教育寓意；赵蕾莲的《让·保尔〈美学预备学校〉中的幽默诗学》，通过分析《美学预备学校》，探讨了让·保尔的幽默诗学。

在德语现当代文学研究方面，值得关注的有谢芳的《论〈英雄广场〉主人公形象的叙事化刻划》、谢建文的《论博托·施特劳斯戏剧作品的游戏性——以〈瘾病患者〉〈熟悉的面孔，混杂的感情〉和〈轻松的游戏〉为例》，以及杨劲的《东德义子的双人戏——评海纳尔·米勒剧作〈沃洛克拉姆斯科大道〉第五场》。

四　法国文学研究

法国文学研究即使在"文化大革命"期间也没有中断。罗大冈先生于1973年返京治疗，在此期间写出了专著《论罗曼·罗兰》（出版于1979年）。这部创作于十年动乱期间的专著，显然受到了当时极"左"思潮的影响，副标题赫然写着《兼论资产阶级人道主义的破产》。正因为如此，改革开放甫始，他就受到了许多读者的批评。1979年9月12日，他在学术报告中承认自己犯了错误，对罗曼·罗兰否定太多，批判批判再批判，这不是马克思主义的态度。"文化大革命"后虽他已年老力衰，但还是在听取读者意见的基础上，对这部专著进行了认真修订，并于1984年再版。罗先生为了查阅罗曼·罗兰的政论集《战斗的十五年》，曾两次致信罗曼·罗兰夫人以求借阅。由于当时还没有复印机，他借了还，还了又借，并在"文革"中冒险藏匿，到十年动乱结束后访法时才物归原主。他在写作时如此注重原著，所以《论罗曼·罗兰》一书资料丰富翔实，对于后人是非常有益的参考。

然而，法国文学研究的春天却始自1978年。随着改革开放的步伐，各地纷纷成立法国文学的研究机构，例如南京大学在1979年成立了外国文学研究所，武汉大学在1983年成立了法国问题研究所。后者还创办了全国唯一的中文和法文双语杂志《法国研究》，迄今为止共发表法国文学研究论文约千余篇，几乎囊括了法国从古至今的所有重要作家作品、文论和思潮流派。全国性的民间学术团体法国文学研究会也于1982年成立，出版了不少研究法国文学的专著和资料，90年代以来每两年召开一次关于法国作家的全国性学术讨论会，推动了国内的法国文学研究。

中国社会科学院、北京大学、南京大学、武汉大学、广州外语外贸大学和上海外国语学院先后设立了多个法国语言文学博士点。

1978年至2008年，有关研究成果主要表现在以下几个方面。

（一）文学史方面的研究成果有柳鸣九编著的《法国文学史》（3卷本，1979，1981，1991）、《超越荒诞：法国二十世纪文学史观（二十世纪初——抵抗文学）》和《从选择到反抗：法国二十世纪文学史观（五十年代——新寓言派)》（2005），张容的《当代法国文学史纲》（1993），郑克鲁的《法国诗歌史》（1996）、《现代法国小说史》（1998）及《法国文学史》（2003），张泽乾、周家树、车瑾山的《20世纪法国文学史》（1998），郭麟阁著、刘自强校订的《法国文学简史》（法文版，2000）、吴岳添的《法国小说发展史》（2004），《法国文学简史》（2005）和《法国现当代左翼文学》（2007）等。

（二）思潮流派研究方面的成果有丁子春的《法国小说与思潮流派》（1991），张容的《荒诞、怪异、离奇——法国荒诞派戏剧研究》（1995），吴岳添的《法国文学流派的变迁》（1995），老高放的《超现实主义导论》（1997），史忠义的《20世纪法国小说诗学》（2000），徐真华和黄建华的《理性与非理性——20世纪法国文学主流》（2000），刘成富的《20世纪法国"反文学"研究》（2002）等。

（三）作家作品研究方面的主要成果有罗大冈的《论罗曼·罗兰》（1979；1984年修订再版），冯汉津、关鹏的《乔治·桑》（1982），刘扳盛的《法国文学名家》（1983），张英伦的《莫泊桑传》（1985）和《雨果传》（1989），柳鸣九的《自然主义大师左拉》（1989），江伙生等的《法国小说论》（1994），钱林森的《法国作家与中国》（1995），吴岳添的《法朗士——人道主义斗士》（1995），张容的《加缪》（1995）及《形而上的反抗——加缪思想研究》（1996），唐珍的《神秘的漂亮朋友莫泊桑》（1997），杜青钢的《米修与中国文化》（1997），王钦峰的《福楼拜与现代思想》（1998）和《福楼拜与现代思想续论》（2008），杨昌龙的《存在主义的艺术人学——论文学家萨特》（1998）和《萨特评传》（1999），涂卫群的《普鲁斯特评传》（1999）和《从普鲁斯特出发》（2001），柳鸣九的《走近雨果》（2001），吴岳添的《卢梭》（2002），张唯嘉的《罗伯-格里耶新小说研究》（2002），吴岳添的《萨特传》（2003），秦海鹰的 Segalen et la Chine écriture intertextuelle et transculturelle（Paris，L'Harmattan）（2003），钱林森的《光自东方来——法国作家与中国文化》（2004），李健吾的《福楼拜评传》（再版，2007）等。

（四）文学研究资料有柳鸣九、罗新璋主编的《法国现代当代文学研究资料丛刊》（十种）。包括《萨特研究》（柳鸣九、罗新璋编选，1981）、

《马尔罗研究》（柳鸣九、罗新璋编选，1984）、《新小说派研究》（柳鸣九编选，1986）、《阿拉贡研究》（沈志明编选，1986）、《尤瑟纳尔研究》（柳鸣九编选，1987）、《西蒙娜·德·波伏瓦研究》（金德全、李清安编选，1992）、《马丁·杜加尔研究》（吴岳添编选，1992），等等。

改革开放之初，大量国外的现代主义文艺思潮被译介过来，其中最主要的是萨特的存在主义。萨特的无神论存在主义是法国"二战"以后兴起、在50年代达到鼎盛的思潮，是在人们对美国和苏联都感到失望、对前景失去信心的时期广为流行的，这种背景与"文革"动乱后的中国非常相似。正因为如此，当萨特在1980年去世、柳鸣九主编了《萨特研究》（1981）之后，在社会上特别是青年学生中引起了一阵萨特热，以及一场规模不小的争论。

一些人对萨特予以高度的评价，正如柳鸣九在《萨特研究》的前言中宣称的那样："当人们回顾人类20世纪思想发展道路的时候，将不得不承认，萨特毕竟是这道路上的一个高耸着的里程碑。"另一些人对此持有异议，冯汉津先后发表了《萨特和存在主义》（《当代外国文学》1980年第4期）和《评萨特的存在主义文学》（《红旗》1984年第10期），指出了存在主义对于正确认识资本主义的价值和局限性。持类似观点的还有陈燊的《也谈萨特》（《外国文学研究》1983年第3期）等。

在1983年开展的关于"人道主义与异化"的大讨论的背景下，这场争论不可避免地带有政治色彩，以致使萨特的存在主义也一度成为"反对精神污染"运动的批评对象。实际上引起萨特热的原因并非人们对萨特及其哲学有深入的研究，而是萨特带来的"存在先于本质"、"自由选择"、"他人即地狱"等与我们的惯性思维截然不同的思想观念。

随着改革开放的深入，《萨特研究》于1985年再版，萨特的著作越来越多地被译介到中国，有的戏剧被搬上了舞台。2000年，人民文学出版社出版了沈志明、艾珉主编的七卷本的《萨特文集》，为译介萨特画上了一个句号。与此同时，也出现了一些研究萨特的专著，如杨昌龙的《存在主义的艺术人学——论文学家萨特》（1998）、吴岳添的《萨特传》（2003）等。随着时间的流逝和相关资料的问世，人们开始用批判性的眼光来看待萨特的哲学思想以及他与波伏瓦的生活方式。

除了萨特的存在主义哲学以外，各种文学批评理论也纷至沓来，促使我国的文论研究有了迅速的发展。中国社会科学院外国文学研究所于1981年成立了外国文艺理论研究室，进行多语种多区域的文艺理论研究。法国文论方面的成果有郭宏安的《从阅读到批评——日内瓦学派研究》（2007）和史忠义的《20世纪法国小说诗学》（修订版，2008）等。

改革开放以来，西方的新批评理论大量涌入中国，90年代出现了大量翻译和过分宣扬后现代主义的潮流，造成了理论热膨胀、新名词泛滥等后果，近几年来已逐渐归于平静，对出自西方的后现代主义不再盲目推崇。对西方现代文论的译介极大地推动了我国的文论研究，但这种往往只是从理论到理论的翻译和介绍，未能真正做到洋为中用。迄今为止，只有法国法兰西学士院第一位华裔院士程抱一先生弥补了这个缺憾。他的《中国诗画语言研究》（涂卫群译，2008）运用结构主义理论来分析中国诗歌和绘画，为我们提供了运用西方文论来评析中国作品的典范。

90年代中期以来，由于市场需要、出版界的变化和中国加入国际版权公约等种种原因，出现了翻译和重译经典名著的热潮，例如《红与黑》竟有二十多个译本。许钧为此组织了专门的讨论，出版了由他主编的《文字·文学·文化——〈红与黑〉汉译研究》（1996）。与此同时，在翻译理论的研究方面也有所进展，除了许钧、袁筱一编著的《当代法国翻译理论》（1998）、许钧等著的《文学翻译的理论与实践——翻译对话录》（2001）以外，许渊冲也在《文学与翻译》（2003）和《翻译的艺术》（2006）等著作里，提出了"文学翻译就是'美化之艺术'"等一整套翻译理论。

我国的法国文学研究虽然有了较大的发展，但是毋庸讳言，我们的研究往往受到西方批评界的影响，未能提出中国学者的独特见解。这一局面在21世纪之初有了可喜的转变，一个重要的标志就是在2002年1月，人民文学出版社和中国外国文学学会各语种分会联合成立了"21世纪年度最佳外国小说"评选委员会，每年对上一年度出版的外国小说进行评选，并对入选的作品及时进行翻译和出版，在年末举行颁奖典礼，向获奖的外国作家授奖。对外国小说进行评选和授奖，是我国历史上前所未有的创举。也就是说，我们对外国小说不再仅仅满足于翻译和介绍，而是要以中国学者的眼光来予以判断和评价了。

由吴岳添、谭立德、李玉民、余中先和车槿山五人组成的法国文学评选委员会，历年来选出的法国年度最佳小说是（按原著出版的年份排列）：彼埃蕾特·弗朗狄奥的《要短句，亲爱的》（2001）、马尔克·杜甘的《幸福得如同上帝在法国》（2002）、帕特里克·莫迪亚诺的《夜半撞车》（2003）、弗朗兹－奥利维埃·吉斯贝尔的《美国佬》（2004）、皮埃尔·贝茹的《妖魔的狂笑》（2005）、勒克莱齐奥的《乌拉尼亚》（2006）、皮埃尔-让·雷米的《大师之死》（2007）、安妮·埃尔诺的《悠悠岁月》（2008）。这八部优秀作品是21世纪头十年法国小说创作的主流，反映了法国小说的现状和发展趋势，最主要的特色是继承和发展了反战小说的现实主义传统，吸取了现代派小说的创作手法，以独特的风格和创新的体裁孕育着新文学的萌芽。这些优秀作品不仅能使中国读者及时了解法国小说创作的最新动态和趋势，而且对于我国的文学创作也是极为有益的参考和借鉴。

这一评选活动在国内外产生了良好的反响，弗朗狄奥、杜甘和勒克莱齐奥先后来京受奖。特别是以小说《乌拉尼亚》（2006）获得2007年度最佳小说奖的勒克莱齐奥，在2008年初来京出席颁奖典礼之后，当年又荣获了诺贝尔文学奖，更进一步证明了这一评选活动的前瞻性和权威性。2009年12月，勒克莱齐奥应中国社会科学院外国文学研究所的邀请，再次访问北京，这使法国作家进一步了解中国，认识了中国学者对于法国文学的观点和评价，从而更加有利于扩大和加强中法的文化交流。

与此同时，国内外举行的各种学术会议，对于促进法国文学研究和中法的文化交流起到了重要的作用。90年代以来，全国法国文学研究会每两年召开一次关于法国作家的全国性学术讨论会，推动了国内的法国文学研究。积极参与和资助这一活动的单位有广东外语外贸大学、武汉大学外语学院和上海外国语大学等。

此外，中国社会科学院、北京大学等举办了"雨果诞辰二百周年纪念会"、"巴尔扎克诞辰二百周年纪念会"、"马尔罗与中国"国际学术研讨会（中法文化年学术活动之一）等。

南京大学法语系组织召开了多次国际性的学术研讨会，主要有"20世纪法国作家与中国"国际学术研讨会（1999年10月4—8日）、"纪念法国作家西蒙娜·德·波伏瓦诞辰一百周年"国际学术讨论会（2008年11月10—13日）等。

武汉大学外语学院的《法国研究》杂志与法国文学杂志《文学与民族》期刊成功合作，每两年合办一期。《法国研究》主编罗国祥和杜青钢等分别在北京、日本和法国参加多次国际学术研讨会，其论文及分别在中国、法国和日本出版。杜青钢的法文小说《毛主席逝世了》一书在法国出版并为此召开学术讨论会。

2009年，中法联合设立傅雷翻译奖，以奖掖法国文学在我国的译介。评委会每年评选出文学类与人文社科类作品各一部，文学类获奖作品包括经典作品和优秀的现代文学作品，获奖作品有《蒙田随笔全集》（马振骋译）、《加缪文集》（郭宏安译）、波伏娃的《第二性》（郑克鲁译）、莫迪亚诺的《青春咖啡馆》（金龙格译）、菲利普·克洛代尔的《布罗岱克报告》（刘方译）、西蒙的《刺槐树》（金桔芳译）等。

此后，随着中法文学家和研究者的交流与互动的不断加强，法国文学的翻译与研究取得了很大成果，呈现出繁荣的局面。法国文学作品和理论著作介绍到中国的时间差不断缩短，便于中国的文学研究者及时吸收和借鉴法国成果，形成自己的话语体系并确立研究的真正中国视角。

近十年的法国文学研究，主要取得了以下成果。

（一）近十年法国文学作品和文学理论翻译

最近十年，法语文学翻译品类达到极大丰富，包括小说、随笔、诗歌、文艺理论等。

法国经典文学不断被重译，如斯丹达尔、雨果、巴尔扎克、波德莱尔、梅里美、福楼拜、莫泊桑等经典作家的译本层出不穷并结集出版。被埋没的古典和现代优秀作品也被发掘出版，如法国19世纪著名批评家圣伯夫的《文学肖像》和《圣勃夫文学批评文选》，奈瓦尔的《幻象集》，福楼拜的《庸见词典》和《福楼拜文学书简》，普鲁斯特的《偏见》，于斯曼的《逆流》，贝克特的三部曲《莫洛伊》、《马龙之死》和《无法称呼的人》，塞利纳的《死缓》和《一座城堡到另一座城堡》，西蒙的《刺槐树》和《导体》，格拉克的《林中阳台》、《阿尔戈古堡》、《忧郁的美男子》、《首字花饰》和《半岛》，此外还有《夏尔诗选》、《勒韦尔迪诗选》、《毕加索诗集》等。新小说以来的当代文学作品得到了比较系统的介绍，并在每年法国龚古尔奖、费米纳奖、勒诺多奖、法兰西学士院小说大奖等颁布之后迅速翻译出版，重要作品有湖南文艺出版社的《艾什诺兹作品集》和罗伯-格里耶的"午夜文丛"系列，上海译文出版社的昆德拉作品全新系列，维勒贝克的《地图与疆域》，比内的《语言的第七功能》，桑萨尔的《2084》。法兰西当代文学三星2008年诺贝尔文学奖获得者勒克莱齐奥、2014年诺贝尔文学奖获得者莫迪亚诺以及乔治·佩雷克作品得到了比较系统的翻译，如人民文学出版社的勒克莱齐奥作品系列和莫迪亚诺作品系列，佩雷克的《人生拼图版》、《53天》、《其实这才是我想做的事》、《W或童年回忆》、《加薪秘诀》、《佣兵队长》和《萨拉热窝谋杀案》。2016年，《梁宗岱译集》八卷本由华东师范大学出版社推出。梁宗岱是中国现代文学史上重要的诗人、文学理论家、批评家、翻译家，也是法国象征主义在中国传播和影响的旗手。这套书收录了梁宗岱所有翻译作品，包括《蒙田试笔》、里尔克的《罗丹论》、罗曼·罗兰的《歌德与贝多芬》、《梁宗岱早期著译》等。

法国文艺理论著作的翻译盛况空前，弥补了现代和后现代文论翻译的滞后，呈现了第一次世界大战后法国文论现象学、结构主义、阐释学、马克思主义、后结构主义、生成结构主义的多元共生现象，以及传统的文艺理论与艺术哲学、社会理论互相交织的理论趋势，为中国文学的理论建设提供了更多参照。

在狭义的文学理论方面，代表著作包括，法兰西学院文学教授孔帕尼翁的《理论的幽灵：文学与常识》，比较文学教授贝西埃的《文学理论的原理》、《当代小说或世界的问题性》及其主编的《诗学史》。在广义的美学理论（艺术哲学和艺术社会学）方面，代表著作包括，后现代思想之父巴塔耶的《内在体验》、《不可能性》、《被诅咒的部分》和《色情》，"法国理论"的启示者布朗肖的《灾异的书写》、《无尽的谈话》、《未来之书》、《来自别处的声音》和《从卡夫卡到卡夫卡》，精神分析学家拉康的《父亲的姓名》，诠释哲学家利科的《从文本到行动》、《解释的冲突：解释学文集》、《虚构叙事中时间的塑形：时间与叙事卷》和《论解释——评弗洛伊德》，马克思主义美学家朗西埃的《历史之名：论知识的诗学》《文学的政治》、《美感论：艺术审美体制的世纪场景》和《马拉美：塞壬的政治》，马克思主义哲学家巴迪欧的代表作《存在与事件》，精神分析学家克里斯蒂娃《恐怖的权力：论卑贱》、《中国妇女》、《语言，这个未知的世界》、《主体·互文·精神分析》、《诗性语言的革命》和《克里斯蒂娃自选集》，现象学哲学家让－吕克·南希的《肖像画的凝视》、《无用的共通体》及其与菲利普·拉古－拉巴特合著的《文字的凭据：对拉康的一个解读》和《文学的绝对》，历史学家居塞的《法国理论在美国：福柯、德里达、德勒兹公司以及美国知识生活的转变》等。

文学理论家托多罗夫的《濒危的文学》（栾栋译，2016）显示出他从结构主义向历史主义的转变。作为结构主义批评思潮的代表人物，托多罗夫体会到法国和整个欧美后现代思潮特别是形式主义诗学的弊端，大声疾呼文学危殆，试图重归古典传统以拯救近半个世纪以来法国文学呈现出的濒危处境。他追溯了"文学"这个概念在法语语境和西方文化背景下的演变历史，对文学的狭窄概念、中学的文学教育进行了反思，并指出了文学的危机所在。他的《启蒙的精神》、《不完美的花园：法兰西人文主义思想研究》也遵循这样的思路。

社会学家布尔迪厄的《区分——判断力的社会批判》（刘晖译，2015）是一部反响巨大的译著。《区分》是文化社会学最重要的著作之一，作者通过大量的经验调查、统计学分析和理论批判，对分类系统（趣味）与趣味产生的社会条件（社会阶级）之间的关系进行分析，提出了阶级斗争也是分类斗争的观点。这部著作是国际社会学学会1998年评出的影响20世纪社会学研究的十部著作之一。

传记翻译体现了法国传记写作的最新成果，如阿尔都塞自传《来日方长》，伯努瓦·皮特斯的《德里达传》，法国作家蒂费娜·萨莫瓦约的《罗兰·巴尔特》。《罗兰·巴尔特》（中译本《罗兰·巴尔特传》，怀宇译，华东师范大学出版社2018年版）在罗兰·巴尔特一百周年诞辰（2016）之际法国出版，是迄今为止唯一大量披露巴尔特手稿、照片、史料的翔实传记。

（二）法国的作家、作品和文艺理论研究

近十年，"法国理论"制造作为一个火山喷发的"事件"过去了，大师的时代结束了,"后理论"时代来临了,理论生产进入了相对平静的间歇期。但"事件"已转化为学术生产的常识,发挥着必不可少的范式作用。目前法国和比利时等国家的法语文学研究者努力将结构与历史的方法不断融合,显示出"延续中的断裂和断裂中的延续"的研究趋势。他们对结构主义、后结构主义、精神分析、诠释学派的遗产的态度是折中主义的,致力于对这些思潮的消化、吸收、阐发和再利用,他们的写作呈现出随笔主义的和兼收并蓄的特点。法国文学研究的主要成果是对法国的文学现代性从历史语言学、社会学等角度的反思批判,以及对法国经典文学和作家的重新诠释,可为中国研究者提供方法论的启发。

法国文学教授菲利普、皮亚的著作《文学语言:从居斯塔夫·福楼拜到克洛德·西蒙的法国散文历史》(2009)基于小说、随笔、自传的语言和风格材料,阐述了现代主义诞生时与诗歌不对立并成为标准通用语的"另一面"的一种散文的历史,以及福楼拜、左拉、普鲁斯特、萨特、巴尔特等在语言发展史中扮演的角色。

当代法国文学研究的翘楚——法兰西学院文学教授孔帕尼翁提出了著名的"反现代派"悖论,试图消除现代与古典、现代与前现代、现代与反现代的非此即彼,并将波德莱尔、福楼拜、圣伯夫、普鲁斯特等作家归入这个派别,阐明他们的美学先锋性与政治保守性的微妙关系。他主编的《普鲁斯特,记忆与文学》(2009),阐明了历史记忆与文学记忆在《追忆似水年华》中的重要性。他的著作《两个世纪间的普鲁斯特》(2013)论述了普鲁斯特如何巧妙地利用19世纪和20世纪的间隙并突破拉辛和波德莱尔的阴影,创造小说的悖论力量。他的著作《不可还原的波德莱尔》(2014)阐述了波德莱尔在《巴黎的忧郁》中如何体现出真正的现代意识——厌恶与入迷交织的矛盾心绪。他的著作《巴黎的拾荒者》(2017)从历史、经济、城市化、文学和艺术方面,探讨了作为造纸原料的破布的捡拾者的矛盾形象,他们作为令人不安的夜行者和现代新闻业的推动者,如何成为雨果、波德莱尔、戈蒂耶和卡瓦尔尼的描绘对象。

比利时文学教授布里科斯对福楼拜开启的"文学形式主义"进行了某种质疑,为文学的道德教育功能进行辩护。主要著有《小说的阿提拉:福楼拜与文学现代性的起源》（2010）、《漏斗，或现代性时代的文学的苦难》（2013）、《吉拉尔·德·奈瓦尔的生平和作品》（2017），主编《驳圣伯夫考古学》（2016）。

2011 年，巴黎第三大学文学教授加尔－格律贝尔出版了《克洛德·西蒙：写作人生》，这部作家传记揭示了西蒙以艰涩的作品形式掩盖的人生经历——新小说写作对他既是苦行也是不断重启无法言说的痛苦过去。作者意图说明作家的人生首先是一种解放的历史，他的作品是对记忆梦魇的永久驱魔。

2013 年，法国开展了一系列纪念普鲁斯特《追寻逝去的时光》第一卷《去斯万家那边》出版一百年的学术活动：法国国家科学研究中心和高等师范学院下属的现代文本与手稿研究所主办题为"《去斯万家那边》及其百年阅读"系列研讨会，孔帕尼翁在法兰西学院开设"1913 年的普鲁斯特"课程，孔帕尼翁和戴耶在法兰西学院共同主持"《去斯万家那边》或一部法国小说的世界性"研讨会，法国高等社会科学研究院及法国国家科学研究中心下属的语言与艺术研究中心和英国牛津法兰西之家联合主办"普鲁斯特：思想、情感、写作"系列研讨会，法国翻译实践与理论研究会组织"如何翻译普鲁斯特"研讨会等。

2013 年，法国社会学家布尔迪厄的遗著《马奈·象征革命》出版，包括他的法兰西学院讲义（1998—2000）以及一部未完成手稿《异端马奈》，这部书阐述了画家马奈如何通过对学院主义、社会艺术、商业折中主义和印象派的挑战和扬弃，创造了现实主义的形式主义艺术，以及马奈的象征革命如何与文化生产场的出现密不可分。该书是对其《艺术的法则》的补充与完善。同年，法国社会学研究者库朗荣和杜瓦尔主编的论文集《布尔迪厄〈区分〉出版三十年后》出版，三十多位作者回顾了《区分》的写作与传播过程并探讨了布尔迪厄的文化实践理论在当代各国的适用性以及对开辟新研究领域的启示。

（三）中国的法国作家、作品和文艺理论研究

1. 经典作家作品研究

中国学者在经典作家研究的方法上有了很大突破，采取了哲学、历史、经济、语言学等跨学科研究方法，不再停留在对作品内容和主题的陈

述以及简单的反映论和还原论思维方式上,更新了论述的视角,拓展了阐述的深度。

关于16世纪到19世纪中期作家的论文有李征的《坚守的力量——蒙田对现代性问题原初的思考》、王佳的《拉封丹〈寓言集〉中的哲学思想》、杨国政的《卢梭〈忏悔录〉中的直接引语分析》、孙婷婷的《为了一种新的现实主义——狄德罗小说创作观之演变》、李征的《转型期的金融游戏密码——〈赛查·皮罗多盛衰记〉中的信贷模型》、郭宏安的《〈高龙巴〉:想象与真实的平衡》、郑克鲁的《试析莫泊桑的惊怵小说》、孙婷婷的《与恐惧进行的游戏:论莫泊桑〈奥尔拉〉的叙述策略和文体特点》。雨果研究的新意在于从人道思想论述转向美学思想开掘,如李伟昉的《雨果莎评及其特色论——以〈莎士比亚传〉为中心》、包向飞的《艺术为什么是永恒的——解读雨果的艺术观》。雨果研究的代表作是武汉大学罗国祥教授的著作《雨果学术史研究》,该书梳理了国内外重要的雨果研究成果,包括俄罗斯、英国、美国、德国、中国和法国的雨果研究,突出了"古今之争"对雨果研究的影响以及雨果浪漫主义美学的颠覆性、现代性。左拉研究论文主要有郑克鲁的《左拉的文学批评》、沙家强的《左拉自然主义真实观辨析》、丁梅芹的《左拉自然主义文学理论的革命性》、刘连青的《左拉、巴尔扎克关注社会的意识差异》。左拉研究的代表作是中国社会科学院外国文学研究所吴岳添研究员的著作《左拉学术史研究》,该书精心梳理了世界各国研究左拉的著名批评家及其论著,择其要者进行公正的评论,客观地再现了左拉研究史的历史真相。

福楼拜、波德莱尔、马拉美、普鲁斯特、兰波因其在文学现代主义中的开创性地位,受到了研究者的较大关注。其中福楼拜研究聚焦于叙事学、文本细读、比较、理论批判的角度,代表作如李千钧、侯桂杰的《福楼拜作品中的自由间接引语》、赵丹霞的《小说翻译中叙事视角的传译——以〈包法利夫人〉的三个中译本为例》、孙倩的《罗兰·巴尔特解读福楼拜的〈布瓦尔与佩居榭〉》、彭俞霞的《站在萨特背后的福楼拜——析萨特对福楼拜的评论》、李嘉懿的《福楼拜文学思想嬗变研究》,等等。

波德莱尔研究保持了比较旺盛的势头,从比较、接受、现代性、跨学科等角度展开,代表作有张丽群的《爱伦·坡对波德莱尔的影响》、李凌鸿的《论波德莱尔与坡的相似性》，户思社的《从接受视角看波德莱尔的诗歌美学思想》，刘辉成的《论颓废主义产生的原因及其启示——以波德莱尔的美学思想和文学创作为据》，杨有庆的《巴黎、波德莱尔与现代性——论本雅明对波德莱尔诗歌的日常生活内涵之阐释》，徐晓庚、刘意的《波德莱尔的诗对印象画派的影响》，杨振的《病态与颓废的诗人：对民国时期波德莱尔批评中一种趋向的探源与反思》和文雅的《波德莱尔在中国的接受和研究》。广东外语外贸大学刘波教授的专著《波德莱尔：从城市经验到诗歌经验》（2016）是波德莱尔研究的重大成果。该书主要探讨波德莱尔的城市诗歌与当时社会历史现实的关系，分析波德莱尔的审美经验如何从现代城市经验中获益，以及城市经验在他的诗歌创作和美学理论构建中所扮演的角色。该书获首届"王佐良外国文学研究奖"一等奖。

马拉美诗学研究从社会历史研究、语言学、文学批评等角度展开，代表作有张亘的《马拉美："无"与"物"之间》，户思社的《试论马拉美诗歌美学的现代性》和尉光吉的《沉默之花——布朗肖论马拉美与文学的语言》。兰波研究论文的代表作为李建英的《"我是另一个"——论兰波的通灵说》。

中国社会科学院外国文学研究所涂卫群研究员在普鲁斯特研究方面成果卓著，她在现代文本与手稿研究所联合主办的年刊《普鲁斯特通讯简报》上发表法文论文《重访贡布雷和其两边：对立与"和而不同"的审美眼光》。其他相关论文包括《〈在少女花影下〉：化他为己》、《瞬间永恒——普鲁斯特小说时间研究中缺失的一页》、《新中国60年普鲁斯特小说研究》和《新批评对〈追寻逝去的时光〉的文本与写作阐释》。她的专著《目光的交织：在曹雪芹与马塞尔·普鲁斯特之间》（2014）是国内普鲁斯特研究领域的较为重要的研究成果。

2. 当代文学研究

当代文学研究以诺贝尔文学奖获得者西蒙、勒克莱齐奥、莫迪亚诺为中心，取得了最丰硕的成果。这三位作家的共同点在于通过写作关注人类的命运，无论是战争受害者还是被异化的边缘人或野蛮人的命运。尤其中法作家的对谈打破了文化异质性的壁垒，体现了全球化背景下情感结构的亲和性，增进了一种新的"世界文学"的可能性。

西蒙获 1985 年诺贝尔文学奖，授奖词称赞他"在对人类生存状况的描写中，把诗人、画家的丰富想象和对时间作用的深刻认识融为一体"。他的作品像是用语言文字剪辑的蒙太奇或拼贴画，往往根据内容或情感的呼应联系而不是连续展开的正常时间顺序，将不同时期的回忆材料片段组合起来。中国学者的西蒙研究从图像学、现象学、互文性、神话原型、社会历史等角度展开，如童玉的《论〈弗兰德公路〉图像叙事的特征》，张荆芳、肖伟胜的《现象身体与文本身体：〈弗兰德公路〉的身体现象学解读》，樊咏梅、张新木的《西蒙〈弗兰德公路〉中的女性形象》，黄萍萍、赵思奇的《试论克洛德·西蒙小说〈农事诗〉中的互文性》和刘海青的《克洛德·西蒙小说：历史与神话之间的"自我"探寻》。

佩雷克是新小说派之后最有影响的作家之一，已经占据了某种经典地位。佩雷克研究的代表论文是首都师范大学龚觅的《摩登时代的个人幸福——乔治·佩雷克小说〈物〉中的人物意识和作者意识》（《外国文学》2010 年第 1 期），文章通过对书中的人物意识结构和叙述方式的分析，揭示了其哲学意味和自传维度，提出在价值坍塌、缺乏实质性伦理的时代，清醒的自我意识和完美的形式感往往成为现代作家抵御虚无的重要途径。

勒克莱齐奥和莫迪亚诺是 20 世纪后半期法国新寓言派代表作家。勒克莱齐奥 2008 年获得诺贝尔文学奖，授奖词称他为"一个集背叛、诗意冒险和感性迷狂于一身的作家，探寻文明支配下的边缘人性"。勒克莱齐奥像游牧人一样四处漂泊，深切关注现实生活，关注现代社会中的边缘人和穷人。小说的主题都是对"存在"的思考，对世界和生命的吟唱，对现代性中非人性的谴责，对人类学、生态学和人道主义的无限探索，对重塑人类文明的新人的呼唤。勒克莱齐奥是南京大学人文社会科学高级研究院"杰出驻院学者"，南京大学由此成为勒克莱齐奥研究重镇（参见南京大学许钧教授的《文学翻译、文化交流与学术研究的互动——以我和勒克莱齐奥的交往为例》），为中国和外国作家的深度交流和中西思想的对话提供了必不可少的平台（参见《中外交流 文化互鉴——诺贝尔文学奖得主莫言与勒克莱齐奥的交往与对话》）。国内勒克莱齐奥研究与法国几乎是同步的，论文数量和质量都是遥遥领先的。勒克莱齐奥的小说从文化身份、女性主义、现代性、神话学、现象学、符号学、叙事学、主题批评、经济学、音乐学等众多角度得到探讨，主要论文有高方、许钧的《勒克莱齐奥小说人物论》和《亲近自然 物我合一——勒克莱齐奥小说的自然书写与价值》，高方的《自我放逐与诗学历险——从〈逃之书〉看勒克莱齐奥对写作的探索》，黄晞耘的《"另一个世界"在佩特拉峡谷的变奏——勒克莱齐奥小说〈宝藏〉的叙事艺术》，徐旭、刘久明的《论勒克莱齐奥小说的异托邦建构》，张璐的《勒克莱齐奥早期作品中的现代都市神话》，樊艳梅的《从他性到同———论勒克莱齐奥作品中的风景与女性》，张亘的《男性叙事话语下的生态与女性关系——论勒克莱奇奥〈寻金者〉中女性形象的寓意》，练莹、王静的《勒克莱齐奥的目光：对〈大地上的陌生人〉的生命现象学解读》，杨芬的《勒克莱齐奥小说〈沙漠〉的符号学分析》，李明夏的《勒克莱齐奥与爵士乐》，张亘、胡华的《从勒克莱齐奥到韦勒别克：两种乌托邦与资本主义》，李征的《论勒克莱齐奥的经济现代性反思》。代表论文为南京大学刘成富教授的《勒克莱齐奥写作中的文化身份建构》（《陕西师范大学学报》2017 年第 6 期），作者从文化身份问题出发，通过对《沙漠》、《奥尼恰》和《金鱼》等小说的研究和分析，揭示了"逃离"和"回归"等重要主题背后的深刻含义，以及作家本人重要的思想倾向和文化心态。

2014 年，莫迪亚诺获诺贝尔文学奖，授奖词称他"以重塑记忆的艺术方式，唤醒了最无可捉摸的人类命运，展示了占领时期的人间百态"。他的作品运用大量的回忆、想象，把现实和虚构结合，探索人的存在及其与周围环境、现实的关系。他的创作主题从早期的"追寻自我"（神秘的父亲和第二次世界大战的环境）发展到揭示人类的渺小性和荒诞性。在 2014 年法国文学研究会绍兴会议上，罗国祥做了关于莫迪亚诺的专题报告，与会学者也就莫迪亚诺的小说风格和法国当代文学进行了讨论。重要论文有吴岳添的《莫迪亚诺与诺贝尔文学奖》，周婷的《莫迪亚诺的新寓言小说〈夜巡〉：现实与臆想的结合》，翁冰莹的《巴黎·生命·仪式——论莫迪亚诺文学创作中的"记忆场所"》，臧小佳、崔孝彬的《莫迪亚诺的"后普鲁斯特"写作》，史烨婷的《当生活沦为一个"苍凉的手势"——莫迪亚诺小说的时间书写》，曹丹红的《莫迪亚诺作品的抒情特质》，姜海佳、张新木的《莫迪亚诺笔下的生存困境与记忆艺术》，等等。

北京大学段映虹教授在尤瑟纳尔研究方面取得了出色成果，她的论文《尤瑟纳尔的"事物的秩序"》(《外国文学评论》2010年第4期)突破了尤瑟纳尔作品表现"人文关怀"的陈词滥调，考察了作家的关注点从人类历史转向自然环境的背景，指出尤瑟纳尔的自然观不仅反映了她对人与自然二者之间关系的理解，也汇聚了她对历史、文化、政治、宗教、伦理乃至人的认知方式的思考。相关论文还有《尤瑟纳尔：从黑山庄园到荒山岛的独行者》、《试析〈还给恺撒〉的美学风格和象征意义》和《〈苦炼〉：炼金术士的一生》。

维勒贝克是研究最新热点。维勒贝克之所以被视为当代法国最伟大的作家之一，是因为他摆脱了当代小说中常见的自恋主义和自我中心主义，体现了对社会问题的深切关注。他认为风格的首要条件是言之有物，不是单纯卖弄写作技巧。他的小说某种程度上承袭新小说的客观主义，但其赤裸裸的劳动、经济主题则受到巴尔扎克小说的社会总体性的影响。他谴责自由主义从经济领域扩张到性领域，同时反对一神教的专制主义。他的《臣服》(2015)和《血清素》(2019)是法国社会现状(《查理周刊》遭恐怖袭击和黄背心运动)的惊人预言。维勒贝克研究代表论文是武汉大学张亘教授的《性时代的书写——论韦勒别克的文学创作》(《外国文学》2014年第4期)，作者从弗洛伊德精神分析的角度，阐述了韦勒别克在创作中如何将重点从性冲动对象拉回到性冲动本身，在性行为书写的本真状态里使淫秽和诗意并行不悖，并在对后现代社会的性解构中，竖起科幻乌托邦的旗帜。相关论文有周薇的《宗教、女性、家——叩响〈臣服〉的三重门》、李征的《维勒贝克文学作品研究综述》。

在当代诗歌研究方面，博纳富瓦诗学研究代表论文包括陈树才的《博纳富瓦：一种希望诗学》、李建英的《博纳富瓦：兰波的继承者》。

3. 文学史和文艺理论研究

2016年，经过三十五年的编纂，《李健吾文集》由北岳文艺出版社出版。《文集》共十一卷，包括戏剧卷、小说卷、散文卷、文论卷。集作家、戏剧家、文艺评论家、翻译家、法国文学研究专家于一身的李健吾先生，是中国社会科学院外国文学研究所研究员。7月12日，纪念李健吾先生诞辰一百一十周年暨《李健吾文集》出版研讨会在外国文学研究所召开，陈众议所长主持。所内研究人员、北岳文艺出版社相关人士、李健吾先生的后人以及来自《中华读书报》、《新京报》、《文艺报》等多家媒体的记者应邀出席。李健吾弟子、外文所研究员郭宏安指出，李健吾独特的批评风格与日内瓦批评学派有密切关联，兼具学者批评的严谨和作家批评的鲜活，是法国文学评论家蒂博代所说的在"职业批评和作家批评间往复"的好批评，为中国学者的文学批评写作提供了样本。《文集》的出版为文学研究者提供了可靠和详尽的研究资料和方法论启示，非常有助于学术传承和研究水平的提升。

在文学史研究方面，中国学者以强烈的问题意识和理论原创性，对西方现代性和文学史进行了细致的梳理和总结。中国社会科学院外国文学研究所史忠义研究员的《现代性的辉煌与危机：走向新现代性》（2012）从思想史的角度首先梳理了西方现代性的内涵，包括启蒙理性的主要价值观、自然法与个人主义、历史发展的方向和意义等，并从中西思想比较的角度辨析了理与理性和理念概念的差异，阐述了西方现代性危机的发展阶段、表现形式以及思想界和学术界对西方现代性的典型批判，分析了西方现代性危机与前现代思想资源的关联。该书入选中国社会科学院文库。厦门大学冯寿农教授的《法国文学批评史》（2019）是国内首部全面评介16世纪至20世纪法国文学批评历史发展的学术专著。本书主体部分分为四篇，第一篇概述16世纪文艺复兴到法国大革命前的文学批评的起源，第二篇详述19世纪文学批评在法国的发展，第三篇、第四篇重点介绍20世纪法国文学批评各种思潮的最新理论和方法。作者以"现代性"为切入点，关注法国文学批评的诞生和发展沿革，重视批评方法论的介绍，深入论述和阐发各个批评流派代表人物的理论观点，并在跨文化的视阈下考察文学批评现象，对我国的法国文学批评研究具有填补空白的学术意义和重要的参考价值。

在法国文学理论研究方面，中国研究者对法国现代思想大师和68年思想大师进行了广度和深度上的拓展，勾勒出了"法国理论"发展的脉络。研究对象大致可以分为两条线索，其一是从巴塔耶、布朗肖的浪漫主义和神秘主义的"不可言喻的话语"到巴尔特、克里斯蒂娃和德里达的后结构主义的写作理论；其二是从萨特、梅洛-庞蒂的现象学、福柯的"知识考古学"到马克思主义思想家的"美学意识形态"。

在第一条线索上,巴塔耶和布朗肖研究随着大量译本的出现脱离了话语的静寂及其超凡魅力,促进了中国学界对法国后结构主义源头的理解。王春明的《"内在体验"为何仍是一种神秘体验?——解析萨特对巴塔耶的批判及其无神论人本主义的内涵》(《哲学动态》2016 年第 8 期)试图通过深入解析萨特对巴塔耶的批判,阐明他在"存在—虚无"本体论基础上构建起来的无神论人本主义的内涵。同济大学张生的《孩童性,消耗性与至尊性——论巴塔耶眼中的作家与诗人的特点》(《文艺理论研究》2012 年第 5 期)阐述了巴塔耶如何将内在人格的孩童性、生活方式的消耗性与精神追求的至尊性视为作家创造的必要条件。其他相关论文有《论巴塔耶的越界理论——动物性、禁忌与总体性》等。布朗肖研究的重要论文有耿幼壮的《文学的沉默——论布朗肖的文学思想》(《外国文学研究》2014 年第 5 期)、王嘉军的《"il y a"与文学空间:布朗肖和列维纳斯的文论互动》(《中国比较文学》2017 年第 1 期)、朱玲玲的《走出"自我之狱"——布朗肖论死亡、文学以及他者》(《文艺理论研究》2013 年第 4 期)、臧小佳的《"向死而生"——布朗肖与朗西埃论文学》(《当代外国文学》2017 年第 6 期)。北京外国语大学邓冰艳的《从"死亡空间"到"文学空间"——论布朗肖的中性思想》(《外国文学》2018 年第 5 期),阐述了"死亡空间"和"文学空间"如何与"中性"(隐藏在主体身后的黑暗空间)发生关系并转化为话语。

2015 年是法国文学批评家罗兰·巴尔特诞辰一百周年,法国驻华大使馆在中国(北京、上海、南京、东莞、成都)举办了第十届中法文化之春"罗兰·巴尔特周"。法国当代文学教授、《罗兰·巴尔特全集》编者马尔蒂,《罗兰·巴尔特》传记作者萨莫瓦约,现代文学教授马萨吉尔在北京大学举行了"批判与真理"的讲座,并在第十三届傅雷翻译培训班上授课。北京外国语大学法语系举办了法国当代文学研究暨罗兰·巴尔特百年诞辰学术研讨会,与会学者梳理了罗兰·巴尔特的理论与文学创作实践,探讨了罗兰·巴尔特的作品、思想、理论在法国当代文学界的影响以及在中国的接受。代表论文如首都师范大学汪民安教授的《在语言和身体之间——纪念罗兰·巴特百年诞辰》(《外国文学》2016 年第 3 期)探讨巴尔特如何进入中国及其在中国的影响,尤其是对新的文学实验和日常生活的解释的重要参考价值,并论述巴特最核心的思想——快感写作。复旦大学彭俞霞副教授的《再论萨特的"介入文学"与巴特的"作者之死"——兼与毕晓商榷》(《外国文学》2016年第3期)对萨特和巴尔特在文学介入的内容和形式上的分歧进行了辨析。南开大学张智庭教授的《罗兰·巴特的"中性"思想与中国》(《文艺研究》2016年第3期)在概述巴尔特"中性"思想演变的基础上,着重介绍他的"中性"思想自20世纪70年代与中国古代思想的结合和他在面对中国现实时的"中性"态度。其他相关论文有黄晖的《罗兰·巴特对"文本"理论的重构》,王亚平、徐刚《如何先锋,怎样现代?——试论罗兰·巴特的"零度写作"》,王成军、张雨薇的《后现代自传话语的范式——论罗兰·巴特自传叙事中的假体、主体与母体》,姚文放的《生产性文学批评的解构性生成与后现代转折——罗兰·巴特批评理论的一条伏脉》,张生的《是罗兰·巴特还是巴塔耶·巴特?——谈巴特〈文本的快乐〉中的巴塔耶的影子》,张卫东的《21世纪以来罗兰·巴特国内外研究述评》。

中国学者一直高度关注"文本理论"。克里斯蒂娃的"互文性"研究炙手可热,相关论文如刘斐的《三十余年来互文性理论在中国的传播与发展》、曾军的《克里斯蒂娃在〈词语、对话和小说〉一文中对巴赫金理论的借鉴和改造》、张颖的《符号系统的主体与他者:论本维尼斯特对克里斯蒂娃的影响》、金一苇的《克里斯蒂娃符号分析理论的问题意识与解题思路》。代表作为北京师范大学钱翰教授的专著《二十世纪法国先锋文学理论和批评的"文本"概念研究》(2015),作者在大量阅读并批判性借鉴理论资源的基础上,围绕"文本"这一当代关键理论术语,探讨了许多重要理论问题,对相关问题做出了全景式扫描和梳理,解释了许多有争议的文学现象。

德里达的写作研究从语言观、传记、精神分析等角度展开,如李永毅的《语言与信仰:德里达与但丁》、孙秀丽的《德里达文字学思想探析》、马元龙的《关于〈被窃的信〉:德里达对拉康》、路程的《从文本游戏到暴力起源:论德里达与基拉尔的摹仿观念》。代表论文如中国人民大学魏柯玲副教授的《〈割礼忏悔〉与德里达的文学行动》(《外国文学》2016

年第 3 期）通过文本细读的方式，从割礼与盟约、自传体裁、忏悔对象和秘密书写几个方面对作品巨大的模糊性进行辨析，揭示了割礼这一宗教习俗在文本的细密编织中如何转化为文学书写与生命经验的生动隐喻。中国人民大学耿幼壮教授的《如何展露一个文学的秘密？——以德里达读策兰的一首诗歌为例》（《外国文学研究》2016 年第 2 期），通过细读德里达对于诗人策兰一首诗歌的读解，深入探讨了德里达关于文学是一个秘密的思想。

在第二条线索上，萨特的文学传记批评和梅洛-庞蒂和艺术理论日益受到重视，如厦门大学冯寿农、项颐倩的《审美同情：萨特传记批评的主体间性》［厦门大学学报（哲学社会科学版）2017 年第 6 期］论述了萨特的存在主义精神分析如何通过对作家个体命运进行追溯和还原，努力实现对他人经验进行整体化研究的目的，为文学批评提供新思路。北京大学刘哲的《具身化理论视域下的反笛卡尔主义——以梅洛-庞蒂与塞尚的对话为例》（《中国社会科学》2014 年第 8 期），通过梅洛-庞蒂对塞尚作品的解析，阐明梅洛-庞蒂如何通过符号论模型来说明人类知觉经验所预设的直接性概念，以关于身体的哲学反思拒斥近代笛卡尔主义的心身二元论。

福柯思想在中国的接受一直保留着政治、伦理和美学先锋的色彩，研究成果呈稳定上升趋势，如中国社会科学院外国文学研究所张锦的《福柯的"异托邦"思想研究》（2016）在哲学、文学、历史等综合意义上全面研究了福柯的"异托邦"概念和思想。

同样，中国学界对阿尔都塞的弟子激进左派思想家朗西埃和巴迪欧给予了密集的、堪称景观式的关注。

同济大学陆兴华副教授的专著《艺术·政治的未来：雅克·朗西埃美学思想研究》（2017）是国内关于朗西埃研究的首部专著，着重探讨当代法国激进左派思想家朗西埃在当代艺术、电影、文学、民主等方面的理论立场和现实干预，从"审美—政治"、"文学的政治"、"艺术的政治"、"电影的政治"、"在民主里搞民主"五个方面阐述了艺术哲学和美学等方面的热点问题，凸显了朗西埃关于艺术是元政治的立场：艺术大于政治，政治发生于艺术活动的感性领域之内。

巴迪欧的"非美学"思想颠覆了人们对艺术与哲学、真理之间关系的定见，构成了 20 世纪晚期美学史上的一个事件，也成为中国接受史上的一个事件。代表论文是南京大学蓝江教授的《非美学与作为真相程序的艺术——巴迪欧的艺术思想简论》，文章阐述了巴迪欧的非美学思想：艺术及其创作根本不需要任何先入为主的观念作为其指导，相反艺术本身就是哲学的前提之一，试图让艺术顺从于其意志之下的美学被置换为让真相从中涌现而出的非美学。这样，非美学不再寻找主宰艺术创作的观念的问题，而是立足于艺术创作如何撕裂惯常的平滑整齐的话语表象，让真相从中涌出。其他相关论文有艾士薇的《从存在主义批评到"非美学"批评——阿兰·巴迪欧的电影批评谱系》、谭成的《走向一种艺术哲学的新范式——略论阿兰·巴迪欧的艺术思想》、马元龙的《非美学：巴迪欧的美学》。

布尔迪厄文艺理论研究也是热门论题，主要论文有陆扬的《析布尔迪厄的艺术理论》、卢文超的《是一场什么游戏？——布尔迪厄的文学场与贝克尔的艺术界之比较》、翁冰莹的《审美趣味的演绎与变迁——兼论布尔迪厄对康德美学的反思与超越》。代表作为中国社会科学院外国文学研究所刘晖研究员的《布尔迪厄的文学社会学述略》（《外国文学评论》2014 年第 3 期），《从趣味分析到阶级构建——布尔迪厄的"区分"理论》（《外国文学评论》2017 年第 4 期）等，后者阐明了布尔迪厄如何以生成结构的社会学方法，通过对法国 20 世纪 60—70 年代日常生活方式的社会学调查和统计学分析，对康德的判断力批判进行社会批判，提出趣味的区分功能是阶级划分的基础，继马克思、韦伯之后，他提出了文化社会学的阶级划分标准和阶级斗争概念。

五 西班牙语、葡萄牙语文学研究

西班牙语、葡萄牙语文学历史悠久，其源头可以追溯到古希腊、罗马时期，15 世纪以降逐渐显示出与众不同的品格。我国介绍西葡文学的历史可以上溯至 20 世纪初，有林纾翻译的《魔侠传》（即《堂吉诃德》）和周氏兄弟等现代大师的相关阐发和推介。但除极少数品种外，西、葡语文学的大量译介是从新中国成立以后方始展开的。紧随苏联文学、亚非拉文学被推到了前台。于是，20 世纪五六十年代我们不仅开始了解聂鲁达的智利文学、马蒂和纪廉的古巴文学，还翻译介绍了墨西哥、巴西、危地马拉、哥伦比亚、委内瑞拉、阿根廷等国的一批重要作家作品。但这是就一般的翻译介绍而言。真正的研究却必得到1978年之后。1978年，杨绛翻译的《堂吉诃德》出版。这是我国第一次从原文移译这部世界名著，也是我国学者第一次对其进行较为深入的学术探究。翌年，中国西班牙、葡萄牙、拉丁美洲文学研究会成立。自此，我国西、葡语学者在大量翻译西班牙、葡萄牙和拉丁美洲文学作品的同时，开始了筚路蓝缕、殚精竭虑的研究之路。

拉丁美洲的"文学爆炸"对我国文坛产生了深远的影响。而拉丁美洲文学的崛起，客观上得益于"冷战"。首先，东西方两大政治力量的较量使位于中间状态的拉丁美洲有了得天独厚的发展机遇。其次，历史文化和语言的亲近，使拉丁美洲作家在西方文坛游刃有余；同时拉丁美洲的内部矛盾从反面推动这种关系，使大批拉美作家流亡欧洲和美国。而古巴的存在，又使他们顺利地进入苏联及东欧社会主义国家。最后，意识形态和文化的多元混杂使拉丁美洲文学具有无比的丰富性。这也是我国作家对拉丁美洲文学情有独钟的一个重要原因。我国的"寻根文学"就大量借鉴了拉丁美洲的"寻根文学"，尤其是以加西亚·马尔克斯为代表的魔幻现实主义对我国作家产生了深刻的影响，转而又间接地影响了我国的第五代电影导演。一时间，我国作家言必称魔幻。此外，以博尔赫斯为代表的幻想派对我国的先锋文学的影响举足轻重。从某种意义上说，拉美文学开启了我国作家想象力的阀门，弥合了横亘在他们面前的某些文化断层，同时为他们后来居上、走向国际平添了信心。这一时期我国学者翻译出版了大量西班牙语、葡萄牙语文学作品，发表了一大批研究成果；二者之和，几乎涵盖西班牙语、葡萄牙语文学从古典到现代的几乎所有重要作家作品、流派思潮。

这一时期我国学者发表了大量的研究成果，其中不乏原创性的研究与发现。比如陈众议等关于魔幻现实主义与古代印第安文化及印欧杂交文化关系的研究，为界定和评价魔幻现实主义提供了有别于西方和拉美学界的看法，认为魔幻现实主义的关键在于表现拉丁美洲的"集体无意识"。这是我国学者在外国文学研究中善于运用本国文化资源并由此生发不同于欧美及拉美本土学者的向度的一个见证。同时，我国学者善于结合本国实际，在拉美文学研究中对诸如民族性与世界性、思想性与艺术性，以及传统与现代、继承与借鉴等一系列问题提出了自己的观点。

这一时期的主要成果有如下几类。

重要文学史、断代史、体裁史有《西班牙文学简史》（孟复，1982）、《拉丁美洲文学史》（赵德明、赵振江等，1989）、《20世纪墨西哥文学史》（陈众议，1998）、《西班牙与西班牙语美洲诗歌导论》（赵振江，2002）、《拉丁美洲小说史》（朱景冬、孙成敖，2004）、《西班牙文学史》（沈石岩，2006）、《20世纪西班牙小说》（王军，2007）、《西班牙文学"黄金世纪"研究》（陈众议，2007），以及1998年至2001年由外语教学与研究出版社出版的国别文学简史系列中的《西班牙文学》（董燕生）、《阿根廷文学》（盛力）、《巴西文学》（孙成敖）、《秘鲁文学》（刘晓眉）、《墨西哥文学》（李德恩），等等。

重要流派思潮、作家作品研究著作或评传有《魔幻现实主义》（陈光孚，1986）、《魔幻现实主义大师加西亚·马尔克斯》（陈众议，1987）、《拉美当代小说流派》（陈众议，1995）、《加西亚·马尔克斯评传》（陈众议，1999）、《加西亚·马尔克斯》（朱景冬，1995、2003）、《执著地寻找天堂——墨西哥作家鲁尔福中篇小说解析》（郑书九，2003）、《山岩上的肖像——聂鲁达的爱情·诗·革命》（赵振江、腾威，2004）、《诗与思的激情对话》（王军，2004）、《巴尔加斯·略萨传》（赵德明，2005）、《遭贬谪的缪斯——玛利亚·路易莎·邦巴尔》（段若川遗著，2007），以及1997年由长春出版社出版的作家传记系列中的《米斯特拉尔》（段若川）和《塞拉》（丁文林），以及2001年至2005年由华夏出版社出版的作家评传系列中的《塞万提斯》（陈凯先）和《博尔赫斯》（陈众议）等。

重要论文约数百篇，分别发表于《外国文学评论》、《外国文学研究》、《国外文学》、《外国文学》、《当代外国文学》、《外国文学动态》、《文艺研究》等刊物，关涉西、葡、拉美文学的几乎所有重要流派思潮、作家作品，其中尤以加西亚·马尔克斯、博尔赫斯、塞万提斯等重要作家及魔幻现实主义等重要流派为焦点。

作家作品评论主要指向塞万提斯及其《堂吉诃德》、加西亚·马尔克斯及其《百年孤独》、博尔赫斯及其小说等。其中又数《堂吉诃德》研究持续时间最久，即自20世纪二三十年代周氏兄弟起，迄今未止。围绕堂吉诃德东渐，创造社、太阳社，以及巴金、何其芳、唐弢、张天翼等曾以不同方式参与讨论。20世纪八九十年代以来，由于中国社会逐步进入了商品经济和市场经济时代，物欲的膨胀在一定程度上导致了精神的错位、理想的失落。于是堂吉诃德又一次成为人文学者关注的对象，出现了一批有关堂吉诃德，尤其是堂吉诃德与阿Q比较研究方面的著述。其中比较重要的有陈涌的《阿Q与文学经典问题》、秦家琪和路协新的《阿Q和堂·吉诃德形象比较研究》、李春林的《欲望与想象的互相转化》、张梦阳的《阿Q新论：阿Q与世界文学的精神经典问题》、陈众议的《堂吉诃德在中国》等。除上述评论外，值得关注的还有钱理群的专著《丰富的痛苦——堂吉诃德和哈姆雷特的东移》（2007）。以后者为代表，堂吉诃德的冲动在中国逐渐转化为政治思考、政治需要。有关学者把堂吉诃德精神放大为民族意识，提出了"集体堂吉诃德"等概念。之后，陈众议又在《我们还需要堂吉诃德吗？》（《出版人》2009年第18期）中认为中华民族吃尽了运动和冲动之苦；渡尽劫波，我们本应该变得成熟了，但堂吉诃德主义并没有销声匿迹，因此我们必须警惕它以新的面目从一个极端走向另一个极端或另一些极端、另一些狂热。由此，他认为真正的大国气象必然是学术界、出版界、文化界"道""器"相对平衡，情感与理智、堂吉诃德和哈姆雷特并存，全民族文化素质不断攫升（至少是不再迷信、逢神就拜、见钱眼开），等等。从某种意义上说，这便是真正的中庸之道：张弛有度、进退中绳。

重要译著除《堂吉诃德》（计有杨绛、屠孟超、董燕生、孙家孟、张广森、崔维本等分别担纲的译本凡二十余种）外，《百年孤独》等也有几个译本。此外，云南人民出版社的《拉丁美洲文学丛书》、黑龙江出版社的《西班牙文学丛书》和昆仑出版社的《伊比利亚文学丛书》等，都是新时期有影响的西葡语文学名著丛书。这些丛书，加上有关出版社的零星品种，基本涵括了20世纪西葡文学的重要作家作品。相形之下，厚今薄古倾向便不难发现。事实上，西葡古典文学除个别作家作品外，对于我国读者几乎还是一片无何有之乡。

最近十年，中国西葡拉美文学翻译与研究仍在开拓、积累和发展的上升期。学界对西班牙"黄金世纪"、"白银时代"和拉美"文学爆炸"时期的译介持续进行，新译本、新专著纷纷推出，同时也出现了对西班牙当代新锐小说家及女性作家的关注，及其对拉美"爆炸"后一代的研讨等新动向。虽然西葡语文学翻译多而评介少的局面短期内仍旧存在，但其研究面貌在相当程度上较以前更加丰富多样。令人欣喜的是范晔、杨玲、魏然、滕威、楼宇、陈宁、樊星、张伟劼、闵雪飞、汪天艾等一批青年才俊的涌现。他们在翻译和研究方面的成果得到好评。

可以说2008年至今也是西葡拉美学界成果相对密集产生的十年。

（一）西班牙古典文学研究

陈众议研究员在2011年出版了《塞万提斯学术史研究》，该书是国内学界第一次系统介绍塞万提斯学术史研究成果，全面梳理了《堂吉诃德》及塞氏其他代表作阐释史和接受史。作者登载在《东吴学术》上的文章阐明了梳理塞万提斯学术史的旨趣：以"最初的是非恩怨"、"滑稽的堂吉诃德"、"崇高的堂吉诃德"、"堂吉诃德在境外"四部分，概括了塞万提斯学术史研究的宗旨，这一研究"无意于评判浩瀚塞学的所有立场、观点和方法，而只想攫取其沧海之一粟，并管窥蠡测，对文学及文学经典及其所以成为经典的一般规律和特殊形态发表一家之言，进而对我国当下的文学批评和创作富有借鉴意义的相关方面略陈管见"。①

陈众议研究员的另一篇文章《经典的偶然性与必然性——以〈堂吉诃德〉为个案》（《外国文学评论》2009年第1期），实际上细致入微地呈现了上述研究策略，即展示经典生成之偶然性与必然性的二元关系。作者认为《堂吉诃德》本身是对骑士小说的批判与扬弃，同时其戏仿也非无源之水——幕间剧《堂帕斯瓜尔》就给后者奠定了基础。同时，《堂吉诃德》的经典之路也是"一系列二元对立（或统一）的产物"。这一名著除了体现时代的最高价值，还具有更为重要的"普世价值"，即对普遍真理和人类矛盾本性的形象而生动的揭示。作者提示，这或许是经典的必由之路。

实际上，塞万提斯学术史项目开启前后，关于塞氏的研究在近十年间

---

① 陈众议：《塞万提斯学术史研究》，《东吴学术》2011年第2期。

始终倍受关注,《堂吉诃德》研究也一直是西班牙文学研究的重点。2009年第 4 期《外国文学评论》上刊载的《不确定性的诱惑:〈堂吉诃德〉距离叙事》一文指明"《堂吉诃德》是一部开始独立地思考其作者的叙事策略、读者的阅读期望等问题的小说";作者罗文敏认为,从《玫瑰之名》和《百年孤独》等现代小说的视角看来,塞万提斯"在多角度尝试叙事手法翻新的过程中所营造的不确定性,的确预先打开了后现代叙事的诱惑之门"。罗文敏相关论述结集为《〈堂吉诃德〉与小说叙事》由中国社会科学出版社于 2014 年出版。在 2011 年第 1 期《外国文学评论》刊载的《由〈堂吉诃德〉伪续作引发的小说创作问题》中,作者刘林也强调《堂吉诃德》第二卷与现代小说兴起的关联。文章作者认为《堂吉诃德》第二卷在很大程度上是在阿维利亚内达伪续作的刺激下诞生的,而塞万提斯在其中融入了对小说创作的思考,这些想法是他的一贯主张;通过反驳伪续作,塞万提斯的小说理论最集中、最富戏剧性地体现出来,而欧洲文学里"小说的兴起"最终通过塞万提斯反驳伪续作这一偶然事件而得以实现。同年《外国文学评论》第 3 期刊登了宗笑飞《塞万提斯反讽探源》一文,文章利用文学流传学的方法,引用马科斯·缪勒的《五卷书》研究为资源,为《堂吉诃德》何以形成反讽风格的一个源头做了探究;作者强调西班牙翻译运动在阿拉伯故事西渐的过程中发挥了中介作用,而《堂吉诃德》当中的诸多细节证实了"小说源自东方"的观点,而这部名著自身的反讽精神颇具阿拉伯神韵。2018 年范晔在《外国文学评论》第 2 期发表《从鹿特丹到拉曼却:〈堂吉诃德〉中的伊拉斯谟"幽灵"》,该文是这一系列研究中最新的篇什。文章尝试考察鹿特丹的人文主义者在西班牙的人文影响及其历史背景,探究他对塞万提斯在自由观、血统论、疯狂观以及和平等方面的可能影响,为《堂吉诃德》这样的文学经典还原历史现场。

2017 年至 2018 年,国内西语文学学科建设的新动向之一,是陈众议主编的新版《西班牙和西班牙语美洲文学通史》(第一卷、第二卷)的面世,该书是国内"第一套真正意义上的西班牙和西语美洲文学通史"。第一卷(陈众议、宗笑飞著)由西哥特拉丁文学、阿拉伯安达卢斯文学和西班牙早期文学三部分构成,从西班牙早期宗教文学到穆斯林占领时期甚至"光复战争"后期的世俗化倾向都涵盖其中,书稿视野甚至延伸至西班牙

"黄金世纪"前夕——本书全面而深入地为国内读者勾勒出西班牙文学早期阶段的绚烂景观。第二卷由陈众议、范晔、宗笑飞三位共同执笔，该卷书写了 15—17 世纪西班牙文学史上的繁荣年代。自 1492 年收复格拉纳达到 1681 年卡尔德隆去世，大约两个世纪里西班牙文坛天才辈出，被誉为西班牙文学"黄金世纪"；本卷倾向于把"黄金世纪"描述为一个渐进发展的过程，不主张过分确切的时间界定；作品的排列方式与一般文学史有异，且强调一种比较文学视角。从前两卷体现出的特点而言，可以说这部文学通史在研究覆盖范围上不限于西语，盖因它起自西班牙作为相对独立的王国西哥特，且在走进现代前后，又深受阿拉伯语语文影响。

（二）西班牙现当代文学研究与翻译

2016 年王军教授出版专著《西班牙当代女性成长小说》之前，国内仅有沈石岩教授所著《西班牙文学史》及王军《二十世纪西班牙小说》涵盖了当代西班牙女性小说这一主题，因此，该著有填补空白的意义。诚如作者所言，著作力图"以欧美当代女性成长小说理论为经、德国古典成长小说理论为纬"，选择了西班牙内战后第一代至第三代著名女作家共计二十二名，考察西班牙当代女性成长小说的创作实践、发展趋势和美学特征，论述其对西班牙当代文学的影响及意义。作者认为，当代西班牙女作家群体通过创作探讨了当代西班牙女性如何摆脱"欲望客体"地位，而其"创作技巧和语言日益成熟、多元"，已成为西班牙当代文学的重要组成部分。需要补充的是，该书讨论的相关小说，已于 2007 年前后由人民文学出版社以"她世纪丛书"为名结集出版，包括《多罗泰娅之歌》、《空盼》、《塞壬的沉默》等十余部小说。

对西班牙内战前后经典作家与诗人的研究与翻译持续不减。《外国文学评论》2010 年第 1 期刊载了黄乐平的《安东尼奥·马查多：对现代主义的超越及向"98 年一代"的转变》一文，勾勒了诗人安东尼奥·马查多如何从青年时代对现代主义的追求，在受到"98 年一代"爱国主义感召之后，逐步迈出个人世界的圈子，进而歌颂祖国山河与人民；作者指出，马查多早期作品《孤寂》就有现代主义大师达里奥影响的痕迹，其后，他逐步和"98 年一代"的同人一道转向对"卡斯蒂利亚"的重新发现——在马查多诗句中，卡斯蒂利亚既是今日的悲哀也是明日之希望。实际上,"98年一代"的翻译工程主要体现在漓江出版社推出的"西语名家选读"系列(译者为戴永沪和王菊平),该系列包括《乌纳穆诺中篇小说选》、《巴罗哈小说散文选》等几种。花城出版社也推出了《著名的衰落》一书,译者林一安选译了阿索林四部重要小品集,按原作出版年份顺序排列,分为四辑即《城镇》、《西班牙》、《卡斯蒂利亚》和《西班牙的一小时》,另附访谈录一篇,该书是目前较完整的阿索林译文选集。此外,汪天艾翻译的《现实与欲望:塞尔努达流亡前诗全集》(2016)由四川文艺出版社出版。

近十年来,受到国内读者阅读趣味和国际图书市场的影响,西班牙当代新锐作家的著作,尤其是小说,逐渐拥有众多读者。卡洛斯·鲁伊斯·萨丰继《风之影》之后,其"遗忘书之墓"三部曲《天使游戏》、《天空的囚徒》全部译成中文,通俗作家阿图罗·佩雷斯-雷维特的多部小说《大仲马俱乐部》、《步步杀机》、《战争画师》也相继与国内读者见面。卡拉斯科的《荒野里的牧羊人》及"70后"作家安赫莱斯·多尼亚特的第一部小说《高山上的小邮局》中译本在2018年问世,后者由作者与同学互寄的圣诞节明信片以及从世界各地寄来的信件为蓝本编织而成;凭借对亲笔书信的热爱和对人与人诚挚交流的信念感,作品对当代的虚拟交往构成了反拨与挑战。西班牙新锐作家进入中国读者视野是近十年的新现象。

除去对现当代经典作家、新锐作家的译介和研究,戏剧和影视等其他媒介也进入文学研究视野中。2011年陈宁出版了西班牙文专著《西班牙当代戏剧与影视改编之分析比较》(中国出版集团)。该书精读了1975年至2003年西班牙多部从戏剧改编电影的作品,从虚构方式、对话、时空转换等角度对这一大众文化现象提出了理论省思。

(三)西班牙语美洲文学研究与翻译

近十年来,除去诸多拉美文学名作与新作译本的面世,在如何理解拉美文学与中国当代文学的互动关系,以及如何从社会总体关系的视角研判拉美文学的发生、发展等方面,产生了一批学术成果。

2011年滕威出版了《"边境"之南:拉丁美洲文学汉译与中国当代文学(1949—1999)》。该书在文化研究的视野中考察中国在1949—1999年的五十年间对拉丁美洲文学翻译与接受的历史，关注其中翻译与政治、翻译与意识形态之间复杂微妙的关系，揭示了翻译与接受过程中的种种误读与错位、改写与挪用，在国内第一次全面梳理与回溯了半个世纪以来拉美文学汉译史，同时也给中国当代文学研究提供了视角。2012年4月，中国社会科学出版社出版了曾利君的研究专著《马尔克斯在中国》，该著从比较文学视角详述了马尔克斯及其著作在中国的传播图景、考察其跨文化传播特征，对《百年孤独》的三个中译本展开文本细读，最后论述了其在中国文坛的巨大影响，在诗歌、散文、戏剧和电影领域呈现扩展之势；该著最突出的特点是对马尔克斯在中国香港、中国台湾地区的推广和研究情况进行了对照性的概括。邱华栋《大陆碰撞大陆：拉丁美洲小说与20世纪晚期以来的中国小说》（2015）一书着重考察小说的创新浪潮如何从欧洲移向北美、南美，"文学爆炸"后，拉丁美洲文学又如何影响、推助20世纪80年代以来中国当代文学新变的发生。

至于对拉美当代文学总体动向的勾勒，近十年学界也有不少积累。朱景冬研究员《当代拉美文学研究》一书于2012年由社会科学文献出版社出版。诚如作者所言，该书"力图充分反映［当代拉美文学繁荣］盛况"，在评述当代小说、诗歌和戏剧的同时，对几十位重要作家在各自领域取得的丰硕成果、达到的艺术水平及文学流派（如魔幻现实主义、结构现实主义、幻想小说、时间模式等）进行研究。2013年郑书九主编的《拉丁美洲"文学爆炸"后小说研究》由商务印书馆出版。正如陈众议在前言中所说，该书是"郑书九先生和几位新锐学者潜心研究的结果，填补了我国拉丁美洲研究的一个空白"。该著作共分八章，分门别类对阿根廷、墨西哥、秘鲁等国，"爆炸"后时期的创作和文化语境做了阐发，特别是生态文学一章，给研究引入了新方法。这部著作既写出了拉丁美洲小说的变迁以及"爆炸"后一代的创作方法、价值取向和审美特征，也写出了"多元"语境中拉丁美洲作家的追求与持守、创新与传承。

拉美文学总体研究之外，也有国别文学专著值得关注。2007年陈宁著书介绍"高乔文学"这一宏大的民族史诗，发表《孤独的诗歌：高乔诗歌》，较为详细地阐述了高乔人、高乔诗歌的流变和高乔诗歌的艺术与文化色彩。2009年她又论述了阿根廷作家博尔赫斯对高乔文学的继承和重写，分析了高乔文学对阿根廷后期文学的影响。此外，范晔所著《诗人的迟缓》（2014）以读书札记的形式面世。针对不少出版社推出西班牙与拉美各国经典或畅销的现当代文学作品，但只是文本的移译而缺少介绍相关文化背景和文学源流同时兼具趣味性与可读性的文字的问题，《诗人的迟缓》即满足了对西语文学有兴趣却苦于不得其门而入的阅读需要。

近十年对伊比利亚美洲的文学翻译上，首先不得不提的是加西亚·马尔克斯和罗贝托·波拉尼奥作品系列的移译盛况。

加西亚·马尔克斯、巴尔加斯·略萨、胡里奥·科塔萨尔与卡洛斯·富恩特斯，并称"文学爆炸四杰"，但近十年出版界较为关注前两者。实际上，20世纪90年代后期开始，因受到国际版权公约的制约，西葡拉美文学翻译出版势头日减。但21世纪第一个十年过后，中国出版商积极购买版权并努力做发行，重又掀起以马尔克斯和波拉尼奥为代表的拉美文学浪潮：2011年拉美文学史上的巅峰之作《百年孤独》中文正版译作的问世，引起国人瞩目，随后《2666》再度重磅出击，波拉尼奥系列作品获得如潮好评。在这新一轮的大潮中，也涌现了新一代西班牙文学翻译的生力军。人民文学出版社重新推出巴尔加斯·略萨文集，并相继补足了略萨获诺贝尔文学奖之后的《凯尔特人之梦》、《卑微的英雄》等新作。2011年6月，应中国社会科学院外国文学研究所的邀请，巴尔加斯·略萨访问北京，在社科礼堂发表演讲，并与中国作家、学者座谈，引起了巨大反响。同时，"新经典"出版公司也相继推出了新版科塔萨尔经典短篇集《被占的房子》、《南方高速》、《有人在周围走动》等。其妙趣横生的《克洛诺皮奥与法玛的故事》（2012）一书中译本受到不少国内读者的喜爱。

在拉美经典作家中，除去加西亚·马尔克斯和巴尔加斯·略萨，另一位诺贝尔文学奖获得者、诗人帕斯的作品集（北京燕山出版社）和博尔赫斯的全集单行本（上海译文出版社）再度面世。近年来爱德华多·加莱亚诺越发受到国内读者关注，其所撰写的《火的记忆》三部曲及《时间之口》等书在2014年以来陆续译成中文。《火的记忆》第一卷《创世纪》中译本推出于2014年，作者以小品文的形式，通过土著居民的创世纪神话来铺陈哥伦布史前美洲的情况；第二部分讲述了15世纪末到1700年期间美洲的历史；而第三部分《风的世纪》讲述20世纪拉美历史与文化，尤其是左翼抗争的历史。该译本因水平精湛而获得了鲁迅文学翻译奖的殊荣。

最后需强调的是，墨西哥人类学家米格尔·雷昂-波尔蒂利亚的名著《战败者见闻录》由孙家堃教授经过多年努力完成，在 2017 年由商务印书馆印行。该著在墨西哥纳瓦尔文化和古典文献方面的成就首屈一指，其内容既是重要的人类学文本，也是文学价值颇高的史诗，同时还是阿兹特克文明被毁灭的最深切的见证，学界翘首多年的巨著，终于在近年内完成。此外，阿根廷-美国著名学者米尼奥罗的代表作、讨论殖民时期西班牙与美洲文学关系的著作《文艺复兴的隐暗面》，通过征引文学、符号学、历史学、地图学和文化理论，省思了语言在新大陆殖民过程中的角色，探讨了欧洲识字教育在殖民过程里的核心作用，语言层面上的征服与毁灭的过程及其意义。

（四）葡萄牙及巴西文学翻译与研究

近十年来，国内葡语文学研究处于初创阶段，但也在译介、研究方面取得了成果。译介方面以佩索阿、萨拉马戈及亚马多三位经典作家为主导。佩索阿代表作《阿尔伯特·卡埃罗》2013 年由商务印书馆出版，收录了佩索阿生前以"卡埃罗"这个异名写作的作品，该书还附有研究性年表等资料。翻译完毕后，译者闵雪飞发表在《外国文学评论》上的《从沼泽主义到异名写作——解读费尔南多·佩索阿的组诗〈斜雨〉》一文，详述佩索阿如何从"交叉主义"出发，走向了涵盖更为广泛的"异名写作"，《斜雨》又如何构成佩索阿异名写作的诞生之作，诗人将异名作为中介，试图沟通梦与现实。2015 年，欧凡翻译的《佩索阿》诗选出版，引起国内诗坛对佩索阿的持续关注。

巴西文学巨擘若热·亚马多的作品近年来也获得再版与补足。《奇迹之篷》、《沙滩船长》、《金卡斯的两次死亡》和《三个彩色故事》均为首度出版，加深了中国读者对这位多面的巴西左翼小说家的理解。《奇迹之篷》的译者樊星，在《外国文学评论》2019 年第 1 期撰文指出，种族问题不仅是巴西历史文化研究的重要主题，在亚马多作品中也居于核心地位，更是《奇迹之篷》里贯穿始终的叙事线索；在《奇迹之篷》中，亚马多通过底层混血儿塔代乌的阶级跃升与"人人都是混血儿"的宣告，力图彻底消解种族概念，构建起以混血性为根基的巴西民族身份认同。

从以上管中窥豹的文献综览中，可以看出2008年以来中国西葡拉美文学翻译与研究取得了颇为丰厚的成果，其研究在相当程度上呈现出较以前更丰富多样的面貌。正因为外国文学属于国与国之间、人民与人民之间，在政治协作和经贸往来之外的"无用之用"，这类成果才更加符合今天我们和各民族和平发展、友好交往的愿景。实际上，中国的西葡拉美文学翻译和研究正在发挥这一"无用"的重要功用。

六　东欧文学研究

80年代初，中国社会科学院外国文学研究所东欧文学研究室开始酝酿和筹备《东欧文学史》的撰写工作。这是项艰巨而庞大的工程，耗时近十年。它填补了东欧文学研究领域的一项空白，意义非凡。有关专家和学者经过艰苦努力，于80年代中期完稿。1990年，这部五十多万字的著作分上下两册，作为"东欧文学丛书"的一种，由重庆出版社推出。全书按年代顺序分为四编：19世纪前为第一编，19世纪上半叶为第二编，19世纪下半叶为第三编，20世纪上半叶（止于第二次世界大战结束）为第四编，囊括东欧所有国家的文学史，而且主次分明，重点突出；既有宏观概括，也有微观描绘；既涉及基本历史和文艺思潮，也兼顾作家论述和文本细读，还关注到其他艺术种类同文学之间的相互影响。撰写者全都是通晓东欧有关国家语言的学者，因此，所依据的全部是第一手材料。它基本上是东欧文学研究室成立后学术上的一次集体亮相。林洪亮和张振辉负责波兰文学，蒋承俊和徐耀宗（唯一外单位的作者）负责捷克斯洛伐克文学，兴万生、冯植生和李孝风负责匈牙利文学，王敏生负责罗马尼亚文学，陈九瑛和樊石负责保加利亚文学，高韧负责南斯拉夫文学，郑恩波和高韧负责阿尔巴尼亚文学。这是我国第一部《东欧文学史》，简明扼要，脉络清晰，只要一册在手，读者便能了解到东欧各国文学的基本情况。迄今为止，它依然是最全面、最权威的东欧文学史著作。

之后，到了90年代，冯植生、林洪亮、蒋承俊、陈九瑛、高韧、高兴等部分东欧文学学者趁热打铁，又参加了吴元迈主编的《20世纪外国文学史》东欧文学部分的撰写工作，将东欧文学史延展至20世纪90年代。

至此，东欧文学从古至今的基本面貌，在我国学者的笔下，得到了初步呈现。规模巨大的《20世纪外国文学史》历时多年，分成五卷，最终由译林出版社于2004年隆重推出。这套外国文学史，凭借其宏伟的规模、整齐的作者队伍、扎实的第一手资料和规范的编辑加工，获得了首届中国出版政府奖。

与此同时，北京外国语大学也利用自身优势，由外语教学与研究出版社于1999年前后推出了"北京外国语大学外国文学史丛书"。作者大多是北外的教师，活跃在外语教学第一线。丛书包括《保加利亚文学》（杨燕杰）、《波兰文学》（易丽君）、《捷克文学》（李梅、杨春）和《罗马尼亚文学》（冯志臣）。这套丛书以大学生为读者对象，注重通俗性、概括性、生动性，每本都在十万字左右，属于文学简史，是不错的外国文学史入门书籍，对普及外国文学知识、了解外国文学翻译和研究线索，都有一定的推动作用。易丽君、冯志臣等长期在东欧语系工作，有着深厚的中外文功底，教学之余，从事翻译和研究，成就斐然。

东欧文学史方面，还有《东欧文学简史》（上下册，张振辉等，1993）、《东欧戏剧史》（杨敏主编，1996）、《东欧当代文学史》（林洪亮主编，1998）、《20世纪波兰文学史》（张振辉，1998）、《波兰战后文学史》（易丽君，2002）、《捷克文学史》（蒋承俊，2006）等先后问世。这些著作表明，东欧文学史研究在深度和广度上又有了进一步的拓展。

新时期，东欧文学翻译一刻也没有停息。其中，相当一部分是经典重译。我们终于读到了从捷克文直接翻译的哈谢克的《好兵帅克历险记》（星灿译）、伏契克的《绞刑架下的报告》（蒋承俊译）、马哈的《五月》（蒋承俊译），以及从波兰文直接翻译的显克维奇的《你往何处去》（林洪亮和张振辉先后译出），从罗马尼亚文直接翻译的卡拉迦列的《卡拉迦列讽刺文集》（冯志臣、张志鹏译）、《一封遗失的信》（马里安·米兹德里亚、李家渔译），等等。显克维奇《十字军骑士》（张振辉、易丽君译）、莱蒙特《福地》（张振辉、杨德友译）、普鲁斯《玩偶》（张振辉译）、普列达《呓语》（罗友译）、《世上最亲爱的人》（冯志臣、陆象淦、李家渔译）、安德里奇《桥·小姐》（高韧、郑恩波等译）、塞弗尔特诗选《紫罗兰》（星灿、劳白译）等从原文直译的东欧文学作品都在中国读者心中留下了深刻的阅读记忆。而且这些译本大都有长篇论文作为序言，对作家作品都有精当、深入的研究和评析。兴万生先生潜心研究裴多菲，翻译裴多菲。他的研究专著《裴多菲评传》（1981）是我们认识和理解裴多菲的权威读本。1996年，他几十年呕心沥血完成的六卷本译著《裴多菲文集》由上海译文出版社出版。

在众多刊物中，《世界文学》杂志一直孜孜不倦地译介东欧文学。它先后推出的"斯特内斯库小辑"、"鲁齐安·布拉加诗选"、"塞弗尔特作品小辑"、"米沃什诗选"、"赫拉巴尔作品小辑"、"米兰·昆德拉作品小辑"、"希姆博斯卡作品小辑"、"凯尔泰斯·伊姆雷作品小辑"、"贡布罗维奇作品小辑"、"埃里亚德作品小辑"、"齐奥朗随笔选"、"霍朗诗选"、"克里玛小说选"等在艺术性和思想性上都有广泛的影响。有些作家甚至引起了读书界、评论界和出版界的高度关注和热情呼应。

《世界文学》1993年第2期重点推出"捷克作家博·赫拉巴尔作品小辑"。小辑包含中篇小说《过于喧嚣的孤独》、短篇小说《中魔的人们》和《露倩卡和巴芙琳娜》，以及创作谈。《过于喧嚣的孤独》（杨乐云译）是他最有代表性的小说，篇幅不长，译成中文约八万余字。这部小说是"一首忧伤的叙事曲"。这种忧伤的气息，甚至让读者忘记了作者的存在，忘记了任何文学手法和技巧之类的东西。这是文学的美妙境界。

赫拉巴尔小辑发表后，赢得了众多读者的喜爱。中国青年出版社编辑龙冬在读到赫拉巴尔作品后，顿时被吸引住了，不久之后便开始考虑出版赫拉巴尔作品单行本。终于，从2003年起，"赫拉巴尔作品集"陆续与中国读者见面，包括《我曾侍候过英国国王》、《我是谁》、《传记三部曲：林中小屋》、《传记三部曲：婚宴》、《传记三部曲：新生活》、《过于喧嚣的孤独 底层的珍珠》、《巴比代尔》等。译者星灿、杨乐云和万世荣都是捷克文学专家和翻译家，对作品的把握准确、可信。星灿的序言也为读者提供了不少信息，大致勾勒出了赫拉巴尔的创作景象。读者的反响出乎出版社的意料，既产生了社会影响，又带来了经济效益。

齐奥朗可以算是20世纪世界文坛一大怪杰，一辈子过着一种近乎隐居的生活，在孤独中写下了大量哲学著作和文学作品。从罗马尼亚移居法国后，他一直用法语写作，在欧美文坛声名鹊起，但国内却一直没介绍过他的作品。于是，《世界文学》1999年第6期刊登了"齐奥朗散文六篇"，其中既有箴言，也有笔记和评论。小辑刊出后，立即引起了读者的注意。诗人寒烟还在《值得人活下去的成长》一文中表达了对这位作家的敬意："终于，我也能读到带来'终结'意义的齐奥朗了。"

《世界文学》之所以一直关注东欧文学，与鲁迅的精神及几十年的传统有关，与中国和东欧国家的历史交往有关，当然主要的还是因为东欧文学的丰饶。进入改革开放时期，《世界文学》更注重作品的艺术性、思想性和经典性，将文学价值提升到了新的高度。如此，我们便通过这个窗口，目睹了一大批真正有价值的外国作家的风采。

20世纪80年代后期，作家出版社以"内部参考丛书"的名义，接连出版了捷克作家昆德拉的《为了告别的聚会》（景凯旋、徐乃健译，1987）、《生命中不能承受之轻》（韩少功、韩刚译，1987）、《生活在别处》（景凯旋、景黎明译，1989）等长篇小说。说是"内部参考丛书"，实际上却是公开发行的。与此同时，《中外文学》等刊物也连续发表昆德拉的短篇小说、谈话录和文艺评论。很快，中国读者便牢牢记住了米兰·昆德拉这个名字。"轻与重"、"永劫回归"、"媚俗"等昆德拉词汇开始出现在中国评论者的各类文章中。昆德拉在中国迅速走红。一股名副其实的"昆德拉热"也随之出现，并且持续了几十年。这本身就是一种值得研究的现象。昆德拉，同马尔克斯、博尔赫斯、福克纳等外国作家一样，吸引并影响了一大批中国读者、作家和学者。

昆德拉先是作为"布拉格之春"的急先锋，几乎一夜之间获得了巨大的声名，并被译介到西方。只不过这声名多少建立在一种误解上：他被当作了"纯粹出于义愤或在暴行的刺激下写作的社会反抗作家"。他的小说也因此自然而然地被划入政治小说一类。从20世纪80年代后期到21世纪初，昆德拉的作品在中国不停地出版，大多数从英文转译，且一直畅销。21世纪初，上海译文出版社买下了昆德拉认可的所有作品的版权，并依据法国伽里玛出版社法文版，重新翻译出版了昆德拉的几乎所有作品。2004年，当这套"昆德拉作品系列"出现在书店时，照样受到了欢迎。可见中国读者对昆德拉的兴趣始终不减。昆德拉几乎吸引了各个层次的读者，真正做到了雅俗共赏。几十年来，有关昆德拉的研究文章和著作层出不穷。

由于文本的广泛传播，一些作家、中文系师生，以及其他领域的学者都表现出了浓厚的研究兴趣。不少学士、硕士和博士学位论文以昆德拉及其作品为题材。不少课题以昆德拉为研究对象。这里当然不排除某些追赶潮流、追逐名利的成分。但我们还是读到了不少有见地、有分量的文章和著作。在最初介绍和评论昆德拉的文章中，捷克文学专家杨乐云的《他开始为世界所瞩目》（《文艺报》1989年1月7日）以冷静、客观的笔调、专业的知识背景介绍了昆德拉及其小说。文章指出，昆德拉的思想特点是失望和怀疑，而他的小说的重要主题就是展示人类生活的悲惨性和荒谬性。"昆德拉把世界看成罗网，小说家的作用就是对陷入罗网的人类生活进行调查。因此，怀疑和背叛一切传统价值，展示罗网中人类生活的悲惨性和荒谬性，就成了昆德拉小说的重要主题。"这就一下子抓住了昆德拉小说的实质，找到了恰当的路径，对于深入研究昆德拉至关重要。在昆德拉热刚刚掀起，人们的阅读还带有各种盲目性的时刻，这篇文章起到了一种引领作用。之后，乐黛云在《复杂的交响乐》（《读书》1992年第1期）一文中强调指出：昆德拉认为"小说唯一存在的理由就是去发现唯有小说才能发现的东西"。这个东西就是人的"具体存在"。盛宁《关于米兰·昆德拉的思考》（《世界文学》1993年第6期）一文包含两层含义：一是米兰·昆德拉本人对世界、人生、文学等问题的思考；二是米兰·昆德拉及其作品所引发的思考。作者将昆德拉的思考归纳为三个话题：一是关于文学的地位和作用；二是对人的存在的拷问；三是小说艺术形式的出路。作者正是从这三个话题介入，提出了不少个人的看法。比如，对"媚俗"一词，作者通过文本细读，认识到，在昆德拉的思想中，媚俗有着更为复杂的含义，不仅指矫揉造作、趣味庸俗的艺术品，还指骗人的谎言，以及编织谎言、自欺欺人的行为和态度。文章对《不朽》中"意象形态"这一概念的思考也耐人寻味。此外，景凯旋、仵从巨、余中先、李凤亮、高兴等学者也发表了不少颇有见地的评论文字。

　　有关昆德拉的各类著述中，《对话的灵光》（李凤亮、李艳主编，1999）值得关注。编者李凤亮长期密切关注昆德拉，并跟踪昆德拉研究。他将有关昆德拉的重要文章和译文都收入其中，并附有详尽的米兰·昆德拉研究资料目录，为昆德拉研究提供了有益的参考和极大的便利。《米兰·昆德拉传》（高兴，2005）并不是严格意义上的传记。作者凭借多年积累，通过种种迂回路径，尽可能地贴近昆德拉的世界，大致勾勒出了他的人生轨迹，提出了不少真知灼见，同时还对西方语境中的昆德拉进行了一定的批判，力图让读者看到一个比较真实的昆德拉。书中有大量对昆德拉作品的分析和解读，对读者理解昆德拉有参考价值。《叩问存在》（仵从巨主编，2005）汇集了十几位作家和学者的文章，全都围绕昆德拉的文学世界。昆德拉的几乎每部作品都有人论述。每位作者都有自己的理解和角度。这让我们看到了昆德拉研究的多样性和丰富性。

1989年底，东欧国家先后发生剧变。这一剧变深刻影响并改变了东欧国家的历史进程和发展模式。这种影响和改变自然会波及社会的各个领域，包括文学。

东欧剧变后，我国东欧文学研究者再一次面临困境：学术交流机会锐减，资料交换机制中断。看不到报刊，看不到图书，看不到必要的资料，又没有出访机会，这对于文学研究几乎是致命的打击。这种局面持续了好几年，到后来才逐渐得到改观。而此时，不少东欧文学研究者已进入老年。翻译和研究队伍已青黄不接。曾经人丁兴旺的中国社会科学院外国文学研究所东欧文学研究室，也随着最后一位研究者的退休，而不复存在。

和以往不同，这一回，困境并没有导致停滞，而是某种沉淀。沉淀有助于走向深入，进行反思。事实上，尽管艰难，翻译和研究依然在进行。只是节奏放慢了一些。粗略统计一下，除了前面已经说到的一些成果，还是有不少成果值得一提。翻译方面：《世界反法西斯文学书系》（东欧五卷，1992）、《世界散文随笔精品文库·东欧卷》（林洪亮、蒋承俊主编，1993）、《我曾在那个世界里》（蒋承俊选编，1995）、《世界短篇小说精品文库·东欧卷》（张振辉、陈九瑛主编，1996）、《世界经典散文新编·东欧卷》（冯植生主编，2000）、《呼唤雪人》（维斯瓦娃·希姆博尔斯卡著，林洪亮译，2000）、《诗人与世界：维斯瓦娃·希姆博尔斯卡诗文选》（张振辉译，2003）、《无命运的人生》（凯尔泰斯·伊姆雷著，许衍艺译，2003）、《伊凡·克里玛作品系列》（五卷，星灿、高兴主编，2004）、《安娜·布兰迪亚娜诗选》（高兴译，2004）、《东欧国家经典散文》（林洪亮主编，2005）、《世界美如斯》（赛弗尔特著，杨乐云等译，2006）、《塔杜施·鲁热维奇诗选》(张振辉译，2006)、《河畔小城》(赫拉巴尔著，杨乐云、刘星灿、万世荣译，2007)、《一个女人》(艾斯特哈兹·彼得著，余泽民译，2009)，等等。这段时间，诺贝尔文学奖这盏聚光灯照亮了希姆博尔斯卡、凯尔泰斯这两位东欧作家，让读者对他们产生了浓厚的兴致。此外，由于中国青年出版社成功地出版了赫拉巴尔、赛弗尔特的作品，一股小小的捷克文学热在中国读书界悄然掀起。

这一时期，《密茨凯维奇评传》(张振辉，2006)、《裴多菲传》(冯植生，2006)、《东欧文学大花园》(高兴，2007)、《中罗文学关系史探》(丁超，2008)等研究专著先后问世。

《东欧文学大花园》力图重新打量和梳理东欧文学。囿于种种缘由，在很长一段岁月里，东欧文学被染上了太多别样的色彩。如此，一些作家和作品被夸大了。另一些作家和作品又被低估了。还有一些作家和作品根本就被埋没了。时代变了，目光肯定就不一样。因而，重新阅读，重新评价，重新梳理，成为一件必须的事。例如，哈谢克的《好兵帅克历险记》，在过去，我们总是过于强调它的政治性，而忽略了它的艺术性。事实上，它的艺术性独特而显著。

此外，丁超的《中罗文学关系史探》(2008)是本具有独特学术价值的专著。作为中罗文化关系的重要组成部分，中罗文学关系已有三百余年的历史，时间跨度大，内容丰富，而且旁涉政治、历史、哲学、外交等诸多领域，很值得研究。但长期以来，一直无人问津这一课题。原因是多方面的。资料匮乏，考证难度大，学术时机和政治形势不够成熟等都是其中的重要原因。此外，这一课题对研究者本身的素质和条件也有特殊的要求：既要通晓罗马尼亚语、法语、英语等外语，能够阅读和领会外文资料，发掘线索，理清脉络，以求细节和整体上的全面把握；又要具备丰富的知识储备和良好的文学修养，能够用科学的方法并从一定的理论高度来探讨问题、分析问题；还要有严谨、踏实、不畏艰难的治学态度。这一成果至少有以下意义和价值：(1)首次对中罗两国文学互相接受的历程进行双向梳理和现代诠释，以客观、适当的方法勾勒出了中罗文学关系的全貌，填补了一个学术空白，为小国文学研究树立了一个范例，具有一定的开拓性。(2)发掘出了中罗文学关系中的一些原先不为人知的珍贵资料，澄清了不少长期以来一直模糊不清的史实,解决了许多悬而不决的问题。比如,澄清了米列斯库的真实身份和访华的具体背景、细节和过程,全面、客观介绍和评价了他的有关中国的著作;通过考证,推翻了"鲁迅为翻译罗马尼亚文学第一人"的说法;用新的眼光重新评估了中罗文学交流中的一些事件和作品。(3)为中罗文学,乃至中国比较文学研究提供了大量有价值的参考个案和参考资料,在一定程度上扩大和丰富了中罗文学和比较文学的研究领域,体现了中国这样一个大国的学术研究实力。(4)具有相当的政治和外交意义,可以为两国关系的发展提供一份有说服力的参照和依据。近几年,阿尔巴尼亚作家卡达莱又开始受到中国读者的注意。他的《破碎的四月》(孙淑慧译)2007年由重庆出版社出版。《亡军的将领》(郑恩波译)也再次出版(2008)。其实,20世纪90年代初,此书曾由作家出版社推出,但当时并没受到特别关注。许多人甚至不知道这本书的存在。时隔近二十年,人们终于将热情和欣赏的目光投向了卡达莱的这部作品。东欧文学翻译和研究依然有着丰富的空间和无限的前景。就连经典作家翻译和研究都还存在着许多空白,需要一一填补。

最近十年,随着国家的"一带一路"倡议和"16+1"的合作趋于深广,中国与"一带一路"沿线的中东欧国家的文化交往日益密切。在这样的大背景下,东欧文学的译介和研究呈现出了井喷的态势,其中体量最大,影响最广的要算"蓝色东欧"翻译系列。

为了让读者看到多彩的东欧文学,从2013年开始,广东花城出版社推出了"蓝色东欧"系列,计划在十年之内甄选出近百部东欧经典文学著作。截至2018年12月,"蓝色东欧"系列共推出四辑,包括来自阿尔巴尼亚、波兰、罗马尼亚、捷克、匈牙利、斯洛文尼亚等国二十位作家的四十一部作品。在已经问世的四辑中,不仅有早已被我国读者熟悉的伊斯梅尔·卡达莱、伊凡·克里玛、卡雷尔·恰佩克、博胡米尔·赫拉巴尔、切斯瓦夫·米沃什,更多的是首次被"蓝色东欧"引介给国内读者的作品,比如波兰诗人亚当·扎加耶夫斯基的诗集《无止境》,匈牙利女作家萨博·玛格达的《鹿》、《壁画》,斯洛文尼亚诗人托马斯·萨拉蒙的诗选等。"蓝色东欧"的出版,受到了不少国内读者的喜爱,在未来的几年中,此系列的其他作品仍将继续与读者见面。

除了"蓝色东欧"系列译著外,也有不少颇具规模的译介成果值得关注。2013 年,译林出版社的"诺贝尔文学奖经典"丛书收录捷克作家雅罗斯拉夫·赛弗尔特的《世界美如斯》和匈牙利作家凯尔泰斯·伊姆雷的《无命运的人生》。2014 年,《世界美如斯》又被译林出版社收入"百读文库"丛书。上海译文出版社 2010 年出版米兰·昆德拉著作系列,其中包括《不能承受的生命之轻》(韩少功等译作《生命中不能承受之轻》)、《告别圆舞曲》、《不朽》、《慢》、《生活在别处》、《玩笑》、《无知》、《身份》、《相遇》、《笑忘录》、《好笑的爱》、《小说的艺术》、《被背叛的遗嘱》、《帷幕》、《雅克和他的主人》等十五部作品。2013 年,又更新了这套系列作品,增加了《庆祝无意义》,舍去了《笑忘录》、《小说的艺术》和《帷幕》三部,2014 年再版。《不能承受的生命之轻》也曾于 2011 年作为单行本发行,2017 年再版。2011—2014 年,"新经典"系列相继出版了赫拉巴尔的十部著作:《过于喧嚣的孤独》、《我曾伺候过英国国王》、《甜甜的忧伤》、《时光静止的小城》、《一缕秀发》、《婚宴》、《林中小屋》和《新生活》。近两年来,《过于喧嚣的孤独》等几部著作也不断再版。

波兰文学的译介也可谓欣欣向荣。湖南文艺出版社在 2012—2019 年间,相继出版了维斯拉瓦·辛波斯卡五卷本诗集。2011—2013 年,切斯瓦夫·米沃什的《被禁锢的头脑》、《诗的见证》、《米沃什词典:一部 20 世纪的回忆录》、《伊萨谷》和《攫权》以"米沃什作品"系列的面貌问世。随后,广西师范大学出版社的"文学纪念碑"系列又收录了米沃什的《被禁锢的头脑》(2016)、《诗的见证》(2016)、《站在这边:米沃什五十年文选》(2019)和《猎人的一年》(2019)四部作品;2018 年,上海译文出版社出版五卷本《米沃什诗集》,诗集收录了诗人 1931 年至 2001 年的三百三十六首诗歌篇章,按创作发表的年代分为《冻结时期的诗篇》、《着魔的古乔》、《故土追忆》和《面对大河》。此次出版的诗歌,是由国内波兰语界权威林洪亮先生、波兰语专家杨德友教授和赵刚教授直接由波兰语原作译出,是中文世界首次最完整呈现米沃什诗歌全貌的译本,系统地填补了米沃什诗歌集的空白。2011 年,《显克维奇选集》由人民文学出版社出版,包括《中短篇小说选》、《火与剑》(上、下)、《洪流》(上、中、下)、《伏沃迪约夫斯基骑士》、《你往何处去》和《十字军骑士》。选集中的后四部都曾出版过，而《你往何处去》和《十字军骑士》则被收录入"新经典文库·桂冠文丛"。

同样，大量的匈牙利作家、作品被译介进来。其中包括马洛伊·山多尔的《一个市民的自白》、《烛烬》、《草叶集》、《分手在布达》、《伪装成独白的爱情》和《反叛者》，艾斯特哈兹·彼得的《一个女人》和《赫拉巴尔之书》，诺贝尔奖得主凯尔泰斯·伊姆雷的《侦探故事》和《船夫日记2》。这些年来，国内对匈牙利文学的关注视线，已从裴多菲、米克萨特等早期作家的身上转移到像克拉斯诺霍尔卡伊·拉斯洛、艾斯特哈兹·彼得、纳道什·彼得等现当代作家的作品上。

另一个受到国内出版市场青睐的东欧国家非塞尔维亚莫属。据不完全统计，2013—2018年，国内出版塞尔维亚文学作品在二十部以上，包括米洛拉德·帕维奇的三部作品《哈扎尔辞典》、《君士坦丁堡最后之恋》和《双身记》，作家与其夫人雅丝米娜·米哈伊洛维奇的合著作品也被译介。《捕梦之乡——〈哈扎尔辞典〉地理阅读》是作者陈丹燕"循着小说的阅读脉络，回溯了伊斯兰教的静谧精致、东正教的严肃幽远"，带着自己的身体走进小说环境的体验札记。安徽文艺出版社的"塞尔维亚当代文学精选"系列，选择了思尔江·瓦里亚莱维奇、弗拉蒂斯拉夫·巴亚茨、奥利维亚·杰尔凯茨、麦加娜·诺瓦克维奇等作家的五部作品。上海文艺出版社的"新丝路文库"收录了塞尔维亚作家伊沃·安德里奇的三部著作《德里纳河上的桥》、《萨拉热窝女人》和《特拉夫尼克纪事》。罗马尼亚文学比较受到关注的是诺曼·马内阿的作品。2015年，马内阿的《索尔·贝娄访谈录》、《流氓的归来》、《黑信封》、《巢》和《论小丑：独裁者和艺术家》等作品相继出版。阿尔巴尼亚作家伊斯梅尔·卡达莱的《雨鼓》、《长城》、《事故》、《破碎的四月》、《亡军的将领》和《金字塔》等著一经问世，也受到了读者的欢迎。

作为国内介绍外国文学的重镇，《世界文学》这些年来也发表了不少东欧文学小辑，比较重要的有：2011年的罗马尼亚短篇小说选和立陶宛诗人托马斯·温茨洛瓦小辑、2013年的罗马尼亚情感小说小辑、2013年的波兰女诗人安·卡明斯卡小辑。自2016年以来，《世界文学》又相继推出了匈牙利作家马利亚什·贝拉、纳道什·彼得、克拉斯诺霍尔卡伊·拉斯洛的作品小辑、捷克作家博胡米尔·赫拉、斯维拉克作品小辑、爱沙尼亚作家海希斯·海因萨尔作品、波兰作家姆罗热克小小说选等内容。《世界文学》关注东欧文学的办刊思路与中国和东欧国家的发展关系一脉相承，甄别作家的思想性、作品的艺术性和经典性更是具有相当的高度，《世界文学》仍是我们阅读东欧文学的一扇前沿窗口。

十年来，东欧文学的翻译如百花齐放，而东欧文学文化研究也呈现了百家争鸣的局面。2011年，《外国文学动态研究》第5期的"十年特辑"，回顾了21世纪第一个十年的东欧文学概况，在这以后每一年的"年度文学"期号中，我们都能看到上一年进入国际视野的东欧文学概况，比如近年来被持续关注的作家纳道什·彼得、诺曼·马内阿、克拉斯诺霍尔卡伊·拉斯洛、伊斯梅尔·卡达莱等，还有如摩尔多瓦、波黑、保加利亚等边缘国家的文学作品也进入了东欧文学年度回顾的视野。

另外，在年度文学方面，金莉与王丽亚主编的《外国文学通览》分别回顾了2016年、2017年的世界文学概况，其中2016年总结了阿尔巴尼亚文学、保加利亚文学、拉脱维亚文学、塞尔维亚文学和匈牙利文学；2017年总结了阿尔巴尼亚文学、保加利亚文学、波兰文学、克罗地亚文学、拉脱维亚文学和塞尔维亚文学的情况。

在文学译介全面铺展的同时，东欧文学研究也呈现出了纵向深入的趋势。柯静的《伊·卡达莱作品中的四个"他者"》（2014）以贯穿卡达莱作品始终的阿尔巴尼亚民族身份认同为主题，抓住卡达莱善用反面"他者"建构阿尔巴尼亚民族自我认同为政治服务的特点，在民族主义、社会认同、东方主义、巴尔干主义和国际关系等理论的指导下，通过解析其作品中阿尔巴尼亚民族四个"他者"的呈现与演变以及相关的政治、历史背景，对冷战期间及之后阿尔巴尼亚民族身份认同的建构进行梳理，揭示阿尔巴尼亚民族身份认同过程中文学与政治的关系，论证东西方夹缝中弱小民族身份认同的政治性、易变性和实用主义倾向。

景凯旋的《在经验与超验之间》（2018）从文学、哲学、社会学及政治学的多维角度，围绕东欧作家的问题意识，梳理和分析了他们的价值观念。该著提出了20世纪下半叶东欧文学具有的特殊地位，作者认为，东欧地区这些思想性、知识性的作家在面对传统价值消亡的现代危机，在强调生活世界的同时，也在重新追寻失去的意义，探求什么是文学，什么是存在，什么是现代性等时代问题，也表现出对人类命运的强烈不安，其本体论、认识论和方法论都与西方现代主义迥然相异。

在中东欧文化交流领域也有三部力作值得关注。由张振辉先生翻译的《卜弥格文集：中西文化交流与中医西传》（2013）收录了 17 世纪波兰传教士卜弥格在中国传教时撰写的研究、论述、报告和信件。卜弥格在向欧洲介绍中国古代科学和文化成就方面做出了伟大贡献，他几乎利用一切可以利用的时间，对中国当时政局的变化，中国的语言、文化、历史、地理、物产、风俗习惯和中国的科学，特别是中医学，都进行了极广泛而深入的研究。卜弥格有关中国动植物和中医的著作更是占有非常重要的地位，足以展现出他作为一名东方学者和汉学者的深厚造诣。

丁超教授和宋炳辉教授共同撰写的《中外文学交流史：中国—中东欧卷》（2015）作为国内外第一部对中国与中东欧各国文学交流综合研究的专著，着重考察了中国文学与中东欧地区主要文学之间长期以来发生的事实联系和生成背景，揭示并描写许多原本生动多姿而如今已隐晦难辨、鲜为人知的状态和情景，比较全面、客观、系统地还原或记录了中国与东欧各国文学交流的历史轨迹。《中外文学交流史》为中国与中东欧文学交流单独设卷，在国内外都属破天荒之事，这显示了策划者求索创新的学术理想和文化担当，也反映了学界在中外文学交流史研究和建构方面的一种整体意识和系统思考。这一著作的问世，对于当前蓄势重启、备受瞩目的中国与中东欧国家关系和人文交流来说，无疑有着总结历史经验、弘扬文学传统、推动创新发展的经世致用意义。

2017 年，在中国与中东欧文学交流领域的另一部力作，宋炳辉教授的《弱势民族文学在现代中国：以东欧文学为中心》一书重新修订出版。该著以东欧文学在中国为焦点，切入了近代以来的中外文学关系研究。本书选择现代中国视阈中最具典型性的弱势民族文学，即东欧诸国文学在现代中国的译介及其影响作为主要论述对象，这样的设定除了意图勾勒东欧文学在现代中国的翻译、研究及其影响的历史性线索，以弥补汉语学术界长期以来所忽视的环节外，也有意从这一典型性的中外文学关系维度对中外文学关系及其研究历史做出自己的考察。此次的修订版，删除了前一版中关于日本、俄国、意大利等国家文学一节的分析及整个南北欧地区的概述，增加了晚清民初时期的内容，将论述焦点集中在东欧地区，强化了对中东欧作为地理、政治、文化与文学在历史时空，尤其是在中国视阈中的整体意义的论述；另外，修订版还增加了近六十年来国内相关译介与研究的学术史分析。

在中国与中东欧国家经济、政治、文化等方面的全方位交流蒸蒸日上的今天，东欧文学的翻译仍有无限的空间和美好的前景。尽管波、捷、匈、塞等国已有大量经典作品被译介进来，但中东欧七国仍有许多国家的大量作品仍在国内读者的视阈之外，需要学界的继续努力才能一一填补空白。另外，很大一部分东欧文学的翻译仍有赖于从英文转译，只有小部分作品得以从原文翻译，这其中的一个重要原因来自东欧语言翻译人才的匮乏。同时，与西欧北美如火如荼的文化研究相比，建立一种东欧各国文学背后的历史、政治、经济、社会等多学科交叉研究的范式仍然迫在眉睫。相信在如今国家高度重视、学界热情高涨的氛围中，东欧文学的翻译和研究定会迈上一个新台阶。

七　意大利文学研究

改革开放之后，在大量引入西方作品的潮流中，老一代的译者和一批新的年轻意大利语工作者开始直接从原文翻译，完全摒弃了从中间文字翻译的习惯，进入一个新的阶段。翻译作品数量激增，质量提高，内容丰富。评论从附属于译文的序或跋以及报刊上的简单导读，逐渐变为名副其实的论文，并且出现有分量的文章。最后依次出现文学史的编译和撰写。意大利文学研究工作向纵深发展，在面上扩展了，在点上深入了。作为一个独立的学科初步完成了基本建设，形成了一支规模不大而比较稳定的人才队伍。

在开放的头十年内，意大利文学的翻译作品首先在数量上有了可观的增长，直接从意大利文译出的小说、诗歌、文学理论著作，共有三十三部之多，另外，还有七十位左右古今意大利诗人的单篇诗歌，六十余位作家的短篇小说，或收入集子出版，或在文学杂志上发表。译文从种类到印数都大大超过了从20世纪20年代到60年代的这半个世纪的总和。

其次，意大利文学的译介呈现出丰富、多样的格局。各种不同思想倾向、不同艺术风格的作品，都获得了广泛的介绍。莫拉维亚描写异化的小说，卡尔维诺的寓言体小说，夏侠揭露黑手党的作品，莫朗苔描写"二战"的巨著《历史》，迪·兰佩杜萨的力作《豹》，皮兰德娄的怪诞剧，意识流小说，隐秘派诗歌，无不受到中国读者和文艺界的欢迎。彼特拉克、莱奥帕尔迪、帕斯科利、坎帕纳等风格迥异的大诗人的诗篇也首次被介绍到中国。一些具有超现实主义或新先锋派特征的作家（如布扎蒂、马莱尔巴、曼加内利、博纳维利、彭蒂贾）的作品译成中文发表后，引起读者的兴趣。

最后，评论和研究工作获得重要的进展，状况得到改观。1982年出版的《中国大百科全书·外国文学卷》，以一百个条目的篇幅介绍意大利文学，使之首次展现全貌，标志着我国意大利文学研究的起点，主要撰稿人有田德望、吕同六、吴正仪。1998年由吴正仪进行修订，补充新内容。此后，对意大利中世纪文学、文艺复兴文学、19世纪现实主义文学、20世纪50年代的新现实主义文学的研究，尤其是对莫拉维亚、卡尔维诺、隐秘派诗歌的研究，都产生了一些质量较高的论文，填补了这些领域的空白。对某些长期以来遭到不公正对待的文学流派和作家进行了重新评价。如意大利未来主义，过去全盘否定，现在以一分为二的观点，对它进行了客观辩证的分析。又如皮兰德娄、邓南遮的作品，时隔半个世纪之后才重新与中国读者见面，并用历史主义的眼光进行分析，对它们的价值加以充分的肯定。对维柯、克罗齐、葛兰西文艺思想的研究，也在不同观点的交流中，向着深度发展。新锐理论家埃科包括符号学在内的先锋派文艺思想也得到一定的阐释。

1989年，中国意大利文学会成立，集合起一支训练有素的翻译和评论队伍，有力地促进了学科的发展。在学会的主持和组织之下，翻译、出版、研究工作协调发展。当1997年意大利剧作家达里奥·福获得诺贝尔文学奖时，中国反应迅速，调动各方面的力量，及时发表翻译作品和评论文章，很好地回应了形势的需求。

当然，意大利文学研究作为一个学科仍然很弱小、很不完备，专门的从业人员极少，整体水平不够高，但却完成了数目可观的研究项目。

（一）文学史研究（专著）有《意大利文学史》（张世华，1986，2003年修订）、《意大利文学史——中世纪和文艺复兴时期》（王军、徐秀云编著，1997）、《意大利近代文学史》（王焕宝编著，1997）、《意大利当代文学史》（沈萼梅、刘锡荣编著，1996）、《意大利文学》（沈萼梅等编著，1999）、《意大利文学大花园》（肖天佑，2007）、《欧洲文学史》（四卷本）（意大利文学部分吴正仪著，1999）、《20世纪外国文学史》（五卷本）（意大利部分吴正仪著，2004）等。

（二）重要思潮流派研究（论文）有吴正仪的《意大利真实主义简论》（《西方文艺思潮论丛》之《自然主义》，1988）、吕同六的《一个奇特的历史文化现象——意大利未来主义》（《地中海的灵魂》，1993）和《意大利当代文学的新生面——新现实主义》（《地中海的灵魂》，1993）、吴正仪的《现实主义文学中的激进支流——工业题材文学》（《工人文学》杂志，1991）等。

（三）重要作家作品研究（论文）有吕同六的《理解新时代巨人的思想与创作的钥匙——论但丁的政治观》（《地中海的灵魂》，1993），张曙光的《是否存在一种世界文学——但丁的另一种启示》（《意大利诗歌与中国》，2005），李庆国的《彼特拉克〈歌集〉译者的话》（2000），方平的《薄伽丘》（《外国著名文学家译传》第一卷，1990），王军的《薄伽丘——新时代的报晓晨鸡》（《意大利文艺复兴——历史与现实性》，2003），张宇靖的《追求完美的塔索》（同上），王天清的《塔索》（《世界诗库》第一卷，1994），张顺祥的《论塔索》（《意大利诗歌与中国》，2005），贾晶的《诗歌〈无尽〉类禅境界微议》（《意大利诗歌与中国》，2005），刘儒庭的《充满青春激情的战斗颂歌》（《青春诗》，1989），吴正仪的《哥尔多尼》（《外国著名文学家译传》第一卷，1990），吕同六的《意大利古典文学的一座里程碑——曼佐尼的〈约婚夫妇〉》和《意大利民族文化的珍贵遗产——葛兰西文艺思想研究》（《地中海的灵魂》，1993），王天清的《克罗齐》（《西方著名哲学家译传》第八卷，1996），沈萼梅的《莫拉维亚与〈冷漠的人们〉》（《外国文学》1985年第1期）和《莫拉维亚与〈罗马女人〉》（《外国文学》1993年第5期），吕同六的《化微为宏，力实笔外——莫拉维亚当代短篇小说特色解析》（《地中海的灵魂》，1993）和《心灵与时代悲剧的烛照——隐秘派诗人夸西莫多抒情诗探出》（《地中海的灵魂》，1993），王天清的《翁贝尔托·埃科的符号学思想》（《当代意大利》1992年第3期），沈萼梅的《邓南遮现象剖析》（《外国文学》1997年第1期），吴正仪的《皮兰德娄戏剧初探》（《外国文学研究集刊》第七辑，1983）、《短篇小说巨匠皮兰德娄》（《世界文学》1993年第6期）和《皮兰德娄与法西斯主义》（《外国文学》1995年第3期），吕同六的《凄丽沉婉，含蕴深深——谈黛莱达抒情心理小说的艺术风格》（《多元化 多声部——意大利20世纪文学扫描》，1993），吴正仪的《意大利意识流小说〈芝诺的意识〉》（《西方文艺思潮论丛·意识流》，1989），吕同六的《针砭时弊，揭露黑幕——关于夏侠》（《多元化 多声部》，1993），王天清的《但丁等15位意大利诗人作品赏析》（《外国抒情诗赏析辞典》，1991），吴正仪的《寓言中的哲理，幻想的现实——评卡尔维诺〈我们的祖先〉三部曲》（《世界文学》1987年第6期）和《现代民间文学大师——达里奥·福》（《世界文学》1998年第4期），黄文捷的《人民的江湖艺人，正义的顽强斗士》（《不付钱！不付钱！》，2000）。

（四）专著、论文集有吕同六的《意大利文学透视》（1993）和《意大利20世纪文学扫描》（1993）、姜岳斌的《伦理的诗学——但丁诗学思想研究》（2007），以及由意大利文学研究会编选的《意大利文艺复兴——历史与现实性：第十三届意大利文学研讨会论文集》（2003）、《意大利诗歌与中国：第十五届意大利文学研讨会论文集》（2005）和《意大利文学在中国：第十七届意大利文学研讨会论文集》（意大利语版，2008）等。

近十年，意大利文学研究在继承中发展，主要取得了以下成果。

一是文艺复兴运动研究。恩格斯评论"文艺复兴"时说道："这是人类以往从未经历过的一次伟大的、进步的变革，是一个需要巨人并且产生了巨人的时代，那是一些在思维能力、激情和性格方面，在多才多艺和学识渊博方面的巨人。"（《自然辩证法·导言》）在意大利产生了但丁、彼特拉克、薄伽丘这样的文学巨匠，而马基雅维利则是文艺复兴运动在政治思想领域最杰出的代表。《马基雅维利全集》（2011）的译介采用比较权威、较易获取的1843年佛罗伦萨版，但在具体翻译过程中，由译者自行选择、参照更为权威或方便的版本，乃至英译本译出。全集包括：《君主论·李维史论》、《佛罗伦萨史》、《用兵之道》、《喜剧·诗歌·散文》、《书信集》和《政务·出使·杂篇》。

学术论文方面，值得关注的有张缵、王宁康 2013 年发表于《清华大学学报》的《意大利文艺复兴经典作品的思想倾向与"市民人文主义"思潮的兴起》。该文借汉斯·巴伦提出的意大利早期人文主义思潮在 14 世纪和 15 世纪的不同表现，论述从"早期人文主义"向"市民人文主义"思想的嬗变。汉斯·巴伦的二分法在 20 世纪末 21 世纪初受到海外学界的重视，但也存在不足之处。从但丁、彼特拉克、薄伽丘等意大利文艺复兴运动经典作家的作品来看，他们实际上已经在用不同的艺术形象阐释"市民人文主义"思想，进而形成了从"超凡入圣"到"个人自主"再到"市民民主"的文化观念嬗变过程，促进了市民人文主义思潮的兴起，并对整个欧洲文艺复兴乃至启蒙运动都产生了深远的影响。

二是意大利现当代与后现代文学研究。虽然国外研究界出版的不少有关卡尔维诺、埃科等重要作家的论著尚未引起国内同行的足够关注，但我们也看到了一些很有见地的论文，如贺江、于晓峰 2014 年发表于《兰州学刊》的《百科全书、符号与运动中的作品——论埃科小说〈波多里诺〉的"开放性"》。该文论述翁贝托·埃科如何在他的小说《波多里诺》中探寻文本的"开放性"。后者体现于三个方面：开放式的百科全书、开放式的符号系统，以及开放式的"运动中的作品"。埃科用天马行空般的想象构建了一个光怪陆离的符号世界，并对自己的"开放性"美学观作了一次集中的展现。此外，董丹 2018 年发表于《外语学刊》的《语篇—历史视角下意大利主流媒体"一带一路"倡议报道的文本分析》运用语篇—历史分析方法对意大利主流媒体对"一带一路"倡议的报道进行话语分析，旨在探究意大利主流媒体对"一带一路"倡议的真实认知与态度。研究发现，意大利媒体对"一带一路"倡议中经济方面的报道基本积极、正面，政治方面则担忧之声时而出现。总体上，他们将意大利定位为古今丝绸之路的重要参与者，认为"一带一路"倡议能够为意大利带来巨额经济利益，是中国平衡包容的外交新模式以及地缘政治博弈的新战略。

三是意大利文化研究。王军教授的《意大利文化简史》（2010）是其中的代表作，涉及意大利自古至今的文化及文学成就。

遗憾的是，囿于种种原因，意大利文学研究队伍呈现出萎缩态势，成果数量明显减少。要改变目前的颓势，尚需多方努力。

八　古希腊罗马文学研究

近四十年，我国研究人员在西方古典文学及文论领域取得了比较丰硕的成果，在前人的基础上向前迈进了一大步。对古典名著的翻译亦有新的进展，质量也有所提高。古希腊文学专家罗念生早年曾在美国、希腊雅典攻读古希腊文学和文化，1934年回国后曾在多所大学任教，并从事古希腊文学翻译，如《伊菲革涅亚在陶洛人里》、《俄狄浦斯王》、《波斯人》等。1958年调入中国科学院，专门从事古希腊文学研究和翻译，直至去世，是我国在这方面的重要开拓者和奠基人。1978年后主要成果如下。译著：《琉善哲学文选》（选编并主译，1980），《阿里斯托芬喜剧二种》（1981），荷马史诗《伊利亚特》（1986年开始翻译，至去世，委托王焕生续译完后半部分，1994），亚里士多德的《诗学》（修订本，1982），亚里士多德的《修辞学》（1991），《古希腊汉语词典》（与水建馥合编，2004）。主要著作：《论古希腊戏剧》（1985）。王焕生于1975年底由中国科学院语言研究所调来外国文学研究所，专门从事古希腊罗马文学研究，主要工作成果如下。著述：《古罗马文艺批评史纲》（1998），《古罗马文学史》（2006；国家哲学社会科学成果文库，2008），《西塞罗〈论共和国〉导读》（《西方学术名著导读丛书》，2002），《古罗马神话传说》（2010）。以上各项著作在国内都是开创性的。翻译：《伊索寓言》（与罗念生等人合译，1981）、《古罗马戏剧选》（与杨宪益等合译，1991）、荷马史诗《伊利亚特》（与罗念生合译）和《奥德赛》（1994—1997），等等。其中《伊利亚特》和《奥德赛》于1999年获第四届优秀外国文学图书奖一等奖、第四届国家图书奖，《奥德赛》于2001年荣获第二届鲁迅文学奖翻译奖，并获中国社会科学院优秀科研成果奖追加奖。

专著方面有陈中梅的《柏拉图诗学和艺术思想研究》（1998）。此书从本体论、认识论、方法论、技艺、语言、修辞、神学等诸多方面对柏拉图的诗学和艺术思想展开了研究，凭借语义学的有力支持，对一些重要概念

(包括"情节"、"模仿"、"诗"、"词语"、"艺术"、"诗人"、"灵感"、"回忆"、"德性"、"美"、"善"、"心智"、"辨析"、"形"、"虚象"和"限度"等)进行了背靠柏氏学术系统的剖析,揭示了柏氏学术思想视阈下的诗艺观的精髓。他的《神圣的荷马》(2008)认为荷马的伟大,不仅仅因为他给后人留下了两部不朽的诗篇,还因为他深湛的诗学。长期以来,人们忽略了荷马其实也是一位诗论家。荷马并不愚守古老的神赋论,提出了"自我教授"和诗歌来源于目击者讲述的重要思想,在那个时代难能可贵。本书还探讨了希腊智识的起源,发现了"塞玛"(sēma)的作用。塞玛出自秘索思,却又对接逻各斯,身份独特,地位重要,是连贯展示希腊思想的中枢。此外,塞玛偏重于实证,因而又可与侧重于理性分析和阐释的逻各斯形成某种形式的分工,是西方建立在细致观察基础之上的实证主义以及后世成规模出现的实验科学实际上的(概念)"鼻祖"。书稿提出了(研究者们或许应该)从逻各斯的单行道上转身,开始从整体上用"二元"的视角重新审视西方文学和文化的观点。

相关学术论文有陈中梅的《在柏拉图的对面——读孔子关于"学〈诗〉"与"言〈诗〉"的论述有感》(《人文新视野》第二辑,2004),该文认为柏拉图严厉批评诗歌,将其置于知识级次的最底层。柏拉图相信,认识事物,关键在于认知它的本质,辨析能帮助哲学家探察事物的机理,尽可能精确地揭示"它是什么"。与柏拉图截然不同是,孔子盛赞诗歌,很大度地将其纳入了自己的诗教体系,坚信诗是可靠的知识之源,可以成为弟子们为学和修身养性的正当起点。孔子教导弟子们学《诗》,待后者学业有所成就后又把他们引向研究的高层,鼓励他们言《诗》,将有效掌握知识与人的道德修炼以及社会责任感有机地结合起来。最精湛的言《诗》展示治学的最高水平。他的《荷马诗论》(《意象》2008年第2期)认为:以为荷马只是一位史诗诗人的观点当然是片面的。但是,即便承认他在哲学、神学、历史、地理、天文、军事、农艺、艺术和语言诸多方面的造诣,如果不提他对西方诗学之形成所作出的原初贡献,我们对他的认识依然会留下遗憾。荷马诗学是他的艺术论和美学思想的重要组成部分,其成熟程度在一些重要的方面大大超出了许多人的想象。写作西方文论史,学界已习惯于从柏拉图开始,此文将这一领域的研究起点前推了大约四百年。

与中国社会科学院外国文学研究所专门从事古希腊文学研究的学者不同，国内相当一部分外国文学研究者，尤其是西方文学的教学工作者，也在大量著述中探讨和涉及了古希腊罗马文学。比如由李赋宁先生等人主编的三卷四册《欧美文学史》（1999），朱维之的《欧美文学简编》（1999），作丛巨的《逝者说话——外国古典名著与文学大师》（1999），朱维之、赵澧主编的《外国文学史》（2004），郑克鲁主编的《外国文学史》（2006），以及华东六省一市高校编纂的《外国文学教学参考资料》（1980）等有关外国文学及文学史教材大都涉及古希腊罗马文学。其中《欧美文学史》影响最大，其对古希腊罗马文学的系统梳理体现了我国有关文学史研究的水平。

最近十年，古希腊罗马文学文化的研究进入了新时期，其主要特点表现为：由改革开放以来的跃进式发展转而渐趋理性，学者译介、研读古希腊罗马文学文化时体现出更为明确的主体意识。从古希腊文学研究来看，近十年所发表论文数量呈抛物线形，比如在"中国知网"上以"希腊"为主题检索，2018年有639条记录，较之2017年的849条、2016年的954条、2015年的1765条来说呈下降趋势，而基本上回归到2004年（594条）、2005年（754条）的文章数量。以古希腊为主题的硕博士学位论文为89篇，为近十年来数量最少，而与2008年基本持平。

具体看，近十年以来古希腊罗马研究呈现出鲜明的学科特色。其一，研究格局的变化：其他相关领域的发展，为古希腊罗马研究提供了必要的借鉴，学科互动十分明显，形成了古典研究百花齐放、百家争鸣的新格局。这种新局面的形成，一方面基于对"言必称希腊罗马"之西方中心论神话的反思，另一方面则是诸如埃及学、亚述学、梵学以及玛雅学等在中国的逐步建立和推进。从世界各区域文化互动的角度看，希腊研究者对希腊文化、希腊文学持更为审慎、清晰的态度。其二，理论思维方式的变化。中国经济实力和综合国力的上升，以及国学热的兴起也刺激了希腊学界。希腊学者们的民族文化认同和文化自觉意识进一步增强，不再以匍匐的心态仰视西方文明，而是更多地以批判吸收的态度对待西方传统。譬如，以往的希腊研究被视为高深莫测，似乎不懂希腊文就不能进入；而其他领域的研究则并无此限。近十年来，大量非希腊文专业研究者的进入为此注入了新的活力，这也说明希腊研究已走下神坛。这种广泛参与恰恰有助于批判意识的增强。

准此而言，近十年来古希腊罗马文学文化研究成就主要体现为以下三个方面：一是对古希腊罗马经典著作和经典作家的移译、细读和诠释；二是以古希腊罗马问题为中心，展开对西方文学、文化史上某些重要问题历史演变的辨析梳理；三是从西方古典学出发，进行"现代性"研究，即立足于中国当下，从本土文化立场对中国现代化形成过程及其问题的考察和反思。

对古希腊罗马文学文化基本典籍的移译实乃基础之基础，也是十年来最显著的学科成就。其中老一辈翻译家继续推出重量级译本，如王焕生先生所翻译的荷马史诗、《伊索寓言》等作品不断重印之外，王先生还推出了《西塞罗文集》（2010）、《古罗马戏剧全集》（2015）等。这些译本皆有填补空白之功。其中，《古罗马戏剧全集》译介是我国第一次将古罗马戏剧以全貌形式展现，直接从拉丁文译出，收录古罗马戏剧完整或较完整传世的三位剧作家的全部作品：普劳图斯的二十一部剧本、泰伦提乌斯的六部剧本和塞内加的十部悲剧。古罗马戏剧虽不及古希腊戏剧璀璨绚烂，却是整个欧洲戏剧发展史上的重要环节，前承古希腊戏剧的衣钵，后启欧洲戏剧的发展。贺拉斯也正是基于古罗马自身的戏剧实践，结合古希腊文学遗产，写出了著名的文艺理论著作《诗艺》。此外，《罗马的遗产》由牛津大学马格利特女子学院研究员理查德·詹金斯编著，由晏邵祥、吴舒萍译出（2016）。该专著从法律、艺术、戏剧、诗歌等多个角度探讨古罗马留给现代世界的宝贵遗产，以及它如何形塑、改变现代生活，富于启发与洞见。本书英文原著最早出版于七十多年前，现已成为介绍罗马世界成就的标准读物。冯伟 2011 年发表于《外国文学评论》的论文《罗马的民主〈裘力斯·凯撒〉中的罗马政治》，以莎翁的政治历史剧《裘力斯·凯撒》中的民主与暴政、民主与正义、民主与法治等众多政治哲学命题展开，论述其如何打破凯撒不朽的个人神话和布鲁图斯对于自由和民主的政治理想。《裘力斯·凯撒》的意义还在于，它向我们揭示了缺乏宽容精神与法治保障下的平民政治一旦失去理性将会酿成何等的悲剧。

除了老一辈学者的耕耘之外，近十年古希腊罗马文学文化翻译有两大值得关注的动向，其一是丛书的大量出现，其二则是新生代译者的崛起。丛书中较为显眼的比如"日知古典"，其总体思路仿效英语界的 Loeb 丛书，采取古希腊－汉语对照形式，为汉语学界提供了第一手研究资料。纳入该丛书的有不少名家名译，堪为希腊罗马文学重要参考文献。值得一提的是，该丛书中的《古希腊古抒情诗集》为 2018 年重要成果，涵括百余位古希腊作家的诗歌一千五百余首，作者有阿尔基洛科斯、梭伦、阿尔凯奥斯、阿纳克瑞翁、西摩尼德斯、萨福等。该丛书由德国学者恩斯特·狄尔编选，由中国学者王扬翻译，皇皇四卷，是继荷马史诗之后的重要出版物。其他如刘小枫、甘阳主编的"经典与解释"丛书，也是兼收并蓄，对古希腊罗马文化经典进行了系统的译介和注疏。至于"汉译世纪学术名著"、"大象学术译丛"等等，皆含有大量古希腊罗马方面的经典移译或研究。

古希腊罗马经典的译者仍主要集中在北京、上海、广州、重庆和长春等几个大城市，尤以社科院、北京大学、人民大学、中山大学、东北师范大学为代表，新生代译者群体也主要出自上述城市和高校。与老一辈学者的博通精专不同，新生代译者群体现出兴趣广泛、选题新颖的特点，翻译作品呈现跨学科、重理论等特色。比如由高建红翻译的雅克利娜·德·罗米伊《古希腊悲剧研究》（2017），不仅扼要而清晰地梳理了古希腊悲剧这一特殊体裁的诞生、发展、变化和没落过程，而且认为埃斯库罗斯剧作大多围绕"神圣正义"展开、索福克勒斯悲剧侧重于不可抗之命运主宰下的孤独英雄、欧里庇得斯的悲剧自始至终受人物的激情掌控。作者将古希腊悲剧的衰落与雅典城邦的衰落、公民政治的一蹶不振勾连起来，折射"现代性"反思。此外还有程志敏的《荷马注疏集：英雄诗系笺释》（2011）、吴雅凌的《劳作与时日笺释》（2015）、罗道然翻译的博伊－斯通《柏拉图与赫西俄德》（2016）、赵翔翻译的鲍勒《古希腊早期诉歌诗人》（2017）、张拉翻译的保兰·伊斯马尔《民主反对专家：古希腊的公共奴隶》（2017），等等。

立足于古希腊罗马研究，从文明、文化内部照鉴自身运动轨迹，从而更加深切地把握文化特质，乃是我国古希腊罗马文学研究的另一重要向度。这方面影响较大的是陈中梅先生。近年来，陈先生持续关注西方文化基质的探索钩稽，对重新认识西方文化结构提出了理论框架。他的理论可归结为秘逻双轨理论，对诗歌与哲学之争、雅典与耶路撒冷、理性与启示等命题给出了独特的见解，阐释了由秘逻二元基质所派生、拓展的各种理论概括和理论表达，并探究其可能的理论论域，对诸如博尔基、理查德·罗蒂、拉曼·塞尔登等的理论阐述一一进行评述，并进一步分析了加尔文、海德格尔、卡尔·施密特等人的文本。陈先生的秘逻双轨论对西方长期以来的片面中心说（如逻各斯中心主义）予以深刻反思，并对西方文化归纳出传统的两种根本视角，以此潜入古典文化传统的纵深，以二元视野观照西方历史，对我们认识西方文化具有启迪意义。其主要观点体现于《秘索思词源考》（《文学》2013年春夏卷及秋冬卷）、《模塑西方：荷马史诗的观念史意义》（《河北学刊》2014年第5期）等相关论文以及《希腊奇迹的观念基础：荷马史诗与西方认知史的开源研究》（2018）等著述中。李川的《论"谱属诗"：〈天问〉与〈神谱〉比较研究》（2016）从理论高度界定"谱属诗"并以此开展对赫西俄德和屈原的比较研究，通过古典著作的现代解读和中西文献的平等对话，思考中西文化所共同面临的普适性问题。唐卉的《"史诗"词源考》（《江苏师范大学学报》2015年第5期）等也对"史诗"一词的来龙去脉进行了正本清源，具有重要参考意义。

此外，近十年以刘小枫、甘阳等引入列奥·施特劳斯的"政治哲学"理论为代表，经年移译该学派的著述，国内读书界一度形成施特劳斯热，并将其列为与黑格尔、海德格尔等并列的西方思想家。施特劳斯的政治哲学将中国的希腊罗马文学研究带入新的发展阶段，在经过反刍消化吸收之后迅速和本土国学热合流，成为古典学复兴的酵素。其中代表作品主要包括《施特劳斯注疏集》、《伯纳德特集》等。它们从政治哲学角度阐释荷马、柏拉图、索福克勒斯等古希腊经典作家作品，对拓展古希腊罗马文学研究多有助益。而中国学者自身的思考，则有刘小枫的《王有所成：细读柏拉图札记》（2015）等。

九　北欧文学研究

所谓北欧文学，即瑞典、丹麦、冰岛、芬兰和挪威五个国家的文学，最早虽然有过鲁迅、茅盾的提倡，而且易卜生的戏剧、安徒生的童话，以及勃兰兑斯的文学史著作，也在中国产生过相当大的影响，但关于北欧文学，人们知道的很有限，更遑论研究了。1978年后，研究北欧文学的主要是石琴娥和张华文。此外，高校也有一些教师涉足这一领域。

石琴娥是国内最权威和最著名的北欧文学专家，娴熟多门北欧国家语言，和过去多从英语转译不同，她可以直接通过北欧国家的语言，介绍和翻译文学作品。1986年，上海译文出版社出版了石琴娥编选的《当代北欧短篇小说集》，它是我国出版的第一部比较全面介绍当代北欧短篇小说的集子。石琴娥一直致力于北欧文学翻译和研究，退休后依然笔耕不辍，先后出版了《北欧文学大花园》、《萨迦选集》、《安徒生童话和故事全集》等作品。2005年出版的《北欧文学史》是石琴娥多年积累和思考而精心撰写的学术论著。该著以翔实的资料，系统论述了中世纪至20世纪北欧五国文学发展的概况，精辟地论述了瑞典、丹麦、挪威、芬兰和冰岛诸国文学的特点及其在世界文学史上的地位，着重介绍了有世界影响的作家和作品，是我国第一部有关北欧文学史的专著，填补了外国文学研究的空白。

张华文毕生研究北欧文学，尤以芬兰文学为重点，主要代表作为《芬兰文学简史》（1996）。它是国内第一部介绍和研究芬兰文学的著作。

最近十年，北欧文学研究依然后继乏人，这与该文学应有的地位很不相称。也正因为如此，中国社科院外文所老学者石琴娥依然笔耕不辍，继《北欧文学史》之后，又于2015年出版了《北欧文学论》。该论集作为《世界历史文化丛书》之一，详尽地介绍了北欧（挪威、瑞典、芬兰、丹麦、冰岛等国）从中世纪到当代文坛的代表性作品和作家，以及北欧文学对世界的影响。全书由三部分组成：第一部分论北欧史诗，详细介绍了记载北欧神话的中世纪史诗《埃达》、萨迦，芬兰民族史诗《卡勒瓦拉》，并对"北欧神话"和"芬兰神话"的内容、记载情况、主要神明、实质与特色等进行了详细介绍和分析。第二部分是北欧作家研究，除了丹麦的安徒生、挪威的易卜生、瑞典的斯特林堡、《骑鹅历险记》作者拉格洛芙之外，还包括北欧多位诺贝尔文学奖获得者，如哈姆生、卡尔费尔德、埃·雍松、冰岛的拉克斯内斯，以及北欧其他重要的作家。涵盖了小说、诗歌、戏剧界等各个方面，时间跨度从17世纪直至当代。第三部分则重点介绍北欧文学对世界的影响，包括作者对北欧作家的调查访谈等。

此外，值得关注的还有孙建主笔的《跨文化背景下的北欧文学研究》。该著旨在从跨文化的角度审视北欧经典作家，尤其是现当代作家作品。因此，它是在全球化的语境下对北欧文学进行的诠释和重估。在现代文学方面，无论是诗歌、戏剧还是小说，北欧的作家都有着举足轻重的作用，开拓了一个个崭新的领域，从而使西方文学别具风格，实现了文学形式和内容、审美和价值的多向度突破。

十　朝鲜、韩国文学研究

在东亚诸国的文化交往中，朝鲜半岛文化是其中不可或缺的一环。北京大学朝鲜语专业、延边大学、中央民族大学和中国社科院外文所东方文学研究室至今仍是国内朝鲜－韩国文学翻译与研究的重要领地。中国与朝鲜于1949年10月6日建交，五六十年代两国关系密切，朝鲜文学翻译一度兴盛。1992年8月24日中韩建交后，韩国文学翻译与研究亦随着中韩两国日益密切的文化交流而日渐丰盛。现将国内的朝鲜—韩国文学翻译与研究粗略分为以下三个阶段。

1949—1978年。这一时期的翻译主要集中在李箕永、韩雪野、赵基天、宋影、千世峰等朝鲜卡普（无产阶级艺术家同盟）作家的作品上，如李箕永（1895—1984）的代表作《故乡》（新文艺出版社1957年版）和韩雪野（1900—1963?）的代表作《黄昏》（上海文艺出版社1959年版）等。1945年朝鲜半岛解放后，李箕永和韩雪野都选择了北方，之后两人在朝鲜均担任文学界的高级领导，创作也都转向对金日成光辉业绩的赞誉，如韩雪野歌颂金日成抗日英雄事迹的《历史》（作家出版社1957年版）。这一时期陶炳蔚先生的译作较多，如《朝鲜的歌》（1953）、《阿妈妮》（1956）、《北间岛》（1959）、《朝鲜现代戏剧集》（1960）、《塔》（1960）、《白云缭绕的大地》（1963）等。此外，其他人的译作还有《白头山》（1953）、《赵基天诗集》（1958）、《鸭绿江边》（1958）、《大同江》（1959）、《血海》（1978）等。除了上述译作，较为重要的还有陶冰蔚、张友鸾的译作《春香传》于1956年出版。

1979—1992年。改革开放之后，国内的朝鲜文学翻译与研究有了突飞猛进的发展。翻译方面,《南朝鲜小说集》（枚芝等译，1983）和《南朝鲜"问题小说"选》（金晶主编，1988）的出版具有重要意义，这两本书所选的三十一篇文章均是文学史上的名家名作，涉及的作家如金东仁、廉想涉、李孝石、朱耀燮、金承钰、李清俊等也随之进入研究者的视野，这大大拓宽了朝鲜文学的研究幅度和深度。研究方面，最为重要的应属文学史的编著整理。80年代后，陆续出版了金何明等共同编著的《朝鲜文学史》（1981）、许文燮的《朝鲜文学史》（1984）、朴忠禄的《朝鲜文学简史》和韦旭升的《朝鲜文学史》（1986）等，这些文学史各有所长，至今仍极具借鉴价值。在朝鲜、韩国文学研究方面，众多朝鲜族研究者表现出色。如金柄珉的《朝鲜中世纪北学派文学研究》和金宽雄的《朝鲜小说叙事模式研究》。80年代，中国社科院外文所东方文学研究室学者周有光对朝鲜文学的研究功不可没，撰写了不少论文，全面翔实地介绍了朝鲜古典文学，尤其是发表于1984年《国外文学》第3期的《朝鲜李朝诗人和小说家金时习》一文，对金时习的创作做了较为深入的介绍和研究。

  1993—2009年。在韩国流行文化的带动下，韩国通俗文学在中国大放光彩，如金河仁的众多小说风行一时。同时，韩国纯文学也得到一定的关注，李文烈的《扭曲了的英雄》（1995）和《人子》（1997）、廉想涉的《三代》（1997）这三部韩国文学史上的经典作品被翻译过来。1995年，沈仪琳主编的《韩国女作家作品选》所选作品也都堪称经典。2000年之后，韩国纯文学作品如金东里的《巫女图》（2002）、《乙火》（2004），李浩哲的《南边的人、北边的人》（2003），李文烈的《诗人》（2005年），申京淑的《单人房》也逐渐赢得了中国市场。

  这一时期朝韩文学研究除大量介绍性的文章之外，较为出色的首推北京大学教授韦旭升的六卷本《韦旭升文集》（2000）。该文集分别包括朝鲜文学史、朝鲜中国联合抗倭（壬辰战争）文学（作品研究、翻译、古籍整理）、比较文学（专著、论文）研究、评论与古籍整理、翻译创作以及语言研究等方面，内容涉猎广泛，剖析深刻独到，是朝鲜古典文学研究的扛鼎之作。李岩教授的著作《中朝文学关系史论》（2003）也是一部重要的研究著作，书中对上古时代中国人的朝鲜观、朝鲜神话、汉字传入对朝鲜的影响，以及中国佛教与朝鲜文学、唐朝和新罗的文学交流、李白杜甫对高丽文学的影响等诸多命题均做出了精彩的论述，是一本非常难得的学术著作。

最近十年，中国对朝韩文学的研究深入展开，取得了较大的成果。研究专著、期刊论文、学位论文数量蔚为大观；传统优势领域研究水平稳中有进，新的研究领域得以拓展；研究方法、思路也有一定创新。

过去，我国的朝韩文学史研究主要集中于古代文学史，相关成果主要体现为古代文学通史。近十年来，相关研究更为细化，代表性成果有李岩的《朝鲜中古文学批评史研究》（2015）。更大的变化在于近现代文学史研究成果成为压倒性多数。主要成果有金春仙的《韩国现当代文学史》（2012），金英今的《精编韩国文学史》（2016）。但是，与古代文学史的研究水准相比，现当代文学史的研究仍有相当大的成长空间。

对朝鲜古代文学，尤其是汉文学的研究一直是我国的优势领域。近十年此类研究论文、专著依然保持了相当数量和水准。其中，比较文学的研究在数量上呈压倒性优势。主要为中国古代文人、文学流派对朝鲜古代特定时期或特定流派之影响研究，有崔雄权的《接受与书写：陶渊明与韩国古代山水田园文学》（《文学评论》2012年第5期）、韩东的《朝鲜后期文坛对明代唐宋派文论的接受》（《中国比较文学》2017年第3期）等。朝鲜古代小说的研究成果主要有孙逊的《朝鲜"倭乱"小说的历史蕴涵与当代价值——以汉文小说为考察中心》（《文学评论》2015年第6期）。汉诗文研究主要有张伯伟的《朝鲜时代女性诗文集的文献问题考论》（《中山大学学报》2010年第6期）。古代文论研究则主要有蔡美花的《朝鲜古代诗论的审美思维方式》（《东疆学刊》2010年第1期）。值得注意的是，朝鲜古代汉文学的优秀研究者，几乎都是古代文学专业出身的中文系学者。

与古代文学相比，朝鲜朝晚期文学、思想的相关研究数量较少，主要集中于解析朝鲜朝燕行使、通信使留下的文字记录。此类成果主要有王国彪的《朝鲜"燕行录"中的"华夷"之辨》（《外国文学评论》2017年第1期）。在近代文学研究中，以梁启超对朝韩近代文学之影响为主题的研究成果数量颇多，却未见多少新意。近代小说研究中，较为出色的有林惠彬的《基督教小说在近代韩国的历史演进》（《外国文学研究》2015年第2期）。

韩国现当代文学研究起步较晚，其基础较古代文学研究相对薄弱。有关研究数量较少，内容也多停留在传统领域，尚有很大的进步空间。其中，较为出色的研究成果有牛林杰的《论韩国战后文学中的少年战争体验小说》(《东岳论丛》2009年第12期)、苑英奕的《从"底层"话语的形成谈中韩知识分子的不同行知方式》(《文艺理论与批评》2015年第3期)、金鹤哲的《隐藏于中国典故中的殖民地抗日号角——韩国诗人李陆史作品中的隐喻研究》(《外国文学评论》2015年第2期)。如果我们把韩国当代文学、思想看作深入理解当代韩国社会的重要渠道，那么很显然，迄今为止我们的相关研究还尚未打通这一渠道。值得注意的是，韩国电影文学研究呈现出蓬勃态势。研究范围涵盖了韩国电影产业政策、韩国电影发展史、韩国电影类型及韩国电影中的宗教观、价值观、集体记忆建构等等。

就韩国文学的翻译来看，近年涌现出了以薛舟、金鹤哲为代表的优秀译者。韩国当代著名作家，如高银、黄皙暎、朴婉绪，以及新生代作家金爱烂等人的作品均在此间被译介过来。但是，韩国当代文学作品几乎无一例外地在中国市场遇冷。这也提示了韩国现当代文学研究者的职责之所在。

同样值得注意的是，半岛的紧张局面影响了我国对朝韩现当代文学的全面研究。然而，朝韩现当代文学理应成为我们今后研究的重点。

十一　日本文学研究

日本文学一直在我国东方文学翻译与研究中占有十分重要的地位。日本近、现代文学与中国现代文学有着密切的影响关系。鲁迅、郭沫若、郁达夫、周作人等，都曾受过日本近、现代文学的诸多影响。然而，自20世纪30年代以后日本发动侵华战争以来，中国的日本文学绍介与研究便长期处在停滞的状态中，一直延续至1972年中日两国邦交正常化。1949年新中国成立以来，七十年的发展历程又可粗略分期为差异显著的两个阶段即1978年以前的三十年和1979年后的三十年。

1978年以前因众所周知的历史政治原因，日本文学的翻译研究也处于相对停滞的状况中，但并非全无介绍和研究。在古典文学方面，新中国成立后不久，人民文学出版社就做出了一个将日本古典文学的经典作品陆续翻译出版的规划，并认真遴选和邀请了一批精通日文的文学大家从事译事。五六十年代，周作人译《日本狂言选》（1955）和《古事记》（1963）以周启明的笔名在我国先后出版。1957年8月，《世界文学》的前身《译文》刊登了一组日本古典名著节选，其中包括钱稻孙从《万叶集》里选译的柿本人麻吕、山部赤人、山上忆良等代表歌人的长短和歌二十首，钱稻孙译的《源氏物语》第一卷（桐壶），周启明选译的《浮世澡堂》。1959年，钱稻孙选译的三百余首万叶和歌以《汉译万叶集选》为名由日本学术振兴会在日本东京出版。在这段时间《源氏物语》等一批古典经典作品已译出，但由于"文革"的原因出版之事被搁置。

在现代文学翻译方面，主要成果有：岛崎藤村的长篇小说《破戒》和《二叶亭四迷小说集》（1962）、楼适夷等人翻译的《志贺直哉小说集》（1956）和楼适夷译井上靖的《天平之甍》（1963）。此外50年代至60年代初，日本左翼文学的翻译介绍也出现过一个高潮，重点译介的作家有小林多喜二、宫本百合子、德永直、黑岛传治和高仓辉等。1963年，李芒、文洁若合译了堀田善卫的《鬼无鬼岛》。另外，尚有人民文学出版社出版的内部参考译本三岛由纪夫的《丰饶之海》（1971—1973）长篇小说四部曲，这个时期日本文学的翻译仍在有选择地进行着。但研究方面相对停滞，或许仅有刘振瀛基于马克思主义批评方法的少数评论——关于夏目漱石小说的批判性言说和《二叶亭四迷小说集》的一个长序。

1978年之后，日本文学的翻译与研究有了显著的发展，可谓成果丰硕。大致说来，又可以十年一个阶段分为四个时期。

铺垫恢复期（1978—1987），此期在翻译出版方面可以说是成果显著。经历了"文革"的停滞期后，人民文学出版社率先在80年代相继出版了"文革"中被搁置的一大批日本古典文学中的经典作品，其中有邹有恒、吕元明译的《古事记》（1979），丰子恺译的《源氏物语》（1980）和《落洼物语》（1984），申非译的《日本狂言选》（1980）和《日本谣曲狂言选》（1985），周启明、申非译的《平家物语》（1984），钱稻孙译的《近松门左卫门·井原西鹤选集》（1987）。在现代文学方面，主要译著有楼适夷的《芥川龙之介小说十一篇》（1980），文洁若、吕元明、吴树文等翻译的《芥川龙之介小说选》（1981），兰明译北村透谷的《蓬莱曲》（1985），周逸之译谷崎润一郎的《细雪》（1985）等。1982年国内创刊的《日本文学》季刊（后停刊）也曾陆续刊出了许多日本文学译作，并推出了一批拓荒式的文学评论如文洁若的《芥川龙之介和他的创作》（1982）、仰文渊的《略谈地狱图》（1982）、刘春英的《新思潮派简析》（1984）等。

这一时期的研究成果主要体现在上述译著的序文和在各种杂志上发表的有关日本文学的评介文章。如《日语学习》自1983年起陆续刊载了刘振瀛撰写的有关日本古典文学作品的系列文章（后以《日本文学史话》为名出版，1995），《日语学习与研究》也先后刊登了申非撰写的《文乐·净瑠璃》（1982年第5期）、《平家物语与中国文学》（1985年第3期），王长新的《能与狂言》（1985年第5期）等文。在诗歌方面，1979年底，李芒在《日语学习与研究》创刊号上发表了题为《和歌汉译问题小议》的文章，引发了我国80年代初关于和歌汉译的形式和技巧的一场讨论，此后他在该杂志上还陆续发表过《日本古典诗歌汉译问题》（1982年第6期）、《平安朝宫廷贵族的恋情画卷——〈源氏物语〉初探》（1985年第3期）等文章，这些文章后来都被收录在《投石集》（1987）中。在日本古典文学专著方面，有王长新（1982）和吕元明（1987）分别用日文和中文撰写的《日本文学史》、彭恩华著《日本俳句史》（1983）和《日本和歌史》（1986）。在中日古典文学比较研究方面，重要代表作有严绍璗著《中日古代文学关系史稿》（1987）。在日本现代文学研究方面，尚未彻底摆脱前三十年文学批评方法的惯性，常常将现实主义文学创作方法视为作品优劣的唯一评判标准。李芒的论文《川端康成〈雪国〉及其他》具有代表性，在评价川端文学时，李芒较早提出了新的基于社会学方法的评判视角。

充实发展期（1988—1998），这时期我国学界对日本文学的翻译与研究迅猛发展。古典文学方面重要译著有：周作人译《枕草子》和王以铸译《徒然草》中的《日本古代随笔选》（1988）、周作人译《浮世澡堂·浮世理发馆》（1989）、阎小妹译上田秋成的《雨月物语》（1990）、王向远译井原西鹤的《五个痴情女子的故事》（1990）和李树果译曲亭马琴的《南总里见八犬传》(1992)等。此外，在日本古典和歌方面，先后有杨烈译《万叶集》全译本（1984）和《古今和歌集》（1983）、檀可译《日本古诗一百首》（1985）、钱稻孙的选译本《万叶集精选》（1992）等，还有伊藤博选、马骏译《万叶短歌百首试译》（《日语学习与研究》1988年第4期）见刊。俳句方面也出版了林林译《日本古典俳句选》（1983）。90年代后期以来在古典文学方面主要以补充、重译和对之前名家译本的再版为主，新的译著主要有井原西鹤的《好色一代男》（1994）。在现代文学方面的重要译著有：高慧勤主编的《世界短篇小说精品文库·日本卷》（1996）和《世界散文经典·日本卷》（1997），叶渭渠主编的《芥川龙之介作品集》（1998）等。

此期在古典文学研究方面，一批与日本相关研究接轨的有深度、有创见的研究论文和专著也相继出现，引起了中日双方学术界的关注，如吕莉有关柿本人麻吕的系列论文《"炎"考》（《外国文学评论》1996年第2期；[日]《伊藤博博士古稀纪念论文集万叶学藻》，1996）、《"西渡"考》（《日语学习与研究》1996年第4期）、《柿本人麻吕在汉语表记上的创造：以"散动"为中心》（[日]《国语国文学藻》，1999）等。重要的专著有：于长敏《中日民间故事比较研究》（1996），宋再新《和汉朗咏集文化论》（1996），关森胜夫、陆坚《日本俳句与中国诗歌：关于松尾芭蕉比较文学研究》（1996）等。

此期在日本现代文学研究方面，论文数量成倍增加。1987年中国社会科学院外国文学研究所创刊了权威性的专业杂志《外国文学评论》，仅以《外国文学评论》刊出的日本文学相关论文为焦点，亦可看出此期日本现代文学研究方面的主要特点。具有代表性者有夏刚的《80年代日本纯文学小说》（1987年第1期）、兰明的《日本战后文学"主体论"及主体性论争评析》（1987年第2期）、李芒的《美的创造——论日本唯美主义文学》（1987年第3期）、叶渭渠的《川端康成与日本文学传统》（1987年第3期）、李德纯的《独特文化背景下的青春嗟叹——岛崎藤村的〈家〉》（1989年第4期）、高慧勤的《传统创新·别立新宗》（1991年第2期）、王向远的《中日启蒙主义文学思潮与"政治小说"比较论》（1995年第3期）、何少贤的《夏目漱石的"F+f"文学公式》（1998年第2期）、何乃英的《大江健三郎创作意识论》（1997年第2期）等。内容涉及动态性研究、文学批评论、文学流派与文学样式研究以及作家作品论。

现代文学方面的代表性论著有吕元明的《被遗忘的在华日本反战文学》（1993）、王晓平的《近代中日文学交流史稿》（1987）、程麻的《沟通与更新——鲁迅与日本文学发微》（1990）、李芒的《投石集》（1987）、何少贤的《日本现代文学巨匠——夏目漱石》（1998）、李德纯的《爱·美·死——日本文学论》（1994）、何乃英的《日本当代文学研究》（1997）等，内容涉及文学史、比较文学及作家作品研究。总的来说，此期仍处在一个积蓄力量的发展期。

多元转换期（1999—2009）。此期在日本文学翻译方面可以说到了一个异常发达的时期。当然媒体的利益驱动也使这种繁荣的文化景象蒙上了一层怪异的外衣。在古典文学翻译方面尚能保持以经典作品为主，重要译著有：《王朝女性日记》（2002）、松尾芭蕉代表作《奥州小道》（2002）、《今昔物语集》（2006）等。重译本中，《万叶集》有李芒的选译本（1998）和赵乐生的全译本（2002）等，《源氏物语》有殷志俊译本（1996）、梁春译本（2004）、叶渭渠译本（2005）、姚继中译本（2006）和郑民钦译本（2007）等。与良莠共存的古典名著重译不同，本时期还翻译出版了许多日本学术著作，对我国的学术研究起到了某种推动作用，如加藤周一的《日本文学史序说》（1995），中西进的《水边的婚恋——万叶集与中国文学》（1995）、《源氏物语与白乐天》（2001）等。

此期在现代文学翻译方面则是光怪陆离，纯文学与通俗文学泥沙俱下。具有学术价值的代表性的译著主要有高慧勤、魏大海主编的《芥川龙之介全集》（2005），林少华几乎翻译了当红作家村上春树的全部作品，许金龙翻译了大江健三郎的几乎全部作品，其中《别了我的书》（2006）荣获鲁迅文学翻译奖，其每本译著的前言部分对大江健三郎及其作品有着深入的解读和研究。魏大海还主编了六卷一套的《日本私小说名作选》（2009）。其他译著林林总总，不一而足。

此期是我国日本文学研究的繁荣期，很多我国前人未曾涉足的专题研究论文和专著相继出版，盛况空前，难以计数。仅王晓平主编的《人文日本新书》（2005）中与日本古典文学有关的专著就有卢盛江《空海与〈文镜秘府论〉》（2005），张哲俊《中国古代文学中的日本形象研究》（2004）和《中国题材的日本谣曲》（2005），王若茜、齐秀丽《"浮世草子"的婚恋世界》（2005），刘雨珍《万叶集的世界》（2007），郑民钦《日本俳句史》（2000）和《和歌美学》（2008）等。还有马骏《〈万叶集〉"和习"问题研究》（2004）、北京日本学研究中心文学研究室编《世界语境中的〈源氏物语〉》（2004）、王向远《中国题材日本文学史》（2007）和《日本文学汉译史》（2007）等。此外，中日文学比较方面的重要著作有严绍璗、王晓平合著《中国文学在日本》（1990）、王晓平《佛典志怪物语》（1990）等。

在古典文学论文方面，吕莉的《"白雪"入歌源流考》（《外国文学评论》2006年第4期）、张龙妹的《〈源氏物语〉的救济》（2000）和丁莉的《性别学视角下的〈伊势物语〉及其周边问题》（2006）等，都得到了中日学术界的高度评价。在日本古代文学史研究方面，叶渭渠著《日本古代文学思潮史》（1996）和叶渭渠、唐月梅著《日本文学史·古代卷》（上、下）、《日本文学史·近古卷》（上、下）（2004）代表了我国学者在日本文学史研究领域所达到的水平。此外，为了适应大学日本古典文学教学的需要，北京日本学研究中心文学研究室编纂了我国第一部《日本古典文学大辞典》（2005）。

在现代文学研究方面，为了方便概括，仍以《外国文学评论》刊出的相关论文作为观察对象。代表性论作有魏大海的《日本现代小说中的"自我"形态——关于"私小说"样式上的一点考察》（1999年第1期）、邱雅芬的《〈上海游记〉：一个充满隐喻的文本》（2005年第2期）、林少华的《村上春树在中国——全球化和本土化进程中的村上春树》（2006年第3期）、王志松的《"直译文体"的汉语要素与书写的自觉——论横光利一的新感觉文体》（2007年第3期）、刘研的《"中间地带"论——村上春树的多元文化身份初探》（2008年第2期）等。

此期现代文学方面的代表性论著则有李芒的《采玉集》（2000），叶渭渠、唐月梅合著的《日本文学史》（四卷，2004），魏大海的《私小说——20世纪日本文学的一个神话》（2002）和《日本当代文学考察》（2006），董炳月的《"国民作家"的立场——中日现代文学关系研究》

(2006)，王中忱的《越界与想象——20世纪中国·日本比较文学研究论集》(2001)等。尤值一提尚有李征的《作为表象的上海——日本、中国新感觉派运动的比较文学研究》(2001)、刘建辉的《魔都上海——日本知识分子的近代体验》(2003)及王向远的《著作集》(10卷，2007)等。显而易见，此期的日本近现代文学的研究在研究对象和研究方法上出现了较为深刻的变化，比较文学或比较文化视野与方法成为一种基本的素质或要求。

2000年至2006年，应中国社科院外文所邀请，诺贝尔文学奖得主大江健三郎几度来华访问，进行学术交流。中国社科院外文所为此举办了"大江健三郎文学研讨会"。2008年，《大江健三郎文学研究》(论文集)出版。此外，中国社科院外文所还邀请日本著名学者小森阳一、铃木贞美、藤井省三、黑古一夫等来华访问、作讲座等。这些高层次的学术交流推动了中国相关学界对日本现当代文学的关注和研究。

最后是近十年，我国的日本文学研究呈现出继往开来、快速发展的趋势。日本文学研究会推出了谭晶华主编的《日本文学研究：历史足迹与学术现状——日本文学研究会三十周年纪念文集》(魏大海、李征、吕莉副主编，2010)，以结集形式勾勒了改革开放以来我国日本文学研究的轨迹。许金龙主编的《融化的雪国：叶渭渠先生纪念文集》(2015)是一部纪念我国老一代日本文学史家、翻译家叶渭渠先生的文集，其学术价值和纪念意义亦不容小觑。《日语学习与研究》杂志亦从2006年开始推出年度综述，王志松、马骏、杨伟、王向远、刘晓芳教授先后撰写了年度综述，为了解本学科动态提供了宝贵的资料。

据不完全统计，近十年来本学科相关学术论文发表数每年在三百篇左右，其中发表在外国文学专业刊物上的论文计一百三十篇，约占本学科全部发文数的百分之四十。《日语学习与研究》所刊日本文学论文近十年总计达两百篇左右，且该刊从2010年开始不定期地推出"专题研究"栏目，如王志松主持的"日本大众文化与现代中国"(2010)、张龙妹主持的"汉字文化圈的文学与宗教"(2011)、李铭敬主持的"中国题材的日本文学研究"(2012)、王成主持的"日本游记文学研究"(2013)、王晓平主持的"日本文献学研究"(2016)、张哲俊主持的"五山文学的校注与研究"（2017）等一定程度地反映了学科热点问题。

相关研究著作亦呈爆发式增长态势，且不乏优秀之作。一些中文背景学者的"跨学科"研究视角的成果值得关注，如李庆《日本汉学史》（4册，2010）、陈福康《日本汉文学史》（3册，2011）、王晓平《中日文学经典的传播与翻译》（2册，2014）、董炳月《"同文"的现代转换：日语借词中的思想与文学》（2012）、孙歌《思想史中的日本与中国》（2017）、徐美燕《"日本体验"与中国现代文学思潮》（2012）、刘舸《他者之镜：中国当代文学中的日本》（2012）、李怡《日本体验与中国现代文学的发生》（2009）、高晨《比较文学变异视角下的日本动画创作研究》（2014）等著作具有较好的启发意义。赵京华主编的《柄谷行人文集》（2018）亦将促使本学科学者进一步关注柄谷行人这位重要的理论批评家。

王向远近期的编著、译著主要聚焦日本文艺理论，如"审美日本系列"（4册，2010—2012）包括《日本物哀》、《日本幽玄》、《日本风雅》、《日本意气》。《日本古典文论选译》（古代卷、近代卷共4册，2012）、《东方文化集成：日本古代诗学汇译》（2册，2014）亦令人瞩目，均有力地弥补了日本文论译介严重不足的现状，为比较诗学、东方美学等领域的拓展提供了文献基础。

此外，老一代学者唐月梅的《日本诗歌史》（2015）是我国第一部日本诗歌通史。王志松的《20世纪日本马克思主义文艺理论研究》（2012）、邱雅芬的《中日傀儡戏因缘研究》（2013）、张晓希的《五山文学与中国文学》（2014）、柴红梅的《二十世纪日本文学与大连》（2015）、单援朝的《漂洋过海的日本文学：伪满殖民地文学文化研究》（2016）、王升远的《文化殖民与都市空间——侵华战争时期日本文化人的"北平体验"》（2017）、周萍萍的《日本教科书中的"军国美谈文学"研究》（2018）、潘贵民的《芥川龙之介文学中的佛教思想研究》（2018）等著作一定程度地显示了我国日本文学研究的本土特色，在诸多方面超越了日本学界的研究视野。

同时，胡连成的《昭和史的证言——战时体制下的日本文学（1931—1945）》（2009）、张小玲的《夏目漱石与近代日本的文化身份建构》（2009）、关立丹的《武士道与日本近现代文学》（2009）、郭勇的《他者的表象》(2009)、何建军的《大冈升平战争文学研究》(2012)、刘春英的《日本女性文学史》(2012)、陆晚霞的《日本遁世文学的研究》(2013)、霍士富的《大江健三郎：天皇文化的反叛者》(2013)、李雁南的《在文本与现实之间》(2013)、邱雅芬的《芥川龙之介学术史研究》(2014)、于小植的《周作人文学翻译研究》(2014)、刘立善的《日本文艺与植物美学》(2015)、刘研的《日本"后战后"时期的精神史寓言——村上春树论》(2016)、邹波的《安部公房小说研究》(2015)、田建国的《翻译家村上春树》(2015)、丁国旗的《日本隐逸文学中的中国因素》(2015)、乌日古木勒的《柳田国男民间文学思想研究》(2016)、杨晓辉的《日本文学的生态观照》(2017)等著作亦展示了较新的学术视角。

谭晶华（2010、2012）、魏大海（2014、2018）、李征（2016）等主编的日本文学研究会论文集，以及王宝平的《东亚视域中的汉文学研究》(2013)、聂友军的《取醇集：日本五山文学研究》(2015)等论文集亦收录了较多新锐论文。《东北亚外语研究》的学术升级，以及刘晓芳主编的《日语教育与日本学研究》、孟庆枢主编的《中日文化文学比较研究》等集刊亦为学界所关注。

继林少华的村上春树文学翻译之后，许金龙长期致力于大江健三郎文学的译介传播工作，使我国的大江文学研究有了一个较高的发展平台，其近期主编的"日本当代文化思想译丛"亦具有较大的学术引领意义。本学科学者还在国内和日本出版了一些日文版专著，其中在日本出版的日文专著大多具有对日本学界的介入以及与日本学界进行沟通的意识，其学术价值和学术意义不容小觑，但在国内出版的日文专著普遍缺乏与我国人文学界进行深广沟通的旨趣，这是十分遗憾的。我国的日本文学译介呈爆发式增长自不待言，经典作家作品的译介有力地推动了学科发展，但商业化驱动导致的泥沙俱下现象同样值得警惕。

十二 东南亚文学研究

1949—1966年，我国外国文学界对东南亚文学的翻译介绍在这一阶段开始起步，被翻译介绍的多为左翼革命文学。越南文学方面有黄轶球译阮攸的《金云翘传》(1959)、胡志明的《"狱中日记"诗抄》(1960),谭玉培译阮公欢的《黎明之前》(1960);泰国文学方面有北京大学东语系泰语专业集体翻译的《泰国现代短篇小说选》(1958);缅甸文学方面有北京大学东语系缅甸语专业集体翻译的貌廷的《鄂巴》(1958)、戚继言译的八莫丁昂的《鄂奥》(1965);印度尼西亚文学方面有倪志渔译普拉姆迪亚的《游击队之家》(1958年)、陈霞如译慕依斯的《错误的教育》(1958)、黄文焕译宋塔尼的《丹贝拉》。研究方面则主要是上述译著的前言。

1978—1989年,我国对东南亚文学的翻译介绍较为丰富,选材全面,多为该国具有代表性的优秀作品。泰国文学方面有十余种译著,其中包括中国社科院外文所东方文学研究室学者栾文华、邢慧如译西巫拉帕的《画中情思》(1982),栾文华、顾庆斗译《泰国当代短篇小说选》(1987),栾文华译高吉迪的《判决》(1988);在缅甸文学方面有:林煌天译《缅甸短篇小说选》(1981),姚秉彦、计莲花译玛玛礼的《不是恨》(1985),李谋译拉觉的《情侣》(1985);在菲律宾文学方面有陈尧光、柏群译黎萨尔的《社会毒瘤》(1988);在印度尼西亚文学方面也有十余种译著,以张玉安等人集体翻译的印度尼西亚现代文学大家普拉姆迪亚的四部曲《人世间》(1982)、《万国之子》(1983)和《足迹》(1989)为代表(第四部《玻璃屋》一直未出版)。在这个阶段,由于中国与越南两国交恶,越南文学从上一阶段的重要翻译对象转变为忽略对象。在研究方面主要是上述译著前的序言和一些介绍性的文章。

1990—2009年,我国学界对东南亚文学的翻译介绍全面衰落,其中的原因比较复杂,既有日益凸显的西方因素,也有出版行业的日益市场化因素。1990年我国与新加坡建交,新加坡华语文学成为这一阶段介绍的重点,中国华侨出版公司于1991年出版了《新加坡当代华文文学大系》(诗歌集、散文集),另外新加坡华人作家尤今的多部作品在1993年由吉林人民出版社出版。

与翻译介绍的衰微不同,这一阶段我国学界对东南亚文学的研究展现出相对繁荣的景象。除了学术期刊上的一些论文之外,重要的学术研究专著有李谋等的《缅甸文学史》(1993)、栾文华的《泰国文学史》(1998)、张玉安和裴晓睿的《印度的罗摩故事与东南亚文学》(2005)。其中，中国社科院外文所东方文学研究室学者栾文华还在翻译研究泰国文学方面取得了十分重要的成绩。

总体说来，我国的东南亚文学研究一向比较薄弱。这不是因为东南亚缺乏优秀的文学作品，而是另有原因。一方面学界整体上对东南亚文学缺乏了解，另一方面西方文学的强势地位对东南亚文学的传播产生了负面影响。而近十年来，随着全球化背景下各国文化交流程度的加深，国内学界逐渐认识到东南亚文学的价值及其在我国文坛的相对阙如，于是异军突起，涌现了一批高质量的译著和研究专著。

北京大学出版社于2013年7月推出五卷本的"东南亚古典文学翻译与研究丛书"，包括：裴晓睿、熊燃译/著《〈帕罗赋〉翻译与研究》，赵玉兰译/著《〈金云翘传〉翻译与研究》，李谋、林琼译/著《缅甸古典小说翻译与研究》，罗杰、傅聪聪等译/著《〈马来纪年〉翻译与研究》，以及吴伟杰、史阳译/著《菲律宾史诗翻译与研究》。这套丛书是近年来东南亚古典文学翻译与研究成果的集中展现，是原典翻译以及基于原典研究的前沿成果，对东南亚古典文学、东方文学、比较文学乃至比较文化、文化交流史等多个学科领域都具有不容忽视的学术价值和意义。

此外，世界图书出版公司近年还推出了"东南亚研究"丛书，陆续出版或再版了一系列东南亚文学研究专著，这些专著包括尹湘玲的《东南亚文学史概论》(2011)，余富兆、谢群芳的《20世纪越南文学发展研究》(2014)，于在照的《越南文学与中国文学之比较研究》(2014)和《越南文学史》(2014)，梁立基的《印度尼西亚文学史》(2014)，姚秉彦、李谋和杨国影的《缅甸文学史》(2014)，以及梁立基、李谋主编的《世界四大文化与东南亚文学》(2017)。这些专著的出版不仅完善了中国目前的东南亚文学研究体系，对丰富东方文学研究内涵、扩展研究领域、促进文化交流也必将起到积极重要的作用。

另一方面，东南亚华文文学近几年一直是学界关注的热点。国内的华文文学学科已有三十年历史，在文学史建构、经典作家研究和文学史料收集方面都颇有成绩，已逐步形成了研究力量强大、研究规模齐整的老中青三代学者。可以说，随着我国逐渐走近世界舞台的中央，"大中文"学术共同体中世界华文文学正日益成为一门显学,而东南亚华文文学正是其中的重要分支。研究论题广泛涉及海外移民史,区域历史与文化发展,区域华文文学的本土化历程,以及中国现当代文学与区域华文文学互动、传播与接受等诸多学术问题。近年发表的重要论文有黄万华的《新世纪 10 年海外华文文学的发展及其趋向》(《天津师范大学学报》2010 年第 1 期)、于锦恩的《论民国时期江苏籍人士对东南亚华文教育的重要贡献》(《徐州师范大学学报》2012 年第 4 期)、苏永延的《华文新文学的域外传播与流响——新马华文新文学与中国新文学的关系》(《山东社会科学》2012 年第 11 期)、陈涵平的《东南亚华文诗歌复杂的文化认同——以若干代表性诗歌为例》(《暨南学报》2014 年第 1 期)、朱文斌的《论早期东南亚华文诗歌的本土化运动》(《世界华文文学论坛》2014 年第 2 期)、郭惠芬的《华文报刊、南下文人与东南亚华文文学的嬗变——从五四到抗战》(《厦门大学学报》2016 年第 5 期)、谢永新的《东南亚华文现代诗蕴含的中国文化辨析》(《广西社会科学》2017 年第 4 期)、朱文斌的《放逐·乡愁·寻根——论东南亚华文诗歌的三大文化母题》(《浙江社会科学》2017 年第 5 期),以及朱锦程的《21 世纪东南亚海上丝绸之路文化传播与海外华人文化认同研究》(《福建论坛》2017 年第 8 期)等。

十三 印度、巴基斯坦、孟加拉文学研究

印度是一个多语言的国家,印地语、孟加拉语和乌尔都语的作品都很丰富。因此,在这部分的综述中也包含了巴基斯坦(乌尔都语)和孟加拉的重要文学作品的翻译与研究。中国对印度文学的引介最早可以追溯至两千多年前的佛经翻译,然而大规模地译介和系统地研究佛经以外的印度文学,是在新中国成立之后。

1949—1966 年,梵语文学翻译方面的主要成果有:季羡林译《沙恭达罗》(1956)和《优哩婆湿》(1962)、金克木译《云使》(1956)、吴晓铃译《龙喜记》(1956)和《小泥车》(1957)。另外,唐季雍译《摩诃婆罗多的故事》(1958)、孙用译《腊玛延那·玛哈帕腊达》(1962)是转译的节选本。金克木的《梵语文学史》(1964)是国内学者关于印度梵语文学史研究的第一部专著。

20世纪初国内掀起了译介泰戈尔作品的热潮，包括郑振铎、徐志摩、冰心在内许多译者翻译了大量的泰戈尔作品，但主要是从英文转译的，1961年人民文学出版社出版的《泰戈尔作品集》集合了这一时期对泰戈尔作品的翻译成果。普列姆昌德是印地语作家，在印度现代文学史上有"小说之王"的美誉，他被翻译的作品主要有正秋译《变心的人》（1956）、懿敏等译《一把小麦》（1958）、严绍端译《戈丹》（1958）、索纳译《妮摩拉》（1959）。孟加拉语作家萨拉特·昌德拉·查特吉的小说有石真译《嫁不出去的女儿》（1956）。乌尔都语作家克里山·钱达尔的作品主要有冯金辛译《火焰与花》（1954）、《钱达尔短篇小说选》（1955）、《我不能死》（1958）等。另外，印度现代文学选集主要有《印度短篇小说选》（1953）。在东方文学领域内，这一阶段国内学界对印度文学的翻译介绍远远兴盛于对东方其他国家文学的翻译介绍，这与季羡林、金克木等老一代学者的积极推动密切相关。

1978—1989年印度文学的翻译与研究从"文化大革命"的劫难之后开始复兴。两大史诗的节译本有董友忱译《摩诃婆罗多》（1984）和黄志坤译《罗摩衍那》（1984）。季羡林译《罗摩衍那》（1980—1984）是直接译自梵文的全本。金克木等译《摩诃婆罗多插话选》（1987）、张保胜译《薄伽梵歌》（1989）都是《摩诃婆罗多》的节选译作。徐梵澄译《五十奥义书》（1984）是奥义书迄今为止最重要的中文译本。梵语诗歌及戏剧的翻译成果主要有季羡林译《五卷书》（1981）、金克木译《伐致呵利三百咏》（1982）、韩廷杰译《惊梦记》（1982）、金克木等译《印度古诗选》（1984）。此外，金克木译《古代印度文艺理论文选》（1980）选译自五种经典的梵语诗学名著，是印度古代文艺理论翻译的奠基之作。

这一时期，巴利语的翻译作品主要有郭良鋆、黄宝生译《佛本生故事选》（1985）。印地语古典文学作品有金鼎汉译《罗摩功行之湖》（1988）。普列姆昌德的作品主要有庄重译《舞台》（1980）、《一串项链》（1983），周志宽等译《仁爱道院》（1983），刘安武译《新婚》（1982）、《普列姆昌德短篇小说集》（1984）等。孟加拉语作家般吉姆·钱德拉·查特吉的作品有石真译《毒树》（1988）等。萨拉特·昌德拉·查特吉的小说有石真译《斯里甘特》（1981）、刘安武译《秘密组织——道路社》（1985）

等。黄宝生、石真译《伊斯拉姆诗选》选译了诗人纳兹鲁尔·伊斯拉姆的部分诗作。乌尔都语作家克里山·钱达尔的作品主要有伍蔚典译《一个少女和一千个追求者》（1981）（另一译本为庄重、荣炯译，1982）等。小说集主要有黄宝生等译《印度现代短篇小说集》（1978）、《印度现代文学》（1981）、《印度短篇小说选》（1983）等。

在研究方面，古典文学的论文有金克木《印度大史诗〈摩诃婆罗多〉的楔子剖析》（1979）、季羡林《论〈五卷书〉》（1981）、黄宝生《古印度故事的框架结构》（1984）等，专著主要有季羡林《罗摩衍那初探》（1979），季羡林、刘安武编选《印度两大史诗评论汇编》（1984）。此外，黄宝生的《印度古代文学》（1988）系统论述了古代和中古印度梵语和俗语文学的作品和作家。其他语种的印度文学研究著作主要有刘安武编选《印度现代文学研究》（印地语文学）（1980）和刘安武著《印度印地语文学史》（1987）。泰戈尔的生平及其作品如《吉檀迦利》、《新月集》等是外国文学研究的焦点，研究论文和专著成果丰富。论文如季羡林《泰戈尔的生平、思想与创作》（1981）、金克木《泰戈尔的〈什么是艺术〉和〈吉檀迦利〉试解》（1981），专著有何乃英的《泰戈尔传略》（1983）等。

这个时期关于佛教文学及中印比较文学的论文和专著数量较多，具有代表性的论文如钱仲联《佛教与中国古代文学的联系》（1980），郭良鋆《印度巴利文佛教文学概述》（1982）、《梵语佛教文学概述》（1988）等。重要专著主要有张中行《佛教与中国文学》（1984）、王邦维编译《佛经故事选》（1985）、孙昌武《佛教与中国文学》（1988）等。

1990—2009 年，印度文学翻译和研究都进入了蓬勃发展的阶段。这一时期梵语文学的翻译和研究以中国社科院外文所东方文学研究室学者黄宝生为主要领军人物，他相继翻译了《摩诃婆罗多——毗湿摩篇》（1999）、《惊梦记》（1999）、《故事海选》（2001）等。2005 年两代学人历经十多年的努力，并最终由黄宝生主持翻译的《摩诃婆罗多》出版并获首届政府图书奖。这是迄今为止世界上《摩诃婆罗多》梵语精校本唯一的全译本，是我国印度文学译介的又一座丰碑，对于印度文学、比较文学、民间文学的研究都有着重要的价值。在印度文艺理论方面，黄宝生著《印度古典诗学》(1993)是国内根据梵语原典系统研究印度古代诗学的重要学术专著。黄宝生译《梵语诗学论著汇编》(2008)翻译了印度十部最主要的梵语诗学论著,为印度文艺理论的研究提供了详细的资料源泉。

巴利语译作主要有郭良鋆译《经集》(1990)、邓殿臣译《长老偈·长老尼偈》(1997)。印地语作品主要有刘安武译《普列姆昌德短篇小说选》(1996)。刘安武等主编的二十四卷《泰戈尔全集》(2000)从孟加拉语或印地语直接翻译,几乎涵盖了泰戈尔的全部作品。乌尔都语作品主要有刘曙雄翻译的伊克巴尔的长篇诗歌著作《自我的秘密》(1999)。印度英语文学作品也在世界范围内产生了广泛的影响。室利·奥罗宾多的作品主要是由徐梵澄译介,收于《徐梵澄文集》(2006)。安纳德、纳拉杨、拉迦·拉奥、奈保尔等人的作品在国内也多有译本和介绍。

同时,国内学界对印度文学的研究深入发展,产生了不少高水平的论文和专著。具有代表性的论文如黄宝生《印度戏剧的起源》(1990)、《梵语文学修辞例释》(1991)。重要专著如季羡林主编《印度古代文学史》(1991)全面评介了印度梵语、印地语、泰米尔语等主要语种的古代文学。刘安武《印度两大史诗评说》(2001)、《印度两大史诗研究》(2001)和黄宝生《〈摩诃婆罗多〉导读》(2005)等是有关两大史诗研究的著作。其他语种文学的专著主要有刘安武《普列姆昌德和他的小说》(1992)和《普列姆昌德评传》(1995),山蕴编译《乌尔都文学史》(1993),刘曙雄《穆斯林诗人哲学家伊克巴尔》(2006),石海峻《20世纪印度文学史》(1998)、《印度文学大花园》(2007)和《后殖民:印英文学之间》(2008),姜景奎《印地语戏剧文学》(2002)等。

1989年以后印度文学与中国文学的比较研究蔚然兴起。在这方面具有代表性的论文如黄宝生《印度古典诗学和西方现代文论》(1991)、《禅和韵——中印诗学比较之一》(1993)、《书写材料与中印文学传统》(1999)、《神话和历史——中印古代文化传统比较》(2006),郭良鋆《轮回转生和化身下凡:中印故事母题探讨》(1992)等。重要专著主要有季羡林《比较文学与民间文学》(1991),唐仁虎等主编《印度文学文化论》(2000),郁龙余《中印文学关系源流》(1987)、《中国印度文学比较》(2001)、《中国印度诗学比较》(2006),薛克翘《中印文学比较》

（2003）、刘安武《印度文学和中国文学比较研究》（2005）、唐仁虎、魏丽明等《中印文学专题比较研究》（2007）等。

与佛教文学相关的研究成果数量极丰，具有代表性的论文如陈允吉《中古七言诗体的发展与偈颂翻译》（1993）、黄宝生《佛经翻译文质论》（1994）、孙昌武《关于佛典翻译文学的研究》（2000）等。重要专著主要有蒋述卓《佛经传译与中古文学思潮》（1990）、金克木的《梵佛探》（1996）、王立《佛经文学与古代小说母题比较研究》（2006）等。

此外，中国印度文学研究会于1982年成立，至2009年5月已举办十多届学术研讨会，结集出版《印度文学研究集刊》，发表论文近一百五十篇。2009年以来，中国社会科学院接受了国家社科基金重大委托项目"梵文研究及人才队伍建设"。为此，中国社会科学院成立了梵文研究中心执行这个项目。意在针对目前国内梵语人才稀缺、研究力量薄弱的现状，有步骤、有计划地培养梵文研究队伍，推动梵文研究事业。在国际印度学研究日渐衰微的学术环境下，中国的印度学研究方兴未艾。

近十年梵语文学研究领域的主要成果有黄宝生著《梵学论集》（2013），该书收集了黄宝生先生的梵学研究论文近三十篇，其中有关梵语文学研究的就占三分之二，代表了我国梵语文学研究的最新成果和最高水平。此外，译著和对勘作品大量产生，计有黄宝生《梵汉对勘佛所行赞》（2015）、《梵汉对勘阿弥陀经·无量寿经》（2016）、《梵汉对勘究竟一乘宝性论》（2017）、《梵汉对勘唯识论三种》（2017）和《梵汉对勘妙法莲华经》（2018）等。自2017年开始，中西书局推出了"梵语文学译丛"系列丛书。截至2018年，已经出版了四种梵语文学经典译著，分别是黄宝生译《六季杂咏》（2017）、《十王子传》（2017）、《指环印》（2018）及《罗摩后传》（2018）。2017年中国社会科学出版社还出版了黄宝生译注的《罗怙世系》。这些作品囊括了诗歌、小说、戏剧等多种文体，代表了不同历史时期梵语文学的杰出成就。

近十年来，印度古典诗学研究也取得了显著进展，四川大学尹锡南教授先后推出了《印度文论史》（2015）、《印度古典文艺理论选译》（2017）、《印度诗学导论》（2017）等著作，向中国学界全面细致地介绍了印度特有的诗学理论体系。

值得一提的是，有赖于中西书局对中国梵语巴利语学术事业的关注和支持，2013年底至2014年初，三部重要词典威廉斯的《梵英词典》、里斯·戴维斯和斯坦德的《巴利语—英语词典》以及埃杰顿的《混合梵语语法与词典》相继由中西书局影印出版，这在国内尚属首次，黄宝生先生分别为它们撰写了前言，它们的出版为今后的梵文巴利文研习者提供了重要工具，必将促使中国的印度学和梵文文学研究迈向一个新的阶段。2016年，郭良鋆、葛维钧著《梵语入门》出版。该书不仅保留了季羡林、金克木两位梵学泰斗早年的梵文授课讲义，还选编了大量梵文文学原典，并详加注解，堪称学习梵语的经典教材，也是了解梵语文学的启蒙读物。

十年间梵语文学领域重要论文包括尹锡南的《梵语诗学曲语论和西方诗学比较》和《梵语诗学的几个重要范畴》，陈明的《印度佛教创世神话的源流——以汉译佛经与西域写本为中心》、《阿富汗出土梵语戏剧残叶跋》和《三条鱼的故事——印度佛教故事在丝绸之路的传播例证》，贾华的《试析印度古典戏剧〈沙恭达罗〉及其藏译本》，于怀瑾的《梵语诗歌韵律发展述略》、《论迦梨陀娑抒情诗的女性特质建构》，以及张远的《戒日王三部梵剧的套式结构——产生及消解距离之审美特征解读》和《爱神颂诗：极度世俗与极度神性的融合——印度古典艳情诗的双重解读》。

十四 波斯（伊朗）、阿富汗文学研究

波斯（伊朗）文学一直是我国东方文学研究的重要领域，在有关东方文学的各种专集和文学史中，波斯（伊朗）文学部分都占据了重要的地位和篇幅。因此，新中国七十年波斯（伊朗）文学翻译与研究取得了很大成绩。

1949—1966年，虽然北京大学东方语言文学系从1957年开始正式招收波斯语言文学专业学生，但由于人才成熟需要时间，因此这个阶段直接从波斯语翻译介绍过来的作品不多，其中有北大波斯语专业集体翻译的拉胡蒂的诗歌集《伊朗人民的呼声》（1958）和邢秉顺翻译的巴哈尔的诗歌集《朝霞的信使》（1965）。巴哈尔与拉胡蒂都是伊朗现代著名左翼诗人，他们具有革命精神和爱国主义情怀的诗歌成为翻译介绍的重点。这个阶段波斯文学较多是从俄语和英语转译过来的，代表性译著有宋兆麟译自俄语

的《鲁米诗选》（1950），水建馥译自英文的萨迪的《蔷薇园》（1958），潘庆舲译自俄语的《波斯短篇小说集》（1958）、《鲁达基诗选》（1958）、《赫达亚特小说选》（1962）和菲尔多西的史诗片段《鲁斯塔姆与苏赫拉布》（1964）。此外，《译文》1957 年第 8 期、1958 年第 9 期辟有"波斯文学专辑"，刊发作品皆译自俄语和英语；《译文》1958 年第 10 期还刊发了戈宝权译自俄语的《鲁达基四行诗十章》。这一阶段波斯文学研究主要是上述译著、译文前后以前言后记出现的介绍性文字。

1978—1989 年，波斯语专业学者开始承担起了翻译介绍波斯（伊朗）文学的重任，代表性的成果有张鸿年译《蕾莉与马杰农》（1984）、《波斯文学故事集》（1984）和《果园》（1989），邢秉顺译《哈菲兹抒情诗选》（1981）和《巴哈尔诗选》（1987），张晖译《鲁达基诗集》（1982）、《涅扎米诗选》（1987）、《柔巴依诗集》（1988）和《波斯古代抒情诗选》（1988）。从第二外语转译的作品逐渐退居次要地位，主要有潘庆舲译自俄语的《郁金香集——波斯古典诗选》（1983）和黄杲炘译自英文的《柔巴依集》（1982）。

在波斯（伊朗）文学研究方面，这一时期除了上述译著的介绍性文章之外，还产生了一批述评，对波斯经典作品的思想内容和艺术特色等展开分析，其中有元文琪的《波斯古经〈阿维斯塔〉》（《外国文学研究》1986 年第 1 期）和《善恶·祥瑞·神权——波斯古经〈扎姆亚德·亚什特〉剖析》（《外国文学评论》1987 年第 2 期），及其刊于《外国文学研究集刊》第 10、11、12、13 辑的一系列有关波斯上古时期宗教神话的论文和有关伊朗现代著名作家赫达亚特作品的论文《〈瞎猫头鹰〉：图像的人生哲理》（《外国文学评论》1989 年第 3 期）等，共计十余篇。王家瑛关于波斯古典文学的系列论文，涉及面较广，对鲁达基、欧玛尔·海亚姆、尼扎米、鲁米、哈菲兹等波斯古典文学代表诗人都有所论及，其中以《四行诗的源流、结构与海亚姆风格——兼论与唐绝句有无事实联系》（《外国文学研究集刊》第 12 辑）为代表的数篇论文对欧玛尔·海亚姆及其四行诗进行了深入探讨。此外，杨宪益《试论欧洲十四行诗及波斯诗人哦默凯延的鲁拜体与我国唐代诗歌的可能联系》（《文艺研究》1983 年第 4 期）也是具有较高学术水平的研究性文章。这个阶段还尚未产生专著。

1990—2009年，我国的波斯文学翻译与研究日益繁荣，取得了较为丰硕成果。翻译方面完全由波斯语专业学者担纲，转译现象退出历史舞台。本阶段重要译著有：张鸿年译《列王纪》（节选）（1991）和《波斯古代诗选》（1995）、张晖译《卡布斯教诲录》（1990）；波斯文学翻译的巅峰之作，是由张鸿年、宋丕方、穆宏燕、邢秉顺、张晖、元文琪、王一丹七人共同翻译的"波斯经典文库丛书"共十八卷，由湖南文艺出版社于2002年出版，该"丛书"在伊朗和中国获得了多项荣誉，并作为文化国礼在2002年江泽民总书记访问伊朗时赠送给伊朗总统哈塔米，两位领导人共同在该丛书上签名留念。伊朗政府和文化界盛赞中国波斯文学学者在翻译介绍波斯文学方面做出的巨大贡献，盖中国是迄今为止世界上唯一推出如此大规模"波斯经典文库丛书"的国家，该丛书对促进中伊两国的文化交流和传统友谊具有重大意义。此外，在21世纪比较重要的翻译作品有元文琪译《阿维斯塔》（2005）、穆宏燕译《伊朗现代新诗精选》（2005）和《伊朗现代小说精选》（2006）等。此外，穆宏燕译萨迪克·赫达亚特《瞎猫头鹰》（《世界文学》1999年第1期）和胡尚格·古尔希里《埃赫特贾布王子》（《世界文学》2008年第2期）这两部作品虽然只是中篇小说，却在伊朗现代文学史上具有重要地位。以上这些翻译作品为我国的波斯文学研究提供了充实的资料。

在波斯（伊朗）文学研究方面，论文数量成倍增长。《国外文学》1991年第1期"波斯文学研究专辑"刊发了十六篇相关论文，对波斯文学研究起到了积极的推动作用。陶德臻、何乃英主编的《伊朗文学论集》（1993）共收录相关论文三十二篇。除了各种论文集中收录的有关研究文章和非波斯语专业学者的论文之外，波斯语专业学者发表学术价值较高的论文有张鸿年的《〈蕾莉与马杰农〉与〈罗密欧与朱丽叶〉》（《国外文学》1992年第1期），王一丹的《波斯、和田与中国的麝香》（《北京大学学报》1993年第2期），沈一鸣的《跨越时空的苏非经典——贾米的〈勒瓦一合〉与刘智的〈真境昭微〉初步比较研究》（《回族研究》2008年第1期），元文琪的《贾米和他的〈拉瓦一合〉》（《回族研究》2008年第2期），以及穆宏燕的《波斯中世纪诗歌中的苏非思想审美价值》（《国外文学》1999年第4期）、《波斯古典情诗中的喻托》（《国外文学》2002年第

2 期）和《融会贯通东方神秘主义——塞佩赫里思想研究》（《回族研究》2006 年第 1 期）等。

此外，研究专著有张鸿年的《波斯文学史》（1993）、元文琪的《伊斯兰文学》（1995）和《二元神论——古波斯宗教神话研究》（1997）、穆宏燕的《凤凰再生——伊朗现代新诗研究》（2004）等，这些著作使波斯（伊朗）文学研究迈上了一个新的台阶。元文琪和穆宏燕是中国社会科学院外国文学研究所东方文学研究室波斯语学者，他们的研究注重从波斯宗教哲学的角度切入，对波斯文学进行分析和论述，呈现了波斯文学所承载的深厚的文化内涵。

阿富汗地区在古代一直臣属于伊朗，波斯语也是阿富汗国语之一，因此阿富汗古典文学与波斯古典文学不作区分，一般皆以波斯文学论之。我国学界对阿富汗现当代文学的关注十分不够，相关翻译与研究仅有闻迪的《阿富汗尼斯坦文学精品》（2003）和《阿富汗文存》（2003），以及穆宏燕的《阿富汗现当代文学一瞥》（《外国文学动态》2004 年第 6 期）。另外，张敏的《阿富汗文化和社会》（2007）一书对阿富汗普什图语文学辟有专章。

近十年，波斯古典文学与广义的伊朗文学研究，经历了一定程度的起落。北京大学张鸿年教授于 2009 年 6 月出版了他的最后一部专著《列王纪研究》。2011 年 1 月，穆宏燕研究员出版了《波斯古典诗学研究》。之后，原北京大学波斯语教研室三位建室元老曾延生、张鸿年、叶奕良相继离世。由于各种原因，几年间发表作品不多。中国社会科学院也只剩穆宏燕一位专职研究人员，其所发表十余篇论文涉及波斯古典文学与伊朗当代文学，乃至前伊斯兰伊朗文化与中伊文化交流史等方面。而波斯语专业人士之外，有关论述基本集中在《鲁拜集》及鲁拜诗体研究上，主要关注点是菲茨杰拉德英译《鲁拜集》，旁及鲁拜（或按维吾尔语习惯译作"柔巴依"）诗体在中国——主要是维汉两族，很少涉及这种诗体在波斯语的历史地位。

不过十年间当代伊朗文学翻译延续前十年的势头，又有穆宏燕若干译作出版，如《恺撒诗选》、《伊朗当代短歌行》、《萨巫颂》和《瞎猫头鹰》。北京大学年轻教师沈一鸣也译出了《灯，我来熄灭》。

最近几年，波斯古典文学译介和研究有了新起色。北京大学教师刘英军发表了《此味与彼味——中国与波斯古典诗学味论例说》（《国外文学》2018年第1期）。同时，《波斯经典文库》增容再版，不过增容并不代表波斯古典文学经典已经尽数收入，今后仍有进一步扩容的余地。

此外，随着内地高校纷纷开设波斯语专业，以北京大学波斯语教研室为根基的波斯语及对应文学研究队伍，人数上和分布地域都有了显著增长，希望在不久的将来也能看到研究水平的大跨步上升。

阿富汗多数民族与伊朗多数民族同属伊朗语民族，且两地自有史以来关系密切。阿富汗两种官方语言中，第二种虽称作"达里语"，实际就是波斯语的阿富汗变体。波斯古典文学是伊朗、阿富汗，及中亚操波斯语各族人民的共同古典文学。而阿富汗近代以来的文学，无论是第一国语普什图语，还是第二国语达里语的，中国学界均很少关注。1957年出版的《阿富汗诗歌选》，系从俄文转译。季羡林、刘安武主编的《东方文学史》，中国社科院外国文学研究所主编的《东方现代文学史》等，均有专节介绍阿富汗文学。北京广播学院（现中国传媒大学）60年代普什图语专业毕业生虞铁根（笔名闻迪、闻耕虞等）是唯一一位从事过普汉二语种文学作品直译的专业人士，其所译普什图文学作品收入《阿富汗文存》、《阿富汗尼斯坦文学精品》（均署名闻迪，无正式书号）；而张敏则在《阿富汗文化和社会》（2007）一书中，辟专章介绍普什图文学。但随着老一辈专业人士渐渐淡出（2014年虞铁根去世），该领域青黄不接的情况一时尚难弥补，尽管穆宏燕在《阿富汗现当代文学一瞥》（《外国文学动态》2004年第6期）一文中对达里语现当代文学有简单介绍。此外，虽然阿富汗文学作品不时有汉译出版，但都是从英文转译的，比如哈立德·侯赛尼（海峡两岸各种译作大多按台版译为"卡勒德·胡塞尼"）的"阿富汗三部曲"：《追风筝的人》、《灿烂千阳》和《群山回响》。虽然这些作品在海峡两岸均有全译并再版，但涉及阿富汗文学方向的论文却基本仅仅局限于侯赛尼。然而，他这样已经加入美国籍且用英语写作的作家能否划归"阿富汗文学"的范畴，已经和菲茨杰拉德的《鲁拜集》能否算作波斯文学译文一样，在理论上成了问题。

十五　土耳其与中亚文学研究

我国学界对土耳其文学的研究一直十分薄弱，只在一些东方文学史的教材中对土耳其文学有简单的提及，在20世纪只有三部译著：陈微明等译《希克梅特诗集》（1952）、乌蒙译《土耳其的故事》（1958）、袁水拍等译《土耳其诗选》（1960）。但这种情况随着2006年诺贝尔文学奖得主、土耳其著名作家奥尔罕·帕慕克的访华交流而大为改观，应中国社科院国际合作局和外国文学研究所联合邀请，帕慕克于2008年5月21—31日来华进行学术交流和参观访问。帕慕克的作品《我的名字叫红》、《黑书》、《雪》、《伊斯坦布尔》、《白色城堡》、《寂静的房子》、《杰夫代特先生》等已经被翻译成中文出版。帕慕克的来访带动了国内学界对其作品的研究，中国社科院外文所于5月23日还专门举办了"帕慕克作品研究会"，对深入研究帕慕克作品和了解土耳其文学起到了极大的推动作用。在此期间，仅外文所学者发表的相关论文就有十三篇，其中陈众议的《帕慕克在十字路口》、陆建德的《意识形态的颜色——评帕慕克的〈我的名字叫红〉》、吴岳添的《法国文学——帕慕克的呼愁之源》、穆宏燕的《在卡夫山上追寻自我——奥尔罕·帕慕克的〈黑书〉解读》和《蓝的马，绿的天空》、钟志清的《忧伤的城市，忧伤的心灵》、宗笑飞的《浅析帕慕克的忧伤》等论文获得了学界的一致好评。宗笑飞和杨卫东还共同完成了帕慕克《别样的色彩》的翻译工作。帕慕克在访华期间在所到各地高校、中学，乃至社会上掀起了一股"帕慕克热潮"，高校的教授学者和一些作家也发表了不少有关帕慕克作品和土耳其文学的学术论文和评论文章。此外，由中国社科院外文所陈众议主编的帕慕克研究论文集《帕慕克在十字路口》于2009年出版。因此，可以说帕慕克的来访使得我国外国文学研究界对土耳其文学的研究向前迈出了一大步。由于帕慕克的作品较多地涉及波斯文学和伊斯兰哲学，人们对帕慕克作品的关注，也使得平时被人们关注较少，却博大精深的伊斯兰文学和哲学被专家学者和读者们所关注。

中国文学界、学术界对土耳其文学的译介研究，除了上一节介绍阿富汗文学时提到的几种东方文学史里面有土耳其专节之外，从突厥人进入安纳托利亚到土耳其共和国成立初年，近千年间的乌古思突厥/土耳其文学，无论译介还是研究几乎就是空白。五六十年代，希克梅特、萨巴哈丁·阿里、阿齐兹·涅辛等进步作家受到关注。作为"亚非拉文学"的一部分，有少量土耳其当代文学作品被译介过来，如《希克梅特诗选》（1952）、《我们心中的魔鬼》（1958）、《土耳其诗选》（1960）等；80年代又有《瘦子麦麦德》（1981，但这个汉译本只是原著第一部；2012年新疆出版的维吾尔文译本是全书）和《伊斯坦布尔姑娘》（1986）。

研究方面，除了季羡林、刘安武主编《东方文学史》等极少数专著有专章介绍土耳其文学以外，几乎是一片空白。而同期，新疆陆续有土耳其文学作品维吾尔文译本出版，台湾则从2003年帕慕克获诺奖之前就开始引进他的作品。但自从他获奖之后，两岸的土耳其文学译介工作，都经历了井喷式的发展。不到十五年，不仅帕慕克的几乎所有作品得到译介，其他的土耳其文学作品翻译出版数量也已经超过了此前六十年的总和。且台湾方面基本依赖从英文转译，而大陆则转译与直译并进。

至于文学交流、研究领域，除相关论文汇集的《帕慕克在十字路口》（2009年出版，2017年再版）外，又有四种帕慕克研究专著问世，即梁军童的《西方文学与奥尔罕·帕慕克小说艺术研究》（2012）、杨中举的《奥尔罕·帕慕克小说研究》（2012）、陈艳丽和马秀丽的《帕慕克小说的寓言性征》（2014），以及陈玉洪的《东西方文学视野下的帕慕克研究》（2016）。有关他的单篇论文，数目自然更多。但这段时间，无论是译介土耳其文学作品，还是相关研究，数量上的大发展，很大原因还是过去的底子太薄；而无论翻译、单篇论文还是专著，质量如何，也有待检验。

近两年，计有刘钊的《〈先祖阔尔库特书〉研究》（2017），尽管作者关注重点是在语文学而非文学方面；魏李萍的博士学位论文《〈先祖阔尔库特书〉史诗性研究》和专著《土耳其〈鹦鹉传〉翻译与研究》（均待出版）；张虎的《21世纪的土耳其小说：现状与隐忧》（《外国文学动态研究》2017年第2期），等等。但对于历史悠久、成就斐然的土耳其古今文学，中国学界毕竟欠账太多，所以提升空间之大可以想见。

而与土耳其文学研究雷同的还有土耳其、伊朗、阿富汗三国以北、原苏联的八个共和国，乃至俄罗斯北高加索、鞑靼斯坦、巴什基尔斯坦等地的文学。这些地区与土、伊等国历史上关系密切，波斯语及其文化对其历史文化、政治经济、宗教社会等产生过巨大影响。近年来西方逐渐习惯以"波斯化世界"概括之（甚至包括巴基斯坦等地）。而我国主流学界对它的关注明显不足，希望不远的将来得到弥补。

十六 希伯来文学研究

以《圣经》为代表的希伯来古典文学研究在我国起步较早，与国外学界具有广泛的合作与交流。朱维之先生堪称希伯来文学古典文学研究的开拓者之一。20世纪80年代初期，朱维之发表了《希伯来文学简介——向〈旧约全书〉文学探险》（1980），继之，许鼎新发表了《希伯来诗歌简介》（1982）等，揭开了新时期希伯来文学研究的序幕。朱维之的《圣经文学十二讲》（1989）系统详尽地介绍了圣经文学的有关情况。

从20世纪80年代末期开始，希伯来古典文学研究逐渐深入。朱维之主编的《古代希伯来文学史》（2001）是我国编撰的第一部希伯来文学史。他与韩可胜合作撰写的《古犹太文化史》（1997）填补了国内研究空白。另外，不少有关基督教传统的著作如梁工的《圣经文学导读》（1990）和《凤凰的再生：希腊化时期的犹太文学研究》（2000），也涉及希伯来古典文学方面的内容。

王立新的《特质、文本与主题：希伯来神话研究三题》（2003）等论文对古代希伯来神话特征进行了专门探讨。陈贻绎的专著《希伯来语〈圣经〉——来自考古和文本资料的信息》（2006）对希伯来语《圣经》中和以色列历史相关的部分进行了比较全面和综合性的介绍。刘意青的专著《〈圣经〉的文学阐释——理论与实践》（2004）、论文《〈圣经〉的阐释与西方对待希伯来传统的态度》（2003），梁工的《西方圣经批评引论》（2006）等著述则对西方圣经文学批评理论与方法进行探讨。此外，一些在国际上富有影响的《圣经》研究专著被译成中文出版，如弗莱的《伟大的代码：圣经与文学》（1998）等。

由于种种原因，现当代希伯来文学的译介与研究从新中国成立到90年代初期几乎处于无人问津的时代，只在80年代出版过阿格农的短篇小说。

1992年中以建立外交关系后，希伯来语文学译介得到长足发展。1986

年到 1996 年共有十二部希伯来文学作品翻译成中文,包括《现代希伯来小说选》(1992)、《近代希伯来文学简史》(1992)等。但之后十年便有四十八部作品在中国问世。至 2009 年,共有七十余部希伯来小说翻译成了中文,其中包括人民文学出版社的《焦灼的土地》(1998)、《百年心音》(1998),译林出版社的《奥兹文集》(1998—2001),上海译文出版社的"以色列当代文学译丛"(2004—),以及傅浩翻译的阿米亥的《耶路撒冷之歌》(1992),钟志清翻译的奥兹的《我的米海尔》(1998)、《黑匣子》(2004)、《爱与黑暗的故事》(2007)和《地下室中的黑豹》(2009),钟志清翻译的凯纳兹的《节日之后》(2000)、谢克德的《现代希伯来小说史》(2009),庄焰翻译的奥兹的《莫称之为夜晚》(2006),邹海仑翻译的鲍的《上帝,你挨过饿吗?》(2001),等等。这些译著已经在国内读者和评论界产生或正在产生影响。这些中译本的导言成为向国人介绍文学内容的窗口之一,并在一定程度上注入了中国读者对现代希伯来文学的独特理解。

此外,钟志清作为我国第一位在以色列大学的希伯来文学系获得博士学位的学者,归国后相应带动了国内的希伯来文学研究。1997 年到 2001 年初,钟志清在《国外文学》、《世界文学》、《译林》、《文艺报》、《外国文学动态》等报刊上发表了系列关于希伯来文学介绍与研究的论文与学术文章,使国内读者对一些以色列大作家如阿格农、奥兹、约书亚、格罗斯曼等和希伯来文学中的重要现象有了比较深入的了解。在此基础上,她还发表了系列研究希伯来文学的学术论文,其中《身份与记忆:希伯来语大屠杀文学中的英雄主义》(2008)、《重建民族历史与民族记忆过程中的大屠杀文学》(2007)、《"艾赫曼审判"与以色列的大屠杀记忆》(2006),重新解读以色列塑造民族记忆的方式,在国内犹太学研究界产生影响,被南京大学等高校列为必读参考文献。这些充分显示了中国社科院外文所在希伯来现当代文学翻译和研究方面的优势。在研究专著方面,钟志清《当代以色列作家研究》(2006)是国内第一部比较系统地考察当代希伯来文学的著述,填补了国内外国文学国别研究的一项空白,是一部当代以色列文学研究的力作。

2007 年 9 月,应中国社科院外文所邀请,以色列著名作家、诺贝尔文学奖提名者奥兹访华，外文所主办了阿摩司·奥兹作品研讨会，这是我国首次就单一以色列作家和希伯来语作家的作品举行专门的学术研讨。此外，以色列方面也派学者团来中国社科院外文所进行访问和学术交流。

最近十年，除国内改革开放以来培养的一批学者继续在这一领域辛勤耕耘外，一些在海外受过专门圣经研究训练的学者回国供职，给我国的圣经文学研究带来新的起色。同时，一些从事英美文学、以色列文学的学者也逐渐步入希伯来圣经研究的阵营。学者们不再把圣经当作纯粹的宗教经典，而是从多元角度全方位地来研究圣经。在进行圣经文本研究之时，注重探讨圣经与其文化历史、经济社会语境的关系。研究主题涉及圣经文本与研究范式、圣经与跨文化研究、圣经汉译、圣经与中国的文学比较、圣经与西方文学的关系、圣经与当代以色列民族国家的构建、圣经的马克思主义研究、圣经的女性主义研究、圣经考古学研究、圣经学术史研究等诸多方面。

主要成果有梁工的专著《当代文学理论与圣经批评》（国家社科基金项目，2014），它聚焦当代圣经批评从历史批评向文学批评的范式，探讨了著名的圣经批评方法，以及圣经批评对当代文学理论的贡献转型。王立新的专著《古犹太历史文化语境下的希伯来圣经文学研究》（2014）综合运用和吸收了历史学、语言学、宗教学、文化人类学以及文学批评理论等领域的方法，系统地研究希伯来圣经的文学成就。李炽昌的论文集《跨文本研究》（2015）阐述了跨文本诠释在希伯来圣经研究中的重要意义。在此基础上，还有学术论文二百余篇。

圣经学术史研究似乎成为近年国内圣经学界比较热门的话题，它在梳理古今圣经研究方法与发展脉络时，又对国内学者关注尚少乃至忽略的话题进行深入细致的探讨。中国社科院外文所的钟志清、四川大学的田海华、河南大学的程晓娟分别致力于希伯来圣经学术史（中国社科院外文所创新工程项目）、圣经诠释的历史和方法（教育部人文社科重点研究基地重大项目）、西方圣经文学批评史（国家社科基金项目）研究。北京大学高峰枫教授、河南大学梁工教授近期发表的论文也与圣经学术史相关。主要论文成果有梁工的《欧洲近代圣经研究范式转型回眸》（2018）、田海华《后现代圣经诠释：理论之后》（2018）、高峰枫《亚述学家塞斯的

"考古至上论"》(2018)以及钟志清的《圣经与以色列现代民族国家的构建》(2014)和《犹太人的"回归圣经"》(2017)等。

以色列的希伯来文学研究与翻译在中以两国政府的共同扶持下,取得了前所未有的成绩。在研究领域,钟志清《变革中的20世纪希伯来文学》(国家社科基金项目,入选国家哲学社会科学成果文库,2013年出版)剖析了现代希伯来文学在欧洲的起源与发展,并向西亚转移、在巴勒斯坦地区生根,并在以色列繁荣的全过程,探讨了影响20世纪文学变革进程的犹太历史上的重大事件及其对文学事业的冲击。阿格农、奥兹、格罗斯曼等富有世界级影响的以色列希伯来语作家在国内得到高度关注。主要成果有许相全的专著《用文学重现圣殿的荣耀》(2015)、钟志清的论文《阿格农的〈昨日未远〉与第二次阿里亚》(2017)、《〈爱与黑暗的故事〉与以色列人的身份认同》(2016)等。

在翻译领域,以奥兹为代表的以色列希伯来语作家得到广泛译介,在国内翻译界、创作界和评论界影响很大。比较突出的有译林出版社出版的奥兹的十余部作品,北京外语教学与研究出版社把出版以色列文学纳入国家"一带一路"的合作项目中。中国人民大学文学院在2016年邀请奥兹访华,并授予其"中国大学生21国际文学奖"。其间,奥兹应邀到社科院外文所参加了《乡村生活图景》首发式,并发表了题为《在梦想与现实之间》的演讲,多位中国作家和主流媒体参与讨论奥兹的创作,在中国文坛掀起了小小的奥兹热。

与此同时,希伯来叙事专题,如大屠杀文学与以色列集体记忆、基布兹文学的研究对我国的中东政治与社会研究起到了补充与促进作用。学者们试图将希伯来文学与以色列社会与文化研究结合起来,融入广义的中东研究领域,服务于国家需要,这将是未来研究的发展趋势。

除希伯来文学外,以色列文学还应包括以色列境内的阿拉伯语、俄语和其他语种作家的创作。国内学者已开始对这部分内容予以关注,主要论文有余玉萍的《抵抗身份危机:以色列境内巴勒斯坦文学创作述评》(2015)以及陈方的《鲁宾娜:一位以色列俄语作家》(2017)等。

十七　阿拉伯文学研究

1949年新中国成立之后，中国对阿拉伯文学的翻译和研究逐渐展开，总起来说，大致经历了如下的发展阶段。

翻译早于研究，我国对阿拉伯文学的关注同样具有这一特色。1978年之前，被翻译过来的阿拉伯文学作品主要集中在宗教和古典经典作品、民间文学作品上。主要有时子周译《古兰经国语译解》（1958），纳训译《一千零一夜》三卷（1957—1958），后又多次再版。这一时期，被翻译过来的现当代阿拉伯文学作品为数不多，主要有秦星译塔哈·侯赛因的《日子》（第一部、第二部，1961）、冰心译纪伯伦的《先知》（1957）、冰心选译《沙与沫》（1963）等。

在研究方面，1956年马坚为纳训译《一千零一夜》作序，以此拉开了新中国成立之后阿拉伯文学研究的序幕。但截至1980年，我国专门研究阿拉伯文学的论文寥若晨星，基本上都是些一般性介绍文章。

1978年后，中国对阿拉伯文学作品的译介呈现出新的面貌，被介绍作品的时间跨度逐渐拉长，涉及作家范围逐渐扩大，从知名作家到新兴作家，从经典作品到时下新作，从严肃文学到通俗文学，各种阿拉伯文学作品的译著都开始呈现在中国读者面前。除少数译作外，大部分译作都能够准确地呈现原作风貌，译文或通俗流畅，或典雅清新，具有较高的语言艺术水平。对重点作家、重点作品的翻译更是不断更新，一方面适应读者的需求，另一方面也在翻译水准上力求不断实现突破和进步。例如，除《一千零一夜》、纪伯伦的作品被反复出版外，埃及1988年诺贝尔文学奖得主纳吉布·马哈福兹三部曲《宫间街》、《思宫街》、《甘露街》等大部分小说都被翻译成了中文，叙利亚、黎巴嫩、伊拉克等许多阿拉伯国家当代知名作家作品有中文译本问世。截至目前，共有上百部阿拉伯文学作品被译成中文，其中80%都是1978年之后翻译的。此外，中国社科院外文所东方文学研究室学者郅溥浩翻译的黎巴嫩汉纳·法胡里著《阿拉伯文学史》（1990），成为研究阿拉伯文学必不可少的参考书。

1978年后，我国阿拉伯文学研究论文数量不断增多，研究水平不断提高，研究方法逐渐多样化，并不断成熟。到2008年为止，共刊出论文近五百篇。综合来看，这些论文具有如下几个特色。

（一）覆盖面由单一到全面，由介绍性文章，逐渐发展到具有一定研究水平的专业论文。涉及面不仅包括古典文学、近现代文学、当代文学，也开始注重对古代阿拉伯文论、近现代电影等多方面文艺形式的研究，涉及埃及、黎巴嫩、叙利亚、利比亚、海湾国家等几乎所有阿拉伯国家的文学作品，研究的主要内容涉及小说、诗歌、戏剧等方方面面。从《古兰经》、阿巴斯时期诗歌，到近代埃及诗歌、戏剧革命，再到现代小说的诞生，国内都有论文进行分析、阐述。这表明，我国的阿拉伯文学研究已摆脱了最初重视经典文学的束缚，开始了多方位、多角度的研究。

（二）对重点作家、重点作品的研究逐渐深入化。这主要集中在以下四个方面。

对《古兰经》研究历来受到国内学界的重视。1982年，《外国文学研究》第1期刊出了《〈古兰经〉的文学探讨》（陆孝修、王复）一文，探讨了《古兰经》的文学价值及其对阿拉伯散文发展的影响。此后，研究学者们从多角度、多视点出发，研究《古兰经》这部阿拉伯文化、宗教、哲学经典。也有学者将其与其他宗教经典或史诗相比较，以此探寻其折射出的特殊历史、人文背景和当时的社会状况，如孙承熙的《〈吉尔伽什〉史诗、〈旧约〉和〈古兰经〉中洪水传说及其相互联系》（《中国比较文学》1989年第3期）。

《一千零一夜》也是阿拉伯文学研究的重点。从1979年到2008年，有关《一千零一夜》的研究文章就有近四十篇，其中有些论文着重分析了《一千零一夜》中所折射出的社会状况、文化背景或是经济面貌，也有些论文或从平行比较的角度，或从影响比较的角度出发，研究其与中国乃至世界文学的关系，这方面论文比较出色的有郅溥浩的《〈一千零一夜〉和中国文学》（《阿拉伯世界》1986年2月）、伊宏的《〈一千零一夜〉与中国》（《外国文学研究集刊》第9辑，1984），等等。另外，郅溥浩还撰写了多篇文章，对《一千零一夜》中的多个母题进行了详尽的分析，还将其与中国民间文学相类比，发现了许多有待深入研究、挖掘的切入点，在这方面，他取得了前人未及的成果，集中体现在其二十五万字的专著《神话与现实——〈一千零一夜〉论》中。该著作在我国《一千零一夜》研究史中具有里程碑般的意义，大大深化了学界对这部文学巨著的认识，对后世研究极具参考价值。

对著名的黎巴嫩旅美作家纪伯伦的研究，也是我国阿拉伯文学研究的一个重点。这方面的论文主要分别从美学、文艺学、哲学等方面对纪伯伦作品进行文本分析，尝试挖掘其作品蕴含的艺术价值，也有将其与中国庄子哲学思想或是鲁迅的文学作品进行比较的论文发表，遗憾的是，这些论文数量虽不算少，但其深度和广度还十分有限。截至目前，除了伊宏所著的《东方冲击波——纪伯伦评传》（1993）外，国内还没有深入地研究纪伯伦的专著问世，这也为后世研究提供了更广阔的空间。

国内阿拉伯文学研究界对埃及1988年诺贝尔奖得主马哈福兹给予了极大关注。中国社科院外文所东方文学研究室学者李琛的《纳吉布·马哈福兹与埃及电影》（《阿拉伯世界》1984年2月），是国内第一篇研究马哈福兹的文章。马哈福兹获奖后，有关其人其作的研究文章纷纷问世，仅1984—1989年六年时间，就有十七篇。此后，国内学者对他的研究热潮始终居高不下，1978—2008年共约有八十篇，为国内阿拉伯专题文学研究之首。许多学者将其与日本的川端康成，中国的鲁迅、巴金等进行比较，试图探析其作品内在的社会和思想蕴含，多数文章都以分析马哈福兹对社会、宗教的批判精神为主，张洪仪和谢杨主编《大爱无边》（2008）是一部纳吉布·马哈福兹研究专辑。遗憾的是尚未有研究专著。

尽管取得了上述诸多成就，国内阿拉伯文学研究仍较薄弱，近七十年来出版的研究专著屈指可数，且多为普及介绍类的读本，其中较为值得一提的是李琛的《阿拉伯现代文学与神秘主义》（2000）。这部著作从神秘主义的角度出发，探讨了宗教与阿拉伯现代文学的关系，无论角度还是立意都堪称新颖、深刻，并且，这种单角度深入切入的研究也标志着我国阿拉伯文学研究迈上了一个新的台阶。除此之外，仲跻昆的《阿拉伯现代文学史——东方文化集成》（2004）可谓国内阿拉伯文学史研究的一个里程碑。该书共约五十万字，详尽介绍了阿拉伯现当代文学，摆脱了过去学界只能通过阿拉伯原文史学著作了解其文学面貌的限制，增进了对阿拉伯文学的了解。

1987年，阿拉伯文学研究会成立，每年召开学术会议，给国内的阿拉伯文学研究提供了交流信息、互助互进的平台。2007年，埃及作家黑托尼应中国社科院外文所的邀请访华，同年他的两部作品《落日的呼唤》、《宰阿法拉尼区奇事》出版，它们分别由东方文学研究室学者李琛和宗笑飞翻译并作序言。2008年，叙利亚旅法诗人阿多尼斯应北京外国语大学之邀访华，其诗歌集薛庆国译《我的孤独是一座花园》（2008）中文译本出版。这些都进一步推动了国内阿拉伯文学研究的发展。

最近十年，随着我国改革开放的深化和"一带一路"构想的提出，阿拉伯文学研究迈上了新台阶，共计发表论文近五百篇，累计出版相关专著十余部。论文发表数量呈现逐年递增的趋势，并大体具有如下特点。

首先，阿拉伯古典文学研究成果虽然数量不多，但质量明显提升，研究重点也较为突出，主要涉及《一千零一夜》、《卡里来和迪木乃》和比较文学等。前两者几乎占古典文学研究的半壁江山，计有《从〈一千零一夜〉到〈安塔拉传奇〉》（邹兰芳，2010）、《〈一千零一夜〉主线故事探源》（穆宏燕，2015）、《〈卡里来和笛木乃〉及其西渐》（宗笑飞，2016），等等。此外古代阿拉伯文学与欧洲或中国文学的比较研究计有《试论阿拉伯文学对西方文学的影响》（周放，2015）、《被忽略的一环——安达卢斯俚谣》（宗笑飞，2016）、《中国与阿拉伯—波斯文学关系的见证》（姑丽娜尔·吾甫力、米克拉吉·阿不来提、王媛，2016），等等。

其次，阿拉伯近现代文学研究一直是我国阿拉伯文学研究的重点。特别是近年来，随着"一带一路"框架逐渐形成，对周边国家国情、文化和文学的研究随之成为我国外国文学研究的重心。2009年至2018年，近五百篇论文中约五分之四为近现代阿拉伯文学研究。这些论文主要具有如下特点。

一是由过去集中在几位重要作家作品，转向对多国别、多维度研究。纪伯伦、旅美文学、纳吉布·马哈福兹研究等几个关注点一直是我国阿拉伯近现代文学研究的重心，这方面的论文近十年来有数十篇之多。但除此之外，许多敏感作家以及一些新的研究方法也渐渐进入视阈。其中《当代中国学者对阿拉伯文学流派的研究》（林丰民，2015）简要梳理了近年来国内学者对阿拉伯文学流派的研究及其不足；研究埃及富有争议的女性作家的论文有《论女性自传主体的漂移性——以赛阿达薇的〈我的人生书简〉为例》（邹兰芳、余玉萍，2010）、《将陌生的"母语"变为己有——论埃及女作家纳娃勒·赛阿达维对语言的探索》（牛子牧，2017）、《"我无畏末世火狱"——赛阿达维对"伪形化"的闪族一神教之批判》（牛子牧，2012）；关注叙利亚流亡诗人阿多尼斯的《阿多尼斯二元对立的精神世界——解读〈我的孤独是一座花园〉》（李志茹，2017）、《"阿多尼斯的死与生"——青年写作刍议》（颜炼军，2018）、《从阿多尼斯的诗歌管窥"一带一路文学"新范式的未来》（张驰，2018）等。

二是重视热点地区和国家，如叙利亚、埃及、巴勒斯坦等国别、区域文学现象、文学走向，乃至作家身份认同的分析和阐释。研究者们准确地把握住了动荡时局中阿拉伯文学的特殊性，并且在文本分析的基础上，结合理论研究，条分缕析地对流派、思潮进行深层探究，如《抵抗身份危机——以色列境内巴勒斯坦文学创作述评》（余玉萍，2015）从以色列巴勒斯坦裔作家群的"居间"立场出发，分析了作家对社会现实所采取的批判与拟仿、反抗与防守之态度；又如《离散群体视角下的阿拉伯战争文学书写》（史月，2016）、《马哈茂德·达尔维什：用栀子花的呐喊，令祖国回归》（薛庆国，2016），等等。

三是注重及时把握和梳理当前阿拉伯文学。自2012年以来，《外国文学动态研究》每年都会刊登一篇阿拉伯文学创作的综述性文章，概括上一年阿拉伯世界的文坛动向，如《"革命"元年的阿拉伯文学：预警、记录与反思》（薛庆国、尤梅，2012）、《变革、反思、呐喊——2014年阿拉伯文学简述》（尤梅，2015）等，这些有助于国内学者以及读者及时了解阿拉伯文坛的最新成果。

随着国家支持力度的加大，阿拉伯文学研究逐渐走向深入。越来越多的阿拉伯文学研究者成功申请到了社科基金重大项目、教育部重点项目等，这使得研究呈现出持续、深入的发展态势。短短数年，学者们陆续发表富有深度的阶段性成果，并且将它们不断完善、深化，最终以专著形式出版。例如，涉及专题研究的《文化间性视野中的纪伯伦研究》（马征，2010）、《阿拉伯传记文学研究》（邹兰芳，2016）、《沙特女作家拉嘉·阿丽姆的小说叙事艺术》（汪颉珉，2016）、《中国文学与阿拉伯文学比较研究》（林丰民，2011）、《文化大背景中的阿拉伯文学和欧洲文学影响研究》（孔令涛，2014）、《阿拉伯安达卢斯文学与西班牙文学之初》（宗笑飞，2017）等，均由项目牵引。

此外，近十年来，不断有文学批评史、文学史以及文学交流史方面的专著问世，这也说明我国的阿拉伯文学研究更加系统、细致、全面。《阿拉伯文学通史》（仲跻昆，2010）洋洋百余万字，涵盖了自公元5、6世纪至20世纪末漫长时间跨度内阿拉伯文学的方方面面。其时间跨度之长，涉及国别之多，内容介绍之全面，均堪称国内之首。作者仲跻昆教授于该书出版的第二年获得了"谢赫·扎耶德图书奖"。此外，《阿拉伯古代文学批评史》（王有勇，2014）、《阿拉伯古代文学史》（仲跻昆，2015）、《阿拉伯文学史》（郑慧慈，2015）、《阿拉伯文学史纲：古代部分》（陆培勇，2015）、《中外文学交流史：中国—阿拉伯卷》（郅溥浩、丁淑红等，2015），各各精彩纷呈，体现了我国阿拉伯文学研究的高度、深度与广度。

十八　澳大利亚文学研究

澳大利亚文学是世界文学的重要组成部分，在文学创作和批评领域占据独特的地位和分量。虽然澳大利亚文学属于"新兴文学"，与欧洲诸国文学相比，历史并不久长，即使算上1901年建国前的殖民时期，迄今为止也不过二百多年的历史，却创造了令世人瞩目的成就，涌现出一大批在国内外颇具影响力的作家和文学批评家，如亨利·劳森、亨利·汉德尔·理查森、克里斯蒂娜·斯特德、马丁·博伊德、帕特里克·怀特、托马斯基·尼利、彼得·凯里、蒂姆·温顿、理查德·弗纳瑞根、海伦·斯蒂芬、杰曼·格雷尔等。特别是1973年怀特获得诺贝尔文学奖之后，澳大利亚文学进入新的发展时期，更多的文学作品被翻译成包括中文在内的多国文字，更多的文学理论，如后殖民主义理论和女性主义理论，在世界范围内传播。

中国澳大利亚文学研究经历了曲折的发展过程。尽管中澳之间的联系最早可以追溯到澳大利亚发现金矿的殖民时期，但之后的很长时间，由于澳大利亚实行"白澳"政策，排挤华人，两国间文化交流几近停滞，文学研究更是一片空白。1949年新中国成立后，中国澳大利亚文学研究陆续展开，并逐渐形成了良好的发展趋势。近四十年来，澳大利亚文学研究日趋繁荣。国内学者利用改革开放的良好契机，披荆斩棘，辛勤耕耘，成绩斐然。研究成果从零星译介到鸿篇巨制，研究队伍从单兵作战到团队合作，研究基地从屈指可数到"燎原之势"，表现出良好的发展潜力。虽然与国内同期的英美文学研究相比还有不小的差距，但它见证了中国改革开放四十年外国文学研究的艰难与辉煌，并成为外国文学研究不可或缺的一部分。本节在调查研究的基础上，将中国澳大利亚文学研究七十年分为解冻（1949—1978）、起步（1979—1988）、发展（1989—1998）和繁荣（1999—2019）四个阶段，论述各个阶段研究成果的特点及其背后的动因，从而勾勒出中国澳大利亚文学研究七十年的成就。

（一）解冻阶段（1949—1978）：残雪犹寒暖气微

解冻阶段是指从新中国成立到改革开放前期。1949年，中华人民共和国成立，昭示着古老的中华民族重新昂首屹立在世界的东方，开启了中外文化交流的新时代。由于新政权刚刚建立，到处是常年战争留下的残垣断壁和满目疮痍，国计民生亟待改善，社会、经济、文化等事业亟待发展。与此同时，以美国为首的西方资本主义国家对中国实施政治上扼杀、经济上制裁、军事上干涉和遏制的政策，促使中国与苏联等社会主义国家紧密团结在一起，文化交流也主要是集中在社会主义阵营和亚非拉国家之间。20世纪70年代初期，中国与西方各国的关系开始解冻，文化交流依然有"春意料峭"之感：冰凌开始融化，但速度十分缓慢。

这一时期的澳大利亚文学研究成果主要体现在翻译方面。首部在中国大陆出版的澳大利亚文学译著是詹姆斯·奥尔德里奇的长篇小说《外交家》，该作品由于树生翻译，于1953年12月由上海文化工作社出版。这部描写冷战前夕两名英国外交官在伊朗的遭遇，彰显美、英、苏三国的冲突与矛盾的故事堪称鸿篇巨制，译成中文后分上、下两册，长达1146页。虽然无法得知当时选材的标准和目的，但能够将这部小说列为翻译项目，显示出非凡的勇气。在以后的几年里，其他四部小说相继被翻译出版，它们分别是《海鹰》、《猎人》、《光荣的战斗》、《荒漠英雄》。弗兰克·哈代的长篇小说《幸福的明天：苏游纪行》、《不光荣的权力》先后出版。50年代翻译出版的作品还包括威尔佛列·C.贝却敌的《变动中的潮流》、摩纳·布兰德的剧作《宁可拴着磨石》、卡·苏·普里查德的小说《沸腾的九十年代》和裘德·华登的小说《不屈的人们》等。

由于十年"文化大革命"的破坏，中国在六七十年代翻译的澳大利亚文学作品数量锐减。其中最有名的译著是林赛的《被出卖了的春天》、亨利·劳森的短篇小说集《把帽子传一传》和裘德·华登的短篇小说集《没有祖国的儿子》，前者收录的短篇小说包括《把帽子传一传》、《不是女人居住的地方》、《我的那只狗》、《阿维·阿斯平纳尔的闹钟》、《吊唁》、《告诉塔克太太》、《赶牲口人的妻子》和《总有一天》八篇短篇小说。后者包括《谋生》、《收瓶车上》、《邻居》、《下乡去》和《找一个丈夫》等。

值得一提的是，尽管这一时期鲜有澳大利亚文学研究类的文章发表，但外国文学类杂志中的专栏有为数不多的"豆腐块"文章，介绍澳大利亚文学动态或者作家作品的。据不完全统计，1949—1978年，《世界文学》杂志"世界文艺动态"栏目中涉及澳大利亚文学的有八篇，其中介绍作家作品的有四篇，如《澳共推荐司杜华的〈土著居民〉进步作家创刊〈现实主义作家〉》、《澳大利亚作家弗兰克·哈代的近作〈艰苦的道路〉问世》、《普里查德短篇小说集〈恩古拉〉》和《弗兰克·哈代的新作〈赛马彩票〉》。介绍文学奖项信息和文学界动态的有四篇，分别是《澳大利亚玛丽·吉尔摩文学奖金揭晓》、《澳大利亚人民的道路》、《澳大利亚作家发表声明抗议政府修改刑事法》、《〈玛丽·吉尔摩夫人〉奖金揭晓》。这些介绍性文章简单地反映了一部分澳大利亚文学界的动态。

解冻阶段的中国澳大利亚文学研究还没有形成可圈可点的学术成果，但就这一阶段已有的翻译作品而言还是形成了一定的特点。其一，翻译的数量少。从纵向来看，在新中国成立到改革开放前的三十年间，只有二十二部澳大利亚文学作品被翻译成了中文，平均一年不到一本。虽然所做的调查有挂一漏万的可能性，但也确实反映了中澳文化交流几乎处于停滞状态。从横向来看，同一时期的澳大利亚文学作品翻译的数量要远远低于其他国家。据中华书局出版的《1949—1979翻译出版外国文学古典著作目录》统计，澳大利亚只有一部亨利·劳森的短篇小说集《把帽子传一传》位列其中，而此书的"编辑说明"指出："本目录是根据我馆收藏的

1949—1979年全国各出版社翻译出版的外国古典文学著作编辑的,共收集了五大洲四十七个国家二百七十六位作家的1250多种作品(包括不同译本和版本),比较全面地反映了我国建国三十年翻译出版外国古典文学著作的情况。"其中翻译出版最多外国古典文学著作的国家是苏联、美国和英国。具有可比性的澳大利亚和加拿大只有一部作品被翻译出版。尽管这只是一家馆藏的翻译作品目录,但比较而言,澳大利亚文学作品译介的数量是最少的国家之一。其二,翻译的质量较高,但也有值得商榷的地方。因时间关系,无法阅读所有译著,但老一辈翻译家的翻译质量还是很高的。如袁可嘉先生翻译的《把帽子传一传》,文字朴实,风格与劳森的原作很契合。但这一时期的澳大利亚作家的中文译名不够规范,有些是同一作家的中文译名但有不同的版本,读者若不看其英文名字很难将他们对等起来。如,把 Welfred C. Burchett 翻译成威尔佛列·C.贝却敌,贝却敌不像外国人的名字,应该译为"伯切特",Vance Palmer 被译成凡斯·帕尔茂,而根据陆谷孙的新英汉大词典应该翻译为"万斯·帕尔默",不一而足。出现这种人名翻译不准确的情况的原因主要是在当时没有统一的人名、地名翻译规范,大家只是根据读音找到了对应的汉字,而现在大多数人名、地名已经被收录到字典里,有据可查。其三,翻译的文学体裁、作品类别和主题单一。在解冻阶段翻译的二十多部文学作品中,只有两部戏剧被译成中文,其余均为长篇小说或短篇小说集。除了一首澳大利亚诗歌之外,国内没有发现翻译成册的澳大利亚诗歌或诗歌集,散文和文学理论翻译更是无人问津。即使在翻译的作品中,也主要集中在几位现实主义风格明显的作家身上,体现现代主义或者后现代主义艺术手法的作品几乎是空白。

通过上述梳理和分析,我们发现解冻阶段的澳大利亚文学研究基本上是以译介为主,翻译的作品数量少且主题内容较为单一。零散性、随意性和政治性的翻译无法形成具有学术性含量的研究成果,理论研究更是空白。这说明中国尚未形成稳定的澳大利亚文学研究队伍,多数译者翻译澳大利亚作品是兴趣使然或者是上级分派的任务。虽然这种看似不正常的正常现象有其国内外社会文化原因,但相信随着中澳之间文化交流的加深,澳大利亚文学研究会逐步走向学术化和专业化的道路。冬天已经过去,春天还会远吗？令人欣喜的是，国内学者已经意识到中澳文化交流的必要性，并在专业化道路上迈出了可喜的一步。1979年安徽大学率先在国内成立首个大洋洲文学研究室，这是一个破冰之举，昭示着中国澳大利亚文学研究正式进入高等学校，迈向起步阶段。

（二）起步阶段（1979—1988）：蒿草萌芽方破土

1979年初，当中国向世界敞开大门的时候，首批年轻的中国学者黄源深、胡文仲、胡壮麟、侯维瑞、杜瑞清、龙日金、王国富、杨潮光、钱佼汝一行九人，承载着国家的重托和期盼，来到澳大利亚的悉尼大学，开始了他们在异国他乡的求学生涯，同时也正式拉开了中国学者研究澳大利亚文学的序幕。1982年，"澳帮"九人学成归国，在国内首先竖起了澳大利亚文学研究的大旗。

然而，此时澳大利亚文学研究尚处于起步阶段，成果寥寥。外国文学类杂志只登载了部分澳大利亚作家的翻译作品，其中以短篇小说居多。据不完全统计，截至1988年，共有四十六位作家的短篇小说、十八位作家的诗歌、十九位作家的儿童文学作品和长篇小说、四位戏剧家的五部作品被翻译成中文。澳大利亚著名作家亨利·劳森的《劳森短篇小说集》和裘德·华登的短篇小说集《没有祖国的儿子》也在这一时期再次出版面世。在被翻译的长篇小说中，既有现实主义作品，如马库斯·克拉克的《无期徒刑》、罗尔夫·博尔特沃德的《武装行劫》，也有现代主义作品，如帕特里克·怀特的《人类之树》和《风暴眼》。就发行量而言，考琳·麦卡洛的《荆棘鸟》稳居第一，达185000册，充分说明了中国读者对这部作品的喜爱。

除翻译作品之外，这一时期也出现了一些译介性文章和零星的论文。1980年《外国文学》第4期刊登了约翰·麦克拉伦和沙江合著的文章《我们文学中现实的形象——兼论派特里克·怀特的作品》（节选），该论文是中国学者翻译介绍澳大利亚文学的第一篇文章。从内容可以看出，虽然文章的观点出自国外作者麦克拉伦，但沙江通过翻译整理，使中国读者了解到"一个作家的成就与整个民族的关系"。同年5月，澳大利亚人文科学院院士、悉尼大学英语系教授列奥尼·克拉默博士应邀到北京外国语学院英语系访问，并就澳大利亚文学发展情况发表了演讲。松延整理后，以《克拉默教授谈澳大利亚文学》为题刊登在同期的《外国文学》杂志上。这是澳大利亚学者首次在中国介绍澳大利亚文学，并与中国学者面对面地交流。

首位论述澳大利亚文学的当属吴辉。他在《中山大学学报》（哲学社会科学版）1979年第2期发表了《澳大利亚现实主义文学奠基人——亨利·劳森》一文，介绍了亨利·劳森的文学成就和他对澳大利亚文学的影响。一年后，胡文仲以"悉尼来信"的方式为澳大利亚文学"画了一个轮廓"。该论文从"澳大利亚的诗歌"、"澳大利亚的小说"、"澳大利亚的戏剧和电影"和"澳大利亚的文艺评论"四个方面论述了澳大利亚文学发展的概貌和所取得的成就，为后来的学者研究澳大利亚文学提供了参考资料。在此后的几年里，胡文仲继续发表多篇文章。从内容来看，他早期的论文主要分为四类："一类是对于澳大利亚文学的评论，一类是对作家的访问记，一类是书评，最后一类是对于澳大利亚文学教学的探讨和对于澳大利亚文学翻译的初步调查。"其中"关于帕特里克·怀特本人及其作品的却占了大约一半的篇幅"。由此也可以看出中国学者在起步阶段就对怀特十分关注，其原因是他"在澳大利亚文学发展中占据着举足轻重的地位"。

几乎与此同时，黄源深在80年代连续在多家报刊发表研究性论文，较为系统地介绍和论述澳大利亚文学的历史与现状，成为澳大利亚文学研究的开拓者和先行者。1981—1988年，他分别在《外国文学研究》、《世界文学》、《外国语》、《译林》和《华东师范大学学报》等学术期刊上发表了十篇文章，其中宏观论述五篇，微观文本分析五篇。这十篇文章充分反映了这一时期国内学者的研究成果，黄源深也当之无愧地成为国内澳大利亚文学研究的集大成者。

起步阶段的澳大利亚文学研究呈现几个特点。其一，翻译作品多，研究论文较少。本阶段发表论文二十一篇，翻译八十三篇，后者是前者的四倍之多。其二，研究的内容比较集中。主要集中在对澳大利亚文学的整体论述和主要作家身上，即澳大利亚文学的发展时期、流派和帕特里克·怀特、亨利·劳森的作品等方面。其三，论文作者比较集中。二十一篇论文中，黄源深和胡文仲分别发表了十篇和四篇，各占47%和19%，而其他学者只发表了七篇。其四，《外国文学》和《安徽大学学报》（哲学社会科学版）是发表澳大利亚文学研究成果的主要平台，前者先后在1980年、1984年和1987年出版澳大利亚文学专刊，成为改革开放后最早设立澳大利亚文学研究专栏的学术杂志，后者先后登载四篇论文，成为国内发表澳大利亚文学研究性文章数目最多的高校学报。其五，中澳两国学者间的交流平台开始建立。1988年首届澳大利亚研究国际研讨会在北京外国语学院成功召开，来自包括澳大利亚在内的各国学者齐聚北京，就共同感兴趣的话题展开讨论。

呈现以上特点的原因在于中国改革开放时间不长，澳大利亚文学对于中国学者而言仍然是一片亟待开垦的处女地，加之中国尚未形成研究澳大利亚文学的氛围和传统，因此研究成果不多，处于起步阶段就不足为怪了。但王佐良早在1980年就在《外国文学》上撰文指出，"对于一个文学史家，澳洲文学是一个理想的研究对象"。虽然处于起步阶段的澳大利亚文学研究还比较稚嫩，但假以时日，定能成为文学研究领域的一朵奇葩。

（三）发展阶段（1989—1998）：一棹白花次第开

这一阶段是中国改革开放的重要时期，国民经济快速发展，人民生活水平显著提高，与国外的文化交流进一步深入，澳大利亚文学研究也逐渐步入了发展时期，具体表现在澳大利亚研究中心在国内高校开始建立，论文和专著的数量和质量有大幅提高，高级别的研讨会陆续在全国范围内召开，澳大利亚文学课程开始在高校开设，个别学校甚至开始招收澳大利亚文学方向的研究生，为研究澳大利亚文学研究培养后备力量。

继1983年北京外国语学院在国内建立第一个澳大利亚研究中心之后，华东师范大学、厦门大学、南开大学、苏州大学、北京大学等高校先后成立澳大利亚研究中心。这些研究中心除了继续从事文学研究之外，还将其领域延伸至政治、经济、外交、文化、贸易、法律等方面。同时，利用这些平台开展各种学术交流活动。1989—1998年，先后在厦门、上海、合肥等地举办了五届澳大利亚研究国际研讨会，会议规模由当初的二三十人发展到后来的近百人，其学术影响日益扩大，中澳之间的文化交流也日益增强。

国内学者继续通过外国文学杂志和高校学报发表学术论文。其中有关澳大利亚小说的论文居多，虽然这些文章的内容和风格各异，但它们从不同角度展现了中国学者对澳大利亚小说的理解和研究水平。与此同时，研究澳大利亚诗歌和戏剧的文章开始出现，但数量不多，这些有关诗歌和戏剧的论述增加了澳大利亚文学研究内容的多样性，有利于中国读者对澳大利亚文学较全面的了解。

令人瞩目的是，这一阶段出版了几部有重大影响的学术专著。它们分别是黄源深的《外国文学·大洋洲文学》（1990）、《当代澳大利亚社会》（1991）、《从孤立走向世界——澳大利亚文化简论》（1993）、《澳大利亚文学论》（1995）、《澳大利亚文学史》（1997）、《澳大利亚文学选读》（1997）和胡文仲的《澳大利亚文学论集》（1994）。其中《澳大利亚文学史》填补了国内相关领域的空白，是澳大利亚文学史研究的扛鼎之作。该书结构清晰，内容翔实，文笔优美，获得教育部高校人文科学优秀著作二等奖。《澳大利亚文学选读》也是国内第一部拓荒之作，作者选取了五十位澳大利亚作家的作品，具有很强的代表性。许多年过去了，书中的论述仍然独具匠心。胡文仲的《澳大利亚文学论集》也是一部不可多得的学术著作，书内收录了多篇他发表在外国文学杂志上的文章，尤其是他对怀特的论述占了相当大的篇幅，其真知灼见值得年轻的学者参考。

这一时期的翻译成果也值得一提，主要作品包括黄源深翻译的《我的光辉生涯》（1989），胡文仲与李尧合译的《人树》（1991）、《当代澳大利亚短篇小说选》（1993），胡文仲与刘寿康合译的《探险家沃斯》，李尧翻译的《树叶裙》（1993），怀特的自传《镜中瑕疵》（1998）、《牛津澳大利亚历史》（1993），曲卫国翻译的《奥斯卡与露辛达》（1998）等。其中，《牛津澳大利亚历史》是国内第一部全面介绍澳大利亚历史的学术著作，对于中国学者了解澳大利亚有着积极的作用。

中国澳大利亚文学研究的第二个十年呈现如下特点。其一，研究成果增多，学术专著的出版具有划时代意义。本阶段共发表各类学术论文三十八篇，比第一个十年多出十七篇。《澳大利亚文学史》、《澳大利亚文学选读》、《澳大利亚文论》和《澳大利亚文学论集》是国内学者研究澳大利亚文学最重要的学术成果，对于研究澳大利亚文学有重要的指导意义。其二，研究的内容较前一阶段更加宽泛，开始出现论述澳大利亚诗歌和戏剧的文章。其三，研究队伍有所壮大，但主要集中在北京外国语大学、华东师范大学、安徽大学等高校。其四，中澳之间的学术交流增强，主要表现在召开了五届澳大利亚研究国际学术研讨会。

呈现以上特点的原因是中国改革开放的进一步深入和扩大，中外文化的交流日趋频繁。老一批澳大利亚文学研究的学者厚积薄发，取得了阶段性和标志性的成果。但与英美文学研究相比，除了个别学者影响巨大外，整体上仍然处于边缘地位，需要付出更多的努力，才能把澳大利亚文学研究推进一步。

（四）繁荣阶段（1999—2019）：清姿馥郁艳群芳

进入21世纪以来，随着中国改革开放的进一步深入和中澳文化交流的进一步密切，澳大利亚文学研究进入了繁荣时期。澳大利亚研究中心几乎覆盖了中国的六大区域，各种文化活动更加频繁。本阶段澳大利亚文学研究表现出以下几个特点。

第一，研究的范围更加广泛并呈现多元化的态势。除了对帕特里克·怀特、亨利·劳森等人的作品表现出持续的热情之外，国内学者还对J. M. 库切、彼得·凯里、弗兰克·穆尔豪斯、伊丽莎白·乔利、海伦·加纳、布莱恩·卡斯特罗、理查德·弗纳瑞根等主流作家高度关注。从文化多样性来看，尽管研究白人文学的论文依然独占鳌头，但有关移民文学、女性文学和土著文学的论著呈现上升势头。之所以出现这种局面，是因为澳大利亚多元文化政策为非主流文学提供了良好的环境，从而使女性文学和土著文学能够迅速发展。同时，后现代主义、后殖民主义、女性主义和新历史主义等文艺理论对国内学者产生了巨大的影响，研究内容和视角呈现多元化特征。

第二，研究的内容更加深入、细致和系统。虽然这一阶段没有像《澳大利亚文学史》那样影响巨大的学术专著，但也出现了当代澳大利亚经典作家研究的系列丛书，它们分别是王光林的《错位与超越——美、澳华裔英语作家的文化认同》（2004），吴宝康的《论怀特小说的悲剧意义》（2005），彭青龙的《写回帝国中心——彼得·凯里小说的文本性与历史性研究》（2006）、《彼得·凯里小说研究》（2011），徐凯的《孤寂大陆的陌生人——帕特里克·怀特小说中的怪异性研究》（2007），梁中贤的《解读伊丽莎白·乔利小说的符号意义》（2007），朱晓映的《海伦加纳研究》（2013），王腊宝的《澳大利亚文学批评史》（2016）等。这些单个作家的学术专著，是中青年学者系统研究澳大利亚当代文学的最新成果，它们不仅有抽象的理论阐述，而且有细致的文本分析和解读，对于深入了解澳大利亚文学具有重要意义。此外，本阶段还出现了普及型的文学史、文学批评专著，如黄源深与彭青龙合著的《澳大利亚文学简史》（2006）、陈弘等著的《澳大利亚文学评论》（2006）等。黄源深的《澳大利亚文学史》也于2014年发布新版，不少内容得到了更新。

第三，研究力量明显增强，这可以从发表论文的数量和承担的国家级课题明显看出。据不完全统计，全国高校设立了三十六个澳大利亚研究中心，其中有十一个高校设立的国别与区域研究中心已获得教育部批准备案。据不完全统计，1999—2018年国内学者发表在外国文学类CSSCI来源杂志上的文章共计一百多篇，分别发表在《外国文学评论》、《国外文学》、《外国文学》、《当代外国文学》和《外国文学研究》上，排在前三位的杂志是《当代外国文学》、《外国文学》和《外国文学研究》。先后有八个国家社会科学基金项目获准立项，彭青龙的《多元文化视野下的大洋洲文学研究》获批国家社科基金重大项目，引起了国内同行关注。这些国家级项目的研究有利于提高澳大利亚文学研究在国内学界的地位。

这一阶段的澳大利文学研究还存在如下不足。其一，文学体裁研究不均衡的局面没有根本改变。多数中国学者依然对澳大利亚现当代小说情有独钟，而对诗歌和戏剧却研究较少。这种局面主要与当下重视小说而轻视诗歌和戏剧的大环境有关，也与澳大利亚诗歌、戏剧国内外的接受和影响不无关系。其二，对现当代作家作品研究居多，对之前的作家作品研究较少。即使在现当代作家中，也主要集中在白人主流作家身上，而对于很多移民作家和土著作家的关注度远远不够。虽然上述不足是澳大利亚文学研究过程中的问题，其成就远远超过存在的薄弱环节，但这些不足需要引起学界的重视。

澳大利亚文学研究繁荣期取得了前所未有的成就是与内外部环境分不开的，既包括文化全球化的大背景，也包括中国社会经济发展的大环境，还有研究者个人学术志趣的内在推动，这几方面的因素推动着中国澳大利亚文学研究的繁荣和进一步深化。"其外部原因是澳中关系不断改善，两国文化交往空前密切，一个重要标志是澳大利亚学者和作家频繁来华，或参加澳大利亚文学国际研讨会，或直接与读者见面介绍自己的作品，或成为大学住校作家，讲授澳大利亚文学。其内部原因是多所大学积极开设澳大利亚文学博士课程，派遣多批学者，赴澳从事短期研究。经过几年的努力，已培养出了一批专攻澳大利亚文学的年轻学者，成为当前我国澳大利亚文学研究的中坚。他们治学的一个重要特点是，结合博士学位论文的撰写，对某一作家进行专题研究，利用学术交流的机会，赴澳进行田野调查，采访研究对象，掌握第一手资料，运用现当代文学理论，对所研究的作家进行透辟的分析，写出较有深度的研究专著，从而把'散漫型'的研究导入'集中型'，使我国的澳大利亚文学研究向'深化'发展。"①

　　作为中国外国文学研究的重要组成部分，澳大利亚文学研究经历了解冻、起步、发展和繁荣四个阶段，每一个阶段都由于国内外条件的不同而呈现不同的特点。回顾这七十多年所走过的路程，既有解冻和起步阶段的艰难和辛酸，也有发展和繁荣时期的欣喜和自豪。纵向地看，在黄源深、胡文仲、马祖毅等老一辈知名学者的引领下，澳大利亚文学研究成果从无到有，从散漫到集中，显示出良好的进一步发展前景。研究队伍也从个体单打独斗发展到学术共同体的集体"作战"，一批具有较强文学理论知识，熟悉澳大利亚文学文化的中青年学者逐渐成为澳大利亚文学研究的中坚，他们中的有些人已经成为澳大利亚文学研究某一领域的"专家"，他们既能独当一面，又有团队合作精神，为澳大利亚文学研究培养更年轻的后备人才。从横向来看，尽管澳大利亚文学研究取得了令人瞩目的成就，发表了一批有创见和影响力的论文，出版了高质量的作家作品研究学术专著，但其本身仍存在文学体裁研究不平衡和理论创新滞后的不足，与国内英美文学研究相比，澳大利亚文学研究还存在着巨大的差距，仍然处于边缘化的地位，这种局面的形成固然与英国、美国的强势文化地位不无关系，但是作为世界文学不可或缺的一部分，澳大利亚文学有其独特的艺术魅力，

---

① 彭青龙：《彼得·凯里小说研究》，上海外语教育出版社2011年版，第11页。

值得中国学者花大气力去研究,从而为中国文学创作提供借鉴。

十九 其他文学研究

这里所谓的其他,主要指长期遭遇忽略的黑非洲文学。受语言等诸多因素的限制,黑非洲文学一直没有受到重视。因此,中国非洲文学研究起步很晚,即使在前三十年"三个世界"理论框架下,也未能得到应有的发展。但同时也正因为如此,黑非洲文学研究是近年来发展最快的一个学科。随着我国的综合国力的增长,尤其是"一带一路"方案的实施,中非之间的交往日益密集、深入,非洲文学研究在国内学界也便获得了前所未有的关注。其中一个长足的发展是学者们开始注意总结与反思国内的学科研究现状,并在此基础上不断提出新的研究问题。

2017年,由北京大学非洲研究中心策划的《中国非洲研究评论》出版了非洲文学研究专刊(由蒋晖担任执行主编)。该书首次收集了大陆十六所高校的非洲文学研究与教学的介绍资料,并勾勒出学科发展的特点——国内各类高校的非洲文学研究与教学分别依托深厚的东方学(特别是东方文学、亚非文学研究)传统、比较文学和外国文学理论优势和传统语言教学基础等,开拓并发展出充满活力的非洲文学研究学科。

近年来,国内非洲文学研究领域的一个重要的动向,是从过去以欧洲语言书写的非洲文学(如非洲英语文学和非洲法语文学)为主,开始意识到有必要加强对非洲本土语言文学和文化现象的研究。这一转向与近期非洲大陆上诸多学术机构和高校开展的轰轰烈烈的去殖民教育运动遥相呼应。国内学者们逐渐意识到,非洲文学研究需要置于更加广阔的社会历史视野、关注非洲本土的和在地的知识传统和社会思想史。2012年10月,应中国社会科学院外国文学研究所的邀请,尼日利亚作家、诺贝尔文学奖获得者索因卡访问中国,带来了非洲文学的光芒。自此,在著名非洲文学批评家拜尔顿·杰依夫教授、非洲戏剧家费米·奥索菲桑教授和沃莱·索因卡的倡导下,北京大学外国语学院亚非系筹备并正式建立了国内第一个非洲文学与文化研究硕士研究生专业方向,为该学科的建设做出了一定的贡献。此外,北京外国语大学、天津外国语大学、中国传媒大学等高校也依托传统的斯瓦希里语、豪萨语等传统非洲语言教学优势,不断有相关非洲本土语言文学的研究成果诞生。

总结近年来的国家社科基金等各种研究项目和课题，也不难发现除了作家作品研究，出现了不少对文学现象与思潮、将文学史与社会史结合展开的研究，设立了若干项目，例如，"20世纪60年代以来的尼日利亚戏剧转型研究"（北京大学）、"英殖民时期斯瓦希里语和豪萨语本土文学嬗变研究"（北京外国语大学）、"文化记忆与身份认同视角下的当代戏剧研究"（长沙理工大学），等等。

学者们提出的另一个重要的问题，是如何理解和认识中国学者在非洲文学研究领域的视角和立场，不断反思在中国语境下研究非洲文学的路径与方法。这一问题的提出，有助于国内非洲文学研究界突破西方中心主义的视野和后殖民理论的限制，重新回顾与发现第三世界的理论和思想资源，介入非洲文学研究的前沿理论，并加入国际非洲文学研究学界的对话与论争。

非洲文学的研究成果，也与近十年来非洲文学的译介工作相辅相成。除了从20世纪中叶就得到关注的阿契贝等非洲文学的经典作家，许多新兴作家的作品也被译为汉语。非洲英语文学方面，最受关注的作家之一是尼日利亚女作家奇玛曼达·恩戈齐·阿迪奇埃，她的作品中有六部作品相继在中国问世。此外，尼日利亚作家本·奥克瑞、伊各尼·巴雷特、奇戈希·奥比奥玛等人的作品也被翻译成中文，为中国研究者和读者呈现了更加当代和多元的非洲社会面貌。非洲法语文学方面，摩洛哥作家塔哈尔·本·杰伦、科特迪瓦作家阿玛拉·库鲁玛、刚果（布）作家阿兰·马邦库等人的作品先后被译介至中国。非洲葡语文学方面，莫桑比克著名作家米亚·科托的代表作《母狮的忏悔》、《梦游之地》、《耶路撒冷》等作品也由北京大学葡语系研究人员先后完成译介，且米亚·科托于2018年首次受邀访华。

最近，不少高校相继设立非洲研究院所（中心），非洲文学开始从英、法、葡、阿等大语种转向土著语言。总之，随着"一带一路"，从"互联"到"互通"、从"互利"到"互赢"，我国非洲文学研究必将迎来新的高潮。

二十　外国文学研究的若干问题

"改革开放"伊始，为贯彻党的十一届三中全会精神，"二为方向"①应运而生。它一举扬弃了文艺"为工农兵服务"、"为政治服务"的铁律，从而极大地推动了解放思想、拨乱反正进程。蓦然回首，四十年如白驹过隙，但外国文学研究似乎尚未从粗放式引进向选择性奋抉转向；尽管党的十八大以来，外国文学研究界开始顺应大势，在强健文化母体与借鉴外国文学、重塑国家意识和建构人类命运共同体等一系列对立统一关系上，开始进行既有内核又有外延的同心圆式缓和与向化，然而，困难和问题依然不能回避，且讲透并不容易。

首先，四十年弹指一挥间，而文学之流浩荡，作为个人，我们却只能取其一瓢一勺。即或如此，攫取主流还是支流？浪花还是深水？诸如此类，又不是三言两语可以说得清道得明的。其次，1978年至今，我们有幸忝列其中，难免感慨良多，在此不妨抛砖引玉，就外国文学研究的问题择要交代一二。

（一）关于立场

作为人类精神的重要组成部分，外国文学的好处自不待言。外国文学界众多同行的一瓢一勺之和，也便有了四十年我国外国文学研究、教学、翻译、出版的繁荣。设若没有外国文学狂飙式的涌入，我们的思想解放势必缺乏灵性的翅膀，我国文坛或将长期徘徊于伤痕文学并裹足不前。当然，此时此刻，较之其他行业，我们是否更须反躬自问？在我们为这个民族，譬如擢升国民素质；为这个时代，譬如推动社会进步做了些什么的同时，我们有没有做错什么？或者我们做得够不够多、够不够好？在我们大量引进现代主义和后现代主义以为激活思辨能力、拓展文学视野、推动中国文学多维发展的同时，我们有没有使马克思主义淹没在林林总总的其他主义之中？有没有忘却我们研究外国文学终究或者主要是为了繁荣、发展和强健中国文学这个母体？又或者我们为中国文学做了哪些有益或者有愧或者可有可无的工作？于是，我们想：

---

① 即邓小平同志所说的文艺"为人民服务，为社会主义服务"。

立场是关键。语言文学原本是人文基础、文化载体；然而，近三四十年来，我们的外国文学研究正在与本国文学渐行渐远。其曾经的显赫（譬如新文化运动时期、20世纪50年代和"改革开放"初期）风光不再。这固然有客观的、历史的原因，譬如资本的作用、市场的因素、微博微信的普及、二次元审美的扩张，等等。曾经作为触角替中国革命和建设、替"改革开放"探路的文学，其激荡的思想、碰撞的火花在时代洪流中逐渐暗淡，褪却了敏感和锐利，以至于"返老还童"为"稗官野史"、"街谈巷议"，甚或哼哼唧唧和面壁虚设。伟大的传统似乎正在离我们远去。而我国外国文学界在这个过程中难辞其咎。

随着大众媒体的衍生，尤其是在多媒体时代，学院派本就越来越无能为力，却大有随波逐流之势。文学正在被资本及其主导的文化商品化、图像化和快餐化引向歧途，而我们的立场正销蚀殆尽。

资本固然是首要因素，但我们有没有趋炎附势，却美其名曰多元、国际，或者生活审美化、审美生活化？甚至有意无意地选择"淡化意识形态"的意识形态和"为学术而学术"的"无病呻吟"？据我所知，西方学界倒是反其道多多，谓予不信，姑且列举一二。譬如法兰克福学派，再譬如以詹姆逊、伊格尔顿或齐泽克为代表的当代西方马克思主义。由此上溯，又譬如最早提出了"大众文化"概念的奥尔特加，尽管其立场是反向的，却多少在马尔库塞中得到了发扬光大。他在《艺术的去人性化》（1925）一书中明确否定19世纪的浪漫主义和现实主义文学，认为它们不是真正的艺术。尤其是现实主义文学，被他嗤之以鼻：无须鉴赏水平，因为它有的只是现实的影子，没有虚构，只有镜像。① 显而易见，他所推崇的"真正的艺术"是贵族艺术，那些普通人无法鉴赏的阳春白雪，譬如巴罗克文艺或者现代主义。前者源于南欧，巴罗克即玑子，又称变形珍珠。文艺复兴运动时期一度使玑子颇受青睐。一般认为巴罗克是一种艺术风格，兴盛于16世纪中至17世纪末（个别地区如俄国或延至18世纪）。但事实上它远非"一种风格"可以涵盖，而是文艺复兴运动和启蒙运动之间

---

① Ortega y Gasset, *La deshumanización del arte y otros ensayos de estética*, Madrid: Editorial Espasa-Calpe, 1987, pp. 3 – 29.

的一个极其复杂的间隙性流派，在不同地区、不同艺术门类中表现不尽相同，尽管它总体上背弃了文艺复兴运动时期的人文主义情怀，内涵繁复且不无玄奥，形式夸张而富于变化。至于后者，则多少继承了巴罗克遗风，在"新"、"奇"、"怪"的路径上做足了文章，以至于产生了《芬尼根守灵夜》那样连一般学者都啃不动、搞不定的"天书"。而这些恰恰是奥尔特加们认为真正艺术的、审美的对象。当然，从奥尔特加到法兰克福学派（如马尔库塞）所批判的"大众文化"的确对艺术产生了负面影响。但罪过不在"现实主义"，更不在大众，而在资本和消费主义。关于这一点，笔者已有专文评述，[①] 恕不重复。需要补充并强调的是，现代主义的标新立异使文学远离了大众。后现代主义虽然在某些方面有所收敛，也更具包容性和复杂性，但仍然没有使文学贴近大众。马克思主义的文艺观始终不在提高与普及上采取形而上学和排中律。马克思的"莎士比亚化"是最初的例证，习近平总书记《在文艺工作座谈会上的讲话》是最近的佐证。

这其中自然牵涉到立场问题，当然也不仅是立场问题，还有方法和目的。

先说立场。立场使然，奥尔特加站在精英立场上反对大众文化，乃至现实主义文学和方法。这显而易见，也毋庸置疑。用最通俗的话说，奥尔特加出生在西班牙的贵族家庭，毕生致力于"生命哲学"，从而一不小心成了海德格尔存在主义哲学的先驱。他自然没能预见萨特式存在主义对他的背叛。我们的外国文学研究和翻译终究或主要是为了强健中华文学母体的拿来。这也是"五四"新文化运动以来鲁迅高举的旗帜。遗憾的是，这面旗帜正在有意无意地被"世界主义"者们所抛弃。他们罔顾历史，罔顾霸权主义和单边主义，大谈所谓的"世界文学"。真不知达姆罗什、卡萨诺瓦们眼中的"世界文学"是否包括《红楼梦》和"鲁郭茅"、"巴老曹"？是否包括"巴铁"文学和坚持文学介入社会的形形色色的现实主义？这些问题不由得让人思考"民族的就是世界的"这个古老的命题。人们大多将此命题归功于鲁迅，但鲁迅的原话是："现在的文学也一样，有地方

[①] 陈众议：《武器的批判——马克思主义文艺观刍议》（一），《外国文学动态研究》2016年第3期。

色彩的，倒容易成为世界的，即为别国所注意。打出世界上去，即于中国之活动有利。可惜中国的青年艺术家，大抵不以为然。"①

是的，这的确是那个"五四"期间曾经矫枉过正的鲁迅。然而，立场使然，他弃医从文、口诛笔伐，为的终究是中华文化母体的康健。批判也罢，挖苦也好，阿Q精神难道不是我们必须唾弃的民族劣根性吗？它与堂吉诃德（Quijote）精神可谓一脉相承。鲁迅倡导的"别求新声于异邦"难道不正是为了改变阻碍中华民族前进的文化糟粕吗？当然，凡人皆有矛盾之处。鲁迅也不例外，而我们不应以偏概全、以小节否定大节。所谓大节，恰是他的主要立场、主要方法、主要目的，以及他为中国新文化、新文学树立的丰碑。

马克思、恩格斯的国家或者国际意识建立在无产阶级立场上，这正是马克思主义对人类社会（尤其是资本主义社会）的基本认知。也正因为强调立场，在承认资本主义作为历史必然的同时，马克思、恩格斯仍坚定地、义无反顾地批判资本主义。

（二）关于方法

众所周知，20世纪被誉为批评的世纪，有关方法熙熙攘攘、纷纷扰扰，令人目眩。从象征主义到印象派，从形式主义到新批评，从叙事学到符号学，从结构主义到解构主义，从女权主义到生态主义，从新历史主义到后殖民主义，从存在主义到后人道主义，等等；或者流散、空间、身体、创伤、记忆、族裔、性别、身份和文化批评，等等；以及现代主义、后现代主义、后现代主义之后，等等，可谓五花八门。

在学术界潮起潮落，城头变幻大王旗的时代，外国文学研究不仅立场悄然裂变，而且方法呈现出发散性态势。二者相辅相成，难以截然分割。于是，我们的问题是：我们是否有意无意地抛弃了文学这个偏正结构中的"大学之道"，使之既不明明德，也不亲民，更不用说止于至善？一定程度上，乃至很大范围内，我们是否已经使绝对的相对性取代了相对的绝对性，使批评成了毫无标准的自话自说、哗众取宠？伟大的传统——马克思主义是否被轻易忽略？曾几何时，马克思用他的伟大发明揭示了人类社会

---

① 《鲁迅全集》第13卷，人民文学出版社2005年版，第81页。

发展的基本规律，但是他老人家并不因为资本主义是其中的必然环节而放弃对它的批判。这就是立场。立场使然，马克思早在资本完成国家垄断和国际垄断之前，就已经用历史唯物主义方法揭示了资本的本质，并毅然决然地站在大多数人的立场上对它口诛笔伐。这也是马克思褒奖巴尔扎克和狄更斯等批判现实主义作家的重要因由。同时，从方法论的角度，恩格斯对欧洲工人作家展开了善意的批评，认为巴尔扎克式现实主义的胜利多少蕴含着对世俗、时流的明确悖反。尽管巴尔扎克的立场是保守的，但恩格斯却从方法论的角度使他成了无产阶级的"同谋"。这便是文学的奇妙。方法有时也可以"改变"立场。这时，方法也便获得了一定的独立性。在致哈克奈斯的信中，恩格斯说，"我决不是责备您没有写出一部直截了当的社会主义的小说，一部像我们德国人所说的倾向小说，来鼓吹作者的社会观点和政治观点。我的意思决不是这样。作者的见解愈隐蔽，对艺术作品来说就愈好。我所指的现实主义甚至可以违背作者的见解而表露出来。让我举一个例子。巴尔扎克，我认为他是比过去、现在和未来的一切左拉都要伟大得多的现实主义大师"。① 由是，恩格斯借马克思的"莎士比亚化"和"席勒式"之说以提醒工人作家。相形之下，我们的立场如何？我们的方法又如何？

事实是，马克思主义经典作家心目中的经典作家如巴尔扎克、托尔斯泰等逐渐受到冷落。与此同时，夏志清的一部《中国现代小说史》轻而易举地颠覆了我国现代文学历经数十年建构的经典谱系，从而将张爱玲代表的"自我写作"者们奉为典模。这种"反意识形态"的意识形态招摇过市，不知道蒙骗或者迎合了多少同行的心志。顺着这个思路推演，当代美国和西方主流学界冷落巴尔扎克们、托尔斯泰们当可理解，而我们紧随其后、欲罢不能地无视和轻慢这些经典作家就难以理解了。这中间除了对传统意识形态的逆反，恐怕还有更为深层的根由。顺便举个例子，当我们的一些同行忘却弗洛伊德对陀思妥耶夫斯基的尖锐批评的同时，另一些正兴高采烈地拿弗氏理论解构和恶搞屈原。

也正是在这种"反意识形态"的意识形态驱使下，唯文本论大行其

---

① 《马克思恩格斯文集》第 10 卷，人民出版社 2009 年版，第 570—571 页。

道。这种拔起萝卜不带泥的做法，与源远流长的形式主义不谋而合，或者变本加厉地沿承和发展了形式主义，作者被"死了"（见罗兰·巴尔特《作者之死》），形形色色的方法凌驾于文学本体之上。有心的同行、读者可以对近三四十年的外国文学评论稍加检索，当不难发现，其中大多是自话自说和从理论到理论的"空手道"，或者罔顾中国文学这个母体的人云亦云。

而目前盛行的学术评价体系推波助澜，正欲使文学批评家成为"纯粹"的工匠。量化和所谓的核刊以某种标准化生产机制为导向，将批评引向千篇一律、千人一面的"模块化"劳作。我们是否进入了只问出处不讲内容的怪圈？是否让一本正经的钻牛角尖和煞有介事的言不由衷，或者模块写作、理论套用、为作文章而作文章、为外国文学而外国文学的现象充斥学苑？其中的作用和反作用是否已经形成恶性循环？

这些问题足以让我们毛骨悚然。说到这里，我们想，一个更大的恶性循环也许正在或者已然出现，它便是读者，乃至中国作家的疏虞。本来，他们应该是我们最大的服务对象。我们的工作应该或者首先是为了中国文学、中国作家、中国读者的需要，而不是关起门来在越来越狭隘的"螺蛳壳里做道场"，或者一门心思地去讨好洋人、为洋人涂脂抹粉。除了前面说到的资本影响，我们本身的问题也每每使我们的读者、我们的作家望而却步。面对商家的吆喝，他们本已无所适从，隔空隔时的"空手道"式的外国文学研究更使其莫衷一是。经典的边际被空前地模糊，尽管外国文学作品的翻译引进依然如火如荼。于是，泥沙俱下、鱼龙混杂自不待言，三流四流，乃至末流文学所制造的皇帝新装也不可避免。于是，中国作家饕餮般的胃口倒了，已经鲜有关心外国文学研究的；而普通读者，不是浅阅读盛行，就是微阅读成瘾：我们这个发明了书的民族，终于使阅读成了一个问题。呜呼哀哉！这对谁有利呢？也许还是资本或资本主导的外国文学本身。

此外，虽然形式主义由来已久，但唯文本论大行其道却是近二三十年的事。随着现代主义的引入，先是结构主义风行一时，导致文学研究出现了唯文本论现象。用德里达的话说，叫作"文本之外，一切皆无"；而且无休无止，惟斯为甚。有关情况无须多言，大家心知肚明。

可喜的是，近年来，在以《外国文学评论》为代表的学术平台上，越来越多的同行正致力于为了拿来的批评，我们称之为新社会历史批评。他们以我为主、为我所用、富有家国情怀、彰显国家意识的研究范式正在逐渐改变业已坚硬的唯文本论倾向，不仅着力开掘作家作品及其从出的社会历史语境，而且将本国读者及其接受问题纳入文学视阈。虽然历史不能还原，但历史的维度永远是文学批评的首要方法。只消将"鲁郭茅"、"巴老曹"和张爱玲们置于所从出的社会历史语境，那么谁有资格成为国家的脊梁、民族的魂魄和中国现代文学的经典，也就不言而喻了。我深感疑惑的是，那么人何以如此罔顾历史、轻信夏氏兄弟？就连傅雷那样的"旧知识分子"也不曾如此啊！

（三）关于方向

有关问题或可牵出许多话题；但因篇幅所限，仅想就与立场和方法关系密切的目的论稍加点厾。

话说"冷战"结束、苏联解体以后，国家意识在"全球化"进程中单向度淡化显然更符合美国利益及跨国资本的诉求。为避免陷入了无止境的枝节铺陈，不妨简言之：狂欢背后的利益。它以网络文化的广场式狂欢和市场经济的有求必应体现出来，并一发不可收拾。后者则或可反过来印证文学的某种规律。我们称之为经典的悖反或经典的保守，即面对一个新的、价值观发散性纷乱的时代，经典作家大抵采取了保守的悖反姿态。而这种姿态所揭示的往往是现实的偏废——其中包括某些相对稳定的族群或国家意识。除了前面说到的张爱玲，我们还可以例举严歌苓等一批作家。后者对中华民族的指摘与不屑在《小姨多鹤》、《金陵十三钗》、《归来》、《芳华》等作品（主要是原著，其次才是经过改编的影视作品）中表现得淋漓尽致。而身为中国读者、观众（即使是有关影视作品的观众）难道就真的已经麻木不仁到如此程度了吗？但凡有点"良知"的，必被她（当然是经其他"国人"之手）打入十八层地狱；但凡有个"老外"的，即使流氓或"无知婴儿"也必被奉为天使。必须说明的是：（1）严歌苓早已是美国作家；（2）读者的麻木不仁首先应该归咎于外国文学研究界的麻木不仁。我们对当代中国文坛的问题难辞其咎。诸如此类不仅与上述立场、方法问题有关，而且很大程度上表现为更加显性的麻木不仁：一些外国文学研究者对本国文学漠不关心。

然而，从学科史的角度看，外国文学同中国文学本是一枚钱币的两面，不可分割。曾几何时，"百日维新"（康有为、梁启超等）取法的"托洋改制"的"体"、"用"思想众所周知，这正是他们取法文艺复兴运动（"托古改制"①）思想的一个见证。倘使不算《天路历程》（也称厦门本，于1853年出版，因为它是由在华传教士主导翻译的，用以传播教义），外国文学的真正进入可以说是我国知识分子面对帝国主义坚船利炮的一次伟大的觉醒，即主动的拿来，鲁迅称之为"拿来主义"。因此，严格地说，《巴黎茶花女遗事》是我国自主引进的第一部外国小说，适值"百日维新"。是年，林纾开始在友人的帮助下翻译或者说是转述外国文学名著。而这显然是维新运动的组成部分或谓继续，它与严复、梁启超和王国维等人的文学思想殊途同归。严复与梁启超分别于1897年和1898年倡导中国文学的改革路径应以日本与西方文学为准绳。严复提出了译事三字经"信、达、雅"，而且亲力亲为。"信"和"达"于翻译不必多言，而"雅"字不仅指语言，还应包含遴选标准，即价值和审美取向，否则也就罔顾现代意义上的审丑美学，甚至以丑为美了。

林纾的翻译涉及英、法、美、俄、挪威、瑞士、比利时、西班牙等欧洲国家的文学。在众多作家中，既有文艺复兴时期的塞万提斯、莎士比亚和18世纪启蒙运动时期的笛福、斯威夫特，也有19世纪浪漫主义和批判现实主义时期的巴尔扎克、大仲马、小仲马、狄更斯、托尔斯泰等等，凡一百七十一种。据晚清学者阿英等人的不完全统计，1898年至1918年间，我国出版的翻译作品达六百余种。这在当时的条件下简直是个天文数字。

我国的第一部外国文学史是周作人开设欧洲文学课时撰写的一份讲义，即1918年出版的《欧洲文学史》。先此三十八年则世上已经有了第一部中国文学史，即《中国文学史纲要》。它是由俄国人瓦西里·巴甫洛维奇·瓦西里耶夫（Василий Павлович Васильев）于1880年出版的。在此之前，我们有经、史、子、集，或"文史不分家"之谓；而文学则以诗

---

① 典出康有为《孔子改制考》，中华书局1958年版。马克思的《路易·波拿巴的雾月十八日》也有类似说法。

经、楚辞、汉赋、唐诗、宋词、元曲、明清小说等等分类，却古来无史。国人撰写的第一部文学史是窦警凡的《历朝文学史》（1906，国家图书馆藏有此祖本）。它可能受"维新变法"影响，起笔于1898年前后，但目前所能查考的最早版本出版于1906年。鲁迅先生的《中国小说史略》（1923）影响最大，它也是一部关于中国小说史的讲义。用鲁迅的话说，我国小说"古来无史"。他以这部小说史呼应了梁启超关于小说的惊世之谓（《论小说与群治之关系》，1902）。鲁迅的《汉文学史纲要》（1926）的确只是个提纲。

说到周氏兄弟，我们便不能不提及"五四"运动。关于"五四"运动的基本情况就不用说了，但鉴于近来有一些人以复兴国学或儒学之名否定这场"反帝反封建的爱国运动"（党史定义），我又不能不强调它是中国思想史的一个分水岭："五四"运动故而又称新文化运动。如果说"维新变法"取法的是"中学为体"、"西学为用"，那么"五四"运动显然是"别求新声于异邦"（鲁迅语）了。毫不夸张地说，没有"五四"运动，就没有中国共产党，进而也就没有新中国。因此，无论怎么评价"五四"运动的功绩，都不为过，尽管凡事皆不单纯，某些矫枉过正的偏颇在所难免。

且说从新文化运动到《红楼梦》这一个案的经典化过程（从梁启超到王国维、蔡元培、胡适、俞平伯，等等），中国文学作为学科的创建者们和中国现代文学的奠基者们大都参与了外国文学翻译、研究、教学、传播工作。从王国维、林纾、胡适到周氏兄弟和茅盾、巴金、冰心、冯至、郭沫若、卞之琳、李健吾、钱锺书、傅雷、杨绛等等（这个名单几可无限延续），则大抵都是中外文学双栖作家、学者。笔者入职之初，冯至、钱锺书、卞之琳、李健吾、杨绛等尚在文坛耕耘，不承想时至今日，我辈忽然失却了传承的热忱、两栖的本领。这还不是最要紧的。要紧的是，同道中逐渐有人越来越对中国文学母体及其丰富实践漠然相向了。外国文学研究与母体文学的分道扬镳固然原因众多，一时难以厘清，但前面说到的问题当多少可以解说一二。

在此，我们不妨进行一点逻辑推理："民族的就是世界的"或"越是民族的就越是世界的"符合逻辑，但似乎并不契合实际。反之，"民族的不是世界的"或"民族的并不一定是世界的",倒听起来像悖论,一如马与白马,但事实如此。换言之,正如马与白马的关系,任何民族都是世界的组成部分,世界也理应是各民族的总和。然而,现实常常不尽如是,它有所偏侧。于是,世界的等于民族的似乎更符合实际;至于世界是谁,最通俗的回答是少数大国、强国。同理,世界文学也常常是大国、强国的文学。这在几乎所有世界文学史写作中都或多或少有所体现。因此,世界等于民族这个反向结果一直存在,只不过它从来没有像今天这样表现得清晰明了和毋庸置疑。盖因资本之外,一切皆无。而全球资本的主要支配者所追求的利润、所奉行的逻辑、所遵从的价值和去他者意识形态策略,显然与各民族的传统文化不可调和地构成了一对矛盾。

当然,不容置疑的是资本主义作为人类社会发展的必然一环,而且资本在完成地区垄断和国家垄断之后必然追求国际垄断。这是马克思的重要发现之一。但存在的和必然的不等于合理的。这又是马克思何以如此痛恨和批判资本的原因。

因此,若非从纯粹的地理学概念看问题,"世界文学"确实不是各民族之和,经典更不必说。在很大程度上,现在的所谓"世界文化"也只是欧美文化。而且,强势文化对弱势文化的倾轧、颠覆和取代不仅气势汹汹,却本质上难以避免。这一切古来如此,在可以预见的未来仍将如此,就连形式都所易甚微。回到"民族的不一定是世界的"这个话题,文学当最可说明问题,盖因它是世道人心的形象体现,并在一定程度上影响世道人心,却终究不能左右世道人心、改变社会发展的这个必然王国,而自由王国还非常遥远。这是因为发展中国家的作家并没有真正参与到这个跨国公司时代的文学狂欢之中,我们的文化逆差远比想象的要大得多。《红楼梦》不仅远不是世界经典,而且已经赫然位列"死活读不下去"的榜单之首。① 至于那些所谓的后殖民作家,虽然他们生长在前殖民地国家,但其文化养成和价值判断未必有悖于西方前宗主国的意识形态。像前些年获得诺贝尔奖的加勒比作家沃尔科特、奈保尔和南非作家库切,与其说是殖民主义的批判者,不如说是地域文化的叛逆者。沃尔科特甚至热衷于谈论多

---

① 据 2013 年广西师范大学出版社抽样调查。

元文化,指那些具有强烈本土意识的作家是犬儒主义和狭隘民族主义者。①

至于我们,毛泽东在概括中国时曾列数"地大物博"、"人口众多"、"历史悠久",并说还有"半部《红楼梦》"。②就以《红楼梦》为例,除凤毛麟角的汉学家外,试问有多少西方作家或学者,哪怕广义的作家和学者通读过、喜欢过呢?乔伊斯?卡夫卡?普鲁斯特?卡尔维诺?马尔克斯?还是巴赫金、韦勒克、布鲁姆、伊格尔顿?博尔赫斯倒是读过,却认为《红楼梦》是典型的幻想小说。反之,中国作家、批评家则又有哪个不是饱读洋书、对西方经典如数家珍?显然,中西之别、文化逆差是毋庸置疑的客观存在。关于这个问题,已然是说法多多。稍加引申,即有"黄土文明"和"海洋文明"、"内敛文化"和"外向文化";以及中国人重综合,西方人重分析;中国文化以和为贵,西方文化崇尚竞争或者"物竞天择,适者生存";等等。这些排中律和二元对立的说法固然并不可信,但相对而言中国的内敛以崇尚自给自足的农耕生活为基准,西方的外向以不断攫取别人的财富为取向却是事实。关于这一点,西方人早就心知肚明。③

以上固然只是当今纷繁世相和外国文学研究的一个维度,而且是笔者的一孔之见,不能涵盖客体——这种精神劳动的复杂性、多面性;但文学作为资本附庸的狰狞面目已经显现,唯文本论的泛滥也早已见怪不怪,我们不能闭目塞听,更不能自欺欺人。尤其当中国作家在饕餮般阅读外国文学时,我们却沉溺于自话自说、与他们渐行渐远。不消说,伟大的新文学传统需要后继,马克思主义更不容被边缘化。是时候端正立场、改变方法了,否则所谓的"学问"必将被新时代所淘汰。

成绩讲够不易,问题说透更难,以上是各位参与者有关七十年外国文学译介和研究的粗略总结,不当和疏漏在所难免,敬请读者方家批评指正。

---

① Derek Walcott, *What the Twilight Says*, New York: Farrarm Straus & Giroux, 1998, p.37.
② 尽管一些红学家认为《红楼梦》曹雪芹八十回不仅完整,而且不可续。见俞平伯《红楼梦辨》,人民文学出版社2016年版。
③ 见冈萨雷斯·德·门多萨《中华大帝国史》,孙家堃译,中央编译出版社2009年版。原著最早出版于1585年。

第二节　重要理论思潮和文论家研究（1978—2009）

20世纪被誉为批评的世纪，从现代主义到后现代主义，各种思潮、各种流派杂然纷呈，相互交织；不同观点、不同方法争奇斗艳，各领风骚。象征主义、印象派、意识流、表现主义、存在主义、荒诞派、黑色幽默，或者结构主义、形式主义、新批评、符号学、叙事学、精神分析学、新历史主义、接受美学、后结构主义、后女权主义、后殖民主义、生态批评、文学伦理学等，它们或多或少对我国的文学及文化研究产生了影响。但必须指出的是，这些影响并不都是正面的、积极的，比如某些"后主义"，其所造成的负面效应必须引起注意。

"后主义"的一个重要特征是对意识形态的"淡化"（或谓"终结"）。而这说穿了只不过是冷战一方的淡出（或终结）而已，客观上则顺应了跨国资本主义的发展。

"后概念"的提出，可以追溯到20世纪六七十年代。1973年，美国学者丹尼尔·贝尔在《后工业社会的来临》一书中明确指出美国等西方国家已经进入后工业时代。在他看来，后工业社会的主要特征首先是服务型、资本型经济取代生产型经济，其次是控制技术、信息技术的飞速发展。此外，在贝尔看来，迄今为止人类社会的发展过程主要有前工业社会、工业社会和后工业社会三个阶段构成。这些观点不久即演变成了轰动一时的所谓《大趋势》（1982）或《第三次浪潮》（1984）。此外，贝尔早在1960年就开始主张淡化意识形态，认为意识形态对峙犹如传统殖民方式，正明显阻碍生产力的发展。即便白宫并未从一开始就接受贝尔的意见，但是到了80年代，美国政府明显开始两条腿走路，即在保持军事和经济优势的同时，有意放松了对意识形态的控制，为冷战时期乃至60年代的内部矛盾（如在越南战争、代沟、学潮等问题上对抗）和70年代的反共政策蒙上了面纱。

奇怪的是这些带有"未来学"色彩的理论虽然早在80年代就已登陆我国，且颇为一些人所津津乐道，但迄今为止我们尚未建立自己的"未来学"（即以我为主、从我出发，用马克思主义的立场、观点和方位作指导，立足现实、背靠历史，并在有关学科的微观研究和科学预测的基础上，对未来进行更为宏观的战略研究）。再者，上述美国学者虽然不把马克思主义挂在嘴边，但基本方法却是唯物主义的，其主要思想观点也基本建立在经济基础和生产力发展的诉求上。这不是很值得我们深长思之吗？

总之，西方社会的发展及贝尔等人的理论一定程度上为后现代主义的风行创造了条件。90年代初，随着冷战的结束，美国政府全面接受了贝尔们的思想，在"淡化"意识形态、加强跨国资本运作的同时，开始实施"信息高速公路"战略。当时日本正沾沾自喜地发展传真机。然而，以互联网为核心的信息技术一日千里，不仅迅速淘汰了传真机，而且创造了一个又一个的利润奇迹并使世界变成了名副其实的"地球村"。

与此同时，法国学者利奥塔于1979年发表了《后现代状态》一书。他从认知的多元性切入，夸大了认识的相对性，并由此阐述了后工业时代文化的无中心、无主潮特征，从而引发了后现代主义热潮。就西方文化而言，从古代的神话传说、歌谣史诗到近代的人文主义、浪漫主义、现实主义、自然主义和现代主义，每个时代都有特定的文学或文化主潮（用我们的话说是主旋律）。而后现代文化的特征恰恰是多元并存，在利奥塔看来，无所谓谁主谁次、谁中心谁边缘。于是，到了20世纪80年代，法国学者德里达、雅克·拉康、福柯和美国耶鲁学派的德曼、米勒、布鲁姆和哈特曼等几乎同时对以语音（逻各斯）中心主义和理性主义为核心的传统认知方式发起了解构攻势。于是解构主义大行其道。解构主义也称后结构主义，它是针对结构主义而言的，是对结构主义的扬弃。

于是，解构、消解、模糊、不确定这样一些概念开始大行其道，从而否定了认识和真理的客观性，从而导致绝对的相对性取代了相对的绝对性。

相对于现代主义，后现代主义具有强大的意识消解作用。如果说现代主义的主要特征是：（1）认为真理是可以认识的；（2）认为现实是可以表现的，并致力于探索各种形式。那么，后现代主义的主要特征则表现为：（1）真理是不存在或不确定的；（2）认识是破碎的，即碎片化的、不断变化的、难以捉摸的。由于后现代主义没有统一的定义，也没有完整的理论体系，一般的理解只能建立在其主要倾向上，比如它们大都是虚无的、极端的和否定性的，并且普遍具有非中心化、反正统性，和强调不确定性、非连续性和多元性的特征。

然而，文学作为一种特殊的意识形态，不完全受制于生产力和社会发展水平。而且文学大都来自作家的个体劳动，所面对的也是作为个体的读者，因此是一种个人化的审美和认知活动，取决于一时一地的作家、读者的个人理智与情感、修养与好恶。但另一方面，无论多么特殊，文学又毕竟是一种意识形态，终究是时代、社会及个人存在的反映。从历史的角度看，世界文学（从最初的神话传说到歌谣或诗，从悲剧、喜剧、悲喜剧到小说）体裁的盛衰或消长印证了这一点；以个案论，也没有哪个作家或读者可以拽着自己的小辫离开地面。但是，文学的个性体现却是逐渐实现的（由集体经验或集体无意识向个性或个人主义转化）。在西方，在古希腊文学当中，个性隐含甚至完全淹没在集体性中。从古希腊神话传说到荷马史诗乃至希腊悲剧，文学所彰显的是一种集体意识。个人的善恶、是非等价值判断是基本看不见的。神话传说不必说，在荷马史诗中，雅典人和特洛伊人之间并不存在谁是谁非问题。帕里斯带走了海伦，阿加门农发动战争，但无论是帕里斯还是阿加门农，都是大英雄，基本没有谁对谁错、谁好谁坏、正义和非正义的问题。在古希腊悲剧中，比如三大悲剧作家笔下，个性和价值观也都是深藏不露的，甚至是稀释难辨的。如果有什么错，那也是命运使然。俄狄浦斯没有错，他的父亲母亲也没有错，他们是命该如此，而一切逃脱命运的企图最终都成为实现命运的条件。因此，当时关注的焦点是情节。亚里士多德的《诗学》用了近三分之一的篇幅来讲情节，而且认为情节是关键，位居悲剧的六大要素之首，然后才是人物、语言、性格、场景和唱词。

古罗马时期，尤其是在以基督教文化为核心的善恶观确立之后，西方取得了相对统一的世界观，而这种世界观几乎贯穿了整个中世纪。作家的个性和价值取向一直要到人文主义的兴起才开始凸显出来。是谓"人文主义的现实主义"。到了浪漫主义时期，作家的个性得到了空前的张扬，甚至开始出现了主题先行、观念大于情节的倾向。正因为如此，相对于席勒的观念化倾向，马克思恩格斯十分推崇情节与内容完美结合的"莎士比亚化"。但主题先行的倾向愈演愈烈，许多现代派文学作品则几乎成了观念的演示。情节被当作冬扇夏炉而束之高阁。于是文学成了名副其实的传声筒及作家个性的表演场。因此，观念主义、形式主义、个人主义大行其道。

与此同时，文学主观空间恰好呈现令人困惑的悖论式发展态势。一方面，文学（包括作家）的客观空间愈来愈大（从歌之蹈之的狭小区域逐渐扩展至整个世界），但其主观空间却愈来愈小。比如文学（尤其是人物）的视野从广阔的外在世界逐步萎缩到了内心深处。也就是说，荷马时代的海陆空间逐步变成了卡夫卡式的心理城堡。而今，互联网的虚拟空间又迅速取代了这个心理城堡，从而使人与人的交流变得更加困难。每个人都在自话自说，从而形成了众声喧哗的狂欢景象。表面上人言啧啧，但实际呢？谁也听不见谁的真实心声。犹如身处高分贝噪音之中，无论你如何扯着嗓门喊叫，也无法使别人听到。这就是说，一方面世界变成了地球村，但另一方面人与人的关系愈来愈冷漠。生活愈来愈依附于物质，而非他者。竞争取代了互助。这在农牧社会即前工业时代是不可想象的。人与人的关系发生了质变。文学中，"小我"取代了"大我"。

当然，文学终究是复杂的，它是人类复杂本性的最佳表征。就拿貌似简单的"作家是人类灵魂工程师"这个老命题来说，我们所能看到的竟也是一个复杂的悖论，就像科学是悖论一样。比如，文学可以改造灵魂，科学可以改造自然。但文学改造灵魂的前提和结果始终是人类的毛病、人性的弱点；同样，科学改造自然的前因和后果永远是自然的压迫、自然的报复。因此，无论文学还是科学，都常常自相矛盾，是人类矛盾本质的鲜明体现。文学的灵魂工程恰似空中楼阁，每每把现实和未来构筑在虚设的过去。问题是：既有今日，何言过去？用鲁迅的话说是"人心很古"。科学的前进方式好比西绪福斯神话，总是胜利意味着失败，结果意味着开始，没完没了。问题是：既有今日，何必当初？用恩格斯的话说，"我们对自然界的胜利"总是导致"自然界的报复"[①]；胜利愈大，报复愈烈。

我们不妨以生态批评为例，来说明问题的复杂性。生态批评确实对生

---

① 《马克思恩格斯选集》第四卷，人民出版社1972年版，第339—347页。

态保护起到了积极作用，这毋庸讳言。但极端的环境保护主义就未必具有普世效应了。记得加西亚·马尔克斯1982在诺贝尔领奖台上说过这么一番话：当欧洲人正在为一只鸟或一棵树的命运如丧考妣的时候，两千万拉美儿童，未满两周岁就夭折了。这个数字比十年来欧洲出生的人口总数还要多。因遭迫害而失踪的人数约有十二万，这等于乌默奥全城的居民一夜之间全部蒸发。无数被捕的孕妇，在阿根廷的监狱里分娩，但随后便不知其孩子的下落和身份了。实际上，他们有的被别人偷偷收养，有的被军事当局送进孤儿院。为了改变这种局面，全大陆有二十万男女英勇牺牲。十多万人死于中美洲三个小国：尼加拉瓜、萨尔瓦多和危地马拉，如果这个比例用于美国，后果当不堪想象。同时，智利这个以好客闻名的国家，竟有十分之一即一百万人外逃。乌拉圭素有美洲大陆最文明国家之称，竟每五个公民中便有一人被放逐。1979年以来，萨尔瓦多的内战，几乎每二十分钟就迫使一人逃难，如果把拉美所有的流亡者和难民合在一起，便可组成一个国家，其人口将远远超过挪威。① 马尔克斯的这番话置于今天也难说过时。可见，对于发展中国而言，重要的是保证人的生存：一种接近于文明的体面生活。因此，对于发展中国家来说，首先是人的生存问题，是发展权的问题。想当初伦敦不就是因为工业革命而成了雾都吗？可现如今由于发达国家产业结构的调整，温室气体正在得到了有效的控制，从而一方面把这些高能耗、高资源消耗和劳动密集型产业转移到发展中国家，另一方面又指责后者的能源消耗及温室气体排放过多。近年来，欧美的一些人文学者甚至对发展提出怀疑和否定，这更是站着说话不腰疼、饱汉不知饿汉饥的极端姿态。但反过来说，没有节制的开发肯定是一种明知故犯：对来者、对他者的犯罪。

　　世界就是这么矛盾和莫衷一是。同理，英国伯明翰大学的文化研究所在2002年6月27日被正式撤销被一些人说成是"多元文化的终结"，而事实上世界正在进入前所未有的跨国狂欢时代：不同声部、不同色彩聚集在一起，不分主次，不分你我，或者你中有我、我中有你。近年来我国的文学创作和批评不也是如此吗？老的、新的、土的、洋的，杂然纷呈。尤

---

① 加西亚·马尔克斯：《拉丁美洲的孤独》，斯德哥尔摩，1982年。

其是近年兴起的网络文学和博客写作，更是五花八门、令人目眩。由此，与英国最具盛名的布克奖（Booker）并列，又出现了博克奖（Bloger），以奖掖方兴未艾的网络文学。

其次，代表本土利益的第三世界作家并没有真正参与到这个跨国公司时代的狂欢当中。那些所谓的后殖民作家，虽然生长在前殖民地国家，但他们的文化养成和价值判断未必有悖于西方前宗主国的意识形态。像近年来获得诺贝尔文学奖的加勒比作家沃尔科特、奈保尔和南非作家库切，与其说是殖民主义的批判者，不如说是地域文化的叛逆者。沃尔科特甚至热衷于谈论多元文化，说那些具有强烈本土意识的作家是犬儒主义和狭隘民族主义者。[①]

这往往会使我们联想到歌德关于世界文学的说法。在歌德看来，世界文学的远景正是你中有我、我中有你，各民族文学并存交流的美好的、和谐的图景。而歌德恰恰是在读了《好逑传》、《花笺记》、《玉娇梨》等清代小说或者还有印度的《沙恭达罗》等之后，大受启发，认为人类感情的相同之情远远超过了异国之理。然而，马克思不相信这种盲目的乐观主义态度。马克思在《资本论》中预见和描绘过垄断资本主义，谓"各国人民日益被卷入世界市场网，从而资本主义制度日益具有国际的性质"。[②] 如今，事实证明了马克思的预见，而且这个世界市场网的利益流向并不均等。它主要表现为：所谓"全球化"，实质上是"美国化"或"西方化"，形式上则是"跨国公司或跨国资本化"。据有关方面统计，20世纪60年代以降，资本市场逐渐攫升为世界第一市场。到90年代后期，世界货币市场的年交易额已经高达六百万亿美元，是国际贸易总额的一百倍；全球金融产品交易总额高达两千万亿美元，是全球年GDP总额的七十倍。[③] 这其中的泡沫显而易见，利益流向也不言而喻。此外，资本带来的不仅是利益，还有思想，即意识形态和价值观。凡此种种，极易使第三世界国家陷入两难境地。逆之，意味着失去发展机会；顺之，则可能被"化"。

[①] 沃尔科特：《黎明怎么说》（*What the Twilight Says*），New York：Garrarm Straus & Giroux，1998，p. 37。

[②] 马克思：《资本论》第一卷，人民出版社2004年版，第874页。

[③] 王建：《对当代资本主义全新形态的初步探索》，《文化纵横》2008年第12期。

可见，全球化和多元文化并不意味着平等。它仅仅是文化思想领域的一种狂欢景象（多数后现代主义者甚至是以反对西方制度或西方文化传统为初衷的），很容易让人麻痹，以为这世界真的已经自由甚至大同了。而这种可能的麻痹对谁最有利呢？当然是跨国资本。虽然后现代主义留下的虚无状态不只是在形而上学范畴，其怀疑和解构却明显具悲观主义，甚至虚无主义倾向已经对世界造成了深远的影响，客观上造就了跨国资本主义时代全球化背景下的文化及文学的多元性和发散态势。

从这个意义上说，全球化和多元性其实也是一个悖论，说穿了是跨国资本主义的一元论。而整个后现代主义针对传统二元论（如男与女、善与恶、是与非、美与丑、西方和东方等等）的解构风潮恰恰顺应了跨国资本的全球化扩张：不分你我，没有中心。于是，网络文化推波助澜，使世界在极端的文化相对主义和个人主义狂欢面前愈来愈莫衷一是。于是，我们很难再用传统的方式界定文学、回答文学是什么这个古老而又常新的问题。借用昆德拉关于小说的说法，或可称当下的文学观是关乎自我的询问与回答。这就回到了哲学的千古命题：我是谁？从哪里来？到哪里去？只不过哲学的这个根本问题原本是指向集体经验的，而今却愈来愈局限于纯粹的个人主义或个性化表演了。

以上所说的只是当代文学或文化景象的小小一斑。与此同时，无论是理论界还是创作界，高扬主旋律、孜孜拥抱现实主义传统的还大有人在。历尽解构，从认知到方法的重构也愈来愈为学界所期待。再说生活是最现实的；跨国公司在全世界取得的业绩和利润也是实实在在的，一点都不虚幻。比尔·盖茨们才不管那些玄而又玄的理论呢，尽管这些理论如何违背初衷并客观上不同程度地帮了他们的忙：消解传统认知（包括经典）及其蕴含的民族性与区域或民族价值与审美认同。

总之，第二次世界大战以后，随着民族解放运动的高涨，传统殖民方式已经难以为继，而业已完成资本的地区垄断和国家垄断的帝国主义正以跨国公司的形式，即所谓"全球化"对第三世界实施渗透和掠夺。因此，前面的这些理论大都朝着有利于跨国资本主义的方向发展：模糊意识形态，消解民族性。这些思潮首先于20世纪80年代对苏联东欧产生了影响：导致了文化思想的多元，意识形态的淡化以及随之出现的新思维，等等。90年代以来，网络技术的迅猛发展所带来的虚拟文化又对上述"后主义"起到了推波助澜的作用，或者从某种意义上说，美国与90年代实施的信息高速公路战略多少包含着贝尔等人对于世界发展态势的估量。像"人权高于主权"以及亨廷顿的文化冲突论等，只有在资本完成了地区垄断和国家垄断并实行国际垄断的情况下才可能提出。

于是，在目下愈演愈烈、势不可当的"全球化"进程中，在跨国资本主义时代，在"去精英化"的大众消费时代，在人类从自然繁衍向克隆实验、从自然需求向制造需求转化的时代，文学及所有人文工作者任重道远：是听之顺之、随波逐流呢，还是厚古薄今地逆历史潮流而动？马克思对此早有回答。马克思深谙资本主义是人类社会发展过程的必然环节，却并不因此而放弃站在代表未来社会发展的要求和大多数人的立场上批判资本主义的不合理性。也就是说，存在的并非都是合理的。这应该是人文学者的一个起码的共识，也是经典重构、学术重构、价值重构的基本前提。

然而，后主义的喧嚣和以互联网为标志的信息技术的飞速发展，使世界变成了众声喧哗的自慰式狂欢。其中的极端个人主义、极端虚无主义、极端相对主义模糊蒙蔽了不少人的视阈。从这个意义上说，站在中国学者的立场上重新梳理有关流派思潮、观点方法无疑是十分必要的。

如是，80年代以来相继出现了大量综合性成果。就数量而言，这些虽不能说是汗牛充栋，但确实也到了难以尽述的地步。值得一提的有袁可嘉先生发表于80年代的《欧美现代派文学概论》（广西师范大学出版社2003年版），张隆溪的《20世纪西方文论述评》（生活·读书·新知三联书店1986年版），盛宁的《人文困惑与反思——西方后现代主义思潮批判》（生活·读书·新知三联书店1997年版），王宁的《超越后现代主义》（人民文学出版社2002年版），程正民、童庆炳主编的《20世纪马克思主义文艺理论国别研究》（北京大学出版社2012年版），傅其林的《东欧新马克思主义文艺理论的核心问题》（中国社会科学出版社2017年版），等等。

限于篇幅，本著只能展示其中一部分流派思潮、作家作品的中国接受与批评。

一 叙事学在中国

国内外对于叙事结构和技巧的研究均有着悠久的历史，然而，在采用结构主义方法的经典叙事学（叙述学）诞生之前，① 对叙事结构技巧的研究一直从属于文学批评、美学或修辞学，没有自己独立的地位。当代叙事学于20世纪60年代首先产生于结构主义发展势头强劲的法国，但很快就扩展到其他国家，成为一股独领风骚的国际性叙事研究潮流。经典结构主义叙事学将注意力投向文本内部和互文关系，着力探讨叙事作品的结构规律和各种要素之间的关联。众多叙事学家的研究成果使叙事研究趋于科学化和系统化，深化了对叙事作品的结构形态、运作规律、表达方式或审美特征的认识，提高了欣赏和评论叙事艺术的水平。

就经典叙事学而言，国内的研究与西方呈现出不同走向。西方经典叙事学在20世纪70年代达到高潮。但70年代末至90年代，众多西方学者将注意力转向了意识形态，转向了文本外的社会历史环境。不少学者将作品视为一种政治现象，将文学批评视为政治斗争的工具，反对形式审美研究，认为这样的研究是为维护和加强统治意识服务的。这对经典叙事学造成了强烈冲击。② 诚然，跟新批评一样，经典叙事学批评隔断文本与语境的关联，这种做法是不可取的，但这些形式主义流派对文本的结构技巧、遣词造句加以仔细考察的做法则很有价值。尤其值得注意的是，经典叙事诗学（叙事语法）有其存在的合理性，因为像普通语法一样，叙事诗学是对抽象出来的叙事作品之构成成分和结构技巧的研究，无需考虑千变万化

---

① 国内将法文的"narratologie"（英文的"narratology"）译为"叙事学"或"叙述学"。"叙述"一词与"叙述者"紧密相连，宜指话语层次上的叙述技巧，而"叙事"一词则更适合涵盖故事结构和话语技巧这两个层面。在《叙事学辞典》（Univ. of Nebraska Press, 1987）中，普林斯（Gerald Prince）将"narratology"定义为：（1）研究不同媒介的叙事作品的性质、形式和运作规律，以及叙事作品的生产者和接受者的叙事能力。探讨的层次包括"故事"与"叙述"和两者之间的关系。（2）将叙事作品作为对故事事件的文字表达来研究（以热奈特为代表）。不难看出，第二个定义中的"narratology"最好译为"叙述学"（聚焦于叙述话语）。第一个定义中的"narratology"则应译为"叙事学"（涉及整个叙事作品），这样也可以和"叙事作品"、"叙事文学"更好地呼应。

② 当时十分兴盛的解构主义浪潮则对经典叙事学形成了另一种冲击。

的语境。然而，在西方学术界，虽然经典叙事诗学的模式和概念一直在以不同方式得到应用，但由于没有对批评和诗学加以区分，20世纪八九十年代，西方学者纷纷宣告经典叙事学的过时和死亡。[①]

由于"文化大革命"的原因，20世纪80年代经典叙事学才开始引起国内部分学者的关注，出现了一些评介论文[②]和王泰来编译的《叙事美学》（1987）和张寅德编选的《叙述学研究》（1989）等译著。在西方经典叙事学处于低谷的20世纪90年代，国内的经典叙事学翻译和研究则形成了第一个高潮。西方叙事学家著于七八十年代的书不断以译著的形式在中国的90年代出现，这些译著包括1990年面世的热奈特的《叙事话语 新叙事话语》（1972/1983）和马丁的《当代叙事学》（1986）、1991年面世的里蒙-凯南的《叙事虚构作品：当代诗学》（1983）、1995年面世的巴尔的《叙述学：叙事理论导论》（1977）等。与此同期，国内学者经典叙事学方面的研究论著纷纷问世，出版的专著包括徐岱的《小说叙事学》（1992）、傅延修的《讲故事的奥秘：文学叙述论》（1993）、罗钢的《叙事学导论》（1994）、胡亚敏的《叙事学》（1994）、董小英的《叙事艺术逻辑引论》（1997）、申丹的《叙述学与小说文体学研究》（1998）等。采用经典叙事学来研究文学作品的博士和硕士学位论文也明显增多。

20世纪90年代还出现了以杨义的《中国叙事学》（1997）为代表的本土叙事研究的热潮，旨在建构既借鉴西方模式，又有中国特色的叙事理论，或将西方的理论概念运用于对中国文学作品的分析。[③] 学者们将西方的经典叙事学与我国的叙事研究传统相结合，取得了不少成果。美国普林斯顿大学汉学家浦安迪在北大的学术演讲集《中国叙事学》（1994）和旅英学者赵毅衡的《苦恼的叙述者：中国小说的叙述形式与中国文化》

---

① 参见申丹《经典叙事学研究究竟是否已经过时？》，《外国文学评论》2003年第2期；Dan Shen（申丹），"Why Contextual and Formal Narratologies Need Each Other," 美国 *JNT*: *Journal of Narrative Theory* 35.2 (2005): 141–171。

② 最早的研究论文有张隆溪发表于《读书》2003年第11期的《故事下面的故事——论结构主义叙事学》。

③ 陈平原的《中国小说叙事模式的转变》（上海人民出版社1988年版）则是较早的借鉴西方叙事学来进行本土化叙事研究的代表性成果。

（1991）在国内出版后，也产生了一定影响。

就经典叙事学而言，中国学术界之所以会出现跟西方相反的研究走向，主要有以下几种原因。（1）政治文化氛围的不同：与西方学界经历了长期形式主义批评之后转而进行政治文化批评的发展轨道相反，中国的文学研究界是在经历了多年政治批评之后，才转而进行形式审美研究的。改革开放以来，中国学术界欢迎客观性和科学性，为新批评、经典叙事学、文学文体学等各种形式批评学派提供了理想的发展土壤。如果说在 20 世纪八九十年代的西方，形式审美研究被视为保守反动的话，在经历了长期政治批评的中国，形式审美研究则在某种意义上代表了思想的解放。从更广的范围来看，在文学评论领域，尽管 90 年代以来在西方批评思潮的影响下，中国学者越来越关注社会历史语境，但真正从政治上反对形式审美研究的中国学者却寥寥无几，与西方学术界形成了鲜明对照。在改革开放后的中国，文学研究者对社会历史语境的兴趣往往可归结于希望跟上当今国际潮流，对文本做出更为全面和富有新意的阐释，而不是像很多西方学者那样是出于狭隘的政治目的。1980 年前后，形式审美研究在中国学术界曾一度占据了更为"合法"的地位，后又与文化研究同步发展。这可以说明，文学批评理论究竟是否"合法"，在很大程度上取决于一个国家的文化大环境和历史发展的轨道。（2）形式主义带有理想化的普世真理的色彩，像经典叙事诗学这样的形式主义研究迎合了"文革"后有的中国学者在幻灭之后，再度对普世真理的追求。（3）在实用的层面上，叙事学的分析模式可操作性强，容易掌握，对于教学与研究有较大的实际意义。（4）从政治和社会学批评转向形式审美研究，为对作品做出富有新意的阐释提供了一个较好的途径。

20 世纪 90 年代，不仅国内的经典叙事学研究之热与西方经典叙事学的被冷落形成了鲜明对照，而且就后经典叙事学而言，国内的研究也与西方的研究出现了另一种不同步。20 世纪 80 年代以来，在西方诞生了既关注作品的形式结构又考虑语境和读者的各种后经典叙事学流派，包括女性主义叙事学、修辞性叙事学、认知叙事学等，这些后经典流派 90 年代以来发展势头强劲，到 90 年代中后期合力构成了叙事学研究的复兴。但在国内直至世纪之交，无论是译著还是与西方叙事学有关的论著，一般都局限于20世纪七八十年代的西方经典叙事学，忽略了西方的后经典叙事学。① 诚然，对于后经典叙事学的研究应当以对经典叙事学的研究为基础。以前，在国内对于经典叙事学尚未达到较好了解和把握的情况下，集中翻译和研究经典叙事学无疑有其必要性和合理性。但完全忽略西方叙事学研究的新发展则令人感到遗憾。这种忽略主要可归结于信息的闭塞，对国外的发展缺乏了解。

北京大学出版社于2002年开始推出"新叙事理论译丛"，所翻译的包括女性主义叙事学的代表作：苏珊·兰瑟的《虚构的权威》（1992），修辞性叙事学的代表作：詹姆斯·费伦的《作为修辞的叙事》（1996），多种跨学科叙事学的代表作：戴卫·赫尔曼主编的《新叙事学》（*Narratologies*②）（1999），后现代叙事理论的代表作：马克·柯里的《后现代叙事理论》（1998），以及费伦和拉宾诺维兹合编的全面反映叙事学研究新进展的《当代叙事理论指南》（2005）。③ 这套译丛的出版对于我国学者将注意力转向后经典叙事学起了较大促进作用，越来越多的学者展开后经典叙事学的翻译、研究和应用，逐渐形成了经典叙事学和后经典叙事学互相促进、共同发展的良好势态。不少中国学者将注意力转向了文本与读者和社会历史语境的关联，但与此同时，形式审美研究仍然很受重视。

2004年12月，由漳州师范学院、《文艺报》报社、《文艺理论与批评》杂志社联合主办的"全国首届叙事学学术研讨会"在福建东南花都召开，会上的议题之一是经典叙事学与后经典叙事学之间的关系。不少代表就如何促进后经典叙事学在国内的发展交流了看法，一方面认识到从事结构模式研究的经典叙事诗学并没有过时，另一方面认为在阐释具体作品时应注意摆脱经典叙事学的局限性，注意借鉴后经典叙事学的开阔视野和丰硕成果，这对经典叙事学和后经典叙事学在我国的携手并进有很好的促进

---

① 香港学者陈顺馨的《中国当代文学的叙事与性别》1995年由北京大学出版社出版，这是20世纪90年代大陆出版的罕见的后经典叙事学研究成果。

② "Narratology"（叙事学）这一名词一直被视为不可数名词，但这本书的书名却采用了该词的复数形式，这旨在强调书中叙事研究方法的多样性，这些研究方法基本都是将叙事学与其他学科相结合的产物，具有很强的跨学科性质。

③ 该译丛还包括跟叙事学既有关联又形成对照的希利斯·米勒的《解读叙事》（1998）。

作用。会议论文集由中国社会科学出版社于 2006 年出版。这次研讨会为我国叙事研究者的定期聚会交流作了一个很好的铺垫。2005 年 11 月，在华中师范大学举行了"第二届全国叙事学研讨会暨中国中外文艺理论学会叙事学分会成立大会"，会上成立了叙事研究者期盼已久的全国性叙事学研究组织，会议论文集 2006 年由武汉出版社出版。2007 年 10 月中国中外文艺理论学会叙事学分会与江西省社会科学院联合主办了"首届叙事学国际会议暨第三届全国叙事学研讨会"，多位国际知名后经典叙事学的代表人物到会作了主题发言，会议论文集 2008 年 7 月由中国社会科学出版社出版。这些会议的主要议题包括叙事学在国内外的建设与发展、叙事学前沿理论、中国传统叙事理论、东西方叙事理论比较研究、跨学科叙事学研究、中外叙事作品分析、非文字媒介的叙事研究、叙事理论和叙事形式的发展史、全球化语境中的叙事学研究等。既有对中国叙事研究传统的继承和发展，又有对西方叙事学研究成果的借鉴和审视，体现了我国叙事学研究的广度和深度。这些研讨会的成功举办对于推动叙事学研究与教学的发展起了重要作用，叙事学分会成立后召开的国际研讨会更是有力推进了中国的叙事学研究与国际接轨。2009 年 10 月叙事学分会主办"中国中外文艺理论学会叙事学分会第二届国际会议暨第四届全国叙事学研讨会"（由四川外语学院承办），有美国、德国、加拿大、挪威和国内的一百多名学者接受邀请、报名参会。值得一提的是，《江西社会科学》2006 年 10 月在全国率先开辟了固定的"叙事学研究"专栏，每月一期连续登载叙事学的论文，现专栏已出版近三十期，这对叙事学研究也起了推波助澜的作用。

可以说，进入 21 世纪以来，国内的叙事学研究出现了新的高潮，主要表现在期刊论文的快速增长（博士和硕士学位论文的数量也大幅度增加）。根据中国期刊网文史哲栏的统计，1994 年至 1999 年共有七百多篇叙事研究方面的期刊论文面世，而 2000 年至 2008 年则快速增长至将六千八百多篇，2009 年前 4 个月就已经有三百多篇。《河北学刊》2008 年第 4 期刊登了赵宪章的《2005—2006 年中国文学研究热点和发展趋势——基于 CSSCI 中国文学研究关键词的分析》，该文统计了 2005—2006 年 CSSCI 论文在"文学理论"这一领域中的关键词，"文学理论"这一笼统的关键词自然排第一位,而排在第二位的就是"文学叙事"。赵宪章在质疑了"文学理论"这一关键词的大而化之之后,这样写道:"令人欣喜的是,这一领域出现的新气象也十分显著,这就是位居第二的是'文学叙事',如果将同'叙事'相关的关键词['叙事模式'、'叙事策略'、'叙事结构'、'叙事艺术'等]合为一体,则达到了一百三十五篇次,超过总篇次的10%,其研究热度相当可观。"毫无疑问,叙事学研究已经发展成国内的一门显学,而且跟国际接轨的程度越来越高。

当前,国内的叙事学研究大致可分为以下五类:(1)中国叙事诗学的建构;(2)西方叙事理论的评介,尤为关注后经典叙事理论;(3)中国叙事理论和西方叙事理论的比较研究;(4)将叙事理论运用于对叙事作品的阐释;(5)中外叙事作品的比较研究。值得注意的是,除了对(主流)叙事文学的研究,近年来,越来越多的国内学者关注非文字媒介叙事和非主流叙事,包括影视叙事、图像叙事、网络叙事、广告叙事、新闻叙事、日常叙事、少数民族叙事,如此等等。

20世纪90年代以来,在中国文论界,有不少学者对西方文论称霸的局面进行了反思。在叙事研究界,有学者提出要完全搞中国自己的叙事学,不要受西方的影响。我们不妨从研究对象入手,来看看这一问题。就文学而言,我国的叙事学研究主要有以下三种不同的研究对象:(1)中国古典叙事文学;(2)中国现当代叙事文学;(3)外国叙事文学。中国古典叙事文学深深植根于中国的文化土壤,有很强的中国特色。要较好地研究中国古典叙事文学,就需要建立从中国文化出发的中国叙事学。中国现当代叙事文学在不同程度上受到了西方文学和文化的影响,借鉴了很多西方的叙事结构和技巧,西方叙事学的研究模式在这一范畴中也就有了较大的相关性和适用性。在研究中国现当代叙事文学的时候,一方面需要充分考虑中国特色,建立符合中国现当代文学实际的模式,另一方面也可充分借鉴西方有关叙事学研究模式。在我国叙事学研究领域,也有不少学者研究外国文学作品,尤其是外语院系或外国文学研究单位的学者。如果研究的是西方叙事文学,最适用的研究模式则是西方叙事学。但中国的叙事理论对于西方叙事文学的研究来说,也具有很好的参考和借鉴作用。尽管古今中外的叙事文学具有不同的文化渊源和表现形式,但不少结构技巧是相连相通的，譬如"视角"的应用在古今中外的叙事文学中就有较大的相通性，这为中外叙事学的相互促进和相互沟通提供了一个平台。现有的中国叙事学就是在对西方叙事学有选择、有批评的借鉴中发展起来的。譬如，对西方叙述视角理论的借鉴，大大丰富了中国学者对叙述角度的研究，包括对富有文化特性的中国古典文学中叙述角度的探讨。值得庆幸的是，持闭关自守观点的学者毕竟为数不多。总体而言，中国学者近年来一方面有了更强的民族意识和批评意识，努力保持和重构中国文论的特性和主体性，但另一方面也依然注重有选择、有改造地借鉴西方不断发展的文论。这有利于在保持民族主体性的前提下，借助西方学者的研究来开阔视野，改革创新，发展中国叙事学。当然，也希望中国学者的研究成果能够更多地通过翻译介绍走向世界。

进入 21 世纪以来，叙事学研究在中国和西方均呈现出强劲的发展势头，这在某种意义上证实了美国学者理查森于世纪之交在美国《文体》期刊上发表的论断："叙事理论正在达到一个更为高级和更为全面的层次。由于占主导地位的批评范式已经开始消退，而一个新的（至少是不同的）批评模式正在奋力兴起，叙事理论很可能会在文学研究中处于越来越中心的地位。"① 但取代并非理想，是否处于中心也并非重要。任何一种理论和批评模式都有其合理性和局限性，尤其在关注面上，都有其重点和盲点，文学研究的发展呼唤互补互惠、多元共存。② 西方叙事学的"盛—衰—盛"发展史从一个侧面表明，尽管西方每一个时期几乎都有一个占据主导地位的理论流派，但并不是一个简单的"你方唱罢我登场"的替代史。值得注意也令人欣慰的是，随着学术风头的转向，有的被打入冷宫的批评方法，可能又会以某种形式回归前台。世纪之交，不少西方学者认识到了一味进行政治文化批评的局限性，开始重新关注文学的形式研究，不仅经典叙事诗学在逐渐恢复其合法地位，新批评的"细读"方法也在西方以"新形式主义"的面貌逐渐复兴。有趣的是，在带头宣称"理论的终结"的伊格尔

---

① Brian Richardson, "Recent Concepts of Narrative and the Narratives of Narrative Theory," *Style* 34 (2000), p. 174.

② 参见 Dan Shen, "The Future of Literary Theories: Exclusion, Complementarity, Pluralism," *ARIEL: A Review of International English Literature* 33 (2002): 159 – 182。

顿的网页上，登载了如下文字："'纯粹的'文学理论，如形式主义、符号学、阐释学（解释学）、叙事学、精神分析、接受理论、现象学等，近来备受冷落，因为人们的兴趣集中到了一些更为狭窄的理论范畴上，我们将乐意看到对这些领域之兴趣的回归（it would be agreeable to see a resurgence of interest in these regions）。"① 这些文字体现了一位理论大师的辽阔视野和宽阔胸襟。身为曼彻斯特大学文化理论教授的伊格尔顿毫无门户之见，不赶潮流，能看到被冷落的流派之价值。虽然他在《理论之后》一书中对越来越抽象玄虚的理论进行了强烈抨击，② 但他对较为贴近文本的老派理论则表现出某种怀念之情。③ 然而，就叙事学而言，伊格尔顿在今天给它的定位似乎在两个方面失之偏颇。其一，看法停留在20世纪80年代，当时（经典）叙事学受到后结构主义和文化研究大潮的夹击，研究势头大幅度回落，不少人纷纷宣告叙事学的"死亡"。但80年代中期之后，尤其是90年代以来后经典叙事学（其中包含了不少经典叙事诗学的成分）却在一些西方国家尤其是北美通过各种跨学科的途径不断向前发展，得以复兴。身处英国的伊格尔顿似乎对叙事学在北美等地的新近发展不甚了了。其二，叙事学批评早已不再"纯粹"，早已从形式主义批评方法拓展为将形式结构与读者和社会语境相连的批评方法。此外，叙事学越来越注重非文字媒介、大众文学或非文学话语。20世纪80年代以来，正是这种"杂糅性"使叙事学在西方新的历史语境中得以生存和发展。

　　就叙事学在国内的下一步发展来说，我们不妨分理论和批评这两个范畴分别提出一些建议。就理论探讨而言，我们或许可以注意以下几点。（1）认识到早期的叙事语法和叙述诗学的局限性。20世纪六七十年代的经典叙事学家以神话、民间故事等为基础建立起来的叙事语法难以描述不

---

　　① http：//www.arts.manchester.ac.uk/subjectareas/englishamericanstudies/academicstaff/terryeagleton/（January 14，2009）.

　　② Terry Eagleton, *After Theory*, New York：Basic Books，2004.

　　③ 尽管叙事诗学聚焦于不同作品共享的深层结构和叙述技巧，但运用诗学概念来研究作品的叙事学批评关注的则往往是具体作品的细节——作品出于特定主题目的而采用的结构和技巧，尤其是话语层次上的技巧。在《反对理论》一文中，纳普和米歇尔将叙事学置于他们反对的范围之外，因为在他们看来，叙事学属于实证性质（Steven Knapp and Walter Benn Michaels, "Against Theory," *Critical Inquiry* 8，1992，p.723）。

同文类中一些更为复杂的故事结构，要求建构出新的模式。在研究叙事语法时，对新的文学体裁和其他种类、其他媒介的叙事可予以充分关注。就表达层面而言，不同种类的叙事也有不同的叙述技巧，可不断挖掘，以丰富叙述诗学。此外，要充分关注文学作品中偏离规约的结构技巧，这是提出新的概念和模式的一条良好途径。最近，有的中国学者提出叙事作品中非理性的文学现象使以理性为基础的叙事学研究遭遇了危机。实际上，在西方，已经有一些叙事学家对非理性的叙事现象展开了富有成果的理论探讨。美国叙事学家理查森 2006 年出版的《不自然的声音：现当代小说中的极端叙事》就聚焦于"非理性"叙事。① 在国际叙事文学研究协会的年会上，这部著作获得了 2006 年度最佳叙事研究著作奖。可以说，非理性叙事给叙事理论的发展提供了新的余地，值得积极探索。（2）通过跨学科研究来丰富现有理论，以拓展研究范畴，争取新的发展空间。（3）可以结合社会语境的变迁来探讨叙事结构的历史嬗变，国内这方面的研究还不多见。（4）叙事学现有的名词术语、范畴概念和分析模式中存在各种混乱和问题，中文和外文之间的不对应也加重了混乱，对此可加以审视和修正。

就叙事学批评而言，我们或许可注意以下几点。（1）关注如何对经典作品做出富有新意的阐释。从叙事结构和技巧的角度切入作品，加以仔细考察，常常能发现为表面文本所掩盖的潜藏文本，帮助揭示作品的深层内涵。著名美国文评家希利斯·米勒指出："尽管有时叙事学家更喜欢对'聚焦'的各种形式进行细致的区分，而不去说明这些形式特征与作品意义的关联，但大部分叙事学家都明白结构区分本身并无用处。叙事学的模式只有帮助更好地理解或讲授文学作品，才会真正有价值。"② 以往有不少叙事学论著只是将作品加以叙事"模式化"，进行一种"为结构而结构"的分析，不求读出新意，这很难真正发挥叙事学在文学批评领域的作用。只有通过采用叙事学方法对作品进行更深和更新的阐释，才能说明叙事学在文学批评领域的实用价值。（2）就作品的表达层而言，在批评实践中，

---

① Brian Richardson, *Unnatural Voices*, Columbus: Ohio State UP, 2006.
② J. Hillis Miller, "Henry James and 'Focalization,' or Why James Loves Gyp", *A Companion to Narrative Theory*, ed. James Phelan & Peter J. Rabinowitz, Oxford: Blackwell, 2005, p. 125.

可注重将叙事学的方法与文体学的方法相结合,以避免片面性。(3)注重跨学科的叙事学阐释,以克服叙事学在视野上的局限性。(4)注重对作品结构技巧的多角度、多层面解读。可采用多种跨学科的方法来解读同一作品,揭示作品的不同层面如何相互作用,产生主题意义。(5)更为关注文字以外的媒介,进行同一叙事之不同媒介文本的比较研究,譬如对同一叙事的小说、戏剧、电影(视)文本加以比较,以丰富对主题意义和艺术表达的阐释。此外,在文学艺术以外的领域,也可更多地进行叙事方面的解读。从叙事的角度来看一个文化产物,一个日常现象、一个社会活动等,这也许可以获得对文化、历史、人生等方面的新的理解。

无论是理论探讨还是批评实践,我国的叙事学研究都在拓展广度和深度,而且越来越多的大学开设了叙事学方面的课程。对于我国长期以来忽略叙事形式的"内容批评"来说,叙事学研究无疑是一种有益的补充。批评理论在这一方面的扩展、深化和更新也会对我国的叙事作品创作产生积极的影响。

二 接受美学的中国接受

20世纪60年代后半期,接受美学在德国康士坦茨大学崛起并迅速在欧美产生影响之时,中国正处在社会政治风云动荡的岁月,大批判运动所造成的"反文化"高压,窒息了任何正常的理论活动。直至新时期到来,正处于鼎盛期的接受美学也趁我国改革开放、思想解放以及文艺学美学方法论热潮进入了中国学术界视野。

接受美学的介绍起始于1983年,至80年代末是接受美学的介绍、移植期。《文艺理论研究》1983年第3期率先刊载了意大利学者弗·梅雷加利介绍接受美学的文章《论文学接收》(冯汉津译)。继而,张黎发表了《关于"接受美学"的笔记》(《文学评论》1983年第6期);张隆溪的比较文学论文《诗无达诂》(《文艺研究》1983年第4期)也将我国古代文论中的"诗无达诂"与接受美学、解释学相互阐释、相互发明,接着又发表《仁者见仁,智者见智》(《读书》1984年第3期)对阐释学、接受美学和读者反应批评作了概述;罗悌伦以《接受美学简介》为题摘要翻译了德国学者G.格林的《接受美学研究概论》(《文艺理论研究》1985年第2

期）；章国锋则在《国外一种新兴的文学理论——接受美学》（《文艺研究》1985年第4期）中，较为细致地介绍了接受美学重要学者姚斯、伊瑟尔、瑙曼的理论。

紧跟理论介绍，理论翻译也迅速展开。周宁、金元浦翻译的《接受美学与接受理论》作为李泽厚主编的"美学译文丛书"之一，1987年由辽宁人民出版社出版，其中收入了姚斯代表作《走向接受美学》和霍拉勃的《接受理论》。1988年，中国人民大学出版社出版了霍桂桓、李宝彦翻译的伊瑟尔代表作《阅读活动：审美反应理论》（书名改为《审美过程研究》）。该书于1991年又经金元浦、周宁和金惠敏等翻译分别由中国社会科学出版社、湖南文艺出版社出版。1989年，刘小枫编《接受美学译文集》（生活·读书·新知三联书店）、张廷深编《接受美学》（四川文艺出版社）、中国艺术研究院马克思主义文艺理论研究所外国文艺理论研究资料丛书编委会编《读者反应批评》（文化艺术出版社）出版。后者选译了美国约翰斯·霍普金斯大学1980年出版、简·汤普金斯主编的《读者反应批评：从形式主义到后结构主义》中的论文，并增加了根据德文版重译的姚斯名篇《作为向科学挑战的文学史》。进入90年代后，姚斯《审美经验与文学解释学》、赫鲁伯《接受美学理论》、斯坦利·费希《读者反应批评：理论与实践》、瑙曼等《作品、文学史与读者》也相继翻译出版。自此，接受美学在中国找到了一块极为相宜的文化沃土，在文学理论、古代文论、文学史、比较文学和翻译理论研究，以及文学教学、教育、艺术诸方向得到了多方位的发展。

接受美学在中国很快引起反响并扎下根基来，原因在于中国本土文化自身的特点。作为一个诗国，中国传统的文学艺术不像西方那样强调对现实的模仿和反映，而是强调"言"与"意"之关系、"艺"与"道"之关系，主张含蓄、隐秀、玄远，言有尽而意无穷，这就为文学艺术的欣赏接受留出了巨大的自由空间。对于中国文学艺术来说，接受者始终是一个不可或缺的重要环节，正是接受者最终决定了能否在文学艺术体验中把握"意"和"道"，接受者在中国古代文论和古典美学中占有重要地位。西方接受美学对读者的重视与中国传统文论和古典美学思想的特点是相通的，因此，很快就引起我国学术界的关注，并引发视界融合、共鸣和共振。可以说，新时期引进的许许多多文艺学新思维、新方法中，接受美学及叙事学在中国所产生的影响是最为深刻的，所取得的实绩也是最为丰硕的。

随着接受美学的介绍翻译，理论研究也逐步深入。汤伟民《浅议接受美学中的反馈思想》（《学术研究》1985年第3期），程伟礼《谈谈接受美学及其哲学基础》（《社会科学》1986年第1期），朱立元《文学研究新思路——简评尧斯的接受美学纲领》（《学术月刊》1986年第5期），易丹《接受美学：作品本体的毁灭》（《四川大学学报》1987年第4期），蚁布思、伍晓明《接受理论的发展：真实读者的解放》（《文艺研究》1988年第2期），金元浦、周宁《文学阅读：一个双向交互作用的过程——伊瑟尔审美反应理论述评》（《青海师范大学学报》1988年第2期）等论文，都从各个角度对接受美学作了探讨。

1989年，朱立元的《接受美学》收入"新学科丛书"由上海人民出版社出版，并产生了广泛影响。该专著以马克思主义美学观为出发点，综合运用现象学美学、文学社会学、文学心理学诸方法，批判、整合了西方接受美学的主要观点，结合中国古代文论中的接受思想，重新作了深入阐发。专著指出，接受美学在将接受主体纳入本体论范畴的同时，却有意无意地把创作主体从本体论的思考范围中驱逐出去。针对这种矫枉过正的做法，朱立元进而阐述了作者、作品、读者，"文学：三环节交互作用的活动过程"，以及文学存在方式对"社会交流活动"的依存关系。[①] 以此为基础，分别从"本体论"、"作品论"、"认识论"、"创作论"、"价值论"、"效果论"、"批评观"、"历史观"等多个视角重新对接受美学做出理论概括、阐述和引申、发展，力图建构自己的接受美学新体系，从中也显示出将西方理论"中国化"的努力。

这种开阔的理论视野，使得该专著在许多问题上有了新的发明。如在"文学的召唤性"问题上，朱立元结合中国古代文论和文学经验，对伊瑟尔的意义"空白"和"不确定性"、英加登的文学作品的层次结构理论做出了重要修正。他认为："文学作品的召唤性具体体现在文学作品从语言

---

① 朱立元：《接受美学》，上海人民出版社1989年版，第72页。

学到心理学的各个结构层次上，最终体现在这些层次结合成的整体结构上。"① 并特别强调了意象意境层的重要性。"文学作品的意象意境是由作者转化为语言，又由读者予以重建再创的，其空白与不确定就存在于这整个创建与再创建的过程中，其召唤性因而也就内在地镶嵌在作品的这一层次上了。"② 在"审美经验期待视界"问题上，朱立元则提出"世界观和人生观"、"一般文化视野"、"艺术文化素养"、"文学能力"等几个层次和要素，来克服姚斯和卡勒理论中的片面性。对西方接受美学有所忽略的文学价值和文学批评价值尺度等问题，朱立元作了相当深入的阐发，同时，还提出了"总体文学史"的构想，力求以此勾勒和展示民族审美经验和观念的演进过程。

从总体上看，朱立元《接受美学》的哲学基础主要建立在认识论上，③它吸收皮亚杰发生认识论观点，抛弃了那种机械、被动的认识方式，转而强调主客体之间的相互作用，但是，认识论的理论范式跟西方接受美学，乃至跟中国古代论文、古典美学的内在精神是否翕合无间，却仍然值得讨论。金元浦则从另一方向上展开自己的探索。他努力寻找西方接受美学与中国古代文论的内在关联，意图为自己的理论设立一个新的立足点。

金元浦是从当代解释学角度来研究接受反应理论的，他先后出版了《读者：文学的上帝》（与杨茂义合著，江苏教育出版社1996年版）、《文学解释学：文学的审美阐释与意义生成》（东北师范大学出版社1997年版）、《接受反应文论》（山东教育出版社1998年版）。作者深入分析了当代解释学的对话交流理论，指出这种对话交流的"主体间性"特质，这也就将阅读接受定位在体验活动，而不再是主客体之间的认识活动。正是这一转换，使作者找到连接接受美学与中国古代文论的契合点。在作者看来，"文学艺术的对话交流不是单纯的共同在场，而是一种相互间的遭逢、碰面，是对某一事物的共享或共同参与。它表明了交流不是一方向另一方的施予，另一方则消极收纳，而是双方共同处于一种作为主体的积极的自

---

① 朱立元：《接受美学》，上海人民出版社1989年版，第113页。
② 同上书，第124页。
③ 安徽教育出版社2004年出版了朱立元的《接受美学导论》，该专著是《接受美学》的修订版，其理论构架和哲学基础基本没有变化。

由状态"。"同时，作为文学艺术的对话交流，其'同在'方式是主体的充满情感的投入，是忘却自我、目迷五色、心游神驰地陶醉于艺术游戏的一种状态。"① 对文学艺术对话交流活动中主体间性的强调，既使读者和作品都得到充分重视，更为重要的是，也将阅读接受范式问题凸显出来，阅读接受范式成为金元浦理论研究的真正的主角而得到深入阐释。"以注重文学行为和效果的功能观代替本质观，它们注重文学作为活动的过程本身，注重文学的效应，将文学视为一个事件，文本在读者的阅读中展开自身。由此，文学超越了客观主义与相对主义，变成了一种双向交互作用的动态的交流活动。对话、主体间性成为重要的理论概念，文本与现实、文本与读者、作者与读者的相互对话或交流成为理论关注的中心。"② 正是从这个视角出发，作者重新探讨了文学阅读中的"游移视点"、主体思维的自我分离和整合、相互作用的"四种建构"、意义生成的"象征—隐喻结构"诸问题，提出了一系列新观点。文学"空白"和"未定性"也不再是一个孤立的研究对象，而是被纳入整个阅读接受链中，成为调节阅读接受活动的核心要素。作者"尤其强调了整个艺术活动中审美主体与艺术本文之间双向交互作用的动态建构，认为未定性与意义空白作为文学潜在的最高审美本质所在，其实现有待于本文与读者在双向交互作用的建构活动中全面地合成审美意味世界，完整地呈现在历史的否定运动中实现的质和谐"。③ 基于此，中国古代文论和古典美学中的"象外之象"、"气象混沌"、"无象之象"等等，都得到了新的解说。

继出版《文学解读与美的再创造》（台湾时报文化出版企业有限公司1992年版）、《读者反应理论》（台湾扬智出版公司1997年版）之后，龙协涛又在《文学解读与美的再创造》的基础上修订增补，出版了《文学阅读学》（北京大学出版社2004年版）。如果说，金元浦致力于接受反应理论的中西互证，那么，龙协涛则主要立足于中国文学经验的基础上，以西

---

① 金元浦：《文学解释学：文学的审美阐释与意义生成》，东北师范大学出版社1997年版，第100—101页。
② 金元浦：《接受反应文论》，山东教育出版社1998年版，第368页。
③ 金元浦：《文学解释学：文学的审美阐释与意义生成》，东北师范大学出版社1997年版，第356页。

方接受美学的理论视角，重新审视、阐释中国古代文论和古典美学中极为丰富的思想资料，博采并融合中西方文论，致力于建构具有中国特色的"文学阅读学"。龙协涛的核心观点是："文学解读是以心接心，即读者用心灵观照作家观照过的社会人生。前一个'心'和后一个'心'都是流动的、隐蔽的、莫测高深的，而两个'心'的碰撞、组合、交融更是变幻奇妙，气象万千。"① 作者的"阅读学"就是深入探讨两个"心"究竟是如何相互碰撞、组合、交融，力图解开这个"变幻奇妙，气象万千"的文学阅读接受的奥秘的。

该专著认为：中国传统文化标举"圣人体无"，舍弃事物之表象，而深入探究超时空的万物之本体的"玄"。这种神秘色彩的东方文化内在气质上与文学艺术非常契合。与此体验接受方式相应，文学中的"言"、"意"、"象"三者关系也极微妙。"言"与"象"、"象"与"意"之间不存在对等性。"言"与"象"既传输了信息，同时又限制了信息而不能真正表达"真意"。文学就处在"不立文字"又"不离文字"的悖论中。"千种情态，万般'风流'尽含在诗家所绘之景、所造之象、所蓄之势中，读者必须透过'言筌'穷搜言外的空白区，体味'韵外之致'、'味外之旨'。"② 这样一种阅读接受方式就不再是诉诸理智的认识活动，而是处于内省体悟状态，陶醉于"悠然心会，妙处难与君说"的境界，也即"妙赏"或"妙悟"。通过"悟"来体会文学中的"生气"、"风骨"、"韵味"、"境界"等，登堂入室，深入堂奥。在龙协涛看来，西方接受美学虽然启示我们重新思考文学问题，但是，"西方现代接受美学由于受西方逻辑思辨传统的影响，在阐释文学读解的'具体化'过程的时候，往往热衷于对接受者的审美感知、知觉经验乃至整个阅读过程作纯理性的解析，结果反把原本包孕着无限审美愉悦和审美心理奥秘的艺术接受活动变成了一个由语言和逻辑分析所笼罩的概念世界，从而最终使文学解读活动失却其活泼泼的生命力而成为一种僵死的存在"。③ 正是基

---

① 龙协涛：《文学阅读学》，北京大学出版社2004年版，第2页。
② 同上书，第73页。
③ 同上书，第269页。

于这一看法，著作坚持从中国文学经验出发，紧密结合中国古代文论和古典美学思想，努力克服西方唯理主义的弊病，重新建构中西合璧的文学阅读学。该专著将文学读解过程划分为"观"、"味"、"悟"三个心理时段，把文学读解的心理特征归纳为："直觉性"、"体验性"、"整体性"，并进而提出"以意逆志"和"诗无达诂"的文学读解原则，以及"入乎其内"与"出乎其外"相结合的文学读解方法，不仅深入揭示了中国传统的文学读解理论的基本面貌和特征，而且初步建构起包含着丰富的中国文学经验的文学阅读学。

其他如张杰《后创作论》（武汉大学出版社1992年版）剖析了作为审美对象的文学作品所具有的非自足性和读者审美创造的心理机制，以及读者与作品相互作用的具体过程和规律。丁宁《接受之维》（百花文艺出版社1992年版）结合精神分析学来研究艺术接受的心理过程及其与文化机制的关系。谭学纯、唐跃、朱玲《接受修辞论》（上海教育出版社1992年版）从语言修辞角度研究文学接受。此外，出版的专著还有胡木贵、郑雪辉《接受美学导论》（辽宁教育出版社1989年版），马以鑫《接受美学新论》（学林出版社1995年版），林一民《接受美学》（江西高教出版社1995年版），谭学纯、朱玲《修辞研究：走出技巧》（安徽大学出版社2004年版），廖信裴《文学鉴赏探踪》（中国文史出版社2005年版），刘月新《解释学视野中的文学活动研究》（华中师范大学出版社2007年版）等。胡经之、张首映《西方20世纪文论史》（中国社会科学出版社1988年版）、周忠厚主编《文艺批评学教程》（中国人民大学出版社2002年版）、赵炎秋主编《文学批评实践教程》（中南大学出版社2007年版）等诸多教材都列专章介绍"接受美学"。童庆炳主编《文学理论教程》（高等教育出版社1992年版）作为影响极其广泛的文科教材，则将"文学消费与接受"列为第五编，该编的内容实质上属于接受美学，而并没有把文学作为商品来讨论它的消费性。

西方接受美学对中国古代文论研究的影响，经历了中西文论相互比较发明到建构中国古代接受诗学的历程。钱锺书完成于1983年的《谈艺录》（补订本）就将中国古代文论中的"诗无达诂"与西方接受美学相互比较阐释。此后，随着接受美学的译介，用接受美学的理论视野来重新审视、阐释、整理中国古代文论，很快引起国内学术界的重视。

1986年至1987年，叶嘉莹应《光明日报·文学遗产》之邀撰写"随笔"，其中，《从现象学到境界说》、《作为评词标准之境界说》、《张惠言与王国维对美学客体之两种不同类型的诠释》、《三种境界与接受美学》等篇运用西方现象学、解释学、接受美学、读者反应理论做了探讨。1988年撰写的《对传统词学与王国维词论在西方理论之观照中的反思》又以西方解释学、符号学、接受美学对王国维词论做了别开生面的阐发。其后，结集为《中国词学的现代观》由岳麓书社于1990年出版并引起很大反响。张思齐《中国接受美学导论》（巴蜀书社1989年版）是较早出版的阐述中国古代文论中接受美学思想的专著。该书运用中西比较的方法来梳理、挖掘中国古代文献中的接受美学思想，认为在文学接受过程中"作者—作品—读者"之间是相互联系、相互影响的。徐应佩《中国古典文学鉴赏学》（江苏教育出版社1997年版）讨论了鉴赏接受理论与实践，阐述了民族审美思维及规律。蒋成瑀《读解学引论》（上海文艺出版社1998年版）从作者、文本、读者、语言四个环节，分别将中国古代以及近现代的阅读鉴赏理论与西方解释学、形式主义文论、接受美学相互对照、发明。

在中国古代接受诗学理论建构方面取得较为明显进展的是樊宝英、辛刚国合著的《中国古代文学的创作与接受》（石油大学出版社1997年版）和邓新华《中国古代接受诗学》（武汉出版社2000年版）。樊宝英、辛刚国认为，中国古代文论是一种"泛接受美学"，作者、作品、读者是三位一体的，文论中往往创作论、作品论和鉴赏接受论相互融合。鉴于此，他们没有将文学接受与作品、创作硬性割裂开来，孤立地加以阐述，而是在相互作用、相互影响的关系中阐发其中的接受美学思想，这就使论述更为切合中国古代文论的实际。该专著分别从"读者意识流变论"、"作品所隐含的审美空间论"、"作家具有的读者意识论"、"接受过程论"、"读者审美修养的建构论"五个方面探讨古代文论的接受美学意蕴，初步建构了一个较为系统的中国古代接受美学理论框架。

在《中国古代接受诗学》中，邓新华将"接受诗学"与"鉴赏学"做了区分甄别，他认为，中国古代接受诗学的许多重要理论观点、命题和原理并非来自纯粹的文学鉴赏活动，而是来自一些准审美鉴赏甚至非审美鉴赏的活动之中；更为重要的是古代接受诗学包含了鉴赏、批评、释义，甚至还与创作发生某些关联，是鉴赏学所不能涵盖的。在厘清了接受诗学的研究对象和范围之后，作者分别从历史和逻辑两方面展开阐述：上篇对先秦、两汉、魏晋南北朝、唐宋、明清各时期主要的接受理论做出剔抉爬梳，描绘了一条从早熟、异化，到自觉、深化、拓展的发展演变线路；下篇抓住接受过程中的"玩味"、"品评"、"释义"三个主要环节，对文学接受方式集中作了深入的阐释。在整个论述过程中，作者没有受到西方接受美学理论体系的制约，而是从中国传统文论的实际出发，在梳理古代接受美学思想的基础上，建立自己的理论架构，以实现"建构有民族特色的中国接受诗学"的目标。正如童庆炳所说："这部著作以历史和逻辑的方法，从现代学术的视野，对中国古代接受诗学的历史流变和各种观点作了梳理和阐释，把中国早已存在的接受诗学思想做了充分而深刻的研讨，从而把它系统化、逻辑化。"①

此外，中国古代文论中许多概念、范畴和具体问题，诸如"玩味"、"涵泳"、"意境"、"韵味"、"知音"、"妙悟"、"出入"、"以意逆志"、"诗无达诂"、"知人论世"、"见仁见智"等，都在接受美学的视野中得到新的阐释。董运庭《中国古典美学的"玩味"说与西方接受美学》（《四川师范大学学报》1986年第5期）分别从对作品存在的认识、对作者的认识、对读者能动作用的认识三方面分析了"玩味"说与西方接受美学的异同，揭示了中国古典文学鉴赏理论以"味"为核心和枢纽所形成的独特性。殷杰、樊宝英《中国诗论的接受意蕴》（《华中师范大学学报》1992年第3期）则从"披文入情，知音求同"、"出乎其外，玩味自得"、"知言养气，务求博观"三个层面阐述了中国古代诗论的接受美学思想含蕴。王志明《"诗言志"、"以意逆志"说和接受理论》（《文艺理论研究》1994年第2期）通过考辨认为，"诗言志"说这一中国诗论的开山纲领是由作诗和读诗，即创作和接受双向构成的，与西方接受美学有某种契合之

---

① 童庆炳：《中国古代接受诗学·序》，邓新华《中国古代接受诗学》，武汉出版社2000年版，第1页。

处；而孟子"以意逆志"、"知人论世"说则探讨了诗歌解读方法，其重要意义在于提出了诗歌的文本观念以及读者的能动作用与文本、作者的关系问题。紫地《中国古代的文学鉴赏接受论》（《北京大学学报》1994年第1期）深入讨论了"兴"、"逆志"、"入情"、"味"、"悟"等古典美学范畴，阐述了中国古代鉴赏接受理论的特征和流变。樊宝英《中国古代诗论"出入"说的接受美学意蕴》（《文史哲》1996年第5期）认为"出入"说是中国诗论对审美接受活动方式的独特概括，具体表现为"瞻言见貌"、"披文入情"、"得意忘言"和"熟读玩味"、"想象自得"，它深入揭示了阅读接受活动的一般规律。张胜冰《接受美学与"道"》（《思想战线》1998年第1期）将中国古代思想中的"道"与伊瑟尔的接受美学理论相互比较，认为中国古代文论中积累了丰富的接受美学思想资料，构成了一种东方式的接受美学观。李耀建《王夫之与现代阐释学、接受美学》（《湖南科技大学学报》1989年第1期）、邓新华《"品味"的艺术接受方式与传统文化》（《文艺研究》1991年第4期）、郝延霖《脂砚斋论作者与读者的关系》（《红楼梦学刊》1995年第3期）、尚永亮《"以意逆志"说之内涵、价值及其对接受主体的遮蔽》（《文艺研究》2004年第6期）、李欣人《〈周易〉与接受美学》（《周易研究》2005年第3期）、李苑平《论司空图"韵味"说》（《南都学坛》2005年第4期）、左健《金圣叹文学鉴赏主体论》（《南京大学学报》2006年第6期）都分别就专题深入阐释了古代文论中的接受美学思想。

　　西方接受美学对中国文学研究影响最为深刻有力，所取得的成果最为丰硕的领域是在接受史方面。中国古代文献中保留了大量诗话、诗论、评点、笺注等涉及文学读解接受的资料，不少学者就是通过梳理、阐释这些丰富的文献资料，来研究古代文学的传播和接受的。钱锺书《谈艺录》对"陶渊明诗显晦"的阐述，程千帆对《春江花月夜》被理解和误解经历的分析，罗宗强对"李杜优劣论"的评析等，都在不同程度上具有接受史研究的意义。这些研究既构成西方接受美学思想在中国文学研究中扎根的基础，又给予后人以重要启示。

　　西方接受美学对接受史的强调，给予中国学者以很大启发，使得中国古代文学研究的方法论意识更为自觉了。萧华荣《补〈诗〉，删〈诗〉，评〈诗〉——〈诗经〉接受史上的三个"异端"》(《华东师范大学学报》1988年第6期)、李延《从接受美学看〈金瓶梅〉研究》(《上海师范大学学报》1988年第4期)、刘绍智《接受中的〈三国演义〉》(《宁夏教育学院学报》1988年第1期)都自觉运用接受美学视角来研究古代作家和作品。朱立元、杨明则在《接受美学与中国文学史研究》(《文学评论》1988年第4期)、《试论接受美学对中国文学史研究的启示》(《复旦学报》1989年第4期)两文中提出建立由文学史、批评史、接受史或效果史三者综合构成的"总体文学史"的主张。

对中国文学接受史的研究主要在两个方面展开：其一是单个作家或作品接受史的个案研究；其二是从文学整体视野作宏观接受史研究。

在上述两方面中，古典文学作家和作品接受史个案研究所取得的成果最为显著。其中，引人注目的研究如屈原、陶渊明和杜甫接受史。除了期刊发表的众多论文外，单是杜诗接受史研究的重要成果就有蔡振念《杜诗唐宋接受史》(台湾五南图书出版有限公司2002年版)、赵海菱《杜甫与儒家文化传统研究》(齐鲁书社2007年版)，以及博士学位论文如聂巧平《宋代杜诗学》(复旦大学，1998)和黄桂凤《唐代杜诗接受研究》(北京师范大学，2006)。可以说，接受史研究引起古典文学研究界极大的兴趣，成为古典文学研究新方法的突破口，其论题几乎涵盖各个方面。仅就博士学位论文而言，除以上所述之外，还有张璟《清代苏词接受史稿》(复旦大学，2002)、仲冬梅《苏词接受史研究》(华东师范大学，2003)、高日晖《〈水浒传〉接受史研究》(复旦大学，2003)、王明辉《陶渊明研究史论略》(河北大学，2003)、罗春兰《鲍照诗接受史研究》(复旦大学，2004)、陈福升《柳永、周邦彦词接受史研究》(华东师范大学，2004)、李冬红《〈花间集〉接受史论稿》(华东师范大学，2004)、牛景丽《〈太平广记〉的传播与影响研究》(南开大学，2004)、李春桃《〈二十四诗品〉接受史》(复旦大学，2005)、米彦青《清代李商隐诗歌接受史》(苏州大学，2006)、陈福升《柳永、周邦彦词接受史研究》(华东师范大学，2006)、李春英《宋元时期稼轩词接受研究》(山东大学，2007)、李园《孟浩然及其诗歌研究》(南京师范大学，2007)、陈伟文《清代中期黄庭坚诗接受史研究》(北京师范大学，

2007)、唐会霞《汉乐府接受史论》（陕西师范大学，2007)、宋华伟《接受视野中的〈聊斋志异〉》（山东师范大学，2008)、熊艳娥《陆龟蒙及其诗歌研究》（南京师范大学，2008)、张毅《陆游诗传播、阅读专题研究》（复旦大学，2008）等。

尚永亮《庄骚传播接受史综论》（文化艺术出版社2000年版）是一部运思缜密之作。全书分为三篇：上篇为庄子论，中篇为屈原论，下篇为庄骚传播接受论。该专著深入分析了汉武帝后《庄子》传播接受走向低落和魏晋时期随玄学演进而地位提升、巩固的原因，细致辨析了班固、王逸关于《楚辞》论争的异中之同和同中之异，阐述了刘勰对屈原的态度和中唐诗人对屈原的超越，既揭示出庄骚内涵的丰富性和后人对庄骚接受理解的多面性，又反照出时代精神风貌的变迁。

刘学锴《李商隐诗歌接受史》（安徽大学出版社2004年版）是在作者已有的李商隐研究丰富成果基础上的又一力作。该专著分别从李商隐诗的历代接受、李商隐诗阐释史、李商隐诗对前代的接受和对后世的影响三部分展开论述，文献资料齐备翔实，分析论述透彻精辟。阐述李商隐诗接受史，从同时代人直至20世纪90年代，贯穿一千一百余年；梳理诗歌阐释史又不得不面对令人眼花缭乱的纷歧阐释；影响史研究则将李商隐置于对前代的接受和对后世的影响的长链上，既映衬出李商隐诗"感伤诗美范型"的独特性及价值，又从接受史角度揭示了诗歌发展轨迹。

高日晖、洪雁《〈水浒传〉接受史》（齐鲁书社2006年版）通过分析种种阅读、阐释、批评、改编、续作《水浒》等纷纭现象，不仅多角度透视了《水浒》接受的丰富性和复杂性，而且从中折射出自明清到近现代中国的社会史、思想史、文化史、政治史、心理史、道德史以及文学观念的演变史。该专著把《金瓶梅》与《水浒》相联系，从对《水浒》接受的角度加以探讨，发前人所未发。其他如李剑锋《元前陶渊明接受史》（齐鲁书社2002年版）借道陶渊明接受史来展示平淡深粹、自然悠远的中国古典诗美理想，同时，总结出中国古代接受理论不同于西方的重要特色。朱丽霞《清代辛稼轩接受史》（齐鲁书社2005年版）则分别从历代创作、词论、同光词坛以及清代词选诸角度论述稼轩接受史。此外，刘宏彬《〈红楼梦〉接受美学论》（河南人民出版社1992年版），何香久《〈金瓶梅〉传播史话》（中国文联出版社1998年版），王水照《苏轼研究》（河北教育出版社1999年版）中"清人对苏轼词的接受及其历史地位的评定"部分，杨文雄《李白诗歌接受史研究》（台湾五南图书出版有限公司2000年版），程继红《辛弃疾研究史》（吉林人民出版社2001年版），汪春泓《〈文心雕龙〉的传播和影响》（学苑出版社2002年版），王明辉《陶渊明研究史论略》（河北大学出版社2003年版），钱理群《远行以后——鲁迅接受史的一种描述（1936—2001）》（贵州教育出版社2004年版），李冬梅《〈花间集〉接受史论稿》（齐鲁书社2006年版），刘中文《唐代陶渊明接受研究》（中国社会科学出版社2006年版），佘正松、周晓林《诗经的接受与影响》（上海古籍出版社2006年版）等都是这方面的著作。

相对于个案研究，对文学接受史做宏观研究需要更多知识积累，研究难度更大，成果也较少。陈文忠《中国古典诗歌接受史研究》（安徽大学出版社1998年版）是这方面最早取得成绩的专著。作者首先阐述了文学接受史的三个层面，认为：效果史即作品在读者中产生的审美效应，它是接受史研究的基础；阐释史是效果史考察的深化，也是接受史的核心；影响史则是"受到艺术原型和艺术母题的影响启发，形成文学系列的历代作品史"。[①] 在此基础上，作者着重从经典诗歌作品阐释史和创作影响史两个层面展开探索，不仅深入阐述了中国古典诗歌的接受历程，更为重要的是通过接受史的梳理、探析，揭示了经典生成的规律。同时，作者提出文学接受史"三层面"说，以及艺术原型和艺术母题对后续创作影响的观点进一步发展了接受理论。

尚学锋、过常宝、郭英德《中国古典文学接受史》（山东教育出版社2000年版）是国家"九五"社科规划项目研究成果，它首开中国文学接受史整体研究之先例。该专著不仅以恢宏的视野描述了中国文学接受史历程，而且突出强调了接受形态随时代变化的特征，并相应地从历史文化情境、民间传播和接受、文集编撰和应用、典范确立和更替、科举活动和《文选》流播、社会文化心理、商业出版传播、娱乐传播、学术文化思潮

[①] 陈文忠：《中国古典诗歌接受史研究》，安徽大学出版社1998年版，第21页。

以及宗教思想影响,等等,多视角作出论述。譬如阐释唐代文学接受时,既细致分析了科举活动与文学接受的关系,又剖析了晚唐人"尚奇、尚怪、尚艳"的接受心态。梳理清代三大学术文化思潮对文学接受的影响时,则归纳出"实学思潮与经世致用的文学接受准则""乾嘉汉学与培养学殖的文学接受要旨""经今文学与文学接受的功利主义倾向"等接受范式特点。

在戏曲接受史方面,赵山林《中国戏曲传播接受史》(上海人民出版社2008年版)是开山之作。专著系统梳理了自宋至清末近千年中国戏曲传播接受的历史轨迹,深入探讨了其中的规律。内容不仅涉及剧作家、演员、观众、批评家、戏班主人和出版商等多个层面,还涉及各种声腔剧种的传播与交流,多种演剧形态和场所的交叉与竞争,多种传播方式的共存与兴替,拓展了中国戏曲史研究。此前,作者还完成了《中国戏曲观众学》(华东师范大学出版社1990年版)。

此外,从宏观视野研究文学接受史的还有王卫平《接受美学与中国现代文学》(吉林教育出版社1994年版)、马以鑫《中国现代文学接受史》(华东师范大学出版社1998年版)。专题研究如丁放《金元词学研究》(中国社会科学出版社2002年版)、陈伯海等《唐诗学史稿》(河北人民出版社2004年版)、周玉波《明代民歌研究》(凤凰出版社2005年版)、查清华《明代唐诗接受史》(上海古籍出版社2006年版)、胡连胜《敦煌变文传播研究》(人民出版社2008年版)等。博士学位论文中的专题研究有:王玫《建安文学接受史》(福建师范大学,2002)、杨金梅《宋词接受史研究》(浙江大学,2003)、张彩霞《宋代词话与传播》(中国社会科学院,2004)、侯长生《同光体派的宋诗学》(复旦大学,2007)、唐会霞《汉乐府接受史论(汉代—隋代)》(陕西师范大学,2007)等。

接受史研究为文学史撰写展开了一个崭新的维度,成为传统文学创作史、作品史研究的重要补充,并在更为广阔生动的层面上展示出民族审美风尚。同时,具体的研究实践又为接受美学总结出新的接受史理论范式,丰富和发展了接受美学。

从跨文化角度研究文学接受是接受美学的重要内容。20世纪80年代初,高中甫就撰写了《歌德在中国1976后的接受情况》。之后,他又撰写出版了《歌德接受史（1773—1945）》（社会科学文献出版社1993年版）。① 这是一部较早出现的系统论述外国作家接受史的著作。正如该专著作者所说："在一部世界文学史中，有不少伟大的作家，但如果说，其接受史内容最为丰富多彩，最为错综复杂，对他的评价充满了矛盾和对立，在民族的文化和社会史上最具有意义，在历史的运动中最具有现实感，那我认为德国诗人歌德是最具有代表性的作家之一了。"② 该专著正是选择了这么一个极其丰富多彩、错综复杂的文学接受现象来论述分析的。它以纵向为主，以横向为参考，紧紧抓住不同时期对歌德的不同评价这一线索，梳理了种种纷纭观点，作出了科学的阐释。

1994年，金丝燕《文学接受与文化过滤——中国对法国象征主义诗歌的接受》收入乐黛云、周文柏主编的"海外中国博士文丛"，由中国人民大学出版社出版。该专著分别在两个层次进行阐述：其一是1915—1925年中国翻译界、批评界对外国文学以及法国象征主义诗歌的接受情形；其二是1925—1932年中国象征派诗人，特别是李金发对法国象征主义诗歌的接受情形。该专著研究了中西方的共同想象和共同心理，从中揭示出不同文化背景的群体究竟是以何种方式实现交流，又在何种程度上使文学接受被扭曲和变形的。

王攸欣《选择·接受与疏离——王国维接受叔本华、朱光潜接受克罗齐美学比较研究》（生活·读书·新知三联书店1999年版）通过翔实的文本分析，阐述了王国维、朱光潜在接受西方美学思想过程中的变化，比较了两人接受方式的异同，而且将论述目标定位在"试图揭示出中国一百年来在接受西方文化的过程中所存在的某种至今很少被人重视的先天缺失，即缺乏真正冷静的理性的客观精神"。③ 该专著认为，近代以来的中西文化交流显示了中国文化的先行结构和期待视野对西方文化因子的选择和扭曲，这种选择和扭曲一方面使得西方文化因子顺利地对中国文化产生影

---

① 尽管该专著的论述内容是歌德在德国的接受史，但是，如果从著作是中国学者写给中国读者的，势必受到中国文化视野的过滤这一角度看，也可以把它视为跨文化研究。
② 高中甫：《歌德接受史（1773—1945）》，社会科学文献出版社1993年版，第2页。
③ 王攸欣：《选择·接受与疏离——王国维接受叔本华、朱光潜接受克罗齐美学比较研究》，生活·读书·新知三联书店1999年版，第19页。

响，使中国文化传统得到很大改观，并结出丰硕成果。另一方面，又往往使西方文化完全改变了性质，使接受多停留于肤浅的层面，西方民族的内在精神尤其是使人类与社会健康发展的精神核心未能得到足够的关注和透彻理解。这就使论著具有了理论深度和更为普遍的意义。

曾军《接受的复调——中国巴赫金接受史研究》（广西师范大学出版社 2004 年版）阐述了巴赫金在中国的复活史，探讨了巴赫金接受史在中国是如何发生的，并试图建立一种"多元的历史描述框架"。张旭《视界的融合：朱湘译诗新探》（清华大学出版社 2008 年版）则以描写翻译学为理论基础，参照多元系统理论、现代翻译规范理论来讨论朱湘译诗的特点，同时，兼及了版本学、解释学和接受美学。此外，跨文化接受研究的专著还有郜元宝《尼采在中国》（上海三联书店 2001 年版）、杨平《康德与中国现代美学思想》（东方出版社 2003 年版）、姜智芹《文学想象与文化利用——英国文学中的中国形象》（中国社会科学出版社 2005 年版）、赵文静《翻译的文化操纵——胡适的改写与新文化的建构》（复旦大学出版社 2006 年版）、史锦秀《艾特玛托夫在中国》（河北人民出版社 2007 年版）、冯茜《英国的石楠花在中国》（中国社会科学出版社 2008 年版）、吴结评《英语世界里的〈诗经〉研究》（四川大学出版社 2008 年版）、倪正芳《拜伦与中国》（青海人民出版社 2008 年版）；博士学位论文有王文《庞德与中国文化》（苏州大学，2004）；期刊论文如张爱民《德国文学中的〈庄子〉因素》（《齐鲁学刊》2005 年第 4 期）、杨凯《中国的契诃夫研究》（《重庆大学学报》2005 年第 6 期）、章辉《在政治与学术之间——卢卡契文艺美学在中国的曲折历程》（《河北师范大学学报》2007 年第 3 期）、陈友冰《中国古典文学韩国流播史及其特征——以"二战"后为中心》（《江汉论坛》2007 年第 4 期）、陈友冰《"二战"以后汉学在德国的流播及其学术特征——以中国古典文学为中心》（《江汉论坛》2007 年第 6 期）、杜鹃《中国读者对乔治·桑的接受历程》（《南通大学学报》2008 年第 5 期），等等。

与跨文化接受密切联系的是运用接受美学的视角来重新审视翻译理论。这方面的研究著作有朱健平《翻译：跨文化解释——哲学诠释学与接受美学模式》（湖南人民出版社 2008 年版），周方珠、卢志安《英汉互译原理》（安徽大学出版社 2008 年版），任晓霏《登场的译者》（中国社会科学出版社 2008 年版）等。

从接受美学角度研究翻译理论的论文引起了广泛关注，产生了相当大的影响。在所有与接受美学相关的论文中，引用频次最高的前十四位，除了第九位外，均被翻译理论所囊括。其中，马萧《文学翻译的接受美学观》（《中国翻译》2000 年第 2 期）引用频次为一百四十四次，秦洪武《论读者反映在翻译理论和翻译实践中的意义》（《中国翻译》1999 年第 1 期）为一百二十八次，吕俊《翻译：从文本出发——对等效翻译理论的反思》（《外国语》1998 年第 3 期）为六十四次，贺微《翻译：本文与译者的对话》（《外国语》1999 年第 1 期）为六十二次，引用频次分别位列前四位。居于第九位的刘纯德《姚斯、伊瑟尔及其他——漫谈接受美学》（《天津外国语学院学报》1994 年第 2、3 期合刊）也因发表在外国语类刊物而备受关注。

随着接受美学在中国传播，它越出了文学研究的边界，渗透到教育、文化、艺术，以及其他各个领域，可以说，在西方文论中国化过程中，接受美学是影响最为广泛的理论之一。专著如张心科《接受美学与中学文学教育》（合肥工业大学出版社 2005 年版），郭成杰《裸眼读书》（华东师范大学出版社 2005 年版），夏中义、方克强主编《大学新语文导读》（北京大学出版社 2006 年版），曹明海主编《语文教学解释学》（山东人民出版社 2007 年版），章柏青、张卫《电影观众学》（中国电影出版社 1994 年版），陈默《电视文化学》（北京师范大学出版社 2001 年版），黄会林主编《影视受众论》（北京师范大学出版社 2007 年版），李锦云《表演心理学》（世界图书出版公司 2007 年版），臧海群、张晨阳《受众学说：多维学术视野的观照与启迪》（复旦大学出版社 2007 年版），等等，已经覆盖了教育、文化、艺术等诸领域。至于论文的涉及领域则更为广泛。

纵观接受美学在中国的传播，它经历了从介绍翻译、消化吸收到应用、拓展的过程。在此过程中，接受美学经受了中国学者的选择、改造和发展，并渗透、融合于中国文学研究实践，既推动了中国文学研究的现代化进程，又基本实现了接受美学的"中国化"。从中，我们可以看到以下几点。

一是跨文化传播是文化获得自身生命力的重要源泉，只有以开放的心态，积极吸收外来经验，才有可能使本土的传统理论重新焕发生机。中国古代文论研究和古典文学研究的实际充分说明了这一点。由于大胆吸收了西方接受美学，中国古代文论和古典文学研究找到了实现学术方法现代转型的有效途径，开拓出新的生长点。特别是文学史研究这一领域，大量的文献资料，在接受美学视野中得到新的阐释，获得新的意义；"集注"、"集说"、"汇评"传统经历了创造性转化，实现了学术方法的现代建构。

二是任何外来思想的传播都必须与本土经验相吻合，在实际应用中受到检验，并显示其有效性。接受美学之所以很快在中国扎根，其重要原因之一就在于它与中国古代文论和古典美学思想存在契合之处，因此，才能迅速实现视界融合并开花结果。而中国古代文献中大量的诗话、诗论、评点、笺注等涉及文学读解接受的资料，以及丰富的接受美学思想，恰恰使古代文学接受史的研究得到最充分的发展。与此同时，在文学接受史研究具体实践中总结出来的文学接受形态和接受史撰写模式，反过来又丰富了西方接受美学关于文学接受史的构想。

三是如何吸收西方接受美学思想，如何选择、接受或疏离，这不可避免地要受到中国文化传统的制约，同时要受到中国研究者的接受视野的制约。凡是得到广泛重视，激发研究热情的理论观点，往往总是有着深厚的中国文化背景作为支撑。譬如接受美学中的"空白"和"召唤结构"，它与老庄哲学中的"有""无"之辨、"言""意"之辨有着相似的理论旨趣，这不仅引起中国学者的研究兴趣，也因此获得创造性阐释。接受美学对接受史或效果史的强调，为打破形式主义文论的封闭结构，引进社会历史研究及文学价值、功能研究提供了可能，而这些在西方接受美学中原先并没有得到充分展开的理论观点，由于跟中国学者重视社会历史评判的倾向和中国传统的"文以载道"观念相吻合，因此得到较为深入的阐发、充实，并在接受理论和接受史研究中得到充分体现。

四是对于外来思想既要穷源溯流，澄清理论实质，又不能囿于理论本身，要结合本土经验大胆批判、改造、发展，破除迷信，敢于创造具有本土特色的接受美学理论体系，由此构成中西文论、中西文化思想的对话、交流和融合。总而言之，西方接受美学在中国传播的过程，是西方理论"中国化"的过程,也是中国文化参与世界性对话,走向世界的过程。

三 精神分析学在中国

众所周知,精神分析学批评(psychoanalytic criticism)在整个20世纪西方文学理论批评界的影响,恐怕是任何其他学派都无法比拟的,这不仅是因为它的创始人西格蒙德·弗洛伊德(Sigmund Freud,1856—1939)在20世纪世界思想史和科学史上的显赫地位,同时也更因为这一学派有着众多的实践者,也就是说,在文学理论批评界,有着一大批批评家自觉地运用精神分析学批评理论,或从精神分析的视角对文学史上的一些老问题提出自己的新见解,或对一些当代文学文本进行精神分析式的阅读,从而不仅使文学批评的方法趋于多元,同时也丰富了精神分析学批评理论本身。再者,精神分析学批评与其他批评学派的另一个不同之处还在于,当传统的以人为本的精神分析学批评处于衰落状态时,法国的结构主义和后结构主义精神分析学理论家雅克·拉康(Jacques Lacan,1901—1981)异军突起,通过对弗洛伊德理论的改造和重新阐述而使得这一处于危机的批评理论又产生了勃勃生机。时至今日,尽管后现代、后殖民理论五花八门,文化研究的崛起又再度恢复了西方文学理论史上的文化批评传统,但精神分析学批评仍在理论批评界占有一席之地。

对于精神分析学批评的评介性描述,一般所使用的概念不外乎这样两个:弗洛伊德主义和精神分析学。前者的内涵和外延并不局限于弗洛伊德本人的文学思想,而是包括他的弟子们的观点在内的、"以弗洛伊德为中心的"一种哲学思想理论体系;后者的范围则更为广泛,并且不断地与其他理论有着结合的趋势,因而至今精神分析学批评仍在西方文学批评理论的多元景观中占有重要的一席之地。①

精神分析学批评的崛起首先应归功于其创始人弗洛伊德。美国文化批评家莱昂内尔·特里林曾这样描绘弗洛伊德与文学的关系:弗洛伊德影响

---

① 关于精神分析学批评的主要观点的批判性描述,参见陈厚诚、王宁主编《西方当代文学批评在中国》第一章"精神分析学批评在中国",百花文艺出版社2000年版,第1—42页。

文学，但弗洛伊德首先受到文学的影响。确实，弗洛伊德最喜爱的文学作品包括古希腊悲剧、莎士比亚、歌德的作品以及19世纪的浪漫主义诗歌。在这些古典文学名著的熏陶和影响下，他自觉地对文学进行了接受，并逐渐通过欣赏、归纳和概括等方式，零零散散地提出了一些闪烁着文学理论思想的见解，其中有些观点至今仍对文学创作和理论批评有着不可低估的启迪和指导意义。他的这些文学观点概括起来大致表现在这六个方面：（1）作为文学创作动因的力比多说；（2）用来概括文学创作活动和过程的无意识或自由联想说；（3）塑造人物形象的"升华说"；（4）作为文学创作和理论批评主题的"俄狄浦斯情结说"；（5）作为文学的"游戏说"之翻版的文学创作与白日梦的关系；（6）文学艺术家与精神病症状，等等。对于弗洛伊德的文学批评理论在实用批评领域里的具体表现特征，我们可以概括为两大贡献，具体体现在以下三个方面。

1. 一种（传统的弗洛伊德的）精神分析式阅读。20世纪的各种文学批评流派都十分注重阅读，精神分析学批评自然也不例外。体现于精神分析式阅读的特征主要在于象征的无所不在。尽管其他批评流派也不忽视文学作品中象征手法的使用以及其可能产生的意义，但在传统的精神分析式阅读过程中，批评家发现的象征往往与性有关。按照弗洛伊德式的阅读方法和策略，任何文学作品中都可以找到许多此类象征物。但这样的阅读有两个很大的弱点，既忽视了文学作品的审美诸功能，同时这种任意地将一些物体与性相联系的做法本身就缺乏一个中介物——语言。文学作为语言的艺术，其审美功能必须通过语言的中介才能实现，因为语言是文学存在的方式，是作品赖以生存的外壳，此外，语言本身的结构还起到充当作品的肌质（texture）之作用。

2. 把情结的概念引进文学批评的话语。如果说精神分析学批评还有几分科学性的话，那么这主要体现在两个情结的应用上：俄狄浦斯情结（即恋母情结）和厄勒克特拉情结（即恋父情结），这种方法如使用得当，倒是对于探寻作家的生活道路与创作主题之关系具有一定的效果。

3. 文学批评和文本阐释中梦的结构。弗洛伊德的《释梦》一般被公认为人类精神思想史上的一部划时代的重要著作，在这部著作中，弗洛伊德对梦的形成和分析的步骤均作了阐述，其中大量涉及一些文学作品。这些文学批评观点对批评家分析文学作品中的各种梦幻或梦的碎片以及意识流小说都有着明显的效应，只是这方面在实用批评领域内取得的成果少于前两个方面。但若是和拉康的结构主义精神分析方法结合起来使用，它的批评前景必定会无限广阔。目前在西方学术理论界，不少后现代批评家将其与德勒兹（Gile Deleuze）的精神分裂式批评理论和鲍德里亚（Jean Baudrillard）的后现代理论联系起来考察，这在很大程度上就是对精神分析学的梦的理论的反拨。

在比较弗洛伊德的文学思想对文学创作和理论批评的重大影响时，我们不难发现，体现在后者中的影响更为深刻，而且有着更为多元的发展方向，因而直至今日，精神分析学批评仍在相当一部分文学研究者和批评家那里盛行不衰。究其原因，我认为主要有以下三个方面。

第一，正如我们所见，20世纪的西方主要作家，几乎都或多或少地受到弗洛伊德理论的直接的或间接的影响，这些影响必然反映在他们的作品（文本）中，有的一眼便可看出，而更多的则隐晦含蓄，需要经过批评家的仔细阅读和分析才能看出。我认为这种情形的客观存在必然迫使批评家要尽可能多地掌握一些精神分析学方面的知识，因为作家创作水平的高超必然对批评家提出更高的要求，所以批评家要想准确地、中肯地分析评价一部作品，就必须首先掌握批评的武器，并对自己批评的对象有着足够的了解，这样才能把作品中的深层含义挖掘出来。

第二，弗洛伊德的精神分析学说对文学批评的影响还体现在传记作品的刷新上。传统的文学批评也十分重视作家的生平和时代背景，有时其重视的程度甚至使批评家忽略了文学作品本身的艺术分析，因而自然而然地受到了新批评派等形式主义批评家们的挑战，而精神分析学的诞生则向传记作家们敲响了警钟，不要为了琐碎的表面"真实的"材料而忽视了被写人物的心理真实，即内心中意识的、潜意识的甚至无意识的以及梦中的活动。总之，与传统的传记式批评所不同的是，精神分析学批评更加注重对人物的深层心理分析。

第三，法国的结构主义精神分析学理论家雅克·拉康从结构主义和后结构主义的角度对传统的精神分析学的修正和创造性阐述。拉康在重视语言的中介作用的同时，也强调了主体的作用，他的新精神分析学文本分析为批评家提供了一个崭新的"主体"理论。在这方面,"马克思主义者、形式主义者和结构主义者都把'主观的'批评当作浪漫主义的和反动的东西而摈弃了,但拉康式的批评则发展了对'说话主体'的一种'唯物主义的'分析,这种分析更容易使人接受"。① 确实,拉康本人作为一位精神分析学家,对弗洛伊德精神分析学理论的贡献和局限是较为清楚的。在他看来,弗洛伊德的理论固然对文学创作和文学批评有着重大的影响,但其理论上的不一致和不完备性却有碍于它的传播和发展,必须同时从内部和外部对它进行反驳和修正。但应当指出的是,拉康主要是一位精神分析学家,或者说一位结构主义精神分析学家,传统的精神分析学说的捍卫者和创造性发展者。他在文学批评方面对弗洛伊德学说的发展诚如伊丽莎白·赖特(Elizabeth Wright)所概括的那样:"传统弗洛伊德精神分析学对所考察的文学作品的探讨一直是以分析人的心灵为中心的,而不管它是作者的、人物的、读者的心灵,还是这些人的心灵的结合体。新精神分析学的结构主义式探讨则是以分析作为心灵的文本为中心的,这种分析是以这一理论为基础的:无意识也像语言一样是有结构的。"② 应该承认,这是拉康对当代精神分析学批评做出的最大贡献,同时也是我们研究拉康的批评理论与实践的出发点。了解西方的精神分析学批评理论从弗洛伊德到拉康的发展演变过程,无疑对我们在下面追溯和探讨它在新中国的批评性接受奠定了基础。

和任何一种当代西方文学批评理论一样,精神分析学批评也在1949年以来的中国文坛受到广大学者和文学批评家的强烈关注,大批弗洛伊德本人的著作被争相译成中文,此外,还有更大一批研究弗洛伊德及其精神分析学理论的著述或者全部或者部分地译介了过来,对中国当代文学创作和理论批评产生了强有力的影响。既然弗洛伊德理论的引进绝非新中国成立后的事件,而且中间还有着相当长的一个断层,那么对其历史发展演变

---

① Raman Selden et al., *A Reader's Guide to Contemporary Literary Theory*, Brighton: Harvester, 1985, pp. 80 – 81.
② Elizabeth Wright, *Psychoanalytic Criticism: Theory in Practice*, London and New York: Routledge, 1984, p. 114.

过程作一简略的回顾就有着一定的必要性。①

弗洛伊德的学说在中国的介绍和传播可以追溯到20世纪20年代初，其传播和译介的主要途径有两条：通过西欧的语言（主要是英文）较为直接地译介进来和通过日本的间接途径，其译介的领域分别为心理学界、文化界和文学界，而且可以说，这三个领域内的评介工作几乎是同时进行的。在20年代，译介弗洛伊德理论的学者主要有汪敬熙和罗迪先等知识分子。甚至鲁迅这样头脑比较冷静的现实主义作家也一度对弗洛伊德的理论发生兴趣，并曾试图将他的某个观念运用于自己的创作中。至于弗氏的理论在浪漫主义作家中的反响就更不足为奇了，因为弗洛伊德生前最喜爱的作家除了少数古典作家外，就是19世纪的欧洲浪漫主义作家，而只有茅盾和巴金等少数作家面对弗洛伊德主义潮流的冲击仍保持着某种客观冷静的甚至批判的态度。对精神分析学抱有积极欢迎态度的学者和批评家还有社会学家潘光旦、文化学者章士钊、文学理论家和作家周作人等，但他们后来并没有专攻精神分析学，也没有一如既往地对之进行深入的研究。在中国现代思想史、文化史和文学史上，几乎所有的主要作家、文化学者及文学批评家都或多或少地接受了弗洛伊德的影响：②郭沫若、郁达夫、成仿吾等具有浪漫主义气质的作家对弗洛伊德的某些观点深表赞赏，并在不同的程度上对之进行带有强烈主体意识的能动性接受。潘光旦、周作人等则一方面以喜悦的心情迎接这一文化潮流的冲击，试图以此来反拨中国传统的道德观念在中国人民的意识和无意识深处造成的巨大影响；另一方面则为精神分析学在中国的植根而奔波效

---

① 关于弗洛伊德主义理论思潮在中国现代思想文化界和文学创作及理论批评界的传播和译介过程，参见王宁《深层心理学与文学批评》，陕西人民出版社1992年版，第44—67页。

② 这方面除了王宁的英文博士学位论文（*Freudianism and Literature: a Reconsideration*, 1989），其中有三章已分别发表于国际刊物 *China Information*, Vol. 5, No. 4 [1990] & Vol. 6, No. 1 [1991] 和国际文学和心理学大会论文集 *Literature and Psychology*, Vols. 11 [1995] & 12 [1996]）外，还有张京媛的博士学位论文（*Psychoanalysis in China: Literary Transformations, 1919–1949*, Ithaca, New York: East Asia Program, Cornell University, 1992）以及尹鸿的博士学位论文（《徘徊的幽灵：弗洛伊德主义与20世纪中国文学》，湖南文艺出版社1994年版）。这些博士学位论文中所引资料十分翔实，论述也比较深入，因此这里不再重复这些研究成果，只是立足于近三十年来的最新成果的评介。

劳。刘呐鸥、施蛰存、穆时英等"新感觉派"小说家同时通过西欧和日本这两条途径热情地接受了弗洛伊德的精神分析学说，并且创造性地将其运用于自己的创作中，因而为中国现代文学中弗洛伊德主义的变体的产生起到了推波助澜的作用。此外，还有一些主要的作家，如曾留学国外并且学贯中西的学者型作家钱锺书、对现代西方文学颇有兴趣但却致力于弘扬本土民族风格的沈从文、对女性变态心理和男性人物的失势特征有着深刻洞悉的女作家张爱玲和对西方现代文艺理论思潮和新奇的创作方法异常关注的剧作家曹禺等，也都程度不同地受到精神分析学说的影响，并且对之有着创造性的阐述或运用。这些均对当时的文学批评中运用精神分析学的方法以及新中国成立以来精神分析学批评理论的传播和创造性运用提供了难得的文本。

应该说，在1949年中华人民共和国成立之前，精神分析学在中国的译介和传播是很不全面的，在很大程度上分别通过英文和日文两个途径，很少有弗洛伊德的著作直接从德文翻译过来。而且在对其研究和运用上也显然存在着误解和滥用的趋势，以致不少普通读者和批评家误以为弗洛伊德的精神分析学理论的核心就是泛性论，弗氏所鼓吹的是一种无所不在的以性欲为中心的理论，这种理论在很大程度上造成的影响是消极的，其中的一点积极的因素正如鲁迅所指出的就在于撕破了资产阶级假道学的外衣，还原了人所共有的带有动物属性的本质特性。但尽管如此，也有少数几位学者型理论家在评介和研究弗洛伊德的精神分析学的同时，力求相对完整地、辩证地看待这一风靡西方思想文化界的学术理论思潮以及对中国现代思想和文化的可能的积极和消极影响。由于这些学者生在旧中国，但其学术生涯一直延续到新中国成立之后，因而我们也应当全方位地评价他们的贡献，这里仅简略涉及几位重要学者的观点。

首先应提及的一位是翻译家董秋斯，他的主要贡献在于，在三四十年代中国的思想文化界盲目崇拜弗洛伊德学说的所有方面时，敢于实事求是地对评价弗氏的理论，既不全盘否定其合理因素，也从辩证的角度提出自己的批判性见解。他主张让广大读者阅读弗洛伊德的原著以及西方学者的最新研究性著述，以便于对之有着较为全面的、辩证的了解。他在1940

年翻译出版了英国左翼知识分子 R. 奥兹本（R. Osborn）的一本研究专著，题为《弗洛伊德和马克思》（*Freud and Marx: A Dialectical Study*, 1937），并在这本书的译后记中对弗洛伊德的贡献和局限作出了自己的评价。但令人遗憾的是，像董秋斯这样以严肃的态度来译介精神分析学的学者和批评家实在是太少了。

既然精神分析学是一种基于治疗精神病患者的临床经验的无意识心理学，那么它的积极意义首先体现在对传统的理性心理学的反拨，因而从心理学发展演变的角度来理解精神分析学的本质特征就尤有必要。在这方面，中国现当代著名心理学家高觉敷的翻译介绍和研究独树一帜，而且持续的时间直到80年代中期，甚至起到了改革开放以来全面翻译介绍弗洛伊德及其精神分析学的先锋和桥梁作用。[①] 他对弗洛伊德学说的全面翻译介绍始于1925年，高觉敷在对弗洛伊德及其精神分析学说间接评介的同时，觉得有必要把弗氏的主要著作翻译介绍给中国学术界和普通读者，于是他于1933年和1935年分别翻译出版了弗洛伊德的《精神分析引论》和《精神分析引论新编》。这两本译著的问世，无疑奠定了高觉敷作为早期的一位精神分析学的主要翻译介绍者和研究者的地位。由于他熟悉西方心理学史，并对弗洛伊德前后的心理学家，包括麦独孤、勒温、冯特、荣格以及格式塔心理学等均有所研究，因此他往往把弗洛伊德的学说放在一个广阔的西方心理学和哲学史的背景下考察。他对弗洛伊德学说的分析批判虽不无精辟深刻之处，但所受这些正统心理学理论的影响也是显而易见的。众所周知，在那些学院派心理学家们的眼里，弗洛伊德不过是一个"叛逆者"，精神分析学也不属于科学的心理学之列。但作为一位人文心理学者的高觉敷对弗洛伊德学说的批判也仍是哲学推理式的，而非基于实验的和科学的。

现当代著名学者兼作家钱锺书生前博览群书，他对弗洛伊德的精神分

[①] 虽然高觉敷先生已于90年代初去世，但在他生前，王宁曾有数次机会前往他家中拜访，就一些心理学和精神分析学的核心问题向他请教。可以看出，他虽然作为一位正统的心理学家，在很多方面对弗洛伊德的理论有所保留或持有异议，但他仍认为，应当全面地翻译介绍弗洛伊德的全部著作，以便使中国读者对之有着全面的理解。另外，由于他所基于的正统心理学思想，他对拉康的一些修正性阐释明显地持保留的态度，并尽量在自己晚期的著述中对之保持沉默。

析学说也十分熟悉，不仅和夫人杨绛曾翻译过弗洛伊德的《释梦》节选，他本人也在《中国固有的文学批评的一个特点》等论文中引证并涉及弗洛伊德的理论。此外，还分别在初版于 40 年代和再版于 80 年代的《谈艺录》中数次引证弗洛伊德和拉康的著作，在 1979 年推出的巨著《管锥编》中多次引证弗洛伊德的好几部主要著作，包括《精神分析学引论》、《精神分析学引论新编》、《图腾与禁忌》、《释梦》等。从钱锺书引文的上下文来看，他对精神分析学并无任何嘲讽之词，只是告诫国内学者和批评家，现代西方文学批评理论并非一家独秀，切莫把精神分析学当作当代放之四海而皆准的一种批评理论来盲目套用。他的这些点到即止的评介对我们在一个广阔的中西比较文化背景下来认识精神分析学批评无疑有着重要的指导意义。

如果说，在心理学界全面介绍和研究弗洛伊德的精神分析学并取得最突出成就者当推高觉敷的话，那么毫无疑问，在美学和文学批评界对弗洛伊德的文学观点以及其积极和消极方面理解得最为深刻并且批判最为中肯者当属当代著名美学家和文学批评家朱光潜。虽然朱光潜早年曾攻读过心理学，但他最终所选中的研究领域恰恰是介于文学和心理学之间的边缘学科——美学，因此他的研究多从文艺心理学和美学两个角度入手。朱光潜对从柏拉图、亚里士多德以来的西方美学和文艺理论均有着精深的研究，据他自己所称，他主要受克罗齐和尼采这两人的影响，但他对弗洛伊德的文艺心理学思想及其信徒们的基本观点也十分熟悉，因此他完全可以在西方美学这一广阔的历史背景下来考察弗洛伊德的精神分析学。他对精神分析学的介绍、评述和批判比较集中地体现在《文艺心理学》、《变态心理学》、《悲剧心理学》这三部著作中。首先，朱光潜承认，精神分析学的两个独特之处在于"压抑"和"移置"这两个概念的使用；有关文艺创作是无意识欲望升华的观点无疑对唯美主义的"为艺术而艺术"是一种反动；无意识和梦的理论在某种程度上是言之成理的；因此总的说来，精神分析学对治疗精神病也许是有用的假说。但是，朱光潜在介绍精神分析学的同时，出于对弗洛伊德理论的谬误的清醒认识，对这一学说的错误假说予以了尖锐的批判。在文艺创作与欲望的关系上，他不赞成弗洛伊德的本能欲望升华说，他指出，弗洛伊德及其门徒们的"错处在把艺术和本能情感的距离，缩得太小"。①

毫无疑问，作为一位美学理论家和文学批评家的朱光潜，自然对艺术经验有着自己的体会和见解，他对艺术形式美的注重因而也是颇为自然的。他的这段批判性言辞显然是从美学的角度对弗洛伊德的精神分析学说进行的极为严厉的批判，其中虽不乏偏激之处，但对于当时以及现在那些热衷于在自己的创作和批评中一味图解或套用精神分析学说的作家批评家，或许敲响了警钟。作为一位擅长辩证法的哲学家，朱光潜往往在任何时候都保持着清醒的头脑，他的批判颇为有力，颇能击中要害，即使在今天也对我们有着一定的教益。尽管朱光潜对弗洛伊德的精神分析学说的态度主要是批判性的，但在他的批判性阐释著作里，实际上已经为精神分析学在新中国的文学批评界的传播、推广乃至批评性应用起到了重要的启迪作用。可惜的是，在"文化大革命"前的十年"左"的文艺路线统治时期，朱光潜不仅不敢坚持正确的东西，而且还违心地不断检讨，甚至在公开场合都不敢承认自己曾经受到弗洛伊德的影响并对之有着精深的研究。这对一个历尽磨难却仍不失其良知的知识分子来说，确实是悲哀的。

尽管精神分析学批评理论在中国的思想文化界和文学批评界的译介和传播可追溯至20世纪20年代初，但在1949年中华人民共和国成立后直到1978年中国全面实行改革开放这段漫长的时期，对弗洛伊德及其精神分析学说的翻译介绍甚至研究都基本上处于停滞的状态，只有极少数心理学和哲学界的学者受命对这一被认为是"资产阶级唯心主义理论思潮"的反动的东西采取大批判式的研究。但正是这种关起门来不与外界交流的单向式批判却为80年代中期在中国出现的"弗洛伊德热"奠定了"逆向反拨"的基础。因而当中国的大门向世界开放时，精神分析学便与萨特的存在主义哲学率先被当作西方现代主义文学的两大理论基础得到相当一部分文学界人士的关注，精神分析也作为文学创作和理论批评的一种有效的方法受到作家和批评家的关注。一时间，大量的弗洛伊德本人的著作以及他的研究者和批判者的第二手著述分别通过港台盗版译本和国内学者借助于英译本的中介而翻译介绍过来，这些著作包括弗洛伊德的《精神分析引论》、

---

① 参见《朱光潜美学文集》第1卷，上海文艺出版社1982年版，第29页。

《精神分析引论新编》、《释梦》（或译《梦的解析》或《梦的释义》等）、《图腾与禁忌》、《自我与本我》、《集体心理学与自我的分析》、《爱情心理学》、《弗洛伊德自传》、《少女杜拉的故事》、《性学三论》、《超越唯乐原则》等，荣格的一些分析心理学著作（《探索心理奥秘的现代人》、《心理学与文学》等）以及拉康的一些单篇论文（《〈哈姆雷特〉中的欲望及其解释》、《镜像阶段》等）。虽然在80年代后期至90年代初这段时间，弗洛伊德及其精神分析学在后现代主义大举进入中国文化界和文学界之时曾一度处于"冷却"的状态，但到了90年代中后期，"弗洛伊德热"再度升温，不同版本的《弗洛伊德文集》再次成为学术界的畅销书，但是从译文的质量和翻译者的背景来看，主要仍通过英语的中介，但所依据的版本基本上是得到弗洛伊德的女儿安娜首肯的版本。此外，拉康的结构主义/后结构主义精神分析批评理论也为一些先锋派批评家所青睐，这一切均说明，精神分析学作为一种有着强大生命力的理论思潮，其理论批评价值刚刚被中国批评界真正发现，对它的深入研究还有待于学术界的努力。

在弗洛伊德的精神分析学再次进入中国思想文化界和文学批评界时，一些具有权威性或有着广泛影响的学术刊物和文学杂志，包括《中国社会科学》、《文学评论》、《文艺研究》、《人民文学》、《文艺报》、《北京大学学报》、《读书》、《文艺理论研究》、《当代电影》等先后发表了不少中国学者的评介和研究弗洛伊德、荣格、拉康等精神分析学大师的文学思想及批评观点的论文以及翻译过来的国外学者的论文，对于中国学者和广大知识分子重新认识弗洛伊德及其精神分析学起到了新的启蒙作用。与此同时，生活・读书・新知三联书店、人民文学出版社、商务印书馆、中国社会科学出版社、中国文联出版公司、作家出版社、中国民间文艺出版社、北京大学出版社、清华大学出版社、学林出版社、辽宁人民出版社、安徽文艺出版社、上海译文出版社、辽宁大学出版社、社会科学文献出版社、百花文艺出版社、湖南文艺出版社等国内的出版机构分别组织出版了包括弗洛伊德、荣格、荷尼、拉康在内的精神分析学的原著译本以及大量的中西方学者的评介和研究性著述。在这些翻译过来的评介性和研究性著作中，俄-苏学者和文学理论家巴赫金的《弗洛伊德主义述评》（或译《弗洛伊德主义批判》）、美国学者弗雷德里克・霍夫曼的《弗洛伊德主义与文学思想》、美国学者艾布拉姆森的《弗洛伊德的爱欲论》、英国学者大卫·斯特福-克拉克的《弗洛伊德究竟说了些什么》以及美国学者霍尔等著的《荣格心理学入门》等不只是停留在对弗洛伊德等精神分析学大师的理论作系统全面的介绍和述评，他们中的一些人（如巴赫金）甚至从马克思主义的辩证唯物主义立场和文学形式主义的审美角度对弗氏学说中的一些明显的谬误进行了深刻的批判；也有的学者（如霍夫曼）则基于自己的扎实深入的比较研究，探讨了弗洛伊德主义的文学思想对现当代西方文学的积极的和消极的影响，为后来的学术研究和跨中西方文化的比较研究奠定了扎实的基础。可以说，在20世纪西方文学批评理论（这里仅把精神分析学限定为一种批评理论）各流派的著述中，翻译介绍到中国最多的一种理论当推弗洛伊德的精神分析学说，而与此相比，对真正可用于文学批评实践的拉康的理论则评介较少，这一方面因为国内的法语文学学者对之的重视程度远不如英语文学学者和中国文学批评家对之的重视程度，另一方面则因为这方面翻译过来的二手阐释性的著述也不多见，因此中国学术界对有着一定难度的拉康的结构主义和后结构主义精神分析学的研究仍不多见。

人们也许会问，尽管弗洛伊德的不少理论与传统的中国文化道德观念相悖，为什么他在中国仍有着如此之多的读者和实践者呢？这不仅是因为精神分析学说探讨了人生的根本问题（生存、爱欲、性生活和死亡等），同时也因为这一理论思潮对20世纪的西方文学创作和理论批评的影响也最大，持续的时间也最长。因而，毫不奇怪，基于西方学术界的研究成果，中国学者在这方面也进行了一些扎实的研究。这里仅列举一些比较研究精神分析学对中国文学影响的较为成熟的研究成果。

如果说，在西方文化史和文学理论的背景下对弗洛伊德及其精神分析学说的介绍和研究方面，中国学者（除少数学者外）大多停留在简单的评述和介绍层面上的话，那么，在对之与中国现代文学的影响的比较研究方面，中国学者所取得的突破性进展就在于从中国的独特视角与西方学者进行对话。在这方面，旅美学者张京媛的英文博士学位论文《精神分析学在中国：1919—1949年的文学变革》（*Psychoanalysis in China: Literary Transformations, 1919–1949*, 1992）和尹鸿的中文博士学位论文《徘徊的幽灵：弗洛伊德主义与20世纪中国文学》（1994）堪称较为扎实的研究，并且在某种程度上反映了中国的文学学术界对弗洛伊德及其精神分析学说研究的较高的水平：前者基于比较文学的影响研究和平行研究的理论视角，通过翔实资料的考证和追踪，向英语文学界提供了一些难得的第一手资料，对于西方学术界了解精神分析学在中国的传播和接受起到了重要的作用，此外，作者也尝试从中国文学的角度，对精神分析学进行了批判性分析和质疑，实际上对西方学者的继续深入比较研究也不无启迪意义；后者则得天独厚，凭借国内现代文学研究的现成成果，对其中的不少作家所受到的弗洛伊德主义理论思潮的影响作了实事求是的分析，其立论颇为令人信服，为中国现代文学研究中引入超学科比较文学研究的方法提供了良好的范例。另两部出版于80年代后期的研究性专著也在精神分析学与中国现代文学的比较研究方面起过某种拓荒的作用，这两部著作分别是余凤高的《"心理分析"与中国现代小说》（中国社会科学出版社1987年版）和吴立昌的《精神分析与中西文学》（学林出版社1987年版）。在对拉康的新精神分析学理论的介绍和研究方面，旅美学者张旭东、国内的美学家朱立元和比较文学学者方汉文的论著也用较为通俗易懂的语言向国内读者和批评界作了较为准确的介绍和评述。可惜这样的文章并不多见，从杂志上发表的不少评介文章来看，大多通过二手英文资料转述，而很少直接引用弗洛伊德的德文原文或标准版《弗洛伊德心理学著作全集》，即使目前图书市场上可见到的几种弗洛伊德文集也基本上是从英文转译而来，而且译者的哲学和心理学知识及中外文语言的理解和表达水平均算不上上乘，这同中国文学界对弗洛伊德及其精神分析学的强烈兴趣适成鲜明的对照，但这也为今后的研究留下了巨大的空白。

在中国当代学者中，王宁的研究成果涉及面最广，发表的中英文论文也最多。他在这方面的主要贡献在于：（1）主持翻译了美国学者霍夫曼的博士学位论文《弗洛伊德主义与文学思想》（生活·读书·新知三联书店1987年版），为国内学术界提供了西方的权威性学者的研究成果；（2）编选了《精神分析批评文集》，作为"20世纪西方文学批评丛书"之一种，向国内学者和批评家介绍了从弗洛伊德、荣格、奥托·兰克、欧内斯特·琼斯、弗洛姆等早期的精神分析学批评家直到拉康、霍兰德等当代精神分析学批评家的批评著述，此外，还在该书中收入了一些在批评实践中取得进展的批评论文，从而不仅从理论上，而且也在实践上给国内批评界提供了这方面的最全面的信息；（3）两次出席国际文学和精神分析学大会，并作了大会发言，从中国学者的研究视角与国际学术界进行了直接的对话，另外他本人的博士学位论文中有三章分别以英文的形式在国外刊物或国际会议论文集中发表，从而向西方学者提供了中国学者的研究成果；（4）专题研究论文集《深层心理学与文学批评》（1992）以及根据其修改扩充的《文学与精神分析学》（人民文学出版社 2002 年版）不仅体现了他本人对精神分析学说的研究，而且也提供了他本人运用精神分析学于中西方文学研究的范例。尽管他后来转向了其他领域的研究，但其影响仍然存在。

总之，对精神分析学的深入研究现在刚刚开始，随着弗洛伊德文集的直接从德文译出，同时随着中国学者的不断与国际学术界进行交流和对话，对这一重要批评理论的研究将取得新的成果。

在上文中，我们仅评述了自 20 世纪初直到新时期以来中国的翻译界、思想文化界和文学界对弗洛伊德的精神分析学的介绍和引进，从这些介绍中，我们不难看出，精神分析学作为 20 世纪西方思想文化界最具有冲击力的一种理论思潮和文学批评界具有最广泛和持久影响的一种批评理论，在中国现当代文化和文学中也产生了较大的反响，几乎所有的主要作家、批评家和人文社会科学知识分子都在不同的程度上对之作出了自己的反应，这无疑也说明中国文学家和人文知识分子的知识和艺术感觉是十分敏锐的，他们对从弗洛伊德到拉康的精神分析学理论的把握和介绍基本上是比较准确的，尽管极少有人直接运用德文和法文原文资料去研究和评述这两位思想家的批评理论，特别是对后者的潜在批评价值以及其与当代女权主义、文化研究甚至修正主义批评观念的内在联系了解得就更少了，这自然为后来的研究者的继续深入研究留下了可以填补的空白。

下面，我们主要对中国批评家在有意识地将精神分析学应用于批评实践时所取得的进展及成败得失作一简略描述。众所周知，中国长期以来的批评传统基本上是印象感悟式批评占主导地位，即使进入 20 世纪以来，面对各种西方文学批评理论的冲击和影响，一些有着自觉理论意识的批评家试图运用某一种或某几种理论去对中国文学现象进行理论阐释，也很少有较成功的范例。就精神分析学理论而言，早在弗洛伊德的理论于二三十年代进入中国思想文化界之际，就有一些对现代理论思潮颇感兴趣的批评家，如施蛰存、郭沫若、周作人、章士钊、朱光潜等，一方面对这一文化思潮进行介绍或批判，另一方面也试图将其视为一种批评理论，并尝试着在实践中加以应用。但是，正如前文所指出的，这样的成功范例并不多见，而且，其中对弗洛伊德的精神分析学理论作为一种批评方法的应用远远没有到位，其主要原因在于批评者并未进入精神分析的视角，而是站在外边进行评论，因而导致的后果是令作家不能信服，更为重要的是，对中国文学现象的阐释和分析，由于在理论把握和结论上的失之偏颇，因而仍不能达到与国际精神分析学理论研究的同行进行对话的层次。这种情况只有到了新时期改革开放的实行才逐步开始转变。而在这两个时期中的间歇，则基本上是一个空白。

随着大量弗洛伊德本人的著作相继翻译介绍过来，更多的精神分析学批评实践性著述也相继翻译介绍到了中国。这些著述整部译介出版的并不多，更多的则是散发在杂志上或收入论文集中，从而给了渴望西域新风的中国批评家以新的武器。他们中的一些人拿起这个武器，或者指向传统的文学文本，对之进行精神分析式的解剖，试图发掘出某些文本内在的深层意义；而更多的批评家则在探讨精神分析学对中国现代文学之影响的基础上致力于对某些精神分析学的"变体"文本进行直接的精神分析式阅读，这样便使得历史上人们争论不休的一些无法解决的老问题有了新的解答；也有的人考虑到弗洛伊德的学说对中国当代文学的巨大影响，干脆把分析的解剖刀直指当代文本，从而为浮躁和缺乏深度意识的当代批评界带来一股理论的新风，等等。应该坦率地指出，这些批评实践中大多数由于对弗洛伊德的精神分析学说理解有误或片面而流于浅薄，但也有少数确有真知灼见的批评家对精神分析学的主要理论观点把握准确，对所分析的文本的选取也适当，因而其实践中的成功就是自然的。在这方面，仅举几个例子用以证明。

学者型批评家孟悦、张京媛的女权主义研究，在某种程度上已经涉及将精神分析学理论与当代女权主义批评理论糅为一体的层面，通过对弗洛伊德式的"男性中心主义世界"的解构达到对精神分析理论的改造和重铸,这种双向阐发有着某种"理论的旅行"之意义。戴锦华、张卫等人的电影文本阐释,也在运用拉康的精神分析学理论和女权主义理论的同时,糅进了一些文化研究的反精英批评思想,对于中国当代电影话语的建构也作出了具有开拓意义的贡献,特别是戴锦华近年来的文化研究,能够有意识地用经过改造的西方文化研究理论对中国当代各种非主流的文化现象进行剖析(其中也包括精神分析式的"弑父"式解构),从而以中国的文学和文化实践对西方的理论进行修正和重构。另一些批评家也力图运用精神分析学的批评方法,对一些中西方文学文本进行理论阐释,这方面有所新见的文章包括成知辛的《关于现实主义作品中的变态心理描写》(《华东师范大学学报》1985年第2期)、许文郁的《弗洛伊德的精神分析与袁静雅的心理结构:兼谈爱情观念的转变与发展》(《当代文艺思潮》1985年第5期)、杨斌华的《生命的苦闷与即刻:读王安忆的中篇〈小城之恋〉》(《小说评论》1987年第1期)、王纪人的《心理批评:〈爱,是不能忘记的〉》(《上海文论》1991年第1期)、宋剑华的《苦闷与自责:对于曹禺及其作品的精神分析》(《海南师范学院学报》1991年第3期)、方平的《平庸低俗的次品小说:评〈离婚指南〉》(《作品与争鸣》1992年第3期)等。这些文章大多提取精神分析学批评理论的某一方面,将其用于当代文学文本及人物心理结构的分析和阐释,对于读者从一个新的角度理解这些作品不无帮助。此外,颇有影响的文学批评杂志《当代作家评论》于1986年第2期推出了一组专门讨论张贤亮的颇有争议的小说《男人的一半是女人》的文章,作者包括蔡葵、李兆忠、吴方、刘蓓蓓、李树声、张陵和李洁非,这批作者大多熟悉现代心理批评的基本理论,其中有些对弗洛伊德的精神分析学有着相当的了解,因而他们剖析的视角大多是《男人的一半是女人》中对性心理和压抑等精神分析概念的表达,以及这种表达对当代人备受压抑的心理的揭示。从上述批评家的实践,我们大概不难看出,较之当代西方的另一些以"语言为中心"的批评方法,精神分析学方法比较容易为中国批评家所掌握,但其中的片面强调弗洛伊德的泛性论而忽视情结说、无意识及梦的分析等概念的现象也是在所难免的。下面提及的三位大陆和港台的学者型批评家,都是在相当熟悉弗洛伊德和拉康的精神分析学理论的基础上进行的有意识的理论性批评，因而所起到的往往也是双向阐发的效果。

在港台的文学批评界，一批新崛起的学院派批评家对包括精神分析学批评在内的当代西方文学批评理论在实践中的应用颇感兴趣，并在一定程度上取得了突破性的进展。例如台湾籍香港学者林幸谦就在弗洛伊德和拉康的精神分析学批评理论的研究中颇有造诣，他不仅自觉地将这两位大师的批评理论糅合在一起，而且还加进了一些后结构主义/女权主义的因素，这样用于张爱玲小说的研究就能取得突破性的进展。他的专著《生命情结的反思》（麦田出版有限公司1994年版）是他成功地运用精神分析学对白先勇的小说的重新阐释。正如港台批评界所认为的那样，白先勇的小说在美学上的成就尽管早已普遍受到评论界的肯定，但若涉及小说中的主题，大陆和港台的批评界则一直有着争议，这其中的一些难解之处便有待于精神分析学的分析。林幸谦从阅读白先勇的文本入手，研究他的文学主题及其深层意义，并在时代和历史的背景下探讨白先勇小说中有关生命情结的历史意义、民族文化精神、人生悲痛及其挣扎，并从根本上来系统地阐释白先勇的文学关怀及作品主题，以便以自己独特的批评实践向广大批评家提供一种有效的文学阐释方法和方向。由于林幸谦的一些论文用英文在国际刊物或文集中发表，从而从对本土作家的阐释出发，达到了以本土文学实践与西方批评理论进行对话的境地。

进入90年代以来，由于西方后现代主义理论思潮在中国的登陆，并在相当一部分作家和批评家中产生了较大的影响，精神分析学基本处于守势，除了极少数学者和批评家仍试图把自己始自80年代的批评实践继续下去外，大多数批评家的兴趣热点已转向"后现代"和"后殖民"理论批评，但仍有少数比较扎实的批评实践成果问世，并已从对精神分析学批评理论的一般性评介转到了对具体文学文本的阐释和分析。在这方面，蓝棣之从精神分析学的理论视角对中国现代文学作家和作品的阐释就取得了新的进展。他于1998年问世的专题研究文集《现代文学经典：症候式分析》（清华大学出版社）就从所谓"症候式"的视角（实际上是精神分析学中的变态心理症状）对中国现代作家，包括鲁迅、茅盾、沈从文、柔石、曹禺、丁玲、巴金、老舍、钱锺书等，作品中的显/隐二元对立结构进行分析和解构，从而点出了以往的批评家所未见的文本的隐含意义。通过这种自觉的理论批评实践，该书试图对现代经典进行重构的尝试初见了成效。正如周英雄先生在为该书撰写的"序"所指出的，作者的用意"可能是希望点出前人所未见之盲点，敦促本书读者对现代文学经典重新诠释，重新体认，并描绘中国现代心灵的图像"。①

另两本值得提及的专题研究文集就是王宁的《深层心理学与文学批评》（1992）以及据此修改扩充的《文学与精神分析学》（2002）。这两本书中的一些篇章在对弗洛伊德和拉康的精神分析学说在西方的起源和发展演变以及对中西方文学的影响进行追踪的同时，并未停滞不前，而是以批评家的身份直接进入精神分析的视角，从精神分析学理论的角度对中西方文学史上的一些文本，包括受到弗洛伊德主义影响的菲茨杰拉德的《夜色温柔》、中国现代文学史上的新感觉派小说作品、曹禺的《雷雨》以及当代作家张贤亮、残雪、刘恒、莫言、王安忆、徐小斌等人的小说，以及创作于弗洛伊德出生之前的古典小说《金瓶梅》等，②进行精神分析式的阅读，通过对这些文本的重新解读，以往的批评家未发现的文本中内含的一些批评价值及理论价值便昭然若揭。另外，按照作者本人的愿望，通过对中西方文学文本的分析阐释，从（第三世界的）批评实践出发对（来自第一世界的）理论进行质疑和重构。由于他的一些文章经改写后在国际英文刊物或学术会议文集中发表，因而实际上也起到了与国际学术界直接对话的作用。

总之，作为一种现代西方文学批评理论，精神分析学在新中国乃至整个20世纪的中国文学批评界的几起几伏是难以避免的，但是，作为一种文学批评方法或文本阅读的模式，其潜在价值远远没有得到充分的发掘，但是其广阔的批评前景却是无限的，对此，将有待于未来的学者和批评家的更有深度的研究和实践。

---

① 蓝棣之：《现代文学经典：症候式分析》，清华大学出版社1998年版，第5页。
② 参阅王宁《深层心理学与文学批评》以及据此修改扩充后的《文学与精神分析学》中的《伊底和超我的两相对照：〈金瓶梅〉中两幅画面的精神分析学解读》、《中国现代文学中的弗洛伊德主义变体：三篇新感觉派小说的精神分析式解读》、《〈雷雨〉中的弗洛伊德主义因素：曹禺剧作新探》、《中国当代文学中的弗洛伊德主义变体》和《〈夜色温柔〉与弗洛伊德主义》几篇论文。

四　文学伦理学在中国

（一）文学伦理学在中国的传播

从 20 世纪 80 年代到 21 世纪初，西方的文学伦理学研究出现回归热潮，并开始从文学伦理学研究向文学伦理学批评转向。20 世纪末和 21 世纪初的文学伦理学研究表明，文学伦理学不仅从形式主义批评、结构主义批评、精神分析、女性主义、文化批评等批评的挤压中摆脱出来，实现了文学批评的伦理回归，而且重新在文学批评领域崭露头角，形成了新的批评热潮。

在中国，文学批评有着深厚的道德批评传统，对西方伦理学批评似乎不言自明，因此没有注意到其在 20 世纪 80 年代以来所出现的新变化而把它当成过时东西忽略了。自 20 世纪 80 年代改革开放以来，尽管我国把大量的西方批评理论介绍到了中国，但是我国学术界主要的关注点仍然是各种新型文学理论和批评理论，对西方伦理批评的介绍和研究可以说是凤毛麟角。迄今为止，有关伦理批评的著作仅有美国伦理批评家韦恩·布斯的《小说修辞学》及布斯的选集在中国的翻译出版。布斯是芝加哥大学教授，美国文学伦理学批评的代表人物，被称为"文学批评家的批评家"和"20 世纪后半叶卓越的批评家之一"，于 2005 年 10 月去世。布斯的《小说修辞学》出版于 1961 年，不仅是布斯伦理学批评的代表作品之一，而且是布斯整个伦理批评体系的基础。布斯选择一系列重要作家，以伦理为主线，阐述了从中世纪作家薄伽丘到当代法国小说家格里耶的欧洲小说发展演变的历史。这部著作于 1987 经由周宪等人翻译由北京大学出版社出版。周宪从 20 世纪 80 年代初就开始研究布斯的著作，1984 年发表《现代西方文学学研究的几种倾向》的论文，在讨论作品社会学时就谈到了西方出现的伦理批评的倾向，指出其特点是"从文学的功能和价值实现过程入手，具体地讨论作品在审美领域中所起的道德伦理功用，文学对社会生活的反作用，以及文学传统和体裁发展演变的规律，作品的时间和空间生命力和价值构成方面的规律"。2009 年 6 月，周宪主编的《修辞的复兴：韦恩·布斯精粹》一书由译林出版社出版。这部译文集精心选择了十七篇布斯的经典之作编选成书，可以从中窥探布斯整个伦理批评思想的发展过程。

1987年，广西人民出版社也出版了由付礼军翻译的《小说修辞学》，这从另一个角度说明了这部著作的重要性及其在中国的影响。《小说修辞学》是我国第一次翻译出版的西方伦理学批评家的著作，对我国的文艺理论建设产生了很大的推动作用，为21世纪文学伦理学批评在中国的勃兴奠定了基础。

到了20世纪90年代，新的文学批评理论的出现几乎可以做到在我国同西方同步，西方新理论一旦面世，必然在中国引起反响，并被人研究和运用，如精神分析学、后结构主义等。然而在西方各色理论中，以非理性主义为核心的理论与批评往往在中国最受欢迎和追捧，而伦理批评往往被看成传统的、保守的和已知的批评受到冷遇。尽管布斯的《小说修辞学》在1987年已经在我国翻译出版，但是直到20世纪末，我国仍然鲜见对西方文学伦理学批评的介绍和讨论。不过，在外国文学研究中还是可以见到一些研究文学伦理问题或从伦理视角研究文学的论文，如《哈代的"悲观主义"问题探索》（聂珍钊，1982）、《中世纪文学与伦理思想：爱、信、从》（唐涛，1988）、《当代美国文学理论》（程锡麟，1990）、《伦理价值与中西方古代文学批评》（苏桂宁，1994）、《伊朗、中国文学中伦理观念比较谈》（李文钟，1994）、《报恩与复仇——中日文学中被伦理强化了的主题》（徐晓，1995）、《试论布斯的〈小说修辞学〉》（程锡麟，1997）、《试论基督教伦理在西方文学中的演变》（夏茵英，1997）、《论布斯小说修辞理论的贡献和意义》（李建军，1999）、《尊严维护与伦理实现——中西方复仇文学中主体动机意志比较》（王立，1999）、《在破译中重建秩序——试解西方文学阅读中的伦理难题》（李迎丰，2000）、《论环境文学中的生态伦理思想》（向玉桥，2000）、《〈魔鬼与上帝〉——萨特伦理思考的文学断案》（江龙，2000）、《日本文学三鼎足作品中的伦理理念剖析》（冉毅，2000）等。

在上述论文中，《当代美国文学理论》是程锡麟同布斯的访谈。这篇访谈以对话的形式介绍了布斯以伦理道德为核心的文学理论，让中国读者更多地了解了这位美国伦理批评的代表人物。程锡麟是四川大学的教授，是一位学养厚实、卓有远见、学风严谨而又为人谦逊的优秀学者，对西方文学理论尤其是西方伦理学批评及其代表人物布斯有深入研究。

他于1997年在《外国文学评论》第4期上发表的《试论布斯的〈小说修辞学〉》一文可能是中国最早研究和介绍西方伦理批评的论文。这篇论文对《小说修辞学》的主要内容和观点作了梳理和总结，介绍了一系列诸如"隐含作者"（隐含作者实际上是就是读者的道德指导者）、"可靠的和不可靠的叙述者"、"戏剧化和非戏剧化的叙述者"、"视点理论"等观点，重点强调了小说的道德和教化作用。这篇论文让中国更多的人认识到小说同伦理的关系问题，为后来文学伦理学批评在中国的发展做了铺垫。程锡麟还于2000年在《四川大学学报》第1期上发表《析布斯的小说伦理学》一文，第一次全面系统地把布斯的《小说伦理学》介绍到中国。《我们所交的朋友——小说伦理学》不仅是集中体现布斯伦理学批评思想的最重要作品，而且也是美国伦理学批评的代表性著作。论文对《小说伦理学》的语境、理论构架、基本观点和批评实践进行全面梳理和归纳总结，既有精当的引用，又有准确的评述。这篇论文在介绍和总结布斯的伦理学批评的同时，又把西方的伦理学批评传统以及其他伦理批评家观点结合在一起，细加评说。应该说，这是我国介绍美国文学伦理学批评的最重要论文。2001年，程锡麟和王晓路教授共同出版了《当代美国小说理论》一书。这是我国第一本系统研究美国小说理论的专著，不仅对当代美国小说主要理论的代表人物及其代表性著作有较为系统全面的介绍，客观阐述、评价了各自的理论基础、主要观点及其影响，而且还设专节介绍了布斯的文学伦理学。至21世纪开头，通过翻译进入我国的有关文学伦理学批评的著作、发表和出版的我国学者研究文学伦理学批评的著述文字，虽然不多，但是我国读者借此更多地了解了布斯，对西方的伦理学批评也有了较深的认识，这对于我国后来文学伦理学批评的发展起了重要作用。

有关西方文学伦理学批评的研究和介绍，还有两篇值得一提的论文。一篇是《文艺研究》杂志发表的《艺术的伦理批评与审美批评》（凌海衡编译，2003年第6期）。这篇文章虽然只是以厄尔·卡洛尔提出的"适度的道德主义"（moderate moralism）和贝里斯·高特的"伦理主义"（ethicism）作为个案讨论艺术与道德及美学的关系问题，并没有涉及文学中的伦理批评的话题，但是文中讨论的艺术与道德及审美的关系问题，却是与伦理批评密切相关的基本问题。另一篇是刘英教授在《南开学报》(2006年第5期)上发表的论文《回归抑或转向:后现代语境下的美国文学伦理学批评》。刘英的这一篇论文从宏观上对西方伦理学批评的代表人物进行归纳评述,从微观上对具体的伦理学批评的著作进行细致的分析,按照历史的发展对西方文学伦理学批评进行梳理,总结出美国文学伦理学批评的几大特点。她的评述精当,见解深刻,是一篇很有参考价值的论文。

从我国发表和出版的有关西方文学伦理学批评的著述来看,同其他西方批评理论如精神分析学、女性主义、形式主义批评等在我国的传播相比,除了对布斯有较多的研究和介绍外,明显缺少对伦理批评系统、全面的研究和介绍。如前面提到的除了布斯而外的其他伦理学批评家的代表性著作,目前我国基本上都没有译介。尽管如此,由于伦理学批评在中国有其自身的历史、文化和思想传统,即使有限的研究和介绍也会产生强大的推动。从2005年开始,伦理学批评在中国以文学伦理学批评的名称开始形成一股强劲潮流,这有力地说明伦理学批评在中国的勃兴既有其迫切的现实需要,也有其深厚的社会和思想基础。

(二)文学伦理学批评在中国的接受

同其他文学批评在中国的接受相比,文学伦理学批评被接受在时间上要晚一些。一直到21世纪初,我国对西方的伦理学批评的研究和介绍都比较薄弱,也很少有人用伦理批评的方法研究西方作家和作品。在某些讨论文学伦理学的著述中,实际上讨论的仍是我国传统上的文艺理论,并没有从我国固有的文学理论的框架束缚中摆脱出来。尽管如此,改革开放以来我国特别关注的西方人道主义、现实主义等问题,其中都包含有明显的丰富的伦理道德内容,这就为我国学者不断关注文学伦理学批评提供了基础,促使大家对文学进行伦理学批评的尝试。在中国学者中间,可以看到一些人自觉或不自觉地在文学伦理学批评领域做出的努力。1982年,聂珍钊发表的《哈代的"悲观主义"问题探索》一文,就是从伦理批评视角研究哈代思想的论文。在1992年他出版的《悲戚而刚毅的艺术家:托玛斯·哈代小说研究》一书中,不仅伦理的观点贯穿全书,而且在"哈代的思想和艺术"篇的开头,第一章的标题就是"哈代的伦理道德观"。他在

2002年发表的《哈代的小说创作与达尔文主义》一文，仍然是用伦理的观点研究哈代。在借鉴西方伦理学批评的基础上，他于2003年组织国内一些对伦理学批评感兴趣的学者，展开对英国文学的伦理学批评的研究，其成果于2007年以《英国文学的伦理学批评》的书名由华中师范大学出版社收入文学伦理学批评建设丛书出版。

从时间上看，文学伦理学批评在中国被接受始于2004年，其标志就是于当年6月和8月分别在江西南昌和湖北宜昌举行的把文学伦理学批评作为文学研究方法加以讨论的全国学术研讨会，以及聂珍钊于当年10月在《外国文学研究》杂志第5期上发表的论文《文学伦理学批评：文学批评方法新探索》。

为了解决文学研究中理论脱离实际的倾向，2004年6月，江西师范大学外国语学院、《外国文学研究》杂志社、江西省外国文学学会联合主办了"中国的英美文学研究：回顾与展望"全国学术研讨会，对我国改革开放以来中国的英美文学研究所走过的历程进行梳理和总结。在这次会议上，吴元迈先生以《从另一个角度走进英美文学研究的回顾与展望》为题发言，以钱锺书与卞之琳先生的学术研究和学术品格为例，阐述了文学理论与文学批评实践的关系问题。他对当时中国的文学理论研究与巴赫金的文学研究进行对比，对当时的中国文学理论不研究中国文学实践，也不研究外国文学，一味从理论到理论的研究倾向提出批评，强调要注重我们自己的理论思考、探索与建树。他尤其强调了文学批评方法的重要性，并列举一系列作家作品探讨不同文学研究方法的可能性。聂珍钊附议吴元迈先生提出的问题，在大会上作了《文学批评方法新探索：文学伦理学批评》的主题发言，指出在改革开放的二十多年里，尽管西方新的文学批评方法对于我国的文学批评的影响和贡献有目共睹，但是我国在接受和运用西方批评方法过程中出现的问题也暴露无遗，这就是全盘接受西方理论而无自己的建树以及理论脱离实际，认为这就是导致我们不能与西方学术界进行平等对话的原因。针对吴元迈先生指出的我国批评界存在的问题，聂珍钊在会上提出"文学伦理学批评"的方法，试图以此来解决我国文学批评理论与实际相脱离的倾向。

2004年8月，《外国文学研究》杂志联合中国剑桥大学人文学者同学会、三峡大学、华中师范大学外语学院、上海财经大学、襄樊学院等单位，在宜昌三峡大学共同举办了"剑桥学术传统与批评方法"全国学术研讨会。大会通过对以剑桥为代表的英国学术传统和批评方法的研讨，突出反对伪理论和倡导优良学风的主题，反思我国外国文学研究中存在的一些问题。吴元迈又一次出席了会议，作了《批评方法还是多元化好》的发言，再次强调文学批评方法要多元共存，文学批评不能脱离文学的实际，鼓励中国学者要勇于在文学批评方法上创新。王忠祥以《中西传统文学批评的现代思考》为题发言，在分析作家、作品的基础上探讨了继承、创新以及批评方法的多元化问题，指出从伦理道德的角度研究和批评文学不失为一种有益的尝试，呼吁建立有中国特色的中国外国文学研究学派。陆建德以《剑桥学术传统与文学批评》为题，回顾、论述了剑桥学术治学传统的来源及发展，强调了批评方法对于文学研究的重要性。他在发言中强调指出英国文学批评重视文学伦理价值的倾向，认为这对中国的文学批评有着重要的借鉴意义。聂珍钊在江西会议发言的基础上，以《剑桥学术传统：从利维斯谈起》为题，再谈文学伦理学批评，指出我国外国文学研究中如今有一些打着文化批评、美学批评、哲学批评等旗号的批评，往往颠倒了理论与文学之间的依存关系，割裂了批评与文学之间的内在联系，存在着理论自恋（theoretical complex）、命题自恋（preordained theme complex）、术语自恋（term complex）的严重倾向。这种批评不重视文学作品即文本的阅读与阐释、分析与理解，而只注重批评家自己的某个文化、美学或哲学命题的求证，造成理论与实际的脱节。他认为这助长了理论脱离实际的不良学风，不利于外国文学学术研究的健康发展，而剑桥学者利维斯通过细读文本来发现作品中蕴藏的社会意义的批评方法为我们提供了一种很好的研究范例，值得借鉴。尤其值得一提的是，从剑桥留学归来的学者如曹莉、刘雪岚、黎志敏、高继海、王松林、梁晓冬、田祥斌等也在大会上发言，强调外国文学研究和批评中要反对侈谈和空谈理论，反对文学批评越来越远离文学文本的不良倾向。通过两次会议的研讨，大家基本上对文学伦理学批评的现实意义和方法论价值达成了共识，为文学伦理学批评在中国的发展奠定了基础。

2004年10月，聂珍钊在《外国文学研究》杂志第5期上发表了《文学伦理学批评：文学批评方法新探索》一文，第一次在我国明确提出文学伦理学批评的方法论，对文学伦理学批评方法的理论基础、批评的对象和内容、思想与文学渊源进行讨论。文学伦理学批评强调其文学的特性，以此表示对西方伦理学批评的借鉴和发展。接着，聂珍钊又在2004年《外国文学研究》杂志第6期上发表论文《剑桥学术传统与研究方法：从利维斯谈起》，以利维斯为个案对文学伦理学批评方法进一步作了阐释。可以说，在众多新老学者的共同参与和推动下，伦理学批评于2004年以文学伦理学批评之名在中国实现了软着陆，成为学术界认可、接受和运用的一种有效的批评方法。"文学系列期刊学术影响力分析"的数据显示，聂珍钊发表的《文学伦理学批评：文学批评方法新探索》一文在2005—2006年外国文学研究中高被引论文统计中，不仅位居第一，甚至高出其他高被引论文近四倍，[1] 这从另一个方面说明了学术界对文学伦理学批评的关注。

（三）文学伦理学在中国的勃兴

2005年初，《外国文学研究》第1期发表了一组专题论文，共六篇，分别从不同的视角讨论了文学伦理学批评。聂珍钊从总体上对文学伦理学批评的起源、方法、内涵、思想基础、适用范围、实用价值和现实意义进行了论述。挪威奥斯陆大学克努特教授以易卜生的戏剧为例，不仅讨论了易卜生戏剧中的伦理道德问题，而且就文学伦理学发表了自己的重要意见。王宁把生态批评同文学伦理学批评结合在一起，为文学伦理学批评同其他批评相结合提供了范例。刘建军以人对自身认识的发展所经历的三个时期为基础，用比较的和多学科的观点对文学伦理学批评作了进一步阐释。邹建军从文学伦理学批评的三维指向讨论了它的历史价值、现实意义和方法论启示。这些论文企图说明，要实现文学伦理道德价值的回归，文学伦理学批评就是达到这一目标的重要方法。这一组论文为文学伦理学批评在中国的勃兴奠定了基础，其学术价值及现实意义都是十分重要的。

2005年10月，为了探索新的文学研究方法和进一步推动我国的外国文学批评，《外国文学研究》杂志、东北师范大学、华中师范大学、

---

[1] 张燕萍、徐亚男：《"复印报刊资料"文学系列期刊学术影响力分析》，《南方文坛》2009年第4期。

江西师范大学、广东商学院等在武汉联合举办了"文学伦理学批评：文学研究方法新探讨"全国学术研讨会。这是我国第一次举行关于文学伦理学批评的专题讨论会。大会收到论文八十余篇，来自全国各高校从事外国文学研究的专家学者一百二十余人参加了会议，集中就伦理学批评方法与外国文学经典作品的解读、文学存在的价值判断与伦理批评、文学批评的道德责任、伦理学批评方法同其他批评方法的融合等主题进行了广泛讨论。这次大会共有十五人作了大会主题发言。王忠祥教授以莎士比亚为例从历时性和共时性的角度对文伦理学批评与审美的关系发表了看法，认为莎士比亚的作品中蕴含了"道德的审美乌托邦"，所以才有了"永远的莎士比亚"。陆耀东认为从伦理的角度可以较全面地体察文学作品中人物的行为、性格和心理特征。聂珍钊从文学伦理学与现实的需要、文学伦理学批评的意义、对象、内容、原则等方面阐释了文学伦理学批评构建的框架。他以希腊神话为例论证文学从诞生之初就是人类的一种伦理表达；以《哈姆雷特》为例分析作品中的伦理矛盾，认为主人公悲剧的本质是伦理的悲剧。陆建德研究员作了题为《阅读过程中的伦理关怀》的发言，指出阅读过程实际上是一个呼唤读者的道德敏感的过程，作品的价值判断往往在字里行间不动声色地流露出来，这就需要读者有较高的阅读品位。他从阅读的方法出发，希望我们每一个人都能成为老练、敏感的读者，感受作品中的道德价值。其他大会发言人如曹莉、殷企平、王松林、宁一中、曹山柯、朱卫红、李增、罗良功、刘雪岚、颜学军、黎志敏等教授，也从不同的角度对文学伦理学批评发表了自己的看法。这次会议的成功举行，正如学界评价的那样，可以看成文学伦理学批评在中国勃兴的标志。

自2005年以来，全国有众多学者参与了文学伦理学批评的讨论，并运用这一批评方法研究作家作品和探讨文学中的理论问题，发表了大量的研究论文，出版了一批学术专著，写作了一批学位论文，国家和政府也资助了一批与文学伦理学批评有关的研究课题。有关文学伦理学批评的论文大致可以分为两类。一类论文重点从理论上对文学伦理学批评进行研究和讨论，代表性论文主要有《文学伦理学批评与道德批评》（聂珍钊）、《文学伦理学批评的现状和走向》（刘建军、修树新）、《关于文学伦理学批评的几个问题》(陆耀东)、《文学伦理批评的当下性质》(刘建军)、《文学伦理学批评的多元主义》(张杰、刘增美)、《文学伦理学批评的独立品质与兼容品格》(邹建军)、《文学伦理学批评一隅》(朱宝荣、丁曦妍)、《文学批评的伦理转向:文学伦理学批评》(王晨)、《文学伦理学批评:内涵、目的以及范围》(蔡云艳)、《文学伦理学批评与人文精神建构》(李定清)、《卡塔西斯:一种亚里士多德式的叙事伦理批评原则》(季水河、李志雄)、《文学批评的童真回归——文学伦理学批评》(刘保安)等。另一类是运用文学伦理学批评的方法研究作家作品的论文,代表性论文主要有:《伦理禁忌与俄狄浦斯的悲剧》(聂珍钊)、《文学的环境伦理学:生态批评的意义》(王宁)、《伦理缺失·道德审判——文学伦理学批评视角下的〈榆树下的欲望〉》(马永辉、赵国龙)、《从〈弗兰肯斯坦〉看玛丽·雪莱的伦理道德思想》(龚雯)、《叶芝象征主义戏剧的伦理理想》(刘立辉)、《〈蝇王〉中人物的道德伦理分析》(段汉武、黄青青)、《〈查特莱夫人〉的伦理学解读》(田鹰)、《血亲复仇中的伦理冲突——读埃斯库罗斯的〈奥瑞斯提亚〉》(袁雪生)等。王松林教授评价说,文学伦理学批评作为一种方法论具有其独特的研究视野和内涵,具有学术的兼容性和开放性品格,具有学理上的创新意义。"更具现实意义的是,文学伦理学批评还可以为发展社会主义先进文化以及树立社会主义荣辱观服务,为在全社会大力弘扬爱国主义、集体主义和社会主义思想服务,为倡导社会主义基本道德规范和促进良好社会风气服务","对目前和将来我国和谐社会的构建、对正处于社会转型期的我国伦理道德秩序的建设的意义是不言而喻的"。①

运用文学伦理学批评的方法研究作家作品的学术专著的出版,无疑有其重要意义。自2005年以来,这一类学术专著的出版无疑把文学伦理学批评推向深入发挥了作用。华中师范大学出版社推出的文学伦理学批评建设丛书,至今已出版《文学伦理学批评:文学研究方法新探讨》(会议论文集,2006)、《英国文学的伦理学批评》(聂珍钊,2007)、《康拉德小说伦理观研究》(王松林,2008)、《和的正向与反向:谭恩美长篇小说中的

---

① 参见《文艺报》2006年7月18日第3版。

伦理思想研究》（邹建军，2008）、《王尔德创作的伦理思想研究》（刘茂生，2008）共五种。其他著作如《乔治·艾略特小说的伦理批评》（杜隽，2006）、《伦理的诗学：但丁诗学思想研究》（姜岳斌，2007）、《重建策略下的小说创作：爱丽斯·默多克小说的伦理学研究》（马惠琴，2008）、《哈代小说伦理思想研究》（丁世忠，2009）等，也都从不同角度运用文学伦理学批评展开对作家作品的研究。在我国高校，还有一批博士硕士研究生运用文学伦理学批评的方法写作学位论文，其中博士学位论文如《加里·斯奈德的生态伦理思想研究》（陈小红，2006）、《乌云后的亮光：索尔·贝娄小说（1944—1975）的伦理指向》（祝平，2006）、《趋向诗化生存：当代法国女性主义思想的伦理透视》（吴秀莲，2007）、《和谐与秩序的诗化阐释：蒲柏诗歌研究》（马弦，2007）、《特里·伊格尔顿的批评理论研究》（赵光慧，2007）、《论亨利·菲尔丁小说的伦理叙事》（杜娟，2008）、《论狄更斯小说的和谐家庭主题》（陈智平，2009）等。文学伦理学批评的研究与运用也获得国家的支持，自2006年以来，国家社科基金资助了一批有关课题，如《情感伦理与叙事：理查生小说研究》（朱卫红，2006）、《新时期文学中的生态伦理精神》（李玫，2007）、《日本女性道德观的衍变研究》（王慧荣，2007）、《索尔·贝娄小说的伦理指向》（祝平，2007）、《爱德华时代英国社会小说的伦理主题研究》（胡强，2007）、《菲利普·罗斯小说研究》（袁雪生，2008）。教育部人文社科基金和一些省级社科基金，也资助了一批有关文学伦理学批评研究与运用的课题。

文学伦理学批评在中国的勃兴，这与它不同于西方伦理学批评的自身新特点密切相关。文学伦理学批评不是文学伦理学，因此它在中国的成长，已经不是西方伦理学批评的照搬移植，而是借鉴创新。同西方的伦理学批评相比，它有四大鲜明特点。（1）它将文学伦理学转变为文学伦理学批评方法论，从而使它能够有效地解决具体的文学问题。（2）它把文学的教诲作用看成文学的基本功能，从理论上为文学伦理学批评设立了自我立场。（3）它用文学伦理学批评概念取代伦理批评的概念，并同道德批评区别开来，使文学伦理学批评能够避免主观的道德批评而转变为客观的文学伦理学批评，从而解决了文学批评与历史脱节的问题。（4）它建立了自己的批评话语，如伦理环境、伦理秩序、伦理混乱、伦理两难、伦理禁忌、伦理结等，从而使文学伦理学批评成为容易掌握的批评文学的工具。正是由于这些特点，文学伦理学批评才能从众多的文学批评中被重新发现并获得新的生命。

当然，文学伦理学批评目前还存在一些问题，需要对研究的现状加以总结，厘清一些理论问题，处理好同中国文学、文学理论、不同的批评方法以及其他学科诸如伦理学、美学、哲学等之间的关系问题，使它成为有效的研究文学的方法。在中国，文学伦理学批评的生命必然依存于自己的创新特色，而不能是西方伦理学批评的翻版。中国的文学伦理学批评同西方的文学伦理学和伦理学批评渊源很深，同过去已经存在的道德批评有着天然联系，但它们并不是完全一样的。当然，我们也不能不承认，迄今为止国内发表的一系列有关伦理学批评的论文中，相当一部分都把"伦理道德"的讨论虚空化了，往往只注重对作家作品的伦理思想、观点和倾向进行论证和评价，缺乏对文学作品深入细致的客观分析。目前有一些所谓的运用文学伦理学批评方法的论文，往往只是属于道德批评的范畴。文学伦理学批评可以讨论一些重要的文学理论问题，但这一批评方法的根本目的不在于探讨文学理论，而在于阐释文学作品，尤其是借助这一方法如何把前人的研究向前推进。文学伦理学批评具有很强的兼容性，它能很好地同伦理学、美学、哲学、心理学、精神分析学、社会学等其他方法结合在一起，从而增加自己的适用性。展望未来，文学伦理学批评必然会在我国文学批评中发挥更大作用，为促进中国的文学研究做出积极贡献。

总之，文学伦理学批评作为一种方法论，尽管它在文学研究方面产生的作用刚开始显现，它的巨大学术潜力还有待我们不断发掘，但是它的社会和学术价值已经不容置疑。因此我们完全可以预测，文学伦理学批评有着广阔的发展前景，将会有越来越多的人参与进来，从事文学伦理学批评的理论研究和批评实践。

我国改革开放以来，大量西方的文学批评被介绍引入中国，形成我国文学批评中西融合、多元共存的局面，推动着我国文学批评的发展。对翻译介绍进入中国的西方文学批评方法进行考察，可以大致把它们分为三个大类。一是强调形式价值的形式主义批评，如20世纪在中国大行其道的以俄国形式主义、英美新批评和结构主义为代表的形式主义批评。二是注重分析在具体的社会关系和环境中文化是如何表现自身和受制于社会与政治制度的文化批评。在文学研究领域，这种批评方法强调从文化的角度研究文学，如文化与权力、文化与意识形态霸权等之间的关系，是20世纪末我国文学研究中主要的批评方法之一。三是从政治和社会角度研究文学的批评方法，如女性主义批评、生态批评、新历史主义批评、后殖民理论等。尽管上述批评用于文学研究也展开对文学与政治、道德、性别、种族等关系的研究，展开对当代社会文化的"道德评价"或批判，但最后都还是回到了各自批评的基础如形式、文化、性别或环境的原点上，表现出伦理缺场的总体特征。

但是，在文学批评多元化的时代，往往不仅新的流行方法大行其道，而旧有的方法或是传统的方法也不时显示出新的力量，在文学批评中发挥重要作用。纵观文学批评方法运用的历史，文学批评方法并不完全遵守新旧交替的自然进化规律，往往是新旧并存，中西融合，相互借鉴，并在多元并存和跨学科的基础上推陈出新，催生出新的批评方法，从而为文学批评增添新的活力。21世纪初在我国迅速发展起来的文学伦理学批评，就是在西方多种批评方法相互碰撞并借鉴吸收伦理学方法的基础上形成的一种用于研究文学的新的批评方法。文学伦理学批评的出现在西方批评话语中增加了我们自己的声音，为我们的文学研究方法提供了新的选择，尤其是它对文学伦理道德的关注，使它显露出新的面貌。

五　女性主义批评在中国

女性主义批评（Feminist Criticism）兴起于20世纪六七十年代的欧洲，是伴随女性主义运动的第二次浪潮、以建立女性价值系统为目标的一种批评潮流。它的问世，动摇了西方男权中心文化的社会基础和思想观念。在女权运动的实践中，女性们意识到局部利益的得失（诸如女性获得"教育权"、"参政权"及"婚姻自由"、"性解放"、"男女同工同酬"等权利）并不能改变女性在整个男权中心社会中严重缺席的现状，便逐渐摆脱了早期女权主义者的狭隘，自觉地将斗争的策略由争取男女平权的女权运动调整到女性主义批评上来。它并不局限于对女性受歧视现象的针砭或对女人特殊性的强调,而是努力厘清妇女的本质和文化构成,对西方知识传统和男权文化进行一次总的清算。

女性主义文学批评旨在将一种新的视角——性别视角——带入文学批评的实践中,强调从历来被父权制文化排斥在一边的女性的角度来重新审视文学传统和批评标准,注重"性别意识"及文化建构,努力挖掘妇女在历史、文化、社会中处于从属地位的根源,探讨性别和文本之间的相互关联,批判性别歧视话语,描述基于平等地位之上的两性角色的独特视阈。女性主义批评是西方文学理论批评的主要潮流之一,已经成为20世纪文学批评领域的一门"显学"。在中国,女性主义批评的视角与方法也被广泛应用于中外文学的研究,取得了丰硕的成果。女性主义文学批评于20世纪80年代进入中国,其发展可大致分为四个时期。

第一个时期(80年代初期至中期):介绍引进和崭露头角。女性主义理论在西方的产生与在当代中国的接受之间存在着巨大的语境差异。西方的女性主义理论原本建立在社会政治运动的基础之上,但在中国,女性主义理论的引介并不是为了指导妇女解放运动。中国的妇女解放运动和女权运动,实际上是包含在民族解放运动之中的。民族解放运动的胜利,在某种程度上意味着中国妇女解放目标的实现。但是不得不承认,当前社会生活中男女事实上的不平等依然存在,妇女的困境与问题也并未终结。因此,西方女性主义理论在当代中国的引介,客观上起到了一定的社会政治作用。特别是,20世纪80年代是思想解放、拨乱反正的时代。人道主义思潮、人的觉醒直接推动女性意识的觉醒以及女性主义理论的发展。不过,那个年代的知识分子(包括女性知识分子)首先思考的不是女性的问题,而是人的问题。

国内较早从事西方女权主义文学以及理论译介工作的学者首推朱虹。1981年,她在《世界文学》第4期上发表了《美国当前的"妇女文学"——〈美国女作家作品选〉》,介绍了美国具有女权主义色彩的"妇女文学"。1983年,她还编选了《美国女作家短篇小说选》。在序言中,她评述了美国20世纪60年代后期女权主义运动的再次勃兴的历史背景、现实表现及其在历史学、思想史、文学创作及批评方面所产生的影响,给国内广大读者介绍了贝蒂·弗里丹的《女性之谜》、凯特·米利特的《性权术》等女权运动的重要著作，以及弗吉尼亚·伍尔夫的《一间自己的房间》、西蒙娜·德·波伏娃的《第二性》、桑德拉·吉尔伯特和苏珊·古芭合著的《阁楼上的疯女人》等女性主义批评经典。这些介绍虽比较简略，但开启了我国对西方女性主义文学批评引介的序幕。另外，朱虹还介绍了美国各科研机构和大学关于妇女研究及妇女研究课程的开设情况，让中国理论界对国外的女性研究状况有了初步的认识。朱虹的工作，对中国女性主义批评起到了奠基石的作用。1984年，丹尼尔·霍夫曼主编的《美国当代文学》（裘小龙等译，中国文联出版公司）翻译出版，其中有六万多字的篇幅讨论美国妇女文学。这是首次对于西方女性主义文学的较为集中的论述。

总的来看，在80年代上半期，与其他各种西方文论的大量涌入和得到热烈追捧不同，女权主义理论在国内的译介处于"波澜不兴"的状态，尚未形成一定的规模和声势。主要译介工作多是由一些熟谙外国文学理论和创作动态的研究者、翻译者承担。他们在译介西方文学理论和作品的同时，"捎带"把女性主义理论一并译介过来。其内容大多只涉及女性主义批评的早期成果，以及国人更容易接受的英美学派理论；而且多以一般性的介绍为主，阐发研究得不够。当时比较有影响的论文主要有《"理论风暴中的一个经验孤儿"——西方女权主义批评的产生和发展》（谭大立，《南京大学学报》1986年增刊）、《英国女性文学的觉醒》（李小江，《外国文学研究》1986年第2期）、《"女人与小说"杂谈三篇》（黄梅，《读书》1987年第6、8、10期）、《谈西方女权主义文学批评》（黎慧，《文学自由谈》1987年第6期）、《"女权主义"批评一瞥》（朱虹，《外国文学动态》1987年第7期）和《关于女权主义批评的思索》（王逢振，《外国文学动态》1986年第3期）等。此外，1987年辽宁人民出版社出版了孙绍先的《女性主义文学》，这是中国学者第一本以"女性主义"命名的文学研究专著。

80年代前期女性主义批评在中国的"不温不火"，究其原因有二。一是性别意识和性别自觉的普遍缺失。即使是当时的女性知识分子，"仍然更重视自己与男性知识分子的群体精神的同盟关系：共同反抗'文革'时代的黑暗，共同拒绝'文革'时代的重演"。① 二是对政治的疏离。时人刚刚走出"文革"，对带有明显政治色彩的西方理论普遍抱有一种警惕和抗拒的心理。因此，在文艺批评领域，大家津津乐道的是那些带有科学主义色彩的注重形式探讨的批评和"内部研究"方法，而女性主义理论恰恰是以其革命性、反抗性，以及关注作家的性别存在等特点著称，由此反倒限制了女性主义批评在中国的发展步伐。

第二个时期（80年代后期至90年代初）：大量译介和渐成热潮。国内真正具有一定规模地引进西方女性主义文学批评，是从20世纪80年代后期开始的，特别是1986年以后，对西方女权主义文学理论（Feminist Literary Theory）进行了大量译介。这一年，被誉为"西方妇女解放的《圣经》"的西蒙娜·德·波伏娃的《第二性》（桑竹影、南珊翻译）由湖南文艺出版社出版。这部写于20世纪40年代的书在我国一经出版就引起轰动，给正处于思想解放大环境中的中国女性文学及其批评提供了一种重新认识和考察世界的方法和视角，在中国文学界产生了巨大的反响。更有学者认为《第二性》的出版，标志着西方女权主义理论在中国正式出场。至此，对西方女权主义理论的译介逐步受到人们的重视，开始进入一个比较自觉的阶段。

1988年，江苏人民出版社出版了美国女性主义者贝蒂·弗里丹的《女性的奥秘》（巫漪云等译），为国内关注女性主义文学批评的读者提供了深入了解女性主义理论的契机。1989年，生活·读书·新知三联书店出版了英国作家弗吉尼亚·伍尔夫的女性主义理论代表作《一间自己的屋子》（王还译）。同年，湖南文艺出版社出版了英国女性主义理论家玛丽·伊格尔顿主编的《女权主义文学理论》（胡敏等译）。这部书是国内面世的第一部西方女性文艺批评文集，汇集了1929年至1986年西方女性主义批评的权威性论述。其探讨范围除文学外，还包括戏剧、电影、雕塑及绘画，较全面反映了女性主义批评各流派的基本面貌。1991年，漓江出版社出版了西方早期女性主义的经典著作、澳大利亚著名女权主义运动家杰梅茵·格里尔的《女太监》（欧阳昱译）。1992年，时代文艺出版社出版了挪威

---

① 戴锦华：《犹在镜中》，知识出版社1999年版，第142页。

学者托里·莫依的《性与文本的政治——女权主义文学理论》（林建法、赵拓译），这是一本在西方影响极盛的、试图建立女性主义文学理论体系的巨著，对国内读者全面了解女性主义文学理论有很大帮助。

特别需要提到的是，1992 年由北京大学出版社出版，张京媛主编的《当代女性主义文学批评》一书。这是国内学者编辑的第一本西方女性主义文学批评论文集，主要收录了 20 世纪 80 年代以后发表的十九篇论文，基本反映出国外女性主义文学批评的最新成果，极大地推动了中国女性主义文学的发展。张京媛在该书的序言中提出，"'女权主义'和'女性主义'反映了妇女争取解放运动的两个时期"；她将"女权"与"女性"相区别，将 Feminism 一词翻译为"女性主义"。该书出版后，"女性主义"这一提法在国内盛行起来。

从女权到女性，这种改变不仅是措辞上的不同，在某种程度上也符合西方女性主义理论自身的发展轨迹。法国女性主义理论家朱莉娅·克里斯蒂娃将女性主义批评的历史分为三个阶段：第一阶段是真正意义上的"女权"阶段，要求女性在象征秩序中获得与男性平等的权利；第二阶段是以性别差异反抗男性秩序，颂扬女性本质；第三阶段则是消解作为形而上学的男女二元对立，在理论建设方面主张开放性地接纳不同的理论观点。同样，中国学界在 20 世纪 80 年代将 Feminism 理解为"女权主义"，在批评实践方面侧重描摹女性在历史、文化传统中被压抑被歧视的地位，倡导男女平权，批判男权秩序和文化传统。90 年代，改用"女性主义"的提法则表明，中国文学批评界更为注重在哲学、语言学和心理学等理论背景下探讨女性本质，建立女性文学传统。

伴随着上述译著和论文集的出版，国内的女性主义批评实践也同步展开，力图将西方的女权主义理论与中国的社会现实和创作实践相结合。从 1988 年开始，《文学评论》、《外国文学评论》、《上海文论》、《当代作家评论》等学术刊物纷纷开设"女权主义"批评专栏；同年，李小江主编的"妇女研究丛书"由河南人民出版社陆续出版。1989 年，孟悦、戴锦华合著的《浮出历史地表——中国现代女性文学研究》由河南人民出版社出版。该书是中国第一部系统运用女性主义批评方法考察中国现代女作家创作的研究专著，在海内外产生广泛影响，被誉为中国女性批评和理论话语

"浮出历史地表"的标志性著作。

第三个时期（90年代中后期至21世纪初）：理性反思和自我建构。20世纪80年代末的女性主义文学批评是新时期中国女性主义批评的第一次浪潮，1995年前后，国内掀起了女性主义批评的第二次浪潮。这一年，第四届世界妇女大会在北京召开；首届中外女性文学国际学术研讨会在天津召开。这两次会议标志了中国女性主义文学和批评走向了繁荣。

1995年，又被称作世界女性主义著作在中国的"出版年"。国内妇女研究发展势头强劲，逐渐与国际女性主义研究交汇融合。中国出版界、知识界对女性问题的热情被前所未有地带动起来。在这一年，中国出版界成批量地出版了有关女性主义的著作。首先是商务印书馆出版了英国现代女权主义奠基人玛丽·沃斯通克拉夫特的经典之作《女权辩护·妇女的屈从地位》（王蓁、汪溪译），接着生活·读书·新知三联书店出版了德语女性主义神学的代表人物 E. M. 温德尔的《女性主义神学景观》（刁承竣译）；还出版了鲍晓兰主编的《西方女性主义研究译介》。该书过对女性主义理论及其在不同领域里的发展进行了专门研究。书中的评论既肯定了西方女性主义的特色，又指出了其不足，从而建立了一个与西方女性主义平等对话的平台。事实上，这一时期国内出版的有关西方女权主义理论和女权主义文学批评的著作，都表现出了一定的对于西方话语进行理性批判和平等对话的意识。其中，李银河主编的《妇女最漫长的革命——当代西方女权主义理论精选》（生活·读书·新知三联书店1997年版），王政、杜芳琴主编的《社会性别研究选译》（生活·读书·新知三联书店1998年版），都能从更广阔的社会性别的角度进入深层次的社会文化批评，使女性主义有了更丰富的接受层面和更长久的理论生命力。张岩冰的《女权主义文论》（山东教育出版社1998年版）也能在对西方女权主义理论的梳理中融入自身的理解。

与此相对应，国内知识界也掀起了整理、出版女性文化与文学丛书的热潮，如王绯与孙郁主编的"莱曼女性文化书系"、王蒙主编的"红罂粟丛书"、陈晓明主编的"风头正健才女书"、陈骏涛主编的"红辣椒女性文丛"、钱满素等主编的"蓝袜子丛书"等，都产生了较大反响。

随着对西方女性主义的理论的不断阐发和本土学者自我意识的强化，

国内女性主义文学批评实践也不断拓展，涌现出一大批富于创造性的学术成果。如《"娜拉"言说——中国现代女作家的心路历程》（刘思谦，上海文艺出版社1993年版）、《中国当代文学的叙事与性别》（陈顺馨，北京大学出版社1994年版）、《走出男权传统的樊篱——文学中的男权意识的批判》（刘慧英，生活·读书·新知三联书店1995年版）、《女性主义文学批评在中国》（林树明，贵州人民出版社1995年版）、《当代中国女性文学史论》（林丹娅，厦门大学出版社1995年版）、《镜城突围》（戴锦华，作家出版社1995年版）、《新潮女性文学导引》（荒林，湖南文艺出版社1995年版）、《女作家笔下的女性世界》（吴宗蕙，首都师范大学出版社1995年版）、《神话的窥破——当代中国女性写作研究》（陈惠芬，上海社会科学院出版社1996年版）、《低吟高歌：20世纪中国女性文学研究》（乔以钢，南开大学出版社1998年版）、《重审风月鉴：性与中国古典文学》（康正果，辽宁教育出版社1998年版）、《执着与背叛：女性主义文学批评理论与实践》（屈雅君，中国文联出版社1999年版）、《中国女性文学新探》（盛英，中国文联出版公司1999年版）、《自己的一张桌》（王绯，河北教育出版社1999年版）、《双调夜行船——90年代的女性写作》（徐坤，山西教育出版社1999年版）、《女性主义批评与文学诠释》（陈晓兰，敦煌文艺出版社1999年版）等。这些专著虽以西方女性主义的视角切入中国文学，但始终立足于中国文学和文化本身，达到了中国女性主义文学批评前所未有的广度和深度。

在这一时期，中国学术界自觉地反思西方权威，关注本土实践。我们认识到，在借鉴西方女性主义批评的同时，也必须看到中西方的现实差异，看到我国妇女问题和女性文学传统的特殊性，努力找到一种本土的言说方式，走出一条我国女性主义批评自己的道路。中国学者，不再满足于进行文本分析时作情绪化的惊人之语，而是逐渐转向对女性文学传统进行历史性的回顾与总结，以及对本土女性主义批评实践的反思，从而使中国的女性主义进入了理性反思，谋求自我构建的发展阶段。

第四个时期（21世纪初）：本土化和学科化。21世纪以来，女性主义批评在中国日益走向本土化，逐步形成了自身发展的特点。一方面，对当代西方女性主义理论的介绍和分析仍在继续，翻译出版了《女权主义理论：从边缘到中心》（贝尔·胡克斯著，晓征、平林译，江苏人民出版社2001年版）、《女性主义思潮导论》（罗斯玛丽·帕特南·童著，艾晓明译，华中师范大学出版社2002年版）、《女权主义的知识分子传统》（约瑟芬·多诺万著，赵育春译，江苏人民出版社2003年版）、《越界的挑战——跨学科女性主义研究》（钟雪萍、劳拉·罗斯克主编，上海社会科学院出版社2003年版）等著作，保持了与西方女性主义同步发展的态势；与此同时，中国女性主义文学批评延续了20世纪90年代以来的发展力度，成果卓著。如《反抗与困境：女性主义文学批评在中国》（陈志红，中国美术学院出版社2002年版）、《多重主体策略的自我命名：女性主义文学理论研究》（宋素凤，山东大学出版社2002年版）、《多维视野中的女性主义文学批评》（林树明著，中国社会科学出版社2004年版）、《女性主义文学批评在西方和中国》（罗婷等，中国社会科学出版社2004年版）等。特别引人注目的是，一大批结合西方女性主义理论、以中国女性文本为研究对象的女性主义批评著作也先后涌现，如《女性主义观照下的他者世界：中国古代小说中的女性问题研究》（李新灿，中国社会科学出版社2001年版）、《两性对话——20世纪中国女性与文学》（荒林、王光明，中国文联出版社2001年版）、《找寻夏娃——中国当代女性文学透视》（赵树勤，湖南师范大学出版社2001年版）、《女性生存与女性文化诗学》（王春荣，辽宁大学出版社2002年版）、《中国现代文学的性别意识》（李玲，人民文学出版社2002年版）、《多彩的旋律：中国女性文学主题研究》（乔以钢，南开大学出版社2003年版）、《女性主体的祭奠Ⅱ：张爱玲女性主义批评》（林幸谦，广西师范大学出版社2003年版）、《西方女性主义与中国女作家批评》（西慧玲，上海社会科学院出版社2003年版）、《异域性与本土化：女性主义诗学在中国的流变与影响》（杨莉馨，北京大学出版社2005年版）、《给男人命名——20世纪女性文学中男权批判意识的流变》（李有亮，社会科学文献出版社2005年版）、《美学与性别冲突：女性主义审美革命的中国境遇》（文洁华，北京大学出版社2005年版）、《女性写作与自我认同》（王艳芳，中国社会科学出版社2006年版）、《20世纪中国女性文学批评》（王喜绒等，中国社会科学出版社2006年版）等。

国内女性主义研究的专门性的学术团体与组织机构先后成立。1987

年，李小江在郑州大学发起成立了中国大陆高校第一个妇女研究中心。90年代以来，特别是在"世妇会"带动下，中国大陆高校中成立的相关学术机构不断增多。1995年，借"世妇会"的东风，中国当代文学学会女性委员会在北京成立，标志着女性主义批评学科化的开始。作为女性文学最具影响的全国性学术团体，该学会成立至2009年，已召开过八届学术研讨会，协办过三次国际国内相关会议，与中国作协、中华文学基金会等单位共同牵头主持了两届"中国女性文学奖"的评奖，对中国的女性文学创作与学术研究工作产生了积极的推动作用。

国内不少高校在本科教学、硕士和博士研究生培养中也相继开设女性主义批评课程或研究方向。女性主义批评已经进入高校的教材中。2007年，乔以钢、林丹娅主编的普通高等教育"十一五"国家级规划教材《女性文学教程》，由河北教育出版社出版。作为我国第一部高校女性文学教材，《女性文学教程》标志着中国女性文学研究将正式作为一门具有学科规范的课程进入高等教育的课堂。同时，关于女性主义批评研究学科化的讨论文章较多，有代表性的有刘思谦的《女性文学：女性·女性主义·女性文学批评》（《南方文坛》1998年第2期）、屈雅君的《关于中国女性主义文学批评学科化建设的若干问题》（《学术月刊》1999年第5期）、乔以钢的《论女性文学的学科建设》[《南开学报》（哲学社会科学版）2003年第2期]等。另外，广西师范大学出版社从2006年开始出版了荒林总主编的《中国女性文学文化学科建设丛书》。这套丛书由《中国女性文学读本》、《当代中国女性文学文化批评文选》、《西方女性主义文学理论》、《西方女性主义文学文化译文选》和《西方"后学"语境中的女权主义》组成，是中国女性文学学科建设的最新成果。

可以说，女性主义批评在中国本土化的过程中，逐渐发展为一个新兴学科。越来越多的中国女性学者走向共识，即以西方女权主义理论为思想资源，以中国本土文化语境为生存土壤，以女性主义写作为实践基础，以女性经验和女性意识为独立前提，解构传统文化范式，建构中国的女性主义批评话语。这无疑标志着中国女性主义文学批评正在走向成熟，日益成为世界女性主义运动的重要组成部分。

但是，女性主义批评在中国发展壮大的同时，也有一些需要我们加以注意的问题。首先，中国特色的女性主义批评理论的建设仍显滞后，尤其是西方女性主义文学批评在中国化的过程中存在的问题还需要进行深入讨论。中国女性主义文学批评，如果仅仅停留在对女性意识、女性心理及其女性文学的特殊性的强调，以及重复解读针对男权文化传统的抗议性书写的文本，从而忽略了中国社会特有的性别意识与种族、阶级、文化、时代的复杂纠缠关系等问题，那么我们就无法向当代中国社会转型过程中的女性生存与写作的困境提供有力的理论援助。中国女性主义文学批评应该加强对本土思想资源的研究和利用。西方女性主义理论是在西方特定历史发展阶段生成的。中西方之间存在着巨大的文化差异，如果盲目迷信西方理论预设，丧失本土意识，缺乏分析、批判地搬用移植，将会造成西方女性主义理论对于中国本土女性文学批评发展的"殖民地"格局。中国女性文学批评只有坚守本土，发展自身的特色，才会避免走入批评误区。

其次，中国女性主义文学批评惯性模式需要突破。中国女性主义文学批评习惯从社会—历史模式出发，从女性意识、性别抗争、女性命运、婚恋主题等社会学的视角进行研究，而较少从文学特性的角度，即从文体特征、叙述方式、语言风格、象征隐喻等视阈研究女性文学，导致女性主义文学批评成了一种浅薄的社会学的批评。同时，由于盲目跟从西方女性主义批评的路向，执着于男女二元对立的思维模式，中国女性文学批评的对象从20世纪80年代广泛关注社会生活的所有女性创作，减缩为具有鲜明女性主义意识的女性文本。批评目标定位的单一，也带来批评视野的偏狭。这种欠缺妨碍了对文本价值的探寻。简单化、表面化的阐释，往往使批评如隔靴搔痒，难以形成批评实践与文学创作互动互益、良性循环的发展格局。实际上，从事女性主义批评的研究者不要将自己的研究领域限定在女性主义，而要具有开阔的研究视野和思路；应该摆脱单一的、狭窄的性别视角和方法，从而构建开放的多元化的批评空间。

最后，需要克服中国女性主义文学批评的"贵族化"倾向。孙绍先曾经指出，今天相当一部分女性文学创作及其研究还是没有走出小的知识圈子，显得多少有些与中国民众文化现状，尤其是底层女性的文化真实相疏离。的确，中国从事女性主义批评的基本上是人文知识分子。他们受过良好的教育，拥有体面的收入和稳定的职业。他们接受"女性主义"更多是将女性主义作为一种理论工具进行学术研究，而并非将其作为实践的手段或者信仰。因而西方女性主义批评的"颠覆性"在中国同人身上显得有些矫情。① 这样的后果就是，中国女性主义批评实践往往不为普通民众理解和接受，始终只能停留在书本上。中国女性主义批评需要真诚面对中国的现实问题，贴近最广大、最普通的两性生存境遇，为当代中国社会的健康发展和良性变革做出应有的贡献。

综上所述，我们可以看到女性主义文学批评在中国经历了从被拒斥到接受，再到本土化、学科化的曲折历程。在这一过程中，中国女性主义文学批评逐渐从边缘转移到了中心。

总的来说，中国的女性主义文学批评不仅是对男权意识、男权政治的颠覆，也是对女性意识、女性文学的强调、推崇与展示。女性主义文学批评的发展，影响着中国当代女性文学创作的发展，其越来越强盛的声势促进了诸多女性作家女性意识的萌动、显现和提升，使众多女性文学创作洋溢着浓郁的女性主义文学的色彩。特别是20世纪90年代以后，许多女作家都是以自觉的女性主义眼光来思考和写作的。可以说，女性主义批评对中国文学研究的影响是显著的。它为我们提供了一个新的角度来重新审视既定的文化传统和性别规范。性别与社会性别视角的切入，大大拓展了中国现当代文学、外国文学、古典文学乃至语言文字学等的研究空间。女性主义已成为参与中国当代文化与文学建构的重要力量。

六 后殖民理论在中国

20世纪80年代以来，后殖民理论成为后现代之后的西方主流文化批评思潮。后殖民理论在西方兴起的原因，吉尔伯特认为有两个，一是越来越多的第三世界知识分子出现于西方学界，这使得文化差异问题变得突出并具体化；二是由于西方的人道主义课题失去了生机，以此为业的教师陷入失落而又不甘雌伏，于是当一种新的人道主义登上舞台时，就受到了这些批评家的

---

① 参见孙绍先《"贵族化"的中国"女性主义"》，《天涯》2005年第1期。

欢迎。① 从更大的国际文化语境看，后殖民理论的兴起有着更为复杂的原因，概括而言有这么几点。一是历史的。20世纪四五十年代第三世界民族国家纷纷摆脱西方殖民主义统治，政治独立了，但殖民统治对第三世界民族文化心理的影响却是难以消除的。随着原殖民地文化建设的任务提上日程，文化民族主义开始出现，但本土知识分子发现再也不可能回到原初的本土文化，西方殖民主义文化已积淀为殖民地文化的新传统，因此，民族文化的现代建设不得不面对殖民主义的历史影响。二是现实的。20世纪80年代以来的经济全球化使非西方文化面临失语的危险，第三世界知识分子必须解决本土文化在现代性历程中如何自立如何面对西方文化的问题，后殖民理论反霸权反西方中心的主题成为引发学术话题的契机。非西方国家一方面被迫纳入西方现代化体系，并在一定程度上认同西方国家的现代化模式；另一方面又存在传统文化与西方现代文化的冲突，因此民族性/世界性、传统/现代、本土/全球等成为学术争论的问题。特别是近年来民族间的冲突不断升级，后殖民理论很容易成为东方反对西方的理论支持。三是文学的。后殖民作家的跨语境写作致力于反抗西方霸权展现真实的殖民历史，其文学创作正在改写英语文学史，尤其是多位诺贝尔文学奖获得者把后殖民写作推向世界文学的前台。同时，民族间文化交流的不平等、文化接受与文化过滤、翻译与文化殖民、大众传媒的帝国主义倾向、文化工业的全球化等问题与后殖民理论的勃兴构成了互动。四是个人的。这一点对于后殖民理论的产生不是可有可无的。后殖民理论家大多来自第三世界，他们对民族传统文化有感同身受的体认，晋身第一世界后对于西方文化霸权又有切身体会，因此批评西方中心论成为其学术主题就不难理解。

除了全球政治格局的变化和文明冲突的此起彼伏，后殖民主义在中国的火热有着更为具体的原因。一是传统的帝国中心情结在近代的失落。百年中国文化面临西化大潮，要救亡就必须面对西方这一强敌，而启蒙的思想资源又来自西方，这就产生了国人对西方既爱又惧的复杂心理。后殖民理论对敏感于中西文化冲突的知识分子的阅读期待特别合宜。二是中国学

---

① 巴特·穆尔－吉尔伯特等编：《后殖民批评》，杨乃乔等译，北京大学出版社2001年版，第51页。

界的追新逐异。三十年来西方文论在中国轮番演绎，后现代之后的后殖民理论自然成为学界的先锋话题。三是随着现代性成为学界关键词，西方现代历程中的东西方关系问题突显出来。作为东方人，萨义德（又译萨伊德）对西方扭曲东方、控制东方的文化批判自然会引起我们的兴趣，同时也使中国学界对西方文化的入侵格外敏感。四是20世纪90年代初文化民族主义在中国学界兴起，海外新儒家的输入和主流意识形态对传统文化的发扬也构成了中国学界阅读后殖民理论的前见，而后殖民理论家的第三世界身份、后殖民理论的反西方姿态又提供了解读其为民族主义的可能性。这些构成了中国学界接受后殖民理论的独特视阈。后殖民理论从登陆之初的火热到21世纪的多论域展开，似有绵延不绝的生命潜力。作为一种文化政治学批评，后殖民主义并无统一的理论纲领而只是多种批评方法的汇集，因此要理清其在中国的问题史就是一个颇为费力的课题。但我认为，从历史缘起、问题拓展以及问题的反思与展望三个方面入手，后殖民主义文化批评在中国的历程就可以被把握。

（一）后殖民主义文化批评的历史缘起

后殖民主义在中国的出场要追溯到詹姆逊。20世纪80年代中期，詹姆逊以在中国引入后现代思潮而著名。1989年《当代电影》第6期发表詹姆逊的论文《处于跨国资本主义时代中的第三世界文学》，文章认为，由于有遭受殖民主义和帝国主义侵略的经验，第三世界的文学必然是民族主义的，其叙述方式必然是民族寓言式的。在詹姆逊提出的世界文化的新建构中，第三世界文学应该按照自己的选择和解释发展自身。这篇论文在中国学界引起了不大不小的波澜，《电影艺术》、《文艺争鸣》、《读书》等杂志随后发表了一批以"第三世界"为题的文章。在全球化语境中，在中国追求现代性而西方已发展到后现代的情况下，中国文化如何自立，如何与第一世界文化打交道，如何构造新的民族文化正是中国学界的焦虑所在，文学批评界就此问题提出了不同的解决方法。在这些文章中，张颐武的《第三世界文化与中国文学》一文主张以来自第三世界的本土经验建构第三世界文化理论，其中暗含以第三世界对抗第一世界的民族主义倾向，[①]

---

① 张颐武：《第三世界文化与中国文学》，《文艺争鸣》1990年第1期。

为中国后殖民批评的登场埋下伏笔。

中国学界最早介绍后殖民理论要追溯到80年代末，但在西学风潮如过眼烟云的时代，这些介绍并没有引起学界注意。作为文化批评，后殖民理论在中国的接受更与当时的政治文化背景相关。1989年后，国学研究兴起，并对80年代的西学接受提出质疑。90年代初，政治学者何新的反西方言论、崔之元的制度创新说、盛洪的文明比较论、《中国可以说不》的出版、国际关系上的银河号事件、驻南使馆被炸事件、中美撞机事件等导致在官方和民间涌动着民族主义潜流，中国经济上的崛起与政治上的屈辱促使中国知识分子民族国家意识的觉醒，这些为中国学界对萨义德的解读提供了文化背景，为中国后殖民批评的出炉奠定了思想基础。1992年第10期《读书》发表刘禾的文章《黑色的雅典》，介绍美国最近关于西方文明起源的论争。在文章的末尾，刘禾介绍了美国后殖民批评。《文汇报》1992年10月14日刊登王干的文章《大红灯笼为谁挂？》，首次从东方主义视角对张艺谋提出批评，指出张艺谋电影的潜在观众不是中国人而是外国人，他是为了满足西方人的东方主义优越感而着意构造中华民族的腐朽性。王干的文章为此后中国电影批评的后殖民主义视角开了先河。1993年第3期《当代电影》刊登的张颐武论文《全球性后殖民语境中的张艺谋》奠定了中国后殖民批评对张艺谋的定位。张颐武认为，张艺谋电影的表达方式是神话，所谓的"民族特性"只是被排斥在现代性话语之外的闭锁空间，中国只是一个特性的代码而非一个具体时间的变化和更替。至此，中国后殖民电影批评已展开其视阈。但这些文章对于后殖民主义文化批评在中国的亮相只能算作排练，后殖民理论在中国的正式登场是《读书》杂志的功劳。

中国后殖民主义文化批评的转折性事件是1993年第9期《读书》上发表的三篇文章。张宽的《欧美人眼中的"非我族类"》概述了萨义德两本书的内容，梳理了西方人眼中的东方形象史，文章提到了西方主义这一概念，即中国学界对西方的非理性看法和态度。文章还指出了中国当代一些艺术家以东方的落后丑陋去迎合西方人的文化优越感等现象。应该说，这篇文章所涉及的诸多问题正是日后中国后殖民批评所讨论的问题。钱俊的《谈萨伊德谈文化》专门论述萨的《文化与帝国主义》一书，指出萨的缺点是排斥了文化的其他维度如美感体验。潘少梅的文章《一种新的批评倾向》介绍了后殖民批评的基本要点，讨论了萨的理论适用于中国文化的限度问题。在人文学者中影响甚大的思想性学术刊物《读书》在一期刊登三篇介绍西方后殖民理论的文章在中国学界掀起了巨大的声浪，此后，《读书》、《文艺争鸣》、《文艺评论》、《文艺报》、《光明日报》、《外国文学评论》等报刊对后殖民理论展开研究和讨论，介绍、推崇、否定、质疑之声皆有之。1993年、1994年可称为中国学界的后殖民年，一时间，学界出现了"争说萨义德"现象，学人争先恐后地加入"东方主义"大合唱。

中国的后殖民问题可以分为两方面：一是后殖民理论在中国，二是中国的后殖民批评。前者指的是中国对来自西方的作为一种话语形态的后殖民理论的介绍、研究、批评和对话，其问题所指是西方的理论形态；后者则是中国学者借助西方的后殖民理论回应中国的文化问题所产生的中国式的学术批评话语，其问题所指是中国的本土经验和文化现实。对西方后殖民理论的介绍和接受产生了中国后殖民批评，中国后殖民批评的失误和多方面展开又需要对西方后殖民理论的深入研究。这两方面交错并行，互相关联又互相激发。

在学界对后殖民理论或大加追捧或激烈讨伐的喧哗中，中国后殖民批评出炉了，其标志性事件就是"中华性"命题的提出和"十批判书"的诞生。《钟山》1994年第1期"十批判书"栏目发表由陈晓明主持的《东方主义和后殖民文化》长文。"十批判书"表现了阐释中国的焦虑。当前，阐释中国必须依靠西方话语，要与西方对话也必须依靠西方话语，这就是第三世界文化与第一世界交往的现实。该文涉及的大众文化中的西方主义与东方主义、中西文化碰撞中的错位、西方霸权与中国民族性的关系等都是后殖民批评的核心问题，话题的展开昭示了后殖民理论的开放性和中国后殖民批评的基本立场。至此，中国后殖民批评的问题意识和价值取向已基本奠定。这篇文章有两点值得注意：一是萨义德的文本和身份确实可以解读为民族主义，西方文化霸权也确实应该警惕和批判；二是中国的后殖民批评出场之初就注意到后殖民理论的精神是对一切霸权的批判，从而中国本土的文化霸权也在警惕之列。对此，学界后来对中国后殖民批评的批评有意无意予以忽视。

此后，后殖民理论在中国和中国的后殖民批评向纵深发展。前者表现为研究更趋深入和辩证，正读和创造性的阅读逐渐代替误读，原典的翻译和多方面的介绍也随之展开。后者表现为以后殖民理论审视中国的文化现实，借助后殖民理论开拓学术新领域。

（二）殖民主义文化批评的问题拓展

经过最初的众声喧哗，1997 年以后中国后殖民问题走出浮躁与情绪化，走向富有建设性的学术研究。《文艺研究》1997 第 3 期发表罗钢、王宁和邵建三篇谈后殖民的论文，标志中国后殖民理论研究走向深化，论争开始平息。1999 年开始，罗钢、张京媛主编的后殖民文选以及萨义德的经典文本陆续翻译出版，后殖民研究走出最初因资料缺乏而导致误读的窘境。检索各类文献，中国后殖民研究性的论文按时间段来看，1989 年到 1995 年有四十二篇，1996 年到 2000 年为六十八篇，2001 年到 2004 年是一百七十九篇。从论文数量和问题所指看，中国的后殖民研究向各个方面纵深发展，以稳健、冷静、理性、细致概括其历程并不为过。细而述之，中国后殖民批评具体展现为七大论域，即后殖民理论研究的推进、中国现当代文学和文论的反思、翻译的文化转向、艺术研究的后殖民视角、西方经典文学重读、华文文学的后殖民解读和第三世界文学的后殖民研究。限于篇幅，下面概而论之。

1. 后殖民理论研究的推进。中国学界对来自西方的后殖民理论本身投入极大的兴趣和精力，研究性的论文迄 2004 年有近六十篇。1997 年后，研究超越了引进之初的简单化的反对或赞成，或望文生义的诠释阶段，而是更深入地走向理论本身，做出更符合理论实际的评述，同时客观地展现后殖民理论的价值和局限。中国的后殖民基础理论研究具体表现在这么几个方面。第一是从总体上把握后殖民理论。学界对后殖民理论的基本概念如混杂、身份认同、第三度空间、文化霸权、文化抵抗等研究比较深入，指出其精神要旨是对抗性，其理论局限是文化保守性和冷战思维，其所热衷的杂交思想掩盖了文化关系中的不平等和权力差异，并指出后殖民主义是一种立足于西方文化传统内部的理论反思。第二是考察后殖民理论的思想来源。众多学者追溯了后殖民"他者"概念的思想渊源，研究后殖民理论前驱葛兰西和法浓与后殖民主义的关联,分析后殖民主义与民族主义的关系,介绍后殖民女性主义批评家的理论模式和阐释策略。第三是对萨义德本身的认识更为深入。学者们介绍了萨义德政治性的学术活动,论述了其文学叙述理论,分析了萨义德的多重身份,破除了萨义德是反西方民族主义英雄的神话。第四是对后殖民理论的其他代表人物如斯皮瓦克、巴巴等人的学术思想也展开研究。一些学术杂志刊登了斯皮瓦克和巴巴的访谈。第五是对后殖民经典文本的翻译和介绍。中国学界最初对后殖民的了解多通过二手材料,许多误解由此产生,1998年后这一状况得以改变,王宁主编的中西学者的论文集《全球化与后殖民批评》和盛宁翻译的英国学者艾勒克·博埃默著《殖民与后殖民文学》出版,是学界以论著形式介绍后殖民理论的开始。1999年是中国后殖民理论翻译的重要年头,影响甚大的知识分子图书馆丛书出版了《赛义德自选集》和罗钢、刘象愚主编的《后殖民主义文化理论》,张京媛主编的《后殖民理论与文化批评》和萨义德的《东方学》也在这一年出版。随后,英国后殖民理论家巴特·穆尔-吉尔伯特的《后殖民批评》和《后殖民理论》也分别出版,中国后殖民批评的思想资源得以扩展。

2. 对中国现当代文学和文论的反思。中国曾经是个半殖民地国家,殖民地经历给中国人民留下了创伤记忆。百年中国的现代性是一个"别求新声于异邦"、"师夷长技以制夷"以追求现代重返中心的过程,富国强兵、民主科学、民族独立、超英赶美、改革开放、民族复兴等是这一过程中的关键词,从而文化建设中的中西文化关系、传统与现代的关系问题就成为文化领域长久论争的问题。随着经济全球化和中西文化碰撞的加剧,借助后殖民主义审视百年来中西文学关系问题又进入讨论的视阈。从后殖民理论视角看百年中国文学理论所产生的问题就是"失语症"的提出。"失语症"牵涉的问题众多,关系到如何认识中国20世纪的文论建设,如何看待中国古代文论的转型,如何看待中西文论在思维方式和阐释限度上的差异,如何认识文学理论与本土经验、借鉴西方与阐释中国、传统文论与中国当代审美体验的关系问题。

3. 翻译的文化转向。萨义德、斯皮瓦克和巴巴均论述过翻译问题。在后殖民主义文化理论之前,主导翻译理论的是结构主义。结构主义翻译理论倾向科学主义，强调翻译的工具理性，翻译中的政治性和人文性被忽视。后殖民翻译理论是后殖民问题域之一，它从性别、族居、阶级、民族主义、殖民话语与权力反抗等问题出发，赋予翻译理论与实践以新的面貌。在后殖民理论看来，语言并不是对等的，翻译不仅仅是一个语言转换的问题，翻译不可能在真空中进行，翻译活动必然牵涉到文化政治和历史因素，因此，翻译实践是一个文化政治问题，其背后是文化霸权与反霸权的斗争。在西方文化殖民东方的背景下，翻译的策略必须重新选择，翻译的本质、翻译的目标等问题必须重新认识。后殖民主义翻译理论认为，翻译肩负着文化解殖并塑造民族文化的重任。

截至2009年，检索文献资料，目前中国学界对翻译的文化转向问题的研究性论文近二十篇，基本上是对后殖民翻译理论的平面介绍。后殖民主义文化批评对当前的翻译实践和理论具有深厚的文化学意义。在全球化时代，民族身份的建构及其现代性的追求使对外来文化吸收的自觉更趋强烈。因此，回顾与反思翻译理论与实践对于百年来中国现代性的历程就是一个重要课题。比如，我国因为意识形态的关系，"五四"以后大量翻译西学，1949年后大量翻译苏联的哲学社会科学著作，80年代后又着力引进西方前沿理论，这些对中国现代化进程，对中国传统文化的转换等都具有积极意义，但这一过程中翻译的功与过值得思考。具体到学科建设而言，就是重思西方学术概念的翻译和变异对中国当代学术话语的影响。比如，严复、鲁迅、林纾等人的翻译理论和实践应重新评估；对于文史哲学科而言，封建、唯心、唯物、形象思维、物质、意识形态、历史规律、社会存在、本体论等西方人文学科元概念的翻译对原作的变形及其对中国当代学术话语乃至思维方式的影响就应该做实证性研究。

4. 艺术研究的后殖民视角。后殖民是一个包含多学科多视角多种批评方法的综合性文化思潮，其批评策略和理论意旨可运用于文史哲诸领域。对于中国当代艺术研究而言，后殖民理论也提供了新的批评手段，其中，运用得最多的是电影批评，具体来说是对张艺谋现象的评论。

1993年前后，张艺谋在国际一系列电影节上获奖，后殖民理论此时正在中国兴起，理论思潮与批评实践一拍即合。对张艺谋的电影国内评论界存在截然相反的两种意见，一种意见认为，张艺谋迎合了西方理论界"东方主义"的虚幻建构,①而大多数人则认为,中国电影获得国际大奖标志着中国当代电影的日臻成熟和逐步走向世界。电影艺术有其自身独特的规律,对张艺谋现象的评论需另文著述,这里想提及的是,中国后殖民电影批评的弊端是在电影的意识形态性上大做文章,对电影这门特殊艺术的文本及其技巧缺乏分析。直接搬用东方主义理论来批评张艺谋就无法解释张的电影在中国也大受欢迎这一现象,张艺谋对于中国传统文化以及当代政治文化的隐喻性批判就被忽视。

中国后殖民批评主要集中在电影艺术,对音乐、雕塑、建筑的后殖民批评还没有涉及,只有为数不多的几篇对陈逸飞的评论。后殖民批评对于中西艺术的交流、本土化艺术的产生以及现代性历程中中国艺术的发展等问题提供了新的视野。比如音乐中的谭盾,绘画中早期的林风眠、徐悲鸿、常书鸿、赵无极等人对于民族化与西方化之关系的探索,当代艺术中的徐冰、蔡国强、罗中立等人所表现的艺术的民族化与国际化,西方趣味与中国标准,中国传统文化与西方技巧等问题都应该在后殖民语境下深入研究。中国艺术批评应该把真正的吸收西方与歪曲东方以迎合西方区别开来,为中国艺术在21世纪的发展做出理论说明。

5. 西方经典文学的重读。目前,从后殖民视角重新审视西方近现代经典文学的工作才刚刚开始。值得注意的有:论者通过对莎士比亚《暴风雨》的后殖民主义解读展现了莎士比亚人文精神的另一面;通过对《鲁滨孙漂流记》和《鲁滨孙漂流续记》的阅读,分析出笛福笔下典型的东方主义他者形象;对赛珍珠文本的细读,发现其思想的复杂性,即反帝国主义内容和殖民主义思维方式的并存。

在后殖民理论看来,西方现代化的历史也就是在全球殖民扩张的历史。在殖民扩张过程中,一切知识都与帝国主义权力相关联,因此,超越性的审美形式如小说、游记等在萨义德笔下都是帝国主义意识形态的帮凶,共同合法化着帝国主义霸权意识。学界以前把西方近代文学解读为人文主义和启蒙理性精神,是对神性的批判对人性的肯定,对其意识形态性的一面则极少注意。在后殖民语境下,这些经典小说呈现出另一面,即超越性的

---

① 王一川:《张艺谋神话的终结》,河南人民出版社1998年版,第72页。

人文主义文学暗含着殖民暴力。后殖民理论认为,文学的超越性是有限度的,作为一种知识形式,文学与各种权力纠缠在一起。对于文学的这一面,形式主义的文本分析和文学社会学的外部研究都没有触及。后殖民理论对于西方文学研究的启示在于,应把西方文学放在西方与非西方的关系中审视,唯此,西方现代性的复杂性才显示出来。从后殖民视角阅读西方文学在我国学界才刚开始,这种文化政治的解读将对西方经典的认识带来新的变化,而这种变化将会导致西方文学史的重写和文学史观的变更。

6. 华文文学的后殖民解读。华文文学指华裔或海外华侨以所在国语言创作的反映其异国生活的文学作品,东南亚以及美加等是华文文学的重要区域。在后殖民语境下,华文文学创作和研究的主题主要是文化身份问题,即海外华人与当地文化的认同和冲突以及对中华文化的归属感和再现问题。由于与性别问题和东方主义、西方主义等意识形态纠葛在一起,华文文学的创作和研究呈现复杂面貌。华文文学的后殖民研究是21世纪初才开始的,论文主要集中在美国华文文学。从20世纪60年代起,华裔美国文学迅速发展,成为美国多元文化中的重要风景。华裔作家为介绍和传播中国悠久的历史文化,为争取移民的合法权利,揭露白人的种族歧视,赢得华人与主流社会的平等等方面做出了重大贡献。但由于历史和文化的多重原因,华文文学创作须仔细辨析。学界主要把目光投向汤婷婷和谭恩美等人的作品,批评其避开华人与主流社会的文化矛盾,把历史中国和现代美国并置,强化美国文化的优越地位,实质是一种女性主义的东方主义。在历史和现实中,华人在异国他乡的艰辛和对中华文化的仰赖铸成了一部绚烂的历史。华文文学的创作和研究应该对华人融合于异国文化,传播中华文化,建构自我身份,批判强权意识形态,思考自身命运等发挥重要的文化功能。从全球化后殖民语境看华文文学还必须走很长的路。

7. 第三世界文学的后殖民研究。在现代性进程之初,我国外国文学研究的目的是向先进的西方文化学习,外国文学这一概念几乎等同于西方主流国家的文学。而在我国外国文学研究中,英语文学就等同于英国和美国的文学,第三世界英语文学如非洲文学、加勒比海文学、澳大利亚文学几乎被忽略。20世纪后半期,随着殖民体系的瓦解,反映第三世界民族独立,以创建民族文化为己任,对文化殖民进行反思的后殖民文学作品成为世界文学的重要力量。后殖民文学是真正殖民地的文学，其阅读对象、创作背景、思想立场等都是第三世界被殖民地，是对帝国主义殖民活动的控诉和被殖民历史的反思。后殖民文学的主题大都是解析宗主国文化与殖民地文化的关系，批判殖民统治给殖民地人民所造成的文化无根和心理创伤，表现本民族寻找自身文化、解殖民化和追求现代化的焦虑，其文学具有模仿性、戏谑性、双重性、无根性、混杂性等特点。检索文献资料，我国从后殖民视角研究第三世界文学的论文在逐年增加，论题主要集中在诺贝尔文学奖获得者奈保尔，其次是英国作家福斯特，加勒比作家乔治·拉明、塞穆尔·塞尔文和奥斯丁·克拉克等，非洲作家塔希尔·本·杰伦、塔伊布·萨利赫、塔哈·侯赛因、沃勒·索因卡等人的后殖民创作都有所介绍。

综观学界的第三世界后殖民文学研究，其特点一是集中在奈保尔和福斯特，对非洲、加勒比英语作家，法国、西班牙、葡萄牙等殖民地的文学研究比较少。二是文章基本出现在2000年以后，可见文学研究的后殖民视角的自觉还是很近的事情。三是研究仍然延续传统外国文学研究的路数，即多为通过作品解读作家本意的正读，创造性的阅读和文本分析还不够。四是对后殖民文学的研究大都以西方后殖民理论为武器，还没有从文学作品本身提炼、重构、发展本土性的后殖民理论。第三世界后殖民文学研究对于我国外国文学研究具有重要的开拓意义：一是把给外国文学研究打开了新的视阈，二是对第三世界后殖民文学研究必将对我国近现代文学和台港澳文学的研究提供借鉴，三是对第三世界后殖民文学研究可以增加我们对民族文化多样性的体认。

（三）后殖民主义文化批评研究的反思和展望

后殖民主义文化批评在中国的历程有如下特点，一是中国对后殖民理论的引进以及中国后殖民批评的产生具有特定的时代文化背景，这一点使其打上了民族主义烙印。二是随着研究的深入，学界对后殖民理论的态度趋向理性化并富有建设性。强调东西方对话，反对偏狭的民族主义成为共识。后殖民理论对于民族文化的发展、民主进程的推进，对于西方文化霸权的警惕等积极意义逐渐被学界认肯。三是中国后殖民批评问题域向多方面拓展。学界从本土经验出发，参与、重构后殖民理论，开辟了多学科多领域的学术空间。作为一种批评视角,后殖民为中国学界带来了新的生机。中国后殖民主义文化批评需要进一步推进的地方如下。

一是后殖民理论研究的深化。首先是后殖民经典文本的翻译介绍。现有的翻译比较粗糙,后殖民主要理论家如斯皮瓦克、巴巴、法浓、查特吉等人以及印度、非洲等地的后殖民研究者的著作的翻译工作有待进行。其次是后殖民代表人物的研究。目前我国对萨义德研究的论文比较多,但系统性的专著还没有出现。后殖民其他代表人物还在发展自己的学术思想,对其跟踪研究是为必要。最后是后殖民理论思想关联的展开,如后殖民文化批评与马克思主义关系密切,但其理论主旨差异甚大,以马克思主义视角看后殖民理论的贡献和限度是一个需要研究的重要课题。

二是后殖民理论的其他问题如地域、教育、语言等还需展开。在美国学者芒吉尔编著的《当代后殖民理论读本》中,后殖民理论所关涉的人种学、区域政治、教育等问题被单列出来,这些问题还没有进入我国后殖民研究的视野。还有一个重要问题即是后殖民知识分子问题。萨义德受后结构主义的深刻影响,但他的知识分子观与后现代思潮的知识分子观差距很大,他仍然坚持西方自由主义知识分子传统。在中国这个后现代、现代、传统杂糅的地方,在20世纪80年代启蒙之后,知识分子的社会地位和职责必须重新定位。萨义德的知识分子观对于我们具有启发意义。

三是对后殖民理论的借鉴意义认识不足。后殖民理论把知识体系与权力、与学科背后的社会文化背景联系起来,这一点中国学界认识不足。中国现代学科建制来自西方,是中国现代性的产物,后殖民理论给予我们学科的发生发展、学科的思想来源以及学科的对象范围等问题以清醒的认识,比如学界争论激烈的文艺学学科的边界问题,如果有文艺学学科史的自觉意识,许多问题会迎刃而解。在后殖民理论之后,文学批评应关注文化交往中权力与知识的关系,作家和批评家的身份问题,语言与殖民问题,文学的本土性与世界性问题,民族特色与西方技巧问题,文化再现与文化过滤等问题。

四是对中国后殖民批评所引起的话题需系统总结和再认识。上文已总结出中国后殖民批评的七大论域,对于这些问题,现有的研究或失之简单化（比如把中华性定位为民族主义，对张艺谋电影的意识形态批评），或停留于喊口号定方向（如古代文论的现代转型），具体工作还未深入。如何把后殖民视角和基本方法运用于多学科多领域的研究以推动学科的知识增长和范式转换是人文学者应重视的问题，许多细致的工作如外国文学研究、华文文学研究、艺术批评等须持久关注并投入巨大精力。

五是后殖民给予我们在全球化和现代性语境中以清醒意识。随着全球化的推动，东西方文化交流更为密切，但现代性发生在西方，西方经济文化仍处于领先地位，中国现代性的难堪在于如果借助西方现代性视阈就可能导致被殖民化，因此如何处理民族性与世界性、现代性与中华性的关系在21世纪有重大意义。如何在全球化中发展中国文化又保持清醒的自觉意识是一个人文学科必须关注的重大问题。由于后殖民理论最早为文学界所接受，因此这种自我意识在文学研究界比较自觉，哲学、历史学、社会学、人类学以及其他人文社会科学研究的后殖民视角还有待深入。进一步而言，是借助后殖民理论反思中国近百年来文化交流的得失，总结文化交流的意义和文化接受与文化输出的规律。在此，后殖民主义也给我们的理论创新提供了契机，我们从中国语境和本土经验出发，从中国的问题出发就可以重构和发展后殖民理论，从而实现与西方学术的对话。

后殖民理论在中西方获得了广泛的关注，其一系列命题切中了当代世界文化的根本问题。后殖民理论退潮后，清理后殖民论争的理论财富，发掘后殖民理论的思想意义，深化后殖民批评的可能性方向，对于21世纪中国的文学文化批评具有重要意义。后殖民理论的思想主旨和学术意义，一是批判性。对抗性是后殖民理论的政治性的最重要表现。一切霸权，不论这种霸权存在于国际文化间还是民族文化内部都是后殖民理论批判的目标。二是揭示了学术的话语性。一切学科特别是人文学科的真理性需要警惕，文化与权力密切相关。纯粹的审美主义分析方法是有局限的，在福柯和萨义德之后，我们再也不能坚持文学文本的超越性，文学文本纠缠于世界。三是提供了文学批评的新视角。文化政治学批评秉承宏大叙事，延续解放、民主、正义等理念。四是反对本质主义思维，主张文化身份的混杂和文化沟通。纯粹本真的文化只是幻象，所有文化都是混杂的。在全球化日益推进的今天，对于民族性与世界性问题的思考，后殖民理论具有深刻的启示意义。五是提供了学科考古、学科分界和学科融合的方法。既然知识都相关于权力，纯粹知识是否可能？人文知识分子如何获得自由思想并超越权力的羁绊？在后结构主义和后殖民理论之后，我们必须对纯粹知识和自由思想的可能性条件予以思考。六是对文化交流与文化殖民问题的思考具有启示性。文化交流与文化殖民的差异在于，后者的背后是经济和政治霸权，而前者则是理想的文化互动。如何面对他者视角是文化交流中的重要问题。作为文化互动的知识形式，应该意识到，西方的汉学研究既包含霸权意识，也有西方基于其独特立场对中国的观看。七是对理论旅行即外来理论的本土化问题提供了研究的路径。萨义德指出，所有理论在旅行之后都会产生变异。如何移植理论而不过滤其基本精神是理论输入大国需要思考的问题。百年来西方文论的中国化及其与中国当代文论创造的复杂关系需要在个案研究的基础上予以重新认识。八是萨义德对美国媒介帝国主义的批判，对巴勒斯坦问题的参与，斯皮瓦克对西方"仁慈"知识分子代表底层的批评和底层妇女发声问题的论述，巴巴对全球化时代的流散边缘人群的关注等，都表现了批判型公共知识分子深厚的责任伦理意识和现实参与精神。对于身处消费主义时代被后现代知识分子观洗礼的中国学者而言，后殖民理论家的学术人生是一个有意义的参照。

　　从全球化时代的政治文化现实看，后殖民理论存在着诸多缺陷。一是对经济结构重视不够。由于把视点放在文化上，后殖民理论回避了全球化时代的现实问题；后殖民理论倡导的多元化价值观契合了资本集团的需要，其文化混杂的理论主张掩盖了新的不平等和奴役。二是文化相对主义抹杀了文化进化的可能。后殖民理论忽视了文化的普遍性和文化在价值论上的可对比性，从而延误了第三世界的现代化进程，并可能为第三世界保守的民族主义政权所利用。三是对文明冲突的解决没有提出有效方案。四是反霸权策略缺乏实绩。五是后殖民强调差异，可能导致冷战的对抗思维被延续。六是后殖民理论在西方可能被跨国资本主义消解，在中国则可能被各种分裂的政治势力所利用。

后殖民理论旅行到中国以来，从最初的或欢呼或诋毁到现在的创造性阅读开辟众多学术领域，其中的复杂就如解释学所说的是自我视阈与对象视阈的融合过程。对于这一点，后殖民理论的开创者萨义德了然于心，他的这一段话正可以给这种理论的中国之旅以生动的注解："首先，存在着出发点，或者类似于一组起始的环境，在那里思想得以降生或者进入话语之内。其次，存在着一个被穿越的距离，一个通过各种语境之压力的通道，而思想从较早一个点进入另一种时间和空间，从而获得了一种新的重要性。第三，存在着一组条件——称之为接受的条件好了，或者是抵抗（接受过程必不可少的一部分）的条件——而抵抗的条件对抗着被移植过来的理论或思想，也使得对这种理论与思想的引进和默认成为可能，无论它们显得多么疏远。最后，现在已经完全（或者部分）被接纳（或吸收）的思想，在某种程度上被其新的用法及其在新的时间与空间中的新位置所改变。"[1] 后殖民理论在改变中国思想范式的同时也被中国思想所改变，这一过程将继续下去。

七　生态批评在中国

1962 年，美国女生物学家雷切尔·卡森（1907—1964）发表长篇文学性的科普作品《寂静的春天》，标志着生态文学的正式诞生。生态批评是始于生态哲学思想指导的文学批评。美国生态文学批评的倡导者之一格罗费尔蒂（Cheryll Glotfelty）认为，生态批评是指"对文学与自然环境的关系的研究"。美国学者威廉·鲁克尔曼 1978 在《文学与生态学：一次生态批评实验》（《衣阿华评论》1978 年冬季号）中，将"文学与生态学结合起来研究"，明确提出了"生态批评"这一概念，强调批评家"必须具有生态学视野"，认为文艺理论家应当"构建出一个生态诗学体系"。大多数人认同彻丽尔·格罗特费尔蒂的初始定义："生态批评是探讨文学与自然环境之关系的批评。"20 世纪八九十年代开始，环境文学和生态批评逐渐成为一种全球性的文学现象，生态批评迅速地

---

[1] Edward W. Said, *The World, the Text, and the Critic*, Harvard University Press, 1983, pp. 226–227.

成为当今文学研究的显学。

我国当代最早明确提出"生态文学"概念的是许贤绪1987年在《中国俄语教学》上发表的论文《当代苏联生态文学》，这是我国严格意义上的生态批评的开始。三十年来，随着对国外生态文学批评理论的引介、呼应、阐释与互动，随着我国自觉意识的生态文学创作的逐渐兴盛，我国生态文学及生态批评的概念范畴与研究领域不断拓深和丰富。这里运用多媒体数据挖掘技术，对国内期刊1979—2009年发表的生态批评文献进行了分类统计，充分利用现有的计算机技术，通过一系列精确数字分析，从文献学的角度，借助文献的各种特征的数量，采用数学与统计学方法描述、评价和预测我国生态批评的发展现状、发展趋势。①

（一）基本数据分析和统计

为尽可能真实完整地反映出1979年至2009年8月期间生态批评论文在国内各种学术刊物上的发表数量、被引用情况，本研究选取了中国知网

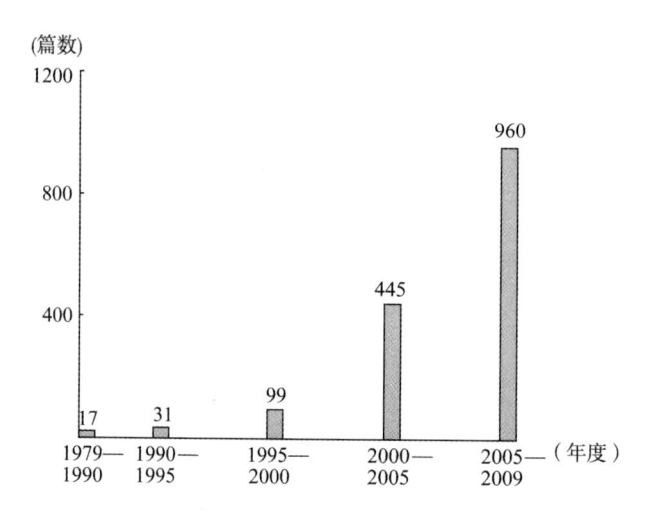

图1　1979—2009年历年文献发表数量统计

---

① 作为生态文学研究的重要形式，学术专著、译著具有重要的价值和意义。考虑到学术期刊的学术先锋性、前沿性和敏锐性，这里主要以学术期刊论文为观照点，因此忽略对学术专著和相关学者的旁逸论述。事实上，三十年来，尤其近些年，生态文学专著译著成果斐然，不详细展开。

的《中国学术文献网络总库》中的中国学术期刊网络出版总库、中国博士学位论文全文数据库、中国优秀硕士学位论文全文数据库为调查范围。前者包括国内正式出版的七千五百一十六种学术期刊的二千七百四十万篇文献，数据完整性达到99%；后二者收录来源为1984年以来的全国博士硕士学位论文八十八万余篇，文献完整率为91%和96%。在这么大的范围内调查生态批评文献的发表与被引用情况（学术期刊评价指标），数据的准确性和可信度是可以得到基本保证的。

1. 历年发表的研究文献

通过数据检索分析可知，1979—2009年8月，生态批评文献共一千五百五十二条，图1给出了历年文献的数量分布情况。1994年的研究文献开始呈现出它的学术生命力，2005—2009年的研究峰值最高。1979—1990年是十七篇（内容覆盖传统论题：人与生态、文学、文学生态化问题等，此时的研究多不属于西方"原初"意义上的生态批评）；1990—1995年是三十一篇（内容包括政治生态、性与精神生态，由于此时适值全国领域的思想解放潮流，研究多侧重精神领域的自由与生态思考）；1995—2000年是九十九篇；2000—2005年是四百四十五篇；2005—2009年是九百六十篇。最早提出生态文学概念的是许贤绪1987年在《中国俄语教学》上发表的论文《当代苏联生态文学》，这是严格意义上的生态批评的开始；早期重要的生态批评论文是2002年发表的《生态批评的知识空间》（鲁枢元）、《生态批评：发展与渊源》（王诺）（《文艺研究》2002年第3期、第5期）；2003—2005年大批有分量的批评文献开始出现，综述性文献也比较多，如李洁的《生态批评在中国：十七年发展综述》（《兰州大学学报》2005年第6期）。

2. 文献影响力分析：单篇文献引用情况统计

基于对"中国学术期刊文献评价统计分析系统"中"中国学术期刊单篇文献引用情况统计表"（时间截至2008年）的统计，并增补了2008年8月到2009年8月的新引用数据：从影响因子考察，在发表的一千五百五十二篇文献中，所有被引用过的生态批评文献，总索引频次为一千一百三十次，被引用频次超过八次的文献有五十三篇，频次前十位的引用总频次达四百四十四次，占总索引率的38.4%。

表1　　　　　　　　　单篇文献引用情况统计表（仅列前十位）

文献标题	作者	刊名	出版年	出版期	引用频次
《生态批评：发展与渊源》	王诺	文艺研究	2002	3	91
《美国生态文学批评述略》	朱新福	当代外国文学	2003	1	69
《方兴未艾的绿色文学研究——生态批评》	韦清琦	外国文学	2002	3	58
《打开中美生态批评的对话窗口——访劳伦斯·布依尔》	韦清琦	文艺研究	2004	1	49
《生态女性主义与文学批评》	罗婷、谢鹏	求索	2004	4	32
《为人类"他者"的自然——当代西方生态批评》	陈晓兰	文艺理论与批评	2002	6	28
《生态批评的知识空间》	鲁枢元	文艺研究	2002	5	27
《美国生态文学及生态批评述评》	刘玉	外国文学研究	2005	1	23
《雷切尔·卡森的生态文学成就和生态哲学思想》	王诺	国外文学	2002	2	13
《征服与回归：近代生态思想的文学渊源》	马凌	外国文学研究	2003	1	13

3. 基金项目论文比例

基金的现实目的是培育国家、省级重点或重大项目、培养优秀青年学术人才，是鼓励原创的"预研究"，重在"培育"和"培养"。对获资助者来说，基金项目对其明确拟开展的研究工作方向具有重要的科学意义，可带动相关领域的发展，具有重要科学意义及应用前景。基金项目论文比例是给定时间内，省、部级以上重大项目和基金项目的论文与期刊论文总数之比。考察生态文学基金项目论文比例，可测度生态批评在当前文学研究、文学领域研究中所占有的地位、实践意义和应用前景。

自1979年到2008年，相关生态文学文献共有十一篇属于国家基金项目科研成果。省级五十七篇，2008年十三篇，2007年二十九篇，2005年八篇，2004年四篇，2002年一篇，2001年两篇。基金项目论文比例十分小，但是，项目数量绝对值逐年提升，生态文学研究有从学术边缘向中心趋向（见图2）。

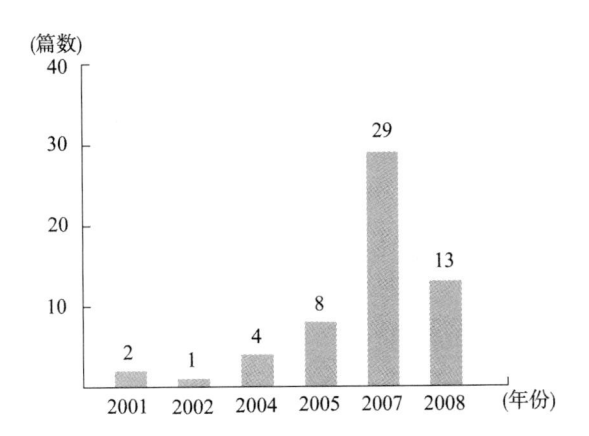

图 2　2001—2008 年省级基金项目论文统计

4. 重要学术会议统计

截至 2009 年，可以检索到的"生态研讨会"十二条，其中，比较重要的有：全国生态美学学术研讨会（自 2001 年开始至 2008 年已举办四届）；海南"生态与文学"国际研讨会（1999）；"中国 20 世纪文学文化生态和作家心态研究学术研讨会"（浙江师范大学，2007）；"土家族文学生态研讨会"（三峡大学文学院与长阳县文联共同发起，2007）；"人与自然：当代生态文明视野中的美学与文学国际学术研讨会"（山东大学、崂山康成书院、山东理工大学生态文化与科学发展研究中心共同主办，2005）；"文化生态环境与十七年文学历史评价国际学术研讨会"（浙江大学主办，2006）；"王治安生态文学系列作品研讨会"（2004）；"中国首届生态文艺学学科建设研讨会"（苏州大学主办，2003）；"文化生态变迁与文学艺术发展"学术研讨会（江汉大学主办，2002）。这些会议都是由高等院校文学研究所或文学院系等发起，由相关或权威文学阵地（《文学评论》、《文学评论》、《资源与人居环境》、《新东方》等）进行通告或发表综述，进行宣传和报道。

5. 被引半衰期

文献半衰期是指某学科（专业）现时尚在利用的全部文献中较新的一半是在多长一段时间内发表的。文献半衰期不是针对个别文献或某一组文献，而是指某一学科或专业领域的文献总和而言的。生态批评文献至2006年共被引用八百四十一次，其被引文献的年代分布累计百分比见表2。

表2　　　　　　　　　被引文献年代分布累计比例

出版年	2006	2005	2004	2003	2002	2001	2000	……	全部
被引用次数	28	106+28	134+162	169+296					841
累计百分比（%）	3.33	15.93	35.20	55.29					
年数	1	2	3	4					

由表2可见，最接近50%的引用累计百分比是在2003年达到的55.29%，距统计的2006年为四年，由此可计算出该刊的被引半衰期为：

$$被引半衰期 = 4 + \frac{50 - 55.9}{77.53 - 55.29} = 4 - 0.21 = 3.8（年）$$

被引半衰期是测度期刊老化速度的一种指标。一般来说，中文文献老化期六年，外语五年，因此可以清晰地看到：生态批评老化期短，信息更新快，此领域发展迅猛。

（二）现状分析

1. 发展速度迅猛

从上文数据统计可以看到，我国生态批评发展迅猛，呈现勃勃生机。继早期重要生态批评论文《当代苏联生态文学》（1987）、《生态批评的知识空间》（《文艺研究》2002年第3期）、《生态批评：发展与渊源》（《文艺研究》2002年第5期）发表之后，大批有分量的研究文献于2003—2005年间如雨后春笋般出现。此外，从半衰期角度分析（半衰期主要分析评论等理论综合性较强的论文），生态批评文献引用的半衰期相比较其他社会科学类短，说明其理论引入、发展的速度快，研究的老化期短，信息更新快。

2. 科研立项逐年增多

数据表明，我国生态批评的一批理论阵地已经形成，其特点是：生态批评研究纳入学科建设（苏州大学、汉江大学）；高等院校、文化研究所联合科研传媒，扩大学术影响力与传播力。《当代外国文学》、《文艺研究》、《外国文学》、《文艺理论与批评》等著名学刊成为生态批评与传介的重要平台。

此外，尽管基金项目论文比例微乎其微（参见图2），但是，科研课题增多，从2003年之后，各类课题项目与日俱增。课题的深度和广度与日俱增，形成了研究生态文学的很多优秀梯队组织。

3. 领域不断拓宽

生态批评领域多元化，广泛涉及小说、诗歌、戏剧、散文、报告文学等。小说研究占生态批评的主体自是不言而喻，值得关注的是，诗歌、戏剧、散文、报告文学都涉及此题材。（1）生态戏剧五种，影响较大的有：《落实科学发展观 增强艺术事业发展后劲——刍议重建当代戏剧创作的生态价值观》（刘振平，《艺海》2008年第1期）、《契诃夫戏剧的生态思想》（贺安芳，《解放军外国语学院学报》2007年第6期）、《〈野人〉：生态戏剧的经典之作——高行健剧作〈野人〉的生态解读》（佘爱春，《四川教育学院学报》2006年第3期）、《生态批评与中国生态戏剧——对三个戏剧文本的生态主义批评》（付治鹏，《中央戏剧学院学报》2005年第4期）。（2）诗歌四十六条（限于篇幅，不一一列举）。（3）散文二十九篇，既有综述性的比较，如《生态危机时代的生态散文——中西生态散文管窥》（徐治平，《南方文坛》2006年第4期）、《简论当代生态散文》（齐先朴，《济宁师范专科学校学报》2004年第2期）；也有作家作品艺术分析，如《英国生态散文的璀璨明珠——赫德逊散文的生态意蕴管窥》（张建国，《四川外语学院学报》2007年第5期）、《贾平凹散文创作生态论》（《宁夏社会科学》2006年第1期）、《论艾丽斯·沃克散文和诗歌中的生态女性主义观》（南京师范大学硕士学位论文，2004年）。（4）报告文学：生态文学最早产生于报告文学，比如徐刚的系列文章，后来逐步完善，报告文学产生了艺术化、哲学化倾向。近年来出现了几篇很有分量和学术价值的综述性研究论文，比如《对生态危机的艺术报告——新时期以来的生态报告文学简论》（《文艺理论与批评》2002年第6期）、《当代生态报告文学创作几个问题的省思》（《文艺评论》2007年第6期）。

4. 内容趋于多元

截至 2009 年，在已发表的一千五百五十二篇文献中，研究的内容多元化，涉及国内外理论评介与综述、个案文本分析、生态批评史研究、生态与美学、中西比较研究、理论构建与裨补等。

（1）国内外理论评介与综述。中国生态批评始源于从国外学界的引入与传介。没有国外理论的评介与分析就没有中国的生态批评。三十年间，学界对国外理论的引入与阐释一直未曾中断，不断与国外理论接轨和衔接，不断吸纳最新、最全面的理论。

前面罗列的十大索引频次最高的文章，几乎都是关于国外理论阐述与分析的文献。这些文献的学术影响力相当深远，可以毫不夸张地说，正是它们构建了整个中国生态批评的理论基础。朱新福的《美国生态文学批评述略》（《当代外国文学》2003 年第 1 期）对美国生态文学批评进行了历时性与共时性的梳理与归纳。朱新福定义其为"是探讨文学与自然环境关系的一种文学批评理论，它旨在确定文学、自然、文化之间的关系，创建一种生态诗学理论"；介绍了生态文学批评的三个阶段、理论成就及其探讨并试图解决的根本问题，包括怎样确定自然与文化的关系、当代生态文学批评研究的方向和思路。朱新福的博士学位论文《美国生态文学研究》以生态批评为理论支撑，以美国文学的历史发展为线索，采取跨文化、跨学科、文本阅读和史论相结合的研究方法，通过阅读美国经典作家的作品，探讨了从殖民地时期至后现代时期美国文学中的环境意识和生态思想，指出了生态批评的意义与影响。严启刚等的《〈启蒙的辩证法〉和生态女性主义批评》（《四川外国语学院学报》2004 年第 9 期）阐述了生态主义、生态女性主义产生的哲学和历史渊源。其他比较有代表性的还有朱新福的《论早期美国文学中生态描写的目的和意义》（《解放军外国语学院学报》2004 年第 3 期），李素杰的《生态文学批评——美国文学批评理论中的一支新生力量》（《北京第二外国语学院学报》2004 年第 2 期），马若飞的《英美生态文学的浪漫传统》（《北京工业大学学报》2007 年第 3 期），刘玉的《美国生态文学及生态批评述评》（《外国文学研究》2005 年第 1 期），王静、吴殿峰的《欧美生态文学扫描》（《绿叶》2006 年第 9 期），等等。批评方法批评家们的研究角度各不相同，立场也不尽一致。

但是批评、论述的基本都是：定义重要概念，梳理批评历史流程、阐释学科之间的相互关系等，都从宏观上对生态文学以及生态文学批评进行了很好的总结与归纳。

此外，国内生态文学综述性论文也大量生成，如覃新菊的《我国生态文艺学研究述评》（《杭州师范学院学报》2005年第3期），杨剑龙、周旭峰的《论中国当代生态文学创作》（《上海师范大学学报》2005年第2期）。

（2）个案文本分析占生态批评文献主体地位，其多以作家作品论形式出现。基本有四种形式，一是传统作家经典作品生态意义再解读，比如《人与自然：论福克纳的长篇小说〈去吧，摩西〉》（曲洁姝，黑龙江大学硕士学位论文，2003）、《论艾丽斯·沃克散文和诗歌中的生态女性主义观》（李鲜红，南京师范大学硕士学位论文，2004）、《对亨利·梭罗〈瓦尔登湖〉的生态解读》（童慧雁，对外经济贸易大学硕士学位论文，2005）等；二是国外生态作家代表作品解读，主要以俄罗斯和美国作家为主，如《艾米莉·狄金森的自然诗作：生态文学的典范》（《山东社会科学》2007年第9期）；三是中国生态文学作品解读，如《对大自然的诗意怀想——生态意识与迟子建小说》（汪树东，《石河子大学学报》2007年第5期）、《张炜小说中的生态美学追求——〈九月寓言〉浅析》（谢建文，《平原大学学报》2007年第1期）、《生态意识自觉的一面大旗——张承志〈北方的河〉再解读》（李占伟，《语文学刊》2007年第1期）；四是生态作家整体观评论，如王诺的《雷切尔·卡森的生态文学成就和生态哲学思想》（《国外文学》2002年第2期）、纪秀明的《阿特伍德小说的生态女性主义解读》（《外语与外语教学》2008年第6期）。

（3）生态文学与跨学科研究

刘文良指出，生态批评从本质上来说是一种文化批评，作为一种"文化诗学"，生态批评要突出它的跨学科性、跨文明性和跨文化性（《范畴与方法生态批评论》，人民出版社2009年版）。2003年，朱福新尚将"如何实现生态文学的跨学科研究"作为发展的趋势和困境，仅仅五六年之隔，至2009年，生态文学与跨学科研究日益丰富、深入，领域广泛涉及文学与语言、文学与美学、文学与宗教、文学与科学、文学与历史、文学与政治、文学与哲学、文学与伦理、文学与道德、文学与民俗，等等。仅举几个重要方面略述。

其一，生态文艺学和美学研究。

我国当代生态批评研究重视文艺学与美学的关系研究，为立足于生态视角的文艺学与美学研究提供了大量可资借鉴的思想资源。有探讨生态美学自身意义的，如胡志红的《文学生态中心主义对人类中心主义的挑战——生态批评对生态文学中"放弃的美学"的探讨》（《四川大学学报》2006年第3期）；有从传统审美文化角度，对生态文学进行思想资源性探索的，如《道法自然与大地诗学——生态视野下的中西诗学比较》（《四川外语学院学报》2006年第4期）。更有关注当下文化现状，针对当下的思想与艺术困境，阐发生态文学的实践美学意义的。比如，刘文良的《反叛与超越：当代审美文化背景下的生态文学》（《上海交通大学学报》2006年第4期）、东北师范大学张丽军硕士学位论文《生态文学：存在困境的艺术显现，精神革命的审美预演》（2003）。

其二，女性生态文学批评。

2008—2009年8月发表生态文学论文七百篇，其中有关女性生态主义的九十七篇，约占总发文量的13.6%。有对生态女性主义概念介绍，探讨生态女性主义文学批评理论，研究其批评方法与批评原理的，如韦清琦的《生态女性主义：文学批评的一枝奇葩》（《外国文学动态》2003年第8期）、罗婷和谢鹏的《生态女性主义与文学批评》（《求索》2004年第4期）、陈凤珍的《生态女性文学批评的话语建构》（《北京大学学报》2006年第12期）、史永红的《论生态女性主义文学批评的理论与实践》（《消费导刊》2008年第5期）；也有将该理论运用于批评实践的，如梁昕的《爱丽斯·沃克的生态女性主义意识——解读〈父亲的微笑之光〉》（《南京师范大学文学院学报》2007年第1期）等；还有关于生态女性主义文学策略的探讨的，如陈茂林的《双重解构：论生态女性主义在文学实践中的策略》（《江汉论坛》2007年第5期）等等。内容涉猎丰富而广泛。

其三，生态文学伦理以及文学价值的探讨。

2008—2009年，生态文学伦理批评大有崛起之势。2009年上半年全国二百八十篇生态批评中伦理研究占十一篇。吴景明的《生态文学的伦理文化诉求》(《当代文坛》2009年第4期)、温越的《生态批评：生态伦理的想象性建构》(《文艺争鸣》2007年第9期)探讨生态文学价值体系中基本的生态伦理要素，剖析生态文学的内在的伦理价值诉求，梳理伦理价值的哲学基础。林小平的《论我国生态文学的传统生态伦理资源》[《北京工业大学学报》(社会科学版)2009年第2期]剖析我国传统的生态伦理智慧的浓烈的生态责任意识和文明批判精神、美好的生态理想设计、一定的生态预警思想，论述了传统伦理智慧对我国生态文学创作与研究的繁荣的生态伦理理论资源意义。

值得一提的是王宁的《生态批评与文学的生态环境伦理学建构》[《上海交通大学学报》(社会科学版)2009年第3期]、《文学的环境伦理学：生态批评的意义》(《外国文学研究》2005年第1期)等系列文章。王宁教授把聂珍钊教授倡导的文学伦理学批评同生态文学批评结合在一起，试图建构一种后现代生态环境伦理学，强调文化环境的净化，关注批评家自身的伦理道德。这为我们提供了这种批评同其他批评相结合的范例。

(4) 比较研究。纵观三十年的文献，生态文学对比研究已经成为一大趋势和热点。生态理论与文学的形成目前已逐渐脱离"西化"趋势，逐渐走向对话与建构，形成真正的平等对话，主要有三种比较形式值得关注。

其一，从宏观角度、从整个学科角度对生态文学与批评的比较研究。比如，胡志红《生态批评与跨学科研究——比较文学视域中的西方生态批评》(《四川师范大学学报》2005年第2期)、《生态文学——比较文学研究新天地》[《贵州师范大学学报》(社会科学版)2004年第1期]，朴宰雨《论韩国生态文学的概况与特点——兼谈中国大陆及台湾的生态文学的比较视野》(《新学术》2007年第4期)。

其二，从文本角度，具体比较当代中西生态文学主题、叙述等差异。应用美国比较文学批评的"平行"比较方法，通过当代中西文本对人与自然关系的不同书写，具体从主题、伦理、审美风格、叙事手法、意象隐喻等进行比较。多通过将当代中国生态作品与西方典型生态作家作品（如美国雷切尔·卡森、加拿大阿特伍德、俄罗斯阿斯塔菲耶夫，等等）相比较，发掘中西的可比较点，并针对当代中国生态文学中的不足（虽然生态文学创作已有所成就，但多仅停留在对生态破坏的揭露展示，缺乏对于生态问题更深入的思考和探讨），提出文化批评意见。比较有代表性的有：《多元文化视野中民众生态与心态的书写方式——〈美国梦寻〉与〈北京人〉回眸》（王晖，《外国文学研究》2001年第4期）、《生态视野中的沈从文与福克纳》（李萌羽，《东岳论丛》2003年第4期）、《生态视角下中国古代山水诗与英国浪漫主义诗歌之比较》（李青，《宁波广播电视大学学报》2008年第1期）、《〈断头台〉与〈狼图腾〉的叙事比较——从〈断头台〉与〈狼图腾〉看中国生态文学写作之一》（王彦彦，《华北水利水电学院学报》2008年第1期），等等。

其三，理论构建与裨补，利用传统和地域文化资源在研究批评上日益争得话语权。生态学理论与文学形成正在进行中，而中国生态文学与理论也在发展中，一方面，中国文学和文论需要向西方借鉴与学习，弥补差异与缺失，得到启示；另一方面，可以从西方文学、文论跌倒的、失落的、遗漏的地方开始，加入自己的声音，以形成真正的对话。生态批评作为一个开放性的理论结构，目前处于比附阶段，还没有能力提出系统的理论结构和研究方法，其理论的深度和层次有待于不断地更进与演进。这就为以儒家和道家为代表的中国传统生态哲学提供了不断参与国际性对话的契机。我们可喜地看到这方面文章的不断出现。时真妹的《中国生态哲学对美国生态文学批评的建构意义刍议》（《外语与外语教学》2006年第3期）明确指出，当代美国生态文学批评理论目前正处于理论建设的开放性阶段，文章探讨以儒教和道教为代表的中国传统生态哲学对该批评理论伦理与美学方面的建构意义。陈奎银《〈啊，拓荒者〉体现的生态意识——结合中国古代儒道家"天人合一"思想进行生态比较批评》[《科教文汇》（中旬刊）2007年第12期]将中国古代道家、儒家"天人合一"的思想与《啊，拓荒者》中所体现出来的生态意识结合起来，运用生态批评的方法进行尝试性的分析，并通过对比分析找出中西方在对待和解决生态问题上的相同之处以及在整个世界建立一个人与自然和谐共存的生态环境的美好愿望。冯文坤《道法自然与大地诗学——生态视野下的中西诗学比较》（《四川外语学院学报》2006年第4期）以西方思维为参照系，由中国传统原典中所蕴含的反人类中心主义思想出发，与西方目前的生态批评与生态意识实现跨越时空的对话，揭示出源自道家自然思维的观物感物观及其在诗歌和艺术审美上的表现：即消极感受下的"心与物游"的混茫意识；非人类中心主义的"与物为春"；与自然为善的人类情感的大地书写。

(三) 当前我国生态批评的发展趋势

综观这三十年，美国与西方影响下的我国生态批评致力于对起源于西方的生态文学/批评进行全面辩证的研究；同时，我国学者也意识到发展具有中国特色的生态批评思想的重要性，并尝试在中西方比较、探索本土文化的资源性意义、扩大生态批评内涵与外延方面积极拓展生态批评的研究视阈。

1. 比较研究进一步深入

21 世纪，在全球语境下，当代中西文学与文论的对话成为可能，西方生态文学的发展关键在于比较视阈的开拓。比较文学视野下的生态文学批评是中国生态批评十五年的危机与转机（胡志红《西方生态批评史》，人民出版社 2015 年版）。生态批评的理论增长点之一是比较与跨学科研究。

2. 探索本土文化对生态文学理论（批评）的资源性意义

由于西方生态文学与生态批评理论在发生时间上与中国文学形成了对话的可能（20 世纪 90 年代的中国文学已经逐渐脱离完全"西化"趋势，开始走向互动），因此在文学创作和批评理论深化上，中西当代生态文学能够走向对话与建构，形成真正的平等对话是一件意义深远、价值巨大的事件。

在全球语境下，当代中西文学与文论的对话成为即时的可能。要改变由于 20 世纪的中国文学理论界大量引进西方的各种理论思潮而导致的中国文学批评话语的"不纯"现象，在当今的文学批评领域，逐渐寻找中国的声音。中国有比大多数文化更为悠久的文学和文化传统，本土文化对西方理论具有构建和对话意义。提倡本国批评话语的更多参与"声音"，将本国与他国比较，利用传统和地域文化资源在批评研究上日益争得话语权。时真妹的《中国生态哲学对美国生态文学批评的建构意义刍议》，叶维廉、冯国荣的《中国诗、诗学的民族原创及其对于美国现代诗的影响》（《东方论坛》2005 年第 2 期），冯文坤的《道法自然与大地诗学——生态视野下的中西诗学比较》，林小平的《论我国生态文学的传统生态伦理资源》等都作了可喜的探索与建构。虽然目前我国生态批评涉及各大领域，其研究逐渐深化发展，但理论的深度与趋势上有跟着西方走的现象。生态批评理论研究处于相对滞后状态。因此，探索本土文化对生态文学理论（批评）的资源性意义，寻求理论的突破和创新成为一种必要和必然。正如韦清琦所论述的，从中国古代的生态文化遗产、中国现代文学、深层生态学与生态伦理、乡土观念中获取新时期生态文学的精神资源，这无疑对建构21世纪的中国生态文学，推进生态文学/批评在中国的现代演进具有重要的启示意义（《生态女性主义：文学批评的一枝奇葩》，《外国文学动态》2003年第8期）。

3. "大生态批评"态势

20世纪90年代起，随着文学生态与人文生态的逐渐进入视阈，国内"生态批评"已经不仅仅满足于和局限于解决文学与自然环境深层关系问题，"生态文学批评"超越单一"人"与"自然"的批评范畴，超越通过切实的生态问题和文学文本探讨人与自然的关系，也超越了仅将他学科、他文学作为方法论意义的"文化诗学"阐释，进而转向更深入、更多元层面的探讨，新鲜的批评现象日现。目前比较突出的案例是"文艺生态学"的生成和"文学的生态环境伦理学"的提出。

"文艺生态学"，指借用现代生态学观点，考察文学艺术与自然、社会以及人的精神状态的关系，研究生态文艺与文艺生态现象的一种边缘性的文艺学学科。它关注于研究文艺自身的发生、发展、存在的生态；各类艺术品种的生态平衡；文艺创作、传播、接受、批评的生态协调；文艺生态的演变史及规律；文艺与人、与自然的关系等。目前该学科已经粗具规模，有一定理论建树与一定的范畴支撑。江汉大学文艺学学科近来推出了国内第一套"文艺生态探索丛书"（包括《中国文艺生态思想研究》、《20世纪中国文学生态意识透视》、《小说因素与文艺生态》）。毕光明的《社会主义伦理与"十七年"文学生态》（《南方文坛》2007年第5期）、陈玉兰的《论中国古典诗歌研究的文学生态学途径》（《文学评论》2004年第5期）、鲁枢元的《文学艺术家的生境——生态学视野中的文学艺术创造主体》（《中文自学指导》2003年第2期）、王涛的《文化生态学视野下的

"80后"文学创作》[《内蒙古社会科学》(汉文版)2007年第6期]等均属于这类范畴。

相比较而言,王宁提出的"文学的生态环境伦理学"(2005)目前应该说只处于理论构想阶段。其范畴、界定、方法论等很多问题有待进一步探讨。但就其对生存环境和文化环境的双重关注而言,其理论构想已经超出"文学与自然关系/深层关系"范畴,理论触角已延伸至"文学艺术与社会生态、文化生态、精神生态的内在关联"领域中。

生态批评的概念自生成一直被认同为"文学与自然环境深层关系问题";王岳川将"生态批评"内涵与外延扩大,将文学艺术与社会生态、文化生态、精神生态的内在关联纳入生态批评范畴,在原初的"反映生态问题的文艺文本的批评"层面上,增补了"对文艺自身生存状态研究"(引语为龙泉明教授语)等新层面。"'生态批评'是从文学批评角度进入生态问题的文艺理论批评方式,一方面要解决文学与自然环境深层关系问题,另一方面要关注文学艺术与社会生态、文化生态、精神生态的内在关联。"[《生态文学与生态批评的当代价值》,《北京大学学报》(哲学社会科学版)2009年第2期]王岳川的这一概念具有承前启后的功效。它既是对之前理论的总结,也是对目前已经出现的新批评现象的涵盖,更是生态批评的内涵和外延首次明确地扩大。这无疑具有重大的开拓性意义。

随着国内"生态批评"理论不断深化与丰富,在今后相当长一段时间内,既包含"解决文学与自然环境深层关系问题",又涵纳"关注文学艺术与社会生态、文化生态、精神生态的内在关联"的"大生态批评"具有广阔的发展态势。在"大生态批评"语境下,每一个层面将众声喧哗,在争论中辨伪,在实践中发展,在多元中共生,在演进中成熟。

八 比较文学及其理论在中国

比较诗学(comparative poetics),如果不考虑其复杂的学科历史而只是做简略的学科概括,其实就是从跨文化和国际性的学术视野去展开的,有关文艺理论问题的专门性比较研究。它既研究具有历史事实联系的,国际间的文学理论关系史,也研究并未有事实联系,但基于人类文学共生共创关系基础上的多元文化间文学理论问题。它与一般意义上文艺研究的核心差别，主要就在于其特有的"跨文化"立场和从事比较研究者的"多语种"和"跨学科"的知识背景。

在今日中国，文艺的理论问题之所以需要从跨文化的视野去研究，至少是基于这样一些重要理由：首先是近代以来，中西文论之间存在的，由历史造成的现代性落差；其次是自先秦孔孟和老庄以来，我们所拥有的，具有原创性话语特征的中国诗学和文论传统资源亟待精神延续；最后是现代中国文艺理论研究追求自我突破和现代性发展的欲望和策略。存在落差，拥有资源，具有追赶和超越的强烈愿望，面对所谓"西方"这样一个现代性的参照系，就不得不借鉴、参照、比较和游走于中西古今之间，以图通过所谓跨文化和比较性的对话，去发现自身，更新自身，以图实现中国文艺研究在21世纪的现代突围。这种学科选择正好在一定程度上反映了中国文艺研究的现代性超越和世界性融入的大趋势。

也正因为如此，比较诗学研究在中国是一个不可回避和宿命般需求的学术命题。早在20世纪初，也就是学科化的比较文学理论尚未引入中国以前，中国的学者们就已经在自如地运用比较诗学的方法来研究文学理论问题了。譬如王国维1904年发表的《红楼梦评论》，1908年发表的《人间词话》；鲁迅1908年发表的《摩罗诗力说》；等等。据对1949年以前近三百余种国内比较文学论著和论文的统计，其中可以列入比较诗学研究范畴的就占四分之一左右。① 而且，当时一些最优秀的研究成果，往往就是以比较诗学为代表的。譬如朱光潜的《诗论》（1942）、钱锺书的《谈艺录》（1948）等。由王国维开始所建立起来的关于文学、文化和思想史研究的一些方法原则，所谓"取地下之实物与纸上之遗文互相释证"，"取异族之故书与吾国之旧籍互相补正"，"取外来之观念与固有之材料互相参证"（见陈寅恪《王静安先生遗书序》），以及钱锺书所谓"取资异国"，"颇采'二西'之书"，通过互参互照，"以供三隅之反"（《谈艺录·序》）的研究理论和方法，从一开始就有着自觉的学科价值理念和问题意识。在这些主张中，人们真正容易认同的往往又是"师夷长技以制夷"

---

① 参见《中国比较文学研究资料：1919—1949》，北京大学出版社1989年版。

（魏源《海国图志》）；是"中体西用"，"别求新声于异邦"（鲁迅语）；是对域外思想和方法的"同情的了解"（陈寅恪）；是"兼收西法，参合诸家"以达到"会通以求超胜"①（钱锺书）的学术价值追求。他们试图熔古今中外于一炉，坚信"东海西海，心理攸同；南学北学，道术未裂"。②而无论是东方西方，人作为所谓无毛两足动物，也都具有共同的"诗心"和"文心"，正所谓"心之同然，本乎理之当然，而理之当然，本乎物之必然"。③也就是说，在深层的人性和文学艺术的本性方面，无论中外都具有许多共同的东西可以加以对话和沟通，而中国特有的传统文论思想资源，不仅可以成为现代中国文论建设的基础和生长因子，而且于世界的文论发展也可以大有裨益。正是这样的学术理念和方法原则，确立了现代中国比较诗学最有突破价值的研究理路。

如果我们此后半个多世纪的文艺研究能够始终遵循这些思想和方法理念去实践，则今日中国的文艺研究也许会是另外一种局面。遗憾的是，在从20世纪50年代到70年代将近三十年的一段时间内，这种跨文化意义上的文艺研究在中国内地人为地被忽略了。在那一段特殊的历史时期内，由于中国内地的学术环境，除了如钱锺书这样的个别人，在私下仍旧做着自己的研究之外，在整体上基本上不可能开展什么系统的比较诗学研究，也更不可能有专业论述的出版。在极"左"文艺思潮占统治地位的情况下，如果有谁斗胆把中国文论和西方诗学作为建构革命文论的讨论基础和资源，其命运除了成为革命大批判的对象，不会有更好的结局。更何况比较文学学科在当时的苏联早已被作为资产阶级反动的文艺方法被批得体无完肤，而相当长一段时间内，中国的文学学术研究又都是常常照搬苏联的体制，既然这种学术路径在当时的苏联已经是过街老鼠，那么，在中国它也就不会有任何机会出笼了；至于到了"文化大革命"时期，主流文艺思想除了更僵化，"左"得更过分以外，其理论体系与话语格局也并无根本性的改变。在这样的氛围中，比较诗学的研究除了销声匿迹，似乎也找不出

---

① 参见《明史·徐光启传》
② 钱锺书：《谈艺录·序》，中华书局1984年版，第1页。
③ 钱锺书：《管锥编》第1册，中华书局1979年版，第50页。

比这更好的命运。

　　当然，这也并不意味着此一时期中国没有比较诗学的研究，但它们主要由海外和台港的华人学术界来加以推动的。事实上，作为一门现代意义上学科化的比较诗学，在西方也只是到了20世纪60年代才逐渐成气候。从70年代起，它很快被引入中国的港台学界，那里的学者一方面承继了"五四"以来中国学人的研究传统，例如叶维廉在他的代表作《比较诗学》的序言里，就曾经谈到自己在治学路上受到"五四"精神和诸如宗白华、朱光潜、梁宗岱、郁达夫、茅盾、钱锺书、陈世骧等人的影响。他说："像我的同代人一样，我是承着'五四'运动而来的学生与创作者。'五四'本身便是一个比较文学的课题。'五四'时期的当事人和研究'五四'以来文学的学者，多多少少都要在两个文化之间的运思方法、表达程序、呈现对象的取舍等，作某个程度的参证与协商，虽然这种参证与协商，尤其是早期的作家和学者，还停留在直觉印象的阶段，还没有经过哲学式的质疑。"① 可见，"五四"的的确确为后人提供了从事比较文学研究的基础。另一方面，进入20世纪六七十年代的港台和海外华人学界，相对于大陆无奈的文化封闭的情形，他们已经可以更方便和更直接地去领受真正学科化国际比较文学潮流的影响和刺激。尤其是他们这一代研究者，相当多的人是在欧美，特别是在美国院校的比较文学系或者英美文学系受到系统的西方文化和理论训练，这基本上决定了他们的学术选择和问题倾向性。检索那个时期台港比较文学研究的成果，以叶维廉的《比较诗学》为代表，比较诗学领域可以说是当时比较文学研究的突出亮点。除此而外，周英雄的《结构主义与中国文学》、郑树森的《现象学与文学批评》、王建元的《雄浑观念：东西美学立场的比较》、古添洪的《记号诗学》、张汉良的《读者反应理论》等，都具有强烈的比较诗学特色。其中每一个具体的研究者，基本上都是以一种至两种西方理论为参照，较为深入地去考察中国文论的问题。在研究重心上，这一批学者比较优先处理和侧重于探讨的，往往是诸如中西共同理论规律的追寻，某种跨文化普遍使用的批评架构的探讨等。他们的学术追求目标在于，认定从诗学发展本身

---

① 叶维廉：《比较诗学序》，《比较诗学》，台湾东大图书公司1988年版，第1页。

的地域差异和文化个性出发，中西双方甚至世界各民族的理论，都应该具有各自的原创价值和世界贡献，也都有权利和资格具备谈论的元语言性质，因此，不能因为对方一时的话语强势，便放弃自己的理论自主性，甚至成为别人理论框架的填充物和延伸性的注脚。而任何跨越文化地域的诗学阐释，也就是所谓比较诗学的研究，从一开始就应该是双向性的互释互证，只有把它们放到一个平等的谈判桌上，一个可以互相提问的话语平台上，去谈判、对话和协调，这样，才有可能去探求真正的所谓理论的普遍性问题。

但是，问题在于，处于当时中西文化语境不平等，文学及其批评理论发展落差较大，语言和学术意义的世界地位失衡的情况下，如何将这些理论逻辑和学术见解贯彻到底？以港台和海外华人学者的力量和学术身份，试图将中国的诗学理论推向世界，并得到普遍性认可的努力，有时候往往会遭遇西方理论话语世界不屑地转过身去的背影，这也许正是在出现了80年代的台港比较诗学理论研究高潮之后，海外和台港的比较诗学研究又一度沉寂的原因之一吧。

中国内地比较诗学学科发展的学术机遇，是伴随着80年代改革开放的春风而出现的。三十年间，因为其特定的时代氛围和资源土壤而得到了迅速的发展，很快成长为世界比较诗学学科研究的重要一翼。

回首历史的轨迹，我们大致可以将中国比较诗学的发展脉络归纳为三个阶段。

第一阶段（1978—1988）：学科自觉意识的觉醒。

这一时期的开始，无疑是以1979年中华书局一举推出钱锺书四巨册的《管锥编》作为标志的。该书承继了作者《谈艺录》以来的研究风格，却进一步打破了更多语言、文化和学科界限，以更加广博的知识面和跨文化涉猎展开视野。作者以《周易正义》、《毛诗正义》、《左传正义》、《史记会注考证》、《列子张湛注》、《焦氏易林》、《老子王弼注》、《楚辞洪兴祖补注》、《太平广记》、《全上古三代秦汉三国六朝文》等十种经典为对象，旁涉中英德法多种语言，千余种中外著述的材料，旁征博引，探幽索微，针对中国学术和文论话语的表达和存在特点，力求从中探讨那些"隐于针锋粟颗，放而成山河大地"的文艺现象和规律性问题，并且将它们置于国际学术文化的语境和材料中加以现代性的处理和确认，一举在中国和国际学术界打造起一座跨文化学术和文论比较研究的丰碑。

《管锥编》涉及的学术面相当广泛，并不全是比较诗学的问题，但是，其中关于中西文论与诗学关系和问题的大量研究成果，无论在方法、范式，还是学理思路方面，在这一领域都有深入的推进和原创性的发明，更不用说丰富厚实的材料和众多新颖的见解了。在宏观历史的较长时段的意义上，我们也许可以说，学术的进步与时间的进化演进是相应的，但是，在诸如十年、数十年，甚至数代人的意义上，后来者，却未必就能够超越它的开创者，而在中国大陆20世纪80年代以来的比较诗学研究中，钱锺书很可能就是这样的一个开创者。他让后来者为中国比较诗学研究的原创性成果而骄傲，同时也面临难以超越的沮丧。

诚然，钱氏的学问是不能以一个什么比较文学家或者比较诗学家去加以概括的，但是，他在文论研究方面独树一帜的跨文化研究理路，却为中西比较诗学的研究开出了示范性的路径之一。正如在和张隆溪的谈话中，钱锺书先生就曾经指出，"文艺理论的比较研究，即所谓比较诗学是一个重要而且大有可为的研究领域，如何把中国传统文论中的术语和西方的术语加以比较和相互阐发，是比较诗学的重要任务之一"。①

继钱锺书之后，老一代学者的学术积累也陆续问世，如王元化的《文心雕龙创作论》（上海古籍出版社1979年版）、宗白华的《美学散步》（上海人民出版社1981年版）、周来祥《东方与西方古典美学理论的比较》（《江汉论坛》1981年第2期）、蒋孔阳的《中国古代美学思想与西方美学思想的一些比较研究》（《学术月刊》1982年第3期），以及杨周翰的《攻玉集》（北京大学出版社1983年版）等。在这些著述中，普遍都具有明显的比较诗学研究特点。例如王元化先生的《文心雕龙》研究与此前所谓"龙学"著作的一个明显不同，就是引入了西方文论的观念作为参照对象；而宗白华先生在他的美学散步过程中，中西方的对话总是在他的闲庭信步过程中碰出火花；至于杨周翰先生，作为中国比较文学学会的首任会长，

---

① 《钱锺书谈文学的比较研究》，见张隆溪《走出文化的封闭圈》，生活·读书·新知三联书店2004年版，第189页。

他的著述更多了一份学院派比较研究的学科严谨，在他的笔下，许多17世纪英国作家的知识结构中，关于中国的叙述和传说，竟然不断成为其创作想象力的重要基础，而当弥尔顿乘着想象的中国加帆车在"失乐园"中疾驰的时候，中国这个被想象改造过的东方帝国，已经在不知不觉中成为西方人世界意识和美感诗学的组成部分。

第二阶段（1988—1998）：体系化学科建构的努力。

80年代中期以后的中国学术界，是一段让人难以忘怀的激情岁月。思想的解放带来了学术的普遍复兴性建设。这一时期也是中国比较文学学科复兴的大好时光，作为其标志性的事件，就是1985年秋季，中国比较文学学会在改革开放前沿城市深圳的成立。当时的国际比较文学学会会长佛克玛曾经在1988年于德国慕尼黑召开的第十二届国际比较文学学会年会的开幕致辞中，高度评价了这一时期中国比较文学研究复兴的意义，他说："我们学会近期的一件大事，就是中国比较文学学会于1985年秋季成立。中国人在历经数载文化隔绝后对文学的比较研究和理论研究的兴趣，是预示人类复兴和人类自我弥补能力的有希望的征兆之一。"①

在这一时期，比较诗学研究的进展迅速。新起的国内一代学者，明显受到来自三个方面的启发和借鉴："五四"以来前辈学者的经验和成就；海外华人学界的学科知识和成果；国内文学和文艺学研究领域兴起的新理论和方法热潮。由此他们能够敏锐地意识到比较诗学研究对于中国文艺学研究走向世界的意义，于是在这一领域急起直追。

从80年代后期开始到90年代末，比较诗学研究在比较文学界的研究声誉日隆，每三年一届的中国比较文学年会暨国际学术研讨会，比较诗学专题讨论的参与者众多，成果也不断丰富。这些成果无论在研究的广度还是深度方面与前一时期都有新的开掘。有的注重研究具有历史影响关系的中西文论关系史梳理；有的注重对中西诗学之间某些概念、范畴的比较研究；有的则尝试展开中西诗学宏观层面的总体把握，如认为西方诗学偏重于模仿、再现、写实、求"真"，而中国诗学则偏重于物感、表现、抒情、求"似"。尤其值得注意的是，有别于早期倾向于异同罗列和差异区分，

---

① 中译文见北京大学比较文学与比较文化研究所编《中国比较文学通讯》1988年第3期。

这一时期则普遍转向于将诗学问题纳入现象产生的文化语境之中来加以探讨，在此基础之上，很快便出现了把微观的概念比较和宏观的文化探求结合起来的著述，也出现了试图系统清理中西文论和美学体系关系的专著。

十余年间开始陆续有较多专门的成果问世，作为比较诗学和广义跨文化文论研究著述的出版一时相当普遍，据不完全统计，仅仅从1988年至1998年，出版的相关专著和论文集就已经超过了五十种。主要的著述有：《中西比较诗学》（曹顺庆，北京出版社1988年版），该书以单纯的中西范畴比较研究见长；《拯救与逍遥》（刘小枫，上海人民出版社1988年版），该书作者虽声称主要不是以诗学和比较诗学为主题，但是作者的审美阐释学立场和明显的中西作家二元对立比较模式，使其在比较诗学研究领域的研究角度独树一帜；《中西美学与文化精神》（张法，北京大学出版社1994年版），该书最大的特色是作者对于中西美学和诗学范畴系统差异的精当把握和细致入微的分析，读来说服力很强；《西方文论述评》（张隆溪，生活·读书·新知三联书店1986年版），则是借助中国的观念介绍西方文论，看似信手拈来，实则颇有深意；黄药眠、童庆炳主编的《中西比较诗学体系》，（人民文学出版社1991年版），试图体系化地去梳理中西诗学的主要线索节点；此外还有卢善庆的《近代中西美学比较》（湖南出版社1991年版），狄兆俊的《中英比较诗学》（上海外语教育出版社1992年版），周来祥与陈炎合著的《中西比较美学大纲》（安徽文艺出版社1993年版）等；尤其值得一提的是乐黛云、叶朗、倪培耕主编的《世界诗学大辞典》（春风文艺出版社1993年版），该辞典眼界宏阔，立意高远，遍邀国内文论各领域的学人共同撰写，在中国文论研究史上，第一次把中国、印度、日本、阿拉伯、朝鲜文化地域的文论和美学思想与欧美诸国的诗学观念平等地加以梳理和重点介绍，东西方文论观念范畴和著述理念都融于一书，进行整体全方位总体性的平等介绍，从而为后来的研究者提供了一个全面和严谨的范畴阐释和理论资源空间，并且在一定程度上改变了当代文论研究中，提到外国文论一直以来总以西方为中心的写作倾向，为学界所称道。

就整体而言，这一时期的比较诗学著述的学科化、体系化尝试目标非常明确，研究者往往具有自觉的比较诗学方法论意识；在研究视阈方面，既有对中外诗学比较的逻辑起点、学术向度和可比性等理论问题的深入思考，又有对相近诗学范畴和命题的横向比较和价值钩沉，也还有从文学阐释学和价值本体角度去展开的学术追问，均试图进一步将中国比较诗学的研究引向深入。

尤其是90年代末，中国比较诗学研究又出现了具有研究疆域突破性的扩展。首先，是研究的范围不断扩大，如曹顺庆的《中外文论比较史·上古时期》（山东教育出版社1998年版）试图把印度、日本、朝鲜、越南、阿拉伯等民族文论也纳入研究的范围；王晓平等的《国外中国古代文论研究》（江苏教育出版社1998年版）则将诗学研究的触角延伸到海外汉学领域。其次，是研究视角与方法日益丰富，如王岳川对20世纪西方文论的著述，钱中文等主编的《中国古代文论的现代转换》（陕西师范大学出版社1997年版），叶舒宪、萧兵等人对中国古典文学的文学人类学诠释，王一川的形象学诗学研究，等等。最后，在研究的层次上也不断有所提高，如杨乃乔的《悖立与整合：东方儒道诗学与西方诗学的本体论、语言论比较》（文化艺术出版社1998年版）等，开始尝试从哲学和审美本体论的高度去关注跨文化的文艺理论问题。

这一时期比较诗学学科化一个值得注意的进展就是，"比较诗学"作为一门研究生课程，开始出现在国内的研究生教育讲坛，在教学、研究和人才培养方面也得到了普遍的重视和较大的发展。譬如，最先被批准的比较文学博士点，其研究方向基本上都是以比较诗学为主，例如全国第一个比较文学博士点北京大学比较文学与比较文化研究所，首先确定的培养方向就是比较诗学方向；而暨南大学的博士点则是认定为比较文艺学方向；至于四川大学的博士点则选择了以古典为主的比较文论的方向。因此，从根本上讲，它们的基本研究方向实际上都是"比较诗学"，而且研究的重点普遍都是放到了中国古典文论与西方诗学的比较研究领域。只不过由于各自的专业强项不同，而各自的表述和侧重点不太一样罢了。

这一时期以来，由于队伍的壮大，参与者知识结构的差异，以及教学培养中的师承关系等等，国内的比较诗学研究领域开始分化集结，出现一些各具特色的重点研究群体。

譬如以北大、社科院、北师大为主的华北地区的学者群体，比较重视西方诗学理论的引进、译介、传播和消化；重视基本诗学概念、范畴和研究范式的研究；近期更关注中国文化经典中的跨文化诗学问题的深入探讨，力图站在思想文化和现代性宏大叙事的高度，重新去读解翻新经典中的诗学意义，从而引出一系列相互关联的研究命题。在此后一个时期出版的北大等高校比较诗学博士的著述中，均可以见到这种突出的研究侧重。譬如中国诗学阐释学的现代意义问题，与此相关的言意问题，隐喻、反讽、象征诸形态的转换生成问题，跨文化诗学中的"时间"问题，叙事问题，近代中国审美现代性的产生和外来影响问题，基督教思想中的诗学问题，《诗经》的解释学问题，《孟子》及其先秦儒家著述的意义生成和对话研究，隐喻的跨文化研究，现代性意义上的中国小说理论的生成问题，钱锺书的诗学研究范式和成就，等等。

以四川大学为主的西南地区学者群体，则主攻文论总体规律和传统中国文论名著的阐释，后期也关注中国文论和思想经典在西方"理论旅行"的遭遇问题。时有热点问题抛出，引发学界争论。譬如中国现代文论话语的"失语症"问题、中国古代文论现代转换问题等。他们强调对于中国文论体系价值意义的挖掘、对中国古典阐释学理论的宏观考察、对中西诗学概念的异同比较、对传统诗学名著如《文心雕龙》等的理论现代性申说，以及从非主流的民间立场对于诗学问题的颠覆性批判建构，等等。

以暨南大学为中心的华南的学者群体，一度更注意从哲学、宗教、语言和美学等层面去追问和辨析诗学的问题，尤其注意佛教与中国文论的关系、现象学意义上的传统诗学理论还原、基本诗学概念的生成性追问等。除此而外，国内也还有不少高校和研究机构的学者致力于比较诗学的课题研究，有的侧重对于中西比较诗学海外资料的整理；有的着重对跨文化的理论交往和对话理论的探讨；有的发掘马克思主义，尤其是西方马克思主义的思想资源对于跨文化诗学交流的意义；更有的从文学人类学、文学社会学的多种角度，试探重新建构和叙写中国的文论话语；等等。

尤为值得强调的是，20世纪90年代后半期以来，国内文艺理论研究界对于文论的比较研究有越来越重视的趋势。1995年8月，由中国社科院文学所和外国文学所两个研究所和一批重点高校发起，成立了"中国中外文艺理论学会"，并在济南召开了成立大会和首届国际学术研讨会，这意味着在原有的比较文学队伍之外，一大批国内文艺研究的精兵强将，从学科意义的认同上进一步开始致力于中外文艺理论的专门研究。中国社会科学院集中国文学、外国文学和少数民族文学等研究机构的研究力量，成立了比较文学研究中心，把研究的重心和主要的项目放到了比较诗学领域，开始对中国与不同国家的文论和诗学关系按照国别和文化地域展开更深入的研究，一套国别性的比较诗学丛书也有望在几年后问世。

第三阶段（1998—2009）：学科研究的渐次成熟和文化身份觉醒。

走进21世纪，中国的比较诗学研究正方兴未艾，渐入佳境。

进入20世纪90年代以来，比较文学研究的学科化进程日益加快。主要表现为以下三个方面。

一是向中国教育界和学术界全面普及了比较文学的学科理论知识，在高校和研究机构初步建立了一支专业的和兼顾的比较文学研究队伍；二是组建了自己的学术组织机制，譬如团体、杂志、丛书出版和国内外学术交流管道等；三是由于三代人的努力，积累了相当的学术研究经验和可观的学术成果，在国内外产生了不可忽视的影响。在这一基础上，比较文学在中国大学和研究机构体制中的地位从最初的不被重视，到一步步得到国家机制的承认。1995年北大召开"文化对话与文化误读国际学术研讨会"，国家教委主任亲自出席作报告；而2001年北大召开"多元之美"国际学术研讨会的时候，教育部副部长也亲自与会。尤其是1998年随着比较文学学科被国家认定为汉语言文学一级学科下面隶属的二级学科（比较文学与世界文学），从此正式实现体制化，一整套学科教育体系的框架不容分说地开始快速形成。与此同时原先所有的大学中文系的"世界文学教研室"，也变成了"比较文学与世界文学教研室"，课程教学和研究生培养都开始向比较文学倾斜。这样的学科规模，即使是与西方比较文学发达的国家相比，也已经算得上是洋洋大观了。尽管这当中始终存在这样那样的问题，但就整体上讲，在经过二十余年的努力之后，比较文学终于在学科体制建设方面迎来了大发展的局面，它正确地反映了当代中国的文学和文化研究与时俱进地走向现代性和国际性的历史趋势。

作为比较文学学科最重要组成部分的中国比较诗学研究也由此进入了

它的发展新阶段。可以说，随着 21 世纪初对新时期文艺理论发展总结反思的展开，在整个文艺学领域和比较文学的学科范围内，以中外文论的历史和平行发展关系研究为主旨的比较诗学的研究分量和学术价值变得愈加突出。原有的研究群体格局正在发展，作为比较文学重点学科的北大和川大等高校，都在比较诗学领域加大了研究力度。新的研究群体也正在崭露头角，国内不少院校的比较文学与世界文学学科以及文艺理论学科，例如北师大、人民大学等，许多都不约而同地把研究侧重投注到了比较诗学以及相关的跨文化理论研究方面，比较诗学也成为研究基地的学术方向，重点科研项目和学科发展生长点的重要学术选项。

所有这些，从一定意义上说明，比较诗学的研究，亦即中外文学理论的跨文化研究，在 21 世纪的中国正在坚实地走向新的深度和广度，并且，它已经不再是比较文学界一家的重要学科分支，而是成为国内文艺理论研究界的共识。

这一时期国内比较诗学各研究群体的研究呈现出了不断深化和扩展的趋势，表现出一些新的特征。

其一，是研究的领域进一步拓展，并逐步超越以西方文论对中国的影响为研究重心的倾向，开始关注和清理中国传统文论在本土以外的传播、影响和意义。毕竟自 20 世纪以来的近百年间，西方，尤其是英语世界对于中国文论的译介和研究相对而言已经有了很大发展。仅仅是在北美和英国等其他英语世界里，到 2000 年为止，关于中国古代文论的博士学位论文、研究专著、专题论文和翻译评述，可以统计到的已经超过了五百余种，中国不同时代的文论著述和各体文论也都受到了不同程度的研究和关注。尽管中国文论的西传在规模和深度上都无法与中国对西方文论的引进相比，但是这种双向的交汇和相遇，毕竟实现了材料的大量译介和积累和人才造就，而面对研究上不断深化的要求，进入中西诗学之间正式的对话和比较就是研究者的必然选择。在 21 世纪研究深化的今天，重新去回溯这一历史的过程，从而可以将我们的问题意识建立在一个比较理性和明晰的基础之上。因此，如何清理和读解中国文论的海外流传事实，认识和借鉴相关的学术成果，开始成为新阶段比较诗学的一项重要工作。早在 1996 年乐黛云等就率先编译了《北美中国古典文学研究名家十年文选》（江苏人民出版社），1997年黄鸣奋出版了《英语世界中国古典文学之传播》（上海学林出版社），均对英语世界的中国文论研究进行了梳理和重点介绍。2000年王晓路由博士学位论文改定出版的《中西诗学对话——英语世界的中国古代文论研究》（巴蜀书社），更加系统地介绍了这一领域的西方研究成果。进入21世纪，专题著述陆续得到译介出版，一时间对中国文论经典海外译介的研究成为关注重点之一，借助现代阐释学、译介学、语言学等对这种现象展开的研究在北京、上海、南京和四川学界成为风气，至今不衰。另外，对于包括印度、日本、朝鲜半岛在内的东方文论及其与中国文论关系的研究渐成气候。严绍璗对东亚文化圈中汉文学及其所在国家文学观念形成的关联研究，关于超越东亚话语的特殊性而寻找普遍性的主张，黄宝生、郁龙余等对印度古典诗学的系统研究等，都在一定程度上使向着西方理论一边倒的倾向得到了有效的改善。

其二，则是学界在跨文化诗学研究的深度上，逐渐超越了因误解比较方法而引起的简单化二元对立分析的模式，以及脱离文化共创复杂语境，急功近利地试图迅速找到所谓中西共同诗学规律的"乌托邦"努力。在文论研究的侧重上，从"比较"开始走向了"对话"，从外贸式的争"盈亏"走向了探索文化"共创"的内在机制和问题。学者们开始尝试从学术史发展的文化差异和思想史发展的不同脉络去探讨各种文论关系问题。例如张隆溪创意于国内，完成于北美并在美国以英文出版的《道与逻各斯》一书，1998年被翻译回来由四川人民出版社出版后，其关于文论对话的阐释学机制的深入分析对学界影响颇大；余虹的《中国文论与西方诗学》（生活·读书·新知三联书店1999年版）对"诗学"概念范畴有相当深入的追问。陈跃红《比较诗学导论》（北京大学出版社2004年版）中关于问答逻辑、提问原则、方法结构和深度模式的梳理等，都无疑是诗学比较研究提升性思考的进一步开启。与此同时，学者们和新晋的比较文学博士群体于前期启动的研究也在这一时期纷纷结出硕果。譬如张辉的《审美现代性批判——20世纪上半叶德国美学东渐中的现代性问题》（北京大学出版社1999年版）、曹顺庆等编写的《中国古代文论话语》（巴蜀书社2001年版）、史成芳的《诗学中的时间观念》（湖南教育出版社2001年版）、代迅的《断裂与延续——中国古典文论现代转换的历史回顾》(西南师范大学出版社2002年版)、刘耘华的《阐释学与先秦儒家之意义生成》(上海译文出版社2002年版)、张沛的《隐喻的生命》(北京大学出版社2004年版),等等。这些著述不少都是由较为扎实的博士学位论文改写而成,在学理上有着较坚实的资料基础和较严密的问题逻辑,而且宏观式的全景梳理有所减少,专书专题的论述逐渐增多;肤浅的价值判断减少、深入的分析越来越多;情绪化的民族文化浪漫情绪减弱,理性的对话增多了起来,学术层次无疑有了较大提升。而作为"北大—复旦比较文学学术论坛"成果的论文集《跨文化研究:什么是比较文学》(北京大学出版社2007年版)许多论述也广泛涉猎了上述命题;另外一本《比较文学与世界文学——乐黛云教授75华诞特辑》(北京大学出版社2005年版)则收录了十多万字的专题论述;与此同时,由周启超主编,中国社会科学院外国文学研究所文艺理论室集体著述,数量达八十万字的两册《跨文化的文学理论研究》分别由百花文艺出版社(2006)和黑龙江人民出版社(2008)推出,以其不同语种、不同国别专业学者的研究实力,对俄罗斯以及斯拉夫文学理论、印度古典诗学、日本文学思想、欧美古典和现代文学理论及其与中国古典和现代文学理论发展的关系,进行了深入的探讨,成为这一时期比较诗学研究的重要收获。而所有这些都突出地成为学科化渐次成熟阶段中国比较诗学研究进展的标志。

其三,也是最重要的学术突破,则是从近几年开始,中国比较诗学界结合西方比较文学研究存在的危机和问题,开始理性地反思自身的学术文化身份、问题意识确立和方法学的结构问题。

作为比较文学学科重要的理论研究层面,既有的学科史清理已经证明,比较诗学在欧美的发育和生成,在整个比较文学的研究范式中都是属于最晚也是最不成熟的。在真正跨文化文学理论比较研究的实践范畴,他们甚至比中国人晚了好几十年光阴。20世纪初叶以来中国学人在比较诗学领域的自觉摸索和实践,应该有理由和有学术资源为它的学科范式建构和方法学形成展开主动的提问,既有的研究实践也应该生长了一些新鲜的知识内容,遗憾的是到现在为止我们还没有认真清理和总结。究其原因,恐怕还在于当代中国学术还缺乏费孝通先生所指出的所谓现代"文化自觉"

和对于自身学术主体身份的认知信心。使得我们在学科理念上一味以欧美为标尺,将他者的问题当成自己的问题,将他者的范式当成自己的范式,将他者的标准视为自己学科的标准。于是,我们的危机意识往往不是来自自身研究,而是来自国际比较文学和文学理论界的动向,来自国际年会和美国学界的学科阶段性报告,甚至是国际汉学界和中国研究领域的风向。而一旦西方学界反思性地宣布"学科之死",本土中国学界常常就会陷入学术上的危机境地。

而实际上,面对欧美学界学术反思的再反思,将有可能把我们真正逼回到中国比较诗学自身的学术处境和问题意识原点上来,使我们重新审视自钱锺书以来中国比较诗学学科发展的历史价值和学术意义。事实上,欧美的比较诗学发展在相当长一段时间内,由于多数情况下面对的是具有希腊罗马本源类似性的文化传统,其所谓比较诗学,一直局限在"文类学诗学",即有些学者所谓"比较诗艺"的范畴,直到20世纪七八十年代〔包括韦勒克、艾田伯(René Etiemble)、谢弗勒(Yves Chevrel)、迈纳(Earl Miner)、宇文所安(Stephen Owen)等人的努力〕才逐渐转向跨文化的文学理论比较研究,研究成果也相当有限。而中国学者从20世纪初以来的研究,从一开始就是建立在了跨越文化、跨越语言的文学理论比较研究起点上,即所谓"文艺学诗学"的范畴,并且出现了《谈艺录》、《管锥编》这样的鸿篇巨制和众多成果。20世纪80年代以来,中国比较诗学六十年的发展,尤其是最近三十年的努力,总的趋势是从非学科化零散研究向学科化的系统研究整体推进。状况尽管众声喧哗,泥沙俱下,但一条基本向上的演进线索和范式构建轨迹还是可以辨认。譬如,从理论概念范畴的简单1+1配对式(如迷狂与妙悟)比较,走向共同论题(如言意关系)的多方对话式探讨;从以西方理论为范式去"整合"中国文论到寻找"相切部分"和"共相"的交集互补;从野心勃勃的要建构统一"普世性"理论,到主动解构自身,尝试去搭建包括非西方理论(如印度、日本、阿拉伯)在内的,具有文化差异的多元复数理论的对话平台;从借助萨义德"理论旅行"的概念,倡导开展"国际诗学关系史"研究,进而认识到当今世界理论本身的跨学科、跨语言和跨文化特性,从而倡导广义的,包含文化思想史反思的比较诗学研究,进而倡导在中国传统文论甚至东亚文艺理论的研究上超出特殊性的局限去寻找普遍性问题，尝试主动提问和自觉建构本土具有现代性特征的文论体系，从多元文化共创的思路去探讨国际间文学理论问题，等等。由此可以见出，中国的比较诗学研究的确具有自己特殊的价值取向、问题意识和发展路径，并且已经初步摸索出了一些较为适合自身文化和理论特征的研究范式和方法路径，有必要进一步加以总结和重新去认识其价值意义。

总之，文艺研究的跨文化向度和国际化特征，无疑是21世纪文艺理论研究的重要路径和必然选择，而比较诗学的内在理论逻辑正是要求超越单一民族文化的视野去看待和处理文艺命题，因此，它与世界文艺研究的未来发展趋势是相吻合的。任何一种地区和国家民族的文学理论，即使是盛极一时的现代西方理论，在今天这个文化多元化的时代，在文学生产、传播、消费和评价普遍国际化的语境中，都将会遭遇到由于历史和文化差异导致的理论失效和通约性困扰，都将面临对话沟通的迫切需求。而未来的中国文论现代性命题和中国现代文艺学的建设目标，也都将期待在古今中外文化间不断的比较、对话、沟通和共创的过程中去逐步推进。因此，尽管人们可以对比较诗学作为学科研究的理解不同，命名不同，说法不同，进入和研讨的方向也不尽相同，然而，总体的目标都是试图从跨文化的路径去深入文艺问题的内层，从不同角度去逼近问题的实质。就此而言，作为比较文学学科重要分支的比较诗学，此前曾经为推进中国的文艺研究现代化进程有过自己的贡献，而在未来的岁月中，它仍将注定会继续扮演至关重要的角色。

九 巴赫金的中国之旅

苏联学者米哈伊尔·巴赫金（1895—1975）的学术思想在新中国的登陆与旅行，或者说，我国学者对巴赫金这位外国学者理论学说的"拿来"与接受，至2009年已然走过了三十个春秋。巴赫金文论的一些关键词，诸如"复调"、"对话"、"狂欢化"，等等，巴赫金文论的一些核心范畴，诸如"多声部"、"参与性"、"外位性"，等等，已经成为我国学者文学研究乃至人文研究的基本话语。三十年来，我们一步一步地引进巴赫金学说：在小说诗学界面引进巴赫金的"复调理论"，在哲学人类学界面引进巴赫金的"对话理论",在文化学界面引进巴赫金的"狂欢化理论",在超语言学界面引进巴赫金的"话语理论",并加以积极的阐发与运用,运用于外国文学文本的解读,也运用于中国文学文本的解读,运用于文学自身的建设,也运用于美学、哲学等人文学科方法论的反思,取得了十分丰硕的成果。如果说,"复调理论"推动了我们的叙事诗学与小说美学探索,"对话理论"激活了我们的文学学乃至整个人文研究的反独断反霸权的自由精神与独立意志,"狂欢化理论"的应用深化了我们对经典作品深层意蕴与文化价值的发掘,那么,"话语理论"的探讨,正在推动我们对文论乃至整个人文知识生产机制与文化效应机理的探究,巴赫金理论学说的"语境研究"则以其丰厚的"互文性",将我们的视野卷入当代文论乃至整个人文科学多种思潮流脉交织纠结、多种学派学说互动共生的磁力场。

巴赫金的思想与学说,极大地开拓了我们的文学研究乃至整个人文研究的理论视野与思维空间,积极地推动了我国文论界的思想解放与变革创新。巴赫金文论的中国之旅,凸显出三大特点:其一,基于其多语种多学科跨文化的积极参与,形成了巨大的覆盖面;其二,源于其文学理论建构与文学批评实践的有效结合,产生了极强的可操作性;其三,缘于其既能与当代国外各种文论思潮学派理论资源的有机对接,又能与当代中国文论建设的现实需求之契合应合,孕育出极富有弹性的参与性与极富有潜能的生产力。拥有巨大的覆盖面、极强的可操作性、极富潜能的生产力的巴赫金文论的新中国之旅,堪称外国文论中国化实践中的一个思想极为活跃、空间极为开阔的平台,一个成绩相当可观、内涵相当丰富的案例。[①] 这一平台,生动地映射着中国文论界对国外文论的拿来

[①] "巴赫金文论在中国"作为一种引人注目的现象,已成为"接受研究"的对象与课题。有文章,譬如,周启超《开采·吸纳·创造:谈钱中文先生的巴赫金研究》(《多元对话时代的文艺学建设》,军事出版社 2002 年版),汪介之《巴赫金诗学理论在中国的流布》(2004 年湘潭"巴赫金学术思想国际研讨会"论文);也有博士学位论文,譬如,曾军《接受的复调:中国巴赫金接受史研究》(华中师范大学 2004 级博士学位论文,广西师范大学出版社 2007 年版);张素玫《与巴赫金对话:巴赫金与中国当代文学批评》(华东师范大学 2006 级博士学位论文);甚至已被写进《中国俄苏文学研究史论》(第二卷)(陈建华主编,重庆出版社 2007 年版)。这些从各自视角评述"巴赫金在中国"的文章,为本书的梳理提供了基本材料,笔者在此一并致谢。

与借鉴的曲折印迹；这一案例，相当典型地折射着文学理论在其跨文化旅行中被吸纳也被重塑，被传播也被化用的复杂境遇。

（一）多语种多学科跨文化的覆盖面

1. 文献译介上多语种的投入

从 1978 年到 2009 年，巴赫金原著文本（十四种）的翻译，① 从单篇文章到单本著作的翻译，从单部文选的选译到整套全集的编选与翻译，吸引了来自复旦大学、北京师范大学、北京外国语大学、中国社会科学院、中国艺术研究院、北京大学等多所高等学府的几十位从事俄罗斯语言、文学、文论之教学研究的知名教授与著名学者的投入。

多种巴赫金评传（三 种）的翻译，② 其承担者，有懂俄语的译者，也有懂英语的译者。

多部国外学者论巴赫金的著作的中译（三种），③ 则是由从事法语语言文学与日语语言文学的译者来完成的。

多篇国外学者评论巴赫金学说的文章的中译（十二种）更是有多语种的译者来实现的。有译自俄文的（苏联学者与俄罗斯学者），也有译自英

---

① 《陀思妥耶夫斯基的复调小说和评论界对它的阐述》第一章，夏仲翼译，《世界文学》1982 年第 4 期；《陀思妥耶夫斯基诗学问题》，白春仁、顾亚玲译，生活·读书·新知三联书店 1988 年版；《文艺学中的形式主义方法》，李辉凡、张捷译，漓江出版社 1989 年版；《文艺学中的形式方法》，邓勇、陈松岩译，中国文联出版公司 1992 年版；《弗洛伊德主义批判》，张杰、樊锦鑫译，中国文联出版公司 1987 年版；《弗洛伊德主义评述》，汪浩译，辽宁人民出版社 1987 年版；《弗洛伊德主义》，佟景韩译，上海文艺出版社 1988 年版；《答〈新世界〉编辑部问》，刘宁译，《世界文学》1995 年第 5 期；《关于人文学科的方法论》，刘宁译，《世界文学》1995 年第 5 期；《巴赫金文论选》，佟景韩编，中国社会科学出版社 1996 年版；张杰编：《巴赫金集》，上海远东出版社 1998 年版；钱中文主编：《巴赫金文集》6 卷本，河北教育出版社 1998 年版；钱中文主编：《巴赫金全集》7 卷本，河北教育出版社 2010 年版；《论陀思妥耶夫斯基小说的复调性——巴赫金访谈录》，周启超译，《俄罗斯文艺》2003 年第 3 期。

② 安娜·塔马尔琴科：《米哈伊尔·米哈伊洛维奇·巴赫金》，巴赫金《弗洛伊德主义》附录，佟景韩译，上海文艺出版社 1988 年版；凯特琳娜·克拉克、迈克尔·霍奎斯特：《米哈伊尔·巴赫金》，语冰译，中国人民大学出版社 1992、2000 年版；谢·孔金、拉·孔金娜：《巴赫金传》，张杰、万海松译，东方出版中心 2000 年版。

③ 托多洛夫：《批评的批评》，王东亮、王晨阳译，生活·读书·新知三联书店 1988 年版；托多罗夫：《巴赫金、对话理论及其他》，蒋子华、蒋萍译，百花文艺出版社 2001 年版；北冈城司：《对话与狂欢》，魏炫译，河北教育出版社 2002 年版。

文的（美国学者、英国学者、加拿大学者），还有译自法文的。①

2. 学术交流上多学科的互动

从1978年到2009年，以巴赫金为专题的学术研讨会，从为期一天的单边的小型研讨会，② 到为期两天的双边的中型研讨会，③ 再到为期三天的多边的大型研讨会，④ 有不同的规模不同的类型。不同类型不同规模但均以巴赫金的理论学说为专题的学术研讨，乃是名副其实的多语种多学科跨文化研究的平台。在这个平台上，来自汉语言文学、俄语文学、法语文学、英语文学等不同学科，从事文艺学、世界文学与比较文学、语言学、美学、哲学、历史学不同专业的学者，共聚一堂，围绕着巴赫金的理论遗产，来探讨文学理论、语言学理论、艺术学理论、美学理论、哲学理论、文化学理论，话题涉及文史哲等多种人文学科。多语种多学科跨文化的学术交流，在巴赫金研究这一平台上实践着生动有效的互识互动。

---

① 唐纳德·范格尔：《巴赫金论"复调小说"》，熊玉鹏摘译，《文艺理论研究》1984年第2期；詹·迈·霍尔奎斯特：《巴赫金生平及著述》，君智译，《世界文学》1988年第4期；卢那察尔斯基：《论陀思妥耶夫斯基的"多声部性"——从巴赫金的〈陀思妥耶夫斯基创作诸问题〉一书谈起》，于永昌译，《外国文学评论》1987年第1期；托尼·贝内特：《俄国形式主义与巴赫金的历史诗学》，张来民译，《黄淮学刊》1991年第2期；E. B. 沃尔科娃、E. A. 博加特廖娃：《文化盛世中的巴赫金》，《哲学译丛》1992年第1期；克里夫·汤姆逊：《巴赫金的对话诗学》，姜靖译，《国外文学》1994年第2期；格雷厄姆·佩奇：《巴赫金：马克思主义与后结构主义》，张若桑译，《文艺理论研究》1996年第1期；森原：《巴赫金：在现象学与马克思主义之间——评伯纳德·唐纳尔斯的新作》，宁一中译，《国外文学》1997年第1期；托多罗夫：《巴赫金思想的三大主题》，唐建清译，《文论报》1998年6月4日；B. C. 瓦赫鲁舍夫：《围绕巴赫金的"狂欢化"理论的悲喜剧游戏》，夏忠宪译，《俄罗斯文艺》1999年第3期；托多罗夫：《对话与独白：巴赫金与雅各布森》，史忠义译，《俄罗斯文艺》2008年第1期；弗·扎哈罗夫：《当代学术范式中的陀思妥耶夫斯基和巴赫金》，梁坤译，《俄罗斯文艺》2009年第1期。

② 1993年11月26日，在北京大学召开了"巴赫金研究：中国与西方"研讨会；1995年11月16日，在中国社会科学院召开了"纪念巴赫金诞辰100周年学术座谈会"。

③ 1998年5月22—23日在北京外国语大学与中国社会科学院召开"巴赫金学术思想研讨会暨《巴赫金全集》首发式"，2004年6月19—20日，在湘潭大学召开了"巴赫金学术思想国际研讨会"。

④ 2007年10月22—24日，在北京师范大学与中国社会科学院召开了"跨文化视界中的巴赫金"研讨会。

3. 学术成果的大面积覆盖

1978—2009 年，以巴赫金理论学说为博士学位论文（十五部），覆盖了中国社会科学院、北京大学、复旦大学、中国人民大学、南京大学、中山大学、北京师范大学、华中师范大学、华东师范大学、北京外国语大学等十余所堪称中国人文学科重镇的外文系、中文系、哲学系的文学、语言学、哲学、美学专业。涉及俄语文学、英语文学、法语文学、汉语言文学，已然是多语种多学科的研究论域，生动地印证着巴赫金研究的多语种性、跨学科性。①

外文系尤其是俄语文学专业，在当代中国的巴赫金研究中发挥起了引领作用。中国社会科学院外文所俄语文学专业的老一辈学者张羽教授、复旦大学外文系俄语专业的夏仲翼教授、北京大学俄语系的彭克巽教授最先从"复调小说理论"关注巴赫金学说。我国最早的两篇以巴赫金学说为题目的博士学位论文，都出自俄语文学专业，且以复调与对话理论为论题。这与俄语文学界老一辈学者的学术兴趣自然很有关系。1979年，彭克巽在其"苏联小说史"课程中就有一讲评介巴赫金的复调小说理论；1981 年，夏仲翼在评论陀思妥耶夫斯基小说艺术的文章中已提及"复调小说"，② 1982 年，夏仲翼译出《陀思妥耶夫斯基诗学问题》

---

① 张杰：《复调小说理论研究》，漓江出版社 1992 年版；董小英：《再登巴比伦塔——巴赫金与对话理论》，生活·读书·新知三联书店 1994 年版；凌建侯：《话语的对话本质——巴赫金对话哲学与话语理论关系研究》，博士学位论文，北京外国语大学，1999 年；刘乃银：《巴赫金的理论与〈坎特伯雷故事集〉》（英文版），华东师范大学出版社 1999 年版；宁一中：《狂欢化与康拉德的小说世界》（英文版），湖南师范大学出版社 1999 年版；邹广胜：《多元 平等 交流——20世纪文学对话理论研究》，博士学位论文，南京大学，2000 年；夏忠宪：《巴赫金狂欢诗学研究》，北京师范大学出版社 2001 年版；王建刚：《狂欢诗学——巴赫金文学思想研究》，上海学林出版社 2001 年版；魏少林《巴赫金小说理论研究》，博士学位论文，复旦大学，2001 年；梅兰：《巴赫金哲学美学和文学思想研究》，华中科技大学出版社 2005 年版；沈华柱：《对话的妙悟：巴赫金语言哲学思想研究》，上海三联书店 2005 年版；萧净宇：《超越语言学——巴赫金语言哲学研究》，上海人民出版社 2007 年版。

② 夏仲翼：《窥探心灵奥秘的艺术——陀思妥耶夫斯基艺术创作散论》，《苏联文学》1981 年第 1 期。

第一章"陀思妥耶夫斯基的复调小说和评论界对它的阐述",① 并发表阐述小说复调结构的论文。② 其后,北京师范大学外语系的刘宁教授、北京外国语大学俄语学院的白春仁教授都培养了一批以巴赫金学说为其学位论文论题的博士生。北京大学外语学院多年开设全校研究生选修课"巴赫金专题研究"。

中文系尤其是"文艺学"专业,表现出对巴赫金理论经久不衰的浓厚兴趣。北京师范大学文艺学专业研究生必修课多年将《陀思妥耶夫斯基诗学问题》作为精读文本逐章讨论。华东师范大学中文系多年将巴赫金文论列入文艺学专业博士论文课程,要求研究生以巴赫金学说为论题写学位课程论文,并辑成"巴赫金的文学思想"专辑。

主要是在外文系与中文系教授的悉心培育下,以巴赫金理论学说为专题来完成其学术训练的博士学位论文,在一部接一部地生产。以巴赫金学说为题的硕士学位论文更是众多。

与此同时,一些出自不同年龄不同地区不同专业带有不同学术背景,或在高校执教,或在研究所治学,但均钟情于巴赫金理论学说的一些学者的"自选题"专著,也在不断面世:截至2009年,每一年都能读到我国学者的巴赫金研究的新著(据不完全统计,迄今为止至少有八部)。③

1979—2009年这三十年里,我国学者发表的"巴赫金研究"论文有多少?根据几种统计资料的比照,可以说,我国已经刊发的"巴赫金研

---

① 巴赫金:《陀思妥耶夫斯基的复调小说和评论界对它的阐述》,夏仲翼译,《世界文学》1982年第4期。
② 夏仲翼:《陀思妥耶夫斯基诗学问题的〈地下室手记〉和小说复调结构问题》,《世界文学》1982年第4期。
③ 刘康:《对话的喧声——巴赫金的文化转型理论》,中国人民大学出版社1995年版;张开焱:《开放人格:巴赫金》,长江文艺出版社2000年版;程正民:《巴赫金的文化诗学》,北京师范大学出版社2001年版;晓河:《巴赫金哲学思想研究》,河北人民出版社2006年版;凌建侯:《巴赫金哲学思想与文本分析法》,北京大学出版社2007年版;段建军、陈然兴:《人,生存在边缘上:巴赫金边缘思想研究》,人民出版社2008年版;宋春香:《巴赫金与当代中国文论》,知识产权出版社2009年版;秦勇:《巴赫金躯体理论研究》,中国社会科学出版社2009年版。

究"论文，至少也有六百篇。①

这些论文，刊发于《中国社会科学》、《文学评论》、《外国文学评论》、《哲学研究》、《国外文学》、《外国文学》、《文艺研究》、《文艺理论研究》、《文艺理论与批评》、《中国比较文学》、《世界文学》、《读书》、《苏联文学》、《俄罗斯文艺》、《当代外国文学》、《外国文学研究》、《当代语言学》、《外语教学与研究》、《中国俄语教学》、《文史哲》等具有广泛影响的刊物，以及《北京大学学报》、《南京大学学报》、《中山大学学报》、《北京师范大学学报》、《华中师范大学学报》等名校学报。其中，《外国文学评论》与《世界文学》在巴赫金理论译介与评论上尤其发挥了引领作用。有关巴赫金的文章，覆盖了《文艺报》、《文论报》、《中国文化报》，甚至《光明日报》。巴赫金其人其文，进入了钱锺书、钟敬文等一代鸿儒的学术视野，成为钱中文、吴元迈、胡经之、童庆炳等文论界著名学者著书立说的重要理论资源，成为高校文学专业、美学专业、哲学专业众多研究生的研究课题。读者不仅可以在评述苏联文艺学派或苏联美学的专著中找到专论巴赫金的专章，② 而且可以在《西方文艺理论名著教程》、《当代西方文艺理论》、《外国文论简史》、《20世纪西方美学》、《西方美学通史》这些文科教材中看到论述巴赫金理论的专章。③ 检阅刊物上的"巴赫金研究"论文与教材中的"巴赫金学说"章节，图书馆书架上的"巴赫金研究"著作，不难看到：积极地投入了巴赫金理论学说的译介解

---

① 梅兰在其于2002年12月通过的题为《巴赫金哲学美学和文学思想研究》博士学位论文中所列的巴赫金研究论文（1980—2002）已达一百四十八篇（不包括巴赫金研究概况述评）；张素玫在其于2006年5月通过的题为《与巴赫金对话：巴赫金与中国当代批评》博士学位论文中列出的"国内巴赫金研究论文"（1981—2004）已达一百八十八篇（不包括巴赫金研究综述之类的文章）；据赵淳在其《话语实践与当代西方文论引介》（南京大学出版社2008年版）一书中统计，2001—2008年，我国期刊上发表的"巴赫金研究"论文有三百零八篇。也就是说，21世纪这八年来，中国学者每年发表的"巴赫金研究"论文在三十五篇至四十篇之间。

② 凌继尧：《美学和文化学——记苏联著名的16位美学家》，上海人民出版社1990年版；彭克巽主编：《苏联文艺学学派》，北京大学出版社1997年版。

③ 周宪：《20世纪西方美学》，南京大学出版社1997年版；朱立元主编：《当代西方文艺理论》，华东师范大学出版社1997年版；蒋孔阳、朱立元主编，朱立元、张德兴等著：《西方美学通史》第七卷（下），上海文艺出版社1999年版；胡经之主编：《西方文艺理论名著教程》（下卷），北京大学出版社2003年版；刘象愚主编：《外国文论简史》，北京大学出版社2005年版。

读，撰写过阐发运用巴赫金理论学说的文章甚至专著的，在俄罗斯语言文学界，至少有夏仲翼、彭克巽、刘宁、白春仁、张会森、张捷、李辉凡、何茂正、李兆林、樊锦鑫、张杰、蓬生、董小英、夏忠宪、周启超、凌建侯、王加兴、吴晓都、黄玫、萧净宇、赵志军、杨喜昌、王志耕、张冰、董晓、张素玫、宋春香等；在英语语言文学学界，至少有胡壮麟、张中载、赵一凡、黄梅、王宁、刘康、刘乃银、宁一中、肖明翰、罗婷、郑欢等；在法语语言文学学界，至少有吴岳添、史忠义、秦海鹰、钱翰等；在汉语言文学学界，至少有晓河、程正民、马大康、张开炎、蒋述卓、李凤亮、王钦锋、涂险峰、魏少林、曾军、梅兰、沈华柱、马理、陈浩、秦勇、段建军等；在美学界，至少有凌继尧、周宪；在民俗学界，甚至还有著名学者钟敬文先生。巴赫金理论学说吸引了几代中国学者，在我国高等学府已经"登堂入室"，在当代中国的文学研究界乃至整个人文学界，几乎是无人不知巴赫金。巴赫金研究可谓当代文论界的一大显学：巴赫金学。

在当代中国巴赫金学的形成与发展中，有一些学者因其勤于开采而实绩卓著，精于吸纳而成果丰硕，立下了开拓者与领路人的功勋。在这方面，钱中文之于汉语世界的巴赫金学，一如谢尔盖·鲍恰罗夫之于俄语世界的巴赫金学。这样说，不仅仅因为中国第一篇从文学理论视界正面解读巴赫金学说的论文①出自钱中文之手，汉语世界第一部《巴赫金全集》（六卷本，河北教育出版社1998年版）系钱中文主持，几十年来，钱中文不断发表以巴赫金文论为话题的文章，积极参与国际与国内学界围绕巴赫金的学术争鸣（1983，1987，1989），而且更因为钱中文的巴赫金研究路径独特，视界宏放。这路径，这视界，其表现至少有以下三个层面：其一，有宏观的整体性眼光而又善于"精"——紧扣巴赫金理论学说的关键词的涵纳而一步步逼近其学理性的核心思想；其二，坚持立足于第一手资料而又善于"出"：直面理论园地的现实而富于鲜明的问题意识；其三，有宽广的学术视野而又善于"立"：勇于在对话中吸纳而富于独立的理论建构

---

① 1983年8月，在"中美双边比较文学讨论会"上，钱中文宣读了论文《"复调小说"及其理论问题——巴赫金的叙述理论之一》。

的激情。钱中文的巴赫金研究，由叙述学界面切入"复调"理论，由文学界面切入"对话"理论，由哲学人类学界面切入"外位性"理论。对巴赫金理论学说的这一解读轨迹，既不断推进而走向精深，又不断拓展而走向宏放，与巴赫金本人学术探索的内在理路是相吻合的，它基本上还原了由"小说学"至"文学学"，再由"文学学"至"哲学人类学"的大思想家巴赫金的心路历程，堪称当代中国的巴赫金研究在多学科互动中大面积覆盖的一个缩影。

（二）理论建构与批评实践有效结合的可操作性

1. 复调理论的解读与运用

我国学者对复调小说的解读，至少有三种不同的起点：其一，以陀思妥耶夫斯基的小说为起点，其重心在于考量巴赫金的复调理论与陀氏小说艺术的关系；其二，以巴赫金的复调理论为起点，其重心在于阐发复调理论所负载的思想价值；其三，以复调小说为起点，探讨小说艺术的新类型。历时地梳理，我国学者对复调理论的解读，经历了这三个不同起点的转移。共时地考察，以这三个起点而展开的探讨，也是复调理论在中国旅行的三种形态。

我国学者最早是将巴赫金作为提出"复调理论"的小说理论家来发现的，最早是将巴赫金作为一位以复调理论来解读陀思妥耶夫斯基小说艺术的俄罗斯文学专家来接纳的。然而，很快"复调理论"就超越了一个大作家的艺术世界的诗学特征的概括而向其他的界面辐射，成为一种新的小说类型的概括，一种新的思维方式的概括。学者们不仅仅关注巴赫金运用复调理论对陀思妥耶夫斯基的小说艺术作了独具一格的解读，更加推重复调理论所负载的思想解放价值，更加推重复调理论所内含的艺术思维方式。论者看待复调理论的起点不同、着力点不同，便有了对复调理论的多种解读，有时甚至是针锋相对的论争。

论争的焦点是复调理论的核心问题：作者与主人公的关系。这体现为"主人公的独立性到底有多大？主人公能否脱离作者的控制？"也体现为对多种"作者身份"的辨析。《外国文学评论》曾于1987年与1989年两度组织以巴赫金复调理论为专题的对话争鸣。此后，复调理论上的探讨继续深化，争论在延续。《复调小说理论研究》（张杰，漓江出版社1992年版）

的面世，也是一个印证，对于复调理论的存疑是这本专著的一个特点。

复调理论的多种解读之所以发生，归根结蒂还是缘于复调理论本身有丰厚的内涵。实际上，巴赫金的"复调"理论还不仅仅是一种小说体裁理论，而具有多重意指。

有学者将"复调说"置于巴赫金理论学说的整个体系之内加以考量，指出巴赫金笔下的"复调"既指文学体裁也指艺术思维，既指哲学理念也指人文精神。在文学理论中，"复调"指的是小说结构上的一种特征，因此而有"复调型长篇小说"；在美学理论中，"复调"指的是艺术观照上的一种视界，因此而有"复调型艺术思维"；在哲学理论中，"复调"指的是拥有独立个性的不同主体之间"既不相融合也不相分割"而共同建构真理的一种状态，因此而有"复调性关系"；在文化理论中，"复调"指的是拥有主体权利的不同个性以各自独立的声音平等对话，在互证互识互动互补之中共存共生的一种境界，或者说"和而不同"的一种理念，因此而有"复调性意识"（周启超《复调》，《外国文学》2002年第2期）。

可见，我国学者对巴赫金复调理论的解读在不断深化，阐发视野不断在扩大。在这种阐发中，有误读，也有过度阐释，有误解，也有误差。譬如，把复调简单理解为多重结构、多重情节，未抓住复调的核心是多元价值观、多重独立思想的平等共存，多声部争鸣，因而离巴赫金的复调性内涵相去甚远，而走向将巴赫金的"复调""泛化"或"技术化"。然而，围绕巴赫金复调理论的这些探索，无疑激活了文学研究领域的许多问题，大大开拓了思维空间。

巴赫金的复调理论，已进入我国文论界的理论话语和批评实践之中。巴赫金的复调观点作为一种理论资源，得到大力运用。这体现为一些学者对复调理论之于小说艺术发展的意义加以阐发。有文章认为，复调理论是对现代小说结构巨大变革现象及时的理论概括（皇甫修文《巴赫金复调小说理论对小说艺术发展的意义》，《延边大学学报》1991年第3期）；有文章看出，这一理论"指明一条拓展小说审美观照的版图与艺术空间的广阔空间"（陈平辉《以人为根基建构小说的艺术空间：对巴赫金"复调小说"理论和中国当代小说的思考》，《文艺理论研究》1997年第3期）；这也体现为更多的学者将巴赫金的复调理论直接运用于文学文本的具体解读：复调理论在激励人们从一元思维所掩盖的文本世界里听出"多种声音"。

在外国文学研究界，巴赫金复调理论的运用涉及从古典作品到现代作品乃至后现代的一些名作。国内的俄罗斯文学研究，尤其是陀思妥耶夫斯基研究已经离不开"复调"、"对话性"、"多声部性"这样的标记性话语；复调理论更被积极地运用于英语文学、德语文学、法语文学、意大利语文学，甚至汉语言文学。《十日谈》、《浮士德》的解读中，也有了对巴赫金复调理论的运用；一些评论者甚至从莎士比亚的戏剧中读出复调因素。至于艾略特《荒原》的复调解析、福克纳《喧哗与骚动》的复调特征和对话性、乔伊斯小说的对话性，已然是不少评论文章的论题。有学者关注卡夫卡的《城堡》的"对话性和复调特征"（吴晓东《从卡夫卡到昆德拉》，生活·读书·新知三联书店2003年版）；有学者认为："那些既代表社会阶层又个性鲜明的人物和狂欢化的朝圣旅程，使《坎特伯雷故事》在本质上成为多种声音对话的复调作品。"（肖明翰《没有终结的旅程——试论〈坎特伯雷故事〉的复调与多元》，2004湘潭"巴赫金学术思想国际研讨会"论文）。

在中国文学研究界，巴赫金的"复调理论"也推动了研究思路的拓展。严家炎认为鲁迅小说就是以多声部的复调为特点的（严家炎《论鲁迅的复调小说》，上海教育出版社2002年版）；一些当代批评家在巴金的《寒夜》、卞之琳的新诗、钱锺书的《围城》读出复调艺术，在马原的《冈底斯的诱惑》、张承志的《金牧场》、高行健的剧作、舒婷的诗歌里听出"复调和声"。

2. 对话理论的阐说与运用

从学术探索的逻辑上看，对复调小说理论的深入考察必然引导学者们一步步逼近这一理论的思想核心——多声部性、主体间的对话性。及至20世纪90年代，我国学者纷纷进入巴赫金"对话理论"的阐说。一些阐述巴赫金理论的文章标题中醒目地出现了"对话"、"对话主义"、"对话理论"这一主题词（赵一凡《巴赫金：语言与思想的对话》，《读书》1990年第4期；张柠《对话理论与复调理论》，《外国文学评论》1992年第3期），甚至出现了阐述《巴赫金与对话理论》的专著（董小英《再登巴比伦塔——巴赫金与对话理论》，生活·读书·新知三联书店1994年版)。如果说，复调理论解读比较集中地探讨作者与主人公之间的关系，基本上是一种聚焦式探讨，那么，对话理论研究则更多的是一种阐说与运用，大多是一种发散式探讨。学者们将巴赫金的对话理论阐说为：对话主义的文学理论、对话主义的文化理论、对话主义的人文科学方法论、对话思想、对话思维、"大对话"哲学理念（钱中文《对话的文学理论——误差、激活与创新》，《中国社会科学院研究生院学报》1993年第5期；刘康《一种转型期的文化理论——论巴赫金对话主义在当代文论中的命运》，《中国社会科学》1994年第2期；钱中文《交往对话主义的文学理论——论巴赫金的意义》，《文艺研究》1999年第7期；程正民《巴赫金的对话思想和文论的现代性》，《文艺研究》2000年第2期；季明举《对话乌托邦——巴赫金"对话"视野中的思维方式革命》，《俄罗斯文艺》2002年第3期；周启超《在"大对话"中深化马克思主义美学研究》，《马克思主义美学研究》2003年第7辑)。

正面地梳理巴赫金对话理论内涵的文章，相对较少。更多的是对话理论的运用。

在对巴赫金对话理论的运用上，有学者认为对话原则应延伸到所有艺术形式中（史忠义《泛对话原则与诗歌中的对话现象》，《外国文学研究》2001年第3期)，有文章论述对话理论之于比较诗学研究的启示（蒋述卓、李凤亮《对话：理论精神与操作原则——巴赫金对比较诗学研究的启示》，《文学评论》2000年第1期)；有些文章甚至主张将对话理论具体运用到语文教学中（程正民、李燕群《巴赫金的对话理论与语文教学的对话性》，《语文教学与研究》2003年第17期；童明辉《巴赫金的对话理论与中学语文教学》，《内蒙古师范大学学报》2004年第12期)，但也有文章指责对话理论夸大了对话所赋有的意义，在颠覆旧的话语霸权时又形成新的话语霸权（张勤《论巴赫金对话主义的话语特征》，《南宁师专学报》2003年第1期)。

对话理论的阐说与运用何以出现这样的格局？这与巴赫金的对话理论植根于其语言哲学，植根于其话语理论这一层不无关联。泛泛地谈论"对话"——提倡主体间平等、多声部争鸣，比较容易。要深入探究巴赫金对话理论的内在理据,还必须立足于巴赫金的语言哲学,必须梳理巴赫金的话语理论。在这个意义上看,一些关注巴赫金语言哲学中的"对话主义"的文章,关注巴赫金"超语言学"思想内在的对话机理的文章(萧净宇《巴赫金语言哲学中的对话主义》,《现代哲学》2001 年第 4 期;郑欢《从"应分"到"对话"——超语言学的内在哲学精神》,《四川外语学院学报》2003 年第 6 期),应该说,是巴赫金对话理论的阐说走向深入的一种开端。

3. 狂欢化理论的阐发与运用

狂欢化理论是巴赫金提出的另一个影响广泛的学说。这一学说内容庞杂,涵盖面广。巴赫金"狂欢化理论"研究在我国的展开,要到 20 世纪 90 年代中后期。及至世纪之交,则形成了一个高潮。至少出现了四部专著,它们都是在以巴赫金的"狂欢化理论"为专题的博士学位论文基础上撰写的专著。

《巴赫金狂欢诗学研究》(北京师范大学出版社 2000 年版)的作者夏忠宪,是国内巴赫金研究队伍中"狂欢化理论"主要开采者之一。她在这部专著里从历史诗学、体裁诗学的角度来剖析狂欢化文学的重要特征,论述巴赫金的"狂欢化诗学"对于文学、文化、哲学、美学、方法论等方面的多重启发意义。也以"狂欢诗学"为论题的另一部专著《狂欢诗学——巴赫金文学思想研究》(王建刚,上海学林出版社 2001 年版)则更多的是一种重在诠释解读的阐发式研究。作者认为,巴赫金的狂欢理论是其对话理论的逻辑必然。在《巴赫金的理论和〈坎特伯雷故事集〉》(英文版)(华东师范大学出版社 1999 年版)这部专著的作者刘乃银看来,乔叟笔下的朝圣正是巴赫金所说的最基本的狂欢行为,即狂欢节日的"模拟加冕"。香客乔叟具有狂欢的参加者与事件叙述者的双重身份,叙事者乔叟同时将虚构的世界与读者的世界连接起来,将香客乔叟和诗人乔叟连接起来。通过运用狂欢化理论来具体解读《坎特伯雷故事集》,作者令人信服地展示了巴赫金理论作为文学文本批评工具的可操作性和优越性。与刘著一样,还有一部博士学位论文直接运用巴赫金的狂欢化理论解读一个作家的文学世界:《狂欢化与康拉德的小说世界》(英文版)(宁一中,湖南师范大学出版社 2004 年版)。该书在综述巴赫金狂欢化理论的基础上,细致地论述了康拉德小说中的狂欢化特征。

除了这些专著之外，以单篇论文来谈用狂欢化理论解读外国文学经典作品的，难以计数。

巴赫金的狂欢化理论，主要是在他对拉伯雷的文学世界的解读上建构起来的。我国的法国文学专家分析了欧洲第一部长篇小说《巨人传》的艺术特色，回顾了狂欢化这种文学现象在法国文学中的演变过程，为全面理解巴赫金的狂欢化理论提供了可靠的资料和有益的参考（吴岳添《从拉伯雷到雨果——从巴赫金的狂欢化理论谈起》，《外国文学评论》2005年第2期）。像拉伯雷一样，果戈理的文学世界也是巴赫金的狂欢化文学理论的文本据点。巴赫金在其学位论文中，认为"果戈理的笑与讽刺作家的笑不可同日而语"。运用巴赫金的"狂欢式的笑"来解读果戈理的文学世界的艺术魅力，已是今日果戈理研究的一大亮点。我国的俄罗斯文学专家认为，笑的锋芒在果戈理笔下既"指涉客体"而又"反顾主体"，既"鞭挞具体"而又"弹劾一般"，既"抨击个别"而又"敲打普遍"，渗透着引人入胜的戏剧性与发人深思的悲剧性，浸透着鲁迅先生所说的"不可见之泪痕"。这也许正是果戈理之"含泪的笑"那撩人回味促人沉思的魅力之所在（周启超《徘徊于审美乌托邦与宗教乌托邦之间——果戈理文学思想轨迹刍议》，《外国文学评论》2004年第4期）。

一如外国文学研究界，中国文学批评界对巴赫金的狂欢化理论给予了热烈的接纳，在对这一理论的阐发与运用上甚至更为积极。有学者在狂欢化视角下审视《水浒传》狂欢化因素（王振星《〈水浒传〉狂欢化的文学品格》，《济宁师专学报》2001年第1期）；有学者借助巴赫金的狂欢化诗学理论对《红楼梦》中民间节庆的、狂欢场景加以重新解读（夏忠宪《〈红楼梦〉与狂欢化、民间诙谐文化》，《红楼梦学刊》1999年第3期）；有学者借鉴巴赫金的狂欢化理论反思晚清"谴责小说"，重审其"闹剧"意义，以对照"五四"以降多数评者使用的"讽刺"模式（王德威《被压抑的现代性——晚清小说新论》，北京大学出版社2005年版）；有学者将鲁迅笔下的民间世界比附为巴赫金在中世纪和文艺复兴时代的狂欢节中发现的"狂欢"世界（王晖《死火重温》，王晓明主编《20世纪中国文学史论》上册，东方出版中心2003年版）；有学者在巴赫金狂欢化理论的镜照下，重读鲁迅的《故事新编》以及同类文本（朱崇科《张力的狂欢：论鲁迅及其后来者之故事新编小说中的主体介入》，上海三联书店 2006 年版）；有学者运用狂欢化理论分析萧红、莫言的文学世界（刘康《对话的喧声——巴赫金的文化转型理论》，中国人民大学出版社 1995 年版）。

巴赫金的狂欢化理论受到民间文化、民俗文化研究者的欢迎，是不难理解的。有学者借用巴赫金的狂欢化理论对中国传统庙会中的狂欢精神进行透视（赵世瑜《狂欢与日常——明清以来的庙会与民间社会》，生活·读书·新知三联书店 2002 年版）。然而，在所谓的文化批评或文化研究中，对巴赫金的狂欢化理论的普遍套用，与巴赫金的"狂欢"本原内涵已经相去甚远。在影视研究、传媒研究、时尚研究、流行音乐研究、通俗文学研究中，巴赫金的"狂欢"思想尤其受到偏爱。许多文章被冠以"狂欢"之名，许多言说涌动着"狂欢"话语。甚至有文章用巴赫金狂欢化理论来分析美式摔跤中身体的狂欢，有专著用巴赫金狂欢化理论来解读中国的"春晚"。这是文本的狂欢，抑或是狂欢这一套语的狂欢？

（三）富有弹性的参与性，富有潜能的生产力

巴赫金的理论学说之富有弹性的参与性与极富有潜能的生产力，不仅体现为我国学者对复调理论、对话理论与狂欢化理论已有相当深度的阐发与相当广泛的运用，也体现于我国学者已经开始的对巴赫金的"话语理论"的开采上，对巴赫金学说的"语境考量"上。

1. 话语理论的阐发与运用

巴赫金的"话语理论"的接受语境比较复杂。较早关注巴赫金"话语理论"的学者，将巴赫金的话语理论纳入后现代话语理论知识谱系中，看出巴赫金站在了当今话语理论的门槛上，虽然巴赫金"未曾也不可能对话语这一宽泛复杂的概念作出明确界定"。有学者注意到，围绕话语问题，巴赫金先后使用过三个相关性概念：言语、言谈和话语（赵一凡《话语理论的诞生》，《读书》1993 年第 8 期；《阿尔都塞与话语理论》，《读书》1994 年第 2 期；《福柯的话语理论》，《读书》1994 年第 5 期）。

正是由于"言谈"与"话语"紧密相关，起初，我国学者更关注"言谈"理论——从不同角度切入巴赫金的"言谈"理论，或从文化理论，或从文本理论。

直接探讨巴赫金"话语理论"的文章面世，则要到1999年。这一年，白春仁教授指导的一篇以巴赫金"话语理论"为论题的博士学位论文《话语的对话本质——巴赫金话语理论与哲学思想关系研究》（凌建侯，北京外国语大学，1999）通过答辩。该论文结合巴赫金的对话哲学，探讨其话语理论中"话语对话性"这一思想是否具有普遍性。论文将巴赫金的语言学思想概括为"语言的生命在话语，话语的生命在价值，价值产生于对话，对话贯穿于文化"，认为话语的对话本质可以沿这条线索"立体"地揭示出来，而揭示话语的普遍对话性，可望为理解巴赫金的整个对话主义思想，为理解语言艺术乃至人文话语，提供一种新的视角。这篇博士学位论文没有出版，但与之相关的文章已在不同的刊物上相继发表［凌建侯《试析巴赫金的对话主义及其核心概念"话语"（слово）》，《中国俄语教学》1999年第1期；《话语的对话性——巴赫金研究概说》，《外语教学与研究》2000年第3期；《巴赫金话语理论中的语言学思想》，《中国俄语教学》2001年第3期］。

值得注意的是，我国有些学者在论述巴赫金的"话语理论"时，实际上还是在论述其"言谈理论/表述理论"。

之所以发生这些不同的理解，是由于巴赫金的"话语理论"本身需要跨学科的理解。巴赫金辨析的"话语"处于众多学科的边缘上，不独属哪一门却贯通语言学、文学学等人文科学及文化等多个领域。纵观巴赫金在这些方面的研究，一个共同点是，以话语始以话语终，紧紧扣住"话语理论"这一核心，进入巴赫金在文学学与语言学、诗学与美学、伦理学与哲学诸多学科的理论建树之内在机理的探究，是巴赫金研究走向深入的一大标志。①

对巴赫金"话语理论"的阐述，必须要置于巴赫金的"语言哲学"之中。巴赫金的语言哲学思想，已成为我国巴赫金研究中的最新热点。已有一系列述评概述性文章（杨喜昌《巴赫金语言哲学思想初探》，《解放军外国语学院学报》1999年第2期，沈华柱《巴赫金语言哲学思想述评》，《福州大学学报》2003年第1期；刘涵之《巴赫金超语言学思想刍议》，

---

① 《融通之旅——白春仁文集》，黑龙江人民出版社2007年版，第210页。

《新疆大学学报》2004年第2期），更有几部以巴赫金语言哲学为专题的博士学位论文（沈华柱：《对话的妙悟：巴赫金语言哲学思想研究》，上海三联书店2005年版；萧净宇：《超越语言学——巴赫金语言哲学思想研究》，上海人民出版社2007年版）。我国学界对巴赫金的"话语理论"的兴趣还在升温。已有文章注意到巴赫金"话语理论"的价值：巴赫金的"话语理论"重建了语言与主体、语言与外部世界的联系，实现了主体性与历史性这种"被压抑者"的回归（刘晗《双重批判与反思中的理论建构——巴赫金话语理论研究之一》，《新疆社会科学论坛》2009年第1期）。

2. 巴赫金理论学说的语境研究

巴赫金的理论学说是在十分丰富而复杂的语境中产生的，是在与马克思主义，与形式主义，与结构主义，与后结构主义，与现象学，与符号学，与阐释学，与历史诗学，与存在主义，与精神分析文论等多种思潮流派的对话与潜对话中产生的。巴赫金研究的深化，必然推动学者们进入巴赫金理论学说的语境梳理；这一语境梳理，经常是以比较研究、影响研究的方式来展开的。诸如巴赫金与伽达默尔，与哈贝马斯，与克里斯蒂娃，与巴尔特，与雅各布森，与洛特曼；或者，巴赫金与钟敬文，与朱光潜，与冯梦龙，都已经是我国学者探讨的话题。限于篇幅，这里且略举一二。

巴赫金与马克思主义。有几种观点。其一是认为巴赫金对现实的思考与马克思主义经典作家有相同之处，因而巴赫金是一位马克思主义者。有文章指出，巴赫金确实是从马克思主义的观点来探讨语言理论、文艺理论问题、精神分析问题，而且实际上比那时一些自称为马克思主义文艺学家的人要深刻得多、准确得多（钱中文《巴赫金：交往、对话的哲学》，《哲学研究》1998年第1期）；有文章认为，巴赫金理论根植于社会主义国家的文化经验，与马克思主义的思想体系一脉相承（刘康《一种转型期的文化理论——论巴赫金的对话理论在当代文论中的命运》，《中国社会科学》1994年第2期）。其二是认为巴赫金经历了由一位非马克思主义者到受到马克思主义影响，而最终仍只是一位具有马克思主义倾向的非马克思主义者的历程（萧净宇《超越语言学——巴赫金语言哲学研究》，上海三联书店2007年版）。其三是认为巴赫金不是马克思主义者。其原因并不在于"巴赫金不是有争议文本的作者"；采用马克思主义术语而不显得生硬，是因为马克思经典作者与巴赫金对现实存在的思考有某些相通之处。超越抽象理论世界和追求生动世界的哲学目标使两者接近（凌建侯《巴赫金哲学思想与文本分析法》，北京大学出版社 2007 年版）。

巴赫金与形式主义。有学者将巴赫金文论作为俄苏形式主义文论的一个组成部分加以分析（赵志军《艺术对形式的构造——作为形式主义的巴赫金》，《俄国形式主义诗学研究》，新疆大学出版社 1993 年版）；更多的学者思考巴赫金对俄苏形式论学派的批判与超越：或关注巴赫金以自己的语言学思想对形式主义的批判（王建刚《艺术语/实用语：虚拟的二元对立——巴赫金对俄苏形式主义诗语理论的批判》，《上海师范大学学报》1997 年第 4 期）；或清理俄苏形式论学派与巴赫金思想的契合点和差异性（张冰《对话：奥波亚兹与巴赫金学派》，《外国文学评论》1999 年第 2 期）；或以"文学性"为基点，考察巴赫金对形式论学派的超越路径（董晓《超越形式主义"文学性"：试析巴赫金对俄国形式主义的批判》，《国外文学》2000 年第 2 期）；或梳理巴赫金文论的逻辑起点，看出巴赫金是从校正"形式论学派"非美学化非哲学化的偏颇起步，积极地吸收了"形式论学派"的合理成果，追求由科学化"解析"与人文化"解译"所整合的"解读"（周启超《直面原生态，检视大流脉——二十年代俄罗斯文论格局刍议》，《文学评论》2001 年第 2 期）；或认为巴赫金对俄罗斯形式主义诗学的批评更多的是一种对话与补充（黄玫《巴赫金与俄国形式主义的诗学对话》，《俄罗斯文艺》2001 年第 2 期）。

巴赫金与后结构主义。主要有巴赫金与克里斯蒂娃的比较研究，即对话理论与"互文性"理论之关联的比较研究。有文章从词语/文本间的对话、叙事结构的对话形式、隐含对话性的复调小说三个方面，来分析克里斯蒂娃和巴赫金的对话理论的异同（罗婷《论克里斯蒂娃与巴赫金的对话理论》，《外语与外语教学》2002 年第 2 期）；有学者看出巴赫金的对话理论是克里斯蒂娃的互文性理论的范本，但两者的研究对象及关注的终极问题上却有"话语"与"文本"、"人"与"文"的区别（秦海鹰《人与文，话语与文本——克里斯特瓦互文性理论与巴赫金对话理论的联系与区别》，《欧美文学论丛第三辑：欧美文论研究》，人民文学出版社 2003 年版）；有文章认为，巴赫金的对话性概念与克里斯蒂娃的互文性概念，分属理解文学的两种不同范式。前者是人本主义的，后者是反人本主义的（钱翰《从"对话性"到"互文性"》，《跨文化的文学理论研究》第二辑，黑龙江人民出版社 2008 年版）。

巴赫金与诠释学。有学者把巴赫金的交流对话思想置于诠释学各个流派思想背景下进行比较研究，强调巴赫金诠释学思想的独创性，指出巴赫金把其交往对话的诠释学思想贯彻到作家研究中，形成一种新型的文学诠释学（钱中文《理解的欣悦——论巴赫金的诠释学思想》，2004 湘潭"巴赫金学术思想国际研讨会"论文）；有学者已经开始关注巴赫金与海德格尔、伽达默尔等人的诠释学有本质上的区别（萧净宇《巴赫金诠释学及其人文科学方法论》，《超越语言学——巴赫金语言哲学研究》，上海人民出版社 2007 年版）；有学者从"意义"与"涵义"理论切入巴赫金与伽达默尔这两位哲人学说的具体比较（晓河《巴赫金的"意义"理论初探——兼与伽达默尔等人的比较》，《河北学刊》1999 年第 3 期）。

巴赫金与文化研究。有学者认为巴赫金理论是文化研究的重要资源，应将它置于文化研究的语境下考察它在当今文化研究中的价值和影响（王宁《巴赫金之于"文化研究"的意义》，《俄罗斯文艺》2002 年第 2 期）；有文章梳理巴赫金对伯明翰学派所产生的持续时间达三十多年的影响（曾军《从"葛兰西转向"到"转型的隐喻"——巴赫金对伯明翰学派的影响研究》，《跨文化的文学理论研究》第二辑，黑龙江人民出版社 2008 年版）。

这些语境梳理，既在深化我们对巴赫金理论学说本身的理解，也在不断地拓展我们的理论思考的空间，更是在佐证巴赫金理论学说之跨学科的辐射力。

3. 巴赫金理论学说的方法论价值

巴赫金本人具体的文学批评与文学研究实践，也具有其方法论价值。我国学者对巴赫金文学批评、文学研究的方法论进行了积极的反思。这一反思可分为两种类型：从巴赫金的文学批评方法论切入的具体反思，对巴赫金的文学研究方法论加以整体反思。

第一种类型：有学者注意到巴赫金理论开辟了一条"对话批评"的广阔途径，在文艺学方法论上使人们突破了独白型意识的束缚，步入更广阔的思维空间（蒋原伦《一种新的批评话语——读巴赫金〈陀思妥耶夫斯基诗学问题〉》，《文艺评论》1992年第5期）；有些学者将巴赫金运用超语言学思想对俄罗斯形式主义的批判视为一种独创性的批评方法，或将其称为以"对话—整合"为特征，兼顾语言和文化的内外综合研究（夏忠宪《对话—整合：文学研究与语言、文化》，《俄罗斯文艺》1997年第1期）；或将其称为"意识形态和文学形式相结合"的批评方法（赵志军《寻找意识形态和文学形式的结合点——巴赫金的批评方法论》，《广西师范大学学报》1997年第3期）；有文章认为巴赫金重构了一种新型的批评思维模式——"对话语境批评"（张杰《批评思维模式的重构——从巴赫金的对话语境批评谈起》，《解放军外国语学院学报》1999年第1期）。

第二种类型：有文章梳理巴赫金的文学研究方法论，肯定其话语分析法、在"意识形态环境"中研究文学的主张，将巴赫金的方法称为"对话式的研究方法"（吴晓都《巴赫金与文学研究方法论》，《外国文学批评论》1995年第1期）；有文章指出，巴赫金对话理论在外国文学研究方法论上启示我们走向对话语境的文学批评方法（凌建侯《更新思维模式 探索新的方法——外国文学与翻译研究的方法论思考》，《外语与外语教学》2001年第10期）；有文章阐发对话理论之于比较文学学科方法论的启示（王钦锋《巴赫金与比较文学的方法》，《中国比较文学》1998年第1期）；有学者认为，从形式主义与马克思主义的差异中寻求对话，在辩证的综合中追求理论创新，是巴赫金的方法论（杨建刚《在形式主义与马克思主义之间——巴赫金学术研究的立场、方法与意义》，《文学评论》2009年第3期）。

巴赫金理论学说基于文学研究但其辐射力已超越文学研究。我国学者已经意识到巴赫金理论学说对于语言学研究、哲学研究、美学研究等诸多人文学科都具有方法论上的意义。有文章指出，巴赫金提倡的对话思维模式，提出了整个人文科学研究的方法论的原则问题（白春仁《巴赫金：求索对话思维》，《文学评论》1998年第5期）；有学者将巴赫金理论作为"交往对话的理论"而强调其人文科学方法论意义（钱中文《论巴赫金的交往美学和人文科学方法论》，《文艺研究》1998年第1期）；有文章指出对话论是巴赫金人文科学研究方法论的基础（凌建侯《对话论与人文科学方法论——巴赫金哲学思想研究》，《天津社会科学》2001年第3期）；有学者关注巴赫金把"理解"视为人文科学方法论的基本问题，强调巴赫金的思想对于确立一种促进人文科学发展的思维方式的重大现实意义：真正的人文科学研究，应是一种排斥绝对对立、否定绝对斗争的非此即彼的思维，更应是一种走向宽容、对话、综合、创新，同时包含了必要的非此即彼，即具有价值判断的亦此亦彼的思维（钱中文《理解的理解——巴赫金的人文科学方法论思想》，2007年北京"跨文化视界中的巴赫金"学术研讨会论文）。

巴赫金理论学说对于当代中国学术之最重要的贡献，在于其文学研究乃至整个人文科学研究的方法论上的启示，在于其积极的"参与性"理念与自觉的"外位性"立场。巴赫金以其理论学说在召唤我们对生活要葆有一种有责任心的"参与性"：参与生活，参与理论世界与生活世界的互动与建构，这是一种积极的入世精神；巴赫金也以其理论学说在提示我们对现实要葆有一种自觉的外位性：高扬主体性、尊重差异性、守持超越性、追求对话性，这又是一种高远的出世精神。

巴赫金理论学说的独创性与深刻性、开放性与可操作性，已经引来多种多样十分丰富的话题。巴赫金理论思想内在的对话性、互文性、跨学科性，正在引领一批又一批中国人文学者驻足其中，领略其思想艺术的无穷魅力。2007年成立的全国巴赫金研究会，已经启动多卷本"巴赫金研究"丛书，① 其旨趣在于以跨文化的视界，对四十年来俄罗斯学界、欧美学界的巴赫金研究精品展开一次系统的译介，对三十年来中国学界巴赫金研究的力作进行一次集中的汇集，以期为我们在巴赫金研究上的"接着说"、"对着说"、"有新说"，提供新的参照，开拓新的空间。

当代中国学界对巴赫金理论学说的阐发与运用，正可谓方兴未艾。

---

① "跨文化视界中的巴赫金"丛书由周启超、王加兴主持，包括《俄罗斯学者论巴赫金》、《欧美学者论巴赫金》、《对话中的巴赫金》、《剪影与见证：当代学者心目中的巴赫金》、《中国学者论巴赫金》，2014年由南京大学出版社出版。

十　巴尔特的中国之旅

提起"罗兰·巴尔特（1915—1980）的'中国之旅'"，首先让人想到的，是巴尔特本人在20世纪70年代中期，作为当时法国著名学术团体"原样派"（Tel Quel）代表团成员之一，同菲利普·索莱尔斯、朱莉娅·克里斯蒂娃等人一道访问中国的那段经历。由于当时中国政治环境对涉外事件报道的限制，这次自"文化大革命"开展以来西欧知识分子对中国的首次访问，没有在当时的中国知识界产生反响。与巴尔特本人在地理空间上完成的这一几乎没有留下任何印迹的"中国之旅"相比，其著作和思想所经历的另一场始于20世纪80年代初的"中国之旅"，却对中国知识界产生了广泛而深远的影响。这便是在长达二十余年的时间里，其著作和思想在中文语境下被译介和接受的过程。作为一位才华横溢的思想家，巴尔特素以研究领域的广泛著称。其著述中既有专业艰深的理论著作，亦有文笔灵动且富于真知灼见的散文随笔。其中最能代表他不同时期研究兴趣和思想风貌的作品，目前基本上都已有中文译本。此外，二十多年来与译介活动交叉进行的，是中文语境下不同接受群体在各自范畴内对其思想进行阐释和在此基础上围绕某些理论进行本土化尝试的过程。其中影响最大的当属文学思想领域，巴尔特在该领域提出的某些标志性观点，如"零度写作"、"作者死了"等，甚至为并不从事文学理论研究的普通读者所熟知。作为巴尔特学术思想在中文语境下"深入人心"的例证之一，这一现象反过来促使我们思考这样一个问题，即中国知识界对巴尔特文学思想的译介和接受到底经历了怎样一个过程？在此，我们将首先从历时的角度概述其文学思想"中国之旅"的历程，然后通过对中国知识界吸收、消化其文学思想状况的分析，揭示其文学理论在"中国之旅"中留下的印迹。

（一）历程

巴尔特的文学思想和理论，最初是在新时期中国知识界崇尚"方法论"变革的背景下，搭着译介"结构主义"的便车进入中文语境的。据我们目前掌握的资料，袁可嘉发表于《文艺理论研究》1980年第2期的译文《结构主义——一种活动》应该是国内学界第一次译介巴尔特结构主义思想的尝试。次年开始，有关巴尔特文论思想的介绍陆续出现于一些介绍结构主义文论的文章中。王泰来在发表于1981—1983年的两篇关于结构主义文学批评的文章①中均强调了巴尔特对法国结构主义文学批评发展所做的贡献。很快，被视为巴尔特结构主义文学理论扛鼎之作的《叙事作品结构分析导论》（*Introduction à l'analyse structurale du récit*）被译成中文，刊载在《外国文学报道》1984年第4期上。

就在越来越多的研究者逐渐熟悉"结构主义者"巴尔特时，张隆溪发表于《读书》1983年第2期上的《结构的消失——后结构主义的消解式批评》一文却又揭示了巴尔特的"后结构主义者"身份。该文重点介绍了巴尔特提出的文学作品分为"可读的"与"可写的"两类以及"读者的诞生必须以作者的死亡为代价"等观点，突出了巴尔特后期文学思想的后结构主义色彩。今天的读者早已熟知巴尔特思想从结构主义向后结构主义的转变，因而能够理解这种表面上的"无逻辑性"只是译介过程在特定境遇下表现出的"无序状态"，而所谓"特定境遇"，即当年中国知识界在译介严重滞后的情况下希冀于短时间内尽可能多地引进西方思想，结果"结构主义"与"后结构主义"两种本属前后承接关系的思潮，竟是同时亮相于中国读者面前。

1987—1991年，《外国文学报道》、《上海文论》、《外国文艺》、《外国文学》等期刊总共发表了二十余篇巴尔特著作的译文，内容涉及文本理论、符号理论、文学批评理论以及具体的文学批评实践，分属结构主义与后结构主义范畴。其中，《外国文学报道》在1987年第6期上一次性便刊载了八篇，其中有七篇选译自巴尔特的《批评文集》（*Essais critiques*），折射出当时国内研究界在"方法论"热潮的推动下，十分关注以巴尔特为重要代表之一的西方结构主义文学批评这一事实。

与此同时，辽宁人民出版社于1987年率先出版了巴尔特 *Eléments de sémiologie* 一书的中译本，书名为《符号学美学》，由董学文与王葵转译自英文版。这也是国内第一次以单行本形式出版巴尔特著作的中译本。尤为

---

① 《关于结构主义文艺批评》，《外国文学研究》1981年第2期；《一种研究文学形式的方法——谈结构主义文艺批评》，《国外文学》1983年第3期。

引人注目的是，该译本正文前有一篇长达三十多页的"译者前言"，译者在其中对整个文艺符号学理论的发展史进行了梳理，并总结了西方现代文艺符号学的基本思想特征；在分析了巴尔特符号学理论的独到之处后，还顺带介绍了他的其他几部重要著作的内容。如果说《符号学美学》引领中国知识界认识了符号学家巴尔特，那么生活·读书·新知三联书店次年出版的《符号学原理——结构主义文学理论文选》（以下简称《文选》）则致力于"使我国读者了解巴尔特其人及其文学思想的一个概貌"，通过对其"几种代表性作品"的译介"把巴尔特这位文学理论家、文学批评家和文化批评家以及符号学家的面貌展现出来"。[①]《文选》译者李幼蒸多年从事结构主义哲学和美学研究，素以译文的忠实准确著称，其撰写的"译者前言"对巴尔特整个思想产生的根源及其在学术生涯中展现出来的各个不同立面进行了深邃而独到的剖析，代表了当时国内巴特思想研究的最高水平。

《文选》是"文化：中国与世界系列丛书"编委会编撰的"现代西方学术文库"之一种。该"丛书"另设有"新知文库"，收录各类介绍性译著，以与"学术文库"相互参照，互为补充。对应于《文选》，我们可以在"新知文库"中找到美国结构主义文论家乔纳森·卡勒尔所著《罗兰·巴尔特》一书。该书凡十章，每章介绍巴尔特的一种文化身份，这种多立面的介绍显然十分契合李幼蒸编译《文选》的目的。作为国内第一部关于巴尔特的传记性著作，《罗兰·巴尔特》在与《文选》的配合下有力地推动了巴尔特思想在中国的传播。

进入 90 年代，巴尔特主要著作的中文全译本相继问世，某些著作还出现了复译与再版现象。其中，Eléments de sémiologie 继 1987 年的辽宁人民版和 1988 年的三联版后，又出现了两个新译本：一个是由黄天源翻译，广西民族出版社 1992 年出版；另一个是王东亮等人的译本，生活·读书·新知三联书店 1999 年出版。前者囿于出版社本身影响力不大，且印数又少，故未产生太大影响；王东亮等人的译本，则受到了某些学者的高

[①] 李幼蒸：《译者前言》，《符号学原理——结构主义文学理论文选》，李幼蒸译，生活·读书·新知三联书店 1988 年版，第 1、7 页。

度评价，被称作"迄今为止最好的译本"。① *Fragments d'un discours amoureux* 一书的中译本继 1988 年首次以《恋人絮语——一个解构主义的文本》为名出版后，1997 年和 2004 年又分别以《一个解构主义的文本》和《恋人絮语——一个解构主义的文本》为名再版。

在这一时期翻译出版巴尔特著作的过程中，上海人民出版社扮演了非常重要的角色。除上述三版《恋人絮语——一个解构主义的文本》外，该社 1997—2002 年又相继出版了《神话——大众文化诠释》、《批评与真实》、《流行体系——符号学与服饰符码》、《S/Z》和《文之悦》等一系列巴尔特著作的中译本。此外，百花文艺出版社于 1995 年和 2002 年出版了由怀宇翻译的《罗兰·巴特②随笔选》和《罗兰·巴特自述》（*Roland Barthes par Roland Barthes*）。前者是国内第一部全面介绍巴尔特各个时期著作的选集，后者则由于原著本身体现出巴尔特陈述事实、阐发观点的独特手法——刻意地写作"断片"——而使得读者可以在加深对其个人认识的同时直观地感受到他的美学思想在实践层面的表露。

2008 年伊始，巴尔特著作的"中国之旅"又进入了一个新的阶段——中国人民大学出版社着手出版《罗兰·巴尔特文集》（十卷）。《文集》由长期从事巴尔特著作和思想译介与研究的李幼蒸、张智庭（即上文所说的"怀宇"）等人翻译，除收录经过核校修订的各人旧译，总共十二部作品中有半数以上为初次译介，如《新文学批评论文集》、《符号学历险》、《小说的准备》（讲演集）等，这将对中国知识界进一步认识和理解巴尔特其人其思起到积极的推动作用。

（二）印迹

> 真正的幽灵是罗兰·巴特，他对当前中国文学思想的影响是怎样

---

① 参见"臧策评论"，http：//www.chinaphotocenter.com/llypp/article/zangce/zangce - 007. htm。

② 在巴尔特著述和思想的"中国之旅"中，其姓名的中文译名一直未曾固定，有译作"罗朗·巴特"的，有译作"罗兰·巴特"的，也有译作"罗兰·巴尔特"的。本书统一作"罗兰·巴尔特"，但在引用相关文献的标题或内容时则照原文摘录，不作修改。

估价都不会过分的。①

——李洁非

巴尔特的《符号学原理》一书的中译本在1989年以后，影响了中国一代知识分子。②

——吴晓东

随着各种译介文本的问世，一个多立面的罗兰·巴尔特最终呈现在中国读者面前。国内学界逐渐意识到，巴尔特"是一个具有多重面目的大师，用一副或两副面孔来指称他，总显不合适"。③ 当然，这种认识上的不断深化，更主要的还是归功于中国学者在本土语境下对其文论思想的理解（研究）与接受（运用）。下文中，我们就通过一些反映这一理解与接受过程特点及存在问题的突出环节，折射巴尔特文论思想"中国之旅"的印迹。

1. "结构主义者"巴尔特与《叙事作品结构分析导论》

在巴尔特的众多著作中，《叙事作品结构分析导论》（以下简称《导论》）率先被译介过来，这是中国当代文学理论及其批评实践在意识到传统文学"殊多'内容批评'而少有形式分析"④的缺陷后，试图通过发展形式结构批评来完善自身的必然结果。但是，在传统的社会历史文化批评模式中浸淫已久的中国文学批评实践，在缺失前期理论积累的条件下似乎很难在短时期内具备形式结构批评要求的思维方式和掌握其文本分析方法的真谛，以至于一方面《导论》中提出的观点被很多文章引述，另一方面却很少有人真正运用文中提出的方法去分析文学作品。此外，当时文学研究领域一些权威人士对结构主义批评的看法失之

---

① 李洁非：《文本与作者：一个小说叙述学难题》，《艺术广角》1989年第1期。
② 吴晓东：《从卡夫卡到昆德拉：20世纪的小说和小说家》，生活·读书·新知三联书店2003年版，第7页。
③ 方珊：《形式主义文论》，山东教育出版社2002年版，第298页。
④ 康林：《本文结构批评的"拿来"与发展》，《文学评论》1987年第5期。

偏颇,① 这些偏见的误导可能也是导致实践上无人响应的原因之一。据我们目前掌握的资料，有意识将《导论》中提出的方法运用于文学作品研究的学者屈指可数，此处仅举李劼的研究成果为例：在《论小说语言的故事功能》(《上海文论》1988年第2期) 一文中，他将自己提出的小说语言的"故事生成功能"和"故事催化功能"两个概念分别对应于巴尔特在《导论》中所说的叙事作品的"功能层"和"叙述层"，借以分析小说《百年孤独》的开篇名句。而在《论当代新潮小说的语言结构》(《文学评论》1988年第5期) 一文中，他又以刘索拉、阿城、孙甘露和马原四位作家的作品为例，来论述"句法结构中的主语和宾语系统如何在叙事结构中分别展开为作者、叙述者和人物"。在有些学者看来，这实际上是在演绎巴尔特在《导论》中提出的"叙事作品是个大句子的论断"。②

也有一些学者在深入研究《导论》后提出了有别于传统解读的独到见解。这方面，韦遨宇的《明修栈道　暗渡陈仓——读罗兰·巴特〈叙述分析导论〉》(《外国文学评论》1991年第1期) 一文颇具代表性。作者认为，巴尔特"在建构自己的结构主义叙述学理论时，就已在准备摧毁这一理论并开始了向后结构主义的文本阅读理论与符号学理论的演进"。在该文第二部分"对中心结构的内部颠覆"中，作者通过缜密的论证，揭示了巴尔特"对结构主义思维模式、对叙述作品中心结构、主导功能决定论"的怀疑立场，并由此而认定"一元论、决定论的结构主义思维方式让位于多元论、非决定论的解构主义思维方式的这一必然的趋势，早在1966年发表的这篇《叙述分析导论》中，就已明白无误地暗示给我们了"。此外，韦遨宇还论证了"'读者'对封闭式叙述结构从外部进行的冲击"与巴尔特"慧眼独具的结构游戏观"，最终他总结道："（我们其实应该将《导论》视为）巴特明修结构主义叙述学之栈道，暗渡后结构主义文本阅读理论之陈仓的语言式论著，视为巴特从结构主义转向后结构主义的一个理论

---

① 如伍蠡甫就曾在《现代西方文学批评的若干流派》一文（《文艺报》1985年第3期）中指出，"（以巴尔特为代表的）结构主义批评只做了一桩事：完全否定文学和作家，它之所以如此荒谬，乃是由于非理性主义和形式主义的恶性发展啊！"这种观点完全抹杀了结构主义文学批评的积极作用，显然带有很大的偏见。

② 赵稀方：《翻译与新时期话语实践》，中国社会科学出版社2003年版。

转折点。"

由于长期与文学批评实践脱节，随着国内学术热点的变换和研究的深入，《导论》逐渐淡出了人们的视野。也有学者试图结合《导论》本身的缺陷来分析这一"淡出"的原因：

> 对于一个理论家来说，尤其重要的是他的理论应能返回到实践之中，指导实践。可惜我们只看到他（巴尔特——引者注）在分析三大层次时零零星星地举了一些例子，却丝毫没有见到他这种理论系统地应用于实践的影子。这不得不给人留下这样一种印象：即他是在为理论而理论，为结构而结构。①

这和怀宇对于为何没有将《导论》选入《罗兰·巴特随笔选》所做的解释②不谋而合。

2.《符号学原理》与"符号学家"巴尔特

从1987年辽宁人民版的《符号学美学》到1999年三联版的《符号学原理》，巴尔特的这部著作在十二年的时间里出现了四个译本。如此高频率的复译似乎"昭示"着此书的经典性。那么实际情况如何呢？

《符号学美学》当年首印即达三万七千册，这个数字是今天的文学理论类书籍所难以想象的。虽然该译本问世不久即在译文质量上遭人质疑，但借助于它的广泛流传，作为文学研究方法论革新者的符号学家巴尔特开始引起国内研究者的关注。这种关注随着一年后出版的《符号学原理——结构主义文学理论文选》（以下简称《文选》）而进一步加强。事实上，无论是《符号学美学》如此高的印数，还是国内学界对巴尔特符号学家身份的重视，都可以在当时中国文艺界掀起"方法论"热潮这一背景下找到合理的解释。杜任之在为《文选》撰写的《中译本序》中便明确指出："大致说来，符号学所涉及的学科有哲学、语言学、文学理论、美学、

---

① 王允道：《评罗兰·巴特的结构主义》，《当代外国文学》1996年第4期。
② 怀宇的解释是："由于作者后来很少再应用这篇文章中确定的方法，因此没有选入。"见《罗兰·巴特随笔选·译后记》，百花文艺出版社1995年版，第372页。

历史学、社会学、人类学等，它已成为上述学科中十分有用的分析工具。……为了了解当代西方文艺理论研究中出现的新观点和新方法，掌握符号学的基本知识是必不可少的。法国作家巴尔特著述的《符号学原理》对于我国读者了解这一领域内的基本知识是十分有益的。"①

可见，当年文艺界对《符号学原理》（以下简称《原理》）的重视，主要是将该书视作自身了解符号学基本知识的一本十分有益的启蒙读物；而以此为目的最终被选中的之所以是《原理》而非其他符号学著作，原因在于"就实际影响的大小和范围而言，巴尔特这本小册子竟然超过了许多语言学和哲学领域的符号学专著产生的影响，特别是在文学批评领域内"，②与该书本身是否经典并无关联。非但与是否经典无关，在1999年三联版的《译后记》中，译者王东亮更是直言不讳地宣称："《符号学原理》不是一部经典"，因为"在从索绪尔算起的西方符号学发展史上，罗兰·巴特的《符号学原理》一书并没有人们想象的那样重要。它没有像《普通语言学教程》那样，提出一些振聋发聩的革命性概念，做出一个极富远见的符号学构想；也不似格雷马斯的《结构语义学》，一举确定了符号学研究的基本规范与方法，成为开宗立派的奠基之作。一部符号学史可以忽略《符号学原理》的存在，一个符号学家也可以没有读过巴特的这本小册子，而照样应付裕如地从事他的学术研究"。③因此，王东亮认为该书书名不应该被译成"符号学原理"，类似"符号学基础"或者"符号学入门"这样的译名才更名副其实，"因为它实实在在涉及的只是些符号学的……'基础知识'或'基本概念'"。④只是囿于约定俗成的原因，新译本才没有改弦更张。不过，王东亮同时也肯定了《原理》一书的价值正在于它的启蒙性和入门性。然而，在远离了20世纪80年代的"方法论"热

---

① 杜任之：《中译本序》，《符号学原理——结构主义文学理论文选》，李幼蒸译，生活·读书·新知三联书店1988年版，第1页。
② 李幼蒸：《译者前言》，《符号学原理——结构主义文学理论文选》，李幼蒸译，生活·读书·新知三联书店1998年版，第2页。
③ 王东亮：《译后记》，《符号学原理》，王东亮等译，生活·读书·新知三联书店1999年版，第124页。
④ 同上书，第125页。

潮后，特别是在国内研究者的理论知识水平已经跨越"启蒙"与"入门"阶段后，该书是否还有着与当年同等的重要性呢？随着中国人民大学出版社《罗兰·巴尔特文集》的出版，由李幼蒸于1988年三联版旧译基础上核校修订而成的又一个《原理》译本面世了。在《译者前言》中，李幼蒸阐述了自己对这一问题的看法："'巴尔特符号学'在今日符号学研究中仍然保持着它的特殊启示性意义。……巴尔特将不同来源的各种知识进行'搭配'的'实用性'符号学策略，显示了今日符号学界所普遍忽略的两种重要观点。一者是，巴尔特的符号学'实用主义'表明他并不重视根据现有相关知识来匆忙搭建任何符号学理论体系，而是着重于方法论搭配的课题适切性。……再者，巴尔特的实用性符号学观点，还暗示着一种更具根本性的学术思想挑战。这就是，现存人文科学系统只是各种方法论的'工具库'，而非各自现成的独立运作系统。……（而）符号学的精义可以说是实践性大于原理性：即研究如何借取和运用各学科理论工具来处理各种具体的文本意义分析课题。……绝对不存在什么'符号学科学'一类的'灵丹妙药'。"[①] 在巴尔特的符号学思想进入中文语境二十多年后，李幼蒸对其特点所作的这番总结，可以说分析了在符号学研究成为专深学科的今天，"巴尔特符号学"对符号学发展具有的启示和参照作用。相对于当年的"启蒙性"和"入门性"，这种"启示性"和"参照性"或许是《原理》一书对于今日中国学界之重要性的体现。

3. "后结构主义者"巴尔特与"作者死亡论"

当年通过张隆溪在《结构的消失——后结构主义的消解式批评》一文中并不十分详细的介绍，国内读者在对巴尔特后结构主义文论的朦胧认识中依稀了解到，他在《S/Z》这部作品中对巴尔扎克的中篇小说《萨拉辛》所作的详细分析是实践其后结构主义批评理论的经典范例。对于当时的大多数国内读者而言，张文是他们了解巴尔特后结构主义思想的缘起。而据乐黛云在《"批评方法与中国现代小说研讨会"述评》（《读书》1983年第4期）一文中的介绍，早在1982年12月于夏威夷召开的这次以"用各种最新的文艺理论与方法来分析中国现代短篇小说，从多方面试探这种

---

① 李幼蒸：《译者前言》，《符号学原理》，李幼蒸译，中国人民大学出版社2008年版，第3页。

结合的可能性和局限性"为主题的研讨会上,即有学者"用类似(巴尔特分析《萨拉辛》)的方法来分析茹志鹃的《百合花》,把这个短篇分解为十四个不同的形象系列,找出各系列的特点和相互关系以说明《百合花》的抒情特点与节奏感的来源"。遗憾的是,由于篇幅所限,乐文未能详细介绍研讨会上对这一"结合的可能性和局限性"进行讨论的结果。后来的事实证明,巴尔特的这种后结构主义批评理论在中文语境下同样遭遇了理论评述与本土实践的严重脱节。导致这种局面的原因,一方面固然在于《S/Z》等相关著作长时期内没有中文译本,另一方面——也是更根本的一方面——则在于中国文学批评界中极少有人具有这种精细的文本分析所需要的耐心。①

虽然巴尔特的后结构主义批评实践没有在中国找到真正的志同道合者,但他提出的"作者死了"这一带有后结构主义色彩的观点却得到了文学评论界某些人士的认同。李洁非向我们描述了"作者死亡论"在20世纪80年代中晚期带给当时中国文坛的震撼:"由于意识到作者在其作品中的地位并非牢不可破,或者说作者对于作品的意义并非必然性的,今天的批评家已比过去任何时候都更加肆无忌惮地议论作家;王蒙、阿城、莫言、韩少功、张承志、残雪、刘索拉等等耀眼的明星纷纷受到尖锐的有时甚至是轻慢的挑剔,无疑表明一些偶像正在被拆除,而批评家则有勇气越过作者直接面对作品——并确认唯有后者才是自己的批评对象。"②

面对这些"肆无忌惮的议论"甚或"尖锐的有时甚至是轻慢的挑剔",某些作家奋起反击,甚至过激地将所有"越过作者直接面对作品"的批评视为"大逆不道"。作家与批评家的相互攻讦遂引发了国内学界对"作者死亡论"的探讨。在众多相关研究成果中,宁一中的《作者:是"死"去还是"活"着?》(《国外文学》1996年第4期)与兰珊珊的《也论"作者之死"》(《外国文学研究》1997年第4期)二文观点相对,颇具代表性。对"作者死亡论"持批判态度的宁文认为:"(这一理论)在为作品和读者的登场鸣锣开道的时候,采取了极端的态度,彻底否定了作者在作

---

① 孙绍振:《西方文论的引进和我国文学经典的解读》,《文学评论》1999年第5期。
② 李洁非:《文本与作者——一个小说叙述学难题》,《艺术广角》1989年第1期。

品中的存在，这样就否定了作品风格的存在，否定了作者应承担的道德、伦理、法律、政治等责任；也否定了仍然存在的某种意义上的作者的权威作用"；而持赞赏态度的兰文则强调作者之死"代表的是一种理论转向，代表着传统的本体论与认识论的本质与权威在强大的语言学理论面前分崩离析的命运。……'作者之死'并不是抹杀作者的存在，而是对作者存在的绝对权威提出质疑，对造就这种权威的社会意识形态提出质疑"。兰文的观点实际上表明，如同传统的社会历史文化批评模式亟待文本结构批评带来清新空气一样，长期以来被文学批评界奉为圭臬的以作者意图为出发点的批评理念也需要借"作者之死"这样的先锋理论来实现自身的变革与完善。那么，中国文学界究竟应当如何看待"作者死亡论"呢？对此，李洁非在《文本与作者——一个小说叙事学难题》（《艺术广角》1989年第1期）一文中提出了如下见解："我觉得罗兰·巴特'作者死了'这句话在中国当代批评中所起到的最好效果莫过于，评论家既因此改变了过去那种服从、论证作家的意识，又不致拿一些理论教条在自己与作家之间砌起一道无形的墙，而恰恰是借助于这种对'作者'的超越反过来建立我们真正的作家研究——这种研究并不是为树立作家权威而效劳的，毋宁说是我们尝试文学的现象描述与艺术分析的开端。"

4. "零度写作"与中国当代文学

对于今天的很多中国读者而言，"零度写作"与"作者死了"一样，几乎已经成为巴尔特在中文语境下的代名词。相比于"作者死亡论"，"零度写作"概念对于中国当代文学理论与实践的影响恐怕更加明显。在浙江文艺出版社2003年出版的《20世纪中国文学批评99个词》一书中，我们看到，"零度写作"已经被列为中国文学批评话语最重要的九十九个概念之一。"零度写作"的概念源于巴尔特的《写作的零度》（以下简称《零度》）一书，该书内容最早以节译的形式附于《符号学美学》书末，全译本则收录于一年后出版的《符号学原理——结构主义文学理论文选》。全译本的译者李幼蒸在讲述自己当年翻译此书的初衷时说道："《写作的零度》……对于长期隔膜于文学形式和机制研究的中国文学理论研究者，具有直接的启示性意义。我们不仅应该研究文学思想的'内容面'，也应该研究文学思想的'表达面'，后者的构成分析相关于文学思想表达的背景、能力和目的等方面。这会有助于作家和文学研究者更深入地把握文学思想产生和运作的整体过程。"①

按我们的理解，李幼蒸所说的这种"启示性意义"，首先在于《零度》一书所倡导的文学写作理念带给中国传统文学观的冲击。如王岳川所言，"在传统的话语中，写作是经天纬地的'不朽盛事'，是人为寻求真理而获得的一种话语特权……而巴特却将'写作'的本质和内涵加以根本性扭曲，使其不再是对真理的直接砥砺，不再是对不朽盛事的先行见到，而是一种现世的书写实践，一种非意向性的世俗行动，甚至是一种无所驻心的中性的'白色写作'"。②这种"无所驻心的中性的'白色写作'"以其对传统文学写作观的颠覆契合了当时国内文学创作力求摆脱占主导地位的、带有强烈政治色彩的创作原则并追求艺术创新和形式变革的意愿。有意使自身创作明显区别于传统的一批"先锋"作家很快便根据自身对"零度写作"的理解身体力行，其中最具代表性的当数余华。余华是最早尝试"零度写作"的作家之一，其早期作品如《世事如烟》、《现实一种》、《古典爱情》等，均通过一种冷峻的笔调不动声色地展示暴力、血腥和死亡，作者的主体性被刻意遮蔽，读者很难于作品的文字层面觉察到作者对人物的情感倾向，作品因此而打下了"零度写作"的烙印。

更大范围内的影响则表现为"新写实小说"体现出强烈的"零度风格"。陈思和主编的《中国当代文学史教程》对"新写实小说"的创作特点作有如下描述："（新写实小说）最基本的创作特征是还原生活本相……复原出一个未经权力观念解释、加工处理过的生活的本来面貌。为达到这一效果，新写实小说在创作方式上有意瓦解了文学的典型性，**以近似冷漠的叙述态度来掩藏作者的主观倾向性。**"③所谓"近似冷漠的叙述态度"，也就是"叙事方式在主体性方面显得比较冷漠暗淡，即所谓'消解激情'

---

① 李幼蒸：《译者前言》，《写作的零度》，李幼蒸译，中国人民大学出版社2008年版，第7页。
② 王岳川：《作者之死与文本欢欣》，《文学自由谈》1998年第4期。
③ 陈思和主编：《中国当代文学史教程》，复旦大学出版社1999年版，第307页。文中黑体为笔者所加。

的写作……取消了作家的情感介入,以一种'零度情感'来反映现实"。①"新写实小说"的代表作品如方方的《风景》,池莉的《烦恼人生》、刘震云的《单位》、《一地鸡毛》,余华的《活着》、《许三观卖血记》等,均借助于这种"零度情感"来凸显生活的"凡俗性",再现"一个未经权力观念解释、加工处理过的生活的本来面貌",通过取消典型环境中典型人物的典型性格,进而消解作品中所有可能牵涉意识形态的内容。

随着"零度写作"在 20 世纪 80 年代末 90 年代初对中国当代文学创作的影响与日俱增,也出现了一些针对这一"先锋"写作理念的质疑和反对声。这主要是由于评论界的某些人士对"零度写作"概念本身作了狭隘的理解,他们望文生义地将"零度写作"与传统意义上文学作品应该具备的道德评价功能完全对立起来,并以后者作为文学存在意义的基本参照,怀疑"零度写作"的价值,怀疑尝试"零度写作"的作家缺乏人文精神。对此,已有学者致力于从根源上澄清事实,如项晓敏在《对巴尔特零度写作理论的再读解》[《复旦学报》(社会科学版)2004 年第 4 期]一文中就指出,认为巴尔特以"零度写作"来反对萨特所倡导的文学应当"介入"社会的观点,其实是对该理论的一种曲解,事实上,"(零度写作)在强调作者不介入、无动于衷的中性写作的同时,在消解主体的意识功能的同时,并不排除和否定作者对作品所起的作用"。因此,有学者主张"在'介入'和'零度'的结合中认识写作",认为"'介入'理论所强调的写作社会责任感与'零度'理论所体现出的关注个体的倾向,应该成为我们认识写作本质的一种有益参照"。② 具体就"新写实小说"而言,可以这样认为,"零度写作"并非其话语目的,而仅仅是其话语方式。③ 按照某些学者的说法,"新写实小说"着力呈现的"零度情感"和"零度真实",目的是追求"道是无情却有情"和"真作假时假亦真"的效果,其成功之处正在于通过对"思想情感的表达"与"生存真实的审视"二者的零度把

---

① 陈思和主编:《中国当代文学史教程》,复旦大学出版社 1999 年版,第 308—309 页。
② 孟建伟:《在"介入"和"零度"的结合中认识写作》,《山西师大学报》2004 年第 2 期。
③ 王炜:《零度情感:新写实的话语方式而非话语目的》,《曲靖师范学院学报》2006 年第 2 期。

握"实现了传统与现代的完美结合，体现出它独具的审美意蕴"。①

不可否认的是，"零度写作"概念在中文语境下也确实遭到了一定程度的滥用。林秀琴在《20世纪中国文学批评99个词》一书中评述"零度写作"这一概念时说道："在今天的文学现实中，我们不无随意地用零度写作来定义那些采用了外部聚焦，行为主义式的叙事规范，新写实小说就时常不乏贬义地被冠以零度写作的头衔。我们还时常把90年代被称作先锋写作，或那些不再承载某种主流意识形态，标榜无意义或消解中心的写作，或一些表现所谓后现代主义虚无态度的写作，也称为零度写作了。零度写作竟然变成类似于游戏的写作方式了。"②从这番话中不难看出，"零度写作"概念的使用面的确过于宽泛，其中难免有滥竽充数之属。那些并不符合"零度写作"理论要旨的作品，也往往将"零度写作"当成护身符和挡箭牌，以应对批评界的质疑，进而导致了后者对于"零度写作"的反感。

以上我们对巴尔特文论思想"中国之旅"的历程与印迹进行了描述和分析。作为一种异域理论，伴随其跨文化之旅的往往是接受语境一定程度上的误读。但是，无论是对元理论而言，还是对接受语境而言，误读并不总是只有负面效应，相反，它很可能为两者带来新的发展契机。以上显然不是为巴尔特文论思想的"中国之旅"画上句号，而是希望由此激发更多的研究者关注其思想在中国的接受状况，共同探寻那些潜在的"发展契机"。

十一 韦勒克的中国之旅

雷纳·韦勒克（René Wellek，1903—1995）是20世纪世界文学界最杰出的文学理论家、批评史家、比较文学家和思想史学者之一。新中国成立以来，韦勒克的文论著作与文学思想对中国当代文学理论与批评界产生了重要的影响。中国当代文学研究六十年间，中国学界对韦勒克文学理论与批评进行了全方位的译介与深入的研究。与此同时，汉语语境中的韦勒

---

① 顾梅珑：《"新写实"的零度审视及其审美意蕴》，《广西师院学报》2001年第4期。
② 南帆主编：《20世纪中国文学批评99个词》，浙江文艺出版社2003年版，第410页。

克研究也出现了一些问题与不足，韦勒克文论在中国所产生的话语变异尤其值得关注。

（一）新中国语境与韦勒克文论在中国的译介与流传

1949—2009 年六十年间中国文论发生了多次话语转型，韦勒克在中国的译介与流传受到中国文论发展过程的影响，大致可以分为三个历史时期。

1. 初始引介时期：1949—1979

韦勒克生于 1903 年，40 年代起开始在西方学界受到关注。但新中国成立以前，韦勒克与中国学界只有零星的关联。李赋宁和周珏良先生 40 年代负笈美国求学期间曾听过韦勒克的课程并阅读他的著作。1949 年至 1979 年，西方美学与文论在中国的研究一直受到意识形态批判的左右，全面、客观的研究几乎处于缺席状态。韦勒克与新批评派（The New Criticism）同样如此。

60 年代，为了"批判西方资产阶级思想"，同时也由于中苏关系的变动以及中国国内政治局势的变化，外国文学与文论研究在"百花齐放、百家争鸣"的口号下得到了一些复苏。此时的韦勒克已经在西方世界声名鹊起。他于 1949 年与奥斯汀·沃伦（Austin Warren）一起合写的著名的《文学理论》一书已经成为新批评文论的经典之作。1955 年，韦勒克在耶鲁大学出版社单独出版了《近代文学批评史：1750—1950》（*A History of Modern Criticism: 1750 - 1950*）的前两卷，即第一卷《18 世纪晚期》（Vol. 1 *The Later Eighteenth Century*）和第二卷《浪漫主义时期》（Vol. 2 *The Romantic Age*），这标志着韦勒克 8 卷本西方文学批评史浩大学术工程的正式面世。在此背景下，韦勒克作为资产阶级学术流派之一英美新批评的代表人物，受到了中国学界的关注。

60 年代左右，石俘翻译了韦勒克（此文译为"魏列克"）的《批评的一些原则》（《现代外国哲学社会科学文摘》1964 年第 1 期），蒋孔阳翻译了韦勒克（此文译为"魏列克"）的《20 世纪文学批评的几个主要倾向》一文，刊于《现代外国哲学社会科学文摘》1964 年第 8 期。袁可嘉的《"新批评派"述评》（《文学评论》1962 年第 2 期）应当时政治任务需要将韦勒克列为资产阶级学者进行猛烈批判。

在初始译介期，中国文学界对韦勒克的了解相当粗浅，其理论对中国文论与批评基本未产生实质性影响。

2. 影响扩张时期：1979—1989

1978年中共十一届三中全会以后的西方文学与文论研究出现了崭新的面貌。韦勒克研究在这一历史时期开始被大量译介，并对新时期中国文学理论与批评产生了巨大影响。

新时期中国学界最早提到韦勒克并给予很高评价的是著名学者朱光潜先生。1979年，朱先生修订了他最早出版于1963年的《西方美学史》。在新版书末的"简要书目"中，朱先生提到了韦勒克的《近代文学批评史：1750—1950》。从韦勒克学术生涯看，自从1955年出版前两卷后，韦勒克曾于1965年再次出版第三卷《转折时期》（Vol. 3 *The Age of Transition*）和第四卷《19世纪晚期》（Vol. 4 *The Later Nineteenth Century*），第五卷和第六卷一直等到1986年才出版。这样，朱先生只列出了韦勒克《近代文学批评史》的前四卷，并且特别注明"编者只见过第一二两卷"。朱先生评价这本书时说："在文学批评史著作中，这部是后来居上的，作者所掌握的资料很丰富，叙述的条理也很清楚，但是观点仍然是资产阶级的，过分着重每个时代的个别代表人物，而对每个时代的总的精神面貌则往往没有抓住，对一些关键性的问题也没有足够地重视。"① 朱先生的评价还残留着新时期初期极"左"文艺观的话语因素，但总的评价与看法仍然是中肯和深刻的。1979年，钱锺书出版了被誉为中国比较文学经典著作之一的《管锥编》。在这部书中，钱先生数次引用韦勒克与沃伦的《文学理论》，并运用"中西打通"的基本方法将韦勒克的文学观念与中国传统文论进行平行比较。②

此后，提及韦勒克和新批评的中文文献日渐增加。其中，杨周翰的《新批评派的启示》（《国外文学》1981年第1期），赵毅衡的《新批评——一种独特的形式主义文论》（《外国文学研究集刊》第5辑，中国社会科学出版社1982年版），张隆溪的《作品本体的崇拜——论英美新批

---

① 朱光潜：《西方美学史》，人民文学出版社1979年版，第748页。
② 钱锺书：《管锥编》，中华书局1979年版，第二册第748页，第四册第1421页。

评》(《读书》1983年第7期)，伍蠡甫、程介未的《现代西方文论简评》(《外国文学研究》1984年第1期)等对中国学界理解和领会新批评和韦勒克起到了引导性作用。

与此同时，韦勒克单篇译文开始散见于各种期刊和西方文论与批评文选。《文艺理论研究》杂志1981年第2期刊出韦勒克的《比较文学的危机》(黄源深译，作者名译为勒内·威莱克)，1982年第3期刊出韦勒克与沃伦《文学理论》中的《总体文学、比较文学和国别文学》一章(周纯译，译韦勒克为威莱克)。1982年，张隆溪选编的《比较文学译文集》(北京大学出版社)收有韦勒克《比较文学的危机》(沈予译)。《文艺理论研究》1983年第3期刊出王春元所译的韦勒克论文《文学的类型》。1985年出版的《比较文学研究译文集》(干永昌等编译，上海译文出版社)收入韦勒克比较文学方面的论文四篇：《比较文学的危机》、《比较文学的名称与性质》、《今日比较文学》和《总体文学、比较文学和国别文学》，这些文章多为黄源深所译。1986年出版的《比较文学研究资料》(北京师范大学中文系比较文学研究组编译，北京师范大学出版社)收有韦勒克论文三篇：《比较文学的危机》(沈予译)、《比较文学的名称和性质》(刘象愚译)、《德国和英国浪漫主义对比》(李广成译)。1987年伍蠡甫、胡经之主编的《西方文艺理论名著选编》选有韦勒克论文三篇，即《20世纪文艺批评关于形式与结构的概念》、《文学批评作为术语和概念》和《20世纪西方文学批评》。① 1987年孙景尧选编的《新概念　新方法　新探索——当代西方比较文学论文选》(漓江出版社)收有韦勒克比较文学论文两篇，即《比较文学的名称与概念》(韩冀宁译)和《陀斯妥耶夫斯基评论史》(周宁译)。《外国文艺》1987年第4期刊载有《大学里的批评》(汤永宽翻译)。1987年第1期《文艺理论研究》刊出杨正润译的《现实主义和自然主义》。1988年，赵毅衡编译的《"新批评"文集》中译出《文学理论、文学批评与文学史》(1960)一文。在编者按中，译者还

---

① 伍蠡甫、胡经之主编：《西方文艺理论名著选编》(下卷)，北京大学出版社1987年版。其中《20世纪西方文学批评》一文是节译本，译者程介未在翻译过程中删除了原文中论20世纪前五十年意大利、西班牙、俄国文学理论等部分。

写道："雷奈·韦莱克是新批评派中最不泥守信条的人，但是他对新批评的原则同样信守不渝，只是论证手法比较灵活。……作为一个杰出的比较文学理论家，他的眼界比其他新批评派开阔。"导言还认为，韦勒克的这篇论文是在新批评失势之时的"自辩"。① 1989 年，史亮编译《新批评》（四川文艺出版社）一书时曾得到了韦勒克的建议，并译出了他总结新批评派文论思想的重要论文《新批评：是与非》。《理论与创作》1989 年第 5 期则刊出《20 世纪文学批评的六种模式》（柔之译）。

除单篇译文，韦勒克的著作在中国不断正式译介并出版。新时期中国第一部韦勒克译著出版于 1983 年 11 月，即林骧华译的《西方四大批评家》（复旦大学出版社）。该书英文版 1981 年出版，是韦勒克为撰写《近代文学批评史》20 世纪部分的前期成果。短短两年间，中国就出版了中译本，这反映了新时期中国学者对韦勒克的高度关注。1984 年 12 月，韦勒克与沃伦合作的《文学原理》由刘象愚等翻译后由生活·读书·新知三联书店出版，1986 年重印该书，总印数达到四万四千册。1987 年 3 月《近代文学批评史》第一卷由杨岂深、杨自伍合译并于上海译文出版社出版。四川文艺出版社于 1988 年 1 月出版了韦勒克的《批评的诸种概念》（丁泓、余徵译），本书全文译出英文原版中十余篇论文，包括《文学理论、文学批评和文学史》、《20 世纪文学批评中的形式与结构概念》、《文学研究中的巴罗克概念》、《比较文学危机》等。1989 年，刘象愚从韦勒克的 *Concepts of Criticism*（1963）和 *Discriminations: Further Concepts of Criticism*（1970）两书中将专门研究文学思潮与运动的概念"现实主义"、"浪漫主义"、"自然主义"、"巴罗克"等术语的文章合编为《文学思潮和文学运动的概念》一书由中国社会科学出版社出版。1989 年 4 月，刘让言将韦勒克为 W. B. 弗莱施曼主编《世界文学百科全书》一书所撰的长篇文章全文翻译为《20 世纪西方文学批评》并在花城出版社出版。② 1989 年 10 月，杨自伍译的《近代文学批评史》第

---

① 赵毅衡编：《"新批评"文集》，中国社会科学出版社 1988 年版，第 496—497 页。
② 此书与前文所提《20 世纪西方文学批评》一文（程介未译）译自同一书。不同的是，刘让言译为全译，并增加了韦勒克为《世界文学百科全书》新版所补写的《近来文学批评的发展》一文。

二卷由上海译文出版社出版。

3. 深入译介时期：1990—2009

进入 90 年代以后，中国学术界进入一个专业主义的历史时期，韦勒克的著作继续翻译出版，中国学者的研究专著和论文也不断出版，中国韦勒克研究进入全面深化阶段。

在著作方面，韦勒克八卷本《近代文学批评史》在杨自伍的翻译下由上海译文出版社全部出齐。其中，第三卷《过渡时代》出版于 1992 年，第四卷《19 世纪后期》出版于 1997 年，第五卷《英国批评 1900—1950》出版于 2002 年，第六卷《美国批评 1900—1950》出版于 2005 年，第七卷《德国、俄国和东欧批评 1900—1950》出版于 2006 年，第八卷《法国、意大利和西班牙批评 1900—1950》出版于 2006 年。此外，第五卷还出现了一个中译单行本，即章安祺、杨恒达译的《现代文学批评史·第五卷·1900—1950 年的英国文学批评》（中国人民大学出版社 1991 年版）。《批评的概念》则由张金言译出第二个中文本，于 1999 年出版于中国美术出版社。2005 年，刘象愚等在编辑"西方现代批评经典译丛"第一辑时推出了《文学理论》中译本的修订版。这个修订版以二十年前的中文第一版为基础，着重做了以下工作：一是对原版中错译、漏译、误印、误植等处进行了纠正；二是进一步统一了译名、增加了译注和中文索引，并将书后尾注换为页脚注；三是刘象愚撰写了一篇导读性文字代替了第一版中王春元的"中译本前言"。① 韦勒克的《批评的诸种概念》和《辨异：续〈批评的诸种概念〉》作为第二辑由世纪文景/上海人民出版社出版。

在研究方面，本阶段出现了三篇专题研究韦勒克的博士学位论文（其中两篇略作修改后以学术专著的形式出版），另有硕士学位论文六篇，这标志着韦勒克研究在中国学术界的拓展与深化。这三篇博士学位论文分别是，复旦大学博士学位论文《历史对理论的拯救——韦勒克文学理论思想论纲》（陈菱，1998）、四川大学博士学位论文《韦勒克诗学研究》（支

---

① 修订版中刘象愚撰写的"代前言"名为《韦勒克和他的文学理论》，这是他在 1986 年的同名论文基础上修改而成的。原文《韦勒克和他的文学理论》发表于《文谈》1986 年第 1 期。又见《20 世纪文学理论概览》，春风文艺出版社 1986 年版。

宇，2002）、黑龙江大学博士学位论文《比较文学视野中的雷纳·韦勒克》（胡燕春，2006）。本时期韦勒克文论成为硕士研究生选题对象，主要有《文学批评的批评》（支宇，四川大学，1996）、《论韦勒克的文学内部研究》（王娟，新疆大学，2004）、《韦勒克"批评的概念"的文艺学及批评学意义》（张海燕，广西师范大学，2004）、《韦勒克文学理论研究》（李阳，东北师范大学，2005）、《韦勒克文学批评史观研究》（张存锋，山东师范大学，2005）和《韦勒克"内部研究"论重估》（余燕萍，河北师范大学，2008）。随着研究的深化，以韦勒克为论述对象的硕士学位论文选题应该往更加细腻的专题研究方向发展。

至2009年，韦勒克最重要的学术著作基本已经译为中文，中国学者继续对其展开了深入研究。

（二）中国学界韦勒克研究的主要范式、成就与不足

从现有成果看，中国学界在韦勒克文学理论体系研究、韦勒克比较诗学理论与方法研究、韦勒克文学史观研究和批评史研究方面取得了一些值得关注的成绩。

1. 韦勒克文学理论体系研究

韦勒克在20世纪世界文论界的学术价值首先体现为他建立了一个独特而深刻的文学理论体系。这个体系既是对英美新批评派文学观念最重要的系统论述，也是韦勒克个人多年学术素养的理论结晶。中国学者高度评价韦勒克的文论体系，并全面、深入地剖析其理论特征与内部结构。

中国目前公开出版的首部韦勒克研究著作是支宇的《文学批评的批评——韦勒克文学理论研究》（中国社会科学出版社2004年版），首篇博士学位论文（尚未公开出版）是陈菱的《历史对理论的拯救——韦勒克文学理论思想论纲》。支宇的专著以深入阐释韦勒克文论体系的内部结构和主要问题为目标，其基本观点是，韦勒克诗学体系的基本特征是科学主义和人文主义的并存与交融，哲学基石是现象学方法，理论渊源主要是现象学文论、结构主义语言学和英美新批评，核心观念是"结构"范畴，逻辑起点是文学作品存在方式论，在此基础上形成的三大理论板块是文学结构本体论、文学作品层次论和文学研究方法论。此外，该专著还对韦勒克文论的文学本质观、文学批评观、批评史观、文学史观和比较文学观等进行

了专门论述。在研究方法上，这部专著采取多向层次的比较和多维视野的观照，以20世纪西方文论科学主义与人文主义思潮的双重变奏为经，作家—作品—读者的两次理论转向为纬，力求将韦勒克放到20世纪西方文论史中去分析和考察。该书通过细致的分析和论证，对韦勒克的文学理论提出并阐明了一系列有新意和深度的观点和见解。陈菱的论文是我国首篇专论韦勒克的博士学位论文，其主题是从西方文论思想的历史变迁中来审视韦勒克的文论体系。论文紧紧抓住韦勒克"透视论"观念，深入阐释了韦勒克在本质与现象、变与不变、一与多之间辩证折中的学术特征与基本方法，并从文学本质论、文学存在方式论、批评史观等角度予以深入解读。这篇博士学位论文是中国韦勒克研究的开创性著作，为中国学者深入研究韦勒克的文论体系开拓了学术空间。可惜的是，这篇博士学位论文一直未以专著形式公开出版，且因时间较早，网络上无法查询，许多韦勒克研究者很难全面了解其主要内容与学术价值。

就单篇论文而言，新时期以来研究韦勒克文论体系的论文多达数十篇。80年代有影响的论文主要有：王春元的《〈文学理论〉中译本前言》（见韦勒克《文学理论》中译本，生活·读书·新知三联书店1984年版）、刘象愚的《韦勒克和他的文学理论》（《文谈》1986年第1期；《20世纪文学理论概览》，春风文艺出版社1986年版）、林大中的《文学的纯文学研究——评韦勒克、沃伦〈文学理论〉》（《读书》1986年第5期）、康林的《马克思主义文艺思想在新时期的地位——兼谈韦勒克对马克思主义文艺观的批评》（《文艺理论与批评》1987年第4期）、周珏良的《对新批评派的再思考——读韦勒克〈现代批评史〉卷六》（《外国文学》1988年第1期）等。90年代比较重要的论文主要有：胡苏晓、王诺的《文学的"本体性"与文学的"内在研究"——雷纳·威勒克批评思想的核心》（《外国文学评论》1995年第1期），李凤亮的《功能·尺度·方法：文学批评何为——重读韦勒克札记》（《暨南大学学报》1997年第4期），陈菱的《"透视论"：一种经验性的阐释理论》（《外国文学评论》1998年第2期），何仲生的《韦勒克批评理性的困乏》（《浙江学刊》1999年第4期），杨冬的《另一种学者 另一种风范》（《文艺争鸣》1999年第6期）等。

2000年以后，韦勒克文学理论研究成果更加丰富，重要的论文主要有支宇的《韦勒克文论与结构主义语言学》（《社会科学研究》2000年第4期），周颖君的《韦勒克的文学本体观》（《思想战线》2001年第3期）和《论韦勒克关于文学外在关系的阐释》（《东岳论丛》2001年第5期），刘上江的《关于转型期文学价值取向的思考——解读韦勒克、沃伦》（《学术论坛》2001年第3期），支宇和罗淑珍的《西方文论在汉语经验中的话语变异——关于韦勒克"内部研究"的辨析》（《外国文学研究》2001年第6期），徐葆耕的《科技时代的诗之惑——回眸韦勒克与瑞恰慈之辩》[《清华大学学报》（哲学社会科学版）2002年第2期]，支宇的《文学作品的存在方式——韦勒克文论的逻辑起点和理论核心》[《西南民族学院学报》（哲学社会科学版）2002年第3期]、《文学结构本体论——论韦勒克的文学本质观》[《四川大学学报》（哲学社会科学版）2002年第4期]，温潘亚的《文学史：文学共时结构的动态史——论韦勒克的文学史观》（《江西社会科学》2002年第4期），胡鹏林的《文学分类研究的重新审视——兼论韦勒克、沃伦〈文学理论〉的"三分法"》[《海南大学学报》（人文社会科学版）2002年第4期]，董学文和李龙的《雷·韦勒克文学理论研究的方法论意义》[《内蒙古师范大学学报》（哲学社会科学版）2005年第2期]，彭彤的《多元文论话语中的韦勒克批评理论》（《社会科学研究》2005年第5期），陈峰蓉的《透视"经验的客体"——谈韦勒克、沃伦的"文学作品的存在方式"》[《福建论坛》（人文社会科学版）2006年第11期]，胡燕春的《雷纳·韦勒克的文学史观述评》（《广西社会科学》2007年第4期），雷强的《试论英伽登现象美学对韦勒克文论的影响》[《东南大学学报》（哲学社会科学版）2008年第6期]，等等。

另外，还有学者在其著作或教材中对韦勒克进行了专门论述。钱中文的《文学原理——发展论》（社会科学文献出版社1999年版）多次论述韦勒克的内部研究和作品层次论。盛宁的《20世纪美国文论》（北京大学出版社1994年版）在美国文论史的背景下论述了韦勒克文论的独特价值。陶东风主编的《文学理论基本问题》（北京大学出版社2004年版）对韦勒克的批评方法论进行了专门论述。杨冬的《文学理论：从柏拉图到德里达》（北京大学出版社2009年版）在第六章"20世纪后期的文学理论"

中设专节讨论韦勒克。此外，还有一些著作对韦勒克进行过简要的论述，限于篇幅，不再赘述。

2. 韦勒克比较文学观研究

韦勒克是世界文学界一位著名的比较文学家，曾任美国比较文学协会、国际比较文学协会主席。从他的文学理论出发，韦勒克提出了一系列见解独到的比较文学观点，在世界比较文学界产生了极大的影响。

中国学者对韦勒克比较文学观的研究也取得了较多的成果。其中最全面和系统的是胡燕春的著作《比较文学视野中的雷纳·韦勒克》（中国社会科学出版社2007年版）。这部著作是作者在其博士学位论文基础上修改出版的，对韦勒克比较文学观念与实践进行了深入研究。该书将韦勒克放入比较文学学科史的发展长河中进行定位与审视，不仅高度肯定了韦勒克对比较文学学科理论的贡献，同时对此局限也提出了中肯的评价。本书从"影响研究论"、"平行研究论"和"跨学科研究论"三个方面来共时性地勾勒韦勒克"以文学性为中心"的比较文学观，对某些中国学者视韦勒克为比较文学美国学派平行研究代言人的倾向具有纠偏正误的学术作用。在资料方面，本书运用《康德在英国：1793—1838》（*Immanuel Kant in England 1793 - 1838*，1931）、《英国文学的兴起》（*The Rise of English Literary History*，1941）、《捷克文学论》（*Essays on Czech Literature*，1963）、《对照：19世纪德、英、美三国之间的理智与文学关系研究》（*Confrontations*：*Studies in the Intellectual and Literary Relations between Germany, England, and United states during the Nineteenth Century*，1965）等中国学术界评述较少的韦勒克著作进行分析与论述，深化了中国学界韦勒克研究视野。

中国学者在其他一些文献也对韦勒克的比较文学观进行了研究。干永昌在《比较文学研究译文集》序言中将韦勒克与雷马克和奥尔德里奇一同视为比较文学"美国学派"的代表人物，该书的前言《比较文学理论的渊源与发展》和韦勒克论文中译文之后的四篇后记对韦勒克的比较文学观进行了较为准确而清晰的论述。曹顺庆主编的《比较文学学科理论研究》（巴蜀书社2001年版）第三章"比较文学美国学派学科理论研究"（支宇撰写）以韦勒克为核心，深入阐释了美国学派比较文学的学科理论与方法体系。除此之外，中国比较文学教材都有对韦勒克比较文学观的介绍与评述。比如，陈惇、刘象愚的《比较文学概论》（北京师范大学出版社1988年版），不仅在第一章讨论"比较文学的定义与功能"时引述了韦勒克的《比较文学的危机》和《比较文学的名称与性质》两篇文献，而且在第二章"比较文学的历史和现状"中将韦勒克作为美国学派的代表人物对其生平和主要著述予以专门介绍。再如乐黛云主编的《中西比较文学教程》（高等教育出版社1988年版）一书，第二章"比较文学的性质、范围和意义"对韦勒克的文章进行了引证，第三章论述"比较文学的历史和现状"时对韦勒克又进行了重点介绍。中国学界的比较文学教材与专著基本如此，兹不赘述。

在单篇论文方面，胡燕春取得的成果最多。她在撰写博士学位论文过程前后，先后发表了二十多篇系列论文，这些论文最后都收入其专著《比较文学视野中的雷纳·韦勒克》。这些论文包括：《论雷纳·韦勒克对于诸国文学关系的研究》[《淮阴师范学院学报》（哲学社会科学版）2008年第1期]、《论雷纳·韦勒克文学研究实践中的跨学科维度》[《辽东学院学报》（社会科学版）2008年第1期或《湖南城市学院学报》2008年第1期]、《论雷纳·韦勒克的比较文学本体视域》[《湘潭大学学报》（哲学社会科学版）2008年第2期]、《雷纳·韦勒克比较文学学科研究的贡献述评》（《天中学刊》2008年第1期）、《论雷纳·韦勒克文学研究实践中的自然科学维度》[《江西师范大学学报》（哲学社会科学版）2008年第3期]、《论雷纳·韦勒克文学研究之中的影响研究实践》（《湖北社会科学》2007年第5期）、《论雷纳·韦勒克文学研究实践中的历史维度》（《广西社会科学》2007年第5期）、《雷纳·韦勒克的比较文学学科本体论述评》（《黑龙江社会科学》2007年第3期）、《论雷纳·韦勒克文学研究实践中的艺术维度》[《沈阳师范大学学报》（社会科学版）2007年第4期]、《论雷纳·韦勒克的平行研究视域》[《阜阳师范学院学报》（社会科学版）2007年第5期]等。另外，支宇、罗淑珍的《西方文论在汉语经验中的话语变异——关于韦勒克"内部研究"的辨析》（《外国文学研究》2001年第4期），凌英菲的《新时期韦勒克〈文学理论〉在中国的再版及其研究情况》（《宜宾学院学报》2006年第7期），胡燕春的《论雷纳·韦勒克的文学研究思想在中国的传播与影响》（《中国比较文学》2007年第3期）

和《雷纳·韦勒克文学研究思想在中国的接受历程》[《成都大学学报》（社会科学版）2008 年第 1 期]对韦勒克在中国的接受与流传进行了详细和深入的梳理。李卫涛的《从韦勒克、艾金伯勒到伯恩海默至中国学派——比较文学的跨文明研究轨迹》（《思想战线》2005 年第 4 期）、刘郁琪的《唯美与形式：王国维与韦勒克文学观念之比较》（《赣南师范学院学报》2004 年第 1 期）、胡燕春的《从雷纳·韦勒克的文学史观看中国的文学史研究》（《社会科学辑刊》2007 年第 3 期）和《论雷纳·韦勒克对诸种文学流派的参照研究》[《宁夏大学学报》（人文社会科学版）2008 年第 2 期]等在比较诗学视野下对韦勒克文论进行了讨论。

3. 韦勒克文学史观与批评史研究

西方文论史上，韦勒克的文学史观和批评史独具特色，中国学界对此已经取得了一些成果。

在韦勒克文学史观与批评史研究方面，重要的单篇论文主要有：杨冬的《韦勒克的批评史研究方法述评》（《文艺理论研究》1998 年第 1 期），金琼的《视域·方法·批评个性——雷内·韦勒克〈批评的概念〉研究札记》（《四川文理学院学报》2006 年第 3 期），胡燕春的《论雷纳·韦勒克的文学理论与批评研究的当下意义》（《南京社会科学》2007 年第 2 期）、《比较文学视野中的韦勒克批评理论》[《上海师范大学学报》（哲学社会科学版）2005 年第 5 期]、《雷纳·韦勒克的文学史观述评》（《社会科学》2007 年第 6 期），杜珊珊的《试论韦勒克文学批评观的现实意义》（《安康学院学报》2007 年第 6 期），姜辉的《知识考古学视阈中的韦勒克批评——以〈批评的概念〉为例》[《华南理工大学学报》（社会科学版）2008 年第 4 期]等。

著作方面，除支宇的《文学批评的批评》和胡燕春的《比较文学视野中的雷纳·韦勒克》两部专著外，中国学者还在一些著作中对韦勒克文学史观或批评史观进行专门论述。陶东风的《文学史哲学》（河南人民出版社 1994 年版）、葛红兵的《正午的诗学》（上海人民出版社 2001 年版）、陈国球的《文学史书写形态与文化政治》（北京大学出版社 2004 年版）等对韦勒克的文学史观有深入阐释。杨冬的《西方文学批评史》（吉林教育出版社 1998 年版）对韦勒克批评史观进行了深入的论述。中国学者其他一些文学史著作也受到了韦勒克文学史论观的影响。比如孔范今主编的《20世纪中国文学史》（上、下册）（山东文艺出版社2006年版）在绪论中对韦勒克多有引证。

与韦勒克文学理论体系研究、比较文学研究等领域相比，韦勒克文学史和批评史研究相对薄弱，这还有待中国学者们继续拓展。

4. 中国韦勒克研究的主要不足

根据上述研究现状，我们可以看出，虽然中国学界的韦勒克研究已经取得了长足的进展，但其不足之处仍然不容忽视，这主要表现在以下三个方面。

第一，研究材料与研究尚不全面。迄至2009年，韦勒克的著作尚有 *Immanuel Kant in England 1793 – 1838*（1931）、*The Rise of English Literary History*（1941）、*Essays on Czech Literature*（1963）、*Discriminations: Further Concepts of Criticism*（1970）、*Confrontations: Studies in the Intellectual and Literary Relations between Germany, England, and United states during the Nineteenth Century*（1970）、*The Attack on Literature and Other Essays*（1982）等未有中文译本。虽然中国学者在研究中已经有所运用，但受制于国内图书馆的藏书情况和语言限制，汉语学界的韦勒克研究还是受到了较大的制约。另外，西方学界也未编辑出版《韦勒克全集》，韦勒克尚有许多重要的单篇论文未收入其著作单行本，依据 http://www.lib.uci.edu/libraries/pubs/scctr/Wellek/wellek/网站所收集的韦勒克文献资料，这样的文章尚不在少数。对这些论文，汉语学界的关注也还刚刚才开始。

第二，研究程度尚不够深入与开阔。就韦勒克文论整体研究而言，中国学者的深度与广阔度还有待继续拓展。在20世纪西方文论多元话语中，韦勒克文论独具特色，既具有优点又存在着自身的理论盲点。中国学者现有研究成果从总体上看侧重于准确地理解韦勒克文论的基本框架与特征。即使这样，现有研究成果仍然还不够深入和细腻。作为韦勒克文论的逻辑起点，文学作品存在方式论究竟在其理论体系中起到什么样的作用？韦勒克文学结构本体论的理论内涵和价值是什么？韦勒克作品层次论如何界定作品的诸层次？韦勒克文论与批评史写作的关系如何？除此之外，还有许多问题需要进行深入的论述与研究。在研究视野的开阔程度上，虽然中国学者们也试图将其放置到西方文论与批评发展史中进行审视，以期揭示出韦勒克的独创性贡献，但是韦勒克文论与其他文论流派关系的研究仍然显得比较单薄。比如，在韦勒克文论与俄国形式主义、结构主义语言学、现象学文论的同与异问题上，汉语学界的研究仍然不够充分。即使是韦勒克与英美新批评派其他理论家在文学审美特征和研究方法等的关联以及韦勒克比较文学观念与方法等许多问题，中国学者的研究也还未得到充分展开。

第三，研究视野尚不够独特和深刻。与西方学界相比，中国学者还没有表现出自己独特的研究特色和学术深度。在这方面，中国学者完全应该站在中国诗学传统的理论地基之上，以独特的中国文化身份参与韦勒克研究，从而取得西方学者无可比拟的理论眼光和成果。此外，中国学者研究韦勒克文论还是为了深化自身对文学这一文化形态和艺术门类的认识。作为一个独特的理论资源，韦勒克文论应该最终在研究过程中变成中国特色文学理论体系建设中的一个有机养料和组成部分。在韦勒克文论与中国古典文论的交往对话与理论融汇方面，中国学者的研究尚显得非常单薄。

（三）韦勒克对新中国文论与批评的影响及其在中国新时期的话语变异

韦勒克文论对中国新时期文论的影响是全面而深刻的，与此同时，中国语境也使其话语功能与内涵产生了一些明显的变异。韦勒克对新中国文论与批评的影响与变异问题是中西文论交往对话中非常值得关注的现象。

1. "文学研究向内转"：韦勒克与新时期中国文艺学

1949年以后，中国文论与批评的主导形态是社会历史批评。新时期以来，西方文论大量涌入中国，中国文论发生了一个从注重文学的"外部"因素（即历史、政治和社会因素）向注重文学的"内部"因素（即作家心理、情感、语言和形式因素）的转向。在这一过程中，韦勒克文论产生了举足轻重的影响。

韦勒克文论一个重要的特征是对文学理论与批评"内部研究"（intrinsic study）与"外部研究"（extrinsic study）的区分。1985年，刘再复将"近来文学研究方法表现出来的倾向"进行了五点概括，其中第二点即是"由外向内，即由着重考察文学的外部规律向深入到研究文学的内在规律转移。……近年来研究的重心已转移到内部研究，即研究文学本身的审美特点，文学内部各要素的相互联系，文学各种门类自身的结构方式和运动规律等，总之，是回复到自身"。① 著名作家刘心武明确引述韦勒克的《文学理论》来阐述"内部研究"，并热切地号召说："我们亟需向文学内部即文学自身挺进，去探索文学内部的规律，或者换个说法，就是去探讨文学的本性。"② 1986 年 10 月 18 日鲁枢元在《文艺报》发表《论新时期文学"向内转"》一文，进一步强化了韦勒克"内部研究"概念在中国批评界的影响。王春元的《文学的外部规律与内部规律》（《文艺报》1986 年 10 月 3 日）一文将"内部研究"视为对"语言艺术的独特性"的研究。在 80 年代的"文学本体论"、"文学主体性"和"重写文学史"等理论论争中，韦勒克对新时期中国文学研究"向内转"倾向的形成与深化起到了至关重要的作用。批评家旷新年回顾说："'新批评'的理论家韦勒克与奥斯汀·沃伦合著的《文学理论》也在 80 年代被作为文学理论的'圣经'译介到中国并且发生了覆盖性的影响。《文学理论》所提出的有关'内部研究'与'外部研究'的剖析被奉为圭臬，由此发动了'文学回到自身'与'把文学史还给文学'的潮流。"③ 借助于韦勒克"内部研究"概念，新时期中国文论家与批评家们成功地将文学从政治工具论和机械反映论思维框架中挣脱出来，从而将文学作品的语言结构、叙事手法和艺术风格等当作文学批评的主要对象。

2. 审美主义话语：韦勒克与中国当代审美主义话语形态

韦勒克文论认为，文学作品是一种"符号结构"，具有"审美性"、"虚构性"和"想象性"多种特质。新时期中国文论最主要的任务是将文学从政治宣传工具中剥离出来，恢复其作为语言艺术的审美性属性。韦勒克文学本质论对审美、虚构和想象的强调和对现实主义的批评使它对中国当代文论家产生了巨大的吸引力。

韦勒克文学本质论认为，文学作品的本体是"审美性"的"语言结

---

① 刘再复：《文学研究思维空间的拓展》，《读书》1985 年第 2、3 期。
② 刘心武：《关于文学本性的思考》，《文学评论》1985 年第 4 期。
③ 旷新年：《"重写文学史"的终结与中国现代文学研究转型》，《南方文坛》2003 年第 1 期。

构"，文学研究的首要对象就是这一"语言结构"的"审美特征"。所谓审美性，主要指的是文学作品在语言运用上的独特性质，即其运用音韵、节奏和格律等多种方式强化语音和文字方面美感的性质。在韦勒克看来，文学作品的"虚构性"意指文学作品是一种语言的交织体，它本身就是一个虚构的语言世界。无论是诗歌还是小说或戏剧，文学作品的虚构性要求我们不能将其看作现实生活的客观反映和真实再现。文学作品的"想象性"特征与文学作品的"虚构性"特征是紧密联系在一起的。文学通过语言的"符号结构"来反映社会生活，它与生活和现实是根本不同的两回事。新中国成立以来，中国批评受现实主义美学影响，普遍将文学看作社会发展与历史事件的真实反映。从"审美性"、"虚构性"和"想象性"出发，韦勒克指责现实主义理论是"极为拙劣的美学"，认为现实主义作家经常试图成为社会学家和宣传家，经常将艺术虚构与信息传达和实用劝诫混为一谈。韦勒克说："现实主义的理论是极为拙劣的美学，因为所有的艺术都是'制作'（making），并且本身是一个由幻想和象征形式构成的世界。"① 韦勒克契合了新时期中国文论急切地想摆脱现实主义美学的时代需要，从而得到中国批评家的普遍欢迎。在中国新时期文论审美主义话语建构的过程中，韦勒克文论是重要的理论资源之一。

3. 比较文学"中国学派"：韦勒克与中国比较文学学科理论

韦勒克是比较文学美国学派的代表人物之一，中国比较文学学者很早就开始关注其比较文学观。韦勒克的名文《比较文学的危机》1981年就译为中文，是其在新时期最早被译为中文的论文之一。韦勒克对中国比较文学学科的影响主要表现为两个方面。

第一是学派意识。韦勒克是比较文学美国学派学者最早对法国学派开展论争的学者，他的论文《比较文学的危机》被称为是比较文学美国学派的宣言书。受韦勒克影响，中国比较文学学者具有非常鲜明的学派意识，一方面，中国比较文学学者通常将比较文学学科发展史理解为学派演化的历史；另一方面，中国学者非常自觉地倡导建设比较文学"中国学派"。

---

① 韦勒克：《批评的诸种概念》，丁泓、余徵译，四川文艺出版社1988年版，第243页。

举例而言，干永昌等主编的《比较文学研究译文集》就将比较文学史描述为从"法国学派"到"美国学派"再到"苏联学派"的发展史。这在很大程度上影响了中国学者的比较文学观。曹顺庆主编的《比较文学学科理论研究》（巴蜀书社 2001 年版）同样将学派发展视为比较文学学科理论发展的主要线索。比较文学"中国学派"最初由台湾学者李达三、古添洪、陈慧桦等于 70 年代提出。在大陆，自季羡林先生 1981 年最早提出这一概念后，中国大陆学者一直是比较文学"中国学派"最热心的倡导者。1995 年，曹顺庆提出："跨文化研究（跨中西异质文化）是比较文学中国学派的生命源泉，立身之本，优势之所在；是中国学派区别于法、美学派的最基本的理论和学术特征。"[①] 这一概括是在将中国比较文学所取得的成果与法国学派和美国学派的比较中归纳出来的。2001 年，曹顺庆将"跨文化研究"改称为"跨异质文明研究"，将其作为中国学派理论特征，并明确提出中国学派是比较文学发展的第三阶段。[②] 韦勒克的学派意识对比较文学中国学派的建立具有重要的启示性意义。

　　第二是比较文学研究的"文学性"。韦勒克比较文学观建立在其文学理论基础之上，非常强调文本分析和审美批评，将"文学性"视为比较文学研究的关键性问题。在《比较文学的危机》一文中，韦勒克对法国学派的批评主要集中于其"实证主义"文学观，否定法国学派将研究领域限制为"国际文学关系史"。中国比较文学学者受韦勒克影响，也特别关注比较文学研究的"文学性"问题。新时期早期，中国比较文学流行"X + Y"式的平行比较，试图跨时空地进行中外文学主题、形象和技巧等研究，这与韦勒克比较文学观反实证主义倾向的影响密不可分。90 年代以来，随着比较文学向文化研究的转型，中国学者努力用"文学性"概念来抵御视觉文化、大众文化研究等学科对比较文学的渗透。韦勒克对文学"内部研究"和"文学性"的强调为中国比较文学提供了有力的理论武器。

---

　　① 曹顺庆：《比较文学中国学派基本理论特征及其方法论体系初探》，《中国比较文学》1995 年第 1 期。

　　② 曹顺庆：《比较文学学科理论发展的三个阶段》，《中国比较文学》2001 年第 3 期。

4. 文艺心理学与接受美学研究的纳入：韦勒克"内部研究与外部研究"的话语变异

文学的"内部研究"与"外部研究"，是韦勒克提出的一对重要理论范畴。受韦勒克影响，中国新时期文论大力倡导文学的"内部研究"。值得注意的是，中国语境使韦勒克文论在语义内涵上发生了比较大的话语变异，这主要表现在两个方面。

其一，在作家研究的问题上。中国新时期文论中的"内部研究"包括作家研究，而韦勒克的"内部研究"概念则完全没有作家研究的立足之地。新时期中国文学界的"内部研究"明显高扬着作家的创作"主体性"，在哲学意识上有着强烈的人本主义色彩。作家的个体心理结构和潜意识、直觉、灵感等非自觉意识成为文学创作中最为重要的"内部规律"。新时期倡导"内部研究"最有力的批评家刘再复非常强调作家内在个性心理结构，在他的关于新时期文论"由外向内转换"的描述中，"文艺心理学"是文学研究从"外部"转向"内部"的"七个表现"之一。根据马斯洛的人本主义心理学，刘再复把作家主体的心理结构分为生存需求、安全需求等五个基本层次，并最终把文学创作归结为作家精神世界的自我实现，"这种实现的特点，是作家全心灵的实现，全人格的实现，也是作家的意志、能力、创造性的全面实现"。① 韦勒克的"内部研究"则将"传记研究"和"心理学研究"排斥在真正的文学研究之外。

其二，从读者方面看，中国新时期文论中的"内部研究"在语义内涵上还包括接受美学对读者阅读经验研究，而韦勒克的论述则不包括这一内容。中国学者普遍将接受美学在中国的兴起当作文学研究从"外部规律"进入"内部规律"的一个重要证据，刘再复在描述新时期文学研究"由外到内"的趋向时就把接受美学视为一个重要标志。刘再复一边批评传统文艺学，一边高度赞赏接受美学。他说："以往的文学观念，往往把读者接受文学的过程看成是一个消极的、被动的过程，而接受美学则把接受过程看成是一个积极的、主动的、再创造的过程，这样，读者就参与了创造，

---

① 刘再复：《论文学的主体性》，《文学评论》1985 年第 6 期、1986 年第 1 期。

就包含了本身的价值，而不是被动的文本的接受者。"① 韦勒克则认为读者经验并不能真正影响作品本体，他的"内部研究"与接受美学大异其趣。

5. 走向"人类学的本体论美学"：韦勒克文学作品层次论的话语变异

受现象学家英伽登的影响，韦勒克将文学作品的构成分为四个基本层次，即语音层面、意义单元、世界层面和形而上学层面。这一层次论对20世纪中国美学与文论影响很大，许多文学概论和艺术概论等著作都予以采用，举例而言，童庆炳主编的《文学理论教程》（高等教育出版社2004年版）、彭吉象主编的《艺术学》（北京大学出版社1994年版）、王一川主编的《新编美学教程》（复旦大学出版社2007年版）等都是如此。其中，李泽厚"人类学本体论美学"的艺术作品构成论是西方文学作品层次论在中国发生话语变异的很有代表性的个案。

李泽厚在《美学四讲》第四章中提出了艺术作品结构观包括"形式层、形象层和意味层"三个层次。这一理论的三个层面与韦勒克的作品层次论相比都有重大的差异。在形式层，李泽厚的"形式层"概念由韦勒克文学作品层次的"语音层面"和"意义单元"两个层面合并而来，但具有截然不同的理论内涵。首先，李泽厚的"形式层"可运用于一切艺术作品，而韦勒克的"语音层面"和"意义单元"只针对文学作品进行分析。其次，李泽厚讨论"形式层"的目的并不在于详细分析艺术作品物质材料和形式结构的内部构成，而在于讨论"原始积淀"。在李泽厚看来，艺术作品的"形式层"并不单纯是一个艺术作品的形式外观和材料特征的问题，而是一个体现着人类历史进程、蕴含着时代性和社会性的问题，是一个人类感觉和知觉这些动物性能力发生"人化"的问题。在世界层面，韦勒克的"世界层面"产生于"语音层面"和"意义单元"层面之上，"从这两个层次上产生出了一个由情景、人物和事件构成的'世界'，这个'世界'并不等同于任何单独的语言因素，尤其是等同于外在修饰形式的任何成分"。② 李泽厚提出"形象层"的目的在于分析审美心理的"情感和欲望"的"人化"现象。在李泽厚看来，人类的"情欲"与感知一样，

---

① 刘再复：《文学研究应以人为思维中心》，《文汇报》1985年7月18日。
② 韦勒克：《批评的诸种概念》，丁泓、余徵译，四川文艺出版社1988年版，第277页。

经历了一个从生理性、动物性到心理性和人类性的"积淀"过程。李泽厚"人类学本体论美学"在强调理性、社会和历史对人类情欲塑造的同时，肯定了"情欲"表现在艺术创作与批评中的地位，从而有意识地为中国新时期艺术突破意识形态工具论提供理论支持。最后，"形而上学层面"在《文学理论》中并未受到重点论述，它在韦勒克文论体系中的面目是模糊不清的。与此相反，李泽厚则非常重视艺术作品的"意味层"。李泽厚认为，艺术对人类"心理本体"具有强大的培育作用："艺术作品的意味层却正是超越语言的无意义而传递出来的'意义'，从而这意义只能是不可言传的本体意味……专指这些意味之中的某种更深沉的人生意味。"① 艺术作品的"意味层"给人类带来深沉的人生感受，它在个体的审美经验中实现了超个体的历史感和时间感，它是积淀了人类社会历史的情感，是对"人值得活着"的强有力的确证，比科学、宗教具有更高的价值。服务于中国新时期的美学任务，李泽厚创造性地为韦勒克等的文学作品层次论注入了全新的内涵。

中国韦勒克研究从无到有、从少到多、从浅到深，无论是翻译、研究还是阐释，中国韦勒克研究都取得了比较大的成就。尤其值得关注的是，新中国文论经历了风云变幻，与20世纪同行的韦勒克对中国新时期以来的文学理论与批评影响巨大。他独特的文论体系、他的文学史观、批评史观、比较文学观以及文学研究方法等是中国新时期文论家和批评家重要的理论资源。在这一过程中，中国语境对韦勒克文论进行了全新的理解与创造性转换。进入90年代以后，政治哲学和社会学等成为汉语学界主导学科，中国批评语境开始从审美人道主义话语形态向文化政治学话语形态转型，文化研究（culture studies）成为最为活跃的研究领域。这样，关注文学"内部研究"的韦勒克逐渐退出批评热点。但是，任何有说服力的文化批评仍然必须落实到文本分析与解读之上。从这个意义上讲，正如新批评为后结构主义、后殖民主义、女性主义、新历史主义提供了基本的分析工具一样，韦勒克文论对于当今文学批评与文化研究仍然具有可资借鉴的理论价值。可以预期，随着时间的推移，中国的韦勒克研究还会取得更多的

---

① 李泽厚：《美学四讲》，生活·读书·新知三联书店1989年版，第238页。

理论成果。

十二 其他相关研究

（一）外国文论在中国

自1949年新中国成立起，外国文论在中国的译介，一直是令中国文坛高度重视的一个关注点。外国文论在中国的译介不仅对新中国的文学理论、文学批评建设和发展产生了深刻的影响，并且还极大地影响甚至改变了中国当代文学创作的走向乃至文化价值观。回顾这六十年来我们国家对外国文论的译介过程，我们不难发现它明显地经历了三个阶段，即从新中国成立初期至"文化大革命"结束的第一阶段、从20世纪70年代末至80年代末的第二阶段和自90年代至今的第三阶段。如果说，第一阶段我们可命之为"苏俄文论独领风骚"阶段的话，那么第二阶段我们也许可命之为"西方文论渐成热点"阶段，而第三阶段则可命名为"外国文论译介全面繁荣"阶段。

下面我们根据外国文论在中国的译介所经历的三个阶段，对其译介情况进行梳理，并探讨不同历史阶段我国外国文论译介的基本特点及其对中国文论乃至整个学界的影响、意义和价值。

1. 1949—1976：苏俄文论独领风骚

20世纪五六十年代我国的外国文论译介以马克思主义文论，特别是以苏联文论为主，包括列宁、斯大林和高尔基的著作、苏联作家代表大会的文件、苏共中央的决议和日丹诺夫讲话等。与此同时，对欧美古典文论虽也有所译介，但也是以俄国革命民主主义者别、车、杜的现实主义批评理论为主要译介对象。

1949年，上海群益出版社重版了苏联学者顾尔希坦的《论文学中的人民性》（戈宝权译，1947年首版于香港海洋书屋）。同年，北平天下图书公司也出版了该书，书名改为《文学的人民性》，并于1950年、1951年连续重版。1950年，马克思的《艺术的真实》出版。接着，1951年北京的文艺翻译出版社出版了《作家与生活——第二届全苏青年作家会议论文集》（刘辽逸译），其中收入了苏联作家法捷耶夫、爱伦堡等人的文章。以上著述的翻译出版，拉开了新中国译介外国文论的帷幕，同时也标志着新中国的外国文论译介明确走上了以马克思主义文论，特别是以苏联文论为主要译介对象的道路。

1952—1954年，为配合国内学习苏联社会主义现实主义文艺理论、宣传马克思主义、唯物主义文艺观的政治要求和文化需要，上海的新文艺出版社编辑出版了"文艺理论学习小译丛"，三年之间出版了六辑，① 每辑十篇著作，介绍的基本上都是苏联学者撰写的文艺理论著作，也包括少数马克思主义的文论。这些著作虽然篇幅短小（一般只有几十页），但都具有强烈的政治倾向性和鲜明的时代色彩。第一辑（1952年出版）中主要有缅斯尼柯夫《论社会主义现实主义的基本特征》（田森、刘运琪译）、叶高林《斯大林关于语言学著作中的文学问题》（何勤译）、《反对文学中的思想歪曲》（《真理报》专论，齐思闻译）、《反对文学批评中的庸俗化》（《真理报》专论，齐思闻译）、顾尔希坦《论苏联文学中的民族形式问题》（戈宝权译）、约·里瓦伊《作家的责任》（徐继曾译）等，都是谈论的思想问题和政策问题，根本未涉及文学的内部规律和艺术特征。第二辑、第三辑（1953年出版）中主要有苏尔科夫《苏维埃文学发展的几个问题》（蔡时济译）、《克服戏剧创作的落后现象》（《真理报》专论，蔡时济译）、留里科夫《古典作家的遗产与苏维埃文学》（高叔眉译）、彼沙列夫斯基《斯大林社会主义现实主义原则是艺术科学的最高成就》（高叔眉译）等，也是政策宣传和思想教育为主，未涉及文学艺术的内部问题，只有安东诺夫的《论短篇小说的写作》（岳麟译）算是讨论艺术技巧问题的。第四辑至第六辑中的著作（1954年出版），虽然有一些论文涉及艺术的形式和技巧问题，如赖松姆纳等的《论艺术的内容和形式》（叶知等译）、雷伐金的《论文学中的典型问题》（朱扬译）、那察伦柯的《技巧和诗的构思》（罗洛译）、尼古拉耶娃的《论文学的特征》（方健译）等，但多少都带有"内部研究"的特征。与此同时，引人注目的仍然是那些思想性和政治性的"文论"，诸如罗米什的《斯大林与苏维埃文学》（胡鑫之译）和苏联《戏剧》杂志专论《论批评》（戚雨村译）、别尔金的《契诃

---

① 该译丛可能直到1955还在出版，估计已出到第七辑。但作者未见到第七辑的著作，故只讨论前六辑的情况。

夫的现实主义》（徐亚倩译）等。

与新文艺出版社推出"文艺理论学习小译丛"的同时，北京的文艺翻译出版社也译介了不少苏联文论，如《苏联文学艺术工作的任务》（法捷耶夫等著，蔡时济译）、《社会主义现实主义的几个问题》（西蒙诺夫等著，郑伯华等译）、《论苏联文学中的军事题材》（斯珂莫洛霍夫等著，许铁马译），从而为积极译介社会主义现实主义文论推波助澜。

1955年，新文艺出版社（后改为上海文艺出版社）又开始编辑出版"文艺理论译丛"，至1958年共出版四辑四十部（篇）著作，继续引领外国文论译介的潮流，并使它具有更加鲜明的"社会主义现实主义"色彩。第一辑（1955—1956年出版）包括：特罗斐莫夫等《马克思列宁主义美学原则》（金霞译）、阿·伏尔柯夫《列宁和社会主义美学问题》（史慎微译）、安·卡拉瓦叶娃《思想性与技巧》（阮冈译）、叶果洛夫《论艺术的内容和形式问题》（吴行健译）、留里科夫等《艺术的宝藏》（蔡时济等译）、杰米基耶夫《第二次全苏作家代表大会——苏联文学史上最重要的路标》（戈安译）、谢尔宾纳《文学与现实》（硕甫译）、万斯洛夫《艺术中的内容和形式问题》（侯华甫译）、叶密里娅诺娃《按照高尔基的方式关心年青作家》（杨骅译）等，无一不与苏共党的文艺政策密切相关，只有万斯洛夫的著作有较高的理论价值。第二辑（1956—1957年出版）包括《关于文学艺术中的典型问题：〈苏联共产党人〉杂志专论》（廷超译）、伊凡诺夫《列宁的文学党性原则》（史慎微译）、阿波列相《列宁和艺术的人民性问题》（戈安译）、奥泽洛夫《社会主义现实主义的若干问题》（戈安译）、阿·杰明季耶夫《社会主义现实主义：苏联文学的主要方向》（曹庸译）等宣扬社会主义现实主义的论著，也包括一些研究文学的艺术性的著述，如勒佐姆奈依《艺术形象》（侯华甫译）、谢尔宾娜[纳]《典型与个性》（一之译）、塔马尔钦科《个性与典型性》（方予译）、英贝尔《灵感与技巧》（戈安译）、叶·果尔布诺娃《剧作家的技巧》（刘豫璇译）等。从数量上看，两类著作平分秋色。1958年出版的第三辑、第四辑，继承了前两辑的传统，继续把社会主义现实主义作为译介的重点。如特罗菲莫夫等《马克思列宁主义美学》（马晶锋译）、福明娜《普列汉诺夫的文学和艺术观》（张祺译）、特罗菲莫夫《社会主义现实主义——苏联艺术的创作方法》(牛治译)和《现代资产阶级反动艺术与美学主要流派的批判》(吴天真译)、万斯洛夫《艺术的人民性》(刘颂燕译),以及德国作家约翰涅斯·贝希尔的《诗与生活》(林枚生、善懿译),都是苏联版的马克思主义文论。另外,英贝尔的《再论灵感与技巧》(戈安译)、万斯洛夫和特罗菲莫夫的《美与崇高》(夜澄译)、伊·斯莫尔耶尼诺夫和尤·波列夫的《悲剧和喜剧》(吴行健译)则较多地涉及艺术性或审美问题。1959年,新文艺出版社(上海文艺出版社)仍在出版"文艺理论译丛",如赫拉普钦科等人的《世界观和创作》(戈安译)即出版于该年。

当新文艺出版社(上海文艺出版社)为译介苏联文论连续推出两个"译丛"、翻译出版了上百部小册子、干得如火如荼的时候,北京的人民文学出版社出版了卢那察尔斯基的《论俄罗斯古典作家》(1958)以及《日丹诺夫论文学》(1959)等苏联文论,并且推出了"苏联文艺理论译丛",先后出版了《世界文学中的现实主义问题》(1958)、《苏联作家论社会主义现实主义:第一次苏联作家代表大会前后的有关言论》(1960)等著作(文集)。这是由中国科学院文学研究所苏联文学组编写的,但似乎没有持续下去。而且,在苏联作家第二次代表大会修正了有关社会主义现实主义的定义之后,还着力重温第一次代表大会前后的言论,暴露了中国文坛在社会主义现实主义问题上的保守性,其观点已经与"解冻"后的苏联同行渐行渐远。

还有一个重要的文学现象值得关注,那就是五六十年代专门译介外国文论的期刊——《文艺理论译丛》在译介外国文论方面的贡献。1957年,中国科学院文学研究所创办的《文艺理论译丛》于当年7月创刊,到1958年12月,共出版六期,后因故未能续出。1961年6月恢复再次出刊,更名为《古典文艺理论译丛》。由于改刊后的"译丛"不刊载当代的文章或资料,中国科学院文学所决定同时创办《现代文艺理论译丛》,译介的重点仍然是苏联学者的文艺理论。但后来由于意识形态的纷争以及中苏关系恶化,对苏联文坛最新情况的报道逐渐变成了"内部参考"资料。例如,《现代文艺理论译丛》出了多期增刊:《苏联文学与人道主义》(1963)、《苏联文学中的正面人物、写战争问题》(1963)、《苏联青年作家及其创作问题》(1963)、

《苏联文学与党性、时代精神及其他问题》(1964)、《苏联一些批评家、作家论艺术革新与"自我表现"问题》(1964)、《人道主义与现代文学：报告集》(上、下册，1965年)、《勒菲弗尔文艺论文选》(1965)等大部头著述，均由北京作家出版社作为"内部参考"出版。

此外，苏联科学院哲学研究所、艺术史研究所编写的长篇巨著《马克思主义美学原理》(陆梅林等译) 1961 年由生活·读书·新知三联书店出版，苏联艺术科学院美术理论与美术史研究所编写的《马克思主义美学概论》(杨成寅译) 1962 年由北京人民美术出版社出版。

应该说，中国学界翻译和研究苏联文论的热情是极为高涨的，苏联文论的译介构成了中国文化界接受马克思主义文论和马克思主义美学的重要中介，并在相当长的历史时期被当成了马克思主义文论本身，而对西方古典文论的译介就要少得多，至于对西方当代文论的译介那就更少了。

不过俄国的古典文论还是得到了充分的重视的。其实早在 19 世纪 20 年代，俄国革命民主主义者的文论就已经得到了中国学者的系统评介。[①] 1949 年以后，别、车、杜的美学思想成为中国美学界和批评界宝贵的精神财富，对他们的介绍力度更胜过从前。首先，别、车、杜著作的翻译开始逐步形成系统。如 1952—1953 年，时代出版社出版《别林斯基选集》(两卷，满涛译)；1958 年新文艺出版社又出版《别林斯基论文学》(梁真译)；1956 年，《车尔尼雪夫斯基论文学》(辛未艾译)上卷出版 (1965 年出版中卷，1983 年出齐下卷)；1957 年，人民文学出版社出版了车尔尼雪夫斯基的《美学论文选》(缪灵珠译)，重版了车氏的《生活与美学》(周扬译)；1958—1959 年，生活·读书·新知三联书店出版《车尔尼雪夫斯基选集》(上、下卷，多人合译)；1954 年，新文艺出版社出版《杜勃罗留波夫选集》(辛未艾译)。这些著作大都在短时间内得以重印，是 20 世纪五六十年代最受欢迎的外国文论著作。与此同时，苏联学者研究别、车、杜的著作也翻译出版了不少。如列别杰夫的《别林斯基画传》(晨光出版公司 1951 年版)，约夫楚克的《别林斯基》(人民出版社 1954 年版)，依列里茨基的《别林斯基的历史

---

① 郭绍虞：《俄国美论与其文艺》，《小说月报》十二卷号外"俄国文学研究"，1921 年 9 月。

观点》(生活·读书·新知三联书店1956年版),戈洛文钦科的《别林斯基》(作家出版社1957年版),普罗特金的《俄国天才的学者和批评家——车尔尼雪夫斯基》(新华书店1950年版),普列汉诺夫的《车尔尼雪夫斯基评传》(新文艺出版社1951年版),留里科夫的《车尔尼雪夫斯基》(作家出版社1956年版),岳夫楚克的《杜勃罗留波夫研究》(正风出版社1950年版)和《杜勃罗留波夫底哲学和政治观》(正风出版社1952年版),阿尔克希伯夫《杜勃罗留波夫的文学批评的原则》(新文艺出版社1954年版),等等,都得到了及时的译介。

顺便一提,随着别、车、杜著述在中国的译介,还出现了一批中国学者的相应研究论著,它们借助马克思主义的辩证唯物主义和阶级分析的方法,重新评价和阐释别、车、杜的文艺思想,明显带有50年代中国的时代色彩。如1958年,刘宁《别林斯基的美学观点》(《北京师范大学学报》1958年第3期)一文在介绍别林斯基的革命民主主义美学时,称赞别林斯基"正确阐明了艺术与政治之间辩证的统一关系","坚持和捍卫了文学的人民性原则"。汝信的《论车尔尼雪夫斯基对黑格尔艺术哲学的批判》(《哲学研究》1958年第1期)是当时颇有分量的一篇论文。该文从美的定义、艺术美与自然美、悲剧理论、艺术的社会意义四个方面,分析了车尔尼雪夫斯基的美学观,展示了车氏对黑格尔美学的超越以及他不如黑格尔深刻的地方。值得注意的是,作者在文中还批判了苏联学者拔高车尔尼雪夫斯基的做法,明确提出车氏美学的哲学基础就是费尔巴哈的人本主义哲学,但承认"车尔尼雪夫斯基的美学思想是马克思主义以前的唯物主义美学的最高成就"。

鉴于马克思、恩格斯、列宁、斯大林都没有系统的文艺学论著,所以别、车、杜的著作在当时中国文坛几乎被奉作"准马列"著作,并成为当时文艺论战时进攻的矛和自卫的盾。① 由此也可以看出,在当时中国的文化生活中,别、车、杜所处的"中心"地位也仅仅是相对于西方的理论家

---

① 舒芜:《对论敌也要公平——读〈车尔尼雪夫斯基论文学〉上卷札记》,《新港》1956年第6期;辛未艾:《车尔尼雪夫斯基和宽容——驳右派分子舒芜"对论敌也要公平"》,《文汇报》1957年9月17日。

而言的，他们仅仅是作为马列主义文论的补充而显示其价值的。换句话说，只有在论述某些问题而马列又没有著作可供引用时，人们才想到别、车、杜，套用车尔尼雪夫斯基对于艺术的作用的说法，就是"代用品"。在50年代中国的报刊上，讨论最多的是社会主义现实主义文艺理论和毛泽东的文艺思想，而研究别、车、杜文艺思想的学术论文总共不过二十来篇。当然，翻译最多的也是马克思主义文论和苏联文论，特别是关于社会主义现实主义的言论。

不无必要指出的是，译介数量的多寡与译介成就并不成简单的正比关系。事实上，中国学界对于西方古典文论的译介，在五六十年代也已经初具雏形。上文提到的《古典文艺理论译丛》，自1961年6月创刊至1966年4月共出刊11期（辑），主要刊登西方的古典美学及文艺理论著作（即古代和资产阶级上升时期的著作）。第一辑，19世纪英国浪漫主义文论专辑；第二辑，近代德法浪漫主义文艺思想专辑；第三辑，莎士比亚专辑；第四辑，东欧文论专辑；第五辑，18世纪西欧美学思想专辑；第六辑，欧洲悲剧理论专辑；第七辑，欧洲喜剧理论专辑；第八辑，19世纪中期美学思想专辑；第九辑，莎士比亚评论专辑；第十辑，东方诸国重要古典文论及巴尔扎克专辑；第十一辑，关于形象思维资料辑要。由此可见，《古典文艺理论译丛》几乎囊括了西方历代各种流派的重要理论家和作家有关文学基本原理以及创作技巧的论述，内容丰富，视野开阔。出现在丛书中的译者则有钱锺书、杨绛、冯至、罗念生、张黎、董问樵、曹葆华、袁可嘉、缪灵珠、柳鸣九、陈涌、徐继曾、刘若端、林波、兴万生、叶水夫、盛澄华、吴兴华、王晓峰、张君川、张玉书、田德望、李健吾、成时、陈占元、鲍文蔚等数十位，几乎会集了当时外国文学界第一流的翻译家。

作家出版社、人民文学出版社、商务印书馆等多家出版单位也都出版过西方古典文论的单行本。流传较广的有：黑格尔《美学》第一卷（朱光潜译，商务印书馆1958年版），克罗齐《美学原理》（朱光潜译，作家出版社1958年版），亚里斯多德、贺拉斯《诗学 诗艺》（罗念生、杨周翰译，人民文学出版社1962年版），《柏拉图文艺对话集》（朱光潜译，人民文学出版社1963年版），爱德华·扬格《试论独创性作品》（袁可嘉译，人民文学出版社1963年版），锡德尼《为诗辩护》（钱学熙译，人民文学出版社1964年版），鲍山葵《美学三讲》（周煦良译，上海人民出版社1965年版），H. 帕克《美学原理》（张今译，商务印书馆1965年版），等等。此外，当代西方学者的论著也有所介绍，如亨利·阿杰尔的《电影美学概述》（徐崇业译，中国电影出版社1963年版）。

这些译作虽然数量不多，但对中国的文艺理论研究和文学批评产生了持久深远的影响。不论是亚里士多德的"诗比历史更真实"的观念，还是贺拉斯的类型说和"寓教于乐"主张，或者柏拉图的模仿说和"影子"理论，以及黑格尔的美学思想，都始终受到中国学术界的关注。例如，朱光潜先生作于60年代初的《西方美学史》，即把柏拉图、亚里士多德、康德、黑格尔视为四个最重要的美学家，并且在分析别林斯基、车尔尼雪夫斯基等人的美学思想时，明确指出他们之间的继承关系，并说明老师（康德、黑格尔）在许多方面胜过学生（别、车）。他说："别林斯基到了晚期虽基本上转到唯物主义，却也并没有完全摆脱掉黑格尔的影响。"[1] 朱光潜认为，车尔尼雪夫斯基在批判黑格尔美学时并非直接批判黑格尔本人的"美是理念的感性显现"，而是把黑格尔左派门徒费肖尔当作批判对象。由于费肖尔在阐述黑格尔美学时不得要领，"所以在瞄准靶子时，车尔尼雪夫斯基就已经稍微射偏了一点"。车尔尼雪夫斯基把流行的美学观点即费肖尔所发挥的黑格尔的美学观点归结为三个命题：（1）艺术美弥补自然美的缺陷；（2）艺术起于人对美的渴望或本性要求；（3）艺术内容是美。车尔尼雪夫斯基逐个批判了这三个命题，提出现实美高于艺术美，艺术起源于人对生活的渴望，"诗的范围是全部的生活和自然"，反对把艺术（诗）的内容"归入美及其各种因素的狭窄项目里去"。朱光潜认为，费肖尔在阐述黑格尔的思想、批判自然美时，"是肤浅的，烦琐的，只看浮面现象而没有抓住本质的，不完全符合黑格尔本意的，值不得用这么大的力量去批判；因而车尔尼雪夫斯基的批判往往是跟着被批判的对象转，也流于肤浅烦琐"。朱光潜说："应该指出，（1）黑格尔并不是把艺术美和自然美摆在同一个静止的平面上来看，说艺术美是用来弥补自然美的；而是从发展观点来看，说自然只是自在的而不是自为的（自觉的），就精神

---

[1] 朱光潜：《西方美学史》（下卷），人民文学出版社1979年版，第517页。

的发展来说，它所现出的美还是不完满的；等到精神发展到自在又自为的阶段，才能有艺术，所以艺术代表美的最高发展阶段，也正因为这个道理，艺术美高于现实美。（2）黑格尔从来没有说'艺术起于人对美的渴望'，他只说，艺术体现人类精神的一个发展阶段，而它具有美的特质。（3）黑格尔也不曾说'艺术内容是美'，而只说艺术内容是'理念'（普遍力量或人生理想），感性形象就是形式，而美则显现于内容与形式的统一体上。他倒有把艺术和美等同起来的毛病，因为'理念的感性显现'适用于美，也适用于艺术。"①

2. 1977—1989：西方文论渐成热点

这个时期，中国学界一方面仍继续在译介苏联文论和马克思主义文论，但另一方面，西方文论渐渐成为当时外国文论译介的真正重点，至于西方的现当代文论则更是成了众所瞩目的译介热点。

其实还在"文化大革命"后期，中国就已经开始注意当代国外的文论，只是它们是以"批判材料"和"内部参考"的名义与读者见面的，受众比较有限。当时首先受到关注的当然还是苏联文论。譬如当代苏联文艺理论家赫拉普钦科的新著《作家的创作个性与文学的发展》，"文化大革命"后期已经"内部出版"，而1977年上海人民出版社公开出版了该书，但在《译者前言》里仍保留了对这本"反动无耻"的著作进行的批判和抨击。其实该书将社会主义现实主义文学、社会主义文学、苏联文学等概念进行了区分，从而让读者得以窥见苏联文学丰富的一面，令中国读者耳目一新。这也就是为什么该书在最初出版时尽管是"供批判用"的，但一旦中国结束了"文革"动乱、恢复了正常的文化生活以后，它在中国学术界立即引起了相当强烈的反响。与"文革"时代对苏修言论大张挞伐的做法判然有别的是，1979年中国社会科学出版社翻译出版了《70年代苏联社会主义现实主义问题》一书，客观地、不加任何评论地向中国读者介绍了苏联学者马尔科夫等人的"社会主义现实主义开放体系"。受苏联学者的影响，中国学者也开始对社会主义现实主义文艺理论进行了反思，如黄伟

---

① 朱光潜：《西方美学史》（下卷），人民文学出版社1979年版，第567—569页。

宗提出了"社会主义的批判现实主义",① 王福湘则受马尔科夫"开放体系"的启发,提出了"民族的开放的社会主义现实主义",应对国外现代主义文艺思潮的冲击,主动地"走民族的开放的社会主义现实主义之路"。②

80年代,介绍马克思主义文论和苏联文论仍然是一项重要的工作。1980年,中国社会科学出版社出版了《卢卡契文学论文集》(两册);1982年,人民文学出版社出版了《马克思恩格斯论文学与艺术》(陆梅林辑注),中国社会科学出版社出版了四卷本《马克思恩格斯论艺术》([苏]里夫希茨编,程代熙编辑);1983年,中国社会科学出版社出版梅特钦科《继往开来——论苏联文学发展中的若干问题》;1984年,中国社会科学出版社出版斯托洛维奇《审美价值的本质》;1985年,中国文联出版公司出版了 A. 齐斯的《马克思主义美学基础》,生活·读书·新知三联书店出版了波斯彼洛夫的《文学原理》;1986年,上海文艺出版社出版加洛蒂的《论无边的现实主义》,上海译文出版社出版了万斯洛夫的《美的问题》。此外,普列汉诺夫、高尔基、卢森堡等人的文学论文也都得以出版或重版。中国社会科学出版社编辑出版的《拉普资料汇编》(1981)和《无产阶级文化派资料选编》(1983)加深了我国学者对于"社会主义现实主义"的理解。与此同时,中国学者有关苏联社会主义现实主义的论文重新出现在刊物上,短短两三年即达十余篇。这个时期出版的有关高尔基文艺思想的论著,也都有大量篇幅论述社会主义现实主义。③

上述译著和论著的发表,意味着80年代初中国学者在外国文论的译介上已经打破了"文革"时期的封闭局面。但与此同时,我们也可以从中窥见,当时中国学界尽管对50年代以来日益"左"倾的"中国版"社会主义现实主义概念有所不满,但对社会主义现实主义理论"本身"还是深信不疑的,故而追本溯源,回顾苏联的相关历史,以期找到"真正的"、"原版的"社会主义现实主义。如薛君智在其长篇论文《法捷耶夫论社会

---

① 《论社会主义的批判现实主义》,《湘江文艺》1980年第4期。
② 《走民族的开放的社会主义现实主义之路》,《文艺理论与批评》1987年第2期。
③ 吴元迈:《苏联文学思潮》,浙江文艺出版社1985年版;李辉凡:《苏联文学思潮综览》,湖南人民出版社1986年版。

主义现实主义》(《外国文学研究集刊》第4辑，1982)一文中，考察了法捷耶夫一生中探讨社会主义现实主义的三个阶段，分析了他在各个阶段的成就和失误，他的"辩证唯物主义方法"的偏颇和"活人论"的修正，以及最终肯定了浪漫主义的价值，从而达到了对社会主义现实主义的"正确理解"，实际上即日丹诺夫式的理解。张羽的《通向社会主义现实主义的道路——高尔基90年代文艺观点探讨》(《外国文学研究集刊》第5辑，1982)，也是在完全肯定社会主义现实主义的前提下探讨了高尔基早期的文艺思想。80年代中期以后，苏联版的"真正"马克思主义文论开始逐渐失去对读者的吸引力，取而代之的是对现代西方文论和西方美学、哲学论著的译介热潮，给80年代整个中国学界以及读书界带来了空前巨大的精神激荡和冲击。

其实，对西方文论的译介并非是自80年代中期才开始的。1978年，人民文学出版社开始出版"外国文艺理论丛书"，共计五十种。主要是西方古典文论，但也收入了古印度、日本的文艺理论著述，涵盖面还是比较广阔的。其中《柏拉图文艺对话集》、亚里士多德《诗学》、贺拉斯《诗艺》以及别林斯基、车尔尼雪夫斯基、杜勃留波夫、锡德尼、伏尔泰、狄德罗、巴尔扎克等人的论文，都曾经译为中文发表过，此时只是重版。其中一些新的译著则更引人注目，如维柯的《新科学》(朱光潜译)、波德莱尔《论文学》、莱辛《拉奥孔》(朱光潜译)和《汉堡剧评选》、爱克曼辑录《歌德谈话录》(朱光潜译)、叔本华《美学论文选》、尼采《悲剧的诞生》等，都给刚刚摆脱"文革"思想桎梏的中国文坛带来了新风。维柯关于诗性思维的阐述、波德莱尔的象征主义诗评、歌德的"世界文学"观、叔本华的生存空虚说都颇有影响，尼采的超人哲学和酒神精神，更是产生了广泛持久的影响。

之后，中国社会科学院外国文学研究所编选的"外国文学研究资料丛刊"，为当时对外国文论的译介做出了重要的贡献。1979年，中国社会科学出版社出版了《外国理论家作家论形象思维》，1980年，该社又出版《欧美古典作家论现实主义和浪漫主义》(两册)，1988年出版《"新批评"文集》(赵毅衡选编)，在在都是文艺理论方面的重要著述。1981—1986年，人民文学出版社还分册出版了勃兰兑斯的《19世纪文学主流》，总共六卷。

1980年，中国社会科学院哲学研究所开始组织编辑一套"美学译文丛书"（李泽厚主编），由中国社会科学出版社、光明日报出版社、辽宁人民出版社三家分别出版，选题相当新颖，主要是西方现代美学，包括弗洛伊德、萨特、列维－斯特劳斯、梅洛－庞蒂、苏珊·朗格、罗兰·巴尔特等人的著作，以及阐释学、接受美学等方面的著述，十年之间不下数十种。虽然这套丛书的翻译质量难以令人满意，但在当时对于缓解中国学界的"美学饥渴"还是起了很重要的作用。

自1983年起，生活·读书·新知三联书店陆续推出一套"现代外国文艺理论译丛"，包括：《美国作家论文学》（刘保端等译，1984）、《法国作家论文学》（王忠琪等译，1984）、《英国作家论文学》（汪培基译，1985）、《文学理论》（韦勒克、沃伦著，刘象愚等译，1984）、《现实中和艺术中的审美》（斯托洛维奇著，凌继尧、金亚娜译，1985）、《文学原理》（波斯彼洛夫著，王忠琪译，1985）、《艺术形态学》（莫·卡冈著，凌继尧、金亚娜译，1986）、《弗洛伊德主义与文学思想》（弗里德里克·J. 霍夫曼著，王宁等译，1987）、《俄国文艺学史》（尼古拉耶夫等著，刘保端译，1987）、《20世纪文学理论》（佛克马、易布斯著，林书武译，1988）、《陀思妥耶夫斯基诗学问题》（巴赫金著，白春仁、顾亚玲译，1988）、《解释的有效性》（赫施著，王才勇译，1991）、《文学序说》（桑原武夫著，孙歌译，1991）、《东方的美学》（今道友信著，蒋寅译，1991）。

1986年，生活·读书·新知三联书店开始出版"现代西方学术文库"，除了许多大部头的哲学著作外，还有大量的文艺理论和美学著作。主要有：尼采《悲剧的诞生》（周国平译）、卡西尔《语言与神话》（于晓译）、荣格《心理学与文学》（冯川、苏克译）、马里坦《艺术与诗中的创造性直觉》、什克洛夫斯基等《俄国形式主义文论选》、艾柯等《结构主义和符号学——电影理论文选》、姚斯等《接受美学译文集》（刘小枫选编）、托多洛夫《批评的批评：教育小说》、狄尔泰《体验与诗》、萨特《词语》（潘培庆译）、马尔库塞《审美之维》（李小兵译）、本雅明《机械复制时代的艺术》和《发达资本主义时代的抒情诗人》（张旭东、魏文生译)、伊恩·P. 瓦特《小说的兴起：笛福、理查逊、菲尔丁研究》(高原、董红钧译)、雅各布逊《语言学与诗学》、穆卡洛夫斯基《结构、符号与功能》、巴尔特《符号学原理》(李幼蒸译)、德里达《消解批评文选》、布鲁姆《影响的焦虑》、奥巴赫《摹仿论》等。另外，英国人类学家詹·乔·弗雷泽的文化学巨著《金枝》(徐育新等译)，1987年由中国民间文艺出版社出版，以后又多次重版，对于中国的文学研究也产生了深远的影响。法国学者列维-斯特劳斯(Levi-Strauss)的《结构人类学：巫术·宗教·神话》(陆晓禾、黄锡光等译，文化艺术出版社1989年版)也对中国文艺理论有重要影响。

上述几套外国文论(美学、哲学)丛书的出版，不仅彻底打破了我国文艺界"苏俄文论一家独大"的局面，开阔了中国学者的文艺视野，也有利于中国文学批评摆脱单纯的社会学批评模式。特别是弗洛伊德等人的著作的译介，使中国学人重温精神分析学的基本概念；萨特和梅洛-庞蒂等人的著述，使存在主义、现象学批评广为人知；苏珊·朗格、列维-斯特劳斯和罗兰·巴尔特等人的著述，让人们了解了符号学和结构主义为何物。中国学者很快学会了他们的术语、概念，迅速应用到文学研究之中，极大地促进了中国文艺批评的繁荣。尤其值得关注的是，韦勒克和沃伦合作的《文学理论》，作为英美新批评的教科书，在中国文学界广为流传，它关于"内部研究"和"外部研究"的区分，与俄国形式主义文论和法国结构主义、符号学一起，共同促使中国的文学批评走上"由外到内"的转向。与此相应的是巴赫金的对话理论和复调小说、狂欢化等概念，也逐渐在中国流行起来。当然，整个80年代最响亮的名字还是萨特、弗洛伊德、尼采三人。根据中国知网的统计，1980年至1989年，中国期刊上发表的以萨特为题的文章共计一百五十六篇，以弗洛伊德为题的文章共一百三十四篇，以尼采为题的文章共八十二篇，而同一时期发表的以海德格尔为题的文章只有三十八篇。[①] 后者是到90

[①] 搜索范围包括"文史哲、政治军事与法律、教育与社会科学综合、经济与管理"四个方面，其中弗洛伊德是以"弗洛伊德"和"弗洛依德"两种译名搜索后将结果相加、然后减去同名者得出的，海德格尔是以"海德格"和"海德格尔"两种译名搜索后删去重复得出的，萨特和尼采是以其名字搜索后减去同名者得出的。

年代以后才独领风骚的。

3. 1990—2009：外国文论译介全面繁荣

进入90年代以后，中国学界译介西方文论的热情持续不断，许多优秀的文艺理论和美学著作都被介绍到中国。与此同时，中国学者也在逐步消化西方文论的方法和概念，日益加深对它们的理解和研究，形成了翻译和研究互相促进、共同繁荣的局面。

譬如由中国社会科学出版社、百花洲文艺出版社、百花文艺出版社联合从90年代初开始推出、至今仍继续在出版的"20世纪欧美文论丛书"，在国内学界就产生了较大的影响。

这套丛书中，由中国社会科学出版社出版的有以下著作：热拉尔·热奈特《叙事话语　新叙事话语》（王文融译，1990）、乔纳森·卡勒《结构主义诗学》（盛宁译，1991）、埃米尔·施塔格尔《诗学的基本概念》（胡其鼎译，1992）、居斯塔夫·朗松《方法、批评及文学史》（昂利·拜尔编，徐继曾译，1992）、《巴赫金文论选》（佟景韩译，1996）等，都是"内部研究"的名著。顺便一提，人民文学出版社1991年出版的《萨特文论选》（施康强译）也属于该套丛书。

百花洲文艺出版社出版的选题达十种，包括：艾·阿·瑞恰慈《文学批评原理》（杨自伍译，1992）、普鲁斯特《驳圣伯夫》（王道乾译，1992）、乔治·布莱《批评意识》（郭宏安译，1993）、《艾略特文学论文集》（李赋宁译，1994）、《考德威尔文学论文集》（刘宗次译，1995）、维·什克洛夫斯基《散文理论》（刘宗次译，1997）和弗里德里克·詹姆逊《语言的牢笼　马克思主义与形式》（1997），后者包括《语言的牢笼——结构主义及俄国形式主义述评》（钱佼汝译，1997）和《马克思主义与形式——20世纪文学辩证理论》（李自修译）两部著作。差不多也都是形式研究或"内部研究"的名作。

由百花文艺出版社出版的著述主要有：吕西安·戈德曼《隐蔽的上帝》（蔡鸿滨译，1998）、卢纳察尔斯基《艺术及其最新形式》（郭家申译，1998）、瓦尔特·本雅明《经验与贫乏》（王炳钧译，1999）、托多罗夫《巴赫金、对话理论及其他》（蒋子华、张萍译，2001）、罗杰·法约尔《批评：方法与历史》（怀宇译，2002）、保罗·瓦莱里《文艺杂谈》

（段映虹译，2002）、维谢洛夫斯基《历史诗学》（刘宁译，2003）、翁贝尔托·埃科《符号学与语言哲学》（王天清译，2006）、诺思罗普·弗莱《批评的解剖》（陈慧等译，2006）、贝内代托·克罗齐《美学或艺术和语言哲学》（黄文捷译，2009）、A. J. 格雷马斯《符号学与社会科学》（徐伟民译，2009）等。

众所周知，保罗·瓦莱里是以《海滨墓园》等不朽诗篇著称于世的，但其实他在文艺批评和诗歌理论领域也同样卓有建树。《文艺杂谈》是他重要的论文集，所选二十四篇文章，诗人对维庸、魏尔伦、歌德、雨果、波德莱尔、马拉美等诗人、作家进行了独到的评述。诗人并没有刻意建立某种新的诗学或美学体系，而是着重对"创造行为本身，而非创造出来的事物"进行分析。亚·尼·维谢洛夫斯基（1838—1906）的《历史诗学》，集中体现了作者的美学思想、文艺观和方法论。该书对文艺的起源、文学的样式和体裁的形成和演变，情节史、修饰语史，以及诗歌语言风格、对比手法等一系列诗学基本问题的范畴进行了追根溯源，鞭辟入里的系统分析研究，提出了一系列富有开拓性的创见，开辟了一条"从诗的历史中阐明诗的本质"，从而把文学史的研究和诗学理论的研究有机地结合起来的文艺学研究的新方向、新道路。翁贝尔托·埃科的《符号学与语言哲学》全书共五章，每一章分别考察了当前西方关于符号学争论的最主要的一个问题：符号、意义、隐喻、象征和代码，并以历史的观点对他们逐一予以再认识。诺思罗普·弗莱《批评的解剖》具有特殊意义，它与荣格的集体无意识理论和原型理论一道，促成了当代中国的神话—原型批评。

90年代以来翻译出版的外国文论（和美学）论著数量众多，不可能一一尽述。流传甚广的还有：《审美经验现象学》（杜夫海纳著，韩树站译，文化艺术出版社1992年版）、《看·听·读》（列维－施特劳斯著，顾嘉琛译，生活·读书·新知三联书店1996年版）、《荷尔德林诗的阐释》（海德格尔著，孙周兴译，商务印书馆2000年版）、《1846年的沙龙：波德莱尔美学论文选》（波德莱尔著，郭宏安译，广西师范大学出版社2002年版）、《互文性研究》（蒂菲纳·萨莫瓦约著，邵炜译，天津人民出版社2003年版）、《显义与晦义》（罗兰·巴尔特著，怀宇译，百花文艺出版社2005年版）、《审美经验与文学解释学》（汉斯·罗伯特·姚斯著，顾建光、顾静宇、张乐天译，上海译文出版社 2006 年版）、《现代戏剧理论 1880—1950》（彼得·斯丛狄著，王建译，北京大学出版社 2006 年版）、《现象学，阐释学，接受理论——当代西方文艺理论》（特里·伊格尔顿著，王逢振译，江苏教育出版社 2006 年版）、《先锋派散论：现代主义、表现主义和后现代性问题》（理查德·墨菲著，朱进东译，南京大学出版社 2007 年版）。

此外，90 年代中期以来，西方的女权主义、后殖民主义等思潮涌入，与先期到场的存在主义、现象学、阐释学一起，也强烈地影响着中国文艺界的批评观念和批评模式。

具体到个人，90 年代影响最大的除上述尼采、萨特和弗洛伊德三人之外，海德格尔"后来居上"，成为最耀眼的明星。据中国知网统计，1990—1999 年，中国期刊发表的以弗洛伊德为题的文章为一百七十余篇，尼采和萨特刚过二百篇，而海德格尔则高达二百五十三篇。[①] 这说明弗洛伊德的地位相对有所降低，尼采的位置在稳步提高。进入 21 世纪后，情况又有了新的变化。2000—2008 年，中国期刊上发表的以弗洛伊德为题的文章约三百五十篇，以萨特为题的文章四百余篇，以尼采为题的文章五百余篇，而以海德格尔为题的文章则高达九百四十四篇。此外，还有一批在 20 世纪默默无闻的"新人"逐渐成为学术界关注的中心。2000—2008 年，中国期刊以巴赫金为题的文章为三百零二篇，德里达二百九十五篇，福柯二百七十四篇，伽达默尔三百三十二篇，本雅明一百四十三篇，哈贝马斯更达到五百八十五篇，但纯粹的文艺学家如韦勒克，只有五十二篇。虽然论文数量大幅度攀升，是中国特殊的社会境遇中"学术泡沫"造成的，但相对位置的变化还是能从一个侧面说明问题的。这种现象包含多重含义。第一，在西方文论家中，海德格尔依然矗立在奥林帕斯山的顶峰，保持着对中国文艺界（乃至整个学术界）的巨大影响，弗洛伊德和萨特依靠惯性保持了自己话语中心的地位，尼采的地位持续上升，把弗洛伊德和萨特甩在了后面。第二，福柯、德里达等"后现代主义"的思想巨匠，迅速进入话语中心。第三，苏联文论已经丧失了吸引中国学者的魅力，只有巴赫金的文艺

[①] 统计方法同前注。

理论"一枝独秀"。第四，马克思主义文论对中国的影响，途径和方式都发生了变化。传统的马克思主义文论（"东马"）的影响已经衰微，不再引起学界的兴趣。如由全国马列文艺论著研究会主编的《马列文论研究》1982年推出第一集，至1988年8月出版了第十集，差不多每年两集。但此后即风光不再，断断续续，直到1991年才出版第十一集，到2007年出版第十四集。而西方马克思主义（"西马"）的影响则迅速上升，成为中国文艺界、学术界又一关注热点。例如，尽管中国的学术刊物直到1988年才开始发表论述本雅明的文章，1988—1999年总共只有十一篇文章论述本雅明，但进入21世纪后，仅仅九年之间就有一百四十三篇以本雅明为题的文章。哈贝马斯虽然在80年代初就得到了译介，但整个80年代只有十六篇文章发表，90年代为八十八篇，而进入21世纪后的短短九年间却有五百八十五篇以他为题的文章发表在期刊上。[①] 也就是说，本雅明、哈贝马斯等"法兰克福学派"的代表人物，已经成为学术界耀眼的明星。后者甚至超过尼采，成为最受关注的人物之一。第五，"纯粹"的文艺理论家或文学批评家，如韦勒克等，虽然也为人们所赞赏，但却不能成为学术界关注的中心，而是那些卓越的思想家引领中国的学术界。

由于形式主义、新批评、结构主义、后结构主义的译介，中国学者改变了原来的"文学—社会生活"这样粗放型的社会学批评模式，经过艰苦的学术训练学会了"内部研究"，空间、时间、符号、书写、叙事、互文性等貌似跟意识形态无关的术语，使用的频率日益提高，使用范围日渐拓展，使我们在不知不觉间接受了"文学是书写游戏"的观念，放弃了从"生活—文艺"角度研究文学现象的习惯，实际上也就是放弃了原有的意识形态。这也应该看作非常重要的影响。另一方面，随着西方文论的大量输入，中国学者感觉到"失语"的危机。在这种情况下，如何保持中国学者思想和精神的独立，如何发掘我们自身的文艺理论传统，创建我们自己的文艺理论体系和文学批评体系，这也是中国学者颇为焦虑的问题。

（二）外国文学教材

新中国成立至2009年，我国外国文学理论教材的翻译大致经历了三

[①] 统计方法同上。

个阶段，20世纪50年代、80年代至90年代初和21世纪前后。

20世纪50年代以引进苏联文学理论教材为主，如阿伯拉莫维奇等的《文艺理论教学大纲》（曲秉诚、蒋锡金译，沈阳东北教育出版社1951年版）、维诺格拉多夫的《新文学教程》（以群译，上海新文艺出版社1952年版）、季摩菲耶夫的《文学原理》（查良铮译，平明出版社1953年版）、涅陀希文的《艺术概论》（杨成寅译，朝花美术出版社1958年版）、谢皮洛娃的《文艺学概论》（罗叶等译，人民文学出版社1959年版），还有两位苏联来华执教的专家的讲稿——毕达可夫1954年春至1955年夏在北京大学中文系为文艺理论研究生讲授的《文艺学引论》（北京大学中文系文艺理论教研室译，高等教育出版社1958年版）、柯尔尊1956年至1957年为北京师范大学中文系俄罗斯苏维埃文学研究生和进修教师讲授的《文艺学概论》（北京师范大学中文系外国文学教研组译，高等教育出版社1959年版）也先后被翻译整理出版。

其中季摩菲耶夫的《文学原理》最有代表性。季摩菲耶夫当时是莫斯科大学语言文学教授、苏联科学院通讯院士、教育科学院院士、高尔基世界文学研究所俄罗斯文学组组长，在苏联文艺理论界具有权威性地位，他于30年代写成、1948年再版的这部《文学原理》自然成了中国读者学习文学理论的范本，各高校纷纷以此为文学理论教材，或文学理论课程的参考书。该书包括《文学概论》、《文学发展过程》、《怎样分析文学作品》几部分，即把文学理论分为文学原理、文学史、文学批评三大板块。在第一部文学概论部分，作者从思维性、形象性、艺术性三个方面来界定文学。谈到文学的思维性时，作者从唯物主义认识论看待文学，认为文学具有知识意义，"是依照作家对生活的认识和理解而或多或少地反映着生活的真理"。而形象是艺术反映生活的特殊形式，是人生的具体化的表现，"典型是显示社会关系的法则和基本特征的东西"。[①] 文学的艺术性包括综合的真理性、描写的生动性和人民性等。在第二部文学发展过程部分确立了现实主义正统，"凡是企图在形象中最充分地表达现实生活的典型特征

[①] 季摩菲耶夫：《文学原理》第一部《文学概论》，查良铮译，平明出版社1953年版，第15、46页。

的创作，我们就把它叫作现实主义的创作"。"现实主义是把真实的内容转入艺术创作的最明显和最自然的形式。因此，现实主义是文学史上最高度发展和最有意义的艺术方法，从这里产生了最有意义的文学作品。"① 这种从哲学认识论角度理解文学，现实主义正统论，文学理论、文学史、文学批评三大板块的划分，甚至从马、恩、列、斯等革命领袖和高尔基等革命作家征引语录为引证的做法，对我国六七十年代的文学理论教材编写，如以群主编的《文学的基本原理》、蔡仪主编的《文学概论》产生了深远的影响。此外，本期翻译出版的高尔基的《俄国文学史》（缪灵珠译，新文艺出版社1956年版）虽然是一部文学史著作，但它视文学为社会诸阶级和集团的意识形态的形象化的表现，把文学的功能定位为阶级倾向的最普及、方便、简单的宣传手段，以及积极浪漫主义和消极浪漫主义的划分，对新中国的文学观念及文学理论教材编写影响很大。

20世纪80年代至90年代初是另一个高峰。其间翻译出版外国文学理论教材二十多种，具体包括五种类型。（1）文学原理类：主要有韦勒克、沃伦的《文学理论》（刘向愚等译，生活·读书·新知三联书店1984年版）、伊格尔顿《文学理论引论》（刘峰等译，文化艺术出版社1987年版）、波斯彼洛夫《文学原理》（王忠琪等译，生活·读书·新知三联书店1985年版）、浜田正秀《文艺学概论》（陈秋峰等译，中国戏剧出版社1985年版）、桑原武夫《文学序说》（孙歌译，生活·读书·新知三联书店1991年版）等。（2）文学批评通史或断代文论史、国别文论史类：主要有卫姆塞特、布鲁克斯《西洋文学批评史》（颜元叔译，中国人民大学出版社1987年版），佛朗·霍尔《西方文学批评简史》（张月超译，南京大学出版社1987年版），艾布拉姆斯《镜与灯——浪漫主义文论及批评传统》（郦稚牛等译，北京大学出版社1989年版），佛克马、易布思《20世纪文学理论》（林书武等译，生活·读书·新知三联书店1988年版），安纳·杰弗森、戴维·罗比等《西方文学理论概述与比较》（陈昭全等译，湖南人民出版社1986年版），罗里·赖安等《当代西方文学理论导引》

---

① 季摩菲耶夫：《文学原理》第二部《文学发展过程》，查良铮译，平明出版社1953年版，第25、30页。

（李敏儒等译，四川文艺出版社1986年版），尼古拉耶夫《俄国文艺学史》（刘保端译，生活·读书·新知三联书店1987年版），刘若愚的《中国的文学理论》（田守真等译，四川人民出版社1987年版）。詹姆逊的《后现代主义与文化理论》（唐小兵译，陕西师范大学出版社1987年版）也具有文论通史或断代文论史教材的性质。（3）读本类：主要有戴维·洛奇编《20世纪文学评论》（葛林等译，上海译文出版社1987年版）。（4）作品分析类：主要有布鲁克斯、沃论《小说鉴赏》［英文原名《理解小说》（*Understanding Fiction*，1959），主万等译，中国青年出版社1986年版］等。（5）比较文学理论类：主要有基亚《比较文学》（颜保译，北京大学出版社1983年版）、乌尔利希·韦斯坦因《比较文学与文学理论》（刘象愚译，辽宁人民出版社1987年版）、弗朗西斯·约斯特《比较文学导论》（廖鸿钧等译，湖南文艺出版社1988年版）、皮埃尔·布律内尔《何谓比较文学》（黄慧珍、王道南译，上海社会科学院出版社1991年版）等。

　　从来源或国别上来看，这一时期翻译的特点是以引进英美文学理论教材为主，其中光伊格尔顿的《文学理论引论》就出现了三个不同的中译本。[①] 苏联教材已经退居比较次要的地位，日本、欧洲大陆的也占了一定比例。在学术观念上，英美文学理论教材对我国文学理论产生了巨大冲击。比如新批评后期代表人物韦勒克的《文学理论》区分文学"内部研究"和"外部研究"和对文学内部研究的重视、对文本语义层次的划分，对中国80年代之后的文学理论研究和教材编写突出文学的审美属性产生了深远的影响。还有艾布拉姆斯在《镜与灯》中提出的以艺术家、作品、世界、欣赏者（读者）四要素描述文学存在方式的理论框架和分析图式，经过刘若愚在《中国的文学理论》（*Chinese Theories of Literature*，1975）中的修正完善，成为中国90年代以来文学理论教材编写的主要参照。本时期翻译的日本学者浜田正秀的《文艺学概论》也很有特色，因为它很重视文学研究方法论，把传记研究、文献学研究、心理学研究、社会学研究、

　　[①] 除了文化艺术出版社的刘峰译本外，另外两个版本是《当代西方文学理论》，王逢振译，中国社会科学出版社1988年版；《20世纪西方文学理论》，伍晓明译，陕西师范大学出版社1986年版。

比较文学研究并列地加以平等介绍，这种兼容并包的气度无疑对我国单一的认识论思维模式主宰下的社会政治批评有借鉴意义。其实本时期引进的波斯彼洛夫的《文学原理》也是一部有明显特色的教材。作者坚持文学的"内在形式论"，认为生物界、人类社会存在，都有自己独特的发展形式，艺术发展也有自己的形式，形式从哲学上也就是内容。但因为该书也把文学视为一种认识生活的形式，与先前苏联的文学理论教材在大的方面没有突破，所以在中国学界几乎没有产生什么影响。

21世纪前后是另一个引进外国文学理论教材的高潮。除了卡勒的《文学理论》（李平译，辽宁教育出版社1998年版），拉曼·塞尔登编的《文学批评理论——从柏拉图到现在》（刘象愚、陈永国等译，北京大学出版社2000年版），安德鲁·本尼特、尼古拉·罗伊尔的《关键词：文学、批评与理论导论》（汪正龙、李永新译，广西师范大学出版社2007年版），让-伊夫·塔迪埃的《20世纪的文学批评》（史忠义译，百花文艺出版社1998年版）等单本著述以外，周启超主编了一套大型"当代国外文论教材精品系列"，由北京大学出版社于2006年出版。首辑包括哈利泽夫的《文学学导论》（周启超等译）、拉曼·塞尔登等的《当代文学理论导读》（刘象愚译）、迈克尔·莱恩的《文学作品的多重解读》（赵炎秋译）、彼得·威德森的《西方文学观念发展史》（钱竞、张欣译），史忠义主编的"新世纪人文译丛"中的一些书目也具有教材性质，如马克·昂热诺等的《问题与观点》（史忠义、田庆生译，百花文艺出版社2000年版）、让·贝西埃等的《诗学史》（史忠义译，百花文艺出版社2002年版）、罗杰·法约尔的《批评：方法与历史》（怀宇译，百花文艺出版社2002年版）等。以上大都是晚近在国外多次再版、颇有影响的文学理论教材。其中哈利泽夫的《文学学导论》是原理类教材，拉曼·塞尔登编的《文学批评理论——从柏拉图到现在》属于读本类的教材，马克·昂热诺等的《问题与观点》、让·贝西埃等的《诗学史》属于以专题方式写作的断代文论史或文论通史类教材，让-伊夫·塔迪埃的《20世纪的文学批评》、拉曼·塞尔登等的《当代文学理论导读》（*A Reader's Guide to Comtemporary Literary Theory*，1985）属于20世纪断代流派理论史教材，迈克尔·莱恩的《文学作品的多重解读》原名为《文学理论：实用性的导论》（*Literary Theory：A*

Practical Introduction，1999）表面上看也是20世纪断代流派理论史教材，但它选取莎士比亚的《李尔王》、亨利·詹姆斯的《艾斯朋遗稿》、托妮·莫里森的《蓝眼睛》、伊丽莎白·毕晓普的诗作等几个经典文本，通过形式主义、结构主义、后结构主义、解构主义、后现代主义、马克思主义、历史主义、女性主义、精神分析、性别研究、后殖民主义等不同视角的解读，展现多样化的阅读效果，强化了文学理论的实践功能，也具有作品分析类教材的性质。值得提出的是，本期引进了国外文学理论教材的新模式——核心概念、问题或关键词模式。彼得·威德森的《西方文学观念发展史》原名《文学》(*Literature*，1999）是以核心概念或问题"文学"为对象，考察西方"文学"观念在20世纪60年代之后怎样向"文学性"变化。卡勒的《文学理论》原名《文学理论：简短的导论》(*Literary Theory: A Very Short Introduction*，1997），和彼得·威德森的书一样属于核心概念或问题类教材。该书系由作者在康乃尔大学讲授文学理论课的讲稿加工而成。卡勒在介绍该书的写作思路时说："我更倾向于选择几个题目，集中介绍关于它们的重要议题和辩论，并且谈一谈我认为从中已经学到的东西。"[①] 因此该书是以文学活动中的八个比较宏观的基本问题如"理论是什么"、"文学是什么"、"文学与文化研究"、"语言、意义和解释"、"修辞、诗学和诗歌"、"叙述"、"述行语言"、"属性、认同和主体"结构全书。当然，这类教材的代表作应该是本尼特、罗伊尔的《关键词：文学、批评与理论导论》。该书原名《文学、批评与理论导论》(*An Introduction to Literature, Criticism and Theory*，2004），它选择了文学活动中涵盖面较广、具有较大学术容量的三十二个核心范畴或关键词，吸纳了很多鲜活的文学现象和文学经验，勾画出文学活动丰富多彩的面貌，涉及了文学活动的方方面面。它既论述了传统意义上的文学理论问题如文本与世界、人物、悲剧等，又探讨了神秘、幽灵、自我认同、战争、怪异、动态的画面、述行语言、悬念、变异、种族差异、性别差异等令人耳目一新的话题。从以上分析可以看出，本期的国外文论教材翻译首要特点是多样化、成系列。其次是视野比较开阔，注重时效。本期对国外文学理论教材的引进打破了以文

---

① 卡勒：《文学理论·前言》，《文学理论》，李平译，辽宁教育出版社1998年版，第1页。

学为中心的学科壁垒，文化研究、美学理论都纳入引进视野。如阿雷恩·鲍尔德温等《文化研究导论》（陶东风等译，高等教育出版社 2004 年版）是国外流行的文化研究教材，彼得·基维编的《美学指南》（彭锋等译，南京大学出版社 2008 年版）、托比·米勒编的《文化研究指南》（王晓路译，南京大学出版社 2008 年版）都是国外 21 世纪之初刚出现的读本类教材，国内很快便加以引进。最后是本期首次出现了原版教材引进。例如，北京大学出版社与美国汤姆生学习公司联手，2002 年几乎在国内同步原版出版了沃坦恩格伯编选的《艺术哲学经典选读》（*The Nature of Art: An Anthology*，2001）和汤森德编选的《美学经典选读》（*Aesthetics Classic Readings from Western Tradition*，2001），这说明我国学者文学理论与美学教学理念进一步开放，体现了我国外国文学理论教材的国际化。

如果说翻译属于引进的话，编写属于自主建设，它有一个消化吸收、酝酿写作的周期，明显滞后于翻译。"文化大革命"前我国有一些大学曾经开设过类似外国文论或文学批评的课程，如北京大学外文系李赋宁教授即开设过"西方文学批评"课程，在 60 年代初，伍蠡甫牵头编辑了两卷本《西方文论选》（上，上海文艺出版社 1963 年版；下，人民文学出版社上海分社 1964 年版），选文包括从古希腊到 19 世纪西方文学理论、文学批评、创作经验、美学的代表性著作，这是新中国成立后最早出现的读本类外国文学理论教材。但是新中国头三十年我国学者自己并没有编撰出严格意义上的通史类或著述类西方文学理论教材。如果要算的话，也许朱光潜的《西方美学史》（人民文学出版社 1963 年版）勉强算是一个例外。由于朱先生的外国文学研究背景，加之他认为"美学必然主要地成为文艺理论或'艺术哲学'"，[①] 所以他的《西方美学史》上自古希腊柏拉图、亚里士多德，中经但丁、达·芬奇、布瓦罗、莱辛、歌德、德国古典美学，下至俄国革命民主主义者车尔尼雪夫斯基、别林斯基、杜勃留波夫，实际上主要研究的是偏重于文学艺术的那部分美学家的思想，或者美学家思想中偏于艺术哲学的部分，在很大程度上可谓我国第一部冠名"西方美学史"的西方文学理论史。"文化大革命"后我国不少高校也的确把朱光潜的

---

① 朱光潜：《西方美学史》上卷，人民文学出版社 1979 年版，第 4 页。

《西方美学史》作为西方文学理论课程的教材来使用。

新时期以来，我国西方文学理论教材建设迈出了坚实的步伐。粗略考察，大致分为两个阶段，20世纪八九十年代，21世纪前后。80年代，伍蠡甫在我国自行编写国外文论教材中贡献最大。1979年伍蠡甫主编的《西方文论选》由上海译文出版社再版，1981年，伍蠡甫主编的《西方现代文论选》也由上海译文出版社出版，其后伍蠡甫又主编了《西方古今文论选》（复旦大学出版社1984年版），并出版了《欧洲文论简史——古希腊罗马至19世纪末》（与翁义钦合著，人民文学出版社1985年版），后者是我国学者最早撰写的严格意义上的通史类外国"文论史"教材。全书以时代背景为经，以批评家为纬，列举较有代表性的文学批评理论，阐述主要论点的源流及演变，揭示批评流派之间的联系。1987年伍蠡甫、胡经之又主编了大型选本类教材《西方文艺理论名著选编》（上、中、下，北京大学出版社1987年版），选文上卷为从古希腊到德国古典美学，中卷为19世纪，下卷为20世纪。80年代后期至90年代初，胡经之是外国文学理论教材编写的代表。他主编了两卷本《西方文艺理论名著教程》（上、下，北京大学出版社1986、1989年版），选择从柏拉图到本雅明共计四十三人的文论名篇，结合本人思想和著作的全体加以评析，在80年代影响较大。其后胡经之、张首映还按照美国学者艾布拉姆斯所说的文学活动四要素，分作者系统、作品系统、读者系统、社会文化系统编选了四卷本读本类教材《20世纪西方文论选》（中国社会科学出版社1989年版）这一当时最大型的读本类教材。

需要说明的一个情况是，20世纪80年代之后，由于中国综合大学和师范院校中文系、外文系普遍开设西方文论课程，而美学二级学科又横跨中文、哲学两个一级学科门类，西方美学史常常是研究生课程之一，80年代后期至90年代个人编写的外国文学理论教材或外国美学史教材数量增多，大部分为中文系教师编著，少数为哲学系、外文系教师编著，如杨恩寰《西方美学思想史》（辽宁大学出版社1988年版）、刘庆璋《西方近代文学理论史》（兰州大学出版社1988年版）、刘鹤龄《西方美学简史》（北京师范学院出版社1988年版）、邹英《西方古典美学导论》（东北师范大学出版社1989年版）、刘宁和程正民《俄苏文学批评史》（北京师范大学出版社1992年版)、马新国《西方文论史》(高等教育出版社1994年版)、李醒尘《西方美学简史》(上海文艺出版社1988年版)、李醒尘《西方美学史教程》(北京大学出版社1994年版)、朱立元主编《现代西方美学史》(上海文艺出版社1993年版)、朱立元主编《当代西方文艺理论》(华东师范大学出版社1997年版)。这些著述偏于宏观把握，多数带有介绍、评述性质，不太追求个性色彩。

21世纪前后外国文学理论（西方美学）教材编写迎来了一个高峰，类型也更加多样化，断代文论史或国别文论史、文论通史、读本文选、工具书都有出现。其中断代文论史或国别文论史类的主要有：周宪《20世纪西方美学》(南京大学出版社1997年版)、朱刚《20世纪西方文论》(北京大学出版社2006年版)、刘宁主编《俄国文学批评史》(上海译文出版社1999年版)、张杰和汪介之《20世纪俄罗斯文学批评史》(译林出版社2000年版)等。通史类的主要有：董学文主编《西方文学理论史》(北京大学出版社2005年版)、章安祺等著《西方文艺理论史——从柏拉图到尼采》(中国人民大学出版社2007年版)、王一川主编《西方文论史教程》(北京大学出版社2009年版)、朱志荣《西方文论史》(北京大学出版社2007年版)、张玉能《西方美学思潮》(山西教育出版社2009年版)、张玉能《西方文论》(华中师范大学出版社2002年版)、朱志荣《古近代西方文艺理论》(华东师大出版社2002年版)、毛宣国《西方美学史》(湖南师范大学出版社1999年版)、单世联《西方美学初步》(广东人民出版社1999年版)等。读本类的主要有：朱刚编《20世纪西方文艺批评理论》(上海外语教育出版社2001年版)、姚乃强编《西方经典文论选读》(上海外语教育出版社2003年版)、朱立元主编《20世纪西方美学经典文本》(复旦大学出版社2001年版)、章安祺编《西方文艺理论史精读文献》(中国人民大学出版社2003年版)、王晓路编《当代西方文化批评读本》(四川大学出版社2004年版)、朱志荣编《西方文论选读》(华东师范大学出版社2008年版)等；工具书类主要有：赵宪章主编《20世纪外国美学文艺学名著精义》(北京大学出版社2008年版)等。

本期外国文学理论教材的编写有这样三个特点。一是国际化色彩增强。21世纪以来上海外语教育出版社出版了从英文原著编选的由戴炜栋主编的"高等院校英语语言文学专业研究生系列教材",丛书按照国际通行规范编写,其中朱刚编《20世纪西方文艺批评理论》、姚乃强编《西方经典文论选读》是与外国文学理论有关的两部。二是个性化色彩增强。周宪的《20世纪西方美学》抓住20世纪西方美学的语言学转向和批判理论转向两个转向来梳理20世纪西方美学发展的脉络。王一川主编的《西方文论史教程》将西方文论"知识型"的演变概括为五次"转向":人学转向、神学转向、认识论转向、语言论转向、文化论转向,认为这五次"转向"支配着文论"范式"即具体的文论流派或思潮的转换。在写作上略古详今,以论现史,突出个案,教学优先。三是国外文学理论教材编写与国内文学理论研究互动性增强。王晓路编选的《当代西方文化批评读本》和前面提到的陶东风翻译的阿雷恩·鲍尔德温等的《文化研究导论》一为读本一为专书,说明外国文学理论研究者明显地在借助外来资源呼应国内文化研究的语境,给国内文学理论研究者提供理论支持。

新中国成立初期,我国在政治、经济、文化上向苏联学习,文学理论教材翻译和编写也是如此,除了苏联的成果,我们常常将其他资本主义国家的文学理论研究(包括教材)一概视为资产阶级的东西加以否定。"文革"前以群主编的《文学的基本原理》与1979年出版的蔡仪主编的《文学概论》都从唯物主义的哲学认识论出发,视文学为社会生活的反映,倡导文学的认识、教育作用,突出文学的意识形态功能,带有苏式教材的明显印记。以至于有人说新中国头三十年中国文学理论研究和教材编写中有一种"苏联体系"在起作用。钱中文先生认为:"这种'前苏联体系'文学理论的核心问题,主要体现在文学本质的阐释上,它的出发点是哲学认识论,即把文学视为一种认识、意识形态,把文学的根本功能首先界定为认识作用,依次推下去为教育作用,再转而引申为阶级斗争教育、阶级斗争工具,为无产阶级政治服务,文学自身最具有本质性的审美特性,反而被视为从属性的东西。这一理论体系的关键词主要有:认识、形象、典型、意识形态、基础与上层建筑、阶级斗争与阶级性、党性、人民性、社会主义现实主义创作方法。至于对其他因素的论述,不同学派的文学概论大同小异,只是深浅不同而已。80年代以后,我国文学理论在各种论争中一直在批判、清算教条主义、庸俗社会学，自然也包括这种'前苏联体系'。"① 80 年代之后，我国引进了不少苏联之外的文学理论教材，其中韦勒克、沃伦的《文学理论》的形式主义研究对我国教材编写产生了显著影响，例如童庆炳90年代初主编的《文学理论教程》讨论文学作为一种人类活动与其他活动的异同，彰显了文学的特殊审美性质。其后我国文学理论教材编写有意识地吸收了国外文学理论教材的一些优点。比如，童庆炳、赵勇的《文学理论新编》（北京师范大学出版社 2005 年版）全书每一章在结构上都是由"经典文本阅读"和"相关问题概说"两个部分构成，以便于通过具体的经典文本的解读而导入有关文学的基本范畴和基本理论，吸收了外国读本与原理相结合的教材的做法，陶东风主编的《文学理论基本问题》（北京大学出版社 2004 年版）则借鉴了外国关键词或基本问题类教材的写法。

回顾 1949 年以来外国文学理论教材的翻译与编写，还存在一些缺憾。从翻译上看，50 年代只翻译苏联教材，过于单一化，80 年代以来，我们注意到国外文学理论教材的多样化，原理类、通史或流派理论史类、读本类、基本问题类等都有涉及，但从国别上看，总体上偏于英美，对欧洲大陆德、法、俄等国的文学理论教材注意不多，而且一些比较好的英美文学理论教材，如美国学者查尔斯·布雷斯勒的《文学批评的理论与实践导论》（*Literary Criticism: An Introduction to Theory and Practice*，1999）也没有引进。更重要的问题是，对国外文学理论教材编写理念与教学理念的变化关注不够，因此国外文学理论教材翻译与国内文学理论教材编写的互动仍然做得很不够。例如，近二十年来，国外文学理论教材不论属于何种编写类型，在学术思路方面以反本质主义倾向的居多，即不追求给文学下一个预设性的定义，而是平等地交代各家各派的观点，此外，强化文学理论的实践功能，重视"如何阐释文学作品"，重视附录和参考读物等，也是国外文学理论教材的特点。② 伊瑟尔认为，人文科学理论包括文学理论不同于自然科学理论，后者是硬理论（hard-core theory），它提供一种模式将各

---

① 钱中文：《文学理论反思与"前苏联体系"问题》，《文学评论》2005 年第 1 期。
② 胡亚敏：《英美高校文学理论教材研究》，《中国大学教学》2006 年第 6 期。

种现象归入系统，用来进行预测；前者是软理论（soft theory）不能用于预测，主要用来进行勾勒（mapping）。文学理论作为软理论，不受法则的控制或凌驾于各种理论之上的某个观点的支配，"并不承担解决问题的任务。相反，它们最为关注的是获取了解，去评价语境间的相关性，去研究意义的功能，去鉴定艺术和文学，并且去回答为什么我们需要艺术和文学这一问题"。① 因为文学艺术超越了所有的界限和期待，无法以某一种认知来把握，所以产生了各种各样的文学理论。每种理论都提供了普遍范畴的框架，对自己试图归类的问题进行抽象，但又存在着该理论无法涵盖的问题，因此既有自己的合理性，又有自身的局限性。文学理论教材作为文学的知识系统，需要对各种理论潜在的假定进行区分，对其假定、范畴和问题的文本适用性进行勘察。这是国外文学理论教材编写日益走向开放的缘由。但是近年来我国文学理论教材编写仍然以从一个预设前提出发进行体系化理论推演的居多，国外文学理论教材晚近的特点与走向在我国本土教材编写中没有得到应有的重视和回应。

　　从我国外国文学理论教材编写上看，存在的问题也不少。首先，在编写方法上还比较单一化，以时段、流派或人物为线索的线性描述法、孤立研究法还比较流行，缺乏对于国外文学理论的"问题意识"。到目前为止，还没有出现以基本问题为中心的外国文学理论教材编写模式。外国文学理论的演变，从根本上说是提问方式的变化、研究方法的推进和学术思想的创新，流行的通史类教材写作常常陷入琐碎的史实、文论家生平、写作背景的介绍和著作的评述中去，湮没了外国文学理论的基本问题和发展脉络。其次，在研究目标上，没有注意将阐释与创造相结合，以研究对象为依归的阐发式、评述性甚至转述式研究模式比较常见，有些教材明显带有讲稿、讲义性质，吸收人家的研究成果多，自己的独立见解少；二手文献多，从第一首文献扎扎实实做教材的少。最后，如何强化理论的实践功能，拓展学生学习容量，提升学生综合素质，把理论阐述与文本分析相结合、理论学习和学术探讨相结合，也是我国外国文论教材需要考虑的问题。这里有必要提一下美国学者布雷斯勒的教材《文学批评的理论与实践

---

① 伊瑟尔：《怎样做理论》，朱刚等译，南京大学出版社2008年版，第8页。

导论》。该书在章节安排上并无特别之处，基本上是按照各个批评派别如新批评、读者反应批评、结构主义、解构主义等来组织的，但在写法和体例上颇有创意：每一章包括导论、历史发展、问题分析、范文、延展阅读、相关网站、学生论文、专家论文等部分，体现了师生互动的教学理念，使学生对文学理论的学习体现出知识了解、方法论训练、学术研究的阶段性与层次性跃迁。这对我国外国文论甚至文学概论教材编写无疑有启示价值。

（三）外国文学研究中的西方主义

著名学者萨义德曾说："就东方学而言，把一个学术研究专业分支作为地理'领域'来讨论是发人深思的，因为没有人会想像出'西方学'（Occidentalism）这样一个与之对应的领域。"① 这里的 Occidentalism 被王宇根先生译为"西方学"，但也可以指"西方主义"。"西方学"和"西方主义"是密切相关的，在英语中为同一单词，我们将侧重探讨"西方主义"这一层意思。有趣的是，萨义德认定不会有的事情不久就发生了。1995 年出版了两本研究西方主义的书，一本为美国华裔陈晓梅写的 *Occidentalism: A Theory of Counter-discourse in Post-Mao China*（《西方主义：后毛泽东中国的反话语理论》），另一本为卡里尔主编的 *Occidentalism: Images of the West*（《西方主义：西方的形象》）。2000 年维生恩出版了一本 *Occidentalism: Modernity and Subjectivity*（《西方主义：现代性与主体性》）。2004 年 布鲁玛与马加里特合作出版了一本 *Occidentalism: the West in the Eyes of Its Enemies*（《西方主义：敌人眼中的西方》）。相关的论文也有不少。在这些学者的论著中，西方主义这一词语有着不同的含义。本书所谓的西方主义是通过中国人的眼睛看西方的结果，明显地带有中国特点。我们将从宏观上分析新中国成立以来文学研究中的四种重要的西方主义。

1. 视西方为社会主义对立面的西方主义

在毛泽东时代，社会主义和资本主义的对立是整个世界的主要矛盾之一。毛泽东同志曾这样评价中国革命："这种革命，是彻底打击帝国主义

---

① 爱德华·萨义德：《东方学》，王宇根译，生活·读书·新知三联书店1999年版，第62页。

的，因此它不为帝国主义所容许，而为帝国主义所反对。但是它却为社会主义所容许，而为社会主义的国家和社会主义的国际无产阶级所援助。"① 可见西方的资本主义国家和我们将要建立的社会主义国家是根本对立的，其文化也必然相互为敌。毛泽东同志还说："帝国主义文化和半封建文化是非常亲热的两兄弟，它们结合成文化上的反动同盟，反对中国的新文化。这类反动文化是替帝国主义和封建阶级服务的，是应该被打倒的东西。不破不立，不塞不流，不止不行，它们之间的斗争是生死斗争。"② 为了捍卫社会主义制度，学者必须运用社会主义理论对西方的文学进行批判，必须"以政治标准放在第一位，以艺术标准放在第二位"。③ 他的这些话给新中国外国文学研究定了一个基调。在当时的国际国内形势之下，坚持这种观点当然有一定的道理。把西方文学看作敌对文化是新中国官方和学术界的基本观点之一，在民间也有广泛的影响，主要有以下五方面的特点。

第一，学者们坚持用历史唯物主义的观点批判阶级社会的文学，特别是资本主义晚期的文学。大家的基本思路为，人类社会必然按照奴隶社会—封建社会—资本主义社会—社会主义社会的路线进化。任何社会的主要阶级，在早期往往代表进步力量，是推翻前一社会的生力军，但到了晚期完全相反，属于反动的统治阶级。毛泽东曾说："中国应该大量吸收外国的进步文化，作为自己文化食粮的原料，这种工作过去还做得不够。这不但是当前的社会主义文化和新民主主义文化，还有外国的古代文化，例如各资本主义国家启蒙时代的文化，凡属于我们今天用得着的东西，都应该吸收。"④ 毛泽东在这里没有提到当代西方的文化，他认为只有某些古代上升期的外国文化才有价值。苏联的日丹诺夫还明确地指出："资产阶级文学的衰颓与腐化，是由于资本主义制度的衰颓与腐朽而产生的，这就是现在资产阶级文化与资产阶级文学的特相和特点。当反映出资产阶级制度战胜封建主义的资产阶级文学，能创造出资本主义繁荣时期的伟大作品的

---

① 毛泽东：《新民主主义论》，《毛泽东选集》第2卷，人民出版社1991年版，第668页。
② 同上书，第695页。
③ 毛泽东：《在延安文艺座谈会上的讲话》，《毛泽东选集》第2卷，第869页。
④ 毛泽东：《新民主主义论》，《毛泽东选集》第2卷，第706—707页。

那些时代,如今是一去不复返了。现在,无论题材与才能,无论作者和主人公,都在普遍地堕落下去了。"① 他的这种说法在当时具有绝对的权威性。在这样的政治环境中,许多学者都彻底否定当代西方文学,特别是现代主义文学。王佐良在 1962 年的《文艺报》上发表了《艾略特何许人也?》和《稻草人的黄昏——再谈艾略特与英美现代派》,对现代主义进行彻底的批判。袁可嘉从艾略特的《空心人》选译了这么一个片段:"我们是空心人/我们是稻草人/我们相依为命/头盔里塞满了稻草/哎哟!我们耳语之际/所发出的干燥的声音/沉寂而无意义/就如风吹干草/或者像干燥的地下室里/老鼠的脚踩过破碎的玻璃。"他认为资本主义社会已经堕落,那里的人是空心人,并且说:"艾略特的全部活动反映垄断资本主义的极端腐朽、反动,同时又是它力图挽救灭亡的一种文化战线上的战略工具。"② 当时的主流学术圈认为,当代西方资本主义国家的文化是糟粕,最好不要接触,就算要研究,纯粹是为了进行批判。

第二,用阶级分析的方法研究西方文学。毛泽东曾说:"世界上决没有无缘无故的爱,也没有无缘无故的恨。至于所谓'人类之爱',自从人类分化成阶级以后,就没有过这种统一的爱。"③ 通过阶级分析可以看到,西方古代文学和资产阶级文学的立场是和无产阶级完全不一样的。这种方法曾经被广泛地采用。如超烽用阶级分析的观点批评了杨周翰等编写的《欧洲文学史》,认为该著作对悲剧《安得洛玛刻》的评价不合理。他说:"安得洛玛刻是特洛亚的皇后,在统治阶级相互残杀中,她被俘,沦为奴隶。因此,她念念不忘的是她死去的丈夫及他的丰功伟绩,她唯一的希望是她的儿子,'高贵的血'、'历代多少帝王的后裔'。她忧虑的是她的儿子能否成为帝王。这样的人物,编者却说是最值得观众同情。我们不禁要问编者的无产阶级立场到哪儿去了?"④ 根据阶级分析法,抽象人性论是虚

---

① 日丹诺夫:《论文学、艺术与哲学诸问题》,葆荃、梁香合译,时代书报出版社 1949 年版,第 16 页。
② 袁可嘉:《托·史·艾略特——美英帝国主义的御用文阀》,《文学评论》1960 年第 6 期。
③ 毛泽东:《在延安文艺座谈会上的讲话》,《毛泽东选集》第 2 卷,第 871 页。
④ 超烽:《怎样评价高乃依及拉辛的作品——对〈欧洲文学史〉(上)的几点意见》,《文学评论》1966 年第 1 期。

伪的，普遍的爱是不可能的，持这种观点的人都是为统治阶级说话。类似的研究随处都是，因为这是当时写文章的基本方法。

第三，把与唯物主义相联系的现实主义看作唯一正确的创作方法，对那些偏离现实主义的西方文学持否定态度。毛泽东曾说："学习马克思主义，是要我们用辩证唯物论和历史唯物论的观点去观察世界，观察社会，观察文学艺术……马克思主义只能包括而不能代替文艺创作中的现实主义。"① 他指出现实主义是最为科学的创作方法，虽说不是马克思主义在文学中的简单翻版，却充分体现了辩证唯物主义和历史唯物主义。所以人们纷纷认为，现实主义的方法就是好的，非现实主义的方法就是唯心主义的体现，是反动的。孙遵斯在评价杨周翰等编写的《欧洲文学史》时说："再如，在谈到柏拉图的灵感说时，编者也只简单地客观地加以介绍，而没有指出这种理论错误的唯心主义实质，而在谈到它的影响时，也只笼笼统统不分是非地说它'在后来的文艺复兴、启蒙运动以及浪漫主义中也发生了很大的影响'（第四九页），其实，柏拉图的文艺理论是日后欧洲一些重要的唯心主义文艺思想的一个源头，其消极作用不可忽视，完全应该指出。"② 不是现实主义的往往就是唯心主义的，是歪曲事实的，其目的在于为统治者辩护，应当加以批判。

第四，以集体主义的精神批评西方文学中的个人主义。社会主义是共产主义的初级阶段，明确地建立于集体主义之上，与西方的个人主义针锋相对。孙遵斯在谈到《十日谈》时说："《十日谈》是第一个真正的资产阶级作家写出来的作品，它歌颂资产阶级个人主义思想，它肯定一切以个人为中心的情感要求、精神要求和生活要求，毫不掩饰地赞赏那些为了实现自己的要求而对别人不择手段的骗子，让他们成为小说中的胜利者。"③ 类似于这样的批评当时非常普遍。

第五，从艺术手法的角度批评许多西方作家，认为他们没有采取通俗的形式，不能为人民说话，背叛了人民大众。毛泽东曾说："这种新民主

---

① 毛泽东：《在延安文艺座谈会上的讲话》，《毛泽东选集》第 2 卷，第 871 页。
② 孙遵斯：《欧洲文学史》（上册），《文学评论》1964 年第 2 期。
③ 同上。

主义的文化是大众的，因而即是民主的……语言必须接近民众。"① 许多西方文学作品不把人民放在眼里，不采用通俗的艺术形式，结果只能为统治阶级服务，现代主义文学尤其如此。

以上五点在毛泽东时代的文学研究中占主流地位。如果背叛了这种思想，就要遭到批评。50年代中期，由于思想界稍微有点自由化，毛泽东便发动了"反右"的运动。他在重要文献《文汇报的资产阶级方向应当批判》一文中提到，"右派"的全称为"资产阶级右派"，他们是"反共反人民反社会主义的资产阶级反动派"。虽然他要反的主要是国内的"右派"，但国内的资产阶级和西方的资产阶级在本质上是类似的，都属于批判的对象。在"反右"之后，西方文学研究受到了很大的制约。毛泽东在1966年5月16日通过的《中国共产党中央委员会通知》（简称"五一六通知"）中指出："混进党里、政府里、军队里和各种文化界的资产阶级代表人物，是一批反革命的修正主义分子，一旦时机成熟，他们就会要夺取政权，由无产阶级专政变为资产阶级专政。"从此之后，通向西方文学的大门彻底关闭了十年。

毛泽东同志去世之后，邓小平同志纠正了"文化大革命"期间的极"左"路线。他曾提出，不管是黑猫还是白猫，能抓住老鼠就是好猫，大大缓和了资本主义和社会主义的对立。但这不意味着敌对已经结束。在改革开放之后，有些人失去了合理的分寸。邓小平在1983年掀起了一个反精神污染的运动。他说："精神污染的实质是散布形形色色的资产阶级和其他剥削阶级腐朽没落的思想，散布对于社会主义、共产主义事业和对于共产党领导的不信任情绪。"② 他的矛头直接指向资本主义。当然改革的步伐并没有因此终止。开放为国家引进了很多有意义的思想，但也带来了不少颠覆性的观点。邓小平对这一运动是这样评价的："他们的根本口号主要是两个，一是要打倒共产党，一是要推翻社会主义制度。他们的目的是

---

① 毛泽东：《新民主主义论》，《毛泽东选集》第2卷，第708页。
② 邓小平：《党在组织战线和思想战线上的迫切任务》，《邓小平文选》第3卷，人民出版社1993年版，第40页。

要建立一个完全西方附庸化的资产阶级共和国。"① 可见社会主义和资本主义的对立仍然是一对非常尖锐的矛盾。1992年他又提出了"市场经济"的概念，淡化了资本主义和社会主义的冲突。

此外，还有一个很有意思的现象，那就是被列为敌对势力的不仅仅是西欧资本主义国家，还包括曾经作为社会主义老大哥的苏联。从历史渊源上看，苏联的文学和西欧发达国家的文学有着密切的联系，广义上都属于西方文学，因此有关研究当可列入西方主义的范围。

在中苏关系破裂之后，"中国对苏联文学的译介呈明显的逐年递减的趋势。1962年以后，不再公开出版任何苏联当代著名作家的作品；1964年以后，所有的俄苏文学作品均从中国的一切公开出版物中消失"。② 一个很有趣的现象是，60年代上半期，国家曾以"黄皮书"的形式，出版了大量当代苏联的作品，如肖洛霍夫的《被开垦的处女地》等。同时作为"黄皮书"出版的还有欧美的"颓废文学"，如凯鲁亚克的《在路上》等，都是反面教材。当年的苏联老大哥的文学变成了无法容忍的修正主义文学，与西方的颓废文学属于同一种类。

现在看来，过去的文学研究有过不少过"左"的行为。但从当时的国际国内形势来看，前辈采取这样的措施，当然是有必要的。而且唯物主义的观点、阶级分析的方法等的确有着独到的地方。但如果把这种方法绝对化、简单化，并不假思索地滥用，那当然是有害的。

总的来看，视西方为社会主义对立面的观点曾经是最为重要的，后来渐渐地有所淡化，文学慢慢地和政治有所分离。但两种意识形态的对立并没有真的消失，仍然存在于这个世界上，甚至有时会凸显出来。

2. 带有乌托邦色彩的西方主义

在新中国刚刚成立的时候，绝大多数人都把苏联当作学习的楷模。《人民文学》的发刊词指出："我们的最大的要求是苏联和新民主主义国家的文艺理论，群众性文艺运动的宝贵经验，以及卓越的短篇作品。"③ 可见

---

① 邓小平：《在接见首都戒严部队军以上干部时的讲话》，《邓小平文选》第3卷，第303页。
② 陈建华：《20世纪中俄文学关系》，学林出版社1998年版，第222页。
③ 《发刊词》，《人民文学》1949年第1期。

苏联文学是最主要的学习对象。苏联文学的翻译绝对是当时翻译界的主流,"在苏联文学作品中,几乎没有一种重要著作不曾被我国翻译家译介过来的,许多重要作家的多卷集也开始出现"。① 当时周扬、冯雪峰等都纷纷撰文,阐述学习苏联文学的重要性。有学者指出:"苏联的革命文学作品迅速地、大量地出现在中国读者手中,成为人人争读的读物,成为滋养人们的一股热流,成为思想工作与群众工作广泛采取的一种手段。"② 全国上下巴不得一下子跑步赶上苏联的文学水平。苏联文学成了中国人想象中的乌托邦。当然,这个乌托邦没有维持很长的时间,在中苏关系破裂之后,苏联文学成了修正主义的代表,变为反面教材。

虽说当时从官方到民间的绝大多数人都把苏联文学想象成美好的乌托邦,但也有少数人的观点不一定是这样的。《文学评论》上有一篇署名为集思的文章指出:"一位老先生说:拔了我的白旗,我就一无所知了。如果这样想,拔白旗就是很可怕的了。另一个同志说得好:思想是没有真空状态的,红旗不插进去,白旗就出不来。"③ 这一部分人不久被插上了红旗。有的慢慢地放弃了原来的观点,也成了苏联文学的消费者。也有的表面上变了,心里可能并不服气。

历史发展的道路是曲曲折折的,有极端的"左"倾,也会有极端的"右"倾。欧美文学在新中国的前三十年比较受压抑,新中国成立初期被苏联文学边缘化,然后又在十年"文革"中受到禁止。但在 80 年代之后,其地位突然飙升,成了许多人神往的乌托邦,历史走向了另一个极端。在长时间的批判否定西方之后,中国人突然变得崇洋媚外了。人们开始热衷于西方电影,陶醉于西方文学,对西方的商品更是倍加推崇。任何东西只要和西方沾上一点边,就好像更有价值。季羡林曾批评道:"……崇洋媚外严重,社会上,商标,你要讲一个古典的,没人买,你换一个什么爱利斯怪利斯什么什么有点洋味的,立刻就有人买。"④ 原来遭到鄙视的东西现

---

① 陈玉刚主编:《中国翻译文学史稿》,中国对外翻译公司 1989 年版,第 347 页。
② 孙绳武:《我们的道路和我们的成绩》,森华主编《回眸与前瞻》,外语教学与研究出版社 2001 年版,第 6 页。
③ 集思:《资产阶级思想必须改造,可以改造》,《文学评论》1959 年第 1 期。
④ 季羡林:《西方不亮,东方亮》,《中国文化研究》1995 年冬之卷。

在变成了大家的宠儿，原来作为社会主义敌对文化的西方文学的地位完全变了，成为某些人向往的天堂。这种带有乌托邦性质的西方主义主要表现在以下四个方面。

第一，原先被学界看作垂死的资本主义国家，突然以富强发达的面貌出现在大家面前，促使不少人开始怀疑原来的观点，甚至走向了反面。有些极端分子断言："现代世界文明是海洋文明。它区别于以各种农耕和内河交通为特点的大陆文明。这一新文明是从哥伦布远航美洲的地理大发现时代开始成长的，迄今未衰。就这样，蔚蓝色不仅获得了地球生命的意义，而且获得了现代世界命运的象征意义。"① 以这样的观点看，中国仍然处于农耕文化阶段，无法和发达的西方国家相提并论。

第二，原先西方文学中被人们看作有害的个性张扬和个人奋斗到了80年代成为最让人羡慕的西方元素。极端的人物甚至这样想："希腊神话的这些内容，与无限制地崇拜力量、不择手段地追求力量的古希腊航海民族的世界观，极为合拍"；②"海上生活抛弃了陆上生活中人际关系上的拘束，有利于充分发展独立不羁的个性"。③ 而重集体主义的中国却受到极大的批评："人，是个体的人。因此集体主义的终极含义，最多也只能是：'在集体中寻求自我。'与此相应，人是有尊严的人。因此，人类彻底的、由衷的屈从形式，也只能终极地体现为'在受到崇拜的对象中，寻求被迫崇拜的自我'。"④ 这种观点大概是对"文化大革命"的长期压抑的矫枉过正。

第三，原先我们引以为豪的政治制度，在改革开放之后也遇到了一些挑战，在发达国家面前暴露出不少问题。有人把原来的观点反了过来，并且声称："黄河，远东世界这个自然存在着的暴君，也为东方专制主义的社会暴君提供了一个样板，提供了一个促使人们默默地予以接受的先驱。"⑤ 他们认为，中国向来是以专制为特点的，就是在当代，还受到这个问题的困扰。

---

① 疏野：《向东方》，敦煌文艺出版社1996年版，第22页。
② 同上书，第2页。
③ 同上书，第4页。
④ 同上书，第36页。
⑤ 同上书，第27页。

第四，原先我们认为自己掌握了最为科学的知识和方法，有权力对任何一种问题加以批判，但开放之后，有些人开始怀疑这个优势。极端人物甚至说："航海通商和跨海殖民的生活，也易于养成学术上的怀疑态度和批判精神。"① 他还指出了中国人的缺点："内陆民族在固守民族传统文化方面，也许比航海民族更坚决；但它们的文化体系本身，却易于定式、凝固、僵化。"② 这就是说，我们的思维能力和方法论都有一定的问题。

在50年代的时候，我们在官方的引导下，把乌托邦建立于苏联文学之上，但又在官方的领导下，把苏联文学看作修正主义文学，属于堕落颓废的文学。西欧及北美诸国在新中国的前三十年中基本上被看作社会主义的敌人，是资本主义晚期，属于没落的社会，其文学是堕落的。这种观点在"文化大革命"期间发展到了极致，根本没有人敢看这种有害的东西。但物极必反，80年代开放了之后，西方的形象几乎翻转了过来，许多人把原先最有害的东西当作最好的东西。当然这种观点也是有问题的，在90年代遭到了不少批评。

3. 带有普世性质的西方主义

普世主义者往往夸大某些观点的适用范围，视之为放之四海而皆准的真理。上文所讨论的乌托邦也有普世主义的特点，把西方文化看作人类的理想文化，可以在全球范围内加以推广。当然，普世主义和乌托邦主义有一定的区别，乌托邦主义与情感和想象联系更密切，普世主义主要以理性和思辨为基础。

自20世纪以来，中国学术研究的最大特点在于通过学习西方进行现代化转型，文学研究也是如此。易丹曾说："我们的整个新知识系统，我们的整个新文化几乎都是建立在对西方传来的样品的仿制的基础之上……外国文学研究，不过是这个大知识系统中的一个子系统，是这种培训机制中的一个组成部分罢了。"③ 这里的"仿制"当然有点夸张，毕竟中国的学术也有自己的独创性。但总体上看，现代中国学术主要建立于西方的体

---

① 疏野：《向东方》，敦煌文艺出版社1996年版，第4页。
② 同上书，第5页。
③ 易丹：《超越殖民文学的文化困境》，《外国文学评论》1994年第2期。

系之上，基本上把西方学术当作具有普世价值的学问。

普世主义者认为，从共时的角度来说，同一个问题只能有一个答案，而且这个答案只能来自西方文化。最具有普遍性的东西当然是自然科学。如果把自然科学的观点和方法运用于人文学科和社会学科，往往就产生普世主义。历史学家柏林曾说："我认为，所有这些见解在某一论点上，都是具有柏拉图式的理想：第一，有如在科学研究中，一切真正问题只能有一个，而且仅仅有一个正确的答案，所有其他的答案必然是错误。第二，一定有一条通向发现这些真理的可靠道路。第三，找到的答案，必然互相相容，构成一单独整体，因为一个真理不可能与另一个相冲突——我们先天地知道这一点。"① 可见普世主义与现代科学相联系。西方国家在人类历史上最先把现代科学发展了起来，同时也最早将现代方法，特别是比较合乎科学的方法，运用于人文领域的研究，使西方文化更具有现代性和普遍性，提出了很多对整个世界都有借鉴意义的道理。在这样的语境下，还没有充分现代化的中国学术界把经过现代性洗礼的西方文化看作具有普遍性的文化，并且将来自西方的各种理论用于中国学术研究，使普世主义流行了起来。

普世主义者还进一步提出，既然共时的正确答案只有一个，那么历时的发展道路也只能有一条。他们充分肯定了西方国家的现代化道路，认为西方国家能够成为当今世界强国，有着必然的一面；断定中国只有认真学习西方的文化，顺着他们的路走才能富强起来。虽然他们经常遭到批评，但他们对所谓的中国文化的特殊性不以为然，往往把中西之争解释为古今之争。甘阳曾说："中国文化与西方文化之间的地域文化差异常常被无限突出，从而掩盖了中国文化本身必须从传统文化形态走向现代文化形态这一更为实质、更为根本的古今文化差异的问题。"② 甘阳还指出，反对者所看重的特殊性往往只是一些前现代的特性，他们论述的问题主要为："中国文化是内倾的或内在超越的，西方文化是外倾的或外在超越的；中国文化是静的，西洋文化是动的；中国哲学是直觉的，西洋哲学是逻辑实证

---

① 柏林：《论追求理想》，《哲学译丛》1998 年第 3 期。
② 甘阳：《古今中西之争》，生活·读书·新知三联书店 2006 年版，第 35 页。

的；中国重人文，西方重科技；中国人讲究伦常日用，西方人追求理论构造，等等，等等。"① 他的这个观点还是比较切中要害的。所以他主张："必须使'现在'去同化'过去'，以'新的'同化'旧的'，而不是反过来用'过去'来同化'现在'，'旧的'同化'新的'。"② 他所说的现在，虽然包含中国的现实，但更主要是指当今的西方。这样的观点，总体来说没有太大的错误。但是，拼命地学习西方，把西方的观点看作普世的，也会带来一些问题。

普世主义的典型的表述就是中国的某某领域比西方落后了若干年。有一位学者曾说："中国当代翻译理论研究，认识上比西方最起码要迟二十年，在人才培养和学科建设上也比西方要落后一大步。"③ 另一位学者解释说："如所周知，直至20世纪上半叶，中西译论的研究相差并不太大，基本上都停留在传统的译学研究范畴，也即主要关心的是翻译的方法……但进入五六十年代以后，西方翻译研究中的语言学转向为西方的译学研究带来了很大的突破……正好差了二十年以后，也即在改革开放的七、八十年代，我国的翻译研究者才接触到了这些理论……自七、八十年代开始的我国的翻译研究受西方译学研究中的语言学派的影响较深，而对同时期西方翻译研究中的文化转向并没有及时引起注意。"④ 他的这些解释在于说明真理的一元性、发展道路的线性和一致性，所谓的"停留"表明了线性发展中的先进和落后。

普世主义的优点在于能够积极地向西方学习，并且试图在短期内把自己的国家变得富强。虽说这个出发点是好的，但也给中国文化和学术带来了不少问题。

第一，他们的理论基础是独断的一元论。普世主义虽然有着合乎科学的一面，但事物是极度复杂的，难以用统一的标准来进行度量，就是自然现象也无法一概而论。古人曾说："橘生淮南则为橘，生于淮北则为枳，

---

① 甘阳：《古今中西之争》，生活·读书·新知三联书店2006年版，第35页。
② 同上书，第56页。
③ 许钧：《一门正在探索中的科学》，《中国翻译》1996年第1期。
④ 谢天振：《如何看待中西译论研究的差距》，《学术界》2002年第3期。

叶徒相似，其实味不同。所以然者何？水土异也。"① 大自然都充满变化，何况具有主观能动性的人呢？社会非常复杂，文学具有多样性，难以把所有的现象纳入一个标准，更不可能按照相同的模式发展。就是在西方国家，批评普世主义的学者也很多，如柏林、哈耶克、普波等都坚决反对普世主义。但遗憾的是国内的学者在使用西方的理论评价文学作品的时候，没有保持一种学术的警惕性。

第二，排除了多元文化的可能性。假如要对拜伦和李白的诗歌进行比较，按理说起码有五种可能性：（1）拜伦诗歌的美具有普遍性，李白没有，只是个别现象，人们可以把从拜伦诗歌中总结出来的规律作为标准评论李白；（2）李白具有普遍性，拜伦是特殊的，可以用出自李白的规律评价拜伦；（3）通过平等地研究拜伦和李白总结出更加普遍的规律；（4）两者都没有普遍性；（5）两者都具有普遍性，可以并行不悖。在这五种观点当中，也许第一种最有可行性，因为西方文学批评经受了现代性的洗礼，但我们也不能因此完全否定别的可能性。普世主义者往往只承认第一种可能性，认为那是唯一正确答案，抹杀了文化的多元性。

第三，普世主义者在使用西方的理论的时候，没有作深层次的批评，在洋为中用的时候，显得比较武断，没有足够的弹性和灵活性。西方学术理论体系以理论体系周密见长，但理论体系本身不是无懈可击的。培根认为理论体系就好像剧本一样，都是作者根据自己的主观意图构思出来的，具有一定的随意性，往往会造成"剧场假象"。他说："为舞台演出而编制的故事要比历史上的真实故事更为紧凑，更为雅致，和更为合于我们所愿有的样子。"② 韦伯对这个问题也很有研究，他说："一切科学的最终目的和目标是把它们的材料安排在一个概念的体系之中，这个体系的内容是通过对经验的合乎规则性的观测，假设的建立和证明而取得的并且逐渐地完善的，直到最后一个'完美'的因而演绎的科学会从中出现。"③ 所以理论具有一定的主观性，虽然常常显得条理清楚、体系完美，但难免远离事实，并

---

① 《晏子春秋集释》，中华书局1961年版，第392页。
② 培根：《新工具》，许宝骙译，商务印书馆1986年版，第34页。
③ 马克斯·韦伯：《社会科学方法论》，韩水法、莫茜译，中央编译出版社2002年版，第55页。

不是无懈可击。但普世主义者不是好好批评西方学术的理论体系内在的问题，而是基本不变地运用于中国文学研究。按理说西方文化的一部分的确具有普遍意义，我们应当学习和吸收；还有一部分，只能消化发展之后才能应用；第三部分完全无法在中国使用。普世主义常常分不出三者的区别，一心想西化，结果给中国文化带来了不少问题。

第四，拔高了别人的优点，贬低了本国文学的价值。普世主义者把从外国语境中演绎出来的理论当作唯一正确的标准，实际上是让外国文学既当运动员又当裁判员，结果必然导致西方中心主义，使中外文学的关系表现为他强我弱的关系。西方的理论往往是从他们文化的最优秀部分中抽取出来的，而西方文化的优点有时可能正是我们的弱点。在这种情况下，我们只是拿自己的弱项来与别人的强项作比较，其结果是显而易见的。普世主义的这种比较常常把中国文学的缺点和优点一起抹杀。张旭东曾这样批评普世主义者："那种认为现在有一种普遍的东西，有一种文明的主流，中国只要靠上去、融入进去就行了的看法，其实不是放弃了民族文化传统的特殊性，而是放弃了对这种特殊性内在的普遍性因素和普遍性价值的信心和肯定。"① 普世主义者在推广西方文学的同时，将自己的文学推向了边缘。

第五，经常以别人的理论为出发点，不容易做出特别富有独创性的研究。以西方理论作基础进行研究，不管运用得多好，操作得多么巧妙，往往没有首先提出这一理论的人那么富有独创性，其知名度也要逊色不少。中国学者在西方学者面前往往只是忙于向他们学习，不能有效地批判他们的缺点，失去了平等的对话权。在这样的情况下，做不出顶尖的研究。季羡林曾这样批评东方国家的文学理论："我们东方国家，在文艺理论方面噤若寒蝉，在近现代没有一个人创立出什么比较有影响的文艺理论体系……没有一本文艺理论著作传入西方，起了影响，引起轰动。"② 曹顺庆甚至说："我们根本没有一套自己的文论话语，一套自己特有的表达、沟

---

① 张旭东：《全球化时代的文化认同·代序》，北京大学出版社2006年版。
② 季羡林：《东方文论选·序》，曹顺庆主编《东方文论选》，四川人民出版社1996年版，第5页。

通、解读的学术规则。我们一旦离开了西方文论话语，就几乎没办法说话，活生生一个学术'哑巴'。"① 在他看来，中国文论已经得了"失语症"。

第六，普世主义的历史观使本国的学术总是处在被动追赶的落后状态。奥斯本（Osborne）曾这样描述普世主义："共时比较的结果被历时地安排，以便在人类历史发展的整体的层面上把某些人的现在描述为另一些人的将来，产生发展的层次，这样就可以定义'进步'。"② 他是从否定的角度谈论这个问题的，但甘阳等西化派却充分肯定把中西之争变为古今之争的意义。带着这样的历史观来发展中国，只能导致一种迟到感。哪怕西方最近一秒钟创造出来的东西也被你学到了，仍然无法摆脱这种迟到的感觉。季羡林曾说："可是我们中国就在后边跟，老赶，是老也赶不上，我们这里提倡的，人家那里已经下台了，人家那里上台的时候我们不知道。等到我们知道时，人家那里下台了。"③ 这种迟到感是普世主义造成的必然后果。

第七，以西方的东西作标准，容易使国人产生一种焦虑感，甚至造成人格分裂。神学家汤朴曾说："当我们一出娘胎睁开双眼，就看到世界在我们周围展开……我是我所看见的世界的中心……对于我们的精神灵性视觉来说，在开始的情形也是一样……我们的价值标准就是这样建立起来的。因此，个人以他所处的位置作为他自己世界的中心。"④ 所有的人在观看世界的时候都是以自我为中心的，都是片面的，虽说无法获得真正客观全面的真理，却符合一般的常理，因为人不可能真正摆脱这个视角。普世主义者突然宣布，我们原先的视角是错的，西方人的视角才是对的，并要求我们尽量进入他们的视角。这种行为虽然能够带来一定的自我超越，但我们毕竟无法跳出自己的皮肤，不能完全西方化，结果常常导致一种身份的焦虑感，把自己变为四不像。

---

① 曹顺庆：《文论失语症与文化病态》，《文艺争鸣》1996年第2期。
② Peter Osborne, *The Politics of Time*, London: Verso, 1995, p. 17.
③ 季羡林：《西方不亮，东方亮》，《中国文化研究》1995年冬之卷。
④ William Temple, *Christianity and Social Order*. 转引自许志伟《基督教神学思想导论》，中国社会科学出版社2001年版，第145页。

普世性质的西方主义和乌托邦式的西方主义有着不少共同点。乌托邦主义有着普世的一面；坚持普世性的西方主义，往往把西方的思想理想化，也有不少乌托邦式的内容；但两者也有明显的区别，乌托邦主义和情感与想象联系更为密切，普世主义更加侧重于理性和思辨。两者在中国的命运也比较类似，都在20世纪50年代和80年代比较流行。

4. 将西方看作文化帝国的西方主义

普世主义不仅仅是学术本身的问题，还与经济、政治、军事等相联系，不少批评者还超越了学术层面，视之为文化帝国主义的产物。张旭东曾说："事实上，参与'全球化'有主动和被动之分。从被动者角度，人们看到的往往是一个'客观'的、'普遍'的趋势，一种新的国际化；但从主动者的角度看，它却总是服从于特定集团的利益和价值观，总带有现实的、具体的、政治性的考虑。"① 可见文化领域的所谓的"先进"和"落后"不仅仅是一个客观的问题，也是西方人有意识地经营的结果。亨廷顿非常肯定地说："普世主义是西方对付非西方社会的意识形态。"② 可见我们津津乐道的普世主义背后隐藏着阴险的用意，不少西方人企图借用科学、现代性等名义击垮非西方文化。

文化帝国主义者的最大特点在于夸大西方文化的优点，夸大西方文化的普适性。历史学家兰克曾说："世界历史就是西方的历史。"③ 另一历史学家斯塔夫里阿诺斯甚至说："欧洲的主子在所有大陆上都接受了'弱小种族'的效忠，认为这种效忠是事物神性的一部分——是'适者生存'的必然结果。在印度，他们被恭维地称为'大人'，在中东被称为'先生'，在非洲被称为'老爷'，在拉丁美洲被称为'恩主'。"④ 直到21世纪，还有人这样美化西方："有些人憎恨美国仅仅是因为它如此强大。另外一些人憎恨美国政府，正如人们憎恨自以为是的父亲一样，讨厌美国帮助他

---

① 张旭东：《全球化时代的文化认同·代序》，北京大学出版社2006年版。
② 亨廷顿：《文明的冲突与世界秩序的重建》，周琪等译，新华出版社2005年版，第56页。
③ 何兆武主编：《历史理论与史学理论》，商务印书馆1999年版，第669页。
④ 斯塔夫里阿诺斯：《全球通史：1500年以前的世界》，上海社会科学院出版社1988年版，第565—566页。

们，或者给他们食品，或者保护他们。"① 这种不合适的赞美，虽然和作者对某些问题的无知有一定的联系，但也和利益、政治等联系在一起，属于西方意识形态的一部分。

西方强国在突出自己的文化的优越性和普世性的同时，还把落后国家的文化他者化，从心理上摧残这里的公民。法浓曾说："殖民地国家的民众的自卑感与殖民主义者的优越感是成比例的。"② 可见帝国主义者在夸耀自己的同时，必然打压落后国家，把自己抬得越高，就把别人贬得越低。萨义德曾说道，东方学归根到底是"从政治的角度察看现实的一种方式"。③ 他还指出，西方人研究的东方的"意义更多地依赖于西方而不是东方，这一意义直接来源于西方的许多表述技巧，正是这些技巧使东方可见、可感，使东方在关于东方的话语中'存在'"。④ 也就是说，东方人之所以被西方学者丑化，常常是意识形态对学术研究操纵的结果。这种贬低可以带来巨大的伤害，使受害者在心理上彻底失去信心，老老实实地接受强国的思想。假如说，殖民主义时代帝国主义的最大成功在于利用现代武器打败了落后国家，并成功地统治了这些国家，那么后殖民时代西方强国的最大成功在于从文化上和心理上击垮了落后国家。中国虽然是一个独立的国家，但在全球化的今天，不可能避免文化帝国主义的影响。人们讨论的中国文论"失语症"，中国哲学的合法性等问题都与文化霸权主义有某些联系。

面对文化霸权主义，落后国家有三种态度。第一种是顺着文化帝国主义的思路把自身他者化。萨义德认为，东方学这种文化霸权不仅对西方优势文化中的作家、思想家进行"内在控制"，而且"在弱势方也产生了生成性"。⑤ 他还说："现代东方，参与了自身的东方化。"⑥ 在中国文学界，

---

① Ian Buruma, Avishai Margalit, *Occidentalism: The West in the Eyes of Its Enemies*, New York: The Penguin Press, 2004, p. 8.
② Frantz Fanon, *Black Skin, White Masks*, London: Pluto Press, 1986, p. 93.
③ 爱德华·萨义德：《东方学》，生活·读书·新知三联书店1999年版，第54页。
④ 同上书，第29页。
⑤ 同上书，第19页。
⑥ 同上书，第418页。

不少学者都有着把自身东方化的倾向。那些把西方想象成乌托邦的人，认为西方文化具有普世价值的人，都属于这一类。易丹甚至说："外国文学研究在我们的文学乃至文化领域内所扮演的角色，正是一种'殖民文学'或'殖民文化'的角色。我们所从事的事业从本质上看与那些传教士们所从事的事业没有什么不同，我们甚至比他们做得更好，因为我们是如此深谙中国的文化和民众心理，我们能如此熟练地操作我们的语言。"① 刘崇中也指出："西方主义就是一种逆向的对西方文化思想的臆造或者说对西方中心主义的认同，它们把当今西方文化当作强势文化（或强势文明），把中华文化视为弱势文化（或弱势文明），把当今西方思想理论权威化，中心化，经典化。"② 可见这一股势力非常猛烈。

第二种态度为盲目抵制甚至仇恨西方文学。萨义德曾说："首先，人们发现要想心平气和并且毫无畏惧地接受下面这一观点是困难的：人类现实是不断被建构和解构的，任何诸如稳定本质之类的东西都会不断地受到威胁。爱国主义、极端惧外的民族主义以及彻头彻尾且令人讨厌的民族沙文主义是面对这一威胁时所做出的普遍反应。"③ 一方面，一般的民众在文化困惑面前，常常受到这种不良情绪的影响；另一方面，政府往往利用这种情绪。所以敌对情感的"第二个原因是政治和意识形态方面的"。④ 萨义德所说的极端敌对情感，在伊斯兰教国家较为明显。在中国也有，但中国人是比较温和的，不是太激烈。

第三种态度为积极地发展自己的文化，寻求平等的对话。中国人在学习苏联文学和欧美文学的时候都积极地尝试过对话。20 世纪 50 年代，苏联文学在中国文坛上称霸了几年之后，便遭到了批评。毛泽东曾说："什么都学习俄国，当成教条，结果是大失败"，"应该越搞越中国化，而不是越搞越洋化"，"将社会主义的内容，民族的形式"结合起来，以创造"中国自己的、有独特民族风格的东西。这样道理才能讲通，也才不会丧

---

① 易丹：《超越殖民文学的文化困境》，《外国文学评论》1994 年第 2 期。
② 刘崇中：《中国学术话语中的西方主义》，《国外文学》1999 年第 2 期。
③ 爱德华·萨义德：《东方学》，生活·读书·新知三联书店 1999 年版，第 428 页。
④ 同上书，第 430 页。

失民族信心"。① 周扬也说:"你们如果写成《水浒》那样的东西,就是你们的成功,如果写成苏联的小说那样,就是你们的失败,因为那样写就不能表现中国的现实。尤其艺术和别的东西不一样,它要保持自己民族的特点和风格……"② 他们都主张创造出具有民族特色的文学,以便和苏联文学平等地对话。但当时的中苏之争没有深入下去,因为那个年代比较"左",自由讨论的气氛有限。到了 80 年代之后,西方学术非常盛行,被不少学者看作具有普世意义的法宝。季羡林曾这样说道:"现在,我们学界,你讲那个西化大家没人反对,不管你怎么西化,没人反对;你讲'东化',就有人大为恼火。"③ 面对这种情况,不少人开始认真地反思中西学术的关系。到了 90 年代之后,出现了国学热,许多学者对普世主义提出了批评,并试图给中国学术找到更好的道路。张旭东说道:"所以我的出发点是承认每一种文化'内在的'(也就是说,未经辩证思考的、未经世界历史考验的)普遍性,而不是把它摆到'特殊性'的位置上。"④ 他断定每一种文化都有一些具有普遍价值的成分,只要人们不断挖掘,就可能超越自己的特殊性,为世界学术做贡献。他还这样描述这个过程:"这个过程既抽象又具体,因为不全身心地投入特殊的东西,我们就永远不可能找到进入普遍性思维的门径;不在特殊的东西中冒险,我们就永远无法接近普遍的东西。"⑤ 他坚决反对全盘西化,希望开发本国文化的现代价值:"'中国学术'国际化的一个良性指标是看能否在讨论中国问题时对西方理论产生冲击,并对'普遍性'的概念体系提出修正。"⑥ 但不管学者们怎么努力,中西对话仍然没有大的进展,世界学术基本上还是西方的独白。

在抵制外国文学或者寻求对话的时候,人们容易走入原教旨主义(fundamentalism)这一误区。萨义德说:"'原教旨'是一个非历史性的范

---

① 毛泽东:《同音乐工作者的谈话》,谢冕、洪子诚主编《中国当代文学史料选》,北京大学出版社 1995 年版,第 226—232 页。
② 《周扬文集》第 2 卷,人民文学出版社 1985 年版,第 429—430 页。
③ 季羡林:《西方不亮,东方亮》,《中国文化研究》1995 年冬之卷。
④ 张旭东:《全球化时代的文化认同》,北京大学出版社 2006 年版,第 5 页。
⑤ 同上书,第 7 页。
⑥ 张旭东:《全球化时代的文化认同·代序》。

畴,被其虔诚信徒完全接受,不会受到他们的批判性细察并因而可以超越于这种批判性细察之外。"①也就是说,一些人死死地坚持本民族历史上的一些文化特性,并且不加批判地夸大这些特性的当代价值,不肯以发展的眼光看待文化,以为只有这样才有对话的本钱,才能找到自己的精神家园。有些国学大师,虽然写了很多有分量的著作,但是对传统文化的某些赞扬有着原教旨主义的倾向。

5. 西方主义的学术价值和现实意义

从上文的讨论中可以看出,我们心目中的西方文学和西方人自己眼中的文学有着明显的区别。这样的文学研究有没有学术价值呢?在回答这个问题之前,我们要探讨一下认识主体和客体的关系。康德曾经把世界分成物自体(the thing-in-itself)和现象界(phenomenon),康德说:"感性认识决不是按照物本身那样表象物,而是仅仅按照物感染我们的感官的样子表象物,因此它提供给理智去思考的只是现象而不是物本身。"②也就是说,谁都无法直接认识物自体,他所感知到的都只是特定条件下的现象。叔本华还更为形象地说:"于是,他就会清楚而确切地明白,他不认识什么是太阳,什么是地球,而永远只是眼睛,是眼睛看见太阳;永远只是手,是手感触着地球;就会明白围绕着他的这世界只是作为表象而存在着的;也就是说这世界的存在完全只是就它对一个其他事物的,一个进行'表象者'的关系来说的。"③钱锺书对这个问题也表达了有见地的看法:"当然,所谓正道公理压根儿也是偏见。依照生理学常识,人心位置,并不正中,有点偏侧……世界太广漠了,我们圆睁两眼,平视正视,视野还是偏狭得可怜,狗注视肉骨头时,何尝顾到旁边还有狗呢?至于通常所谓偏见,只好比打靶的瞄准,用一只眼来看。"④在钱锺书看来,人的主观情感和客观的能力都不允许全面地掌握真理。从这个角度来说,西方人所看的

---

① 爱德华·萨义德:《东方学》,生活·读书·新知三联书店1999年版,第428页。
② 康德:《任何一种能作为科学出现的未来形而上学》,庞景仁译,商务印书馆1997年版,第52页。
③ 叔本华:《作为意志和表象的世界》,石冲白译,商务印书馆1995年版,第25页。
④ 钱锺书:《写在人生边上·写在人生边上的边上·石语》,生活·读书·新知三联书店2002年版,第42页。

西方文学只是从他们的角度所看到的表象，我们所看到的西方文学是从我们的角度看到的表象，虽然都无法真正全面地把握西方文学这一物自体，但谁都看到了西方文学的一部分。如果我们以来自西方文学的表象为材料，以西方文学的这个物自体为指归（虽然永远无法真正达这一到目的），以自己的理性分析为手段，同时参考西方人的评论，就能做出有特色的研究。从这个视角看，我们的文学研究虽然和西方人的看法很不一样，还是有学术价值的。古人说："不识庐山真面目，只缘身在此山中。"我们身处西方社会之外，有时还会有一些优势。作为局外人，甚至更容易客观全面地看清楚某些问题。

但人们往往不是这样想问题的，他们面对西方文学没有信心做出自己的判断，只好将西方人的评价作为唯一正确的标准。这样的学者每天都忙于追赶西方人，希望能够像西方人一样去理解文学作品，渴望着把他们的相关评论全部读完，再顺着他们的思路去创新。我们是中国人，我们的皮肤和西方人不一样，我们的思想也不可能和他们一样，以他们的看法为标准，我们永远只能是和他们有差距的学生，只能在焦虑中追赶。要摆脱这种焦虑，就不能迷信西方人，因为他们的观点也只是从某个有限的角度看到的相对真理，也有着明显的局限性，不是衡量我们的成果的正确和错误的准绳。我们应当以西方文学这个物自体为终极目标（虽说是无法真正达到的目标），积极地参考西方人的研究成果，自信地走自己道路。

至于外国文学研究的现实意义是很明显的。从官方的角度看，有两点作用非常明显：在20世纪50年代合理地利用了苏联文学，推动了传统社会向社会主义社会的转型；在80年代官方有计划地引进了西方文学，为改革开放创造了良好的环境。在其他阶段，官方也能够积极地引导外国文学研究，为当时的建设服务。从文学研究者的角度来说，每一次外国学术的输入都为学术创新带来了契机。从作家的角度来说，西方文学是最为重要的创作源泉之一。就一般的读者而言，西方文学和相关的研究是很受青睐的读物，是他们陶冶情操的必备的精神产品。可见西方文学在中国政界、学界和民间都有举足轻重的地位。

总体上看，将西方看作社会主义的敌人的西方主义在新中国成立之初属于主流，到了"文革"期间占绝对重要的地位，到了改革开放之后逐步有所淡化。把西方文学看作乌托邦和普世价值的思潮在50年代和80年代比较盛行。把西方当作文化帝国主义的思想在90年代之后影响力比较大。中国人研究文学的西方主义远远不止以上探讨的四种形式，还有一些流派等待着人们去研究。不同流派的观点很不一样，都有一定的见地和偏颇，体现了不同的看问题的角度。我们应当坚持百家争鸣的方针，鼓励大家从不同的视角研究文学。但这并不意味着天下大同，更不意味着我们可以放弃基本的立场。

第三节 最近十年重要理论思潮与文论家研究

近年来，随着我国改革开放的深入、综合国力的增强，以及"一带一路"和"中国文化走出去"的实施，尤其是在习近平总书记关于文学艺术的一系列讲话的引领下，我国的外国文学理论研究界坚持"四个自信"，不但在文学理论家研究、文学理论思潮研究等传统研究领域不断进取，频频推出高质量著述，成功实现了译介、阐释与研究的协同发展，而且有效启动了令人欣慰的学术转型，彰显了有关研究的主体性、此在性和对话性。首先，就外国文学理论家研究而言，有关研究人员在继续挖掘柏拉图、亚里士多德、本雅明、阿多诺、伊瑟尔、福柯、德里达、阿尔都塞、巴赫金、穆卡罗夫斯基、燕卜荪、威廉斯、伊格尔顿、韦勒克、詹姆逊、布鲁姆、米勒、萨义德、斯皮瓦克等"老朋友"的理论富矿的同时，不约而同地聚焦巴丢、齐泽克、阿甘本等"新近崛起"的理论家，因而丰富了外国文艺理论研究的内容，拓展了外国文艺理论研究的视野，产生了一些代表性著作，如屈冬的《哈罗德·布鲁姆的"新审美"批评》（2017）和毕日升的《阿兰·巴丢"非美学"文艺思想研究》（2014）：前者基于学界的既有研究成果，详细梳理了布鲁姆的批评论著，系统地分析、概括和阐释了布鲁姆"新审美"批评的主要理论命题和观点，在揭示"新审美"批评基本内涵和理论特质的同时，对"新审美"进行了共时与历时的比对；后者首先以通俗易懂的语言概述了巴丢艰涩的哲学思想，然后通过关键词方式把握其哲学基本思想，分析了巴丢文艺思想与其哲学思想的内在关系，继而又以其文艺思想的核心术语"非美学"为切入点，阐释了"非美学"概念提出的背景及其含义，梳理了巴丢"非美学"的文艺解读方式及其"介入"当下的当代艺术批判。其次，在外国文艺理论思潮研究方面，学界一方面对现实主义、浪漫主义、现代主义、后现代主义、英美新批评、新历史主义、后殖民主义、女性主义等"旧"思潮依然充满热情；另一方面则俯身考察直接关乎人类现实生存状况的自然文学、生态批评等"新"思潮。其中代表性著作有程虹的《美国自然文学三十讲》（2013）、王诺的《生态批评与生态思想》（2013）等。前者是关于美国自然文学的教材，主体为中文，附有大量的英文参考资料，既基于美国自然文学的发展状况，又从中国学生可以理解的角度对自然文学发展脉络进行梳理，并就其经典作家和代表性作品进行理论解释，使中国学生和有兴趣的专业人士掌握美国自然文学的概貌和基本内涵；后者基于对生态批评与生态文学的界定，论述了生态审美的基本原则、生态文学和生态批评代言自然之合法性、生态批评与环境批评之区分等问题，其中有关生态主义与环境主义的区分、生态正义与环境正义的区分、生态中心主义与生态整体主义之辨、生态主义与生态人文主义之辨、可承受发展与可持续发展之辨等重要理论问题的论述，不但为学者们培育了一个新的学术增长点，而且将有助于推动我国生态文明思想研究走向深入，对我国生态文明建设和完善生态友好型发展战略具有一定的参考价值，因而备受学者们的关注。

同时，作为我国外国文艺理论思潮研究的重点，马克思主义文艺理论思想研究近年来正呈现出前所未有的发展势头，其中最为引人注目的可谓由程正民、童庆炳领衔多位学者联袂完成的重大项目"20世纪马克思主义文艺理论国别研究"，包括童庆炳的《20世纪中国马克思主义文艺理论研究》（2012）、吴琼的《20世纪美国马克思主义文艺理论研究》（2011）、高建为和钱翰的《20世纪法国马克思主义文艺理论研究》（2011）、王志松的《20世纪日本马克思主义文艺理论研究》（2011）、程正民等的《20世纪俄国马克思主义文艺理论研究》（2011）、曹卫东的《20世纪德国马克思主义文艺理论研究》（2011）、付德根和王杰的《20世纪英国马克思主义文艺理论研究》（2011）。本系列堪称以国别为视角建构20世纪马克思主义文艺理论发展史的有效尝试。此外，长期没有得到足够重视的东欧新马克思主义文艺理论思想也浮出了水面，并集中见诸傅其林的《宏大叙事批判与多元美学建构——布达佩斯学派重构美学思想研究》（2011）、《东欧新马克思主义美学研究》（2016）和《东欧新马克思主义文艺理论的核心问题》（2017）等。透过这些著作我们可以看到，东欧新马克思主义文艺理论内容丰富，尽管它们侧重点有所不同，但皆以马克思主义人道主义为指归，继承并试图超越传统美学研究，"实践"、"人道"、"存在"、"异化"是其关键符码。具体说来，东欧新马克思主义文艺理论的主要特点如下。首先，在理论上它们充分吸纳现象学、存在主义的成果，思考实践的存在意义、现实存在的总体性、个体存在的文化性，重新赋予了马克思主义关于自由存在的价值意义。其次，东欧新马克思主义文艺理论蕴含突出的批判性取向。这不仅针对资本主义文化异化，而且也对当今世界的各种异化现象进行了批判，由此体现出既与法兰克福学派的批评理论相关，但又有东欧社会结构和文化特色的理论倾向。最后，在美学形态上，东欧新马克思主义关注喜剧性问题，其重要代表作家都发表过关于喜剧的异质性以及文学的古怪、荒诞和笑等方面的研究著述。他们对喜剧性的重视不仅是一种美学兴趣，而且具有自由民主政治的诉求，也蕴含着对人类本质存在的质疑。一定程度上，东欧新马克思主义文艺理论思想研究有助于我们反思中国马克思主义文艺理论的历史与现实、全球化与本土化问题。

在考察和研究马克思主义文艺理论的过程中，一些学者重点探析了马克思主义文艺理论与中国元素之间的关系，尤其是20世纪之后欧美左翼学者对中国文艺、美学和文化元素的思考，其中比较重要的成果有曾军主编的《欧美左翼文论与中国问题》（2016）。中国的社会主义革命和建设理论和实践及其相关的传统文化问题已然构成"二战"后左翼学者关注中国问题的焦点：他们中有的受到毛泽东思想的启发，有的受到中国革命文艺的吸引，有的则及时跟踪当代中国文化生产和发展状况，有的还到中国古代文化中去发掘理论资源。

总之，近十余年来，随着改革开放的深入，欧美左翼文论构成了我国学界引进和研究的主要部分。需要说明的是，我国的外国文学理论研究者近年来显在地关注外国文艺理论的本土化话题，不但通过总结、反思改革开放以来的外国文艺理论学科发展和建设成就,形塑和建构了"强制阐释批判"、"公共阐释论"(以张江为代表)、"伦理学"(以聂珍钊为代表)、"侨异学"(以曹顺庆、叶隽为代表)等新理论、新方法,而且千方百计把它们介绍到了欧美,如德国、法国、俄罗斯,这在一定程度上丰富了"世界文学"讨论,开启了新的"东学西渐"。此间姑且不论这些"中国造"的新理论和新方法是否尽善尽美,但毋庸置疑的是它们乃中国学者旨在通过借用和批判外国文学理论建构中国文学理论、文学批评话语的努力,因而有助于我们思考中国文学理论向何处去、文艺理论研究的"中国道路"、"中国体系"等重要问题。

此外,20世纪90年代漂洋过海来到中国大陆的文化研究呈现出了"产业化"发展势态,尤其是最近几年。文化研究学者们笔耕不辍,著述不断面世,其中既有被首次译介的外国名家名作,比如伯明翰学派文化研究创始人之一理查德·霍加特的发轫性著作《识字的用途》(2018)、美国文化研究先驱之一劳伦斯·格罗斯伯格的《文化研究的未来》(2017)、约翰·哈特利和贾森·波茨的《文化科学:故事、亚部落与革新的自然历史》(2017),同时出现了中国学者的介入,如徐德林的《重返伯明翰:英国文化研究的系谱学考察》(2014)、章辉的《伯明翰学派与媒介文化研究》(2016)、和磊的《文化研究论》(2016)和《伯明翰学派:文化研究的源流与方法》(2017)、何卫华的《雷蒙·威廉斯:文化研究与"希望的资源"》(2017),以及温铁军和潘加恩主编的《中国乡村建设百年图录》(2018)。此间尤其值得注意的是,中国大陆的文化研究学者开始以英文著述跻身世界文化研究共同体之中,如戴锦华的 *After the Post-cold War: The Future of Chinese History*(2018)、周志强的 "Problematization and De-Problematization—30 Years of Cultural Studies and Cultural Criticism in Mainland China" (*Cultural Studies*, No. 6, 2017),等等。这些著述不但凸显了文化研究,尤其是伯明翰学派文化研究依旧不失为有关学者的学术生长点,而且促成了沉寂数年的中国大陆文化研究共同体走向国际的努力。

再则,我国的外国文学理论研究者们也基于新的社会和文化现实,对"世界文学"、"后理论时代"的文学理论与全媒体技术等关系进行了深入探讨。中国社会科学院外国文学研究所积极发挥了其"国家队"作用,组织实施了"外国文学学术史研究"项目。作为研究结晶的数十部成果不但有效地推进了外国文学学术史的书写,而且在一定程度上阻止了文学研究的碎片化倾向。同时,《外国文学评论》积极倡导新社会历史批评,常务副主编程巍研究员身体力行,发表了《泰坦尼克号上的"中国佬"——种族主义想象力》(2014),以翔实的第一首资料为我国公民昭雪。

虽然我国的外国文学理论研究在过去十年间取得了不俗的成就,我们也完全有理由为之感到骄傲,但同时我们也必须清醒地看到文学理论的批判锋芒有所减弱、学科的边缘化、文学理论研究人才的后继乏人、引进多于批评等问题依然存在。唯其如此,我国的外国文学理论研究才大有可为。

限于篇幅,本著无法详细展示近十年其他流派思潮、作家作品研究成果,只能点到为止。惯性使然,影响较大的仍有叙事学、接受美学、精神分析、女性主义、文学伦理学、后殖民主义、生态批评,以及涵盖面更为宽泛的比较文学研究等。同时,巴赫金、巴尔特、韦勒克、詹姆逊、福柯、萨义德等著名理论家也继续得到关注。有关成果之丰富,断非三言两语可以概括,并且考虑到有可能厚此薄彼、挂一漏万,本著不再罗列相关著作名称。